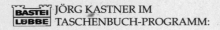 JÖRG KASTNER IM
TASCHENBUCH-PROGRAMM:

13 717 Thorag oder Die Rückkehr des Germanen
13 838 Der Adler des Germanicus

JÖRG KASTNER
MARBOD
oder
DIE ZWIETRACHT DER GERMANEN

HISTORISCHER ROMAN

BASTEI LÜBBE TASCHENBUCH
Band 13 922

Erste Auflage: Januar 1998

© Copyright 1998 by
Bastei-Verlag Gustav H. Lübbe GmbH & Co.,
Bergisch Gladbach
All rights reserved
Lektorat: Marco Schneiders
Titelbild: Archiv für Kunst und Geschichte, Berlin
Umschlaggestaltung: Karl Kochlowski, Köln
Satz: KCS GmbH, Buchholz/Hamburg
Druck und Verarbeitung: Elsnerdruck, Berlin
Printed in Germany
ISBN 3–404–13922–4

Der Preis dieses Bandes versteht sich einschließlich der gesetzlichen Mehrwertsteuer

Für Timon und seine Eltern,
Iris und Andreas

Inhalt

Erster Teil: Die Macht des Kunings 9

Kapitel 1 – Der Waffenruf 11
Kapitel 2 – Der Blutmorgen 18
Kapitel 3 – Die Hundsspalte 25

Zweiter Teil – Die Tat des Frevlers 41

Kapitel 4 – Drusus Caesar 43
Kapitel 5 – Der Schrei der Elster 55
Kapitel 6 – Die Flammenreiter 74
Kapitel 7 – Der Sohn des Bären 107
Kapitel 8 – Canis 120
Kapitel 9 – Der Berserker 133
Kapitel 10 – Die Tränen der Götter 143
Kapitel 11 – Die Totenfeuer 156
Kapitel 12 – Eine Frage des Schmerzes 163
Kapitel 13 – Die Blutschuld 154
Kapitel 14 – Der Geruch des Todes 182

Dritter Teil: Der Fluch des Riesen 197

Kapitel 15 – Marbod kommt! 199
Kapitel 16 – Alrun 208
Kapitel 17 – Das Zauberkraut 220
Kapitel 18 – Der Bär des Bösen 235
Kapitel 19 – Opfer für die Götter 262
Kapitel 20 – Das Thinggericht 298
Kapitel 21 – Der Feuergang 310

Vierter Teil: Die Rache der Jägerin 319

   Kapitel 22 – Die Büffelriesen 321
   Kapitel 23 – Unter dem springenden Rappen 332
   Kapitel 24 – Gegen die Tyrannen! 347
   Kapitel 25 – Das Geheimnis der Jägerin 357
   Kapitel 26 – Die Schattenkrieger 374
   Kapitel 27 – Der Wodansritt 382
   Kapitel 28 – Siegen oder sterben 394
   Kapitel 29 – Das Totenheer 398
   Kapitel 30 – Thorags Entscheidung 408
   Kapitel 31 – Der letzte Verrat 413

Anhang 427

Nachwort des Autors 429

Die Personen 430

Glossar 432

Zeittafel 442

Danksagung 444

ERSTER TEIL

DIE MACHT DES KUNINGS

Kapitel 1

Der Waffenruf

Die Totengöttin Hel breitete gierig ihre Arme über den dunklen Bergen aus, unsichtbar noch, unbemerkt von den fröhlich feiernden Hariern. Sunnas leuchtende Strahlen durchbrachen die graue Wolkendecke über dem Bergdorf, als die große Festgesellschaft zu reinem, zweistimmigem Lurenklang und langsamem Trommelrhythmus auf das große Gehöft am Nordhang zuhielt. Niemand aus der tausendköpfigen Schar ahnte, daß dies der letzte Tag sein sollte, den sie froh und unbeschwert verlebten.

Männer und Frauen hatten ihre feinsten Gewänder angelegt, sich mit glitzernden Fibeln, Ketten und Nadeln geschmückt und ihr Haar glänzend gekämmt, um der Vermählung Katualdas beizuwohnen. Der kräftige Jüngling, Sohn des Gaufürsten Ortolf, führte den Festzug gemessenen, aber nur mühevoll bezähmten Schrittes an. Zu groß war sein Verlangen, Ilga zu sehen, ihre weiche Haut zu spüren und mit der Geliebten endlich den Ehebund zu schließen. Doch sobald Katualda schneller gehen wollte, wurde er von der Hand seines Vaters zurückgehalten. Ortolf, der neben dem Bräutigam ging, nahm ihm die Ungeduld nicht übel. Das milde Lächeln in dem breiten, faltigen Gesicht des Gaufürsten verriet sein Verständnis, geboren aus der Erinnerung an die eigene Jugend.

Die Wolken rissen mehr und mehr auf und gaben den Blick auf den Sonnenwagen frei. Dessen bronzene Strahlen hüllten das Dorf in ein überirdisches Licht, wie zum Zeichen, daß die Götter der Vermählung ihren Segen gaben. Das glaubte Katualda damals, aber schon bald sollte er seinen furchtbaren Irrtum erkennen. Die Schattenkrieger, deren Verbündete die dunkle Riesin Nott war, hatten von Sunna, der Herrin des lichten Tages, nichts Gutes zu erhoffen. Sunna hatte ein verhängnisvolles Bündnis geschlossen mit Hel.

Der Brauthof hätte verlassen gewirkt, wären Koben und

Koppeln nicht überreich mit Vieh gefüllt gewesen. Viele der Rinder, Ziegen, Schweine, Gänse und Hühner würden das Hochzeitsfest nicht überleben, waren doch Hunderte von Mündern zu stopfen; aus dem ganzen Gau waren die Gäste angereist. Die Eingangstür des Wohnhauses war verschlossen, und vor den Windaugen hingen Matten aus schwerem Flechtwerk. Katualda glaubte zu sehen, wie sich die Matten bewegten. Waren das neugierige Schalke oder Ilga selbst, die es nicht erwarten konnte, ihren zukünftigen Gemahl im prachtvollen Putz des Bräutigams zu erblicken?

Katualda und Ortolf erreichten das große, in den Hang hineinwachsende Gebäude und blieben im Schatten des überhängenden, mit Rohr gedeckten Daches stehen. Der Sohn des Gaufürsten hielt es vor Ungeduld kaum noch aus, doch sein Vater wartete, bis sich alle Dorfbewohner und Gäste am Fuß des grünen Hangs verteilt hatten. Lurenklang und Trommelschläge erstarben und machten dem Ruf der heiligen Hörner Platz, in deren leuchtendes Silber Runen graviert waren; ihr weithin hallender Klang sollte die Götter gewogen stimmen. Endlich verstummten auch sie, und Ortolf schlug mit kräftiger Faust gegen das Türholz.

Mit leisem Knarren schwang die Tür auf, und – zu schnell, daß Katualda einen neugierigen Blick hineinwerfen konnte – Ilgas Vater Wolrad füllte die Öffnung aus. Der bärtige Edeling, der zu den angesehensten Männern im Nottgau zählte, schob seinen faßartigen Wanst durch die Tür und ließ seinen Blick in die Runde schweifen, mit einer Gelassenheit, die den Bräutigam zum stillen Zähneknirschen brachte. Der massige Brautvater schien in jedes einzelne Augenpaar zu blicken, bevor er Ortolf die rituelle Frage stellte: »Was ist dein Begehr?«

»Deiner Tochter Hand.«

»Wozu begehrst du dies?«

»Um Ilga aus deiner Munt in die meines Sohnes zu übergeben.«

»Wodurch wird dies offenbar?«

»Durch den Tausch der Ringe«, erwiderte Ortolf und entnahm einem der kleinen Leinenbeutel an seinem breiten, silberbeschlagenen Ledergürtel den goldenen Ring, auf dem ein großer Bernstein saß; er hielt den Ring hoch und legte ihn dann in Katualdas Hand.

Auch Wolrad entnahm einem Gürtelbeutel einen Goldring mit einem ähnlichen Bernstein, trat ins Freie und rief ins Haus: »Komm heraus, Tochter, um den Ring zu tauschen mit deinem Gemahl, Gebieter und Beschützer!«

Und dann sah Katualda nur noch Ilga. Die schöne, verzaubernde Ilga in einem hellblau leuchtenden Kleid. Der silbernen Fibeln und Armreife und der Kette aus leuchtenden Glasperlen, selten und kostbar in den Dunklen Bergen, hätte es nicht bedurft, um der Braut eine glänzende, strahlende Aura zu verleihen. Die grünen Augen, wie gebannt auf ihren baldigen Gemahl gerichtet, schillerten vor Glück, und die vollen Lippen zeigten ein beseeltes Lächeln. Die Blicke der Verliebten trafen sich, brannten sich tief ineinander fest und nahmen kaum etwas anderes wahr.

Sie tauschten die Ringe wie im Traum und führten dann den Festzug zurück ins Dorf, zum Hof des Gaufürsten. Hinter Ilga traten ihre sämtlichen Angehörigen aus dem Haus, von der Mutter Gondela bis hin zur kleinen Schwester Alea, die trotz ihrer acht Winter noch recht klein war und auf ihren kurzen Beinchen kaum Schritt halten konnte, bis die Mutter sich erbarmte und sie auf den Arm nahm.

Wieder spielten Luren und Trommeln eine rhythmische Melodie. Plötzlich mischte sich ein anderer Laut in die feierlichen Klänge, schrill und aufwühlend drang er von fern über Hügel und Baumwipfel und überlagerte den anschwellenden Lurensang. Mit jedem Augenblick schien er lauter zu werden, eindringlicher, fordernder. Luren und Trommeln erstarben auf einen hastigen Wink des Gaufürsten. Mitten im Dorf, zwischen den blumengeschmückten Häusern, hielten die Menschen an, um dem schreienden Ton zu lauschen, der ebenso vertraut wie unerwartet war. Was an das Röhren eines Hirsches erinnerte, war eine Botschaft ihres Kunings, und Katualda, der sie zu anderer Gelegenheit freudig begrüßt hätte, hörte sie am Tag seiner Vermählung mit versteinertem Gesicht. Aufgeregtes Flüstern ging durch die Reihen, und ein Wort wurde immer wieder ausgesprochen: »Krieg!«

Das Röhren verstummte und wurde durch das hektische Getrappel von Pferdehufen ersetzt. Drei Reiter kamen vom Südpaß und galoppierten, über die Hälse ihrer großen Römerpferde gebeugt, ins Dorf. Sie trugen Eisenhemden und Bronzehelme, deren geschwungene Spitzen in kleinen Pferdeköpfen ausliefen. Ein springender Rappe zierte die ovalen Schilde und die rote Fahne, die einer der Reiter stolz im Wind flattern ließ. Ein anderer hatte das lange, gewundene Bronzehorn umgehängt, dessen Laut Ortolfs Siedlung alarmiert hatte. Ihr Anführer trug einen roten Mantel, den ebenfalls der springende Rappe zierte: Marbods heiliges Tier.

Dicht vor der Festgesellschaft zügelten die Reiter ihre Pferde, und der spitzbärtige Anführer blickte Ortolf an. »Du bist Ortolf, Fürst des Nottgaus, nicht wahr?«

»Wer will das wissen?« fragte Ortolf barsch und wies damit den Fremden zurecht, der sich nicht vorgestellt hatte.

»Ich bin Anjo, Reiterführer in Marbods Heer«, verkündete der Rotbemäntelte mit stolz vorgerecktem Kinn.

»Ich bin Ortolf und heiße dich in meinem Gau willkommen, Anjo. Was führt dich zu mir?«

Anjos bärtiges Gesicht unter dem Bronzehelm verzog sich ungläubig, und sein Blick flog zu dem Hornisten, bevor er sich wieder auf den Gaufürsten heftete. »Seid ihr alle taub, Ortolf? Habt ihr das Signal nicht gehört, den Kriegsruf unseres Kunings nicht vernommen? Was steht ihr noch hier wie versteinert? Warum seid ihr nicht längst zu den Waffen geeilt?«

Ortolf versteifte sich, zog die dichten Brauen über den dunkelbraunen Augen zusammen und erwiderte im selben vorwurfsvollen Ton: »Bist du blind, Anjo? Siehst du nicht, daß hier eine Hochzeit gefeiert wird, die Vermählung meines Sohns Katualda mit Ilga, der Tochter des Edelings Wolrad? Sollen wir das Fest in Windeseile abbrechen, nur weil in der Ferne ein Hirsch röhrt?«

»Kein Hirsch!« rief wütend, mit zorngeröteten Wangen, der Reiterführer. »Es war mein Hornist, der den Kriegsruf ausstieß, weil Marbod seine Truppen sammelt. Im ganzen Land der Harier sind meine Boten unterwegs, um, wie es überall im Markomannenreich geschieht, auch die Schattenkrieger zusammenzurufen. Will der Nottgau seiner Waffenpflicht nicht nachkommen?«

»Wir stehen zu unserer Pflicht, Kuning und Heimat gegen jeden Feind zu verteidigen«, sagte Ortolf laut, aber ruhig. »Wenn Marbod in Gefahr ist, ziehen wir noch heute zu seiner Hilfe aus. Wer sind die Angreifer, und woher kommen sie?«

Anjo wand sich in seinem Römersattel und antwortete: »Das Reich der Markomannen wird nicht angegriffen – noch nicht.«

»Also bereitet Marbod einen Kriegszug vor?« forschte der Gaufürst nach.

»Auch das trifft es nicht«, brummte Anjo. »Der Kuning sammelt seine Krieger mehr aus Vorsicht und um seine Stärke zu zeigen.«

»Wem will er seine Stärke zeigen?«

»Den Römern und den nördlichen Stämmen, besonders den Cheruskern.«

Ortolf zog die Stirn noch mehr in Falten. »Das verstehe ich nicht. Erkläre deine Worte, Anjo!«

»Armin, der neue Cheruskerherzog, hat Marbod ein Geschenk gesandt, den Kopf des römischen Feldherrn Varus. Vor kurzem fand eine große Schlacht statt, in der die Cherusker und ihre Verbündeten das Heer des Varus völlig aufrieben. Drei Tage soll der Kampf gedauert haben, und die Erde trank das Blut von vielen tausend Römern. Der Kopf des Varus soll Marbod bewegen, sich dem Aufstand anzuschließen und zusammen mit Armin gegen Rom zu ziehen.«

Viele Augen, besonders die der männlichen Harier, leuchteten bei Anjos Bericht auf. Ein Sieg über Rom, was konnte es Größeres, Ruhmreicheres geben? Schon einmal hatte Marbods Markomannenreich an der Schwelle zum Krieg gegen die römische Weltmacht gestanden, wenige Winter war dies her. Aber dann hatte ein Aufstand in Pannonien und Illyrien Kaiser Augustus gezwungen, seine Legionen dorthin zu werfen. Diesen Aufstand hatte Tiberius, der Stiefsohn des Augustus, gerade erst niedergeschlagen. Noch mußten Roms Soldaten erschöpft sein, die Legionen ausgeblutet und kampfesmüde. Im Verein mit Armins Nordstämmen die Römer zu besiegen, versprach ein aussichtsreiches, ruhmbringendes und beuteträchtiges Unterfangen zu werden.

Ortolf nickte Anjo beifällig zu und fragte: »Will Marbod sein Heer in solcher Eile mit den Cheruskern vereinigen, daß die Hochzeit meines Sohns unterbrochen werden muß? Wenn es so ist, werden wir uns selbstverständlich dem Willen unseres Kunings fügen.«

»Du mißverstehst mich, Gaufürst. Marbod schließt sich nicht dem Cherusker Armin an.«

Ortolf seufzte: »Du sprichst an einem Tag mehr Rätsel aus, Anjo, als eine Seherin in ihrem ganzen Leben.«

»Unser Kuning hat es nicht nötig, sich einem fremden Herzog anzuschließen«, erklärte der Reiterführer. »Das Markomannenreich liegt nicht im Krieg mit Rom. Warum sollte es sich in die Fehde der Cherusker hineinziehen lassen?«

»Weil dies die Gelegenheit ist, auf die wir seit vielen Wintern warten!« erwiderte Ortolf mit Nachdruck. »Die Gelegenheit, Roms Macht für immer zu zerschlagen, bevor Augustus unsere Stämme unterjocht. Hat Marbod vergessen, daß die Legionen des römischen Herrschers schon einmal an unseren Grenzen aufmarschiert sind?«

»Es steht mir nicht zu, über das Gedächtnis meines Kunings zu urteilen«, versetzte Anjo brüsk. »Ich führe Marbods Befehle aus und stelle sie nicht in Frage. Außerdem haben uns die Römer damals nicht angegriffen, so sehr fürchteten sie Marbods Macht.«

»Nein, sie fürchteten nicht seine Macht, sondern einen Krieg an zwei Fronten, weil die Pannonier und Illyrer Tapferkeit zeigten und ihnen trotzten.«

»Wohin hat es die Pannonier und Illyrer geführt, Ortolf? Sie verloren viel Blut, ohne ihre Freiheit zu gewinnen.«

»Sie haben es wenigstens versucht!« rief Katualda und trat neben den Reiterführer. »Mein Vater Ortolf hat recht, jetzt ist die Gelegenheit für Marbod, seine Macht und Stärke zu beweisen. Schließen wir uns den Cheruskern an, fegen wir die Römer für immer aus unseren Tälern und Wäldern!«

Begeisterte, zustimmende Rufe wurden laut. Die Schattenkrieger ließen den Kuning Marbod hochleben, ihren Gaufürsten Ortolf und seinen Sohn Katualda.

Anjos Gesicht verfinsterte sich zusehends. »Befolgt Marbods Befehl und eilt zu den Waffen, Schattenkrieger! Das ist eure Aufgabe, die Entscheidungen laßt unseren weisen Kuning treffen! Er hält es für das klügste, nicht in den Streit zwischen Römern und Cheruskern einzugreifen. Die Krieger werden nur zur Vorsicht versammelt, für den Fall, daß der Krieg doch über unsere Grenzen dringt.« Er richtete sich im Sattel auf. »Ortolf, ich erwarte dich mit deinen Kriegern am Eulenberg, noch bevor Notts schwarze Schleier Sunnas Strahlen verhüllen!«

Der Soldat wollte seinen Braunen wenden, aber Ortolf hob die Hände und hielt ihn zurück. »Du wirst vergeblich auf uns warten, Anjo. Wäre das Reich in Gefahr oder ein Zug gegen die Römer zu führen, sofort würde ich zu Ger und Frame greifen. Aber ich werde die Hochzeit meines Sohns nicht verschieben, nur um meine Krieger tatenlos an den Grenzen des Markomannenreiches aufmarschieren zu lassen.«

Anjos Augen verengten sich zu schmalen, gefährlich wirkenden Schlitzen. »Du willst also dem Waffenruf deines Kunings nicht folgen, Gaufürst Ortolf?«

»Doch. Aber erst, wenn die Hochzeit vorüber ist.«

»Nein, sofort!« bellte Anjo. »Ich erwarte deine Krieger am Eulenberg, bevor Sunna hinter den Bergen versinkt!«

Er packte die Zügel, riß den Braunen herum und sprengte mit seinen Begleitern davon. Marbods Boten ließen die Männer aus dem Nottgau in erregtem Wortwechsel zurück. Sollten sie dem Befehl folgen und zu dem großen Felsen aufbrechen, der wegen seiner Vogelform Eulenberg genannt wurde? Oder sollten sie den rüden Worten Anjos trotzen und das Fest gebührend begehen, zu dem sie zusammengekommen waren?

»Die Schattenkrieger haben niemals einen Kampf gescheut«, übertönte der Gaufürst das Stimmengewirr. »Weit über unser Land und über die Grenzen des Markomannenreiches hinaus sind wir gefürchtet, noch niemand hat uns Feig-

17

linge geschimpft. Aber wir greifen nur zu den Waffen, wenn ein Feind zu besiegen ist, nicht, wenn ein Kuning Männer braucht, nur um seine Macht zu zeigen. Gegen Rom wären wir sofort gezogen, gegen Schemen wenden wir uns erst, wenn die Hochzeit vollzogen ist.«

Notts Söhne und Töchter setzten die Zeremonie fort. Sie geleiteten das Brautpaar in das Vaterhaus des Bräutigams, wohnten dem Austausch der Geschenke bei, nahmen das Festmahl ein, opferten den Göttern und vollzogen, bereits umgeben von Notts Schleiern und im Schein hochflackernder Feuer, die Hammerweihe, bei der Donars Hammer Miölnir in den Schoß der Braut gelegt wurde, um die Zeugungskraft des Mannes mit der fruchtbaren Bereitschaft der Frau zu vereinen.

Schließlich, die Feuer waren schon niedergebrannt und die Metkrüge und Fleischplatten geleert, begleiteten die Edelinge aus Ortolfs Gau Katualda und Ilga in das neue Haus am westlichen Dorfrand, das ihr Heim sein sollte. Dort stiegen Bräutigam und Braut nach altem Ritus in das Brautbett. Ortolf und Wolrad zogen die große Brautdecke aus mit beschwörenden Runen bestickter Wolle über das junge Paar, bis es von Kopf bis Fuß zugedeckt war. Noch einmal rief der Gaufürst die Götter an und bat sie, die Ehe mit Glück und Fruchtbarkeit zu segnen, dann verließen alle das Haus.

Katualda und Ilga waren allein, endlich.

Kapitel 2

Der Blutmorgen

Etwas weckte Katualda, und er schreckte hoch. Ein Geräusch dicht neben ihm, ein Stöhnen, ließ ihn in der Bewegung verharren. Er lächelte, als er im schwachen Morgenlicht, das durch die Ritzen zwischen Flechtmatten und Windaugen ins

Haus fiel, neben sich den zarten, schlanken Leib erblickte, nackt wie er selbst. Er mußte sich erst noch daran gewöhnen, ein verheirateter Mann zu sein. Aber es würde ihm nicht schwerfallen, denn es war ein gutes Gefühl.

Mann und Frau hatten ihre erste gemeinsame Nacht genossen, obwohl es spät war, als sie aufs Brautlager sanken. Liebe und Leidenschaft hatten jeden Anflug von Müdigkeit vertrieben. Jeder hatte den Körper des anderen erkundet, mit Augen, Händen und Lippen. Dann kam endlich der Augenblick, auf den Katualda so lange gewartet hatte. Aber es erwies sich als überaus schwierig, in Ilga einzudringen. War er zu ungestüm oder zu ungeschickt? Ilga beruhigte ihn, es würde besser gehen, wenn sie sich aneinander gewöhnt hatten. Auf einmal war er in ihr, und sie schrie und wimmerte, erst vor Schmerz, von dem die Blutflecke auf dem Laken zeugten, irgendwann vor Lust. Lange hatten sie sich geliebt, und kurz nur war Katualdas Schlaf gewesen. Was hatte ihn geweckt?

War es schon Zeit für die Morgengabe, die der Bräutigam nach altem Brauch am Tag nach der Hochzeitsnacht der Braut zu übergeben hatte? Nein, dazu war es noch zu früh, das Licht noch viel zu schwach. Nur undeutlich sah Katualda die Stützbalken und Bänke, und sein Blick kehrte zurück zu dem warmen, weichen, wunderschönen Wesen, das nun seine Frau war.

Ilga räkelte sich im wohligen Schlaf und drückte die Rundung ihres Gesäßes gegen seinen Schoß. Er spürte die aufsteigende Erregung, da hörte er wieder Geräusche: Pferdewiehern, dumpfes Hufgetrappel, Stimmen und Waffenklirren. Dann auch Schreie: Befehle sowie Laute der Überraschung und des Schmerzes.

Katualdas Schläfrigkeit war wie weggeblasen. Der junge Mann wurde zum Krieger und schwang sich vom Lager. Etwas stimmte nicht im Dorf seines Vaters!

Er wollte nach draußen stürzen und nachsehen, als er gewahr wurde, daß er nackt und waffenlos war. Er fand sein Hemd auf dem Boden und streifte es über, das mußte genügen. Auf einer Bank lagen der Schild und die Waffen, die Ilga ihm gestern geschenkt hatte: Schwert, Ger und Frame. Er packte am mit Silberblech beschlagenen Griff das Schwert, eine kostbare Arbeit, und zog die stählerne Klinge aus der ebenfalls silberbeschlagenen Scheide. Nach einem kurzen Blick auf Ilga, die selig schlummerte, stieß Katualda die Tür auf. Was er sah, verschlug ihm den Atem.

Von allen Seiten kamen sie ins Dorf, behelmte Krieger auf großen Pferden, deren Hufe mit Lappen umwickelt waren; deshalb hatte der Hufschlag so dumpf geklungen. Einige Angreifer sprangen aus den Sätteln und liefen in die Häuser, um die Schlafenden zu wecken und nach draußen zu treiben. Ein Teil der Hochzeitsgäste, der unter freiem Himmel genächtigt hatte, wurde unter starker Bewachung in die große Pferdekoppel bei den östlichen Hügeln gebracht. Katualdas Blick fiel auf rote Fahnen mit einem springenden schwarzen Pferd in der Mitte. Es war die Flagge des Kunings. Marbods Reiter waren zurückgekehrt, um Rache zu nehmen an Ortolfs Siedlung.

Unheimlich war die Stille, in der dies alles geschah. Noch immer schliefen einige Menschen im Dorf, während andere längst Gefangene der Reiter waren. Nur vereinzelt wurden Schreie laut, aber die Angreifer verhielten sich weitgehend geräuschlos, bellten nur halblaut knappe Befehle und sorgten dafür, daß auch die Überfallenen ruhig blieben. Katualda erkannte darin Marbods eiserne Faust, die aus ungestümen Kriegern disziplinierte Soldaten nach römischem Vorbild geformt hatte.

Der junge Harier erblickte Anjo, der einen Kriegertrupp zum größten Haus des Dorfes führte, dem Heim des Gaufürsten. Schon sprengten Marbods Männer mit einem Holzbalken die Tür und wollten ins Haus stürmen. Aber bewaffnete Harier kamen ihnen entgegen, angeführt von Ortolf, der Schwert und Schild trug. Augenblicklich entbrannte ein heftiger Kampf zwischen der Gefolgschaft des Gaufürsten und Anjos Soldaten.

Das erlöste Katualda aus seiner Erstarrung. Er sprang hinaus und hetzte in weiten Sprüngen über das Gras. Es war noch feucht vom Tau, der des Nachts von den Mähnen der

Wolkenrosse, auf denen die Walküren durch den Himmel jagten, zur Erde träufelte.

Katualdas Vater konnte Hilfe gut gebrauchen. Zwei Berittene hatten ihn von seinen Gefolgsmännern abgedrängt. Ortolfs Rechte focht mit dem einen Reiter ein Schwertduell aus, während seine Linke den schwarzen Schild hielt und die Framenstöße des zweiten Gegners abfing.

Katualda stieß einen grellen Schrei aus, um den Framenreiter von Ortolf abzulenken. Das wirkte, und der Reiter riß erschrocken seinen Braunschecken herum. Sobald er Katualda sah, richtete er die Eisenspitze der Frame auf den jungen Krieger und hieb die Bronzesporen in die Pferdeflanken. Der Braunschecke wieherte schrill und stürmte vor.

Katualda hatte den Schild nicht mitgenommen und war deshalb nicht in der Lage, den Framenstoß abzuwehren. Auch war es zu spät, beiseite zu springen. Also ließ er sich fallen, rollte sich unter das Pferd und stieß seine Klinge in die Brust des Tieres. Ein Huf traf Katualda hart und schmerzhaft an der linken Schulter. Aber er hielt sein Schwert mit beiden Händen fest, und die Klinge fraß sich von der Brust bis zum vorderen Bauchbereich durch den Pferdeleib. Warmes Blut und Gedärm regneten auf den Harier, verklebten Gesicht, Arme und Brust.

Das Pferd schrie und knickte ein. Katualda riß seine Waffe zwischen Fleisch und Knochen hervor und rollte sich so schnell wie möglich zur Seite. Gerade noch rechtzeitig, bevor der schwere Pferdeleib zu Boden stürzte.

Der Reiter wurde aus dem Sattel geschleudert und verlor seinen Helm, der hölzerne Framenschaft zerbrach. Katualda stand auf und hob das Schwert zum Schlag; an der Stahlklinge klebten Blut und Pferdehaar. Der Markomanne riß im Knien die Linke mit dem ovalen Schild hoch und fing den Hieb ab.

Dann sprang der Mann hoch und zog sein eigenes Schwert aus der Scheide an seiner rechten Hüfte. Noch aus dieser Bewegung führte der erfahrene Kämpe den ersten Streich gegen Katualda. Ihre Klingen trafen sich, ließen winzige Funken aufstieben und rutschten kreischend aneinander entlang, ohne sich zu trennen. Beide Männer erhöhten den Druck, um den Feind zum Nachgeben zu zwingen.

Aus den Augenwinkeln sah Katualda, daß Ortolf seinen anderen Gegner bezwungen hatte. Ein Schwerthieb des Gaufürsten hatte den halben Waffenarm des Markomannen aufgeschlitzt, und gleich darauf fuhr Ortolfs Schwert in den ungeschützten Hals über dem Kettenhemd. Der Reiter stieß ein dumpfes Gurgeln aus, hustete, spuckte Blut, wankte im Sattel und fiel vor Ortolfs Füße. Aber schon drohte Katualdas Vater neue Gefahr: Anjo und zwei weitere Reiter trieben ihre Pferde in seine Richtung.

Katualda wollte einen Warnruf ausstoßen, als etwas schwer gegen seinen Kopf schlug. Der Markomanne hatte den Schild gegen den Harier geführt, und der bronzene Buckel traf Katualdas Stirn. Übelkeit und Benommenheit überwältigten ihn für Augenblicke. Die beiden Schwerter trennten sich, und der junge Harier wankte ein, zwei Schritte zurück.

Anjo und seine Begleiter erreichten Ortolf, der geschickt einem Framenstoß auswich und sich sofort gegen den nächsten Angreifer wandte: den Reiterführer selbst. Anjo wehrte den ersten Schlag des Gaufürsten mit dem eigenen Schwert ab, den zweiten ebenso. Als Ortolf zum nächsten Hieb ausholte, bohrte der dritte Reiter seine Frame von hinten zwischen die nackten Schultern des Gaufürsten.

Ein gellender Schrei entfuhr Katualda, und er stürzte nach vorn. Sein überraschter Gegner riß den Schild zu spät hoch. Der Stahl des Hariers fuhr mitten ins Gesicht des Markomannen und zerschnitt es in zwei Teile. Katualda stürmte an dem einknickenden Soldaten vorbei und hielt auf Ortolf und die berittenen Markomannen zu.

Der Gaufürst war schwer getroffen und sackte auf die Knie, hielt aber immer noch Schwert und Schild. Die zweite Frame bohrte sich in seine rechte Seite. Blut spritzte, und der verletzte Harierfürst schrie auf. Anjo brachte seinen Braunen dicht an Ortolf und spaltete ihm mit dem Schwert das Haupt.

Wieder schrie Katualda und hob seine Klinge in einer Mischung aus Zorn und Trauer, um des Vaters Tod zu rächen.

Anjo hörte den Schrei und riß den Braunen herum. Das erschrockene Tier stieg auf die Hinterläufe, die Vorderläufe wirbelten durch die Luft und trafen den Angreifer an Kopf und Brust.

Kurzzeitig kehrte die Nacht für Katualda zurück, und er fiel ins Gras, das nicht mehr nur feucht war vom Tau, sondern auch vom vergossenen Blut. Er spürte einen unangenehmen Druck an seiner Kehle. Es war die eiserne Spitze einer Frame.

»Halt, tötet ihn nicht!« rief Anjo. »Bindet ihn! Lebend können wir ihn noch besser gebrauchen. Unser Kuning will vielleicht auch seinen Spaß mit denen haben, die seinen Befehl verweigerten.«

Kräftige Hände packten Katualda und banden ihn mit Hanfstricken und Lederriemen. Noch immer war ihm übel, und er spürte Schmerzen am ganzen Körper, aber Notts Schleier, der sich über seine Augen gelegt hatte, zerriß. Sein Blick fiel auf das neu erbaute Haus, in dem er mit Ilga eine kurze Nacht des Glücks verbracht hatte. Ilga stand in der offenen Tür und hielt ein Tuch oder ein Kleidungsstück vor ihren nackten Schoß. Mit weit aufgerissenen, entsetzten Augen starrte sie auf das blutige Treiben – und auf Katualda. Als sie ihren gefesselten, am Boden liegenden Bräutigam sah, lief sie los.

Furcht stieg in ihm hoch, und er wollte ihr zurufen, im Haus zu bleiben. Aber die Angst um Ilga schnürte ihm die Kehle zu, und er brachte nur ein leises, rauhes Krächzen heraus. Ilga wollte sich über ihren jungen Gemahl werfen, doch Anjos kräftige Hand packte sie an der Schulter und hielt sie zurück.

»Wen haben wir denn da?« fragte der Reiterführer, nahm seinen Blick nur mit Mühe von Ilgas festen, noch mädchenhaft kleinen Brüsten und starrte in ihr längliches, ebenmäßiges Gesicht, jetzt ein Bild von Verwirrung und Schrecken. »Wenn das nicht die hübsche Braut des widerspenstigen Hariers ist!«

Mit einem Blick in die Runde vergewisserte sich Anjo, daß seine Männer die Herren des Dorfes waren. Sunna hatte sich noch nicht über die östlichen Berge erhoben, schickte aber schon die ersten blaßroten Strahlen voraus, die für ausreichendes Licht sorgten. Licht, in dem der Reiterführer sah, wie seine Männer die Gefangenen zusammentrieben. Widerstand gab es nicht mehr.

Zufrieden glitt Anjo aus dem lederbespannten Sattel, der nach römischer Art mit vier Knäufen versehen war. Mit fast väterlicher Geste strich seine Hand durch Ilgas seidiges, rötlich schimmerndes Haar, das lose um ihre Schultern fiel und den Rücken fast bis zum nackten Gesäß bedeckte. Dann, mit einem plötzlichen Ruck, riß er der Frau das Tuch aus der Hand und schleuderte es achtlos beiseite.

Vollkommen nackt stand Ilga nun vor ihm. Sie unternahm keinen Versuch, ihren Schoß mit den Händen zu verdecken. Instinktiv ahnte sie, daß dies nicht nur zwecklos war, sondern den Markomannenführer nur noch mehr anstacheln würde.

»Ein wirklich schönes Kind bist du«, brummte Anjo und leckte über seine wulstigen Lippen. »Schade, wir hätten eher kommen sollen, vor der Hochzeitsnacht. Es wäre sicher ein Vergnügen gewesen, diese Frucht als erster zu pflücken!«

Seine Rechte verkrallte sich im Kraushaar ihrer Scham, und die groben Finger bohrten sich in das empfindliche Fleisch. Ilgas spitzer Schrei entsprang dem Schmerz genauso wie der Angst. Anjo ließ nicht von ihr ab, griff nur noch fester zu, bis Ilga sich wand, keuchte und vor Schmerz Blut aus ihrer Unterlippe biß.

Bisher hatte Katualda geschwiegen, um den Reiterführer nicht noch mehr zu reizen. Doch als er Ilgas schmerzgeplagtes Gesicht sah, hielt er es nicht länger aus und zerrte an seinen Fesseln – vergebens, die Soldaten hatten ganze Arbeit geleistet.

»Dreckiges Markomannenschwein!« schrie er. »Kannst du nichts anderes, Feigling, als Schlafende zu überfallen und dich an wehrlosen Frauen zu vergreifen?«

»Doch«, erwiderte Anjo und ließ von Ilga ab. »Ich kann kläffende Köter zum Schweigen bringen!«

Er trat in Katualdas Gesicht. Die lederne Schuhspitze brach

die Nase des Hariers, und der Bronzesporn riß seine linke Wange auf. Fast schlimmer noch als den Schmerz empfand Katualda das Gefühl zu ersticken. Blut füllte seine Nase aus. Als er das begriff und durch den Mund atmete, ging es wieder.

Anjo kehrte zu Ilga zurück, warf sie roh zu Boden, öffnete seinen Gürtel und ließ die dunkle, zum Schutz gegen den Durchrieb beim Reiten mit Lederflicken besetzte Wollhose hinunterfallen. Dann sackte er auf die Knie und packte die auf dem Rücken liegende Frau bei den Unterschenkeln, die er brutal auseinanderriß.

Noch einmal versuchte Katualda, die Fesseln abzustreifen. Als das nicht gelang, flehte er Anjo an, Ilga zu verschonen und dafür ihrem Gemahl das Leben zu nehmen.

»Das kann ich immer noch«, lachte der Reiterführer und drang gewaltsam in Ilga ein.

Diesmal wimmerte sie nur vor Schmerz.

Kapitel 3

Die Hundsspalte

Es war ein lichtloses, stinkendes, feuchtes Loch, in dem Katualda die Zeit vergaß, aber nicht die Pein, die Trauer und den Zorn. Immer wieder sah er Ilga vor sich, die sich mit schmerzverzerrtem Gesicht am Boden wand, während Anjo sie schändete. Anjo und weitere Markomannen. Wie die Tiere fielen sie über Ilga und die anderen gefangenen Frauen her, nicht nur am Morgen des Überfalls. Während des ganzen Marsches zum Fluß Moldau, an dem Marbod die Hauptstadt seines Reiches gegründet hatte, mißbrauchten sie die Harierinnen, sogar solche im Kindesalter, auch die kleine Alea. Lange hatten die Geschändeten gebettelt und geweint, bis sie schließlich alles, auch die widernatürlichsten Handlungen, in stummer Verzweiflung erduldeten.

Zwei grüne Augen starrten Katualda durch die Finsternis an, selbst wenn er seine eigenen Augen schloß. Mal war der Blick von Scham und Schmerz geprägt, mal von Todesangst, dann von dem Wunsch zu sterben; zuweilen war der Ausdruck auch vorwurfsvoll. *Warum hast du, mein Gemahl, mich nicht beschützt?* schienen Ilgas Augen zu fragen.

Weil ich zu schwach gewesen bin! antwortete der Gefangene stumm in die Finsternis hinein. *Zu schwach, um meine Frau vor der Schande, meinen Vater vor dem Tod und mein Dorf vor der Vernichtung zu bewahren. Ich habe versagt!*

Dieser Gedanke fraß sich in ihm fest, bohrte in seinen Eingeweiden und hielt sein Herz in eisiger Umklammerung. Nur eine Sühne konnte es dafür geben: den ehrlosen Tod!

Den Strohtod zu sterben, nicht in der Schlacht zu fallen, war die größte Schande für einen Krieger. Wer den Strohtod starb, wurde nicht von den Walküren nach Walhall geführt, durfte nicht mit den Göttern zechen, sich nicht im täglichen Kampf als Einherier üben, um am Ende der Zeiten Seite an Seite mit den Göttern gegen die Ungeheuer der dunklen Mächte zu kämpfen. Hel, die halb schwarz- und halb menschenhäutige Tochter Lokis und Angurbodas, zog die unrühmlich gestorbenen Krieger in ihr düsteres Totenreich. Für eine Frau oder ein Kind war dies ein annehmbares Schicksal, der rechte Ort, auf das Zeitenende zu warten, nicht aber für einen Mann, der zum Kämpfen geboren war.

Nahrung bekamen die Gefangenen in dem tiefen, finsteren Felsloch nicht. Wasser tranken sie von den steinigen Wänden, an denen die lebenswichtige Flüssigkeit hinunterlief. Sie drückten ihre Gesichter gegen den Stein und leckten ihn mit rauhen, pelzigen Zungen ab. So wie in dieser Höhle war es wohl auch in allen anderen Kavernen von Marbods Kerker, in denen Hunderte von Hariern ihrem Schicksal harrten – dem Hungertod?

Irgendwann – er wußte nicht, wie viele Nächte vergangen waren – beschloß Katualda, nicht mehr zu trinken, damit der

26

Tod, seine schändliche Strafe, schneller zu ihm kam. Reglos hockte er in einer Ecke, antwortete nicht mehr auf Zurufe seiner Mitgefangenen, beachtete nicht mehr die Berührungen durch Käfer, Salamander, handgroße Spinnen und stumme Höhlengrillen. Selbst die Ratten, die an ihm nagten, verscheuchte er nicht. Er schloß die Augen, lehnte sich zurück und wartete auf Hels kalte Hand.

Aber die Hand war warm und rauh und schlug ihm ins Gesicht, bis er die Augen aufriß und in ein bärtiges Antlitz starrte. Hell wie der Bart war das Haar des Mannes, das an der rechten Kopfseite zu einem Knoten geflochten war, in dem über Kreuz zwei Knochen steckten – Menschenknochen. Der Mann mochte den Sueben angehören, die Marbod seinem Reich einverleibt hatte, vielleicht auch einem anderen Volk. Ursprünglich hatten die Suebenstämme diesen Knoten getragen, doch die Mode hatte sich im ganzen Markomannenreich verbreitet.

»Steh endlich auf, störrischer Harieresel!« keifte der Mann, der einen dunklen Wollkittel über Hosen aus demselben Stoff trug. »Hast es wohl nicht eilig, zu deiner Hinrichtung zu kommen, was?«

Das meckernde Lachen des Fremden wurde von seinen Gefährten erwidert. Mehrere von ihnen standen in der Höhle, hielten Fackeln, Gere und Schwerter in den Händen und trieben die Gefangenen an, eine wacklige Holzleiter emporzuklettern. Die Harier waren so geschwächt, daß einige an dem glattgescheuerten Stamm abrutschten, aus dem ebenso glatte Sprossen ragten, zumal einige Sprossen abgebrochen waren. Die Kerkerwachen kannten kein Mitleid, schlugen die Verunglückten oder stachen sie mit spitzen Eisen.

Wut stieg in Katualda auf und verscheuchte die Schwermut. Am liebsten hätte er sich auf die Wärter gestürzt und sie mit bloßen Fäusten bearbeitet. Aber er war zu schwach, konnte sich kaum auf den eigenen Beinen halten. Mühsam erstieg er die Leiter, dem schmerzhaften Licht entgegen, das aus seinen nur noch an Finsternis gewöhnten Augen Tränenströme preßte. Auch frische Luft und Vogellaute, den zu einem hohen, lang anhaltenden Ton anschwel-

27

lenden Gesang der Goldammer, war er nicht mehr gewohnt.

Die Gefangenen wurden auf einem großen freien Platz zusammengetrieben, der auf allen Seiten von Felswänden umgeben war. Ein natürliches Gefängnis. Eine schmale Öffnung im Fels war durch ein schweres Tor verschlossen. Mehrere an den Stein gelehnte Holzhütten dienten den Wachen als Unterkunft.

Das alles erkannte Katualda nach und nach, während seine Augen sich an das helle Tageslicht gewöhnten und die Tränenschleier allmählich zerrissen. Die Umrisse von Felsen und Gebäuden setzten sich vor ihm zusammen, als würde die Welt in diesem Augenblick geboren. Gleiches galt für die Konturen der Menschen, die anfangs noch gesichtslos waren, dann zu Männern und Frauen wurden.

Frauen!

Erregt blickte er sich um, dann sah er sie endlich: Ilga. Sie lebte und schien gesund zu sein, und er dankte den Göttern dafür.

Ilga stand bei ihren Eltern und Geschwistern und stierte mit leerem Blick vor sich hin. Sie trug nur schmutzige, löchrige Fetzen am Leib, und ihr verfilztes Haar hing in ungeordneten Strähnen an ihr herunter.

Bestürzung überfiel Katualda. War nur der Leib seiner Frau gesund, nicht aber ihr Verstand?

Er rief ihren Namen und wollte zu ihr laufen, aber ein Reiter drängte sich dazwischen und schlug den Handrücken in Katualdas Gesicht. Der geschwächte Edeling fiel zu Boden und blickte zu einem großen braunen Pferdeleib auf und zu dem hageren, knochigen Reiter mit einem dunklen Bart, der am Kinn zu einer langen Spitze auslief. Die schmalen Augen unter dem Bronzehelm sahen in boshafter Befriedigung auf Ortolfs Sohn herab.

»Wohin so rasch, Schattenkrieger?« grinste Anjo. »Hast du deine hübsche Frau so sehr vermißt? Ich kann's ja verstehen. In den Kerkerhöhlen fühlt sich ein Mann sicher einsam, zumal ein jungvermählter. Dein Weib hat dich bestimmt nicht so schmerzhaft entbehrt. Meine Soldaten und ich haben dafür

28

gesorgt, daß ihr Bedarf an Männern gedeckt ist. Ich würde mich nicht wundern, wenn ein Markomannenkrieger in ihrem Leib heranwächst!«

»Ich wußte gleich, daß du ein Schwein bist, Markomanne!« stieß Katualda hervor und erhob sich schwankend. »Und ich schwöre bei Nott, der Göttin der Nacht, daß ich dich töten werde!«

Noch bevor er ausgesprochen hatte, stürzte er sich mit ausgestreckten Armen auf den Reiter, um ihn vom Pferd zu reißen. Anjo war darauf vorbereitet, zog sein Schwert aus der Scheide und schlug die Klinge mit der stumpfen Breitseite über den Schädel des Angreifers, der erneut zu Boden ging. Sofort riß Anjo den Braunen zurück.

»Paß auf, daß du nicht auf den dreckigen Harier trampelst, mein Guter«, raunte er dem Tier ins Ohr. »Unser Kuning wäre sehr traurig, wenn er Katualdas Tod nicht beiwohnen könnte.« Dann befahl er zwei Kerkerwächtern, Katualdas Arme auf den Rücken zu fesseln.

Derart gebunden, mußte sich Katualda in die lange Schlange der Harier einreihen, die, bewacht von Anjos Reitern und unberittenen Kerkerwächtern, Marbods Gefängnis durch das große Doppelflügeltor verließen. Anjo führte den Zug an. Einer der beiden Reiter hinter ihm hielt die rote Fahne mit dem springenden Rappen. Der andere war ein Hornist. Kaum hatte die Spitze des Trupps das Kerkertor durchritten, stieß er in sein Horn und ließ in kurzen Abständen immer wieder ein langgezogenes Signal ertönen.

Sie marschierten durch hügeliges, mit Bäumen und Büschen dicht bestandenes Gebiet. Mehrmals versuchte Katualda, sich zurückfallen zu lassen, um mit seiner weit hinter ihm gehenden Frau zu sprechen. Aber vergeblich: Sobald die Wachen seine Absicht bemerkten, trieben sie ihn mit harten Schlägen an. So blieb ihm nur, hin und wieder einen forschenden Blick über die Schulter zu werfen. Kein einziges Mal hatte er das Gefühl, daß Ilga ihn bemerkte.

Der Bewuchs zur Rechten wurde spärlicher, und auch die Felsen wichen zurück, bis Katualda bemerkte, daß dicht neben dem Pfad ein Steilhang tief abfiel. Er unterdrückte den

Drang, sich mit einem schnellen Satz nach rechts außer Reichweite der Bewaffneten zu bringen. Mit den gefesselten Händen wäre es reiner Selbstmord gewesen, sich den Hang hinabfallen zu lassen.

Vor kurzem hatte er sich den Tod noch gewünscht, das war jetzt anders. Die Liebe und der Haß schürten seinen Lebenswillen. Die Liebe galt Ilga, die lebte und vielleicht seine Hilfe gebrauchen konnte. Und der Haß galt Anjo, dem er den Tod geschworen hatte.

Dann sah er die große Stadt am Fluß, in der er zum ersten- und einzigen Mal vor drei Wintern gewesen war. Damals hatte Marbod die Krieger aus allen Teilen seines Reiches zusammengerufen, weil Tiberius seine Legionen an den Grenzen versammelte. Auch Ortolf war mit den Schattenkriegern aus dem Nottgau zur Flußstadt gezogen, an seiner Seite der Jungkrieger Katualda, stolz, zum ersten Mal bei einem großen Kriegszug dabeizusein. Aber zum Kampf war es nicht gekommen, weil die aufständischen Pannonier Tiberius beschäftigten. Doch auch so war es ein Erlebnis für den jungen Sohn des Gaufürsten gewesen, hatte er doch niemals zuvor eine so große Stadt gesehen.

Daran dachte Katualda, während sein Blick über die zahllosen Gebäude glitt, die sich unter ihm vom Flußufer bis zum Berghang erstreckten. Diese Stadt gab einen Eindruck von der Größe und Macht des Reiches, das Marbod in wenigen Jahren aus dem Boden gestampft hatte. Ein Reich aus vielen Völkerschaften und Stämmen, das nur ein Kuning zusammenhalten konnte, der in Rom erzogen worden war und von den Römern gelernt hatte, wie man große Armeen aufstellte und ganze Völker beherrschte.

In den Straßen und Gassen der Flußstadt lebten Tausende von Menschen, viele Männer und Frauen von Marbods eigenem Volk, aber auch andere Angehörige seines Reiches: Semnonen, Langobarden, Lugier, Quaden, Harier und jene Boier, die damals, als Marbod noch ein junger Edeling war, nicht vor den anrückenden Markomannen geflohen waren. Angehörige anderer Völker siedelten ebenfalls in der Stadt, sogar Römer, Griechen und Ägypter. Zu einem Teil waren es Händler, die sich hier niedergelassen hatten, zum anderen Flüchtlinge aus dem Heer des Augustus. Marbod gewährte ihnen Zuflucht, weil er wollte, daß die Menschen seines Reiches von den Fremden lernten.

Wenn es nach Marbod ging, würde hier alles so werden wie in Rom, das, so erzählte man, noch viel größer und prachtvoller sein sollte als Marbods Stadt. Hier waren die meisten Gebäude noch aus Holz, dort sollten sie aus blendend weißem Stein errichtet sein. So berichteten es weitgereiste Harier und Markomannen, aber Katualda konnte es sich nicht vorstellen. Noch größer, noch prächtiger als Marbods Stadt? Unmöglich!

Ortolf und Katualda hätten an diese Stadt denken sollen, als sie den Befehl Marbods verweigerten, der für seine strenge Zucht und nicht für seine Gnade bekannt war. Dann hätten sie vielleicht erkannt, wie töricht ihr Handeln war. Eine bittere Erkenntnis für Katualda, denn sie kam zu spät.

Bei diesem Gedanken huschte sein Blick am Hang zur Linken entlang, der allmählich zurückwich. Das urwüchsige Gestein verwandelte sich in von Menschenhand behauene Mauern, so gewaltig, als wären sie von den Riesen erschaffen, die im Auftrag der Götter das im Kampf zwischen Asen und Wanen zerstörte Asgard neu erbauten. Von zahlreichen Türmen überragt, schienen die Mauern den ganzen Berg zu umlaufen; Katualda konnte kein Ende erblicken. Marbods Bergfestung beherbergte eine ganze Armee, seine Schwarze Wache, das Gegenstück zu den römischen Prätorianern. Man sagte, kein Mann konnte der Schwarzen Wache beitreten, der nicht mindestens zwanzig Feinde erschlagen hatte.

Wider Erwarten führte Anjo die Gefangenen nicht in Marbods Festung, sondern in eine Schlucht, die vor den äußeren Burgwällen mit einem schmalen Einschnitt begann und sich dann zu einem langgezogenen Tal erweiterte. Bäume standen hier nicht, nur karges Gebüsch, das mutig gegen den übermächtigen Fels ankämpfte.

»Die Todesschlucht!« flüsterte ehrfürchtig der Gefangene, der neben Katualda ging. Meino hieß er und war ein älterer Ziegenhirte aus Ortolfs Dorf.

»Nennt man diesen Ort so?« fragte Katualda.

Meino nickte.

»Woher weißt du das?«

»Aus Erzählungen, mein Fürst.«

Die Anrede ›mein Fürst‹ machte Katualda bewußt, daß er nach dem Tod seines Vaters der Fürst der Nottsöhne war – der Fürst von Gefangenen, Todgeweihten.

»Was ist das für ein Ort?« fragte der junge Harier weiter.

»Man sagt, Marbod läßt viele Gefangene in die Todesschlucht bringen.«

»Wozu? Was sollen wir hier?«

»Sterben.«

Der alte Ziegenhirte sagte das vollkommen teilnahmslos, als sei es ihm gleichgültig. Vielleicht war es so, war Meino der Ansicht, sein Leben gelebt zu haben. Aber was war mit den Jüngeren, deren Leben erst begann? Mit Ilga?

Katualda spürte das nahe Ende und blickte sich verzweifelt um, suchte nach einem Ausweg. Er fand keinen. Alles, was er sah, waren schroffe, hoch aufragende Felswände, die gut bewaffneten Bewacher und die mutlosen Gesichter der ausgehungerten Söhne und Töchter Notts.

Als alle Gefangenen den Felseinschnitt durchschritten hatten, gab der Hornist auf Anjos Befehl das Zeichen zum Anhalten. Viele Gefangene sanken erschöpft zu Boden. Nicht so Katualda und auch nicht Ilga, die er weit entfernt erspähte. Sie schwankte zwar wie ein Grashalm im Wind, aber sie blieb stehen. War es Tapferkeit, oder war Ilga zu abgestumpft, um die eigene Erschöpfung zu bemerken?

Laute Hornsignale erfüllten die Schlucht. Sie kamen aus der Richtung von Marbods Festung. Dann preschten auch schon schwarzgekleidete Reiter auf großen schwarzen Pferden in die Todesschlucht – die Schwarze Wache. Es waren bestimmt zweihundert Mann, und jeder von ihnen sah aus, als könne er es mit fünf Gegnern zugleich aufnehmen.

»Wo die Schwarzen sind, ist auch Marbod nicht fern«, meinte der Ziegenhirte.

»Kennst du den Kuning?« fragte Katualda, der Marbod noch nie gesehen hatte.

»Ja, Fürst, aber es ist schon lange her. Ich war noch ein junger Mann und trieb mit meinem Vater eine große Ziegenherde zur Flußstadt, um sie auf dem Markt zu verkaufen. Marbod gab damals ein großes Fest, weil er die aufständischen Quaden unterworfen hatte. Er fuhr in einem Römerwagen an der Spitze seiner Soldaten durch die Stadt. Einen Triumphzug nannte er das, auch so eine Römersitte.«

»Wie sieht er aus?«

»Sieh ihn dir selbst an, Fürst. Der Reiter auf dem Rapphengst mit der sternförmigen Stirnblesse ist es.«

Der Kuning war nicht zu übersehen. Er führte eine Gruppe berittener Fahnenträger an und ritt das größte Pferd von allen, das mit stolz erhobenem Haupt einherschritt, als sei es sich der Königswürde seines Reiters bewußt. Groß und kraftvoll wirkte auch der Mann, der aufrecht in dem silberbeschlagenen Römersattel saß. Er war ganz in Schwarz gekleidet wie seine Soldaten, trug aber im Gegensatz zu ihnen keinen Helm. Sein kräftiges dunkles Haar fiel lang auf den Rücken. Das bartlose Gesicht wirkte verkniffen, was wohl an den zahllosen Falten lag, die dem Kuning das Aussehen eines Mannes von fünfzig Wintern gaben, obwohl er noch längst keine vierzig zählte. Die großen dunklen, fast schwarzen Augen wanderten rastlos umher, als spähe ihr Besitzer ständig nach Feinden aus. An einem mit Silberplatten beschlagenen Wehrgehänge hingen eine Schwert- und eine Dolchscheide, beide ebenfalls reichlich mit Silber verziert, mit den Darstellungen springender, laufender und sich aufbäumender Pferde.

»So sieht ein Kuning aus«, sagte Meino leise, fast andächtig.

»Ja«, bestätigte Katualda. »Aber kein gütiger.«

»Was immer wir von Marbod zu erwarten haben«, seufzte der Ziegenhirte, »Güte ist es am allerwenigsten.«

Wie recht er hatte, erwies sich, als Marbod seinen Rappen zügelte und mit lauter, weithin hallender Stimme eine Ansprache hielt, in der er die Nottsöhne des Treuebruchs und Verrats beschuldigte. »Nur der Tapferkeit des Reiterführers Anjo ist es zu verdanken, daß sich der Geist des Verrats nicht

33

weiter ausbreitete«, fügte der Kuning hinzu und winkte den Angesprochenen zu sich. »Dafür belohne ich Anjo mit einem Gut im Süden der Stadt und ernenne ihn zum Hauptmann meiner berittenen Wache.«

Anjo lächelte zufrieden und verneigte sich vor dem Kuning.

»Die Harier aber soll die gerechte Strafe ereilen. Sie alle sollen sterben als mahnendes Zeichen für das, was Verräter erwartet! Dank Anjos Gehorsam können wir dieses Zeichen setzen.«

Hitzewellen überliefen Katualda. Bei dem Gedanken an den Tod so vieler Menschen – und an den Tod Ilgas – raste sein Herz, flatterte sein Atem. Die Menschen, Gefangene und Bewacher, begannen vor seinen Augen zu verschwimmen. Er stürzte vor, auf Marbod zu, und rief: »Das darfst du nicht tun! Es ist Mord!«

Ein paar der schwarzen Reiter sprengten vor und hielten Katualda mit ihren Framen zurück.

Marbod musterte den gefesselten Jüngling und sah dann Anjo an. »Wer ist der Schreihals?«

»Katualda, der Sohn des Gaufürsten Ortolf. Er meuterte schon, als wir ihn aus den Kerkerhöhlen holten; deshalb ließ ich ihn binden.«

»Laßt den Harier vortreten!« befahl Marbod seinen Wachen.

Die Reiter teilten sich und gaben eine enge Gasse frei, durch die Katualda, von wachsamen Blicken verfolgt, auf den Kuning zuwankte.

»Wie kannst du es wagen, deinen Kuning einen Mörder zu nennen, Harier?« schnarrte Marbod.

»Für mich ist es Mord, wenn Hunderte von Unschuldigen sterben müssen!«

»Unschuldige?« Marbod runzelte die Stirn. »Haben die Harier nicht meinen Befehl verweigert? Haben sie nicht gegen meine Soldaten gekämpft und einige meiner Männer getötet?«

»Sie verweigerten nicht deinen Befehl, Kuning, sondern gehorchten ihrem Gaufürsten, meinem Vater. Und sie griffen erst zu den Waffen, als Anjo mit seinen Reitern im Schutz der schwindenden Nacht unser Dorf überfiel.«

»Deinen Vater kann ich nicht mehr bestrafen, Harier, er ist schon tot«, seufzte der Kuning, und es klang bedauernd.

»Dann straf mich, aber laß die Unschuldigen frei!« verlangte Katualda.

Marbod überlegte. Seine Soldaten erwarteten den Tod vieler. Ein einzelnes Leben war nicht genug, war ein zu geringes Opfer, um die Macht des Kunings zu zeigen. Und er mußte seine Macht zeigen, immer und immer wieder. Nur so war ein Reich zu regieren, das dem Römischen an Größe und Macht zu trotzen wagte.

Marbod hatte keinen göttlichen Caesar zum Vater, nur einen markomannischen Gaufürsten. Aber Tuders Sohn hatte es geschafft und ein Reich aufgebaut, über das er herrschte wie Augustus über das Römische Imperium. Um seine Herrschaft zu bewahren, mußte Marbod allen anderen seine Macht vor Augen führen, gerade jetzt, wo viele Stimmen sich für einen Zusammenschluß mit den Cheruskern aussprachen.

»Einige dieser Menschen haben sich gegen meine Soldaten gestellt«, sagte er schließlich und zeigte auf die lange Reihe der Gefangenen. »Es ist schwer, ja unmöglich, die Schuldigen von den Unschuldigen zu trennen. Aber ihr sollt wissen, daß ich nicht nur ein strenger, sondern auch ein gnädiger Kuning bin. Deshalb sollen nicht alle sterben. In Roms Legionen ist es Brauch, das bei schweren Verfehlungen jeder zehnte Mann bestraft wird. So wollen wir es auch halten; einer stirbt für die Freiheit von neun anderen.«

Einer von zehn, das war kein schlechter Schnitt, schoß es durch Katualdas Kopf. Die Aussichten, daß Ilga überlebte, waren gut.

»Nur die Edelinge sollen samt und sonders büßen, mit allen Angehörigen, Frauen und Kindern«, fuhr da Marbod fort und machte Katualdas Hoffnung zunichte, rammte ihm eine unsichtbare Frame mitten ins Herz. »Dem jungen Harier aber will ich seinen Wunsch erfüllen, die größte Strafe zu erleiden. Er bleibt am Leben und wird meines Reiches verwiesen. Vorher soll er zusehen, wie seine Leute in der Hundsspalte sterben!«

Während die Kerkerwachen die Reihe der Gefangenen abschritten und jeden zehnten Harier, gleich ob Mann oder Frau oder Kind, vortreten ließen, packten zwei Bewaffnete Katualda und schleppten ihn fort, zu einer Erdspalte, die am Rand der Schlucht klaffte. Hier oben sehr eng, verbreiterte sie sich nach unten. Katualda blickte auf steinigen, unbewachsenen Boden am Fuß der Spalte. Da unten bleichten unzählige Knochen, Totenschädel und ganze Skelette in der Sonne.

Vier Markomannen traten mit geschulterten Säcken an den Rand der Spalte, setzten ihre Last ab, öffneten sie und nahmen große Stücke blutigen, rohen Fleisches heraus, die sie in die Spalte warfen. Zwei weitere Männer setzten aus Knochen geformte Flöten an die Lippen und bliesen hinein. Der Ton war hoch und schrill, kaum noch zu hören. Sie setzten die Flöten ab, als seltsame Laute durch die Spalte nach oben drangen: dumpf verzerrtes Knurren, Heulen und Bellen.

»Das sind die Wildhunde«, sagte Anjo, der von seinem Braunen gestiegen und an Katualdas Seite getreten war. »Sie haben das Signal gehört und wittern das Fleisch. So ist es immer, der blutigen Vorspeise folgt die lebendige Hauptmahlzeit.«

Als Katualda begriff, krampfte sich sein Magen zusammen. Ungeheuerlich klang, was Anjo da sagte. Aber die wilden Bestien, die tief unter ihnen in die Spalte liefen und mit langen, scharfen Zähnen das Fleisch zerrissen, bestätigten seine Worte.

Ein Hornsignal ertönte, und die Wachen führten die Todgeweihten zur Hundsspalte. Der erste war Meino, und er widersetzte sich nicht. Die Markomannen brauchten ihn nicht einmal zu stoßen, er ließ sich einfach nach vorn fallen. Zweimal schlug sein Körper gegen den Fels, bevor er am Boden der Spalte aufschlug.

Katualda wünschte dem Hirten, daß er tot war, ehe die Hunde über ihn herfielen. Aber dann hörte der junge Edeling einen kläglichen Schrei, als sich mehrere Fänge in Meinos Fleisch verbissen und große Stücke herausrissen. Katualda wollte seinen Blick abwenden, aber es gelang ihm nicht. Vielleicht mußte er es sehen, um seinen Haß zu nähren.

So wie Meino erging es fast hundert Menschen. Die Meute der Wildhunde war groß, aber sie kam kaum mit dem Töten nach, so rasch aufeinander stürzten die Harier ins Verderben. Und dann waren die Edelinge an der Reihe, schließlich Wolrad und die Seinen.

Ilgas Vater breitete die Arme aus, als er fiel, als wolle er sich, einem Adler gleich, in die Lüfte erheben. Doch er schlug zwischen all den blutbeschmierten Toten und den knurrenden Bestien auf.

In diesem Augenblick erwachte Ilga aus ihrer inneren Lähmung und stieß einen Schrei aus, wie Katualda noch keinen furchtbareren gehört hatte. Auch Katualda schrie und wollte zu Ilga laufen, doch auf Anjos Befehl hielten ihn die Wachen fest.

Dann stürzte Ilga in die Spalte, ihre Brüder, ihre Mutter und sogar die kleine Alea. Opfer um Opfer für die gefräßigen, nimmersatten Wildhunde.

Katualda brach zusammen. Wieder verschwomm alles um ihn herum, und das Gebrüll der Bestien verzerrte sich zu einer schauerlichen Todesmelodie. Das letzte, was der Edeling sah, war Anjos Gesicht, auf dem ein zufriedenes Lächeln lag.

Ich werde dich töten, Markomanne, dich und deinen Kuning! schwor Katualda, ohne die Lippen zu bewegen.

Der Winter kam, und Marbod griff nicht in den Krieg zwischen Rom und den Stämmen ein, die unter dem Cheruskerherzog Armin um ihre Freiheit kämpften. Den Kopf des Varus sandte der Markomannenkönig zu Augustus nach Rom, ebenso als Zeichen seines guten Willens zum friedlichen Miteinander wie als Beweis seiner Macht, es nicht nötig zu haben, sich dem cheruskischen Aufstand anzuschließen. Trotz der Schande, die Publius Quintilius Varus mit dem Verlust dreier

Legionen über Rom gebracht hatte, wurde sein kläglicher Überrest mit allen Ehren in der Familiengruft seines Geschlechts beigesetzt.

Der Winter wich dem Sommer, und Marbod hielt still, gab sich damit zufrieden, seine Macht in den Grenzen seines Reiches zu festigen. Tiberius, der Adoptivsohn des Augustus, übernahm den Oberbefehl am Rhein und überschritt mit seinen Legionen mehrmals den Fluß, ohne den Aufstand niederzuwerfen. Mit jedem Winter, der die Mäntel der Frostriesen über das weite Land warf, erstarrte der große Strom, den die Römer Rhenus nannten, mehr und mehr zur Grenze ihres Imperiums. Die Kastelle rechts des Flusses mußten aufgegeben werden, die Provinz Germania existierte nur noch auf den römischen Landkarten.

Die Winter vergingen. Der alte Augustus, der den Jahrestag der Varusschlacht bis an sein Lebensende als Tag der Trauer und des Unheils beging, starb, und Tiberius trat seine Nachfolge an. Als die Legionen in den Grenzgebieten meuterten, sandte der neue Caesar seinen leiblichen Sohn Drusus minor nach Illyrien, um für Ordnung zu sorgen. Am Rhein fiel diese Aufgabe an Germanicus, den Neffen und Adoptivsohn des Tiberius. Germanicus aber wollte mehr, brannte auf Rache für seinen Vater Drusus maior, der in Germanien den Tod gefunden hatte. In mehreren Feldzügen suchte er die Entscheidungsschlacht mit Armin. Obwohl Armins Schwiegervater Segestes sich auf die Seite Roms schlug, blieb der Cheruskerherzog unbesiegt.

Gemeinsam mit seinem Oheim Inguiomar und seinem Blutsbruder Thorag führte Armin die verbündeten Stämme immer wieder in den Kampf, um so verzweifelter nur, nachdem Armins Gemahlin Thusnelda, sein kleiner Sohn Thumelikar und Thorags Frau Auja durch den Verrat des Segestes in die Hände der Römer gefallen waren.

Nur offiziell wegen seiner Verdienste, in Wahrheit aber um dem blutigen Schlachten in den Urwäldern Germaniens ein Ende zu bereiten, wurde Germanicus von Tiberius nach Rom zurückbeordert, wo dem Feldherrn der Triumphzug gewährt wurde. Unter den Augen der römischen Bevölkerung führte er seine angeblichen Siegestrophäen vor, darunter Thusnelda, Thumelikar und Auja.

Acht Winter waren seit dem Sieg über die Legionen des Varus vergangen, Armin und Inguiomar waren die Herren rechts des Rheins, und die Römer hielten still – scheinbar. Denn hintersinnig, wenn nicht gar doppeldeutig, klangen die Worte des Tiberius, er wolle die Germanen ihrer eigenen Zwietracht überlassen ...

ZWEITER TEIL

DIE TAT DES FREVLERS

Kapitel 4

Drusus Caesar

Der Sommer hatte bereits einen schweren Stand, und zusehends wich das Grün aus dem Blattwerk der unheimlichen Urwälder, die sich rechts und links des Rhenus bis zum Ende der Welt zu erstrecken schienen. Braun, Gelb und Rot, die Farben der Übergangszeit, ergriffen von immer größeren Waldabschnitten Besitz, in dieser Region besonders das Rot; wie ein blutiger Schleier legte es sich über das Land, das schon so viele Schlachten gesehen hatte. Der undurchdringliche Wald warf seltsame Geräusche, tiefes Knurren und heiseres Geschrei, über den Fluß, lauter als das Plätschern der ins Wasser tauchenden Riemen und der Strömung, die sich an den Rümpfen der fünf großen Schiffe brach. Fremdartig und bedrohlich klangen diese Laute, und viele Menschen an Bord der römischen Schiffe hielten sie für das Gebrüll mächtiger, unbekannter Ungeheuer, die sich freuten, ihren Hunger bald mit Menschenfleisch zu tilgen.

Mehr, als Menschengeist sich vorzustellen vermochte, schien das dunkle Land aus Wäldern und Sümpfen zu beherbergen, die grausigsten Schrecken und die schlimmste Pein. Hatte nicht sogar Gaius Julius Caesar, der Größte unter den Sterblichen, geschrieben, daß in diesen Wäldern wilde Tiere hausten, die man sonst nirgends fand; solche ohne Gelenke, die sich niemals hinlegten und selbst im Stehen, an Bäume gelehnt, schliefen; und Stiere von gewaltiger Kraft und Schnelligkeit, die weder Mensch noch Tier verschonten, hatten sie ihr Opfer erst einmal erblickt!

So dachten und murmelten die Männer auf den Schiffen, Ruderer, Matrosen und sogar die Prätorianer. Auch Drusus, Sohn des Princeps Tiberius, starrte mit wachsender Beklemmung zum rechten Ufer, der Grenze des Barbarenlandes. Unvorstellbar erschien ihm, daß hier Menschen lebten, ganze Völker, und daß es für Rom in diesem wüsten Dickicht etwas zu gewinnen gab.

Das zu klären, war die Aufgabe, mit der Tiberius seinen Sohn betraut hatte. Nachdem Tiberius seinen Adoptivsohn Germanicus, der sich in immer neuen, Blut und Geld kostenden Schlachten gegen die Germanen verrannte, abberufen hatte, sollte Drusus das Germanenproblem, wie der Princeps es nannte, auf feinsinnigere, weniger aufwendige Art lösen oder zumindest dafür sorgen, daß das linksrheinische, von den Römern besetzte Gallien – die Grenze des Römischen Reiches – unbehelligt blieb.

Eine ehrenvolle Aufgabe für Drusus, hätte in seinem Fleisch nicht unablässig ein Stachel namens Lucius Aelius Sejanus gebohrt. Der Prätorianerpräfekt Sejanus stand mit dem Tribun Quintus Favonius Bivius neben Drusus am Bug der stolzen Quinquereme und starrte nach vorn auf die grautrüben Nebelschwaden, die über dem großen Strom lagen und die Sicht erschwerten.

»Dieser Nebel gefällt mir nicht«, seufzte Favonius. »Er ist so undurchschaubar wie dieses ganze Land.« Dabei sah er zum rechten Ufer, auf die Gebiete, die sich seit dem Aufstand gegen Varus der römischen Herrschaft entzogen hatten.

»Wer sich anstrengt und das scheinbar Undurchschaubare durchschaut, kann gerade daraus seinen Vorteil ziehen«, erwiderte Sejanus gelassen. Er streckte die knochige Rechte nach dem jungen hellhaarigen Sklaven mit dem Silbertablett aus und biß herzhaft in einen sauren grünen Apfel.

Nichts schien den Befehlshaber der Prätorianergarde aus der Ruhe bringen zu können, und gerade das mißfiel Drusus. Denn dies war der Grund – oder einer der Gründe –, weshalb Tiberius den Mann, der doch eigentlich in Rom den Oberbefehl über die Garde und den Schutz des Herrschers hätte verantworten sollen, an die Seite des Prinzen gestellt hatte. Ein anderer Grund mochte sein, daß Tiberius seinem eigenen Fleisch und Blut nicht traute, nachdem man bereits Germanicus bezichtigt hatte, die Hand nach dem Thron auszustrecken. Natürlich hatte Tiberius das nicht gesagt, sondern lediglich geäußert, ein erfahrener Soldat und treuer Freund des Herrscherhauses könne Drusus bei seiner schwierigen Mission nur von Nutzen sein. Gemeinsam hatten sie doch schon die Meuterei in Pannonien niedergeschlagen.

Aber Drusus sah das anders. Für ihn war die Anwesenheit des Präfekten weniger eine Begleitung als eine Beaufsichtigung. Die Unterwürfigkeit des Prätorianers schien ihm nur gespielt. Manchmal blitzte Sejanus' wahre Gesinnung durch die Maske des Untertanen, wenn er Dinge sagte wie: Die wahrhaft zum Herrschen Geborenen fänden stets den Weg an die Spitze. Drückte sich hier nicht zügelloser Ehrgeiz aus, das wahrhafte Verlangen, den Thron zu erringen? Aber seltsam, der sonst so mißtrauische Tiberius schien im Fall von Sejanus blind zu sein. Vielleicht, weil der Präfekt zwar mit bedeutenden römischen Familien verwandt, selbst aber nur ein Ritter war und weder zur kaiserlichen Familie noch zum Senatorenstand gehörte. Von einem Mann, der so tief unter ihm stand, schien Tiberius Caesar Augustus keine Bedrohung zu erwarten.

Ohne es zu wollen, hatte Drusus seine Augen starr auf Sejanus gerichtet, dessen kräftige, große Gestalt neben dem zierlichen Sklaven und dem gedrungenen Tribun noch beeindruckender wirkte. Das Gesicht des Mitdreißigers war straff, beherrscht von einer langen, leicht gebogenen Nase, die hervorstach wie eine Verkörperung von festem Willen und Durchsetzungsvermögen. Den eigentlich eher verkniffenen Mund konnte Sejanus zu einem täuschenden, gewinnenden Lächeln verziehen, das viel zu der allgemeinen Sympathie beitrug, die man ihm, nicht zuletzt von seiten des weiblichen Geschlechts, entgegenbrachte.

Drusus, obwohl auch schon dreißig Jahre alt, kam sich neben Sejanus immer wie ein Kind vor. Der Sohn des Tiberius war nicht gerade klein, hatte aber auch nicht die beeindruckende Statur seines Vaters geerbt. Eher mittelmäßig erschien sein Körper. Und auch sein Gesicht, das ein wenig feist wirkte und die Pickel der Jugendzeit nie ganz abschütteln konnte.

Sejanus erwiderte Drusus' Blick, daß es aussah wie ein mit den Augen ausgetragenes Duell. Ein Duell, das der Prätorianerpräfekt gewann. Drusus hielt es nicht länger aus, wandte fast ruckartig den Kopf und starrte wieder nach vorn auf die Fluten, durch die der Rumpf der großen Galeere glitt. Etwas schälte sich aus dem Nebel, große dunkle Flecke, mitten auf dem Fluß.

»Was ist das?« fragte Drusus und streckte die mit kostbaren Ringen geschmückte Rechte aus. Ohne es auszusprechen, dachte er an die vielen Gerüchte von Ungeheuern, die in den Wäldern Germaniens hausen sollten. Vielleicht nicht nur dort, sondern auch in den Flüssen?

Wie meistens, reagierte Sejanus schnell und zweckmäßig: Er befahl einer der Prätorianerwachen, den Trierarchen vom Achterdeck zu holen.

Marius Cornelius Firmus war ein gestandener Schiffsführer mit wettergegerbter Lederhaut, die ein wenig faltig in dem länglichen Gesicht hing. Er reckte den Kopf vor, kniff die Augen zusammen und murmelte: »So weit sind wir also schon. Wie der verfluchte Barbarennebel einen doch täuschen kann!« Er wandte sich an den Proreta, der für das Vorschiff verantwortlich war, und sagte: »Wir gehen auf halbe Geschwindigkeit, Ennius. Gib das auch an die anderen Schiffe weiter!«

»Ja, Trierarch«, nickte der kräftige Oberbootsmann und eilte nach achtern, um den Befehl unverzüglich an den Taktschläger und den Signalgast zu übermitteln.

»Droht uns Gefahr?« fragte Drusus.

»Keine Gefahr liegt vor uns, nur ein Hindernis«, antwortete Cornelius Firmus, während der dumpfe Trommellaut des Taktgebers sich verlangsamte und der Signalgast auf dem Achterschiff seine bunten Flaggen schwenkte. »Ein paar Inseln, die den Rhenus in mehrere kleine Flüsse aufspalten, dann aber wieder zusammenfinden. Ich hätte unsere Geschwindigkeit nicht einmal vermindert, um eine Durchfahrt zu finden, wäre nicht dieser entsetzliche Nebel. Mir scheint, er wird mit jedem Riemenschlag dichter, als wolle er uns verschlucken.«

Drusus blickte nach achtern, über das mächtige Heck der *Victoria* hinaus. Die vier anderen Schiffe verschwammen in der molkigen Suppe. Nur das vorderste, eine der beiden Triremen, war erkennbar; er konnte nicht sagen, ob es die *Augustus* oder die *Pax* war. Seine Augen waren nicht übermäßig gut, und der Nebel verhüllte, zumindest auf diese Entfernung, das Namensschild am Vorderschiff. Dann sah er wieder den Trierarchen an. »Werden diese Inseln unsere Fahrt verzögern?«

»Nur unwesentlich, Drusus Caesar. Wir werden die Ubierstadt, wie vorgesehen, noch bei Tageslicht erreichen.«

Als Drusus den spöttischen Blick des Prätorianerpräfekten auf sich ruhen sah, errötete er. Das ärgerte ihn fast noch mehr als Sejanus' kaum verhohlener Spott. *Keine Angst, kleiner Drusus*, schien dieser Blick zu sagen, *du mußt nicht bei nächtlicher Dunkelheit durch die germanischen Urwälder reisen.*

»Es ist wichtig, daß wir bald zur Ubierstadt kommen, wichtig für Rom.«

Das sagte Drusus nicht nur, um seiner Frage an den Trierarchen eine andere Bedeutung beizulegen, als sie der Blick des Präfekten unterstellte. Tatsächlich sollte bei der Konferenz der römischen Befehlshaber am Rhenus, zu der Drusus im Oppidum Ubiorum erwartet wurde, die Frage entschieden werden, wie sich Rom in dem sich anbahnenden Krieg der Germanen verhalten sollte. Und die Zeit drängte wirklich, denn der Markomannenkönig Marbod hatte seine Armeen schon versammelt.

»Ungefähr in der Mitte des Flusses gibt es eine sichere Durchfahrt zwischen den Inseln«, bemerkte der Trierarch und sandte einen Matrosen zum Achterschiff, um seine Befehle dem Steuermann, dem Rojermeister und dem Signalgast zu übermitteln.

Wie die Römer blickte auch der hellhaarige Sklave, ein Germane, auf die dunklen Flecke voraus, die schnell wuchsen und wie Wale aussahen, die der kleinen Flotte harrten. Auch sein Blick war fragend, suchend, aber in ihm lag nicht der Wunsch, dem Nebel etwas Ungewisses zu entreißen; ein Sehnen drückte sich darin aus und auch Grimm, ja tiefer Haß. Das bemerkte nur, wer ganz genau in die hellblauen Augen des Jünglings sah – doch niemand schenkte einem niederen Sklaven solche Beachtung. Er war ja nur ein Barbar, der froh sein durfte, in römischen Diensten zu stehen.

47

Weil ein Mann wie Drusus, der vielleicht einmal über Rom herrschen würde, auch auf einem Schiff komfortabel reisen sollte, hatten die Römer den blonden Jüngling mit anderen germanischen Sklaven als Dienstpersonal an Bord geholt. Er hatte versucht, sich unterwürfig und allem gegenüber gleichgültig zu zeigen, wie es die Römer von ihren Dienstsklaven erwarteten. Aber seit der letzten Rast, die Drusus und seine Begleitung in dem neuen Kastell Antunnacum gemacht hatten, wollte ihm das nicht mehr gelingen. Er fragte sich, ob der Auxiliarsoldat, sein Verbindungsmann, die Nachricht über die Fortsetzung der Reise rechtzeitig überbracht hatte. Die Römer hielten den in ihren Diensten stehenden Reiter für einen Gallier, aber das Blut der Tenkterer floß in seinen Adern. Die Tenkterer waren nur ein kleiner Stamm des Volkes, das die Römer Germanen nannten. Ihr Haß auf Rom war dafür um so größer, seit sie vor siebzig Wintern gegen Gaius Julius Caesar eine bittere Niederlage erlitten hatten.

»Haaalt!« erscholl plötzlich der langgezogene Ruf des Trierarchen. Cornelius Firmus hatte die umgestürzten Bäume erblickt, vier oder fünf, die von der rechten Insel so weit ins Wasser ragten, daß eine Durchfahrt unmöglich schien.

Der Befehl des Trierarchen wurde bis zum Achterdeck weitergegeben. Der dumpfe, gleichmäßige Schlag des Taktschlägers verstummte. Die dröhnende Stimme des Rojermeisters erscholl; alle Rojer tauchten ihre Riemenblätter gleichzeitig ins Wasser und hielten sie dort mit angespannten Muskeln fest. Ein Ruck ging durch die große Galeere, Hölzer knarrten und knirschten, dann lag die *Victoria* still – fast, denn die Urgewalt des großen Stroms trieb sie langsam den Flußinseln entgegen.

Die Matrosen konnte das plötzliche Haltemanöver kaum erschüttern. Anders verhielt es sich mit den Prätorianern, mit Drusus' Stab und den Sklaven: Manch einer stürzte zu Boden oder hielt sich nur mit Mühe aufrecht. Der junge Germane fiel gegen Sejanus und hielt sich an dem Präfekten fest. Das Tablett fiel scheppernd auf die Planken; Äpfel, Birnen und Trauben rollten über den Boden.

»Paß doch auf, Barbar!« zischte Sejanus und stieß den

48

Jüngling mit solcher Kraft von sich weg, daß er hinfiel und einen Strunk Trauben unter sich zerquetschte. Der rote Saft färbte seine blaue Tunika rot, es sah aus wie Blut.

»Was soll das bedeuten, Trierarch?« rief scharf der Präfekt und zeigte auf die versperrte Durchfahrt. »Du hast gesagt, hier sei der Weg für uns frei!«

»Als ich zuletzt diesen Weg benutzte, war er das auch. Vor drei Tagen wütete ein heftiger Sturm, er muß die Bäume gefällt haben.«

»Was jetzt?« fragte Drusus.

»Näher an den Ufern gibt es weitere Durchfahrten, Imperator. Ich schlage vor, es am rechten Ufer zu versuchen, dort kommen wir am leichtesten durch.«

»Ja, gut«, nickte Drusus. »Gib die Befehle, Trierarch!«

Wieder übermittelte der Signalgast die Anordnungen an die anderen Schiffe, und bald hielt die ganze Flottille auf das rechte Ufer zu, wo sich zwischen einer buschbestandenen Insel und dem dichtbewaldeten Land ein verwinkelter Wasserarm hindurchschlängelte.

Der junge Sklave tat, als sammle er die verstreuten Früchte auf, doch immer wieder warf er verstohlene Blicke zum Ufer.

Auch Sejanus betrachtete das Land. Unablässig glitt sein Blick über die dicken, knorrigen Baumstämme, über grüne Nadeln und sich verfärbendes Laub, suchend, zweifelnd, während die Quinquereme als erstes Schiff in den unübersichtlichen Wasserarm einfuhr.

Ein langgezogenes Röhren tönte über Wald und Fluß, einmal, zweimal, dreimal. Es war ein unheimlicher Laut. Manchem Römer sträubten sich dabei die Nackenhaare.

»Was war das?« fragte leise der Tribun Favonius Bivius.

»Vielleicht ein Hirsch«, sagte der Trierarch. »In diesen tiefen Wäldern leben viele seltsame Tiere.«

Seine Worte wurden von einem anderen Geräusch übertönt, lauter noch als das Röhren eben. Das anfängliche Knarren verwandelte sich in berstenden Donner, und wenige Fuß hinter der *Victoria* stürzte einer der größten Uferbäume um, eine alte Buche, deren Stamm aus vier zusammengewachsenen Bäumen bestand. Als die Buche ins Wasser schlug, rollten

Wellen wie bei einer Sturmflut, und das Schiff des Imperators schaukelte von einer Seite zur anderen. Die Buche war so groß, daß die wuchtige Krone auf die Insel fiel und einige Faulbäume erschlug, deren rotschwarze Früchte dem kleinen Eiland einen bunten Anstrich verliehen.

»Fortuna war mit uns«, dankte Cornelius Firmus mit einem tiefen Seufzer der Glücksgöttin. »Fast hätte dieser Baum unser Schiff zertrümmert. Der Sturm scheint schwere Schäden angerichtet zu haben, wenn jetzt noch die Bäume einstürzen. Sehen wir zu, daß wir diesen Wasserarm hinter uns lassen und uns wieder in der Flußmitte bewegen können!«

»Und die anderen Schiffe?« fragte der Tribun.

»Die müssen es am Backbordufer versuchen«, antwortete der Trierarch.

Kaum hatte der Signalgast dies den Triremen und Biremen übermittelt, gab der Taktschläger einen raschen Riemenschlag vor. Die kräftigen Männer auf den Rojerbänken strengten ihre Muskeln an und trieben die *Victoria* voran. Jenseits der gestürzten Buche ertönten Kommandos und ebenfalls Trommelschläge, als die vier übrigen Schiffe nach links abdrehten.

Sie waren längst nicht mehr zu sehen, doch Sejanus starrte unentwegt nach achtern. Sein Blick ging über das Schiff hinaus, dorthin, wo hinter einer Biegung die umgestürzte Buche verschwunden war. Er dachte angestrengt nach. Ein Satz des Trierarchs ging ihm nicht aus dem Kopf: ›In diesen Wäldern leben viele seltsame Tiere.‹

»Das ist es!« stieß der Präfekt plötzlich hervor. »Die Tiere!«

»Was hast du, Sejanus?« fragte Drusus besorgt. »Fühlst du dich nicht wohl?«

»Gewiß fühle ich mich unwohl, denn wir schweben in großer Gefahr, solange wir diesen Wasserarm befahren. Trierarch, laß die Geschwindigkeit der Riemenschläge sofort verdoppeln!«

»Warum das?« wollte der Sohn des Tiberius wissen. »Und was hat das mit irgendwelchen Tieren zu tun?«

»Versteht ihr alle denn nicht?« rief Sejanus, fast schon verzweifelt. »In Ufernähe hört man sonst hundert Tierstimmen, aber hier ist alles verstummt. Etwas hat die Tiere verscheucht – oder jemand!«

Wie zum Hohn auf seine Worte erscholl wieder das laute, langgezogene Hirschröhren, dreimal kurz hintereinander. Ihm folgte ein Gewitter, gegen das die Geräusche der umgestürzten Buche unbedeutend erschienen: ein vielfaches Krachen, Bersten und Splittern. Am Ufer knickten die Bäume um, Buchen, Pappeln und Fichten. Hinzu kamen auf der Insel einige Silberweiden, deren schmalblättrige Kronen aus dem Gestrüpp der Faulbäume hervorragten. Und sämtliche Bäume fielen zum Fluß – zu der Galeere!

»Eine Falle!« schrie Sejanus. »Es ist eine Falle! Zu den Waffen! Eilt zu den Waf…«

Die schlanken, geschmeidigen Äste einer Silberweide peitschten sein Gesicht und brachten ihn zum Verstummen. Die Baumkrone krachte aufs Vorschiff, wie überall die Bäume auf die *Victoria* schlugen. Das Holz der Quinquereme brach wie die Knochen der Menschen, die unter die Urwaldriesen gerieten. Und nicht nur die Verletzten, auch das Schiff schrie seine Pein hinaus in lautem Knarren und Ächzen.

Dicht vor dem Bug fiel eine Fichte ins Wasser, und das aufspritzende Naß traf die Menschen auf dem Vorderdeck. Das Vorschiff schob sich mit einem tiefen, langen Schrammen auf den Fichtenstamm und wurde aus dem Wasser gehoben. Die fast fünfhundert Menschen an Bord purzelten halt- und heillos durcheinander.

Auch auf dem Vorschiff ging, wer jetzt noch stand, zu Boden. Sejanus lag bereits, von der Weide gefällt, zu Füßen zweier Wachen. Die Prätorianer, die sich bückten, um ihrem Präfekten zu helfen, fielen auf ihn. Drusus dagegen hatte Glück und stürzte auf etwas Weiches, auf Favonius Bivius.

Der junge germanische Sklave rutschte bäuchlings übers Deck, bis er mit dem Kopf gegen einen anderen Menschen stieß; es war der Trierarch, der unter der Silberweide lag und mit glasigem Blick in den trüben, wolkenverhangenen Himmel starrte. Sein Kopf hing unnatürlich verrenkt zur Seite, die Weide hatte ihm das Genick gebrochen.

Kaum war das Krachen der niederstürzenden Bäume verhallt, erscholl neues Getöse und übertönte die Schreie der aufgeregten, zum nicht geringen Teil verletzten Römer. Es waren auch Schreie, aber in einer anderen Sprache. Und sie entsprangen nicht Schmerz und Verwirrung, sondern Wut und Kampfeslust. Vom Ufer und von der Insel enterten schreckliche Gestalten über die gefällten Baumstämme die Galeere und schrien immer wieder den Namen des von ihnen verehrten Gottes: »Do-nar, Do-nar, Do-nar!«

Die Krieger hatten ihre Gesichter und ihre oft nackten Oberkörper mit roter Farbe bemalt. Aus den verschiedenen Motiven stach ein Hammer hervor: Miölnir, der Zermalmer, die stärkste Waffe des Donner- und Kriegsgottes Donar. Mehr und mehr dieser wilden Gestalten, bewaffnet mit Schwertern, Geren, Äxten und Schilden, sprangen auf das an vielen Stellen geborstene Deck und hieben wie von Sinnen um sich.

Jetzt rächte sich, daß man die üblicherweise an Bord dienenden Marinesoldaten nicht mitgenommen hatte, um Platz für die Prätorianer zu schaffen; im Kampf auf einem schwankenden, auseinanderbrechenden Schiff waren erstere erfahrener. Die beiden Prätorianerzenturien wurden niedergemacht, ehe sie sich richtig zur Wehr setzen konnten. Zu überrascht und verwirrt waren die Römer. Ihre Offiziere waren entweder durch die aufs Schiff gefallenen Bäume ausgeschaltet worden, oder die hektisch ausgestoßenen Befehle gingen im allgemeinen Lärm unter. Jeder Prätorianer versuchte sich nach eigenem Gutdünken zu verteidigen, so er überhaupt dazu kam. Immer mehr Männer der kaiserlichen Wachtruppe fielen den blutverklebten Waffen der Barbaren zum Opfer.

Unter den ersten Germanen, die das Römerschiff enterten, war ein breitschultriger Hüne, dessen langes Blondhaar wie eine Fahne hinter ihm wehte. Auch er hatte seine muskulöse, kaum behaarte Brust entblößt und mit roter Farbe ein Abbild Miölnirs daraufgemalt. Gezackte rote Streifen, die von Donar geschleuderte Blitze darstellten, liefen über sein glattrasiertes Gesicht. In der Rechten schwang er ein Schwert mit langer zweischneidiger Stahlklinge, die Linke hielt einen großen Rundschild, aus dessen Lederbespannung eine Eisenspitze ragte. Das dunkle Leder war, wie der Mann, rot bemalt, mit Miölnir und Blitzen.

Der Hüne kam über eine Pappel mittschiffs an Deck und begann augenblicklich, sich zum Vorschiff durchzukämpfen. Im Gegensatz zu den meisten anderen Angreifern stieß er keinen Kampfruf aus; im Gegenteil, seine Lippen waren zusammengekniffen, ein Ausdruck der Verbissenheit. Die klaren blauen Augen blickten immer wieder zum Bug, wo er die Römer in den kostbaren Gewändern erspäht hatte. Er hoffte, daß die gestürzte Silberweide keine zu schreckliche Ernte gehalten hatte. Daß er Römern das Leben wünschte und nicht den Tod, war selten geworden in den vergangenen Wintern.

Sein Schwert durchschnitt den Waffenarm eines Prätorianers, und seine Schildspitze riß die Wange eines Matrosen auf, der ihn mit einem Holzknüppel angreifen wollte. Dann stand der Germane endlich auf dem Vorschiff, blickte sich um und rief in der Sprache der Römer: »Wer von euch ist Drusus Caesar, Sohn des Tiberius?«

Der junge Sklave erhob sich und zeigte auf den mittelgroßen Mann in der Purpurtoga, der sich gerade mit Hilfe des Prätorianertribuns aufrichtete: »Das ist Drusus, und der andere ist der Tribun Favonius Bivius.« Er drehte sich leicht und zeigte auf Sejanus, der von zwei Germanen an den Armen festgehalten wurde. »Und das ist der Präfekt Aelius Sejanus.«

»Da haben wir die ganze feine Gesellschaft hübsch beisammen.« Das Gesicht des Hünen verzog sich zu dem, was wohl ein Grinsen sein sollte, unter den Kriegsfarben aber zu einer sonderbaren Grimasse geriet. »Und wer bist du, Jüngling?«

»Ich bin Gueltar.«

»Ah, unser Informant. Ohne dich wäre dieser Überfall nicht so reibungslos abgelaufen. Ich danke dir, Gueltar.«

»Ich tat es gern für dich, Donarsohn, und für den Kampf gegen Rom.«

Der Hüne nickte knapp und wandte sich an seine Männer, jetzt in seiner eigenen Sprache, in der Mundart der Cherusker: »Diese drei sind die, auf die es uns ankommt. Bringt sie an

Land und fesselt sie, aber gebt acht, daß sie am Leben bleiben.« Dann rief er laut: »Wir ziehen uns zurück!«

Einer seiner Männer stieß in ein Bronzehorn: Auf einen langgezogenen Laut folgten zwei kurze. Nur ungern ließen die Germanen vom Kampf und vom Beutemachen ab. Mehrmals mußte der Hornist das Signal wiederholen, bis alle Männer ans Ufer gekommen waren.

Als man Drusus mit den beiden anderen Gefangenen gerade an Land gebracht hatte, zerbrach die Quinquereme in zwei Teile. Das Vorderschiff wurde noch ein bißchen weiter aus dem Wasser gehoben und mit ihm das Namensbrett, das von einer geflügelten Frau, Abbild der Siegesgöttin, in Händen gehalten wurde: *Victoria*! Dem Imperator erschien es wie blanker Hohn, als habe sich die römische Göttin mit den Feinden, den Barbaren, verbündet.

Die Germanen liefen durch den bewaldeten Uferstreifen zu einer großen Lichtung, auf der einige Männer auf etwa hundert Pferde aufpaßten. So viele Krieger zählten die Cherusker insgesamt, viel weniger als Römer auf der Quinquereme. Als Sejanus erkannte, daß seine Soldaten den Kampf trotz großer Übermacht verloren hatten, verfinsterte sich sein ohnehin düsteres Antlitz noch mehr.

»Bereitet euch auf einen scharfen Ritt vor, vielleicht auf den schärfsten eures Lebens!« sagte der Hüne in gutem Latein zu den drei Römern.

»Du ... du verschleppst Drusus Caesar, den Sohn des Princeps!« machte ihn Drusus vorwurfsvoll aufmerksam.

»Das eben ist meine Absicht«, erwiderte der Germane kühl.

»Wie kannst du so etwas wagen?«

»Ihr Römer habt meine Frau verschleppt, die Frau meines Blutsbruders und seinen damals noch ungeborenen Sohn. Wie könnt ihr so etwas wagen?«

Der Imperator schluckte und fragte: »Wer bist du?«

»Thorag, Fürst der Donarsöhne.«

Kapitel 5

Der Schrei der Elster

Uralt, mächtig, erhaben und geheimnisvoll erhoben sich die Heiligen Steine über das Land der Cherusker. Sie reckten ihre Felsmassen schon seit jener fernen Zeit in den Himmel, als noch keine Menschen über die Erde zogen, nur Götter, Geister, Ungeheuer und Riesen. Denn Riesen waren die ehernen Türme, so erzählten die Alten und die Eingeweihten: Erschrocken über das Wüten Donars, den die mörderischen Riesen im Schlaf ermorden wollten, waren sie zu Stein erstarrt. Der schackernde Ruf der Elster hatte Donar gewarnt, und seitdem nistete der Vogel in den Felsen, die man deshalb auch Elsternsteine nannte. Er galt als Garant dafür, daß die furchtbaren Riesen Stein waren und blieben.

Daran dachte Armin, Herzog der Cherusker, als er am Abend des zweiten Thingtages an der Spitze eines kleinen Gefolges durch das riesige Lager ritt, das anläßlich des großen Volksthings rund um die Felsriesen entstanden war. Über den Köpfen der Reiter, gar nicht hoch am Himmel, zog beharrlich eine außergewöhnlich große Elster, mehr schwarz als weiß und mit langem dunklen Schwanz, ihre Kreise und stieß immer wieder durchdringende Schreie aus. Falls dies ein Omen war, erkannte Armin nicht den Sinn. Wollte die Elster ihn vor etwas warnen, wie sie vor ungezählten Wintern den Donnergott gewarnt hatte? Schickte Donar ihm eine Botschaft, vielleicht von Armins Blutsbruder Thorag, Donars Abkömmling, der noch nicht vom Rhein zurückgekehrt war? Abermals legte der Herzog den Kopf in den Nacken, blickte hinauf zu der Elster, die mancher für einen Unglücksvogel hielt, und versuchte vergeblich, das laute Geschrei zu deuten.

»Halt den Schnabel, Unglücksbote!« brummte dicht hinter Armin ein Reiter, dessen auffallendstes Merkmal seine durch schlecht verheilte Narben verunstaltete linke Gesichtshälfte war. »Flieg zurück zu deinem Felsennest, sonst wird dich mein Ger durchbohren!«

»Die Boten der Götter soll man nicht schelten, Ingwin«, belehrte Armin seinen Kriegerführer. »Die Götter selbst könnten es übelnehmen.«

»Du meinst, sie schicken die Elster?«

»Wer weiß.«

»Dann wäre dieses schreckliche Gekreische also eine Botschaft«, sagte Ingwin. »Aber was für eine?«

»Darüber denke ich schon die ganze Zeit nach. Die Elster bringt nicht nur Unglück, den Donnergott hat sie gerettet. Und da Thorag von Donars Sippe ist, könnte ihre Botschaft von ihm kommen.«

»Von Donar oder von Thorag?« fragte Ingwin.

»Vielleicht von beiden.«

»Der Fürst der Donarsöhne sollte Botschaften schicken, die man versteht«, seufzte der Kriegerführer. »Am besten aber wäre, er käme selbst zum Thing. Sein Wort hat unter den Cheruskern großes Gewicht. Warum hat er nicht Argast zum Rhein geschickt? Oder aber ich hätte mit meinen Hirschkriegern den Sohn des Tiberius gefangen!«

»Nicht Argasts Frau und nicht die deine ist Gefangene der Römer«, erwiderte Armin, und seine Züge verhärteten sich, als er an Thusnelda dachte, sein geraubtes Weib, und an Thumelikar, seinen Sohn, den er niemals zu Gesicht bekommen hatte. »Ich kann Thorag nicht verdenken, daß er selbst den Kriegertrupp anführen wollte. Ginge es bei diesem Thing nicht um die Zukunft unseres ganzen Volkes, hätte ich den Donarsohn gern begleitet!«

»Liegt Thorag nicht soviel an unserem Volk wie dir?«

»Er versteht nicht immer, welche Opfer eine hohe Stellung verlangt.«

Sie hatten das Lager der Hirschsippe durchquert. Hütten aus Holz, Flechtwerk und Wolldecken blieben hinter ihnen zurück wie die Heilrufe der Hirschmänner, die sie beim Anblick ihres Fürsten und Herzogs ausgestoßen hatten. Die neun Reiter tauchten in einen schattigen Wald aus hohen Tannen und Fichten ein. Das Schnauben und die Hufgeräusche der Pferde brachten die Waldtiere zum Verstummen, aber das Schackern der Elster blieb. Unsichtbar zwar wegen der dicht zusammenstehenden Bäume, folgte der Vogel doch unbeirrbar Armins Trupp.

Die Männer brauchten nicht lange zu reiten, bis sie menschliche Stimmen und die Laute fremder Pferde hörten. Heiseres Wiehern drang durch den Wald, und Ingwins Brauner antwortete freudig, bis der Kriegerführer ihn mit einem Klaps aufs Haupt zum Schweigen brachte.

»Halt's Maul, Alter!« schimpfte Ingwin. »Wirst wohl geschwätzig auf deine späten Jahre.«

»Was hast du dagegen einzuwenden?« fragte der Eisenschmied Isbert, der sich im Kampf gegen Germanicus und Segestes zu einem der hervorragendsten Hirschkrieger gemausert hatte.

»Wer viel spricht, verrät sich leicht«, erklärte Ingwin mürrisch. Sein Gemüt war düster, seit er beim vergeblichen Versuch, seinen Fürsten Armin gegen dessen Schwiegervater und Gegner Segestes zu verteidigen, entstellt worden war. Unklar war, welche Narben Ingwin mehr schmerzten, die sichtbaren oder die unsichtbaren.

Sie erreichten eine große Lichtung, auf der über fünfzig Männer und Pferde versammelt waren. Einige der Tiere grasten friedlich, andere tranken aus dem glucksenden Wildbach, der den Platz in der Mitte durchschnitt. Er kam aus einem schmalen Durchlaß zwischen zwei großen, alten, knorrigen Eschen, deren Kronen, geschmückt mit den bereits stark verfärbten Fiederblättchen, torbogenartig zusammengewachsen waren. Äste und Zweige beider Bäume hatten sich so dicht ineinander verschränkt, daß nicht zu sagen war, wo der eine Baum anfing und der andere aufhörte; sie waren untrennbar miteinander verbunden, nur noch ein Baum, so wie die Cherusker ein Stamm waren. Wenn auch leider einer, dem es an Einigkeit fehlte, wie Armin immer wieder zu seiner Erbitterung feststellen mußte.

Hinter dem Torbaum lag eine zweite, kleine Lichtung, mit Felsen gesprenkelt, die eine Quelle umringten, den Geburtsort des Baches. Und der Weisheit?

Dieser Ort wurde Mimirs Quelle genannt. Mimir, den manche für einen Riesen und andere für einen Zwerg hielten, galt als Hüter der Weisheitsquelle am Fuß der Weltesche. Wodan, Vater der Götter, hatte ein Auge geopfert für einen Trunk aus dieser Quelle, um in den Besitz der Weisheit zu gelangen. Manche sagten, dies hier sei die Quelle und der seltsame Doppelbaum sei die Weltesche. Armin bezweifelte das. So beeindruckend der Ort auch war, die Weltesche stellte er sich um einiges größer vor. Doch hofften die Männer, die hier zur Beratung zusammenkamen, ebenso auf Weisheit, wie es Wodan getan hatte.

Armin stieg aus dem vierknaufigen Römersattel, den sein Rapphengst trug, ließ seine Begleiter bei den Männern der anderen Gaue zurück und durchschritt das Eschentor. Erst jetzt verstummte die Elster.

Sechs Männer saßen bereits auf den bemoosten Felsen am Rand der Quelle und unterhielten sich. Armin war der letzte der sieben Gaufürsten, die nach alter Sitte hier zusammenkamen, um die wichtige Entscheidung vorzubereiten, die morgen von allen Frilingen auf dem Thing gefällt werden sollte.

Eigentlich waren es außer Armin nur fünf Fürsten, denn Thorag ließ sich durch seinen Kriegerführer Argast vertreten. Oder gar nur drei? Frowin und Thimar wollte Armin nur unter starken Vorbehalten als Fürsten der Cherusker bezeichnen.

Sechs Augenpaare blickten ihm entgegen, manche erwartungsvoll, einige freundlich, aber eins auch ablehnend, erfüllt von kaum verhülltem Haß. Es waren die Augen Frowins, des weithin berühmten Eisenschmieds aus dem Stiergau, Lehrmeister Isberts und jetzt Fürst der Stiermänner, seitdem Segestes und seine Familie bei den Römern weilten, zum Teil im freiwilligen Exil, zum Teil als Geiseln, wie im Fall von Segestes' Tochter und Armins Weib Thusnelda. Armin hätte gern einen anderen Mann an der Spitze der Stiermänner gesehen als den graubärtigen Schmied, den die Stierleute ganz überraschend zu ihrem neuen Fürsten gewählt hatten und der Armin kaum minder ablehnend gegenüberstand als zuvor Segestes.

Ein großer, breitschultriger Mann, in dessen blondes Haar sich bereits viele graue Strähnen mischten, stand auf und bedachte Armin mit einem breiten Lächeln. »Willkommen an der Quelle der Weisheit, Sohn meines unvergessenen Bruders und Mitstreiter im Kampf gegen die Feinde der Cherusker«, sagte laut, mit volltönender, gewinnender Stimme, Armins Oheim Inguiomar, der zweite Herzog der Cherusker. »Setz dich zu uns und trink mit uns das Wasser der Weisheit, auf daß die Erkenntnis über uns komme, welche Dinge rechtens und welche verhängnisvoll sind!«

Er kniete sich hin und schöpfte mit einem runenverzierten Silberhorn schäumendes Wasser aus der Quelle, das Inguiomar, wieder aufgestanden, gen Himmel reckte. Feierlich sprach er: »O Wodan, Vater der Götter, wissender Kenner der Runen, laß uns, die Fürsten der Cherusker, durch diesen Trunk teilhaben an deiner Weisheit!«

Er trank einen Schluck und reichte das Silberhorn an Armin weiter. Zögernd hob der Hirschfürst das kühle Silber an die Lippen, während seine Finger über die Runengravur strichen. Zweifel überkamen Armin. Zweifel an dem althergebrachten Glauben seines Volkes und dessen Riten. Konnte dieser Trunk wirklich Weisheit verleihen und die Entscheidungen der Menschen beeinflussen? Hatte nicht jeder der sieben Männer seine eigene Ansicht, die festgefaßten Zielen entsprang? War der Glaube an die alten Götter nur für die Einfältigen da, oder war ein solcher Gedanke schon Frevel, der den Zorn Wodans und seiner Kinder herausforderte?

Armin hatte schon oft darüber nachgedacht. Er fühlte sich hin und her gerissen zwischen dem überlieferten Glauben und der eigenen Erkenntnis über die Welt. Ein Mann wie er, von hoher Bildung, Cheruskerfürst und römischer Ritter, der die Pracht und Stärke Roms geschaut, mit römischen Senatoren und griechischen Philosophen diskutiert hatte, konnte nicht ohne inneren Widerstand an unsichtbare Kräfte glauben, die in Quellen, Bäumen und Felsen hausten. Doch die Zweifel blieben. Auch die Römer und die Griechen verehrten ihre Götter. Und mochte manch Hochstehender die alten Zeremonien auch nur vollziehen, um den äußeren Schein zu wahren, so war dies doch kein Beweis gegen die überirdischen Mächte.

Er spürte die drängenden Blicke Inguiomars und der anderen und trank hastig, bevor er das Horn einem älteren Mann mit kantigen Gesichtszügen reichte, dem Gaufürsten Balder. Das Runenhorn der Weisheit wanderte weiter zu Bror, zu Thimar, zu Frowin und zu Argast, der es leerte und Inguiomar zurückgab. Armins Oheim legte es neben sich auf den Fels.

»Wir haben das Wasser der Weisheit getrunken«, verkündete der Fürst der Ingsippe laut. »Wodans Wissen möge uns bei der Entscheidung der Frage helfen, die mein Brudersohn dem Rat der Gaufürsten zur Vorentscheidung stellen will!«

Inguiomar setzte sich wieder auf den Fels und schaute, wie alle anderen, Armin an. Der Hirschfürst blieb stehen, denn das Wort war an ihm. Sein Blick glitt über die sechs Gesichter, und er begann: »Brüder des Hirschstammes, Fürsten der sieben Gaue, Sprecher der Sippen, morgen wird auf dem großen Thing unseres Stammes eine Entscheidung gefällt, bei der die Frilinge hoffentlich auf den Rat ihrer Fürsten – auf unseren Rat – hören; denn es ist die vielleicht wichtigste Entscheidung in unserer Geschichte. Es geht um die Freiheit!«

»Das verstehe ich nicht«, brummte Frowin. »Wir sind doch frei!«

»Sind wir es, oder fühlen wir uns nur so?« erwiderte Armin, während er den Schmied und Fürsten fixierte.

»Jedes Wort von dir ist ein neues Rätsel, Armin.« Frowin sah über das Wasser der Quelle. »Wodan möge dir nicht nur Weisheit verleihen, sondern deinen Worten auch Klarheit!«

»Frei darf sich nur der nennen, der es von eigenen Gnaden ist«, fuhr Armin fort. »Wer sich nur frei fühlt, weil andere, Mächtigere, ihm ihre Gnade gewähren, ist in Wahrheit nicht mehr als ein Sklave.«

»Die Cherusker sind frei, und das aus eigener Kraft«, sagte Inguiomar. »In vielen Schlachten haben wir die Römer besiegt und aus unserem Land geworfen. Jetzt hocken sie jenseits des Rheins und fürchten sich jeden Tag davor, daß wir den Fluß überqueren.«

»Deine Worte sind richtig, Oheim, aber nur zum Teil«, entgegnete Armin. »Gewiß, die Römer fürchten uns, aber sie sind noch längst nicht geschlagen. Zwar hat Tiberius seinen angenommenen Sohn Germanicus zurück nach Rom gerufen, doch die römischen Legionen stehen noch dicht am Cheruskerland. Jetzt ist die richtige Zeit, sie endgültig zu schlagen, auf daß sie sich nie mehr dem Land unserer Väter zu nähern wagen!«

Armin hatte die Stimme erhoben und laut gesprochen, um die anderen mitzureißen. Aber sie blieben auf den Felsen hocken, in abwartender Haltung. Einige blickten Inguiomar an, den zweiten Herzog der Cherusker.

»Dein Vorschlag macht keinen Sinn, Armin«, sprach der Ingfürst. »Unser Land ist groß genug, mehr brauchen die Cherusker nicht. Warum also sollten wir die Gebiete links des Rheins erobern?«

»Um die Macht der Römer dort zu brechen, solange sie noch ohne rechte Führung sind. Noch hat Tiberius keinen Nachfolger für Germanicus bestimmt, aber das kann sich rasch ändern. Meine Späher haben gemeldet, daß Drusus Caesar, der leibliche Sohn des römischen Kaisers, den Rhein hinabfährt. Was will Drusus, dem Tiberius doch das Illyricum unterstellt hat, an unserer Grenze?«

»Ja, was?« fragte Inguiomar.

Seine Augen fingen den durchdringenden Blick Armins auf und hielten ihm mühelos stand. Einmal mehr hatte Armin das Gefühl, daß der Ingfürst in ihm weniger den Brudersohn sah als den lästigen Rivalen um die Führerschaft des Cheruskerstammes. Nur zu gut erinnerte sich Armin an das Thing der Edlen, auf dem Inguiomar sich durch eine List zum zweiten Herzog aufgeschwungen hatte. Genügte es Inguiomar nicht, zusammen mit Armin die Cherusker zu führen? Wollte er mehr?

»Ich fürchte, Drusus soll erkunden, ob es sich lohnt, das Werk des Varus und des Germanicus fortzuführen«, sagte Armin. »Vielleicht haben die Römer schon konkrete Schlachtpläne, die sie zusammen mit den Markomannen umsetzen wollen.«

Balder horchte auf. »Mit den Markomannen?«

Armin nickte dem alten Gaufürst zu. »Wir Cherusker sind ein mächtiges Volk und seit dem Sieg über Varus die Führer des Kampfes gegen Rom. In dem Maße, wie unsere Macht wächst, werden wir zu einer Bedrohung für das Reich Marbods. Späher berichten, daß der Markomannenkönig seine Truppen an der Grenze seines Reiches aufmarschieren läßt.«

»Wieso sollte er sich mit den Römern verbünden?« fragte Inguiomar. »Marbod ist von unserem Blut, nicht von dem der Südländer.«

»Aber er hält sich für etwas Besseres, mehr für einen römischen Herrscher als für einen Fürsten der Germanen.« Armin suchte nacheinander den Blick aller Anwesenden. »Hat Marbod uns nicht die Hilfe im Krieg gegen Rom verweigert? Mehr noch, hat er den Kopf des Varus, den ich ihm sandte, nicht mit einer Grußbotschaft nach Rom geschickt, an Augustus? Glaubt mir, Marbod kämpft eher an der Seite der römischen Legionen als an unserer!«

Zustimmung wurde laut. Argast, Balder und Bror schienen geneigt, Armins Auffassung zu teilen.

Da sprang Frowin auf, straffte die breiten Schultern, reckte das graubärtige Kinn vor und rief: »Bisher haben wir nichts als Worte gehört! Was ist daran Besonderes, wenn der Sohn des Tiberius die römischen Truppen am Rhein inspiziert? Was daran, daß Marbod seine Truppen aufmarschieren läßt, wie er es fast jeden Sommer tut, um seine Macht zu zeigen? Bislang hat er es nicht gewagt, unsere Grenzen anzutasten.«

»Bis jetzt verhielt er sich neutral im Kampf gegen Rom«, erwiderte Armin. »Was aber, wenn er es sich anders überlegt hat?«

»Ich bin gegen einen neuen Krieg«, blieb Frowin unbeweglich. »Zu viele von unserem Stamm mußten in den Schlachten gegen Germanicus ihr Leben lassen. Zwar ist es ehrenhaft für einen Krieger, im Kampf zu fallen. Aber was soll aus dem Stamm der Cherusker werden, wenn alle Krieger tot sind? Wer verteidigt dann unser Land? Wer schützt dann unsere Frauen? Wer unterweist die Söhne, damit Männer aus ihnen werden?«

»Die Worte des Stierfürsten zeugen von seiner Weisheit«, sagte laut Inguiomar. »Die Cherusker kämpfen, wenn sie angegriffen werden. Aber werden sie das wirklich? Armin hat uns keine Beweise vorgelegt, nur Worte. Was ist, wenn durch unseren Angriff das erst herausgefordert wird, was Armin uns ausmalt?«

Wieder erscholl Zustimmung, diesmal für Inguiomar. Frowin und Thimar lobten Inguiomars Weisheit und die größere Erfahrung, die er Armin voraushätte.

Daß Frowin gegen Armin war, hatte der Cheruskerherzog längst erkannt. Daß auch Thimar zu Inguiomar hielt, überraschte ihn mehr. Thimar gehörte zur Sippe des Bauern Thidrik, der ein Kampfgefährte Armins gewesen war und ein enger Freund Thorags; Thidrik hatte sogar sein Leben gegeben, um Thorags Sohn Ragnar vor dem Eberfürsten Gerolf zu retten. Armin hatte keine Ahnung, weshalb Thimar ihm gegenüber feindselig eingestellt sein könnte. Oder sprach der neue Fürst des Ebergaus wirklich nur aus Überzeugung?

Während Bror und Balder, beide reife und erfahrene Männer, sich ruhig verhielten, erhob sich Argast von seinem Felsen und sprach im scharfen Ton: »Ich sage, wir sollten auf Armin hören. Die Römer sind eine große Gefahr, und die Markomannen sind es nicht minder. Beide zusammen könnten den Stamm der Cherusker zerquetschen wie meine Finger diesen Käfer.« Zwischen Daumen und Zeigefinger hielt er einen rotbraun-metallisch schimmernden Käfer hoch, der mit seinen Beinen in panischer Hilflosigkeit strampelte. Eine kleine, mühelose Bewegung des fuchsgesichtigen Kriegerführers, und der Panzer des Käfers platzte mit einem leisen Knirschen. Argast ließ das tote Tier fallen.

»Was hast du in dieser Runde zu sagen?« fragte Frowin. »Du bist kein Gaufürst der Cherusker!«

»Du bist es auch noch nicht lange«, erwiderte Argast. »Ich bin hier, um für Thorag zu sprechen.«

»Warum spricht der Donarfürst nicht für sich selbst?« hakte Frowin nach.

»Weil er am Rhein ist, um Drusus zu fangen. Dann wird euch der Sohn des Caesars selbst sagen, welche Pläne die Römer hegen!«

Armin bedachte Argast mit einem strafenden Blick, aber es war zu spät. Schon war heraus, was ein Geheimnis zwischen

Donarsöhnen und Hirschmännern hätte sein sollen, bis Thorag zurückgekehrt war. Der Kriegerführer erkannte seine Voreiligkeit und biß mit den spitzen Vorderzähnen in seine Unterlippe.

»Das also planst du, Armin«, sagte Inguiomar zwar bedächtig, aber laut. »Damit wirst du die Römer gegen uns aufbringen und zu dem Feldzug zwingen, den du eben in düsteren Farben ausgemalt hast. Solch eine wichtige Entscheidung hätte das Thing aller Frilinge treffen müssen!«

Wieder erntete der Fürst der Ingsippe Zustimmung, diesmal auch von Bror und Balder.

»Dann wäre der Entschluß die längste Zeit geheim gewesen!« rief Armin. »Die Römer hätten sicher Wind davon bekommen.«

»Der Entschluß wäre gar nicht erst gefällt worden!« widersprach Inguiomar.

Armin bekämpfte die in ihm aufsteigende Erregung, schaffte es, äußerlich ruhig zu bleiben, und sagte: »Es ist zu spät, jetzt noch darüber zu streiten. Thorag ist mit den tapfersten Donarsöhnen längst am Rhein und hat Drusus vielleicht schon in seiner Gewalt.«

»Dann müssen wir den Sohn des Caesars schleunigst wieder auf freien Fuß setzen!« rief Inguiomar. »Nur so können wir den Frieden mit den Römern wahren.«

»Wir haben keinen Frieden mit ihnen geschlossen und sie nicht mit uns!« schnaubte Armin, jetzt nicht länger Herr seiner Wut. »Sollen wir Frieden halten mit denen, die mein Weib, Thorags Weib und meinen kleinen Sohn als Geiseln halten?«

Über aufbrandendes Gemurmel, das die Römer Verräter und feige Hunde nannte, erhob sich wieder Inguiomars Stimme: »Jetzt hat Armin seine wahren Beweggründe verraten. Nicht die Sorge um unseren Stamm treibt ihn und Thorag an, sondern sein persönlicher Rachedurst!«

»Unsinn!« entgegnete Armin. »Ich habe meine Pflichten als Herzog der Cherusker niemals vernachlässigt. In diesem Fall deckt sich nur das eine mit dem anderen.«

»Ich glaube dir nicht, Armin!« Inguiomars Stimme klang jetzt hart, nicht mehr einschmeichelnd wie bei der Ankunft

64

seines Brudersohns. Hart und abweisend war auch sein Blick. »Du hast unseren Stamm in große Gefahr gebracht und deine Befugnisse als Herzog überschritten. Die Ingkrieger werden morgen auf dem Thing gegen dich stimmen!«

»Wirst du es ihnen nur raten, wie es dir zusteht, oder befehlen?« fragte Armin, ohne eine Antwort zu erhalten.

»Auch ich werde meinen Kriegern nahelegen, gegen Armin zu entscheiden«, erklärte Frowin. »Mehr noch, ich werde dafür stimmen, Inguiomar zum alleinigen Herzog zu wählen!«

Ein kurzer Austausch der Blicke zwischen Frowin und Inguiomar genügte Armin, um zu erkennen, daß die beiden sich abgesprochen hatten. Frowins letzte Worte waren nicht das Ergebnis dieser Beratung, sondern sie hatten von vornherein festgestanden. Der Stier- und der Ingfürst hatten den Rat der Gaufürsten nur dazu benutzt, um ihre eigenen Pläne durchzusetzen. Wenn Armin ehrlich zu sich war, mußte er sich eingestehen, daß er selbst nichts anderes vorgehabt hatte. Aber sein Oheim und der neue Stierfürst hatten ihn überlistet wie einen unerfahrenen Jungkrieger.

»Die Donarsöhne werden für Armin stimmen!« rief Argast.

Thimar erhob sich und verkündete, er sehe sich durch Armin getäuscht und wolle den Eberkriegern raten, Inguiomar zum alleinigen Herzog zu wählen.

Jetzt lag alles bei Bror und Balder. Aber die Fürsten der Dachs- und der Baldersippe enttäuschten sowohl Armin als auch Inguiomar. Sie wollten ihren Männern freistellen, wofür sie sich entschieden. Damit war alles offen.

Armin fühlte sich nicht wohl, als er an Argasts Seite die Quelle der Weisheit verließ. Die Erkenntnis, die er am Wasser des Wissens gewonnen hatte, war eine düstere: Wieder einmal schienen die Zwistigkeiten im eigenen Stamm ein ebenso großes Hindernis zu sein wie die Bedrohung von außen.

Der Hirschfürst und der Kriegerführer der Donarsöhne durchschritten das Eschentor als letzte. Die anderen Fürsten hatten mit ihren Gefolgsleuten schon die Pferde bestiegen und ritten in kleinen Gruppen davon.

Ein heiseres Krächzen drang durch das Trappeln der Pferdehufe. Armin legte den Kopf schief und lauschte, bis er den schackernden Ruf der Elster erkannte. Aber so angestrengt er auch zu den hohen Baumwipfeln aufblickte, er konnte den Vogel nirgends entdecken. War es dieselbe Elster wie vorhin? Der Ruf klang jetzt ein wenig anders, fast so, als verhöhne der Vogel jemanden – Armin?

War dies nur ein Zufall? Oder war es tatsächlich eine Unglücksbotschaft der Götter? Wollten sie den Cherusker dafür bestrafen, daß er so oft an ihnen gezweifelt und ihre Namen gebraucht hatte, um seine eigenen Ziele durchzusetzen?

»Was hast du, Armin?« fragte Argast. »Wonach suchst du?«

»Nach dem Sinn«, antwortete der Herzog leise.

»Was meinst du?«

»Schon gut, vergiß es«, seufzte Armin und straffte sich. Er sah den davonreitenden Männern nach und wandte sich dann dem Donarsohn zu. »Ist dir aufgefallen, daß mein Oheim und der neue Stierfürst unter einer Decke stecken?«

Argast nickte heftig. »Sie scheinen ein Bündnis geschlossen zu haben.«

Isbert trat heran und sagte: »Ich habe es schon gehört. Inguiomar will alleiniger Herzog werden, und dieser verfluchte Frowin unterstützt ihn!«

»Ich hatte das Gefühl, daß Frowin von glühendem Haß auf mich erfüllt ist«, meinte Armin. »Wenn ich nur wüßte, warum.«

»Du meinst, dann könnten wir ihn auf unsere Seite ziehen?« erkundigte sich Isbert.

»Es wäre vielleicht möglich. Wir könnten versuchen, seinen Haß zu besänftigen.«

»Ich werde Frowin fragen.« Isbert lächelte. »Immerhin habe ich bei ihm die Kunst des Eisenschmiedens erlernt. Ich stand ihm einmal sehr nahe – und seiner Tochter Wiberta nicht minder.«

»Ein guter Vorschlag«, befand Argast.

»Zumindest kann es nicht schaden«, urteilte Armin. »Selbst wenn Isbert von Frowin nicht die erhoffte Antwort erhält, haben wir dadurch nichts verloren.«

Argast und Isbert bekundeten ihre Zustimmung. Nur die Götter, an denen Armin so oft zweifelte, wußten, wie sehr er sich irrte.

Die Felsriesen warfen schon lange, bedrohlich wirkende Schatten, als der einsame Reiter durch das Lager der Stierkrieger ritt. Der stämmige Cherusker ließ seinen nicht minder robusten Braunen langsam gehen. So konnte sich der Reiter eingehend bei den Männern aus dem Stiergau umsehen und vermied gleichzeitig, daß man aus seiner Hast auf eine feindselige Absicht schloß. Gleichwohl erregte der Besucher Aufsehen. Das auf sein Schildleder gemalte Geweih und der Hirschkopf aus Silber, der als Schulterfibel den wollenen Umhang zusammenhielt, verrieten sofort den Hirschkrieger. Die meisten Stiermänner blickten ihn stumm an, aber einige, die von ihren Vätern nicht die einem Krieger gut zu Gesicht stehende Zurückhaltung gelernt hatten, fragten laut, was er hier suche.

»Ich will Frowin sprechen, meinen alten Lehrmeister«, antwortete der Reiter, als mehrere Männer ihm den Weg versperrten.

Ein bulliger Stierkrieger, breiter und um einiges größer als Isbert, stemmte die Hände in die Hüften, zog die Oberlippe von seinen lückenhaften Zähnen und fragte ungläubig: »Unser Gaufürst soll der Lehrmeister eines Hirschmannes sein?«

»Ja.«

»Das genügt mir nicht als Rechtfertigung für dein Eindringen in unser Lager, Hirschmann«, raunzte der Bullige und legte demonstrativ die Rechte, eine behaarte Pranke, auf den wuchtigen Holzknauf seines Schwerts. »Du hast nicht mal deinen Namen genannt!«

»Wem denn?« fragte der Reiter in einem gleichgültigen Tonfall.

»Mir!« Der Bullige schrie es fast.

»Ich kenne dich nicht.«

»Hier kennt mich jeder«, sagte der Stiermann und warf

einen Blick in die Runde. »Ich bin Farger, Kriegerführer der Stiermänner.«

»Aha«, machte der Reiter und schaute den anderen weiterhin gleichmütig an. »Bei uns Hirschmännern ist dein Name vollkommen unbekannt.«

»Du Hund!« schnaubte Farger und packte mit der Linken kraftvoll die Zügel, als wolle er Pferd und Reiter zu Boden ziehen. »Wenn du mich verspotten willst, wird mein Schwert die Antwort sein!«

Noch immer blieb der Reiter beherrscht, blickte gelassen in das bebende Gesicht des Kriegerführers und fragte: »Willst du dich am Thingfrieden versündigen, den die Priester der Heiligen Steine ausgerufen haben?«

»Nur ein Feigling versteckt sich dahinter!«

»Nur ein Feigling droht mit dem Schwert, wenn der Gegner allein, er selbst aber von einer ganzen Kriegerschar umgeben ist.«

»Du scheinst im Reden besser zu sein als im Kämpfen, Hirschmann.« Zögernd ließ Fargers Linke die Zügel los, während die Rechte den Schwertknauf noch immer umfaßte, so fest, daß die Knöchel weiß hervortraten. »Nenn endlich deinen Namen und dein Begehr!«

»Ich bin der Eisenschmied Isbert und möchte, wie ich dir schon sagte, zu meinem alten Meister Frowin.«

»Isbert!« stieß der Kriegerführer hervor, und der Name machte die Runde unter den umstehenden Stiermännern.

Der Reiter lächelte. »Wie ich bemerke, ist mein Name bei den Stierkriegern weitaus bekannter als deiner in meinem Gau, Farger.«

»Und ob dein Name bekannt ist, nämlich als der eines Verräters! Du hast den Donarsohn Thorag in unseren Gau gebracht und mit seiner Hilfe Frowin gezwungen, euch den geheimen Weg in die Eisenburg zu zeigen.«

»Was du erzählst, ist mir gut bekannt. Nur bin nicht ich der Verräter. Diese zweifelhafte Ehre gebührt Segestes, der damals über die Eisenburg und den Stiergau herrschte. Er hatte Armin, den Gemahl seiner Tochter, heimtückisch überfallen und auf die Burg verschleppt. Nur deshalb zwangen wir Frowin, uns zu führen.«

»Und jetzt willst du zu ihm?« Farger lachte laut, so heftig, daß Tränen in seine Augen traten. »Frowin wird sich wirklich freuen, dich zu sehen, Isbert. Und ich freue mich auch schon auf euer Zusammentreffen, ja wirklich. Komm nur mit, ich bringe dich zu ihm!«

Mit einer herrischen Handbewegung scheuchte der wuchtige Stiermann die Gaffer auseinander und schritt den breiten Weg entlang. Isbert gab seinem Braunen einen leichten Fersendruck, und das Tier trottete hinter dem Kriegerführer her. Die meisten der Gaffer schlossen sich an, waren neugierig auf die Begegnung zwischen Frowin und Isbert.

Auf beiden Seiten des Wegs hatten die Stiermänner ihre Hütten gebaut, in oder vor denen sie in kleinen und großen Gruppen zusammenhockten. Sie waren in Gespräche vertieft, lauschten Erzählungen von Göttern und Riesen oder sangen Lieder von großen Helden und ruhmreichen Schlachten. Immer mehr Feuer flammten auf und sträubten sich mit flackerndem Schein gegen die schleichende, aber unerbittliche Kraft der Dämmerung. Es roch nach heißem Brei und gebratenem Fleisch. Met und Bier gluckerten aus Trinkhörnern, Bechern und Schalen in ausgetrocknete Kehlen.

So hatte Isbert es oft erlebt und meistens genossen. Ein Stammesthing war immer ein Ereignis, ein Fest, daß die Cherusker in Hochstimmung versetzte – aber diesmal war es anders. Vielleicht nicht für die Männer hier an den Lagerfeuern. Doch Isbert spürte es, und der Streit unter den Gaufürsten an der Quelle der Weisheit schien es zu bestätigen. So wie die Cherusker auf zwei Herzöge hörten, schienen sie selbst in zwei Parteien gespalten, in die Anhänger Armins und die Inguiomars. Frowin hatte sich offenbar auf die Seite des Ingfürsten geschlagen. Oder spielte er sein eigenes Spiel? Um das zu erfahren, war Isbert gekommen.

Die Unterkunft des neuen Stierfürsten war ein großes, festes Holzhaus, über dessen Eingang eine weiße Fahne mit einem aufgemalten schwarzen Stierkopf hing, umrahmt von den aufgespießten Totenschädeln zweier mächtiger Ure.

Dahinter stieg aus einer Öffnung im laubgedeckten Dach eine dichte Rauchfahne in den dunkler werdenden Himmel, Sendbote des großen Feuers, das in Frowins Haus brannte. Rund um das wärmende Herdfeuer standen grob zusammengezimmerte Tische und Bänke, und die Schalke trugen ihrem Fürsten und seinen Edelingen Getränke und Speisen auf. Die angeregte Unterhaltung wurde immer leiser, je mehr der Männer in dem Ankömmling einen Hirschmann erkannten.

Farger trat vor Frowin und meldete: »Isbert, Eisenschmied aus dem Hirschgau, wünscht dich zu sprechen, Fürst Frowin.«

Der Stierfürst nahm langsam ein silberbeschlagenes Trinkhorn von den metverklebten Lippen und starrte den Hirschmann durchdringend an. »Diesmal besuchst du mich auf so förmliche Weise, Isbert? Liegt es nicht eher in deiner Natur, die Menschen im Schlaf zu überfallen?«

»Nur, wenn es meine Feinde sind.«

»Und das bin ich nicht?« fragte der bärtige Fürst mit einem lauernden Unterton.

»Um das herauszufinden, bin ich gekommen.«

»Schickt Armin dich?«

»Er weiß von meinem Besuch. Aber ich komme auch aus eigener Neugier, um zu erfahren, ob aus ehemaligen Freunden erneut welche werden können.«

»Du meinst dich und mich?«

Isberts Antwort bestand in einem Nicken.

»Du hast das Schwert zuerst gegen mich erhoben, Isbert, und die Freundschaft gebrochen, die Gastfreundschaft, die ich dir in meinem Haus gewährte, um dich die Schmiedekunst zu lehren. Da ist es kaum an mir, dir die Hand zum Freundschaftsbund zu reichen!«

So unversöhnlich und hart wie der Klang der Stimme war auch der Blick aus Frowins eisgrauen Augen. Isbert hielt diesem Blick stand und zog mit einer schnellen Bewegung das Schwert aus der Scheide. Farger reagierte ebenso schnell, riß sein Schwert hoch und drückte die Spitze gegen die Kehle des Hirschmannes.

»Also kommst du doch in feindlicher Absicht, willst unseren Fürsten ermorden!« zischte er.

»Nein«, erwiderte Isbert ruhig und schenkte dem scharfen Stahl an seinem Hals keine Beachtung. Als er weitersprach, sah er seinen ehemaligen Lehrmeister an. »Dieses Schwert soll nicht Frowins Blut schmecken, sondern das seiner Feinde. Ich selbst habe es geschmiedet und halte seine Klinge für die beste, die je auf meinem Amboß lag. Diese Waffe ist mein Geschenk an dich, Frowin, meine Gabe mit der Bitte um Versöhnung.«

Langsam trat er an Frowins Tafel und hielt das Schwert in den ausgestreckten Händen. Farger nahm seine Waffe von Isberts Hals, hielt sie aber weiterhin stoßbereit.

Frowin ließ achtlos sein Trinkhorn los, und der gelbliche Honigwein ergoß sich auf die rauhe Tischplatte. Der Fürst stand auf, nahm die dargebotene Gabe entgegen und hielt sie gegen den flackernden Schein des Herdfeuers, um sie genau zu betrachten.

»Bester Stahl«, murmelte er anerkennend, als seine Finger prüfend über die breite, zweischneidige Klinge glitten. In den mit Silberblech beschlagenen Knauf war auf der einen Seite ein stolzer Hirsch gestanzt, auf der anderen ein Schmiedehammer. »Das Schwert eines Hirschmannes, eines Schmiedes. Ist es dein eigenes, Isbert?«

»Das war es, Meister Frowin. Jetzt ist es deins.«

Der entspannte Ausdruck des Wohlgefallens, der beim Prüfen der Waffe auf Frowins Gesicht gelegen hatte, verschwand ganz plötzlich. Seine Miene wurde wieder hart, abweisend. »Nein!« sagte er laut und gab Isbert das Schwert zurück. »Wir beide sind nicht die Männer, die Geschenke austauschen. Zuviel ist zwischen uns geschehen.«

»Was meinst du?« fragte der Hirschmann, während er die Klinge in die mit Silberblech-Ornamenten besetzte Holzscheide steckte. »Den Überfall Thorags auf dein Dorf, an dem ich teilnahm? Hat dich das so sehr gekränkt?«

»Das ist es nicht allein. In jenem Winter, als ihr die Eisenburg belagert habt, wurde bei einem Ausbruchsversuch Nantwin getötet, der Gemahl meiner Tochter Wiberta.«

Isbert erinnerte sich gut an Wiberta. Es waren schöne Erinnerungen voller körperlicher Erfüllung, die das üppige Mädchen dem Gesellen ihres Vaters geschenkt hatte.

»Inzwischen habe ich erfahren, daß niemand anderer als Thorag die Schuld an Nantwins Tod trägt«, fuhr Frowin fort. »Und die Schuld daran, daß Wibertas Geist sich verwirrte.«

»Wegen Nantwins Tod?« erkundigte sich Isbert.

Frowin nickte, und Isbert war überrascht. Er kannte Wiberta als heißblütiges, leichtlebiges Geschöpf und hätte niemals gedacht, daß sie der Tod eines Mannes, selbst wenn er ihr Gemahl war, so sehr treffen würde. Als Isbert im Eisendorf lebte, war sie mit ihrer Gunst immer sehr freigebig gewesen, nicht nur ihm gegenüber.

Während Isbert diese Gedanken durch den Kopf schossen, sprach Frowin mit Farger und wandte sich dann wieder an seinen ehemaligen Gesellen: »Du sollst nicht denken, ich sei von unversöhnlichem Haß besessen. Deshalb habe ich nach dem besten Met geschickt. Wir werden zusammen trinken, auf eine Zeit, in der wir Geschenke austauschen können.«

»Einverstanden«, sagte Isbert, den Frowins schnelle Stimmungsschwankungen irritierten. »Wenn du mit mir trinkst, wirst du dann auch mit Armin trinken?«

»Warum nicht.«

»Und wirst du auch zu ihm stehen, wenn die Thingversammlung morgen zusammentritt?«

Frowin schüttelte das graue Haupt. »Ich habe an Mimirs Quelle deutlich gesagt, daß ich auf Inguiomars Seite stehe!«

Isbert fragte zögernd: »Aus Überzeugung – oder aus Haß?«

»Der Vater Frowin mag Groll gegen die Männer der Hirsch- und der Donarsippe hegen. Der Fürst Frowin darf sich das nicht erlauben.«

Das war keine besonders deutliche Antwort, doch Isbert mußte sich damit zufriedengeben.

Farger kehrte mit einem verzierten Bronzekrug zurück. Nur kurz wunderte sich Isbert, daß der Kriegerführer die Arbeit eines Schalks erledigte. Dann reichte ihm Frowin auch schon das Silberhorn, aus dem er vorhin getrunken und das

Farger jetzt mit dem würzig duftenden Met aus dem bronzenen Krug gefüllt hatte.

»Du bist der Gast und sollst das Horn zuerst leeren«, sagte Frowin mit einem schmalen Lächeln, das Isbert als Geste der Versöhnung deutete.

Er führte das Horn zum Mund und leerte es mit einem Zug. Frowin hatte nicht zuviel versprochen: Der Met schmeckte ungewöhnlich, aber gut. Gewiß war er nach einem besonderen Rezept bereitet, mit seltenen Kräutern versetzt.

Isbert wollte dem Stierfürst das Horn wiedergeben und sein Lob über den Honigwein aussprechen, doch er kam nicht dazu. Ein plötzlicher brennendheißer Schmerz in seinen Eingeweiden lähmte ihn. Es war, als säße ein Mahr in seinem Leib und fräße ihn von innen auf. Er wollte schreien vor Schmerz, doch selbst seine Stimme war gelähmt. Kraftlos öffnete sich die Rechte, und das Trinkhorn fiel mit einem scheppernden Geräusch auf den Boden; für Isbert hörte es sich an wie das Dröhnen eines galoppierenden Reitertrupps.

Nicht nur die Geräusche, auch was Isbert sah, verzerrte sich. Frowin veränderte sich vor seinen Augen: Der graue Bart wuchs und wucherte, bis er den ganzen Körper bedeckte und aus dem Stierfürsten ein grauenhaftes Untier geworden war. Frowin sagte etwas, doch Isbert verstand es nicht; für ihn war es das schauerliche Gebrüll eines Ungeheuers.

Erschrocken wollte er zurückweichen, da brachten ihn seine ungehorsamen Beine zu Fall. Er lag auf der rechten Seite und starrte angsterfüllt, mit rasendem Herzen, zu der fellbedeckten Bestie empor, die sich über ihn beugte und nur noch entfernte Ähnlichkeit mit Frowin besaß. Pelzige Arme, die in langkralligen Pranken endeten, streckten sich nach ihm aus, packten ihn ...

Kapitel 6

Die Flammenreiter

Thorag gab erst das Zeichen zum Halten, als Notts Schleier so zahlreich und düster zwischen den hohen Bäumen hingen, daß die Reiter in dem dichten Wald kaum noch die Hand vor Augen sahen. Am liebsten wäre er die ganze Nacht hindurch geritten. Aber die Verwundeten stöhnten, und die Pferde waren erschöpft von dem langen Ritt. Mehrere Tiere waren über die dicken, weit aus dem Boden ragenden Baumwurzeln gestolpert. Ein unglücklicher Brauner hatte sein linkes Vorderknie so stark verletzt, daß der Reiter sein Tier erstechen mußte.

Diese Lichtung war für das Nachtlager sehr geeignet. Dichte Wälder schützten die Cherusker vor einem überraschenden Angriff. Ein gluckernder Wildbach führte erfrischendes Wasser für Mensch und Tier.

Die Krieger rutschten von den Pferden. Thorag schickte einige auf Wache, manche beritten, um einen möglichen Feind frühzeitig zu melden. Andere stoben zum Waldrand davon und begannen, abgestorbene Äste von den Bäumen zu brechen.

»Was tut ihr da?« rief Thorag ihnen zu.

»Äste für die Feuer holen«, lautete die Antwort eines bulligen Donarsohns.

»Es gibt keine Feuer! Sie würden uns den Römern verraten. Das gleiche gilt für die abgebrochenen Äste. Bessere Wegweiser können sich die Römer nicht wünschen.«

»Du meinst, Fürst, sie verfolgen uns so tief in unser Land hinein?«

»Mit Sicherheit.« Thorag nickte und zeigte auf die Gefangenen. »Um den Sohn ihres Princeps wiederzubekommen, würden sie uns sogar bis zur Elbe verfolgen.«

»Ganz recht, Barbar!« rief eine scharfe Stimme auf lateinisch. Sie gehörte Lucius Aelius Sejanus. Der Prätorianerpräfekt mußte die Sprache der Cherusker gut genug kennen, um

74

den Sinn des Wortwechsels erfaßt zu haben; vielleicht hatte er ihn auch nur der Situation entnommen. Sejanus war mit den beiden anderen Gefangenen abgesessen und stand mit auf den Rücken gefesselten Händen auf der großen Lichtung, die Thorag zum Lagerplatz erkoren hatte. Der Präfekt hatte sich offenbar von dem Schock des Überfalls erholt. Seine aufrechte Haltung und der hochmütige Zug um seinen Mund erweckten diesen Eindruck. »Noch könnt ihr eure Schandtat rückgängig machen, wenn ihr uns auf der Stelle freilaßt. Wenn nicht, wird euch alle die Rache des Princeps treffen!«

Thorag trat auf ihn zu, bis er dicht vor ihm stand. In der Sprache der Römer sagte der Cheruskerfürst: »Du sprichst von Tiberius, als sei er ein Gott.«

Sejanus lächelte dünn, maskenhaft. »Die Römer billigen ihrem Princeps göttliche Abstammung und göttliche Fähigkeiten zu.«

Thorag schüttelte entschieden den Kopf. »Ich habe in Pannonien unter Tiberius gekämpft, als ich noch in römischen Diensten stand. Er war ein guter Soldat, aber auch nur ein Mensch. Er hatte Hunger und Durst, mußte schlafen und konnte bluten.«

»Damals herrschte noch Augustus, und Tiberius befehligte nur eine Armee. Jetzt hört die ganze Welt auf sein Wort.«

»Nicht die *ganze* Welt.« Thorag blickte bedeutungsvoll nach Osten, zum Land der Cherusker. »Wir haben euch unter Augustus geschlagen, und wir haben eure Armeen zurückgeworfen, als Tiberius schon in Rom auf dem Thron saß. Sein Adoptivsohn Germanicus rannte vergebens in mehreren Schlachten gegen uns an. Und jetzt ist sein leiblicher Sohn unser Gefangener. Hätte ein Mann mit göttlicher Macht das nicht verhindert?«

»Mag seine Macht auch nur die eines Menschen sein, sie wird genügen, euch zu bestrafen«, erwiderte Sejanus und klang dabei höchst überzeugt. »Du solltest nicht vergessen, Cherusker, daß Germanicus dein Weib als Gefangene nach Rom geführt hat. Sie und das Weib des Aufrührers Arminius befinden sich in unseren Händen. Sollte dem Sohn des Herrschers etwas zustoßen, seht ihr die Frauen niemals wieder.

Ganz zu schweigen vom Sohn des Arminius, den sein Vater dann niemals zu Gesicht bekommen wird!«

Schmerz und Zorn kochten in Thorag hoch. Er dachte an die vielen Kämpfe gegen die Römer, an das vergossene Blut. Und doch war es nicht gelungen, Auja, Thusnelda und Thumelikar zu befreien. Und jetzt stand dieser Römer ihm voller Hochmut gegenüber und brüstete sich damit, den Gefangenen – zwei Frauen und einem Kind – Gewalt anzutun!

Thorags Faust schlug gegen den Kopf des Prätorianers und warf den Römer zu Boden.

Die beiden anderen Gefangenen, Drusus Caesar und Quintus Favonius Bivius, sahen den Cherusker entsetzt an, erschrocken.

Nicht so Sejanus, der sich trotz der auf den Rücken gefesselten Hände schnell wieder aufrichtete. Ein dünner Blutfaden rann aus dem linken Mundwinkel. Sein Blick war hart, ungebrochen, doch jetzt noch feindseliger als zuvor, haßerfüllt. Seine Mundwinkel zuckten in einem wilden Tanz, schienen sich nicht entscheiden zu können, ob sie dem Antlitz einen herablassenden oder einen bissigen Zug verleihen sollten.

»Das hast du nicht umsonst getan, Barbar!« zischte er und fügte lauter hinzu: »Es gehört nicht viel Mut dazu, einen gefesselten Mann zu schlagen. Hätte ich freie Hände und ein Schwert, würde dir das nicht so leicht gelingen!«

»Was soll ich dir noch geben, Römer, ein Pferd und eine Stunde Vorsprung?« Thorag lachte rauh. Er hatte die gezielte Herausforderung durchschaut. »Ihr hattet Waffen und wart sogar in der Überzahl, als wir euch überfielen. Was hat es euch genutzt?«

Die Augen des Präfekten weiteten sich. Wut kennzeichnete sein straffes Gesicht.

Drusus trat vor und sagte: »Streit bringt uns nicht weiter. Wir sollten vernünftig miteinander reden. Thorag, was verlangst du für unsere Freilassung?«

»Drei Römer gegen drei Cherusker. Euch gegen mein Weib, Armins Weib und seinen Sohn.«

»Der Handel gilt.« Drusus nickte gewissenhaft. »Laßt uns

frei, und ich verspreche, daß die Frauen und der Junge umgehend in ihre Heimat entlassen werden!«

»Du wirst sofort entsprechende Nachricht nach Rom schicken?« hakte Thorag nach.

»Nein, nicht nach Rom«, sagte Drusus. »Nach …«

»Schweig, du Narr!« fuhr Sejanus seinem Imperator in die Rede. »Merkst du nicht, daß dieser gerissene Barbar dich aushorcht? Er will nur wissen, wo sich die Geiseln aufhalten!«

Rote Flecken tanzten auf dem teigigen Gesicht des Drusus. War es die Scham, dem Barbaren fast in die Falle gegangen zu sein? Oder der Ärger über die Respektlosigkeit, mit der Sejanus ihn behandelte?

Sejanus hatte recht. Und Thorag war maßlos enttäuscht, daß der gerissene Präfekt ihm dazwischengekommen war. Sonst hätte er jetzt gewußt, an welchen geheimen Ort die Römer ihre Geiseln gebracht hatten.

»Wie kannst du es wagen, mich einen Narren zu nennen!« fuhr Drusus den Prätorianer mit bebender Stimme an. »Ich weiß selbst, was ich zu tun und zu lassen habe. Keine Sorge, ich werde nichts verraten.«

»Das hoffe ich«, brummte Sejanus und klang nicht sonderlich überzeugt.

Drusus sog hörbar laut die Luft ein, beruhigte sich allmählich wieder und sagte zu Thorag: »Wie ich eben schon bemerkte, ich werde die Freilassung der Geiseln anordnen, sobald ich in Freiheit bin.«

»Kannst du das denn, Drusus minor?« Ganz bewußt nannte Thorag ihn so, erinnerte ihn daran, daß er nur der ›kleinere Drusus‹ war, nicht so erfahren und geachtet wie sein namensgleicher Onkel. »Hat dein Wort soviel Gewicht? Ist es nicht eine Entscheidung, die nur Tiberius selbst fällen kann?«

Drusus reckte die Brust vor. »Mein Vater hört auf mich!«

»Vielleicht«, sagte Thorag nachdenklich. »Aber er hört gewiß nicht auf uns *Barbaren*.«

»Wie meinst du das?« fragte Drusus.

»Kein Römer achtet das Wort, das er einem Barbaren gibt. Ich glaube nicht, daß Tiberius da eine Ausnahme bildet.«

»Ich verbürge mich dafür, daß Tiberius die Geiseln frei-
läßt!« entgegnete Drusus.

Thorag lächelte hintergründig, ohne wirkliche Freude.
»Das wirst du in der Tat, römischer Prinz. Denn nur, wenn
Auja, Thusnelda und Thumelikar frei und wohlbehalten ins
Land der Cherusker zurückgekehrt sind, wirst du wieder ein
freier Mann sein. Dein Vater muß entscheiden, an wem ihm
mehr liegt, an seinen Geiseln oder an seinem Sohn.« Thorags
Blick streifte die beiden anderen Gefangenen. »Und an seinen
hochrangigen Prätorianern.«

Die Gefangenen wurden unter strenger Bewachung weg-
geführt. Thorag ordnete an, ihnen ausreichend Essen und Wasser zu geben. Tot nutzten die Geiseln ihm und Armin wenig.

Die Cherusker rupften Grasbüschel vom Boden, um die
erhitzten, schwitzenden Pferde trockenzureiben. Erst als ihre
Hitze etwas abgeklungen war, durften die Tiere zum Trinken
an den Bach. Danach weideten sie und erhielten zusätzlich
etwas Hafer.

Jetzt erst kamen die Menschen an die Reihe. Ihr Mahl fiel
kaum üppiger aus als das der Tiere: Wasser, getrocknete Beeren und Nüsse sowie ein wenig kaltes Pökelfleisch.

Vor dem Essen erfrischte sich Thorag in dem sprudelnden
Bach. Er reinigte sich von Blut und Schweiß und von der
Kriegsfarbe aus Brombeersaft. Die dicken roten Narben auf
seiner Brust kamen zum Vorschein, ein Überbleibsel der
Wodansprobe, die ihn fast das Leben gekostet hatte. Wie auch
die zernarbten Hände, mit denen er den tödlichen Speer abgefangen hatte, der in seine Brust eindrang. Nicht der Speer
eines Römers, sondern des verräterischen Cheruskers Gerolf.

Donars Zeichen auf Thorags Haut verblaßten unter der
Kraft des Wassers. Sie hatten ihre Wirkung getan und den
Söhnen des Donnergottes den Sieg beschert. Jetzt lag es an
den Menschen, was sie aus diesem Sieg machten. Trotz des
erfrischenden kalten Wassers, das aus den Hügeln im Osten
kam, fühlte der Fürst der Donarsöhne sich müde und erschöpft.

Der lange, kräftezehrende Tag, der hinter ihm lag, war
dafür nur zum Teil verantwortlich. Nicht nur dieser Tag, alle

Tage seit der Entführung Aujas und Thusneldas bedrückten ihn. Trotz all der Kämpfe, die er an Armins Seite gegen die Römer ausgefochten hatte, waren die beiden Frauen noch immer Gefangene Roms. Oft fragte er sich, ob jeder Sieg nicht zugleich eine Niederlage gebar. Doch was sollte er anderes tun, als zu kämpfen?

Thorag mußte weiterkämpfen. Er hatte es seinem Blutsbruder Armin geschworen, seiner verschleppten Gemahlin Auja und Ragnar, seinem Sohn. Nie würde er Ragnars Blick vergessen, als Thorag die Donarburg verließ. Der Blick, der Thorag den ganzen Ritt zum Rhein über begleitet hatte, war durchdringend gewesen, flehend. Ragnar, der doch noch ein Kind war, hatte den Vater bestürmt, ihn mitzunehmen, um die Mutter zu befreien. Nur mit Mühe konnte Thorag ihm klarmachen, daß er in der Obhut der alten Dienerin Reglind zurückbleiben mußte. Ragnar hatte eingewilligt, doch eine Bedingung gestellt: ›Versprich mir, daß du Mutter zurückbringst!‹ Thorag hatte es versprochen.

Als er aus dem Bach trat, trocknete der Nachtwind das Wasser. Den Rest wischte er mit seinem wollenen Hemd ab, bevor er es überstreifte. Die Krieger saßen in Gruppen zusammen, aßen, versorgten ihre Wunden mit Kräutern und Verbänden und unterhielten sich über den gelungenen Handstreich. Thorag sprach mit allen, erkundigte sich nach ihren Verletzungen und lobte ihre Tapferkeit, bevor er sich selbst auf dem moosigen Boden niederließ, um etwas zu essen.

Die Wolken, die den Himmel verdunkelt hatten, brachen auf. Manis blaßleuchtende Scheibe erhellte die Lichtung mit unwirklichem Licht. Kaum hatte Thorag eine Handvoll getrockneter Beeren in seinen Mund geschoben, bemerkte er aus den Augenwinkeln einen Schemen, der sich zwischen ihn und Manis milchige Strahlen schob. Thorag wandte den Kopf und erblickte Gueltar, den jungen Sklaven, der den Cheruskern entscheidende Hinweise über die Reisepläne des Drusus geliefert hatte. Er wirkte irgendwie verloren, hilfesuchend. Der Wind spielte mit der rotfleckigen Tunika. Thorag bot ihm einen Platz an seiner Seite und etwas von seinem Mundvorrat an.

»Ich habe keinen Hunger«, sagte Gueltar, nachdem er sich mit über Kreuz geschlagenen Beinen niedergelassen hatte.

»Ich auch nicht.« Thorag stopfte weitere Beeren in seinen Mund und kaute kräftig. »Aber wenn ich nicht esse, sterbe ich. Und wenn ich sterbe, kann ich nicht weiter gegen die Römer kämpfen.«

Der Jüngling nickte verstehend und griff in den Beutel mit den Beeren, kaute ohne Lust und sagte mit Nachdruck: »Ich will auch gegen die Römer kämpfen!«

Thorag zeigte auf seine befleckte Tunika. »Du hast es schon getan. Sehr viel Blut. Wie viele hast du heute getötet?«

»Keinen.« Gueltar lachte zu Thorags Verwunderung. Das Lachen war bar jeder Erheiterung. Gueltars Gesicht, trotz der Jugend hart, schien keine wirkliche Freude zu kennen. »Sejanus schlug mich nieder, und ich fiel in die Weintrauben. Ich habe die Römer verraten, aber nicht gegen sie gekämpft. Aber ich möchte ein Krieger sein, möchte an deiner Seite gegen die Römerhunde reiten, Fürst Thorag!« Seine schmalen Augen flackerten bei diesen Worten, offenbarten Entschlossenheit und Haß.

Thorag erkannte, daß Gueltar nicht bloß ein heißblütiger Jüngling war, der Ruhm und Ehre suchte. Ernst und Verbissenheit sprachen aus seinen Worten und seinen Augen. Und ein düsteres Geheimnis, das Thorags Interesse weckte.

»Du hast keine Kriegerweihe erhalten?« fragte er.

Gueltars Gesicht verhärtete sich noch mehr. Selbst das weiche Mondlicht konnte seinen Zügen nicht die Schärfe nehmen. Trotz seiner Jugend wirkte er wie ein alter Mann. »Mein Dorf wurde überfallen, bevor ich alt genug war. Ich war damals noch ein Kind und konnte mich nicht wehren. Meine Schwester Guda und ich mußten mit ansehen, wie die Römer unsere Eltern schändeten, folterten und grausam töteten. Oft habe ich mir gewünscht, sie hätten mit Guda und mir dasselbe gemacht. Aber die Sklavenfänger verschleppten uns und brachten uns über den Rhein.« Die Stimme schwieg, aber die Augen redeten weiter, erzählten von Qualen und Erniedrigung, von einer zerstörten Kindheit und einem geraubten Leben.

Thorag hatte Gueltars Akzent erkannt. »Du bist ein Sugambrer, nicht wahr?«

Seit den Tagen von Gaius Julius Caesar hatten die am rechten Rheinufer siedelnden Sugambrer immer wieder gegen die über den Fluß kommenden Römer gekämpft, bis sie von Tiberius, dem jetzigen Caesar und damals Feldherr unter Augustus, zu großen Teilen aufgerieben wurden. Die überlebenden Sippen hatte Tiberius links des Rheins angesiedelt, viele hervorragende Stammesführer und ihre Familien in die Fremde verschleppt. Offenbar war auch Gueltars Dorf diesen Vergeltungsaktionen zum Opfer gefallen.

»Ja, ich bin ein Sugambrer«, antwortete Gueltar leise. »Zumindest war ich einer, bevor ich römischer Sklave wurde. Leibsklave des Publius Quintilius Varus!« Er sprach den Namen mit aller Verachtung aus, zu der ein Mensch nur fähig sein konnte.

»Leibsklave des Varus?« Thorag horchte auf. Er selbst hatte als Soldat in den Diensten des römischen Statthalters gestanden, bevor er seine wahre Bestimmung erkannt und an Armins Seite das Heer des Varus vernichtet hatte.

»Meine Schwester und ich mußten ihm zu Diensten sein, obwohl wir noch Kinder waren. Er kannte nicht einmal unsere Namen, nannte uns Pollux und Helena.«

Gueltar mußte nicht deutlicher werden, Thorag verstand ihn auch so. Der Donarsohn hatte Varus gut genug kennengelernt und viel über seine seltsamen Vorlieben gehört, um zu erahnen, welche Dienste die beiden Kinder dem Römer leisten mußten. Und Thorag erinnerte sich undeutlich an zwei Germanensklaven, die er im Haus des Varus gesehen hatte. Kinder, die den Römer bedienen mußten: Pollux und Helena – Gueltar und Guda.

»Dann kamen die Tage der Rache«, fuhr der Jüngling fort, und seine Augen zeigten einen befriedigten Schimmer. »Du, Fürst Thorag, hast zusammen mit Armin die Römer geschlagen, vernichtet und vertrieben. Dafür gebührt dir ewiger Dank!«

Thorag empfand weder Freude noch Stolz auf die Tat, die nun schon so viele Winter zurücklag. Er hatte damals getan, was er für seine Pflicht hielt, so wie heute. Aber war es das richtige gewesen, den Tod so vieler Menschen wert?

»Die Römer sind nicht vertrieben«, sagte er. »Jenseits des Rheins liegen ihre Legionen. Und noch vor kurzem führte Germanicus sie in unser Land.«

»Aber du und Armin, ihr habt Germanicus besiegt und vertrieben!«

»Manche sehen es so. Andere sagen, Tiberius habe seinen Adoptivsohn abberufen, um ihn für seine Siege über uns zu belohnen. Immerhin wurde Germanicus der Triumphzug gewährt.«

Thorag verstummte mit nach innen gerichtetem Blick. Er dachte an das, was er aus Rom gehört hatte: Auja, Thusnelda und der kleine Thumelikar waren auf dem Triumphzug dem Volk von Rom vorgeführt worden, wie gefangene Tiere. Danach verlor sich die Spur der Geiseln.

»Die Römer reden mit falscher Zunge«, befand Gueltar. »Sie drehen die Dinge so, wie sie ihnen recht erscheinen. Hätten Armin und du Germanicus nicht so große Verluste beigefügt, hätte Tiberius ihn nicht abberufen. Ihr habt uns von Germanicus befreit, wie ihr uns von Varus befreit habt. Ich hoffe, eines Tages werdet ihr die Römer ganz von unseren Grenzen vertreiben!«

Thorags Antwort bestand in einem leisen Seufzer. Er dachte daran, wie lange Armin und seine Verbündeten schon versuchten, die Römer endgültig zu schlagen. Aber immer wieder kamen Querelen im eigenen Volk dazwischen. Männer wie Gerolf oder Segestes, die eigene Ziele verfolgten und sich mit den Römern verbündeten, um diese Ziele zu erreichen.

Er wischte die trüben Gedanken beiseite. Ihnen nachzuhängen, brachte nichts ein außer Kopfweh und Trübsinn. Die Geschichte des jungen Sugambrers interessierte ihn, und Thorag fragte: »Warum stehst du noch in römischen Diensten, Gueltar? Konntest du mit deiner Schwester den Römern nicht in den Wirren entkommen, die nach dem Sieg über Varus am Rhein herrschten?«

»Wir waren nicht am Rhein. Varus hatte uns mitgenommen, weil er auf … unsere Dienste nicht verzichten wollte.

Guda und ich haben alles miterlebt, die Kämpfe und das Ende der Römer.«

Thorag blickte in die alten Augen seines jungen Gegenübers und glaubte, nachempfinden zu können, was Gueltar fühlte. Er selbst hatte viele geliebte Menschen an die Römer verloren. Der Sugambrer war noch viel jünger gewesen, als ihn dieses Schicksal traf. Der Sieg über Varus war ein Triumph gewesen, aber in Anbetracht all der toten Angehörigen und Freunde schmeckte er schal.

»Es muß eine Erleichterung für dich und deine Schwester gewesen sein, als Varus sich in sein Schwert stürzte.«

»Er wollte es, aber er war zu feige dazu.«

Thorag verzog überrascht das Gesicht. »Aber Varus ist tot. Und es heißt, er soll durch sein eigenes Schwert gestorben sein!« Er erinnerte sich an jenen von Blut und Regen getränkten Tag, als ihm Cherusker unter der Führung von Sesithar, dem Neffen des Segestes, den halbverkohlten Leichnam des Varus zeigten. Die Römer hatten ihren toten Feldherrn verbrennen wollen, um seine Leiche vor Schändung zu bewahren. Sesithar selbst hatte Thorag berichtet, Varus habe sich in sein eigenes Schwert gestürzt. Das erzählte Thorag dem Sugambrer.

Gueltar schüttelte den Kopf. »Dieser Sesithar hat nur das gewußt, was alle sich erzählten, was alle glaubten, selbst die Römer. Denn niemand war dabei, als Varus starb – fast niemand. Er hatte alle Diener aus dem Feldherrnzelt geschickt. Nur an Guda und mich dachte er nicht, so bedeutungslos waren wir für ihn.«

Gespannt beugte sich Thorag vor und hing an Gueltars Lippen. Die Vergangenheit wurde für den Donarsohn zur Gegenwart. Alles schien ihm, als wäre es erst gestern gewesen: Armins Täuschungsmanöver im römischen Sommerlager an der Weser; der Auszug der drei Legionen, die ahnungslos in die Falle der Cherusker tappten; dann der dreitägige Kampf in den sturmgepeitschten Tälern. Am Ende der Sieg und das abgetrennte Haupt des Varus, das auf einer Framenspitze steckte. Und Sesithar, der im Siegesrausch mit einer kopflosen Leiche tanzte.

»Wenn Varus sich nicht selbst tötete, wer tat es dann?«
Kaum hatte Thorag die Frage ausgesprochen, da kannte er
auch schon die Antwort. Natürlich, es gab nur diese eine.

»Guda und ich waren es«, bestätigte der Sugambrer Thorags Verdacht. »Varus hatte das Schwert schon an seine Brust
gesetzt, aber er war nicht nur zum Weiterkämpfen zu feige,
sondern auch zum Sterben. Wir nahmen ihm das Schwert aus
den Händen und taten das, was wir später oft bereuten.«

»Erschien euch sein Tod als zu harte Strafe?«

»Nein.« Gueltars Gesicht war Thorag zugewandt, aber sein
Blick ging durch den Cherusker hindurch in weite Ferne, in
Zeiten, die längst vorüber waren, und in solche, die niemals
sein würden. »Die Strafe war zu leicht. Der Tod kam zu
schnell zu Quintilius Varus!«

Sie schwiegen eine ganze Weile, und jeder hing seinen eigenen Gedanken nach. Gueltar vielleicht denen der Rache. Thorag verstand ihn. Und gerade deshalb war der Donarsohn
betroffen. Wie viele Römer mochte es geben, die wie Gueltar
dachten und den Führern des germanischen Aufstandes,
Armin, Inguiomar und Thorag, nichts sehnlicher wünschten
als einen qualvollen Tod?

Thorag fürchtete sich nicht davor, dieses Schicksal zu erleiden. Seine Furcht betraf nicht, was andere ihm zufügen wollten, sondern was er selbst tat. Wenn der Krieg eskalierte, bis
es außer der Abstammung keinen Unterschied mehr gab zwischen ihm selbst und Männern wie Varus, welchen Sinn ergab
dann noch der Kampf?

Er zwang sich, nicht weiter in solch düsteren Bahnen zu
denken. Zu was sollte es führen? Er mußte weiterkämpfen,
für Armin und Thusnelda, für Ragnar und Auja. Für sein
Glück, das die Römer ihm gestohlen hatten.

»Wie kommt es, daß du wieder in römische Dienste getreten bist, Gueltar?« fragte Thorag.

»Als Guda und ich nach Varus' Tod aus dem Römerlager
fortliefen, wollten wir uns eurem Aufstand anschließen.
Aber wir erkannten schnell, daß für Kinder kein Platz war in
den Reihen der Krieger. Also taten wir das, was wir gelernt
hatten: Wir dienten den Römern. Dabei erfuhren wir aller-

hand Wichtiges und ließen es den Freiheitskämpfern zukommen. Das war unsere Art des Kampfes für ein freies Land der Väter.«

»Ihr habt mehr getan als mancher hervorragende Krieger«, sagte Thorag und blickte zu der kleinen Felsgruppe, wo die drei Gefangenen hockten. »Ist deine Schwester noch bei den Römern?«

»Ja, im Prätorium der Ubierstadt. Ich selbst arbeitete dort auch als Dienstsklave, als ich von den Schiffen hörte, die Drusus Caesar zu uns bringen sollten. Da bemühte ich mich, als Diener auf die Schiffe zu kommen.«

»Weißt du Näheres über den Grund des hohen Besuchs?«

»Drusus wollte sich mit den höchsten Offizieren am Rhein besprechen. Es geht wohl um die Lage am Rhein und darum, ob der Fluß die Grenze des Römerreiches bleiben soll.«

So etwas hatten sich Thorag und Armin bereits gedacht. Doch ganz zufrieden war Thorag mit der Antwort nicht. Es war mehr eine Ahnung: Er spürte, daß es noch einen Grund für diese Zusammenkunft gab. Etwas Wichtiges, Drängendes, das die Anwesenheit des Drusus Caesar am Rhein erforderlich machte.

Gueltar aß noch ein paar Beeren und fragte: »Nimmst du mich in die Reihen der Krieger auf, Thorag? Ich will endlich kämpfen wie ein Mann, nicht länger wie ein Verräter. Ein Schwert und einen Dolch habe ich schon. Ich nahm die Waffen einem getöteten Prätorianer ab.«

Thorag waren die Römerwaffen, die der Jüngling umgegürtet hatte, nicht entgangen. »Krieger kämpfen, aber Krieger sterben auch.« Er dachte an Eibe und Tebbe, die für ihn fast wie Söhne gewesen waren oder wie seine jüngeren Brüder, die er früh verloren hatte. Beim nächtlichen Überfall der Römer auf das Marserheiligtum der Göttin Tamfana waren Eibe und Tebbe gefallen. Sie hatten kaum Zeit gehabt, Männer zu werden.

»Ich habe keine Angst!« fauchte Gueltar.

»Das solltest du aber, wenn du mutig sein willst. Sonst bist du zwar ein furchtloser, aber auch ein dummer Krieger. Und die Dummen sterben am schnellsten.«

Gueltar legte den Kopf schief und blickte Thorag fragend an. »Heißt das, ich darf mit euch reiten?«

»Du tust es doch längst!« Thorag lächelte. »Und jetzt schlafe. Nicht nur dumme, auch müde Krieger sterben leicht.«

Er selbst rollte sich kurz darauf in eine Decke aus dicker Schafwolle, nachdem er sich vergewissert hatte, daß für den Rest der Nacht ausreichend Wachen aufgestellt waren. Aber der Schlaf wollte trotz der großen Müdigkeit nicht kommen. Thorags Gedanken waren wie Bienen, die, aufgescheucht durch einen Honig witternden Bären, aufgeregt um ihr Nest herumschwirrten. Gueltars Erzählung hatte die Vergangenheit wieder lebendig werden lassen. Und der gefangene Drusus weckte Hoffnungen für die Zukunft. Aber noch waren Auja und Thusnelda römische Geiseln, und alles lag im ungewissen.

»Die Schatten der Ungewißheit können quälend sein, aber in ihnen liegt auch Hoffnung verborgen. Schlimmer sind oft die Schatten, die das Wissen um die Zukunft auf uns werfen.«

Schlief Thorag doch? Hörte er die Stimme im Traum? Es mußte so sein. Auch die weiße Gestalt, die vor ihm stand, wirkte wie traumgeboren. Es war eine Frau in einem langen weißen Gewand. Grau war das Haar und deutete ein fortgeschrittenes Alter an, das von dem faltigen Gesicht bestätigt wurde. Aber wer genauer hinsah, konnte erkennen, daß es nicht die Falten des Alters waren, sondern die eines sorgenvollen Lebens. Die rechte Hand umklammerte einen knotigen Stock, doch die Frau stand aufrecht. Nur ihr Haupt war nach vorn gebeugt und starrte auf Thorag nieder. Sie wirkte ärmlich, wie eine Bettlerin. Aber an der Hand, die den Stock hielt, glänzte ein Ring im Mondlicht. Es sah aus wie eine Legierung aus Gold und Silber, vermutlich Elektron. Ein großer Saphir schmückte den Ring.

»Was für eine ungewöhnliche Bettlerin, was für eine seltsame Traumgestalt«, murmelte Thorag.

»Das erste will ich gelten lassen«, sagte die Frau mit kreidiger Stimme. »Aber eine Traumgestalt bin ich wohl kaum.«

»Kein Traum?«

Kaum hatte Thorag das ausgesprochen, da rollte er sich auch schon aus der Decke, zog das Schwert aus der Scheide des griffbereit neben ihm liegenden Wehrgehänges und sprang auf. Auch in die umliegenden Cherusker kam Bewegung. Sie riefen aufgeregt durcheinander, zückten ihre Waffen und kreisten die weißgewandete Frau ein.

»So viele Klingen in starken Armen«, spottete sie, ohne das Gesicht zu verziehen. »Ich bin nur eine alte Frau mit einem Stock. Das wäre kein ehrenhafter Kampf, nicht für euch.«

Sie hatte zweifellos recht, aber nur, wenn sie allein war.

»Wie kommt die Frau ins Lager?« rief Thorag. »Steht auf, zu den Waffen, sichert die Lichtung!«

Binnen weniger Augenblicke war auch der letzte schlaftrunkene Cherusker aufgesprungen und fragte nach dem Grund für die Aufregung. Waffen klirrten, aber nur die der Donarsöhne. Kein Feind griff an, kein weiterer Fremder zeigte sich auf der Lichtung.

»Ich bin allein«, sagte die Frau. »Und ich komme nicht in feindlicher Absicht. Ich bin nur eine einsame Umherziehende, die Schutz für die Nacht sucht, etwas zu essen und ein wärmendes Feuer.«

»Hier gibt es kein Feuer«, erklärte Thorag. »Essen kannst du haben und einen Lagerplatz auch, aber erst, wenn wir wissen, wer du bist.«

»Ich sagte doch schon, ich ziehe umher und …«

»Deinen Namen, Weib!« sagte Thorag hart und kitzelte ihren dürren Hals mit seiner Schwertspitze.

»Den habe ich selbst seit vielen Wintern nicht mehr gehört.«

»Dann hast du jetzt Gelegenheit dazu«, erwiderte Thorag ungerührt. »Stell meine Geduld nicht noch länger auf die Probe! Ich bin müde und nicht zu Späßen aufgelegt.«

»Früher nannte man mich Alrun.«

»Von welchem Stamm?«

»Ich lebte schon bei vielen Stämmen, aber bei keinem blieb ich.«

»So hört es sich auch an«, knurrte Thorag, der sich vergeblich bemühte, ihren Dialekt einzuordnen. Es klang wie ein Kauderwelsch aus der Sprache der Sueben und den Mundarten der weiter westlich lebenden Stämme. »Welchem Stamm gehörte deine Mutter an?«

»Sie war eine Langobardin.« Die Frau schnaubte laut, fast wie ein Pferd; es klang unwillig. »Ich kam nicht her, um mit dir über Dinge zu sprechen, die längst vergessen sind, Donarsohn. Wenn ich hier nicht willkommen bin, gehe ich wieder.«

Krieger meldeten aus verschiedenen Richtungen, daß keine Feinde zu sehen und zu hören waren. Zögernd steckte Thorag sein Schwert wieder in die bronzebeschlagene Holzscheide. Er verstärkte die Wachen und schickte die anderen Männer wieder schlafen. Doch kaum einer schloß die Augen. Neugierig blickten sie zu der seltsamen Frau.

»Du kannst bleiben«, sagte Thorag zu ihr. »Du mußt es sogar, weil ich noch ein paar Fragen an dich habe.«

»Stell deine Fragen, aber gib mir etwas zu essen!«

»Gern.« Thorag stieß ein rauhes Lachen aus. »Wenn du dich mit getrockneten Beeren und kaltem Pökelfleisch zufriedengibst.«

»Alles ist besser als ein knurrender Magen«, seufzte Alrun und ließ sich neben Thorag nieder. Ganz in der Nähe hockte Gueltar und betrachtete die Frau ebenso forschend, wie es die meisten anderen taten.

»Wie bist du durch meine Wachen hindurchgekommen?« fragte Thorag in ihr lautes, schmatzendes Kauen.

»Ohne Schwierigkeiten.« Das faltige Gesicht zeigte den Anflug eines Lächelns. »Deine Krieger halten nach einer Armee Ausschau, nicht nach einer einzelnen Frau.«

So ganz befriedigte die Antwort Thorag nicht. Er nahm sich vor, mit den Wachtposten ein ernstes Wort zu reden. »Zweite Frage: Woher weißt du, daß wir die Söhne des Donnergottes sind?«

»Ein Blick auf eure Schilde, eure Fibeln und eure Waffenzier genügt, um das festzustellen. Selten sah ich so viele Abbildungen des Hammers, der Böcke und von Blitzen.«

»Gut«, brummte Thorag. »Dritte Frage: Warum treibst du dich so spät in der Nacht herum?«

»Weil mein Magen knurrte und ich hoffte, bei euch etwas zu essen zu bekommen.« Sie streckte zum wiederholten Mal ihre knochige Hand in den Beutel mit den getrockneten Beeren und stopfte den letzten Rest zwischen ihre lückenhaften Zähne.

»Woher wußtest du, daß wir hier sind?«

»Ich hörte Pferde wiehern. Du weißt, daß die schwarze, stille Nott die Geräusche weiter trägt als ihr heller, lärmender Sohn Dagr.« Sie schluckte die zerkauten Beeren hinunter. »Waren das alle Fragen, neugieriger Donarsohn?«

»Nein. Erzähl mir, wovon du lebst, wenn du nicht das Glück hast, in tiefster Nacht und verlassenem Wald auf ein Lager zu treffen!«

»Du bist mißtrauisch, Cherusker.«

»Ich bin vorsichtig.«

»Vor wem fürchtest du dich?«

»Vor allem, was meinen Männern und mir schaden kann.«

»Also vor den Römern.«

»Wie kommst du darauf, Weib?«

»Meine Augen sind noch gut, und ich sehe die drei Gefangenen. Ich kenne die Römer und erkenne sie. Die drei dort sehen nicht aus wie arme Schlucker. Ich nehme an, deine außergewöhnliche *Vorsicht* dient dem Schutz vor römischen Verfolgern.«

»Eine scharfsinnige Schlußfolgerung. Aber sie beantwortet nicht meine Frage.«

»Ich ziehe durch das Land und lebe von dem, was die Menschen mir für meine Dienste geben.«

Thorag zeigte auf den wertvollen Ring. »Du scheinst nicht immer schlecht bezahlt zu werden.«

»Nein, nicht immer.«

»Welche Dienste bietest du an?«

»Ich nutze meine Gabe, für andere Menschen in die Zukunft zu schauen.«

»Eine Seherin also«, murmelte Thorag. So etwas hatte er sich schon gedacht. Das Auftreten der Fremden hatte etwas Würdevolles, Achtung Gebietendes an sich. So wirkte keine einfache Bettlerin.

»So kann man mich nennen, ja. Du hast mir Nahrung und einen Lagerplatz angeboten. Dafür will ich mich erkenntlich zeigen.« Sie löste ein kleines Leinensäckchen von ihrem breiten Ledergürtel, an dem ihre wenigen Habseligkeiten hingen, und öffnete es. »Willst du erfahren, was die Runen über dein Schicksal sagen?«

Sie strich die Decke glatt, in der Thorag sich zuvor eingewickelt hatte, und wollte ihren Beutel darauf entleeren. Thorags Rechte schoß vor und umklammerte ihr Handgelenk.

»Warte!« sagte er. »Man sollte sich dem Schicksal nicht unbedacht stellen.«

Er fragte sich, wovor er sich fürchtete. Vielleicht vor der Erkenntnis, daß aller Kampf und jede Anstrengung sinnlos sein könnten?

Alrun starrte ihn an und riß die Augen auf, deren abgeklärte Trübheit einem plötzlichen Glanz wich, als sei in der Frau aus kalter Asche ein loderndes Feuer emporgeschossen.

Thorag ließ ihr Handgelenk los, weil er befürchtete, ihr Schmerzen zugefügt zu haben. Aber das schien nicht der Grund für Alruns unerwartete Erstarrung zu sein.

Ihre schmalen, rissigen Lippen bebten, als sie leise sagte: »Ich fühle es – du hast sie getroffen, sie berührt!«

»Wen?« fragte Thorag verständnislos.

»Die ich schon lange suche. Die so ist wie ich.«

Er begriff das Weib noch immer nicht, und sein Blick offenbarte es.

»Eine Frau, jung noch an Jahren. Ich suche sie seit vielen Wintern. Sie und ihren Bruder. Sie verfügt über die gleiche Gabe wie ich. Sie hat Träume, die in die Zukunft sehen.«

Thorag hegte kaum noch Zweifel, von wem Alrun sprach. »Haben die Frau und ihr Bruder dunkles Haar?«

»Schwarz wie Notts Schleier«, bestätigte Alrun.

»Du sprichst von Astrid und Eiliko.«

Sie nickte eifrig, und das Feuer ihrer Augen schien Thorag zu verzehren. »So heißen sie, ja, das sind ihre Namen. Erzähl mir, Donarsohn, wo sind sie?«

»Warum willst du das wissen?«

Das Feuer wurde kleiner, ein Schleier legte sich wieder

über Alruns Blick. »Ich suche sie schon lange, aber nicht aus schlechten Gründen. Das mußt du mir glauben!«

Alrun war rätselhaft, aber Thorag vertraute ihr. Es war ähnlich wie bei Astrid, zu der er auch stets Vertrauen empfunden hatte, mehr noch, Zuneigung. Alrun mochte ihre Gründe haben, schweigsam zu sein. Astrid stand nicht in seiner Munt, gehörte nicht zu seiner Sippe. Es ging ihn nichts an.

»Eiliko ist tot«, sagte Thorag und bemerkte einen bestürzten Zug im Gesicht der Seherin. »Er starb in der Ubierstadt, in der Arena, als Opfer bei der Bärenhatz. Ich wollte es verhindern, doch ich kam zu spät.«

»Ein böser Traum ließ mich so etwas ahnen«, seufzte Alrun. »Aber Astrid lebt, nicht wahr?«

Thorag nickte. »Sie ist Priesterin bei den Heiligen Steinen.«

Alrun verfiel in ein kicherndes Lachen, schien sich gar nicht mehr beruhigen zu können.

»Was hast du?« fragte Thorag.

»Ich denke daran, wie häufig ich in den vergangenen Wintern an den Heiligen Steinen vorbeigezogen bin. Aber auf das Naheliegendste, dort nach Astrid zu suchen, kam ich nicht. Verschlungen sind oft die Fäden im Netz des Schicksals!«

»Vielleicht hättest du deine vorausschauenden Träume zu Rate ziehen sollen.«

Die Bemerkung trug Thorag einen mißbilligenden Blick ein. »Darüber solltest du nicht spotten, Donarsohn! Ich kann meinen Träumen nichts befehlen. Selten nur offenbaren sie mir etwas über mein eigenes Schicksal. Sonst hätte ich Astrid schon längst gefunden.«

»Was immer du von ihr willst, du wirst sie bald sehen können. Wir selbst sind unterwegs zu den Heiligen Steinen. Du kannst dich uns anschließen, falls du reiten kannst – gut reiten kannst.«

»Ich kann es versuchen.« Alrun hielt ihren Beutel hoch. »Was ist, Cherusker? Soll ich die Runen für dich befragen?«

»Ja«, antwortete Thorag in der Hoffnung, Nutzen aus dem zu ziehen, was die Runen verkündeten. Er hielt Alrun nicht für eine Scharlatanin. Sowenig, wie Astrid eine war.

Was Alrun auf die Decke schüttete, sah auf den ersten Blick

aus wie kleine Stücke von Ästen. So war es auch, aber in jedes Holzstück waren die magischen Zeichen der Erkenntnis geschnitzt, die Runen. Ein Großteil der nicht zur Wache eingeteilten Cherusker bildete wißbegierig einen Kreis um Thorag und Alrun, die einen beschwörenden Singsang anstimmte und, mit geschlossenen Augen und zum Nachthimmel erhobenen Haupt, die Runen scheinbar willkürlich auf der Decke verteilte. Thorag verstand nicht alles, was Alrun halb murmelte, halb sang. Nur einzelne Wörter hörte er heraus: ›Wodan‹, ›Nornen‹, ›Schicksal‹ und ›Weltesche‹.

Unvermutet griff Alruns Linke zu und umfaßte die linke Hand Thorags. »Schließ deine Augen, Donarsohn!«

Thorag gehorchte. Alrun führte seine Hand über die Decke mit den Runen. Täuschte er sich, oder spürte er wirklich eine seltsame Kraft, die von den Holzstäben ausging? Manchmal war es wie ein Stoß, eine Zurückweisung. Und dann wieder zogen die Runen ihn an, drängten ihn, sie zu berühren.

»Wähle drei Runenstäbe aus«, sagte Alrun. »Drei, die deine Hand verlocken!«

Dreimal griff Thorag zu, bei Runen, die ihn anzogen. Auf Alruns Geheiß öffnete er die Augen wieder und händigte ihr die Hölzer aus. Sie blickte lange auf die Stäbe in ihrer Hand, während sie vollkommen starr neben ihm hockte. Es sah aus, als schlafe sie mit offenen Augen. Träumte sie die Zukunft, das Schicksal?

»Du suchst jemanden, der dir sehr nahesteht«, stellte Alrun fest. »Darin bist du mir ähnlich.«

Damit konnte nur Auja gemeint sein. Thorags Herz schlug schneller. »Ich suche meine Frau, die von den Römern entführt wurde. Werde ich sie finden?«

Alrun warf einen Blick auf die Runen und nickte. »Deine Suche wird erfolgreich sein, Donarsohn.«

»Ich werde Auja also heimholen!« jubelte er.

»Das sagen die Runen nicht. Du wirst jemanden finden, den du verzweifelt suchst, das ist alles. Aber gleichzeitig wirst du jemanden verlieren.«

Plötzlich sah Thorag alles wieder in Frage gestellt, und

seine eben gehegte Hoffnung schien ihn zu verhöhnen. »Wen finde ich, und wen verliere ich?«

»Das weiß ich nicht. Es liegt im Dunkel der kommenden Zeit. Nur eins sehe ich ganz deutlich, du bist auf dem falschen Weg.«

»Das verstehe ich nicht.«

»Ich meinte es, wie ich es sagte. Du bist unterwegs nach Osten, zu den Heiligen Steinen. Aber du solltest den Weg ändern. Unglück wartet dort auf dich. Die Flammenreiter werden über dich kommen!«

Thorag sah sie etwas enttäuscht an. »Deine Worte bringen mehr Rätsel als Aufklärung, Alrun!«

»Mach nicht mir den Vorwurf, sondern den Runen. Oder besser, sei ihnen dankbar, denn ihre Warnung ist eindeutig. Nimm mit deinen Männern einen anderen Weg!«

»Das geht nicht. Wir müssen schnell zu den Heiligen Steinen. Armin, unser Herzog, erwartet uns. Außerdem sind mit großer Wahrscheinlichkeit die Römer hinter uns. Sie werden uns finden, wenn wir einen Umweg machen. Und sie sind in der Überzahl. Was sind das für Flammenreiter, von denen die Runen sprechen?«

»Die Runen warnen, aber sie erklären nicht.« Alrun sammelte ihre Holzstäbe wieder ein. »Das ist alles, was ich dir sagen kann, Cherusker. Jetzt bin ich müde und will schlafen.«

Sie suchte sich einen windgeschützten Platz am Rand der Lichtung, zwischen den hohen Wurzeln einer alten Esche, wo sie sich ein Lager aus Laub und Moos bereitete.

Unter den Donarsöhnen entbrannte eine erregte Diskussion über Alruns Weissagung, besonders über die geheimnisvollen Flammenreiter. Thorag machte dem Gerede ein Ende, weil er nicht wollte, daß seine Krieger sich Furcht vor etwas Ungewissem einredeten. »Donar war heute mit uns, er wird es auch morgen sein«, erklärte der Gaufürst.

Aber Donar hatte seine Söhne verlassen. Das mußten Thorag und seine Krieger gegen Mittag des folgenden Tages erkennen. Denn da kamen die Flammenreiter …

Thorag, aufgewühlt von den seltsamen Weissagungen, hatte erst spät Schlaf gefunden. Als er im Morgengrauen erwachte, war Alrun verschwunden. Er rief die Wachen zu sich und verlangte von ihnen eine Erklärung. Sie hatten keine. Sie schworen bei Wodan und Donar, daß niemand an ihnen vorbeigekommen sei, daß Alrun das Lager nicht hatte verlassen können. Aber sie war unzweifelhaft fort. Nur ihr Nachtlager zwischen den Wurzeln der borkigen Esche zeugte davon, daß sie überhaupt dagewesen war. Sonst hätte man sie für einen Geist oder für eine Traumgestalt halten können.

Geheimnisvoll wie ein Geist war sie jedenfalls. Was wollte sie von der Priesterin Astrid? Und was bedeuteten ihre Weissagungen?

Ein paar Krieger fragten Thorag, ob es nicht besser sei, auf Alrun zu hören. Er selbst hatte sich diese Frage schon gestellt und sich dagegen entschieden. Armin hatte darauf gedrängt, daß Thorag am großen Thing teilnehmen solle. Der Hirschfürst spürte eine wachsende Opposition in den eigenen Reihen. Er hatte seinen Oheim Inguiomar in Verdacht, der schon lange mit Armin um die Vorrangstellung im Stamm der Cherusker konkurrierte. Deshalb benötigte Armin jeden Freund, jede einflußreiche Stimme, um seine Ziele durchzusetzen. Und Thorag kam schon fast zu spät, um seinem Blutsbruder zu helfen.

Also ritten sie weiter nach Osten, trotz aller unguten Gefühle, die Thorag und seine Krieger bewegten. Immer wieder drängte sich dem Fürsten der Donarsöhne eine Frage auf: War Alrun verschwunden, weil sie die Flammenreiter fürchtete? Thorag versuchte sich damit zu beruhigen, daß sie die Runen vielleicht falsch gelesen hatte. Von Flammenreitern hatte er noch nie gehört. Wahrscheinlich gab es sie gar nicht. Daß dies ein Irrtum, eine Selbsttäuschung war, erkannte er zu spät ...

Gegen Mittag wurde der Wald lichter, verschwand schließlich ganz. Sie ritten durch hügeliges Gebiet, das von hohen Gräsern und Gebüsch beherrscht wurde. Immer steiler und schroffer wurden die Hügel. Zum Glück fanden sie ein langes

Tal, das sich wie eine Schlange zwischen den Erhebungen hindurchwand. Sie waren mitten in diesem Tal, eingeengt von besonders steilen Hängen, als sich der Himmel vor ihnen verdunkelte. Es sah aus wie schwarze Wolken, die aus dem Boden stiegen.

»Rauch!« erkannte Gueltar, der dicht bei Thorag ritt. »Das ist Rauch!«

Der Ruf pflanzte sich durch die Reihen der Donarsöhne fort und vermischte sich mit einem anderen: »Feuer!«

Wie auf ein unhörbares Kommando stand die lange Reihe der Reiter still. Jeder dachte an die geheimnisvolle Seherin und ihre unheilvolle Weissagung. Rächte sich jetzt, daß die Donarsöhne nicht auf sie gehört hatten?

»Gueltar!« sagte Thorag und zeigte auf die nächste Erhebung, die vor ihnen lag. »Berichte uns, was es von dort zu sehen gibt. Und treib dein Pferd an!«

»Ja, Fürst.«

Der junge Sugambrer schnalzte mit der Zunge und schlug die Fersen in die Flanken seines schwarzbraunen Hengstes. Das Tier wieherte und schoß in weiten Sätzen nach vorn, trug Gueltar auf den von Thorag bezeichneten Hügel.

Thorag wäre selbst losgeritten, aber er hielt es für klüger, bei seinen Kriegern zu bleiben. Gestern in der Schlacht gegen eine römische Übermacht hatten sie sich furchtlos gezeigt, aber heute steckten ihnen Alruns düstere Worte in den Knochen.

Der schwarze Rauch kletterte höher und breitete sich gleichzeitig aus, legte seinen Vorhang über das Blau des Spätsommerhimmels. Das Feuer schien sich schnell auszudehnen, sehr schnell. Thorag begann zu ahnen, was Alrun mit den Flammenreitern gemeint hatte.

Gueltar verharrte nur kurz auf dem Hügel, wendete dann den Schwarzbraunen und galoppierte eilends zurück. Das Pferd streckte seine Glieder, als laufe es um sein Leben. Aber das genügte Gueltar nicht. Er trieb es mit Tritten und Schlägen an, rief ihm aufpeitschende Worte in die spitzen Ohren.

»Zurück!« schrie Gueltar den Donarsöhnen entgegen, bevor er sie erreichte. »Das Feuer ist überall und wird größer.

Der Wind treibt es auf uns zu. Wir müssen umkehren!« Er langte bei Thorag an und riß seinen Hengst dicht vor dessen Braunem zurück. Gueltars Tier schnaubte in einer Mischung aus Erschöpfung und Erleichterung.

»Wieso breitet es sich so schnell aus?« fragte Thorag.

»Die Flammenreiter!« keuchte Gueltar. »Sie reiten durch das ganze Tal.«

»Besteht keine Aussicht für uns durchzukommen?«

»Keine, Fürst!«

Hinter Thorag wurden Stimmen laut, die nach den Flammenreitern fragten. Wer sie waren. Ob es Geister seien.

»Es sind Reiter mit Brandfackeln«, berichtete Gueltar das, was Thorag sich schon gedacht hatte. »Ob sie Geister oder Menschen sind, weiß ich nicht. Sie haben es mir nicht gesagt. Und sie waren zu weit weg, um sie deutlich zu sehen. Der Rauch hüllte sie ein. Aber wir müssen umkehren, augenblicklich!«

»Ich fürchte, genau das wollen die Flammenreiter«, sagte Thorag düster.

Er blickte auf den Rauch, dem bald deutlich sichtbar die Flammen folgen würden. Dann wandte er den Kopf in die entgegengesetzte Richtung. Sie würden lange brauchen, bis sie das Tal verlassen hatten, selbst bei scharfem Ritt. Aber weiter westlich waren die Hänge nicht so steil. Wenn sie dort von den Pferden stiegen, konnte es gelingen, dem Tal zu entkommen, der offensichtlichen Falle, in die Thorag wie ein Narr geritten war. Er gab den Befehl zur Umkehr.

Aber schon hinter der zweiten Biegung sahen sie das Verhängnis: Die Falle war zugeschnappt!

Das Tal war voller Männer. Soldaten. Weiße Tuniken, darüber Kettenhemden. Unter weißen Federbüschen blitzten bronzene Helme im Sonnenlicht. Die langen Eisenspitzen römischer Speere reckten sich kampfeslüstern den Cheruskern entgegen. Feldzeichen erhoben sich über den Köpfen. Auf ihnen und auf der roten Lederbespannung der Schilde fiel das Abbild des Skorpions auf.

Es waren Prätorianer. Mindestens dreihundert Mann standen Schulter an Schulter an einer engen Stelle des Tals, vier

Reihen tief. Vier Zenturien. Dahinter erhoben sich die Fahnen eines Reitertrupps. Thorag schätzte seine Stärke auf hundert Mann. Wohl die drei Turmen, die zu einer Prätorianerkohorte gehörten, wie er sich aus seiner Zeit als römischer Offizier erinnerte.

Insgesamt vierhundert Römer standen den Cheruskern gegenüber – eine vierfache Übermacht. Und im Rücken der Donarsöhne war das Feuer, fraß sich vor dem Wind näher. Thorag glaubte schon die Hitze zu spüren.

Er hörte wieder die Worte der Seherin: *Du bist unterwegs nach Osten, zu den Heiligen Steinen. Aber du solltest den Weg ändern. Unglück wartet dort auf dich. Die Flammenreiter werden über dich kommen!*

Alle Vorwürfe, nicht auf Alrun gehört zu haben, kamen zu spät. Jetzt half nur noch, einen Ausweg aus der Falle zu finden.

Die Römer griffen nicht an, sondern standen still. Sie konnten warten. Das Feuer würde die Donarsöhne gefressen haben, bevor es die Prätorianer bedrohte.

Arwed drängte seinen kräftigen Fuchs an Thorags Seite und sagte: »Wir müssen angreifen, Fürst. Je eher, desto besser. Wenn wir erst das Feuer dicht im Rücken haben, ist unsere Bewegungsfreiheit zu stark eingeschränkt.« Arwed, ein Vetter von Thorags Kriegerführer Argast, war einer seiner erfahrensten, tapfersten Unterführer. Mit seiner kräftigen, massigen Gestalt, den roten Haaren und dem verfilzten roten Bart paßte er ganz in das Bild, das sich die Römer von den sogenannten Barbaren machten. Eine rote Scharte, die Narbe einer Schwertwunde, zog sich über die ganze Stirn.

»Wir können nicht gewinnen, nur sterben«, wehrte Thorag ab, während er sich auf der Suche nach einem Ausweg den Kopf zermarterte.

»Besser im Kampf gegen die Römer sterben, als vom Feuer gefressen zu werden!«

Der dies voller Inbrunst sagte, war nicht Arwed, sondern Gueltar, eine Hand um den Griff des erbeuteten Römerschwerts gelegt.

»Besser gegen die Römer kämpfen und überleben!« wies ihn Thorag zurecht, während seine Augen die Hänge absuchten.

Der Nordhang war nicht nur zu steil für die Pferde, sondern auch für einen Menschen. Man hätte mit beiden Händen klettern müssen und wäre doch nur mühsam vorangekommen. Dort gab es nicht einmal Buschwerk, nur niedriges Moos, das einen ansonsten kahlen, felsigen Boden bedeckte. Der Südhang dagegen war bewachsen und nicht ganz so steil. Zu Fuß konnte man es schaffen.

»Wir sitzen ab und ersteigen den Südhang!« befahl Thorag. »Du übernimmst den Befehl, Arwed. Du mußt durchkommen und unsere Gefangenen zu Armin bringen!«

»Und du, Fürst?«

»Ich bleibe mit zwanzig Reitern hier und halte euch den Rücken frei.«

»Nein!« sagte Arwed mit einer Entschiedenheit, die keinen Widerspruch duldete. »Du bist der Fürst, du mußt leben. Armin braucht dich an seiner Seite. Ich werde hierbleiben und euch den Rücken freihalten!«

Ohne eine Erwiderung Thorags abzuwarten, riß Arwed den kräftigen Fuchs herum und ritt die Reihe der Krieger ab. Mit lauter Stimme rief er: »Wer meldet sich freiwillig, um den ruhmreichen Schlachtentod zu sterben? Als Preis winken vergossenes Römerblut und ein Ehrenplatz in Walhall!«

Er konnte sich seine zwanzig Krieger aussuchen. Auch Gueltar wollte das Schwert in die Luft recken und sich melden, aber Thorag hielt den Arm des Jünglings fest.

»Du kommst mit mir, Gueltar!« sagte der Gaufürst. »Ich brauche jemanden, der ein strenges Auge auf die Geiseln wirft.«

Als die Prätorianer erkannten, was die Cherusker vorhatten, hielten sie nicht länger still. Ein dunkles, volltönendes Trompetensignal erscholl. Die Formation der prätorianischen Fußtruppen teilte sich, und die Reiterei preschte hindurch, hielt im vollen Galopp auf die Donarsöhne zu. Weitere Trompetensignale, und die Hälfte der Fußtruppen schloß sich ihnen an. Während die römischen Reiter im Tal blieben, erklommen die Infanteristen den Südhang, um Thorags Männern den Weg abzuschneiden.

Arwed führte seine Mannen gegen die fünffache Übermacht der Gardereiter an. »Kämpft für Thorag, unseren Fürsten!« brüllte er mit einem Organ, das es mühelos mit den römischen Trompeten aufnahm. »Schlagt euch, solange ihr euch auf den Pferden halten könnt. Und werdet ihr zu Boden geschleudert, kämpft von dort aus weiter!«

Da war die erste der drei feindlichen Turmen heran. Kräftige Gardisten in Kettenhemden, jeder mit einem langen Schwert und drei Wurfspießen ausgestattet.

Römische Speere und cheruskische begegneten sich in der Luft, bevor der gefährliche Hagel auf den Feind niederging. Die ersten Männer fielen von ihren Pferden, weil sie selbst oder die Tiere getroffen waren. Dann prallten Krieger und Soldaten aufeinander. Arwed hieb um sich, daß von den feindlichen Kettenhemden die Funken sprühten.

Mehr sah Thorag, der sein Pferd am Zügel den Hang hinaufzog, nicht. Er mußte sich um die Fußsoldaten kümmern, die hinter ihren Feldzeichenträgern heranstürmten. Sie kamen den Cheruskern immer näher. Die Pferde, die sich auf dem Hang ungeschickt anstellten, hielten die Donarsöhne auf.

Als Thorag das erkannte, befahl er, die Pferde loszulassen. Zwar würde das ihre weitere Flucht – Rückzug war angesichts der ernsten Lage ein zu beschönigendes Wort – verlangsamen, aber mit den immer wieder abrutschenden Pferden würden sie es gar nicht erst schaffen, den Hang zu erklimmen. »Treibt sie den Römern entgegen«, fügte Thorag seinem Befehl hinzu. »Das wird Verwirrung in ihre Reihen bringen!«

Er hatte recht. Die hangabwärts laufenden Pferde, von den Cheruskern absichtlich in Panik versetzt, nahmen keine Rücksicht auf die Prätorianer. Wer von den Römern nicht in Deckung ging oder auswich, wurde über den Haufen gerannt.

Das verschaffte den Cheruskern einen kleinen, aber hilfreichen Vorsprung. Es sah ganz so aus, als würden sie die Anhöhe vor den Verfolgern erreichen.

»Wir schaffen es!« rief Gueltar, der sich weisungsgemäß in der Nähe der Gefangenen hielt.

»Wir schon«, erwiderte Thorag. »Aber Arwed nicht.«

Jedesmal, wenn er einen Blick ins Tal geworfen hatte, waren es weniger Cherusker gewesen, die gegen die Gardereiter fochten. Jetzt saß nur noch Arwed auf seinem Fuchs, eingekeilt zwischen von allen Seiten auf ihn eindringenden Feinden. Sein Schild zerbarst. Er schleuderte die traurigen Reste einem Gegner ins Gesicht und ließ einen Schwerthieb folgen. Arwed traf den Römer genau zwischen Helm und Panzerhemd. Blut spritzte aus dem aufgerissenen Hals. Der Prätorianer schwankte im Sattel, sein Kopf fiel in unnatürlicher Verrenkung zur Seite, hing nur noch am halben Hals. Dann stürzte der Reiter. Und Arwed, von einem Speer und einem Schwert gleichzeitig durchbohrt, folgte ihm. Sein kräftiger Leib geriet unter die Hufe der Römerpferde, wurde von ihnen zerstampft.

»Mögen die Walküren dich ehrenhaft aufnehmen, Freund«, sagte Thorag leise. »Und mögen die Götter geben, daß dein Tod nicht vergebens war!«

Doch die Götter waren nicht mit den Donarsöhnen, nicht an diesem Tag. Die Gestalten, die ihnen von der Anhöhe entgegenstürmten, bewiesen es. Erst glaubte Thorag noch an unerwartete Hilfe, weil es zweifellos keine römischen Soldaten und auch keine Auxilien waren. Aber dann fielen die Männer – und sogar Frauen, wie er zu seiner Überraschung erkannte – über die Donarsöhne her.

Einige der neuen Feinde sahen aus wie Germanen, hatten helles Haar und einen kräftigen Körperbau. Andere besaßen noch dunklere Haut und Haare als die Römer. Sie mußten aus Ägypten stammen, aus Syrien oder Numidien. Sie trugen seltsame Kleidung, einige wirkten wie Gladiatoren in der Arena. Und tatsächlich schienen ihre Waffen eher für eine Tierhatz geschaffen zu sein als für einen Kampf Mann gegen Mann. Aber sie waren wirkungsvoll.

Mit Erschrecken sah Thorag, wie sich seine Krieger in großen, schwungvoll über sie ausgeworfenen Netzen verhedderten. Hilflos in den festen Maschen hängend, waren sie eine leichte Beute für die Speere, Schwerter und Dolche der Gegner.

Wer nicht von den Wurfnetzen niedergerissen wurde, fiel unter gezieltem Pfeilbeschuß oder den seltsamen Krummhölzern, die einige der dunkelhäutigen Männer und Frauen als Wurfgeschosse benutzten.

Am schlimmsten, unausweichlichsten aber waren die Hunde. Große Tiere, schlank und dennoch kräftig, die unter die Cherusker fuhren und ihnen an die Kehlen sprangen. Das Fell der Hunde war dunkel, einfarbig.

Bis auf ein Tier, das schnellste von allen. Es hatte ein helleres Fell, mit schwarzen Sprenkeln übersät, und einen seltsam langen Schwanz, der in einer weißen, schwarzgestreiften Spitze auslief. Wie ein Pfeil schoß dieses Tier unter die Donarsöhne und schien ein ganz bestimmtes Ziel zu haben. Dann erkannte Thorag, daß es kein Hund war, sondern ein Tier, das er aus römischen Arenen kannte. Eine große Raubkatze – ein Gepard. Er hatte gehört, Geparden seien die schnellsten Tiere von allen und so gelehrig, daß sie gut zur Jagd abgerichtet werden konnten. Dieses Tier war der Beweis.

Thorag spurtete los, als er das Ziel des Geparden erkannte: die Gefangenen, genauer gesagt, Gueltar. Der junge Sugambrer stand als einziger Bewacher der drei Römer noch aufrecht und hinderte sie mit gezogenem Schwert an der Flucht.

Aus dem schnellen Lauf heraus sprang der Gepard und riß Gueltar um. Der Jüngling verlor sein Schwert, als er über den abschüssigen Boden rollte. Der Gepard kam zuerst wieder auf die Beine, duckte sich und wollte Gueltar erneut anspringen.

Mit einem schnellen, weiten Satz brachte sich Thorag zwischen den Sugambrer und das Raubtier. Der Gepard sprang genau in Thorags Schwert. Der Aufprall warf den Cherusker zu Boden. Die Klinge durchbohrte den weißen Bauch der riesigen Katze. Ihre Pranken ruderten hilflos durch die Luft. Blut floß in Strömen aus der Wunde und kam in heftigen Schüben aus den Nasenlöchern des in schwächer werdenden Zuckungen verendenden Tieres.

»Du hast Afra getötet!« sagte vorwurfsvoll auf lateinisch eine schneidende, helle Stimme hinter Thorag. Gleichzeitig spürte er etwas Hartes, Spitzes, das von hinten gegen seinen Hals gedrückt wurde. Unzweifelhaft die Klinge einer tödlichen Waffe. »Afra war meine beste Freundin und meine zuverlässigste Jägerin!«

Thorag, der noch am Boden kauerte, wandte langsam den Kopf und schaute auf. Eine Frau bedrohte ihn mit einem Jagdspieß. Eine seltsame, beeindruckende Frau. Sie schien noch sehr jung, nicht älter als Gueltar, vielleicht noch jünger. Und doch sprach aus ihren grünen Raubtieraugen eine ähnliche Lebenserfahrung, wie Thorag sie bei dem Sugambrer festgestellt hatte. Als reiche das Durchgemachte für ein hohes Alter. Der Körper der Unbekannten war schlank, geradezu knabenhaft, aber sehr sehnig. Das war gut zu sehen, denn ihre spärliche Kleidung enthüllte viel von der ölig schimmernden Haut, sehr viel. Die Füße steckten in kniehohen Lederstiefeln. Um die schmalen Hüften war ein breiter Ledergürtel geschlungen, und an der linken Seite hing eine Lederscheide mit einem langen, leicht gekrümmten Dolch. Ein Tuch, das an dem Gürtel befestigt war, führte zwischen ihren Beinen durch und verhüllte ihre Scham. Ansonsten war sie nackt. Die kleinen, mädchenhaften Brüste mit den nur fingernagelgroßen Knospen glänzten, wie die übrige Haut der jungen Frau, in der Sonne.

Aus den Augenwinkeln nahm Thorag wahr, daß die meisten seiner Männer getötet oder überwältigt waren. Immer mehr der Jäger – das waren die Fremden zweifellos – liefen herbei. Zwei von ihnen bedrohten Gueltar, der aufspringen und Thorag zu Hilfe kommen wollte. Eine schwarzhäutige Frau und ein blonder Mann, offenbar ein Germane. Beide waren ähnlich spärlich bekleidet wie die Frau mit den Raubtieraugen, und beider Haut glänzte in derselben öligen Weise.

»Ich bin Canis«, sagte die Frau mit dem Jagdspieß. »Und du scheinst mir der gefürchtete Thorag zu sein. Thorag, der Donarsohn. Jetzt bist du mein Gefangener!«

Sie hatte noch nicht ganz ausgesprochen, als Thorag seinen Oberkörper nach vorn fallen ließ. Dabei stürzte er in das Blut des Geparden, das sein Gesicht verklebte. Es war noch warm, schmeckte süßlich und bitter zugleich, irgendwie metallisch. Gleichzeitig streckte Thorag die Beine aus. Seine Füße trafen die Unterschenkel der Jägerin und brachten Canis zu Fall.

Aber als Thorag aufsprang, war auch sie schon wieder auf den Beinen. Nicht nur die Augen, auch ihre Schnelligkeit und Gewandtheit schien sie mit einer Raubkatze gemeinsam zu haben. Als sei sie eine menschgewordene Schwester der getöteten Gepardin. Sie hob den Spieß und sprang vor, stach nach Thorags breiter Brust.

Seine ungewöhnliche Größe und seine breiten Schultern mochten Canis getäuscht haben. Er war kein plumper Kraftprotz, sondern nicht minder schnell und wendig wie die Jägerin. Ein Sprung zur Seite, und der Stoß mit dem Jagdspieß ging ins Leere. Bevor Canis zu einem zweiten Stoß ansetzen konnte, hatte Thorag die Waffe gepackt und ihr aus den Händen gerissen. Nur für einen kurzen Augenblick dachte er daran, den Spieß gegen die Jägerin zu führen. Sie war eine Frau, und er stach nicht mit dem blanken Eisen nach Frauen. Also riß er ein Knie hoch und zerbrach den lederumwickelten Holzschaft.

Als er in der Rechten der Jägerin den blitzschnell gezogenen Dolch mit der langen, zur Spitze hin gekrümmten Klinge erblickte, fragte er sich, ob er einen Fehler begangen hatte. Canis selbst lieferte die Antwort, als sie nach vorn sprang. Diesmal war Thorags Ausweichmanöver nicht ganz so erfolgreich. Die gekrümmte Klinge schlitzte seinen linken Ärmel auf und ritzte den Oberarm.

Canis stolperte über ein Bein, das Thorag ihr in den Weg stellte. Er warf sich auf die Jägerin, die unter seinem Gewicht stöhnte. Sie hob den Dolch, wollte wieder zustechen. Thorag hinderte sie daran, indem er ihren rechten Arm mit seinem linken Knie auf den Boden drückte.

Sein Gesicht schwebte dicht über dem der Jägerin. Es war zwar ein hartes, aber auch ein schönes Gesicht. Länglich und ebenmäßig. Hätte sie ihr rötliches, seidig schimmerndes Haar länger getragen, hätte jeder Mann sie eine Schönheit genannt. Aber das Haar war kurzgeschnitten, umgab den Kopf wie ein Helm. Und noch etwas störte den Eindruck weiblicher Schönheit: der tief in das Gesicht eingegrabene Haß und die bestialische Wildheit, die aus den flackernden Augen sprach.

Thorag glaubte, Canis fest im Griff zu haben. Aber sie entglitt ihm. Wie es schien, mit Leichtigkeit. Schuld war das Öl, mit dem sie ihre Haut beschmiert hatte. Jetzt wußte Thorag, weshalb sie und ihre Kampfgefährten so glänzten.

Er sprang auf, wollte sich auf ihren nächsten Angriff vorbereiten. Seine Hände verhedderten sich in etwas, dann die Arme, sein ganzer Oberkörper. Es war ein Netz, das zwei leichtbekleidete Frauen über ihn geworfen hatten. Sie zogen es mit einem schnellen Ruck zu Boden und brachten Thorag dadurch zu Fall.

Thorags Versuche, sich aus dem Netz zu befreien, endeten, als er zwei Speerspitzen spürte, eine an seinem Hals, die andere direkt über seinem Herzen.

»Stoßt nicht zu!« rief Canis, und es klang wie das Fauchen einer Katze. »Der Cherusker ist eine wertvolle Beute.«

»Doch, stoßt zu!« verlangte eine tiefe Stimme. Sie gehörte Sejanus, der neben Canis trat, seiner Fesseln ledig. Seine Augen blickten voller Grimm auf Thorag. »Der Barbar hat uns genug Ärger gemacht. Es kann nur von Vorteil sein, wenn wir ihn uns vom Hals schaffen!«

»Nein«, widersprach Canis. »Er ist mein Gefangener, nicht deiner, Präfekt!«

»Wie du ganz richtig sagst, *ich* bin der Präfekt dieser Prätorianer!«

Sejanus zeigte auf seine Soldaten, die herangekommen waren und die Jäger dabei unterstützten, die überwältigten Cherusker zusammenzutreiben. Bestürzt stellte Thorag fest, daß nur wenige seiner Donarsöhne den Kampf überlebt hatten. Wenn es hochkam, zwanzig. Gueltar war unter ihnen. Die anderen lagen tot auf dem Hang, die Kehlen von Hunden zerfleischt, die Körper von Pfeilen, Speeren und Spießen durchbohrt oder die Schädel von Wurfhölzern zertrümmert.

»Ich zweifle deine Stellung nicht an, Sejanus. Aber nicht deine Prätorianer, sondern meine Jäger haben den Donarsohn überwältigt. Wir haben die Cherusker überholt und das Feuer gelegt. Überhaupt war es mein Plan, der euch die Freiheit gebracht hat, dir, deinem Tribun Favonius und dem Imperator. Wir haben die Barbaren daran gehindert, den Hang zu erklimmen und der Falle zu entkommen. Deshalb sind sie nicht Gefangene der Prätorianer, sondern meine persönliche Beute. Ich habe das Recht, sie zu meinen Sklaven zu machen!«

Canis und Sejanus, die Raubkatze und der Soldat, standen sich Auge in Auge gegenüber, blickten sich feindselig an. Thorag konnte nicht sagen, wer aus diesem Streit als Sieger hervorgehen würde.

»Sklaven machen, Tiere erjagen, das ist deine Welt, Canis«, sagte der Präfekt verächtlich und lachte rauh. »*Auro loquente nil pollet quaevis oratio!* – Wo das Gold spricht, ist jedes Wort vergebens!«

Canis lächelte nur dünn und erwiderte: »*Abducet praedam, qui occurrit prior!* – Die Beute nimmt, wer zuerst kommt!«

Drusus näherte sich in Begleitung des Tribuns Favonius und strahlte über das ganze Gesicht, erleichtert über den guten Ausgang des Abenteuers. Sejanus wandte sich an den Caesar und forderte ihn auf, die Jägerin zurechtzuweisen.

Der Imperator rollte mit den Augen und seufzte: »*Non nostrum tantas componere lites.* – Zu unserem Amt gehört es nicht, solchen Streit zu schlichten.« Hilflos, fast ein wenig verlegen, hob er die Schultern und ließ sie langsam wieder sinken. »Aber hier bleibt mir wohl nichts anderes übrig.«

»Also«, sagte Sejanus, fordernd und gespannt zugleich. »Wem gibst du recht, Caesar?«

»Beiden.« Drusus feixte, als er das verblüffte Gesicht des Präfekten sah. »Canis hat den Barbaren überwältigt, also gehört er eigentlich ihr. Andererseits ist er ein bedeutender Feind Roms und obliegt damit unserer Staatsgewalt.« Sejanus wollte schon frohlocken, da setzte Drusus hinzu: »Ich kann allerdings keinen Vorteil darin erblicken, ihn blindwütig abzustechen. Er ist ein mächtiger Fürst der Germanen und kann uns viele nützliche Dinge verraten – wenn er lebt! Wir nehmen ihn mit uns.« Er wandte sich an die Jägerin. »Ich kann dir nicht versprechen, daß du dieses hellhaarige Prachtexemplar eines Barbaren als Sklaven bekommst, Canis. Doch falls nicht, wird Rom dich selbstverständlich entschädigen.«

»Mit einem Prachtexemplar von einem Römer etwa?«
fragte Canis.

Sie wies mit herunterhängenden Mundwinkeln auf Sejanus, und Drusus brach vor Belustigung in heiseres Gelächter aus.

»Genug gescherzt«, fuhr Sejanus dazwischen und zeigte nach Osten, von wo dicker Rauch herüberwehte. Der Himmel wurde immer dunkler, und über den nächsten Hügel schlugen bereits die ersten Flammen. »Wir sollten machen, daß wir aus diesem Tal kommen, wenn wir nicht unserem eigenen Feuer zum Opfer fallen wollen!«

Die ölglänzenden Jäger befreiten Thorag aus dem Netz, aber nur, um seine Arme auf den Rücken zu fesseln. Als sie ihn unsanft den Hang hinunterstießen, an seinen toten Kriegern vorbei, wünschte er sich, an ihrer Seite gefallen zu sein.

Mit Drusus und Sejanus hatte er die Geiseln verloren, die einen Rückkauf Aujas und Thusneldas ermöglicht hätten. Schlimmer noch, er selbst war ein Gefangener der Römer. Ein Wiedersehen mit Auja schien in weitere Ferne gerückt als je zuvor. Seine treuen Kampfgefährten waren tot oder gefangen. Und Armin wartete bei den Heiligen Steinen vergeblich auf seinen Blutsbruder.

Wieder hörte er die kreidige Stimme der Seherin. Ihre Worte überschlugen sich im Ohr seiner Erinnerung: *Du wirst jemanden finden, den du verzweifelt suchst. Aber gleichzeitig wirst du jemanden verlieren. – Eins sehe ich ganz deutlich, du bist auf dem falschen Weg. – Du solltest den Weg ändern. Unglück wartet dort auf dich. Die Flammenreiter werden über dich kommen!*

Kapitel 7

Der Sohn des Bären

Wo, bei allen Göttern, blieb Thorag?

Das fragte sich Armin immer wieder, während er mit Inguiomar um die Gunst der Cherusker buhlte. Der Donarfürst genoß großes Ansehen bei seinem Stamm, und sein Wort hätte das entscheidende sein können. Aber Thorag, Sohn des toten Gaufürsten Wisar und Abkömmling des mächtigen Donnergottes, kam nicht, war schon mehrere Tage überfällig. Armin mußte es ohne den Blutsbruder schaffen, seinen Stamm für sich zu gewinnen.

Tausende von Männern säumten den Thingplatz, die Frilinge aus den sieben Gauen der Cherusker. Sie lauschten den Worten ihrer Fürsten, bekundeten mit dem Klirren ihrer Waffen und Schilde Zustimmung oder durch lautes Murren Ablehnung. Am lautesten wurde der Lärm, als Armin und Inguiomar in einem Streitgespräch ihre Standpunkte darlegten, wie am Tag zuvor an Mimirs Quelle. Fast wäre der heilige Thingfrieden durch tätliche Auseinandersetzungen zwischen Hirsch- und Ingkriegern gestört worden, hätte nicht Gandulf ein Machtwort gesprochen.

Der Ewart, oberster Priester des alten Heiligtums, wirkte beeindruckend, als er mitten auf den Thingplatz trat und sich vor die beiden Herzöge stellte. Trotz seines hohen Alters war seine große Gestalt ungebeugt. Auf das weiße, mit den Zeichen der mächtigsten Götter bestickte Priestergewand fiel ein grauer Bart, so lang, daß die Spitze über den mit Goldzierat versehenen Gürtel reichte. Golden glänzte auch die Fibel mit dem einäugigen, bärtigen Gesicht Wodans, die das Gewand an der rechten Schulter zusammenhielt. Und golden schimmerte in Sunnas kräftigen Strahlen der Hammer, den Gandulf mit ausgestreckten Armen hochreckte, das Zeichen seiner Thinggewalt.

»Haltet ein, Frilinge der Cherusker!« hallte seine Stimme über den Thingplatz, der vor zwei Tagen in einer feierlichen

Zeremonie mit Haselnußpfählen und Seilen aus den Schweifen göttergeweihter Schimmel eingehegt worden war. »Verletzt nicht den Thingfrieden, erzürnt nicht die Götter! Ihr seid nicht hier zusammengekommen, um durch das Vergießen von Bruderblut die Heiligen Steine zu entweihen. Ihr habt Gelegenheit, eure Meinung kundzutun und dadurch die Entscheidung zu fällen, die der Mehrheit behagt.«

Die aufgebrachte Menge beruhigte sich allmählich. Die schon zum Schlag erhobenen Schwerter, Framen und Gere sanken wieder. Die Krieger kehrten auf ihre Plätze zurück. Doch feindselige Blicke flogen weiterhin über den Platz.

Frowin trat vor und blieb zwei Schritte vor dem Oberpriester stehen. »Ich bitte ums Wort, Ewart Gandulf.«

Gandulf nickte und ließ seinen goldenen Hammer sinken. »Der Fürst der Stiersippe hat das Wort.«

Ruhe kehrte ein, geboren von der Neugier auf Frowins Worte. Der weithin bekannte Schmied, der noch berühmter geworden war, seit die Stiermänner ihn zum Nachfolger des mächtigen Segestes gewählt hatten, ließ sich Zeit. Er blickte in das weite Rund, als wolle er jedem einzelnen Cherusker in die Augen sehen.

»Zwietracht spaltet unseren Stamm«, verkündete er dann. »Die eine Hälfte steht zu Armin, der für sich Kraft und Ungestümheit der Jugend beanspruchen kann und den Krieg gegen Rom unbedingt fortsetzen will. Die andere Hälfte hört auf Inguiomar, der sich auf Erfahrung und Weisheit beruft. Er will Frieden für unseren Stamm und Glück für die Sippen der Cherusker. Beides ist nicht weniger ehrenvoll als der Krieg. Armin und sein Oheim können sich nicht einigen, aber beide wollen die Cherusker führen. Das geht nicht, ein Pferd kann nicht zugleich in zwei entgegengesetzte Richtungen laufen!«

Das Waffengeklirr verdeutlichte die Zustimmung, die Frowin quer durch die Sippen der Cherusker fand. Einzelne Rufe wurden laut, fragten den Stierfürsten nach seinem Rat.

»Mein Rat ist einfach: Zwei Reiter sind zuviel für ein einziges Pferd und zwei Herzöge zuviel für einen einzigen Stamm. Freie Männer der Cherusker, trefft eine Entscheidung, wer euer alleiniger Herzog sein soll, Armin oder Inguiomar, und ihr entscheidet zugleich den Streit in der Sache!«

Das Waffengeklirr war noch lauter als eben, brauste wie ein eiserner Sturmwind über den Thingplatz und hallte wie Donars Donnerschlag von den Felsmauern der Heiligen Steine wider.

Gandulf hob erneut den goldenen Hammer, um sich Gehör zu verschaffen. Er rief in den abschwellenden Lärm: »Der Vorschlag des Fürsten Frowin wurde von den Frilingen gutgeheißen. Nun laßt uns hören, ob die Herzöge ihn annehmen.« Er drehte sich zu Armin und Inguiomar um und fragte sie, ob sie sich der Abstimmung der Thingversammlung stellen wollten.

Er hatte kaum ausgesprochen, da trat Inguiomar schon neben ihn und sagte: »Natürlich füge ich mich dem Spruch der Frilinge. Hier, an diesem Platz, wurde ich nach dem Willen der Götter zum zweiten Herzog neben Armin erhoben. Und ich werde ohne Zögern meinen Platz räumen, sollte die Versammlung das beschließen. Sollten die weisen Männer der Cherusker aber der Ansicht sein, daß ich als alleiniger Herzog den Stamm zu Ruhm, Frieden und Wohlstand führen soll, werde ich mich dieser Pflicht stellen und mein Bestes geben!«

Armin hätte seinen Oheim bei jedem Wort, bei jeder Silbe erschlagen können. Der Hirschfürst erinnerte sich noch gut, mit welch zweifelhaften Mitteln Inguiomar sich zum zweiten Herzog aufgeschwungen hatte. Armin hegte keinen Zweifel, daß Inguiomar jetzt ein ähnliches Spiel trieb, um seinen Neffen vollends zu entmachten. Doch Armin hatte keine andere Wahl als mitzuspielen.

Also stellte auch er sich der Abstimmung, lobte auch er die Weisheit der Cherusker und schloß: »Ihr tapferen Krieger habt sicher nicht vergessen, wer euch zum Sieg über Varus geführt und euch die Freiheit gebracht hat. Ich gelobe, diese Freiheit mit jedem Tropfen Blut zu verteidigen, der in meinem Körper fließt!«

Armin versuchte, ruhig zu bleiben, als Gandulf die Cherusker zur Abstimmung aufforderte. Aber es gelang dem Hirschfürsten nur äußerlich. Zu wichtig war, was gleich entschieden wurde.

Seit Armin nach seines Vaters Tod aus Roms Diensten ausgeschieden und ins Cheruskerland zurückgekehrt war, hatte er ein Ziel mit aller Gewalt verfolgt: Er wollte die Macht der Römer brechen und die Cherusker zu einem freien, mächtigen Volk machen. Manche behaupteten, er wolle hauptsächlich sich selbst zu einem mächtigen Mann erheben, einem Kuning gar, der nicht nur über die Cherusker, sondern über alle Stämme zwischen Rhein und Elbe herrschte. Armin hätte nichts gegen eine solche Stellung gehabt, im Gegenteil. Aber ihm ging es doch auch um seinen Stamm, um sein Volk!

Und um seine Liebsten: Wenn er nicht länger Herzog war, wenn er den Krieg gegen Rom nicht fortsetzen konnte, würde es ihm dann jemals gelingen, Thusnelda und Thumelikar aus den Händen der Römer zu befreien?

Gandulf rief: »Armin ist längere Zeit euer Herzog als Inguiomar. Darum soll zuerst für ihn gestimmt werden!«

Mit halb geschlossenen Augen ließ Armin den Waffenlärm über sich hinwegbrausen. Das Getöse war laut, aber er hatte oft lauteres gehört, wenn die Frilinge eine Entscheidung trafen. Noch bevor die Männer abstimmten, die für Inguiomar waren, befürchtete er den Verlust der Herzogswürde.

Doch als nach Gandulfs Aufforderung zum zweitenmal die Waffen klirrten, war es nicht lauter als vorhin. Auch nicht leiser. Keiner der beiden Rivalen konnte eine Mehrheit für sich gewinnen. Das stellte auch Gandulf fest und rief noch einmal zur Abstimmung auf, und wieder war das Ergebnis unentschieden. Ebenso bei einem dritten Wahlgang.

Gandulf wechselte ein paar Worte mit den anderen Priestern und verkündete dann, die Götter um Rat fragen zu wollen. Die Luren würden die Frilinge auf den Thingplatz rufen, sobald eine Entscheidung getroffen war.

Als Armin mit einem seltsam flauen Gefühl im Magen zu den Edelingen seiner Sippe trat, zischte Ingwin wütend: »Fast wäre es diesem scheinheiligen Inguiomar gelungen, dich zu stürzen, Fürst Armin! Frowin hat deinem Oheim gut in die Hände gespielt. Jetzt haben wir eine ähnliche Situation wie damals, vor dem Kampf gegen Varus, als Segestes mit dir um die Herzogswürde gestritten hat.«

Armin nickte und sagte düster: »Noch ist die Gefahr nicht vorüber. Inguiomar steht gut mit den Priestern der Heiligen Steine. Wir haben es gemerkt, als er sich zum zweiten Herzog erheben ließ.«

»Solange er und Frowin Verbündete sind, sieht es für unsere Sache nicht gut aus.« Die Narben auf Ingwins Wange tanzten hektisch, als er sich Isbert zuwandte. »Du hast doch gestern abend mit dem Stierfürsten gesprochen, Isbert. Hat er keinen anderen Grund für seinen Haß auf Armin genannt als den umnachteten Geist seiner Tochter?«

Der stämmige Eisenschmied schüttelte den Kopf. »Nein, wirklich nicht. Er sagte, er stehe aus Überzeugung zu Inguiomar.«

»Das ist vielleicht noch schlimmer«, meinte Armin und warf einen Blick zu seinem Oheim und dem Stierfürsten. Sie standen beisammen und unterhielten sich. Es sah nicht so aus, als mache sich einer von ihnen Sorgen. »Aber ich habe den Eindruck, daß Frowin und Inguiomar mehr verbindet als bloße Überzeugung.«

»Was meinst du damit, Armin?« fragte Ingwin.

»Ich weiß es nicht, leider.« Armin blickte nach Westen und beschirmte die Augen mit der flachen Hand, als suche er etwas. Er blickte in die Ferne, weit über das große Hüttendorf hinaus, das anläßlich des Things bei den Steinriesen entstanden war. Leise murmelte er: »Wo bleibt nur Thorag?«

Der weithallende Lurenklang rief die Cherusker erst am späten Nachmittag zurück auf den Thingplatz. Als Gandulf mit dem goldenen Hammer in die Mitte trat, um die Entscheidung der Götter zu verkünden, sah Inguiomar höchst gelassen aus. Konnte er seine innere Unruhe ebensogut verbergen wie Armin? Oder war er wirklich so ruhig, wie er sich gab?

Armin glaubte nicht, daß Inguiomar von der Abgeklärtheit eines erfahrenen, alternden Mannes beherrscht wurde. Dann hätte er sich nicht derart angestrengt, Herzog der Cherusker zu werden. Es mußte etwas anderes sein, das Inguiomar sol-

111

che Ruhe, solches Vertrauen verlieh. Vielleicht das Wissen, daß der Spruch der Götter zu seinen Gunsten ausfiel?

»Inguiomar scheint sich durch nichts erschüttern zu lassen«, stellte auch Ingwin fest. Er trat noch näher an Armin heran und fragte leise, den Mund fast am Ohr seines Fürsten: »Falls die Götter für Inguiomar entschieden haben, wirst du dich dem doch nicht beugen, Armin?«

»Nicht, wenn es sich vermeiden läßt.«

»Es muß sich vermeiden lassen!« zischte Ingwin. »Man müßte beweisen, daß Inguiomar Gandulf bestochen hat.«

»Aber wenn es keine Beweise gibt?«

»Dann müssen wir dafür sorgen, daß es welche gibt!«

Armin erwiderte nichts darauf. In den vergangenen Stunden hatte er ähnliches gedacht, mehr als einmal. Aber er hütete sich, es laut auszusprechen. Er wollte die Götter nicht erzürnen. Nicht vor der Verkündung ihrer Entscheidung. Schon gar nicht angesichts des Vogels, der im Geäst einer Eiche saß und geradewegs auf Armin, Ingwin und Isbert herabzustarren schien. Es war eine große dunkle Elster mit langem Schwanz. Als Armins Blick den ihren kreuzte, stieß sie ein lautes Schackern aus. Es klang, als wolle sie den Fürsten der Hirschsippe verhöhnen.

»Die Runen haben gesprochen«, verkündete Gandulf. Armin hörte es fast mit Erleichterung, lenkte es ihn doch vom Geschrei der Elster – des Unglücksvogels? – ab. »Wir sahen ein weißes Pferd mit einem Reiter, dem Herzog der Cherusker.«

Die Spannung, die auf den versammelten Frilingen lag, löste sich in lauten Rufen. Die Männer fragten Gandulf, wer der Reiter, der alleinige Herzog der Cherusker, gewesen sei.

»Das sagten die Runen nicht«, antwortete der graubärtige Priester. »Die Götter verlangen eine Entscheidung, wie schon einmal.«

Ein Pferd aus der Herde der heiligen weißen Rosse sollte im Namen der Götter entscheiden. Ein Pferd, das noch keinen Reiter getragen hatte. Wem es als erstem gelang, den Schimmel zu besteigen, würde fürderhin die Cherusker anführen. Eine Prüfung wie damals, als Armin den Stierfürsten Segestes beim Ringen um die Herzogswürde ausgestochen hatte. Aber die Entscheidung sollte erst morgen fallen. Jetzt war es schon zu spät, und das richtige Pferd mußte noch ausgewählt werden.

Inguiomar, noch immer ungerührt, verkündete, daß er den Spruch der Priester annehme. Armin schloß sich ihm an, und langsam löste sich die Versammlung auf.

»Du kannst mehr als zufrieden sein, Armin«, meinte Ingwin, als sie zum Lager der Hirschsippe zurückgingen. »Auf diese Weise bist du schon einmal Herzog geworden. Es wird dir auch jetzt gelingen. Inguiomar mag ein kräftiger Mann sein, aber deine Jugend wird die Entscheidung bringen.«

»Mein Oheim ist nicht dumm«, erwiderte Armin. »Er wird das auch wissen, und trotzdem scheint er mit der von Gandulf verkündeten Entscheidung hochzufrieden. Ich wäre ein schlechter Krieger und ein schlechter Herzog, ahnte ich nicht eine Falle.«

»Aber welcher Art?« fragte Ingwin.

»Ich weiß es nicht. Sende ein paar von unseren Leuten aus, die sich unauffällig im Dorf der Priester umhören sollen! Und wir sollten in dieser Nacht besonders die heiligen Rosse im Auge behalten.«

»Das werde ich übernehmen«, sagte Isbert.

Armin hatte alles getan, was im Augenblick möglich war. Er hätte beruhigt sein sollen. Doch er war es nicht. In ihm nagten Fragen, Zweifel und der schackernde Ruf des Unglücksvogels.

»Besuch für dich, Fürst Armin«, meldete Omko, der friesische Schalk, der schon seit vielen Jahren in Armins Diensten stand.

Das Fackellicht schien auf sein fast kahles Haupt, das von einem dünnen grauen Haarkranz gesäumt wurde. Es sah aus wie einer der Loorbeerkränze, die von den Römern zu besonderen Anlässen getragen wurden. Bei den Römern hatte Armin gehört, der große Gaius Julius Caesar, ein fast schon fanatischer Loorbeerkranzträger, hätte weniger aus Ruhmsucht als aus Eitelkeit gehandelt: Die Lorbeeren verbargen sein fast kahles Haupt. Der dürre Friese kannte diese Eitelkeit nicht.

Dagr war längst seiner Mutter Nott gewichen. Armin warf einen zweifelnden Blick durch den großen Innenraum der hölzernen Hütte, über die Häupter seiner edelsten Krieger hinweg. Er konnte in der dunklen Öffnung des Eingangs nur die vagen Umrisse einer Gestalt erkennen. Sie schien weder besonders groß noch kräftig zu sein, sah nicht gerade aus wie ein Krieger.

»Wer ist es?« fragte Armin und spielte mit dem silberbeschlagenen Trinkhorn in seinen Händen. Der Met war längst abgestanden. Ihm war nicht nach süßem Rausch. Außerdem mußte er morgen einen klaren Kopf haben, wenn es darum ging, sich gegen den gewieften Oheim zu behaupten.

»Eine Frau, mein Fürst.« Omko sah ratlos aus. »Ich kenne sie nicht, und sie wollte ihren Namen nicht nennen. Sie sagte nur, daß sie dir etwas Wichtiges mitzuteilen hat. Sie will nur mit dir sprechen, Fürst Armin, allein.«

»Ich kenne nicht viele Frauen hier, bei den Heiligen Steinen«, brummte Armin müde. Er war erschöpft von der harten Auseinandersetzung mit Inguiomar, und doch fand er keinen Schlaf. Zu sehr hatte ihn aufgewühlt, was heute geschehen war und morgen noch geschehen sollte.

Ingwin erhob sich aus dem Kreis der Edelinge und Kriegerführer. »Ich werde mich um die Frau kümmern, Armin.«

Er wollte zum Eingang gehen. Armin sprang behende auf, reichte sein Trinkhorn dem Friesen und hielt den Kriegerführer an der Schulter zurück. »Ich gehe selbst, Ingwin. Ein wenig frische Luft tut mir vielleicht ganz gut.«

Ingwins Naserümpfen drückte deutlich seine Mißbilligung aus. »Es könnte eine Falle sein!«

»Mitten in unserem Lager?«

»Ein schneller Dolchstoß genügt.«

Armins Blick wechselte zwischen seinem treuen Kampfgefährten und dem Schemen im Eingang. Dann schüttelte der Cheruskerherzog den Kopf. »Nein, das wäre zu plump, zu offensichtlich. Gewiß, Inguiomar will mich aus dem Weg räumen. Aber ein Fuchs wie er wählt den listigen Weg.«

Damit ließ er Ingwin stehen und durchschritt die Hütte, in der sich die Männer mit Erzählungen, Gesang, Spielen, Bier und Met unterhielten. Als er die Frau erreichte, konnte er ihr Gesicht noch immer nicht erkennen. Sie hatte ein Tuch um den Kopf geschlungen, und die Schatten, die Notts Schleier warfen, taten ein übriges.

»Du willst mich sprechen?« fragte Armin, als er dicht vor ihr stand.

Sie nickte.

»Ich spreche nicht mit Schatten.«

Sie zog das Tuch ein wenig zurück, und er erkannte ihre noch jungen, ebenmäßigen Züge. Ein paar rabenschwarze Locken ringelten sich unter dem Tuch hervor. Armin wollte sie mit ihrem Namen anreden, aber sie legte schnell den Zeigefinger vor ihre Lippen.

Er verstand und sagte nur: »Gehen wir nach draußen.«

Die junge Frau zog das Tuch wieder über ihre Stirn, während sie neben Armin zwischen den einfachen Hütten einherschritt. Sie gingen zum Rand des Hirschlagers, wo die Hütten von Bäumen und Sträuchern abgelöst wurden. Erst auf einer kleinen Lichtung blieben sie stehen, und die Priesterin Astrid enthüllte ihr Gesicht.

»Warum so geheimnisvoll?« fragte Armin.

»Aus Vorsicht, oder nenn es Feigheit, Fürst. Aber ich habe Angst!« Ihre besorgten Züge verrieten die Wahrheit ihrer Worte.

»Um wen?«

»Um dich, um mich selbst – und um Thorag.«

»Ah!« machte Armin. »Langsam kommt Licht ins Dunkel. Ich hatte bislang nicht den Eindruck, daß du mir sonderlich gewogen bist, Astrid. Hast du Thorag nicht sogar davor gewarnt, an meiner Seite gegen die Römer zu kämpfen?«

»Das stimmt. Ich tat, was ich für richtig hielt, was mir meine Träume zeigten.«

»Und?« fragte Armin, der von Astrids Gabe wußte, Dinge vorherzusehen. »Haben deine Träume recht behalten?«

»Die Frage mußt du nicht mir stellen, sondern Thorag. Er muß wissen, ob eine entführte Gemahlin und eine noch vor der Geburt verlorene Tochter es wert sind, an deiner Seite zu reiten.«

Armin stieß ein ärgerliches Schnauben aus. »Bist du gekommen, um mit mir zu streiten?« Sonst hatte er sich stärker in der Gewalt, aber dieser Tag hatte an seinen Kräften gezehrt.

»Ich kam, um dich zu warnen. Ich hatte ein Gesicht, das großes Unheil für dich und Thorag zeigte. Ihr wart von Feinden umgeben, von wilden Bestien, und wurdet von ihnen zerfleischt, zertrampelt.«

»Was für Bestien?«

»Wilde, seltsame Tiere. Eine Wölfin gehörte dazu, ein goldener Eber, ein schwarzes Pferd, ein schwarzer Stier und ein schrecklicher, nicht zu bändigender Bär mit acht riesigen Pranken.«

»In der Tat seltsame Tiere«, fand Armin. »Und ein höchst seltsamer Traum. Was bedeutet er?«

»Gefahr!«

Armin las Angst in ihrem durchdringenden Blick. Um ihn? Wohl kaum. Eher um Thorag.

»Gefahr für Thorag oder für mich?« fragte der Herzog.

»Für euch beide. Ihr habt euer Blut vermischt, und damit ist auch das Schicksal des einen das des anderen geworden. Nur zusammen könnt ihr gegen die Gefahr bestehen.«

»Aber Thorag ist nicht hier«, entgegnete Armin und fügte leise hinzu: »Niemand bedauert das mehr als ich!«

»Dann verlaß die Heiligen Steine, sofort! Suche Thorag und warne ihn vor der Gefahr, in der ihr beide schwebt!«

»Ich kann nicht weg, nicht jetzt. Du weißt, was Gandulf für morgen verkündet hat!«

»Was ist dir wichtiger, Armin, die Macht oder die Freundschaft?«

»So kann nur jemand fragen, der keine Verantwortung trägt.«

»Vielleicht trage ich eine größere Verantwortung, als du denkst«, seufzte Astrid und zog das Tuch wieder über ihr schwarzes Haar, wandte sich zum Gehen.

»Wo willst du hin?« fragte Armin.

»In meine Hütte, schlafen. Falls mich die Träume schlafen lassen. Ich habe dir alles gesagt.«

»Eine ungewisse Warnung«, meinte Armin, und es klang abfälliger, als er es wollte.

»Mehr weiß ich nicht, mehr kann ich nicht sagen. Die Entscheidung liegt bei dir, Hirschfürst!« Damit verschwand sie im Dunkel der Bäume.

Auf einmal fragte sich Armin, ob er Astrid wirklich vertrauen konnte. Vielleicht hatte sie ihm tatsächlich eine Falle gestellt, aber anders, als Ingwin es gemeint hatte. Sollte sie Armin im Auftrag seines Oheims von den Heiligen Steinen vertreiben, damit Inguiomar Herzog wurde, ohne sich dem Entscheid der Götter stellen zu müssen? Doch welchen Grund konnte die Priesterin haben, sich auf Inguiomars Seite zu stellen?

Er fand keine Antwort und dachte über Astrids Gesicht – oder Traum – nach. Was mochte dieser Traum bedeuten, falls er keine Lüge war?

Die Wölfin war das Schutztier der Römer, und von denen drohte stets Gefahr. Dies vorherzusagen, bedurfte keiner seherischen Fähigkeiten.

Der schwarze Stier schien auf Frowin hinzudeuten, den Fürsten der Stiersippe, die schon unter ihrem alten Anführer Segestes ein bohrender Stachel in Armins Fleisch gewesen war.

Ein goldener Eber? Vielleicht die Ebersippe! Auch der Eberfürst Thimar hatte sich gegen Armin ausgesprochen. Oder war Goldborste gemeint, der goldfarbene Eber, der den Wagen des Gottes Ing zog? Dann verkörperte die Traumgestalt Inguiomar, von dem wahrlich Gefahr drohte.

Das schwarze Pferd? Nach einigem Grübeln kam Armin auf eine mögliche Antwort. Der Rappe war das Schutztier Marbods, des Markomannenkönigs. Und von Marbod ging schon seit langem eine unterschwellige Bedrohung für den mächtiger – zu mächtig? – werdenden Cheruskerherzog aus.

Doch keine Erklärung fand Armin für den schrecklichen, achtprankigen Bären.

Die Kraft des Bären war in dem Rächer, als er auf die Koppel zu lief. Hinter ihm reckten sich die Steinriesen in den wolkigen Nachthimmel und blickten wissend auf ihn herab. Er fürchtete sie nicht, war er doch ihr Verbündeter, ihr Rächer, der Sohn des Bären.

Er spürte die unbändige Kraft, die seinen ganzen Leib erfüllte wie ein alles verzehrendes Feuer. Eine übermenschliche Kraft, die niemals erlöschen konnte. Niemals!

Flink wie eine Bergziege kletterte er auf die Felsen, die einen natürlichen Wall um den Eichenhain bildeten. Sie nannten ihn den Hain der Götter, einen heiligen Hain. Aber es war ein Ort des Frevels, und der Bärensohn würde die Schande rächen. Das war sein Auftrag, sein Ziel, seine Bestimmung, all sein Sehnen.

Jenseits der Felsbarriere tauchte er zwischen die Eichen, huschte hindurch, spürte schon den Geruch der Tiere. Denn er selbst war wie ein Tier und roch, was anderen Menschen entging.

Und dann sah er die weißen Rosse. Sie lagen unter den Eichen und schliefen.

Nur einer wachte, ein Mensch von schmaler Gestalt. Ein Diener der Götter. Jedenfalls wurde der etwa zwölfjährige Junge, der Wächter der heiligen Rosse, so genannt. Eine bronzene Wodansfibel hielt seinen Kittel zusammen. Eine Wolldecke über den Schultern sollte Notts Kälte fernhalten. Die Fibel mit dem bärtigen, einäugigen Gottesantlitz schimmerte durch einen offenen Spalt in der Decke. So saß der Wächter, den Rücken gegen einen Eichenstamm gelehnt, fast reglos, aber mit offenen Augen. Der Bärensohn sah ihr Leuchten, noch bevor der Junge ihm sein Gesicht zuwandte. Der Rächer spürte es.

In den aufgerissenen Augen des Jungen zeichnete sich Erschrecken ab, Angst, Panik. Er sprang auf, streifte die Wolldecke ab und griff nach dem bronzenen Horn, das an seinem Gürtel hing, um das Alarmsignal zu geben.

Aber der Bärensohn war schneller, sprang mit einem Satz vor, der für einen Menschen unglaublich erschien, und schlug den Jungen mit blanker Faust zu Boden. Blut schoß aus Mund

und Nase des Gefallenen. Der Fausthieb war von über-
menschlicher Kraft gewesen, hatte die Nase gebrochen,
Zähne eingeschlagen, den halben Kiefer zertrümmert. Der
Junge stöhnte vor Schmerz, und das Blut machte daraus ein
hilfloses Gurgeln.

Das Geräusch erstarb, als die breite Schwertklinge seinen
Schädel spaltete. Doch der Bärensohn hatte noch nicht genug.
Das aufspritzende Blut, das er roch, fühlte und schmeckte,
weckte seine Gier nach mehr. Er schlug zu, immer und immer
wieder, bis der Junge regelrecht zerstückelt war.

Die Pferde wieherten laut. Eins nach dem anderen erwachte, richtete sich auf und fiel in das heisere Geschrei der
anderen ein.

Das erinnerte den Rächer an seine eigentliche Aufgabe. Er
rannte auf die erschrockenen Tiere zu und schwang die blut-
verklebte Klinge. Die heiligen Rosse stoben auseinander, aber
der Bärensohn war schneller. Seine Klinge fuhr in den Leib
eines Schimmels, durchtrennte den Hals eines anderen, zer-
trümmerte das Knie eines dritten. Die Pferde stürzten, schrien
und wälzten sich in ihrem Blut hin und her.

Die noch unverletzt waren, versuchten zu fliehen. Aber
in der Felskoppel gab es kein Versteck. Der Rächer fand sie
alle und machte sie nieder. Wenn sie nicht mehr laufen konnten, zerstückelte er sie, wie er es bei dem Jungen getan
hatte.

Daß er selbst längst von Kopf bis Fuß mit Blut bedeckt war,
störte ihn nicht. Im Gegenteil, es steigerte noch seine Raserei.
Selbst die verzweifelten Huftritte und wütenden Bisse der
Pferde schreckten ihn nicht, hielten ihn nicht auf. Ein anderer
hätte betäubt am Boden gelegen, doch der Bärensohn fühlte
es nicht einmal, kannte keinen Schmerz.

All das geschah mit der Schnelligkeit der Raserei. Noch ehe
die Schreie der sterbenden Pferde die Priester und Götterdie-
ner herbeigerufen hatten, war das letzte Tier verendet.

Die verwirrten, noch schlaftrunkenen Männer und Frauen,
die im Eichenhain erschienen, blieben stehen, als sie die blutüberströmte Gestalt mit dem nicht minder blutigen Schwert
inmitten der zerfetzten Kadaver erblickten. Das Bild der toten

119

Pferde schien ihnen unglaublich. Hatte Wodan die schützende Hand von seinen Dienern genommen?

Der Blutdurst und der Rausch des Tötens trieb den Bärensohn weiter. Die Menschen unter den Bäumen waren die Frevler. Auch ihnen mußte er den Tod bringen!

Sie schrien auf, flohen nach allen Seiten, zurück zur Felsbarriere. Nur einer, ein alter Priester, schaffte es nicht. Er stolperte über eine im Halbkreis aus dem Boden ragende Baumwurzel, taumelte, stürzte auf den taufeuchten Boden. Die blutige Gestalt erschien über ihm, hob das Schwert.

Der alte Priester öffnete den Mund und keuchte: »Star ...«

Nicht mal ein Wort brachte er heraus, schon rollte sein abgeschlagener Kopf davon.

Ein paar der Fliehenden erkletterten die Felsen. Die anderen drängten durch das aufgerissene Holztor, das die Lücke in der Felsbarriere überbrückte. Ihnen setzte der Schlächter nach.

Da stellten sich ihm Bewaffnete in den Weg. Krieger aus den nahe liegenden Lagern, eilends herbeigerufen. Mit jedem Augenblick wurden es mehr. An die hundert Mann drängten in die Felskoppel, kreisten den Bärensohn ein. Aber keiner wagte, als erster den blutigen Schlächter anzugreifen. Was sie in der Felskoppel sahen, – zerstückelte Leiber, zerfetzte Gedärme, große Blutlachen – lähmte sie.

Ein angsteinflößendes Wort machte die Runde: »Berserker!«

Kapitel 8

Canis

Die vier hölzernen Ungetüme ragten wie die schützenden Stacheln eines Igels in den schwarzen Fluß. Und die kleine Insel in der Nähe des linken Rheinufers war der Igelleib. Hier lagen die vier römischen Schiffe, mit den Achtersteven auf den Strand gezogen und fest vertäut. Im Falle eines Angriffs bedurfte es nur einiger Handgriffe, um die Seile zu lösen, und die starke Strömung, die mit den Holzleibern spielte, würde die Schiffe mit sich ziehen.

Aber ein Angriff war nicht zu erwarten. Die Römer waren ein Stück flußabwärts gefahren und hatten das Nachtlager absichtlich auf einer Insel in der Nähe des linken – unter römischer Herrschaft stehenden – Ufers aufgeschlagen. Gleichwohl hielten die Prätorianer auf der Insel Wache. Weitere Gardisten waren mit einem kleinen Boot ans nahe Ufer gebracht worden, um etwaige Feindbewegungen sofort zu melden. Lucius Aelius Sejanus wollte sich nicht noch einmal der Schande ausgesetzt sehen, den Barbaren zu unterliegen, und das auch noch mit einer Übermacht von Prätorianern.

Die Verbitterung und der Zorn über diese Schlappe standen dem Präfekten ins Gesicht geschrieben, als er das Deck der Bireme *Vesta* betrat. Es war das Schiff der Jägerin und deshalb für den Transport der Gefangenen besonders geeignet. Thorag, Gueltar und die wenigen anderen, die das Gemetzel in der Schlucht überlebt hatten, waren in festen Käfigen eingeschlossen, die sonst Wölfe, Bären, Hirsche und Ure beherbergten – alles, was die blutgierigen Römer in den Arenen erfreuen konnte.

Von vier Offizieren begleitet, Favonius und drei Zenturionen, ging Sejanus zwischen den Käfigen hindurch, bis er vor dem stehenblieb, in dem nur ein einziger Gefangener steckte: Thorag.

Der Donarsohn wollte sich aufrichten, aber der Käfig war zu niedrig. Er stieß mit dem Kopf gegen die Decke aus hartem Eichenholz.

Sejanus lachte und steckte seine Begleiter damit an. Sie benahmen sich wie auf einer Tierschau.

Thorag fühlte sich angewidert und schämte sich gleichzeitig, wie eine wilde Bestie gefangen zu sein. Am liebsten hätte er seine Fäuste in die lachenden Gesichter geschlagen, aber seine Hände waren auf den Rücken gefesselt.

»Seht mal, wie der Barbar die Zähne bleckt!« sagte Sejanus mit unüberhörbarer Belustigung zu den Offizieren. »Ein wildes Tier, wahrlich!«

»Ein Tier, das deine Worte versteht und deine Sprache spricht, Römer.« Thorag sprach ernst, mit Nachdruck, aber bemüht, seine Wut im Zaum zu halten. Er wollte den Römern nicht noch mehr Grund zur Belustigung geben. Doch er hatte es bereits getan.

»Ein sprechendes Tier sogar!« Sejanus kicherte geräuschvoll. »Der unübertroffene Julius Caesar hat nicht übertrieben, als er von den vielen Arten wilder Tiere in den germanischen Urwäldern schrieb, die man sonst nirgends zu sehen bekommt.«

Die vier anderen Prätorianer belohnten den Scherz mit meckerndem Gelächter. Thorag beschlich der Verdacht, daß Sejanus sie nur deshalb mitgenommen hatte. Sie waren sein Publikum und seine Waffe. Ihr Gelächter, ihr Hohn, war der scharfe Stahl, den er in Thorags Leib bohrte.

Sejanus näherte sich dem Käfig und streckte sein Gesicht fast durch die eisernen Stäbe. »Sag, du sprechendes Wundertier, wo hast du die anderen Fabelwesen gelassen, von denen der göttliche Caesar berichtet?« Er tat so, als sehe er sich suchend um. »Wo ist das Rind mit der Hirschgestalt und dem Horn in der Mitte der Stirn? Wo die ziegenähnlichen Tiere mit dem bunten Fell, die im Stehen schlafen, weil ihnen die Gelenkknöchel zum Hinlegen fehlen?«

Thorag grinste zur Überraschung des Präfekten und sagte: »Wenn Caesar das geschrieben hat, kann sein Gehirn nicht größer gewesen sein als deines, Sejanus.«

Sejanus zog etwas unter seinem roten Umhang hervor und schlug mit einer schnellen Bewegung zu. Thorag sah es erst spät und hatte in dem engen Käfig wenig Platz zum Ausweichen. Der Schlag traf hart seinen Kopf, dicht über der Stirn. Ein zuckender Schmerz ließ ihn zu Boden gehen.

Der Präfekt hielt einen Rebenstock in der Hand, wie ihn üblicherweise ein Zenturio benutzte, um seine untergebenen Soldaten zu züchtigen. Sejanus hatte also von Anfang an geplant, Thorag mit dem Stock zu bearbeiten. Seine Rache für den Verlust der Quinquereme? Oder dafür, daß er Thorag nicht hatte töten dürfen?

Ein zweiter, ebenso schmerzhafter Schlag traf unter den feixenden Blicken der Offiziere Thorags linkes Knie.

»Wollen mal sehen, ob unser sprechendes Wundertier ohne Kniegelenke auskommt.« Sejanus lächelte, aber nicht gewinnend, wie er es im Beisein hochgestellter Persönlichkeiten tat, sondern breit und boshaft. »Wenn ja, wäre das eine Erkenntnis, die gewiß als Anhang zu Caesars Schriften aufgenommen würde.«

In das Lachen seiner Begleiter hinein erfolgte der dritte Schlag. Doch diesmal war Thorag vorgewarnt. Er hatte die Augen des Präfekten beobachtet. Als er das Aufblitzen sah, dem die schnelle Armbewegung mit dem Rebenstock folgte, warf er sich zur Seite. Während seine linke Schulter von Sejanus' Stock nur gestreift wurde, stieß die rechte mit solcher Gewalt gegen die Eisenstäbe, daß der ganze Käfig wackelte.

Thorag bemerkte es mit Befriedigung und dem Aufkeimen neuer Hoffnung. Er sprang in dem Käfig hin und her, von einer Seite auf die andere, und warf sich jedesmal mit aller Gewalt gegen die Gitterstäbe. Das Wackeln des Käfigs wurde mit jedem Sprung stärker.

»Seht her, die Bestie sträubt sich!« rief Sejanus und fügte, als der Käfig umstürzte, hinzu: »*Vis consilii expers mole ruit sua!* – Unüberlegte Gewalt kommt durch die eigene Macht zu Fall!«

»Horaz«, bemerkte Favonius kichernd.

Sein Kichern erstarb wie das Grinsen auf den Gesichtern des Präfekten und seiner Zenturionen, als der Käfig zerbrach. Ein paar der Eisenstangen sprangen aus den Löchern in den Eichenholzböden. Das Loch war groß genug für einen Mann, auch wenn sich der breitschultrige Cherusker beim Hindurchschlüpfen arg zusammenquetschen mußte. Die auf den Rücken gefesselten Hände machten es ihm nicht gerade leichter. Das Hemd zerriß und hing nur noch in Fetzen an seinem muskulösen Leib.

Aber er schaffte es und rollte über die Planken der Bireme – vor die Füße eines Mannes. Es war einer der Zenturionen, der schnell herbeigesprungen war, um Thorag an der Flucht zu hindern. Der schlanke, sehnige Offizier, etwa in Thorags Alter, trug, wie seine beiden Kameraden, die Felduniform: einen buschbesetzten Bronzehelm, der dank seiner Verzinnung im Mondlicht silbern glänzte; über der roten Tunika den Kettenpanzer mit den beiden Waffengurten, an denen Schwert und Dolch hingen.

Die rechte Hand des Zenturios fuhr an die linke Hüfte, wo die Schwertscheide hing, verziert mit einem Silberblech, auf das der Skorpion als Erkennungszeichen der Prätorianer eingraviert war. Mit einer fließenden, tausendmal ausgeübten Bewegung umfaßte er den ebenfalls mit Silberblech beschlagenen Schwertknauf und riß die zweischneidige Klinge heraus, ließ sie auf den Donarsohn hinunterfahren.

Als sich die Hand des Offiziers zur Schwertseite bewegte, hatte Thorag sich auf den Rücken gerollt und beide Beine angezogen. Jetzt, die eiserne Klinge schon dicht vor Augen, rammte er die Füße mit den Lederstiefeln in den Magen des nach vorn gebeugten Zenturios. Das Kettenhemd scheppte leise, was im schmerzerfüllten Stöhnen des Römers unterging. Thorags Tritt schleuderte ihn zurück, und der Schwertstreich verfehlte sein Ziel.

Die Füße des Zenturios verfingen sich in einer Taurolle. Der Mann fiel mit lautem Krachen auf die Planken. Die Schnalle der unter seinem Kinn befestigten Wangenschutzplatten sprang auf, und der Helm mit der bauschigen Zier aus rot gefärbtem Pferdehaar löste sich, rollte mit hellem Klirren über die Planken.

Thorag hegte keine Zweifel, daß der Prätorianer ihn hatte töten wollen. Zumindest wäre ihm eine tödliche Wirkung des Schlags nicht unwillkommen gewesen. Thorag hatte in den dunklen Römeraugen das gewisse Glitzern gesehen, den Entschluß zu töten. Der Cherusker glaubte zu wissen, wer den Zenturio dazu angestiftet, es ihm vielleicht sogar befohlen hatte.

Sejanus!

Thorag stand ihm gegenüber, als der Donarsohn sich endlich, wegen der gefesselten Hände taumelnd, erhoben hatte. Sejanus hatte sein Schwert gezogen, ebenso Favonius und die beiden anderen Zenturionen. Alle waren bereit zuzustoßen, warteten nur auf ein Zeichen ihres Befehlshabers.

»Ende der Tierhatz«, sagte der Präfekt mit einem sardonischen Lächeln. Es klang spöttisch, aber ein ernster Unterton schwang deutlich mit. »Die Bestie stirbt, und die Jäger werden feiern!«

Obwohl Thorag wußte, daß sich seine Gedanken jetzt nur auf einen Punkt zu konzentrieren hatten, auf den Ausweg aus der scheinbar ausweglosen Lage, fragte er sich, weshalb Sejanus einen so tiefen Haß auf ihn empfand, daß er ihn entgegen Drusus' Befehl meucheln wollte. Er kannte den Präfekten nicht, hatte dementsprechend nie einen Streit mit ihm gehabt. Es gab nur eine Antwort: gekränkter Stolz, verletzte Ehre. Die Schmach, von Thorags Kriegern überwunden worden zu sein, mußte tief in Sejanus sitzen. Wie eine abgebrochene Speerspitze, die im Leib eines Mannes steckte und immer weiter wanderte, Schmerzen verursachte – je länger sie im Fleisch bohrte, desto heftiger. Thorag erkannte, daß er sich einen Feind für das ganze Leben geschaffen hatte. Daß dieses Leben sehr schnell zu Ende sein konnte, war alles andere als ein Trost.

Ein knappes Nicken des Präfekten war das Zeichen. Niemand konnte später behaupten, er habe den Tod des Gefangenen befohlen. Auf der Flucht erschlagen, würde es heißen, und Drusus mußte sich wohl oder übel damit zufriedengeben – falls er sich überhaupt an Thorags Tod störte. Was machte es schon, daß die gefangenen Cherusker in den Käfigen ringsum das Gegenteil beschwören konnten. Auf sie, die Barbaren, die Feinde Roms, würde der Imperator ebensowenig hören wie auf die Leute der Jägerin, ein dunkelhäutiger Mann und eine blonde Frau, die am Bug Wache hielten. Auch sie waren nur Sklaven, allenfalls Freigelassene, jedenfalls niedere Wesen in den Augen von Drusus Caesar – keine Bedrohung für Sejanus.

Thorag konnte nicht weglaufen. Er hätte nicht einmal die nahe Reling erreicht, um über Bord zu springen. Eins der vier auf ihn niederfahrenden Schwerter hätte ihn gewiß getroffen. Also ließ er sich einfach fallen und benutzte die besten Waf-

125

fen, die ihm zur Verfügung standen: seine Beine. Er trat zu
wie ein auskeilendes Pferd, vielleicht nicht ganz so kräftig,
dafür gezielter. Ein Tritt traf Sejanus' Knie, der andere zwischen die Schenkel von Favonius.

Der Präfekt knickte nach vorn ein und riß einen Zenturio
mit sich. Dieser hatte Mühe, sein Schwert zurückzureißen,
um nicht zum unfreiwilligen Mörder an seinem Befehlshaber
zu werden. Favonius taumelte mit einem schrillen Schrei
gegen den anderen Zenturio, der abgedrängt wurde und
rückwärts gegen die Reling stolperte.

Jetzt war der Weg zur Reling frei! Aber es hätte zu lange
gedauert, hätte Thorag versucht, so dicht bei den Feinden aufzustehen. Die gefesselten Hände behinderten ihn. Er rollte
sich über das Lindenholz der Planken, um einen größeren
Abstand zu den Römern zu gewinnen.

Ein Käfig hielt ihn auf. Gueltar und zwei Donarsöhne
waren darin eingesperrt. Ihre Blicke trafen sich. Thorag
wußte, daß er keine Zeit und Möglichkeit hatte, sie und seine
anderen Männer zu befreien.

»Flieh, mein Fürst!« forderte der aschblonde Wigan seinen
Gaufürsten auf. »Rasch, solange es noch Zeit ist!« Die beiden
anderen stimmten ihm zu.

Thorag richtete sich an dem Käfig auf – und erkannte, daß
er zu lange gezögert hatte. Das wutverzerrte Gesicht des Präfekten erschien über Thorag, ehe er noch aufrecht stand.

Erneut fuhr das Schwert auf den Cherusker herab. Er
konnte nur den Kopf zur Seite ziehen. Nicht die Klinge traf
ihn deshalb, sondern der Schwertknauf. Sejanus rammte ihn
mit solcher Gewalt in Thorags nackte Schulter, daß ein stechender Schmerz den ganzen Arm durchzuckte.

Die Wucht des Schlags warf Thorag auf die Knie. Und Sejanus holte schon wieder aus, wollte seine Klinge wie das
Schwert eines Henkers gegen Thorags Nacken führen.

In diesem Augenblick sprang eine schattenhafte Gestalt
über die Reling und huschte heran, flink und schnell wie ein
Raubtier. Sie riß den Präfekten von den Füßen und kauerte
auf ihm, die eigenen Beine um seinen Leib geschlungen, eine
gebogene Klinge an seinen Hals drückend.

»Canis!« Thorag und Sejanus äußerten ihre Überraschung fast gleichzeitig.

Die Jägerin, trotz des kühlen Nachtwinds, der über den Rhein wehte, nur mit einer dünnen, knappen Tunika bekleidet, erweckte in Thorags Augen erneut den Eindruck einer Raubkatze. Wie eine Löwin oder eine Gepardin wirkte sie, jederzeit zum tödlichen Biß bereit. Nur würde sie diesen ›Biß‹ mit ihrer Klinge ausführen.

Favonius und die Zenturionen kamen heran. Der Tribun ging auffallend breitbeinig, und bei jedem Schritt lief ein schmerzhaftes Zucken über sein Pfannkuchengesicht.

»Was tust du da, Canis?« fauchte er die Jägerin an.

»Ich sitze auf deinem Präfekten und halte meinen Dolch an seinen Hals.« Sie sprach vollkommen ernst, und auch ihr Gesicht wirkte nicht spöttisch.

»Das sehe ich«, schnaubte der Tribun. »*Warum* bedrohst du Sejanus?«

»Um ihm die Kehle durchzuschneiden, falls sich einer von euch an dem Gefangenen vergreift.«

Jetzt sprach Sejanus selbst, und vor Wut traten fast die Augen aus seinen Höhlen: »Bist du verrückt, Weib? Du greifst mich an, um diesen Barbaren zu beschützen?«

»Zur ersten Frage: Ich weiß es nicht.« Noch immer lag kein Lächeln auf den schmalen Zügen der Frau, zeugte kein Zittern der Stimme von Hohn oder Belustigung. »Zur zweiten Frage: ja.«

»Das wird dich teuer zu stehen kommen!« Sejanus' verzerrter Gesichtsausdruck zeigte, wie ernst er es meinte. »Was liegt dir an dem Kerl? Hast du in deiner Truppe nicht genug Barbaren, um dich bespringen zu lassen?«

Canis lächelte. »Wo lernst du solche Ausdrücke, Präfekt? Wanderst du nachts durch Ostias verrufene Gassen? Oder gehört das im Ritteradel von Volsinii zum guten Ton?«

Die Bemerkung steigerte die Wut des Präfekten noch. Thorag, der vor dem Käfig kniete, sah ihm an, daß er Canis am liebsten die Gurgel umgedreht hätte. Doch vorher hätte sie seine Kehle zerfetzt.

Favonius und die drei Zenturionen wirkten ratlos. Ihre

127

Schwerter nutzten ihnen plötzlich nichts mehr. Und das alles wegen einer Frau, die fast noch ein Mädchen war!

Schwere Schritte polterten über den Laufsteg, und mehrere Männer betraten das Schiff. Prätorianer, Sekretäre des Imperators und dann Drusus Caesar selbst. Er sah aus, als habe er schon geschlafen, in einem der Zelte, die man auf der Insel errichtet hatte. Sein Haar war zerzaust, die Tunika zerknittert, der Blick blinzelnd. Vor den Offizieren und Canis blieb er stehen, sah mit gerunzelter Stirn auf Sejanus und fragte laut: »Was tust du da unten, Präfekt?«

»Ich kann nicht aufstehen.«

»Warum nicht? Hast du das Reißen in den Gliedern? Soll ich dir meinen Leibarzt schicken?«

Natürlich hatte Drusus die Lage längst erfaßt. Es machte ihm einfach Spaß, Sejanus zu verhöhnen. Es war seine Rache für die Respektlosigkeit, die der Präfekt ihm gegenüber oft genug walten ließ.

»Canis ... bedroht mich!« Obwohl es offensichtlich war, bereitete das Aussprechen dem Präfekten einige Mühe. Es war das Eingeständnis seiner Schwäche.

»Ich wußte gar nicht, daß du Angst vor Frauen hast, Sejanus«, stieß Drusus das Schwert namens Spott tiefer in den Leib des Präfekten. Das Grinsen im Gesicht des Imperators wurde zu einem Lächeln, als er die Jägerin ansah und sagte: »Ich denke, du kannst wieder aufstehen, Canis.«

Mit schnellen, geschmeidigen Bewegungen erhob sie sich und steckte den Dolch in die Scheide. Sie hätte wie ein hilfloses, schwaches Mädchen gewirkt, wäre nicht die Waffe an ihrem Gürtel gewesen – und nicht die Raubtieraugen, die grün und gefährlich durch das Zwielicht leuchteten.

Ächzend kam Sejanus auf die Beine und schlug ärgerlich die helfende Hand beiseite, die Favonius ausstreckte.

Auch Thorag stand auf, bewußt langsam, um keinen Römer an einen Fluchtversuch denken zu lassen. Er hatte auch gar nicht vor zu fliehen, nicht jetzt, wo ihn so viele Bewaffnete umstanden. Er mußte Geduld haben, auf eine bessere Gelegenheit warten, bei der er hoffentlich auch seine Krieger mitnehmen konnte.

»Ich warte auf eine Erklärung!« sagte Drusus.

»Der Barbar wollte fliehen«, erwiderte Sejanus, während sein Blick Thorag durchbohrte. »Favonius und ich konnten es gerade noch verhindern.«

Canis hatte leise ein paar Worte mit den beiden Wachtposten am Bug gesprochen und sagte jetzt laut: »Verzeih, wenn ich mich einmische, Imperator, aber meine Leute haben die Sache etwas anders berichtet. Erst nachdem Sejanus den Gefangenen provoziert und geschlagen hat, ist er ausgebrochen. Und der Versuch, Thorags Flucht zu vereiteln, schien zugleich der Versuch zu sein, den Cherusker am Weiterleben zu hindern.«

»Lüge!« entfuhr es Sejanus, und seine flackernden Augen pendelten zwischen Canis und Drusus hin und her. »Drusus, du glaubst doch nicht etwa dieser ...« Seine Stimme zitterte und erstarb, als der Imperator eine gebieterische Handbewegung machte.

»Schluß damit«, entschied Drusus. »Ich bin müde und will die Nacht besser nutzen als mit sinnloser Streiterei. Der Gefangene soll wieder eingesperrt werden. Und damit sich dieser Vorfall nicht wiederholt, bürgt Canis für ihn!«

»Für sein Leben oder dafür, daß er nicht entflieht?« fragte Sejanus.

»Für beides.« Drusus wandte sich um und verließ mit seinem Gefolge das Schiff.

Sejanus und seine Männer folgten ihm mißmutig. Abermals waren sie unterlegen, und diesmal nur einem einzigen Barbaren. Sie sahen aus wie geprügelte Hunde. Allerdings wie Hunde, die begierig auf Rache waren.

»Flieh nicht, Cherusker!« sagte Canis zu Thorag in einem bittenden Ton. »Ich müßte dich sonst töten.« Es klang wie eine Feststellung, nicht wie eine Drohung. Sie legte nicht einmal demonstrativ die Hand auf den Dolchknauf an ihrer rechten Hüfte.

»Andernfalls ließe Drusus dich töten«, meinte Thorag.

»Er hat nicht gesagt, daß ich mit meinem Kopf für dich bürge.«

»Sejanus könnte es so auslegen.«

129

Canis lachte, und es gereichte ihrem sonst so ernsten Gesicht zum Vorteil. »Bei allen Göttern, die in Rom angebetet werden, da könntest du recht haben. Der Prätorianer haßt jeden, der ihn in seine Schranken weist. Sein Ehrgeiz kennt keine Grenzen. Ich würde mich nicht wundern, wenn er eines Tages die Toga des Princeps um seinen Leib wickelt.«

»Die trägt Tiberius.«

»Tiberius war schon alt, als er sie umlegte.«

»Dann käme Drusus an die Reihe. Oder Germanicus.«

»Drusus?« Canis schien zu überlegen. »Ich weiß nicht, ob seine Hand stark genug für Rom ist, dann schon eher die des Präfekten. Und Germanicus? Er durfte zwar im Triumph durch die Tiberstadt ziehen, aber man munkelt, du und Armin hättet ihm ganz gehörig was aufs Haupt gegeben. Es heißt, der Triumph sei nur der Honig gewesen, mit dem Tiberius seinem Adoptivsohn die Rückkehr aus Germanien versüßt hat.«

»Der Triumph!« Thorags Augen leuchteten, sein Geist war hellwach. »Warst du dabei?«

Canis nickte.

»Hast du meine Gemahlin gesehen – Auja? Und Thusnelda, die Gemahlin Armins?«

Wieder nickte die Jägerin. »Jeder sah sie, der dem sogenannten Triumph des Germanicus beiwohnte. Sie gehörten zu seinen stolz präsentierten Trophäen.«

»Geht es ihnen gut?«

»Damals sah es so aus. Wie es ihnen jetzt geht, weiß ich nicht.«

»Weißt du, wo sie sind?«

»Ich dürfte es dir nicht sagen, wenn ich es wüßte, Thorag. Aber da ich es wirklich nicht weiß, erübrigt sich die Diskussion darüber. Tiberius behandelt ihren Aufenthaltsort als Staatsgeheimnis. Er will verhindern, daß ihr seine Geiseln befreit.«

»Aber was nützen sie ihm?« fragte Thorag. »Armin wird den Krieg weiterführen, ob seine Gemahlin die Geisel der Römer ist oder nicht.«

»Und du, Thorag?«

»Darauf kommt es nicht an. Armin ist der Herzog der Cherusker.«

»Vielleicht wartet Tiberius auf eine Zeit, in der Armin diese Würde nicht mehr beanspruchen kann.«

Thorag blickte Canis forschend an. »Wie meinst du das?«

»Ich denke nur laut nach. Tiberius verfügt über Armins Gemahlin, seinen Sohn und seinen Schwiegervater Segestes. Daraus läßt sich viel machen, vielleicht ein neues Herrschergeschlecht.«

Thorag nickte und gab ihr recht. Canis war in vielerlei Beziehung eine außergewöhnliche Frau, auch was die Klugheit betraf.

Canis rief die beiden Wächter herbei und befahl: »Bringt den Cherusker in den eisernen Bärenkäfig! Daraus dürfte selbst der Donarsohn nicht entkommen können.«

Als sie das sagte, schenkte sie Thorag ein Lächeln, das er vergeblich zu deuten versuchte. Er wurde nicht klug aus der Frau. Wer war sie, so jung, so wild und scheinbar sehr einflußreich? Warum legte sie sich mit dem mächtigen Prätorianerpräfekten an, nur um das Leben eines Barbaren zu retten?

»Du kommst auch aus diesem Land, das die Römer Germanien nennen, nicht wahr?« fragte er Canis, als die Wächter ihn in einen starken Eisenkäfig schlossen.

Er unternahm keinen Fluchtversuch, weil durch den Aufruhr vorhin bestimmt noch das halbe Lager wach war. Er wäre nicht weit gekommen.

»Ich wurde im Reich Marbods geboren«, bestätigte Canis seine Vermutung. »Aber aufgewachsen bin ich in Rom. Ich war noch ein Kind, als mich Sklavenfänger dorthin verkauften.«

»Römische Sklavenfänger in Marbods Reich?« fragte Thorag ungläubig. »Ich dachte, der Kuning der Markomannen hält sich von den Römern fern.«

»Er läßt sich von ihnen nichts befehlen, gleichwohl treibt er Handel mit ihnen. Viele römische Kaufleute haben ihre Niederlassung in Marbods großer Flußstadt. Einige davon handeln mit Sklaven. Ob das mit Marbods Wissen oder gar seiner Billigung geschieht, weiß ich nicht. Es kann mir auch gleich sein. Das Schicksal hätte Schlimmeres mit mir anstellen können, als mich zu den Römern zu bringen. Der Mann, der mein Gebieter wurde, nahm mich zur Frau, in einem Alter, in dem andere Mädchen noch mit Puppen spielen. Ich war ihm trotzdem dankbar, denn ich lernte viel von ihm. Er liebte mich wirklich, so sehr, daß er mich auf jede Jagdexpedition mitnahm. Du mußt wissen, Thorag, daß Publius Gallus Asper der bedeutendste Tierfänger Roms war. Bei allen großen Tierhatzen in Rom beklatschte das Volk Tiere, die er gefangen hatte. Als der arme, liebe Gallus starb, vermachte er alles mir, der Freigelassenen aus dem Barbarenland. Ein harter Brocken für die eingebildeten römischen Matronen!«

Sie lachte. Es war so ansteckend, daß Thorag trotz seiner wenig freudigen Lage einstimmte.

»Du wirkst auf mich wie eine Raubkatze in Menschengestalt«, sagte er.

»Das hat Gallus auch zu mir gesagt.«

»Warum ruft man dich dann Canis – Hündin?«

»Oh, ich habe eine Vorliebe für Hunde. Sie lieben mich geradezu. So war es schon immer. Als Gallus das erkannte, vertraute er mir die Ausbildung seiner Jagdhunde an und nannte mich Canis. Frauen können gut mit Tieren umgehen, deshalb habe ich so viele in meinen Diensten. Frauen, meine ich.«

»Und was machst du jetzt hier, bei Drusus und Sejanus?«

»Ich nutzte meinen Einfluß, um sie auf ihrer Mission zu begleiten. Seit dem Aufstand gegen Varus haben die Römer nur noch selten Gelegenheit, in euren Urwäldern zu jagen. Germanische Tiere werden von den Zirkusdirektoren häufig besser bezahlt als Sklaven.«

»Du hast von einer Mission gesprochen. Was will der Sohn des Tiberius am Rhein?«

»Du horchst mich ja aus, Cherusker.« Sie sagte es nicht im Zorn, eher mit mildem Spott. »Ich darf dir nicht antworten, sonst läßt Sejanus mich als Hochverräterin einsperren. Auf so eine Gelegenheit wartet der Prätorianer nur.«

Canis wies die Wächter an, gut auf Thorag achtzugeben. Sollten sie ihn bewachen oder beschützen? Als Canis ihm eine gute Nacht wünschte, klang es nicht, als mache sie sich über

ihn lustig. Sie ging nicht wieder an Land, sondern suchte sich
einen Schlafplatz an Bord. Thorag blickte ihr nach, bis die
schlanke Gestalt hinter der dunklen Erhebung eines Deck-
aufbaus verschwand.

Er wurde nicht schlau aus der Jägerin. Sie hatte ihn überwältigt und gefangen. Er konnte ihr deshalb nicht böse sein,
obwohl viele Donarsöhne beim heutigen Kampf ihr Leben
gelassen hatten. Denn schon zweimal hatte Canis sein Leben
verteidigt.

Ein Geheimnis schien die Jägerin zu umgeben. Er wurde
das Gefühl nicht los, daß sie ihr eigenes Spiel spielte, jenseits
der von Drusus und Sejanus bestimmten Regeln. Sie schien
ein ganz besonderes Wild zu jagen, nicht nur die Tiere der germanischen Urwälder. Aber so sehr er auch darüber nachdachte, er kam nicht weiter. Bis er endlich einen unruhigen
Schlaf fand, kreisten seine Gedanken um Canis – die Jägerin.

Kapitel 9

Der Berserker

Armin hörte die Schreie, den Lärm – den Aufruhr, der über
die nächtliche Ruhe an den Heiligen Steinen hereingebrochen
war –, erst auf seinem Rückweg zum Hirschlager. Auf der
kleinen Lichtung hatte fast völlige Stille geherrscht. Als hätten die Bäume und Sträucher beschlossen, alle Unruhe zu verschlucken und von dem Cherusker fernzuhalten. Armin hatte
auf einem Felsen gesessen und lange über Astrids seltsame
Warnung nachgedacht. Jetzt, wo vor ihm die dunklen
Umrisse der Hütten auftauchten, kehrte auch das menschen-
geborene Gelärm zurück und umfing ihn mit der unwider-
stehlichen Macht eines Sturmwinds. Männer stürzten aus den
Hütten, bildeten Gruppen mit anderen, unterhielten sich laut
und erregt und liefen schließlich auf die Steinriesen zu, die
den ganzen Ort überragten und beherrschten.

Der Cheruskerherzog wollte sich einen der aufgeregten Männer greifen, um ihn auszufragen, als eine vertraute Stimme von hinten rief: »Da bist du ja, Fürst! Ich habe dich schon verzweifelt gesucht.«

Armin wandte sich um und erblickte im rötlichen Schein eines Lagerfeuers Ingwin. Das flackernde Licht ließ das entstellte Gesicht noch unmenschlicher, unheimlicher erscheinen. Wie die Fratze eines Dämons oder Nachtmahrs. Voller Mißtrauen, Verbitterung und Haß. Für einen winzigen Augenblick erschreckte der Anblick selbst einen so erfahrenen, abgebrühten Recken wie Armin.

»Was ist geschehen?« fragte der Herzog und hatte die düsteren Gedanken schon vergessen, die ihm bei Ingwins Auftauchen durch den Kopf geschossen waren.

»Ich weiß es nicht genau. Alle reden von einem großen Frevel, von einer Entweihung der heiligen Rosse.«

Ihre Blicke trafen sich, und beide dachten an dasselbe: an den Gottesentscheid.

»Hoffen wir, daß Isbert das Schlimmste verhindern konnte.« Mit diesen Worten setzte sich Armin in Bewegung, gefolgt von dem Kriegerführer.

Sie schlossen sich nicht den Hunderten von Kriegern an, die zu den Steinriesen rannten, sondern liefen zur Pferdeweide des Hirschlagers. Auf den nächtsbesten Tieren sprengten sie durch die Nacht und bahnten sich mit lauten Rufen einen Weg durch die Scharen der Cherusker. Je näher sie dem Eichenhain der heiligen Rosse kamen, desto schwerer wurde das Durchkommen. Erst als die Männer ihren Herzog erkannten, schufen sie für ihn und seinen Kriegerführer eine Gasse.

Die beiden Reiter passierten das geöffnete Tor zwischen den Felsen und drangen in den heiligen Hain ein. Auch hier hatte sich eine große Zahl von Kriegern versammelt und einen Kreis gebildet. Armin und Ingwin blickten auf dicht zusammengedrängte Rücken und Hinterköpfe.

»Was tut ihr hier, Cherusker?« rief Armin so laut, daß sich ihm mehrere Gesichter zuwandten. Gesichter, in denen Erschrecken stand, als hätten alle in finsterer Nacht Ingwins

Dämonenfratze erblickt. Nein, sagte sich Armin, nicht das, sondern etwas weitaus Schlimmeres.

Und dann fiel das Wort: »Berserker!«

Andere griffen es auf, trugen es weiter, voller Ehrfurcht – und Angst.

Die Cherusker hatten gegen die Römer gekämpft und gegen Verräter im eigenen Volk, hatten gegen manche Überzahl bestanden, aber selten hatte Armin solche Furcht in den Augen seiner Krieger gesehen. Als hätten sich sämtliche Kinder Lokis, die schrecklichen Untiere, zum Kampf gegen sie versammelt.

Dabei handelte es sich nur um einen einzigen Mann. Armin und Ingwin sahen es, als sie den Kreis der Krieger durchbrachen und ihre Pferde in der vordersten Reihe anhielten.

»Da ist er, der Schlächter!« sagte Eburwin, ein junger Edeling aus dem Ebergau, und zeigte mit ausgestrecktem Ger auf die blutüberströmte Gestalt inmitten des großen Kreises. »Der Mörder der heiligen Rosse!«

»Was hat er getan?« fragte Armin.

»Der Berserker hat die heiligen Rosse getötet, alle, ohne Ausnahme«, erklärte der Ebermann mit zitternder Stimme. »Und den Wächter der Rosse sowie einen Priester noch dazu!«

Armin hörte die Worte, verstand ihren Sinn – und weigerte sich doch, es zu glauben. Wie er sich auch gegen die Erkenntnis sträubte, wer der Schlächter, der Mörder, der Berserker war. Auch als Ingwin im atemlosen Erkennen den Namen aussprach, wollte Armin es nicht wahrhaben. Falls er von einem Mahr besessen war, der ihm diese schrecklichen Trugbilder vorgaukelte, bat Armin ihn, endlich aufzuhören mit dem grausamen Spiel. Aber das unheimliche Bild verschwand nicht, wich nicht dem befreienden Erwachen aus einem bösen Traum.

Der Berserker stand weiterhin in der Mitte des Kreises, bedroht von mehr als hundert Männern. Doch keiner wagte den Angriff auf das Wesen, das immer wieder ein tiefes, tierisches Gebrüll ausstieß. Es schien aus dem Innersten des Mannes zu kommen und klang wie Drohung und Qual, wie Vernichtung und Verzweiflung zugleich. Blutiger Schaum trat vor den Mund des Berserkers, floß an seinem Kinn hinunter, tropfte zu Boden. Ein neuer Schrei, lauter als alle vorhergehenden, und der blutige Mann hob sein blutiges Schwert.

»Er greift an«, stellte Armin fest und trieb auch schon sein Pferd an, ein kleines, kräftiges Germanentier. »Wir müssen ihn unschädlich machen, bevor er noch mehr Unheil anrichtet!«

Er lenkte den Braunen aus den Reihen der Krieger hinaus. Ingwin folgte ihm auf seinem etwas größeren Dunkelfuchs. Sie mußten die Pferde mit Gewalt auf den Berserker zuhalten. Die Tiere wollten scheuen. Sie spürten die Gefahr, das Unheimliche, das Unmenschliche – den Tod. Durch ihren feinen Geruchssinn nahmen sie den Blutgeruch, der die Nachtluft schwängerte, viel stärker wahr als die Menschen.

»Wir hätten nicht nur unsere Schwerter mitnehmen sollen«, rief Armin, als sie den Berserker umkreisten. »Zwei Reiter sind gegenüber einem gleichbewaffneten Berserker nicht unbedingt im Vorteil.«

»Wir konnten nicht ahnen, was uns erwartet«, erwiderte Ingwin und blickte in einer Mischung aus Vorsicht und Abscheu auf den blutigen Schlächter. »Vielleicht läßt er sich kampflos fangen, wenn er uns erkennt.«

Armin schüttelte den Kopf. »Nein, nicht wenn er im Berserkerrausch ist. Dann gibt es für Isbert keine Gefährten, keine Freunde mehr, nicht einmal einen klaren Gedanken.«

Isbert!

Der Eisenschmied war der Berserker, kein Zweifel. Unter der blutigen Kruste schimmerte sein pausbäckiges, sonst so fröhlich wirkendes Gesicht hindurch. Doch jede Lebensfreude und jedwede menschliche Lebendigkeit schien jetzt aus seinen Zügen gewichen. Sie wirkten verhärtet, starr, fast wie aus Stein. Aus den sonst so listig-lustigen Äuglein Isberts glühte der Wunsch zu töten. Die aufgeworfenen Lippen waren zerbissen, als genüge dem Berserker nicht das Blut von den Menschen und Tieren, die er getötet hatte. Im unersättlichen Blutdurst schien er sogar den eigenen Lebenssaft gekostet zu haben. Noch immer rann das Blut aus den zerfetzten

Lippen und vermischte sich mit dem Schaum, den die Raserei in heftigen Schüben aus dem zuckenden, schreienden Maul warf.

Ingwins Dunkelfuchs schnaubte und wieherte aus Angst vor dem brüllenden Berserker. Statt gegen Isbert mußte der Kriegerführer gegen sein Pferd kämpfen und konnte das hektisch hin und her tänzelnde Tier nur mit Mühe im Zaum halten. Er brauchte dazu beide Hände und konnte sein Schwert nicht ziehen, schien dem anstürmenden Berserker, der seine blutige Klinge über dem Haupt schwang, hilflos ausgeliefert.

Armin hatte seinen Braunen besser im Griff und trieb ihn zwischen Ingwin und Isbert. Das Tier streifte im vollen Lauf den Berserker und schleuderte ihn nach hinten. Isbert ging zu Boden und überschlug sich, war aber gleich darauf wieder auf den Beinen, spürte weder Schock noch Schmerz.

Ein wahrer Berserker! dachte Armin und fragte sich, was den treuen Waffengefährten in den unmenschlichen Blutrausch versetzt hatte. Für eine Antwort fehlten ihm Anhaltspunkte und Zeit, denn schon stürmte das Untier in Menschengestalt wieder vor. Und diesmal zielte die Blutklinge auf den Herzog.

Armin ritt ihm entgegen, um den Schwung des Braunen zu seiner eigenen Kraft zu machen. In der Linken hielt er die Zügel, in der Rechten schwang er sein Schwert. Der Berserker war fast heran. Seine aufgerissenen Augen brannten vor Blutgier und wirkten doch wie tot, jenseits aller Erkenntnis.

Stahl traf auf Stahl, und winzige Funken sprühten in die Nacht. Isberts Schlag war so fest, daß ein stechender Schmerz durch Armins Waffenarm fuhr. Am schlimmsten war es in der Hand. Wie gelähmt war sie. Die Finger gehorchten nicht länger, ließen den Schwertknauf los. Und Armins Schwert fiel zu Boden.

Dann war sein Brauner an Isbert vorbei. Das Pferd lief weiter, fast noch schneller als zuvor, schien froh, Abstand zu dem Berserker zu gewinnen. Armin riß das Tier mit Mühe herum. Allmählich kehrten Gefühl und Kraft in seinen rechten Arm zurück. Er hielt Ausschau nach seinem Schwert. Es lag im zertrampelten Gras. Zu weit entfernt. Isbert, der schon einen neuen Angriff auf Armin unternahm, befand sich zwischen dem Herzog und seiner Waffe. Jetzt hatte der Hirschfürst nur noch seinen Dolch.

Schneller als Isbert war Ingwin. Er traute seinem Pferd nicht und versuchte erst gar nicht, es zu einer direkten Konfrontation mit dem Berserker zu zwingen. Als der Dunkelfuchs auf einer Höhe mit Isbert war, schnellte sich der Kriegerführer von dem nackten Pferderücken und riß den Eisenschmied mit sich zu Boden. Das ledige Pferd galoppierte mit erleichtertem Gewieher davon und verschwand zwischen den breiten Stämmen der alten Eichen.

Armin riß die Zügel des Braunen zurück und sprang ebenfalls vom Rücken seines Tiers. Isbert und Ingwin bildeten ein keuchendes, über den Boden rollendes, ineinander verschlungenes Knäuel. Vom Pferd aus hätte Armin seinem Kriegerführer nicht beistehen können.

Er schien gerade noch rechtzeitig zu kommen. Der Berserker hatte die Oberhand gewonnen, hockte auf Ingwin und wollte mit einem Schwerthieb dessen Schädel spalten. Armin riß den Dolch aus der Scheide und jagte die Klinge durch Isberts Oberarm. Bis zum Heft fuhr der Dolch ins Fleisch, und die blutige Klinge drang an der anderen Seite wieder ins Freie.

Einen anderen Krieger hätte dieser Stich handlungsunfähig gemacht. Aber der Berserker führte den Schwerthieb aus – mit dem Dolch in seinem Fleisch. Die Waffe wurde Armin einfach aus der Hand gerissen.

Immerhin hatte er Isberts Waffenarm so weit beeinträchtigt, daß Ingwin Zeit hatte, seinen Kopf wegzuziehen. Isberts Klinge fraß Erde und Gras.

Der Berserker stieß einen Wutschrei aus, besudelte den unter ihm liegenden Kriegerführer mit Blut und Schaum. Und – Armin glaubte es kaum – holte mit dem verletzten Arm schon zum nächsten Schwerthieb aus.

Armin griff nach einem Steinbrocken, der neben ihm im Gras lag, und hob ihn hoch. Er war schwer und groß, nur mit beiden Händen zu halten. Es gab ein häßliches Knacken, als der Stein Isberts Hinterkopf traf.

Wieder fuhr der dolchdurchbohrte Schwertarm nieder,

doch diesmal noch weiter von Ingwins Kopf entfernt. Der Oberkörper des Berserkers folgte seiner Waffe, lag reglos im Gras, blutig. Blut trat auch aus der großen Wunde am Hinterkopf aus und klebte an dem Stein, den Armin jetzt achtlos fallen ließ.

Armin half Ingwin unter dem erschlafften Berserker hervor. Als der Kriegerführer sich aufrichtete, waren seine Beine wacklig. Er brachte ein paar abgehackte Dankesworte hervor.

»Ich tat für dich, was du auch für mich getan hast«, beschied ihn Armin knapp und wandte sich an die jetzt heranstürmende Meute, die schon ihre Schwerter, Äxte und Speere erhob, um den gefällten Berserker zu zerstückeln. »Haltet ein, Männer!« Er zeigte auf den reglosen Waffenschmied. »Dieser Mann ist aus meinem Gau, aus meiner Kriegergefolgschaft.«

Wütende, verständnislose Blicke trafen den Herzog. Es schien, als habe er seinen Einfluß auf die Cherusker verloren.

»Er ist ein Berserker!« fauchte Eburwin und hob seinen Ger zum Stoß gegen Isbert. »Er ist kein Mensch mehr, sondern ein Bluttrinker. Nur der Tod kann seine Raserei beenden!«

Der Edeling aus dem Ebergau wollte zustoßen und die eiserne Gerspitze durch Isberts Herz rammen. Armin sprang herbei, packte den hölzernen Schaft der Waffe, riß sie dem Ebermann aus den Händen und zerbrach das Holz an seinem hochgerissenen Knie.

Er schleuderte die Gerhälften vor die Füße der Meute und rief: »Isberts Raserei ist schon beendet, sein Tod ist unnütz. Schafft lieber starke Stricke und Riemen herbei, um den Mann zu binden, bis seine Berserkerwut den Körper vollends verlassen hat!«

Ein Teil der Cherusker wollte sich Armins Befehl nicht fügen. Die Angst vor dem Berserker und der Zorn über seine Bluttat hatten sie innerlich aufgewühlt. Da stellte sich Ingwin mit gezogenem Schwert neben Armin, dann immer mehr Hirschkrieger. Schließlich eilten Cherusker mit Stricken herbei und fesselten Isbert. Er lebte, hatte allerdings durch die Kopfwunde viel Blut verloren. Armin sorgte dafür, daß die Wunde verbunden wurde.

»Du kümmerst dich rührend um den Mörder, Armin«, sagte ein kräftiger graubärtiger Mann, der mit seiner Gefolgschaft herangetreten war. »Liegt dir mehr an ihm als an den geschlachteten heiligen Rossen, als an dem zerstückelten Wächter und dem enthaupteten Priester?«

Armin erwiderte den strengen Blick des Stierfürsten. »Ihnen kann ich nicht mehr helfen, Frowin, Isbert aber schon.«

Frowin strich durch seinen Bart und nickte bedächtig, daß es wie ein Ausdruck von Verständnis wirkte. »Zweifellos liegt dir mehr an ihm als an den Gemordeten.« Es wirkte leichthin gesagt, aber in den Worten schwang ein bedeutungsvoller Unterton mit, der erkennen ließ, daß dieser kurze Satz viel mehr beinhaltete: einen Vorwurf – eine Anklage.

Ein anderer Mann, ebenfalls graubärtig, trat vor: der Ewart Gandulf, im Gefolge weitere Priester und Priesterinnen. Hinter ihnen erschienen Inguiomar und die übrigen Gaufürsten.

Gandulf wandte sich an Frowin: »Ich habe deine Worte gehört, Stierfürst. Was willst du mit ihnen sagen?«

»Ich will nur darauf hinweisen, daß Isbert einer der engsten Gefolgsleute Armins ist. Und aus dem Tod der heiligen Rosse zieht Armin den Vorteil, sich nicht dem Entscheid der Götter stellen zu müssen!«

Armins Blick wanderte von Frowin zu Inguiomar, während er antwortete: »Für wen dies ein Vorteil ist, ist nicht erwiesen.« Er sah wieder den Stierfürsten an. »Daß Isbert zu meinen besten Kriegern gehört, ist kein Geheimnis. Auf was willst du hinaus, Frowin?«

»Vielleicht hat Isbert sich nicht allein in die Berserkerwut versetzt«, erwiderte Frowin. Es klang mehrdeutig, doch jeder Zuhörer spürte, wie es gemeint war. Der anklagende Blick des Stierfürsten, unverwandt auf Armin gerichtet, war eine deutlichere Sprache als die seiner Worte. Nach einer kurzen Pause, die seinen Worten nur noch mehr Wirkung verlieh, fügte Frowin hinzu: »Vielleicht hat ihn jemand zu seiner Bluttat angestiftet. Wenn ja, war es wohl jemand, der ihm nahesteht.«

»Oder ihm nahestand«, versetzte Ingwin grimmig und zeigte mit seiner Schwertspitze auf den Stierfürsten. »Er war mal dein Lehrling, Schmied Frowin!«

Erregtes Gemurmel breitete sich aus. Die Cherusker schienen sich abermals in zwei Lager zu spalten. Die einen hielten zu ihrem Herzog Armin, die anderen wurden von Frowins Mißtrauen angesteckt.

»Haltlose Vorwürfe bringen uns nicht weiter«, sagte Gandulf laut, und die Menge beruhigte sich ein wenig. »Wer einen bestimmten Verdacht, einen konkreten Vorwurf vorzubringen hat, soll dies tun. Die Klatschmäuler unter euch aber sollten besser schweigen!«

»Ich habe meinen Verdacht bereits ausgesprochen«, meinte Frowin laut und sah in die Runde, dann auf den Oberpriester. »Deutlich genug!«

»Ich habe jemanden, der meine Unschuld bezeugen kann«, entgegnete Armin. »Jemand, der mich vor einer Gefahr gewarnt hatte. Eine Gefahr, die mit einem schrecklichen Bären zusammenhängt. Ich wußte allerdings nicht, daß ein Berserker gemeint war und daß diese Gefahr so schnell eintreten würde.«

»Wer ist es?« fragte Frowin. »Wohl ein anderer deiner Krieger, Ingwin vielleicht?«

»Nein, es ist eine Priesterin der Heiligen Steine: Astrid.«

Gandulf sah beeindruckt aus. »Wenn eine Priesterin für dich bürgt, Armin, kann Frowins Vorwurf dich nicht treffen.«

Laut rief der Ewart Astrids Namen und forderte die junge Priesterin auf vorzutreten. Aber sie fand sich nicht unter den im Eichenhain zusammengeströmten Menschen. Gandulf schickte einen Priestergehilfen zu ihrer Hütte. Während der Jüngling davontrabte, trugen andere Priesterhelfer den zusammengeschnürten und darob bewegungsunfähigen Berserker auf einer Bahre aus Flechtwerk weg. Gandulf wollte ihn in seine Obhut nehmen.

Der Bote kehrte zurück, außer Atem, mit gerötetem Gesicht und keuchte: »Die Hütte ist leer. Astrid ist weg. Ihr muß etwas zugestoßen sein!«

»Wie kommst du darauf?« fragte Gandulf.

»In der Hütte ist alles durcheinander. Und auf dem Boden klebt eine Blutlache!«

Bedeutungsvolle Blicke machten die Runde, stumme Verdächtigungen.

»Sehen wir selbst nach!« schlug Inguiomar vor. »Die Gaufürsten und die Priester.«

Sie gingen eilig ins Dorf der Priester und blieben vor der kleinen Hütte stehen. Die Tür stand offen, und drinnen brannte eine Talgkerze, die auf einem kleinen Tisch vor einer Eckbank stand. Auf dem Boden lag zerstreuter Hausrat, zerbrochene Schalen und Becher.

»Sieht aus wie nach einem Kampf«, stellte Armin fest. »Wer immer hier war, Astrid muß sich verzweifelt gegen ihn gewehrt haben.«

Frowin warf ihm einen langen Blick zu und knurrte: »Ja, wer immer hier war!«

Der junge Priesterhelfer, der sie benachrichtigt hatte, zeigte auf eine handtellergroße Blutlache am Boden.

Gandulf bückte sich und streckte einen Finger aus, stellte fest, daß das Blut bereits getrocknet war. Als er sich wieder aufrichten wollte, stutzte er und blickte unter die Eckbank. »Da liegt etwas!«

Er wies den schlanken Jüngling an, den kleinen, schimmernden Gegenstand unter der hölzernen Bank hervorzuholen. Es war eine Silberfibel mit ein paar roten Flecken.

»Ebenfalls getrocknetes Blut«, erkannte Gandulf. »Ein Hirschkopf aus Silber, wie ihn die Edelinge aus deinem Gau tragen, Armin.« Während er sprach, fiel sein Blick auf die Fibel, die Armins Umhang zusammenhielt. Sie war aus Gold, war der in Astrids Hütte gefundenen sonst aber sehr ähnlich. »Ich fürchte, der Verdacht gegen dich verdichtet sich, Hirschfürst!«

»Ein Verdacht ist noch kein Beweis«, wandte Inguiomar ein. »Ich schlage vor, daß Armin sich in die Obhut der Priester begibt, bis der Berserker wieder bei Sinnen ist. Dann wird sich die Wahrheit herausstellen!«

Armin war überrascht, daß ausgerechnet Inguiomar für ihn eintrat. Täuschte sich Armin, oder bemerkte er in den Augen seines Oheims das kurze Aufblitzen eines stillen Triumphes? Plötzlich hatte Armin das Gefühl, in eine Falle zu tappen, wenn er auf Inguiomars Vorschlag einging. Aber er sah keine andere Möglichkeit, nicht noch größeren Verdacht auf sich zu ziehen. Wie auch immer die Falle geartet war, die Armin witterte, es schien aus ihr kein Entrinnen zu geben.

Oder doch? War Isberts Erwachen nicht eine wirkliche Hoffnung? Ja, *falls* er erwachte.

»Ich bin einverstanden«, verkündete Armin mit einem schweren Seufzer. »Unter einer Bedingung: Ingwin darf sich zu den Männern gesellen, die auf Isbert achtgeben.«

»Warum nicht«, meinte Gandulf.

Auch Inguiomar und Frowin zeigten sich einverstanden, was Armin sehr beunruhigte. Aber es gab für ihn kein Zurück mehr. Was, erzählten doch die Römer, hatte Gaius Julius Caesar beim Überqueren des Rubicons gesagt: ›*Alea iacta est!* – Der Würfel ist gefallen!‹

Kapitel 10

Die Tränen der Götter

Die Götter weinten, als die vier Römerschiffe das Oppidum Ubiorum erreichten. Es war erst früher Nachmittag, doch düster wie in weit fortgeschrittener Abenddämmerung. Große Wolkenbänke, mehr schwarz als grau, beherrschten den Himmel und verschluckten in gnadenloser Gier jeden Sonnenstrahl. Dick und schwer klatschten die Tränen der Götter in den Fluß, auf die Planken der Schiffe, auf die Wälle aus Erdreich, Holz und Gestein rund um die Ubierstadt und auf die römisch-germanische Ansiedlung selbst, machten keinen Unterschied zwischen den prunkvollen Villen hoher römischer Offiziere und Verwaltungsbeamter und den eher schlichten Häusern ubischer Händler und Handwerker.

Gleichwohl fragte sich Thorag, ob es die Götter der Römer oder die seines eigenen Volkes waren, die sich in tiefer Trauer ergingen. Weinten Jupiter, Mars und Fortuna wegen des verlorenen Schiffes und der getöteten Römer? Oder trauerten Wodan, Donar und Tiu um das Scheitern der Cherusker? Flossen die Tränen des Donnergottes aus Zorn über die Gefangennahme seines Abkömmlings?

Canis' Jäger hatten Thorag und seinem zusammengeschmolzenen Trupp keine Gelegenheit zur Flucht gegeben. Während der ganzen Nacht wachten sie über die Gefangenen und auch am Tag, der die kleine Flotte schon beim ersten Morgengrauen auf dem Rhein sah. Die Römer hatten es sehr eilig, die Ubierstadt zu erreichen, fürchteten wohl einen neuen Überfall. Hätte Thorag etwas daran gelegen, hätte er sie beruhigen können. Er erwartete keine Verstärkung, keine Unterstützung. Die Cherusker waren zu weit entfernt, lagerten an den Heiligen Steinen, um über ihr Schicksal zu entscheiden.

Thorag war ganz auf sich allein gestellt. Das Tier, als das ihn die Römer behandelten, mußte aus eigener Kraft aus dem Käfig entkommen, in den der Donarsohn noch immer eingesperrt war. Niemand würde ihm zu Hilfe kommen.

Wirklich nicht?

Sein Blick wanderte durch die eisernen Gitterstäbe zum Bug der Bireme. Dort stand Canis, wandte ihm den Rücken zu und blickte der Ubierstadt entgegen. Sie suchte keinen Schutz vor dem Regen, stand aufrecht an der Backbordreling und trug nur ihre dünne Tunika, um die Hüften den breiten Ledergürtel mit dem gekrümmten Dolch und um die schmalen Füße die kniehohen Lederstiefel. Längst hatte der Regen die Tunika durchnäßt, und der dünne Wollstoff klebte am schlanken Leib der Jägerin. Es sah aus, als sei sie nackt – was kein ganz irreführender Eindruck war. Die vom Regen fast durchsichtige Tunika enthüllte, daß Canis nichts darunter trug, weder einen Schurz um die Hüfte noch die von den Römerinnen gemeinhin benutzte Brustbinde. Letztere war bei ihrer mädchenhaften Figur wohl kaum vonnöten. Doch jetzt lag die triefendnasse Tunika so eng an ihrer Haut, daß Thorag die winzigen Hügel zu sehen glaubte, als Canis sich leicht zur Seite drehte.

Er ertappte sich dabei, wie er in ihr nicht nur die rätselhafte Jägerin sah, die Verbündete Roms, sondern eine zwar sehr junge, aber gleichwohl äußerst begehrenswerte Frau. Zwei lange Winter und Sommer war Thorag jetzt schon ohne seine geliebte Auja – ohne Frau.

Waren es diese natürlichen Gefühle eines Mannes, die in ihm den Eindruck hervorriefen, Canis sei in Wahrheit keine Feindin? Glaubte er es nur, weil er es glauben wollte? Er fand seine Gedanken ebenso verwirrend wie seine Gefühle für Canis, die ihn verfolgt und gefangen, die ihn aber auch vor dem Tod bewahrt hatte.

Sie wandte den Kopf nach hinten, und ihre Blicke trafen sich. Er las in ihren Raubtieraugen Interesse. Interesse an Thorag. Aber rätselhaft wie die ganze Frau blieb der Grund dafür. Er mußte sich zwingen, die Augen nicht niederzuschlagen. Scham darüber, von dieser jungen Frau überwältigt und wie ein Tier eingesperrt worden zu sein, wollte ihn überkommen. Deshalb empfand er es als Erleichterung, als Canis wieder nach vorn sah, wo die Trireme *Pax* als erstes der vier Schiffe in den Hafen der Ubierstadt einlief.

Die Riemenschläge folgten einem langsamen Takt, während die Galeere zwischen dem großen steinernen Wachturm an Backbord und der langgestreckten Rheininsel an Steuerbord hindurchglitt. Alles ging sehr bedachtsam vor sich, denn der Rhein war hier wegen zahlreicher Untiefen und Strudel für große Schiffe tückisch. Der *Pax* folgte die Trireme *Augusta* mit Drusus Caesar, Sejanus und Favonius an Bord. Die Römer waren aus ihrem Schaden klüger geworden und hatten, um einem weiteren Überfall vorzubeugen, beschlossen, daß der Imperator nicht an Bord des anführenden Schiffes gehen sollte. Als nächstes Schiff steuerte die *Vesta* mit Canis und den Gefangenen den Hafen an. Die Bireme *Isis* mit den berittenen Prätorianern an Bord bildete die Nachhut.

Schlimmer als den Regen, der in den Käfig spritzte, empfand Thorag die Flut der Erinnerungen, die ihn angesichts der Ubierstadt überschwemmte. Erinnerungen an die Zeit vor der Schlacht im Teutoburger Wald, als er mit Armin ins Land der Cherusker heimgekehrt war. Damals hatten sie noch auf seiten der Römer gekämpft, als Verbündete, eher Untergebene, der jetzigen Feinde. Und Thorag, im eigenen Stamm als

145

Römling angefeindet, war ins Oppidum Ubiorum gekommen und als Soldat in den Dienst des Varus getreten. Eine schöne Erinnerung aus dieser Zeit war die Römerin Flaminia, die er geliebt hatte. Eine Liebe, die von vornherein zum Scheitern verurteilt gewesen war, dazu, zwischen den widerstreitenden Interessen von Römern und Germanen zerrieben zu werden. Varus mißbrauchte Thorags Vertrauen, machte den Cherusker zum Spielball seiner Intrigen, ließ ihn öffentlich auspeitschen und als Todgeweihten ins Amphitheater bringen. Thorag war aus der Ubierstadt geflohen, zusammen mit Thidrik, der sein erbitterter Feind gewesen und sein enger Freund geworden war. Der treue Thidrik war tot, ebenso die schöne Flaminia und der verhaßte Varus. Alle waren gewaltsam gestorben, Opfer des Hasses geworden, der Römer und Germanen entzweite. Nur die Erinnerungen starben nicht.

Seit damals hatte Thorag die Ubierstadt nicht mehr betreten. Sie hatte sich nur wenig verändert. Die Befestigungen waren ausgebaut und verstärkt worden. Und es gab mehr Truppenlager, seit feststand, daß hier nicht der Mittelpunkt der römischen Provinz Germania lag, sondern ein Bollwerk an der Grenze zum Feindesland. Vielleicht war das der Grund, weshalb die Römer die Brücke abgebrochen hatten, über die Thorag damals den Rhein überquert hatte. Kein einziger aus dem Fluß ragender Pfeiler erinnerte mehr an sie. Es gab keine Brücken mehr, über die angreifende Feinde in die Ubierstadt hätten strömen können, nur noch Fähren, wenn die Römer Patrouillen zum rechten Rheinufer übersetzten. Dies war vielleicht das am deutlichsten sichtbare Zeichen dafür, wie sich die Verhältnisse seit dem Sieg über Varus gewandelt hatten.

Eine solche Fähre, ein breitbäuchiges Rundschiff, setzte gerade vom rechten Flußufer über. Zusätzlich zu den Riemen benutzte die Besatzung lange Staken, damit das Fährboot nicht von der Strömung abgetrieben wurde. Thorag sah die Leiber und Köpfe von Soldaten und Pferden hinter der niedrigen Reling. Offenbar kehrte ein berittener Spähtrupp in die Ubierstadt zurück. An Bord der Fähre war man längst auf die ankommenden Schiffe aufmerksam geworden. Die Soldaten und die Matrosen spähten neugierig zu den Kriegsschiffen herüber. Mehr sah Thorag nicht von ihnen. Die vor dem Hafen liegende Insel, die teils mit Befestigungs- und teils mit Hafenanlagen bebaut und offenbar Anlaufpunkt der Fähre war, füllte das Blickfeld aus.

Heisere Befehle mischten sich in das unablässige Trommeln des Regens. Trierarchen, Steuerer, Rojermeister und Lotsen riefen ihre Kommandos für das Anlegemanöver. Was wie ein allgemeines Chaos klang, war in Wahrheit tausendmal geübte Routine. Jedes Besatzungsmitglied wußte, auf wessen Rufe zu achten war. Im Vergleich zu dem schnellen Rudertakt, der die Schiffe den ganzen Tag über den Rhein hinabgetrieben hatte, tauchten die Riemen jetzt quälend langsam in das aufgewühlte, brackige Hafenwasser. Die schweren Holzleiber der Galeeren drehten sich, bis jedes Schiff mit dem Heck zum großen Kai zeigte. Ein neuer Befehl der vier Rojermeister auf den vier Schiffen. Die Männer auf den Rojerbänken zogen nicht länger an den Riemen, sondern stießen sie in entgegengesetzter Richtung durchs Wasser. Und die Schiffe fuhren langsam rückwärts, schoben sich an den steinernen Kai heran. Trierarchen und Lotsen beäugten achtsam die kleiner werdenden Abstände. Matrosen eilten nach achtern und warfen die sandgefüllten Prellsäcke über die Bordwände. Erneute Rufe der Rojermeister, und die Rojer zogen die Riemen ein. Dicke Festmachleinen, an deren Enden zur Beschwerung mit Kieselsteinen gefüllte Ledersäckchen gebunden waren, flogen von den Schiffen an Land, wurden von geschickten Händen aufgefangen und nach dem Abbinden der Ledersäckchen durch die horizontalen Löcher in den Kragsteinen gezogen und festgezurrt. Die hölzernen Anker sausten an dicken Leinen in die Tiefe, durchschlugen das Wasser und gruben ihre Arme dank der schweren bleiernen Ankerstöcke fest in den Grund des Rheins. Die vier Schiffe lagen am Kai, in gleichen Abständen eins neben dem anderen, schaukelten nur leicht im unruhigen Hafenwasser.

Thorag konnte nicht umhin, die Präzision der Römer zu bewundern. Dank ihrer Disziplin und Klugheit handhaben sie die großen Galeeren mit einer Leichtigkeit, als seien es nur handgroße Modellschiffe, Spielzeuge, die von Kinderhand durch das Impluvium eines Römerhauses geführt wurden.

Die breiten, massiven Holzbretter der Laufstege wurden von den Matrosen an Land geschoben, wo Aussparungen im Steinboden den Brettern festen Halt gaben. Matrosen und Soldaten liefen kreuz und quer, und einige gingen über die Laufstege auf den Kai. Wieder war es nur ein scheinbares Durcheinander. In Wahrheit wußte jeder, was er tat.

Auf dem von Lagerhäusern mit runden Torbögen gesäumten Kai ging es nicht weniger lebhaft zu. Zwischen Kisten, Säcken, Fässern, Amphoren, Taurollen und Transportrollen aus zerschnittenen, geglätteten Baumstämmen sprangen Römer und Ubier umher, aufgescheucht vom Eintreffen des hochstehenden Besuches. Die Begeisterung verwandelte sich in Betroffenheit, als Verwundete und Tote von Bord getragen wurden.

Angesichts der Gefallenen verzichtete Drusus Caesar auf jede Feierlichkeit. Ohne Fanfarenklang verließ er die Galeere, den Kopf im kapuzenartigen Überwurf seines Purpurmantels verborgen. Es mochte zum Schutz gegen den Regen geschehen, aber auch zum Schutz gegen die Schande, ein großes Kriegsschiff und so viele Männer an die vielgeschmähten Barbaren verloren zu haben. Als die eilig zusammengeströmte Menge ihn erkannte und den Sohn des Tiberius mit Jubelrufen begrüßte, war er, begleitet und beschirmt von einer Abteilung Prätorianer, fast schon in einer Arkade verschwunden. Er blieb nur kurz stehen, winkte einmal in einer mißglückten Geste, einer fast schon komischen Mischung aus Huld und Peinlichkeit, und tauchte dann in den Schatten der steinernen Bogenreihe ein. Sejanus, der ihn begleitete, schüttelte in stiller Verzweiflung den Kopf, bevor auch er in der düsteren Arkade verschwand.

Ein Trupp von acht Prätorianern, angeführt von einem Zenturio, marschierte an Bord der *Vesta*. Thorag erkannte den Mann, dem er am Abend die Füße in den Magen gerammt hatte. Der Offizier hatte Schmerz und Schmach offenbar nicht vergessen. Bevor er sich an Canis wandte, sandte er einen feindseligen Blick in Thorags Richtung. Der Haß verschwand aus den Augen des Römers und machte unverhohlener Begierde Platz, als er unter der nassen Tunika den schönen Leib der Jägerin erblickte.

Obwohl Thorag das Verlangen des Prätorianers nachempfinden konnte, verübelte er es ihm. Der Donarsohn fühlte Eifersucht.

Der Zenturio und Canis sprachen kurz miteinander, dann rief die Jägerin ihren Leuten einige Anweisungen zu. Augenblicklich begannen die Männer und Frauen der Jägerin, unterstützt von den Matrosen, die Käfige mit den Gefangenen zum Abtransport vorzubereiten. Die großen Käfige wurden angehoben und Tragbahren unter sie geschoben. Bei den kleineren, auch bei Thorags Käfig, genügte eine massive Stange, die durch Ringe an der Dachplatte geschoben wurde. Als sich vier kräftige Männer anschickten, Thorags Käfig zu schultern, rief er laut den Namen der Jägerin.

Gefolgt von dem Zenturio, trat Canis heran. Mit unbewegtem Gesicht fragte sie, was Thorag wolle.

Es war verrückt, aber trotz seiner bedrückenden, beschämenden Lage beanspruchte die Schönheit der jungen Frau Thorags Aufmerksamkeit. Ihre geschmeidigen Formen; die gebräunte Haut, auf denen die perlenden Regentropfen wie kostbarer Schmuck wirkten; die großen Smaragdaugen, die traurig, fordernd und geheimnisvoll zugleich blickten – all das weckte sein Verlangen. Canis war ein Rätsel, das er ergründen, und eine Frucht, die er pflücken wollte. Gewaltsam mußte er seine Augen von ihrem Körper losreißen. Dabei bemerkte er ein leichtes Zucken ihrer Mundwinkel, wie Spott, als habe sie erkannt, was ihn bewegte.

»Schafft uns nicht von Bord wie Tiere!« sagte Thorag, und das Bitten fiel ihm schwer. »Wir haben gekämpft wie Männer, wie es Kriegern gebührt. Haben wir verdient, in Käfigen zu hocken, den glotzenden Blicken der Ubier ausgesetzt?«

Der Zenturio trat einen Schritt näher und sagte hart: »Ihr seid nichts weiter als Tiere, wilde Tiere, und die gehören in Käfige gesperrt! Wie heimtückische Bestien habt ihr unsere Schiffe überfallen. Wie ein tollwütiger Hund hast du dich gestern abend aufgeführt, Barbar!« In dem letzten Wort lag

149

alle Verachtung, zu der ein Römer fähig war, und das war nicht wenig.

»Die Wahrheit ist, daß wir eine Übermacht bekämpft und besiegt haben«, erwiderte Thorag. »Und daß ich gestern von dir, Sejanus und den anderen ermordet worden wäre, hätte ich mich nicht gewehrt wie ein wildes Tier!«

»Ich streite mich nicht mit einem Barbaren«, sagte der Prätorianer verächtlich.

Thorag ahmte seinen Tonfall nach: »Und ich mich nicht mit einem Mann, dessen Namen ich nicht kenne.«

Der Römer warf sich in die Brust, daß sein Kettenpanzer leise klirrte. »Ich bin Secundus Pollius Vorenus, Zenturio bei den Prätorianern!«

»Jetzt weiß ich es«, seufzte Thorag und ließ seine Worte bewußt gelangweilt klingen. »Aber es erhöht nicht meine Achtung vor dir, Römer. Dem Ersten zolle ich Achtung, nicht dem Zweiten, Secundus.«

Ein Speer, hätte Thorag einen besessen, hätte den Römer nicht schmerzhafter treffen können als dieses Wortspiel. Ein Zittern durchlief den sehnigen Körper, und die gefärbten Pferdehaare auf dem Helm tanzten. Thorag sah dem Zenturio an, daß er sich am liebsten ohne Umschweife auf den Gefangenen gestürzt hätte. Aber daran hinderten ihn die Gitterstäbe, Canis und die Würde, die der Offizier sich zuschrieb. Sie war aber nicht so hoch angesetzt, daß Secundus Pollius Vorenus es unterlassen hätte, dem Cherusker ins Gesicht zu speien.

Thorag wischte sein Gesicht mit einem Zipfel seines zerrissenen Hemds ab und sagte lächelnd: »Nun, Zenturio, wer benimmt sich wie ein Tier?«

Abermals führte die Helmzier des Prätorianers einen wütenden Tanz auf.

»Männer werden niemals aufhören, sich wie Kinder zu benehmen«, sagte Canis mit leichtem Kopfschütteln. Sie rief ihren Leuten zu, die Käfige nicht an Land zu tragen. »Wir lassen die Gefangenen heraus, damit sie auf ihren eigenen Beinen laufen können, wie es sich für tapfere Krieger gehört. Da sie aber nicht nur tapfere, sondern auch starke und gerissene

Krieger sind, binden wir vorsichtshalber allen die Arme auf den Rücken.«

»Das kann ich nicht zulassen!« entfuhr es dem empörten Zenturio.

»Nicht, Pollius Vorenus?« fragte Canis. »Willst du etwa die Verantwortung übernehmen?«

»Ich? Wofür?« stammelte der verwirrte Offizier.

»Wenn du nicht zulassen kannst, daß den Gefangenen die Arme auf den Rücken gebunden werden, solltest du dafür geradestehen, wenn sie fliehen.«

Die Jägerin sprach mit solchem Ernst, daß der Zenturio eine ganze Weile benötigte, bis er begriff, das Objekt ihres Spottes zu sein. Entweder war er nicht gewillt oder geistig nicht fähig – Thorag vermutete letzteres –, ihr auf gleicher Ebene zu begegnen. In drohender Geste legte er die Rechte auf den silberbeschlagenen Schwertknauf und schnarrte im Befehlston: »Canis, ich untersage dir, die Barbaren aus den Käfigen zu lassen!«

Der Ernst, der bislang auf den Zügen der Jägerin gelegen hatte, verwandelte sich binnen eines Augenblicks in laute, spöttische Heiterkeit. Ihr helles Lachen fiel über den Zenturio wie ein Kübel Unrat. Übergangslos fragte sie: »Seit wann dienen Frauen in der Prätorianergarde, Pollius Vorenus?«

Der Zenturio verstand sie nicht, sah sie nur mit zerfurchter Stirn an.

»Ich bin keiner deiner Soldaten«, wurde Canis deutlicher. »Ich unterstehe nicht deiner Befehlsgewalt – nicht der deinen, nicht der von Favonius und auch nicht der von Sejanus. Wann werdet ihr sturen Kommißköpfe das endlich begreifen?«

Mit rot angelaufenem Gesicht erwiderte Pollius Vorenus: »Ich bin für die Gefangenen verantwortlich! Das ist der Befehl des Präfekten, und *ich* bin verpflichtet, ihm zu gehorchen.«

»Das ist dein Pech«, blieb Canis hart. »Denn es sind meine Gefangenen, wie Drusus Caesar festgestellt hat.«

»Jetzt nicht mehr!« rief der Zenturio. Thorag sah in seinen Augen Triumph aufleuchten, scheinbar aus dem Wissen geboren, der Jägerin endlich überlegen zu sein. »Drusus Caesar hat befohlen, die Barbaren ins Prätorium zu schaffen. Also sind es jetzt Staatsgefangene!«

»Das ist deine Rechtsauffassung, Zenturio«, beschied Canis kühl. »Ich gestehe sie dir zu, teile sie aber nicht. Bis ich von Drusus etwas anderes höre, fühle ich mich für die Gefangenen verantwortlich. Und ich sage, sie gehen auf ihren eigenen Beinen zum Prätorium!«

»Wenn du dich mir widersetzt, muß ich Gewalt anwenden!« zischte Pollius Vorenus und schien davon nicht wenig angetan. Schon glitt sein Schwert aus der Scheide.

Er hatte die Waffe noch nicht ganz gezogen, da drückte Canis ihre Dolchklinge schon gegen seinen Hals.

»Sture Kommißköpfe, ich sag's doch«, seufzte sie und fügte lauter hinzu: »Befiehl deinen Männern, das Schiff augenblicklich zu verlassen!«

Der Zenturio stand wie zu Stein erstarrt, den Schwertgriff weiterhin mit der rechten Hand umfaßt, aber die Klingenspitze blieb in der Scheide. »Was ist, wenn ich das nicht tue?« krächzte er mit plötzlich heiserer, brüchiger Stimme.

»Dann werden deine Prätorianer zu Boden blicken müssen, um ihrem Zenturio ins Gesicht zu sehen.«

Pollius Vorenus schluckte zweimal und blickte Canis an. Ihr Gesicht war wieder hart, ausdruckslos. Er hätte ebensogut einen Stein ansehen können. Sie hatte eben weder erregt noch drohend geklungen. Doch das ließ ihre Worte nur noch glaubhafter erscheinen. Das erkannte auch der Zenturio und befahl seinen Soldaten, die Bireme zu verlassen. Sie gehorchten nur zögernd und sahen, als sie auf dem Kai standen, unsicher zu ihrem Anführer hinüber.

Canis ließ den Dolch sinken. »Jetzt geh auch du, wackerer Held! Du kannst dich darauf verlassen, daß ich die Gefangenen zum Prätorium bringe.«

»Das solltest du auch tun«, sagte Pollius Vorenus mit bebender Stimme. »Wenn auch nur einer fehlt, wird Sejanus dich zur Verantwortung ziehen!«

»Ich zittere jetzt schon«, entgegnete Canis gelassen und blickte den abrückenden Prätorianern nach. Sie wandte sich

152

erst um, als zwei ihrer Männer, ein muskelbepackter Nubier und ein sehniger Gallier, Thorag aus dem Käfig holten.

Der Donarsohn genoß es, sich endlich wieder zu seiner vollen Größe aufrichten zu können. Er ließ ein wohliges Brummen hören und streckte seine kräftigen, muskulösen Arme aus. Sofort sprangen die beiden Jäger zurück und griffen nach ihren Waffen. Der Gallier hielt einen Dolch in der Hand und der Nubier ein großes Eisen mit einem verdickten, bogenförmig gekrümmten Ende – eine Waffe, die sowohl zum Schlag als auch zum Wurf benutzt werden konnte.

Thorag lachte so laut und schallend wie vorhin Canis und sagte zu ihr: »Deine Leute scheinen sich nur sicher zu fühlen, wenn freie Männer in Käfigen stecken.«

»Sie wollen nur vermeiden, daß Sejanus für deine Flucht meinen Kopf fordert.« In einer demonstrativen Bewegung steckte Canis ihren Dolch zurück in die Scheide. Ihre Männer jedoch richteten den Dolch und das Wurfeisen weiterhin gegen Thorag.

»Ich hatte nicht vor zu fliehen.«

»Um mich vor Sejanus' Rache zu bewahren?«

»Wohl eher, weil eine Flucht in meiner gegenwärtigen Lage reichlich aussichtslos ist. Aber ich gebe zu, daß ich dich ungern ohne deinen Kopf sehen würde, Canis.«

»Warum? Liegt dir etwas an mir?«

Thorag spürte ihren forschenden Blick und fühlte sich dabei nicht recht wohl. Ausweichend antwortete er: »Mehr als an Sejanus, Favonius und diesem Pollius Vorenus zusammen.«

»Das ist nicht schwer, hoffe ich«, meinte Canis mit einem mädchenhaften Kichern. Dann befahl sie den beiden Männern, die Waffen wegzustecken und Thorag zu binden.

Während sie seine Arme nach hinten zogen und mit Lederriemen stramm zusammenbanden, sagte der Donarsohn: »Ich danke dir, Canis.«

»Du dankst mir dafür, daß ich dich fesseln lasse?«

»Wenn du es so ausdrücken magst, ja. Lieber gehe ich mit gefesselten Armen, aber dafür aufrecht durch die Straßen der Ubierstadt, als mit freien Armen, doch eingesperrt in einem Käfig vorgeführt zu werden.«

Canis sah ihn verständnisvoll an. »Das wußte ich. Ich kenne das Gefühl, wie ein Tier behandelt zu werden, nur zu gut.«

»Dann weißt du auch, weshalb ich dir danke.«

»Danke mir lieber, indem du nicht fliehst.«

»Bis zum Prätorium werden meine Krieger und ich uns ruhig verhalten.«

»Und dann?«

Thorag zuckte mit den Schultern und sah in den grauschwarzen Himmel. »Die Götter werden uns einen Weg weisen!«

Er hoffte es, nicht nur für sich, sondern auch für die wenigen Donarsöhne, die den schrecklichen Kampf gegen die vielfache Übermacht aus Prätorianern und Jägern überlebt hatten. Mit ihm und Gueltar waren sie noch fünfzehn Männer. Fünfzehn von hundert! Keiner der Überlebenden war ohne Wunden. Sie hatten tapfer gekämpft und es nicht verdient, ihr weiteres Leben als Sklaven Roms zu verbringen.

Canis selbst führte den zwanzigköpfigen Trupp an, der die Gefangenen zu dem Prätorium brachte, dessen verwinkelte, aus mehreren Gebäuden und Innenhöfen bestehende Konstruktion sich auf einem Hügel unweit des Rheins erhob. Römer und Ubier säumten trotz des Regens dichtgedrängt die Straßen und reckten die Köpfe vor, um sich keinen Augenblick des seltsamen Aufmarsches entgehen zu lassen. Erregtes Tuscheln und überraschte Ausrufe begleiteten die Prozession. Wahrscheinlich wußten die Menschen der Ubierstadt nicht, was sie exotischer finden sollten, die gefangenen Cherusker oder ihre Bewacher.

Die Männer und Frauen von der *Vesta* hatten das Prätorium fast erreicht, als plötzlich das Echo vieler eiliger Schritte zwischen den Gebäuden widerhallte. Aus dem nächstgelegenen Tor des Prätoriums stürmte im Laufschritt eine Zenturie der Prätorianer, teilte sich, drängte die Gaffer beiseite und schloß Canis' Leute und ihre Gefangenen ein. Pollius Vorenus gab die Befehle, und neben ihm stand Sejanus. Die Prätorianer hoben die Pilen, bereit zum Wurf.

»Du wirst die Gefangenen mir übergeben, Canis!« Sejanus sprach zu der Jägerin wie zu einer Untergebenen.

»Wer sagt das, du oder Drusus Caesar?« Während Canis das fragte, blieb sie vollkommen ruhig und gab ihren Leuten Zeichen, die Waffen nicht gegen die Prätorianer zu erheben.

Thorag bewunderte die Jägerin für ihre Gelassenheit. Die meisten erfahrenen Krieger, die er kannte, hätten sich in dieser Lage nicht besser verhalten können.

»*Ich* sage das, und es muß dir genügen.«

Sejanus' Worte ließen, wie seine ganze Haltung, erkennen, daß er es ernst meinte. Er würde es auf einen Kampf ankommen lassen. Rasch schätzte Thorag die Kräfteverhältnisse und die Aussichten auf einen Sieg ab. Auf einen von Canis' Jägern kamen vier Prätorianer. Bei einem Kampfgetümmel hätten Thorag und die Seinen zwar die Flucht versuchen können, aber in diesem dichten Menschenhaufen bestand für sie kaum eine Hoffnung auf ein Durchkommen, eher die Gefahr, zwischen Jägern und Prätorianern zerrieben zu werden. Und damit war niemandem geholfen – allenfalls Sejanus.

»Laß es gut sein, Canis«, sagte Thorag leise zu der Jägerin. »Jeder Tropfen vergossenen Blutes wäre nur ein Grund für Sejanus zu frohlocken.«

»Du hast wohl recht, Donarsohn, leider. Aber gern gebe ich nicht nach.«

»Tu es einfach!« drängte er. »Ärgern kannst du dich später.«

Sie nickte und flüsterte: »Wir werden uns wiedersehen, Thorag!« Dann wandte sie sich dem Präfekten zu und sagte laut: »Also gut, Sejanus, ich übergebe dir die Gefangenen. Aber sei gewiß, daß ich mich bei Drusus nach ihnen erkundigen werde!«

»Tu, was du nicht lassen kannst«, lachte Sejanus und befahl Pollius Vorenus, die Cherusker ins Prätorium zu schaffen.

Als Thorag an Sejanus vorbeigeführt wurde, heftete der Präfekt seinen Blick auf den Donarsohn und zischte: »*Memento moriendum esse!* – Denk daran, daß man sterben muß!«

Kapitel 11

Die Totenfeuer

Entlockte der helle, makellose Klang der Luren den Göttern Tränen der Rührung? Oder beklagten die Bewohner Asgards den Frevel, den ein Mensch an ihren heiligen Rossen und ihrem Priester begangen hatte? Nicht wenige der bei den Heiligen Steinen versammelten Cherusker schienen das letztere zu befürchten. Sie standen in großen Gruppen zusammen und blickten besorgt hinauf zum dunklen Wolkengrau, das den Himmel über den Steinriesen verhüllte. Bedeckten die Götter ihr Antlitz, weil es ihnen zuwider war, zu den frevlerischen Menschensöhnen hinabzublicken?

Bestürzung und Besorgnis verwandelten sich in Wut und Zorn, als Armin durch die Reihen der Frilinge schritt. Isbert, der Mörder, der Frevler, der Bluttrinker, kam aus Armins Stamm, gehörte seinem Kriegergefolge an, war einer seiner engsten Vertrauten. Der Verdacht, den Frowin in der Nacht geäußert hatte, machte schnell die Runde in den Lagern um die Heiligen Steine. Armins Kundschafter meldeten, daß Frowins Stiermänner den Verdacht von Lager zu Lager, von Hütte zu Hütte trugen. Der Stierfürst schien die Situation ausnutzen zu wollen, um Armin endgültig zu vernichten. Und einmal mehr war der Stamm der Cherusker gespalten – in die Männer, die Frowins Anschuldigung glaubten, und in die, die treu zu ihrem Herzog standen. Vielleicht wäre es zu offenen Auseinandersetzungen gekommen, hätten sich das Erschrecken über die Bluttat und die Furcht vor der Rache der Götter nicht wie lähmende Fesseln über die Frilinge gelegt.

Armin war innerlich aufgewühlt wie selten zuvor in seinem Leben. Ähnlich schlecht hatte er sich gefühlt, als Segestes ihn auf die Eisenburg verschleppt hatte. Und dann, als er von Thusneldas Entführung erfuhr. Damals, auf der Eisenburg, hatte Thorag ihm geholfen, ihn befreit. Doch jetzt war der Donarsohn unterwegs, um den von den Römern Entführten Hilfe zu bringen. Armin war auf sich allein gestellt und hoffte darauf, daß sich die Sache aufklärte, wenn Isbert aus dem Blutrausch erwachte.

Der Hirschfürst verfügte über genug Selbstbeherrschung, um seine Zweifel und Ängste zu verbergen. Aufrecht und mit erhobenem Haupt folgte er den Lurenspielern und den Priestern, von denen einige die aufgebahrte Leiche des ermordeten Priesters auf ihren Schultern trugen. Gudwin war einer der Ältesten gewesen, die den Göttern bei den Heiligen Steinen dienten, älter noch als Gandulf, der würdevollen Schrittes den Leichenträgern voranging. Sie brachten den Toten von einer Höhle in den Steinriesen zu dem Eichenhain, der seinen Tod gesehen hatte und nun der Ort sein sollte, von dem aus Gudwin seine Reise nach Walhall antrat.

Der Tote trug nicht das mit seinem Blut befleckte Gewand, sondern ein sauberes, unversehrtes. Es war strahlend weiß und mit goldener Stickerei verziert, ähnelte darin den langen Kitteln, welche die übrigen Priester und Priesterinnen zu dem feierlichen Anlaß angelegt hatten. Der bleiche, blutleere Kopf war irgendwie am Körper befestigt. Armin konnte nicht erkennen, wie die Priester das hinbekommen hatten. Aber die Illusion eines unversehrten Mannes war ihnen nicht ganz gelungen. Bei jedem Schritt der Leichenträger wackelte das in der Nacht von Isbert abgeschlagene Haupt mit unnatürlicher Intensität von links nach rechts und wieder zurück. Als wolle der Kopf jeden Augenblick von der hölzernen, lederbespannten Bahre rollen, könne sich aber nicht entscheiden, in welche Richtung.

Die Priester bemerkten es entweder nicht, oder sie störten sich nicht daran. Langsam und würdevoll schritten sie hinter den Lurenspielern einher, flankiert von den Massen der Cherusker, die sich um die Prozession zusammendrängten.

Immer, wenn Armins Blick über die Priester glitt, suchte der Herzog unwillkürlich nach dem schwarzen Haar und den ebenmäßigen Zügen Astrids, obwohl er wußte, daß die junge Priesterin nicht an der Prozession teilnahm. Eine unvernünftige Zuversicht beseelte Armin. Neben dem Erwachen Isberts aus dem tiefen, totenähnlichen Schlaf, in den er nach dem Abklingen der Raserei verfallen war, bildete das Auffinden

Astrids den zweiten Umstand, auf den Armin seine Hoffnung stützte, die schrecklichen, rätselhaften und für ihn bedrohlichen Ereignisse der vergangenen Nacht könnten sich noch zum Guten wenden.

Astrid blieb verschwunden. Die von Armin ausgesandten Kundschafter und Suchtrupps hatten bislang nicht die kleinste Spur gefunden. Niemand wußte, wo sie steckte. Und wenn es jemand wußte, hielt er seinen Mund. Warum? Armin fiel nur eine Antwort ein: Um den Hirschfürsten in Schwierigkeiten zu bringen.

Er wandte den Kopf leicht nach links, bis er Inguiomar sehen konnte, der neben ihm ging. Die beiden Herzöge führten die Gaufürsten und Edlen der Cherusker an, die der Bahre und den Priestern folgten. Als der Ingfürst den fragenden Blick seines Brudersohns bemerkte, schenkte er Armin ein aufmunterndes Lächeln. Es verwirrte Armin mehr, als daß es ihn bestärkte. Gewiß, nach außen hin hielt Inguiomar zu ihm, unterstützte ihn, nahm ihn gegen die ärgsten Vorwürfe in Schutz. Und doch wurde Armin den leisen, unterschwelligen Verdacht gegen den Bruder seines Vaters nicht los. Schon seit langem gelüstete es Inguiomar nach der alleinigen Macht im Cheruskerstamm. War dies nicht die beste Gelegenheit für den Fürsten des Inggaus, seine Pläne zu verwirklichen? Denn soviel stand fest: Falls Armin die gegen ihn erhobenen Vorwürfe nicht ausräumen konnte, war er als Herzog der Cherusker erledigt. Niemand würde einem Mann folgen, der sich an den Göttern vergangen und ihren Zorn auf sich gezogen hatte.

Wenn aber nicht Inguiomar hinter den seltsamen Vorfällen steckte, war es dann Frowin? Und weshalb? Die von Isbert ausgeforschten Gründe für den Haß des Stierfürsten erschienen Armin nicht ausreichend zu einer solchen Bluttat. Aber hatte Isbert, der Berserker, ihm die Wahrheit gesagt?

Je länger Armin über die Angelegenheit nachdachte, desto mehr Fragen schwirrten wie dicke Hummeln durch seinen Kopf, verwirrten ihn und versperrten den Weg für Einsichten und Antworten. Fast war er froh, als seine Aufmerksamkeit durch das Erreichen des heiligen Hains abgelenkt wurde.

Noch einmal hoben die Lurenspieler an, ließen so helle, reine Töne erklingen, als kämen sie von den Göttern selbst. Die Lurenklänge stiegen zu Asgard auf, wie es bald auch der Rauch der Totenfeuer tun würde. Sie baten die Götter um Milde, um Gnade, um Vergebung. Das Flehen verhallte, als die Lurenspieler ihre großen gewundenen Bronzeinstrumente absetzten. Schweiß stand auf ihren Stirnen. Die Männer, die das Lied der Götter spielten, mußten begabt sein, über kräftige Arme und einen nicht minder starken Atem verfügen.

Armin hörte das Rauschen des Windes im buntblättrigen Astwerk der alten Götterbäume. Die kurzstieligen Blätter leuchteten in gelben und roten Schattierungen, aber das waren nur Übergänge auf dem Weg, der von dem leuchtenden Grün des schwindenden Sommers zu dem traurigen Dunkelbraun des winterlichen Sterbens führte. Der Wind nahm zu. Donar, der Wettergott, blies durch den Hain und spielte mit den Blättern. Einige, schon tiefbraun, ließen das Astwerk los, flogen mit dem Wind und tanzten mit ihm, wie um die Trauernden zu verhöhnen. Plötzlich erstarb Donars Atem, und die Blätter fielen zu Boden, traurig, tot. War es ein Zeichen der Götter? Wollte Donar zeigen, daß er und die Seinen mit den Menschen spielen und sie sterben lassen konnten, wie er es mit den Blättern getan hatte? Das ferne, heisere Schackern einer unsichtbaren Elster, die vermutlich zwischen den schützenden Felsen der Heiligen Steine saß, war nicht dazu angetan, Armins düstere Gedanken zu verscheuchen.

Die Prozession verhielt inmitten der aufgeschichteten Haufen aus Reisig und stärkeren Hölzern: die Totenfeuer, die auf ihre Entflammung warteten. Über dem Feuerholz jedes Haufens erhob sich ein hölzernes Gerüst, auf dessen Plattform der Kadaver eines getöteten Pferdes lag. Zwölf heilige Rosse – zwölf tote Rosse. Eine dreizehnte Plattform war leer. Auf sie schoben die Priester die Bahre mit Gudwin.

Die Edelinge und die Priester verteilten sich am Rand der Lichtung. Alle übrigen Cherusker waren nicht mit in den Hain gekommen, da er nicht allen Frilingen Platz bot. Armin empfand darüber Erleichterung. Endlich spürte er nicht mehr

Tausende von bohrenden, fragenden, vorwurfsvollen Augen auf sich gerichtet. In einem mit großen Steinen abgegrenzten Viereck brannte ein kleines Feuer, das von einem jungen rothaarigen Priesterhelfer versorgt wurde. Selbst der Jüngling schien feindselig zu blicken, als er kurz von seiner Arbeit aufsah und die Augen auf den Hirschfürsten richtete. Vielleicht war der von Isbert ermordete Wächter ein Freund dieses Jungen gewesen.

Gandulf trat in die Mitte der Lichtung, hob Arme und Kopf zum Himmel und blickte in das trübe Grau, während er einen leisen Gesang anstimmte. Ein Murmeln nur, doch bald wurde es lauter, zu einem tiefen, volltönenden Raunen, und in regelmäßigen Abständen fielen die anderen Priester darin ein. Armin verstand nur einzelne Wörter und Wendungen, aber genug, um zu begreifen, daß die Priester die Götter um Gnade anriefen.

Inguiomar drängte sich dicht neben seinen Brudersohn und sagte leise: »Gandulf sollte die Götter nicht nur um Gnade, sondern den weisen Wodan auch um Erleuchtung bitten, darum, Licht auf die düstere Nacht zu werfen, die hinter uns liegt. Damit wir endlich den wahren Schuldigen an dieser Bluttat finden und der entsetzliche Verdacht von dir genommen wird, Armin!«

Armin sah in das zerfurchte Gesicht des Oheims. Inguiomars Augen blickten fest, klar, mitfühlend, besorgt. Seine Anteilnahme schien aufrichtig.

»Du glaubst nicht an meine Schuld?« fragte Armin zögernd.

»Natürlich nicht!« erwiderte der Ingfürst mit Nachdruck und sah zu den Scheiterhaufen hinüber. »Du kannst das kaum gewesen sein, denn du hattest keinen Grund. Bei dem Zweikampf hättest du weitaus bessere Aussichten gehabt als ich. Eher hätte ich Grund gehabt, die heiligen Rosse zu schlachten.«

»Und?« fragte Armin mit einem lauernden Unterton. »Hast du es getan?«

Inguiomars Stirn warf noch mehr Falten, die Augen umwölkten sich. »Hat man mich mit blutigem Schwert im

160

heiligen Hain gestellt oder einen Mann aus meiner Gefolgschaft?«

Armin seufzte tief. »Wenn man so argumentiert, kann die
Verantwortung nur in meinem Gau zu finden sein – und
damit letztlich bei mir.«

»Hm«, machte Inguiomar überlegend und ließ seinen Blick
über Priester und Edelinge fliegen. »Natürlich lenkt die Tatsache, daß Isbert das Todesschwert führte, den Verdacht auf
dich, Armin. Aber genau das kann das Kalkül des wirklichen
Schuldigen sein.« Sein Blick blieb an einem der Gaufürsten
hängen.

»Frowin?« fragte Armin. »Glaubst du, er hat Isbert angestiftet?«

»Sie kennen sich von früher. Und Frowin ist auf dich nicht
gerade gut zu sprechen, Neffe.«

»Du aber auch nicht, Oheim. Deshalb verwundert es mich,
daß du an meine Unschuld glaubst.«

»Ich bin nicht damit einverstanden, daß du unseren Stamm
und die Nachbarstämme in einen Krieg gegen die Römer
führst, der uns letztlich nur Verderben bringen wird. Aber das
heißt nicht, daß ich den Sohn meines Bruders für einen Frevler an den Göttern halte.«

Armin wurde nicht klug aus Inguiomar. Eben noch hatte er
seinen Oheim im Verdacht gehabt, der wahre Schuldige an
der Freveltat zu sein. Und nun sprach Inguiomar ihm in einer
Weise Mut zu, die in Armin beinah Schuldgefühle weckte.
Der Hirschfürst verbiß sich die Dankesworte, die ihm schon
auf den Lippen lagen. Er durfte dem Ingfürsten nicht zu sehr
vertrauen. Zwar war Inguiomar der Bruder seines toten
Vaters, doch in erster Linie war er immer noch ein Rivale um
die Macht im Cheruskerland.

Die Priester beendeten ihren Singsang. Gandulf ging zum
Feuer, bückte sich und hob einen glühenden Scheit auf. Er
ging zurück in die Mitte der Lichtung und sagte laut: »O
Wodan, mächtiger Allvater, nimm mit den heiligen Rossen
auch unser Flehen um Vergebung bei dir auf. Nicht den ganzen Stamm der Cherusker trifft die Schuld an der entweihen-
den Tat, sondern nur einige wenige Frevler. Sobald sie gefun-

den sind, soll ihr Blut vergossen werden, wie das deiner Rosse und deines Priesters vergossen wurde!«

Zustimmendes Gemurmel aus den Mündern der Priester und Edelinge begleitete Gandulf, während er von Scheiterhaufen zu Scheiterhaufen ging und die Feuer entzündete.

Als alle zwölf Roßfeuer brannten und ihre Flammenfinger nach den aufgebahrten Kadavern ausstreckten, sprach der Oberpriester: »Steige hinauf zur Heimstatt der Götter, Rauch des Todes! Trage die heiligen Rosse zu Wodan und mit ihnen unser Flehen!«

Er trat vor den dreizehnten Scheiterhaufen und fuhr fort: »Und führe auch Gudwin in Wodans Arme, Rauch des Vergehens und des Werdens! Kaum einer hat die Aufnahme in Walhall so verdient wie unser Freund, der nicht nur dem Namen nach auch ein Freund der Götter war. Schon seit unzähligen Wintern diente er den Göttern, und er gab sein Leben für die heiligen Rosse Wodans.«

Auch um den Leichnam des alten Priesters züngelte die Lohe. Die Flammen nagten am Holz des Gerüstes, bis das Gestell unter einem lauten Knacken und Bersten zusammenbrach und den Leib des Toten mitten in die Glut warf. Funken stoben auf und wurden vom erneut auffrischenden Wind im wilden Tanz über die ganze Lichtung getragen.

Armin achtete kaum auf sie. Er starrte nur auf Gudwins Kopf, der sich beim Einsturz des Gerüstes vom Körper gelöst hatte und vom Scheiterhaufen gehüpft war. Wie um vor den Flammen zu fliehen, rollte das Totenhaupt ein ganzes Stück über die Wiese und blieb erst in sicherer Entfernung liegen. Die glasigen Augen blickten in Armins Richtung. Alle Anwesenden bemerkten das und tuschelten erregt miteinander.

Der Hirschfürst erschauerte unter dem anklagenden Blick des Toten.

Kapitel 12

Eine Frage des Schmerzes

Die Finsternis fraß die Zeit. Gewiß waren Stunden vergangen, aber das schien bedeutungslos. Was spielte die Zeit für eine Rolle, wenn in Hels dunklem Reich eine traurige Ewigkeit auf die Donarsöhne wartete?

So oder ähnlich waren die Gedanken aller fünfzehn Gefangenen in dem schwarzen Kellerloch, ihrem Kerker. Die Hälse in dicken Eisenringen, die mit kurzen, festen Ketten in der Wand verankert waren, hockten sie auf dem kalten Estrich. Eine Flucht schien unmöglich, der Gedanke daran Zeitverschwendung. Aber konnte man etwas verschwenden, das bedeutungslos geworden war?

Thorag fragte sich, ob die Donarsöhne jemals wieder Sunnas Licht erblicken würden. War es Sejanus' Absicht, sie in diesem Kerker verdursten, verhungern und verfaulen zu lassen? Seine haßerfüllten Worte, die Thorag noch in den Ohren klangen, schienen es anzudeuten: *Denk daran, daß man sterben muß!*

Der Donarfürst versuchte immer wieder, seine Überlegungen in eine weniger düstere Richtung zu lenken. Aber das war nicht einfach. Worauf sollte er hoffen?

Auf Armin sicher nicht. Sein Blutsbruder konnte von dem Unglück, daß die stolzen Donarsöhne ereilt hatte, nichts wissen. Und falls doch, war es mehr als fraglich, ob Armin etwas zu ihrer Rettung unternehmen konnte.

Thorag und seine Gefährten waren ganz auf sich allein angewiesen. Ihm war das nichts Neues, aber diesmal erschien die Lage wirklich aussichtslos. Alles Stemmen gegen die Wand und Zerren an der Kette half nicht weiter, führte nur dazu, daß der Eisenring schmerzhaft in seinen Hals schnitt und ihm die Luft abdrückte.

Blieb noch Canis – die Jägerin. Immer wieder kreisten seine Gedanken um die geheimnisvolle Frau, und er hörte ihr geflüstertes Versprechen: ›Wir werden uns wiedersehen, Thorag!‹

War es das wirklich: ein Versprechen? Sosehr er seinen Kopf auch anstrengte, er wurde nicht schlau aus Canis, kam nicht dahinter, welches Wild sie wirklich jagte. War sie eine Hoffnung? Oder nur ein Hirngespinst?

Irgendwann, als sich Thorags fruchtlose Gedanken in einem nebulösen Durcheinander aufzulösen drohten, schärften unerwartete Geräusche seine Sinne und auch die seiner Gefährten, wie er an dem Klirren der Ketten hörte. Wohl alle hoben die herabgesunkenen Köpfe und schauten gespannt dorthin, wo sie in dem schwarzen Nichts die dicke Holzbohlentür mehr ahnten als wußten.

Jenseits der Tür erklangen undeutliche Stimmen. Es war die Sprache der Römer. Aber sosehr Thorag sich auch anstrengte, er konnte den Sinn nicht verstehen.

Das schwere metallische Schaben konnte nur eins bedeuten: Die beiden großen Eisenriegel an der Tür wurden zurückgeschoben. Dann schwang die Tür auch schon mit einem fürchterlichen Quietschen auf, und flackernder Feuerschein drang zusammen mit dem penetranten Geruch von Kienholz, Harz und Werg in den Kerkerraum.

Erst sah Thorag nur schemenhafte Gestalten, die Gesichter hinter einer schwarzen Rauchwolke verborgen, die von der Fackel in der Hand eines Mannes aufquoll. Der Rauch wurde dünner, verteilte sich in dem halbdunklen Gang und gab den Blick auf mehrere Männer frei, von denen er zwei erkannte.

Einer war der Prätorianerpräfekt, der seinen großen Körper leicht nach vorn neigte und das verkniffene Raubvogelgesicht in die Zelle streckte. Er hatte keinen Helm auf, und das unruhige Fackellicht fiel auf sein dunkles Lockenhaar. Seine Uniform wirkte frisch und sauber. Die weiße Tunika, die unter dem verzinnten Muskelpanzer hervorlugte, warf gleichmäßige Falten und war an den Rändern mit Goldborten besetzt. Der leuchtendrote Mantel wurde über der rechten Schulter von einer golden blitzenden Skorpionsspange zusammengehalten.

Neben Sejanus stand der Zenturio Pollius Vorenus und wirkte wie ein folgsamer Jagdhund, der begierig auf den Befehl zum Zupacken wartete. Auch er hatte seine vom Regen durchnäßte Kleidung gegen frische eingetauscht. Lediglich der Helm schien derselbe geblieben zu sein. Die vom Wasser durchtränkten Pferdehaare klebten in vielen kleinen Büscheln zusammen, die in verschiedene Richtungen vom Helm abstanden.

Schon beim ersten Anblick der beiden Offiziere wußte Thorag, daß er von ihnen nichts Gutes zu erwarten hatte. Neben ihnen standen zwei Wachtposten, ebenfalls Prätorianer. Sie trugen weder Pilum noch Schild, nur Schwert und Dolch. Die Waffen, mit denen auch die Offiziere ausgerüstet waren.

»Der da!« sagte Sejanus im knappen Befehlston, während er den Arm ausstreckte und auf Thorag zeigte.

Die beiden Wächter traten auf Thorag zu. Einer zog seinen Gladius und hielt das Schwert stoßbereit in der rechten Hand, während die linke den Kienspan der Fackel umfaßte. Der andere Soldat beugte sich über Thorag und überschüttete ihn mit dem beißenden Geruch von Acetum, jenem Weinessig, den, wenn er mit Wasser vermischt war, Roms Soldaten als Mittel gegen den Durst schätzten. Der Prätorianer löste einen länglichen Eisenschlüssel von seinem Gürtel und steckte den dreizinkigen Bart in das Schloß von Thorags Halsring. Während der Römer umständlich mit dem Schlüssel hantierte, um den Halsring zu öffnen, stachen die Haare des weißen Helmbusches in Thorags Augen und kitzelten sein Gesicht. Mit einem widerstrebenden Knirschen öffnete sich der Eisenring. Der Prätorianer hängte den Schlüssel wieder an seinen Gürtel und bog dann Thorags Halsring weit auf.

»Steh auf, Barbar!« raunzte der Soldat, packte Thorag an den noch immer auf den Rücken gefesselten Armen und zog ihn roh vom Boden hoch.

Thorags Knie waren wacklig, und durch seine Arme schoß ein stechender Schmerz. Die strammen Fesseln verhinderten, daß sein Blut richtig zirkulierte.

»Los, hinaus!«

Der Prätorianer wartete gar nicht ab, daß Thorag den Befehl befolgte, sondern versetzte ihm einen kräftigen Stoß in den Rücken. Der Cherusker stolperte der Tür mehr entgegen, als daß er ging.

Vor den beiden Offizieren hatte er sich fast wieder gefangen, da streckte Pollius Vorenus ein Bein aus und brachte Thorag zu Fall. Wegen seiner gefesselten Hände konnte Thorag den Sturz nicht abfangen. Er versuchte noch, sich über die Schulter abzurollen, doch es gelang nicht ganz. Ein neuer Schmerz in der rechten Schulter gesellte sich zu der Pein in seinen Armen. Er gönnte den Römern nicht die Befriedigung, konnte ein kurzes Stöhnen aber nicht unterdrücken.

»Heul nicht wie ein altes Waschweib!« lachte der Zenturio. »Das ist doch erst der Anfang. Wenn dir das schon weh tut, werden wir nicht viel Spaß mit dir haben.«

Thorag kam von selbst wieder auf die Beine, bevor die Prätorianer Gelegenheit erhielten, ihn mehr zu mißhandeln, als ihm zu helfen.

Der Wächter mit der Acetumfahne verschloß und verriegelte die Tür wieder und nahm davor Aufstellung.

Sein Kamerad drückte die Schwertspitze in Thorags Rücken und schob den Donarsohn vor sich her. So folgten sie Sejanus und Pollius Vorenus durch mehrere Gänge, die nur hin und wieder von in eisernen Wandhalterungen steckenden Fackeln erleuchtet wurden. Sie hätten dieser Fackeln nicht bedurft, denn der Prätorianer hinter Thorag hielt noch immer den Kienspan, und die nahe Hitze war für den Cherusker fast unangenehmer als die scharfe, spitze Klinge des Gladius.

Der Weg endete in einem dunklen Raum am Ende eines schmalen, gewundenen Ganges. Sejanus stieß die schwere Bohlentür mit einem verächtlichen Fußtritt auf, und erst die Fackel des Prätorianers sorgte für etwas Licht. Der Soldat steckte sie in eine Wandhalterung.

»Halte draußen Wache, Nisus«, befahl Pollius Vorenus. »Achte darauf, daß uns niemand stört.«

Der Prätorianer nickte knapp und zog die Tür hinter sich zu, verschloß oder verriegelte sie aber nicht.

Der Fackelschein entriß den größten Teil des fensterlosen und wohl unterirdischen Raums der Dunkelheit. Thorag erkannte, daß ihn kein leichtes Schicksal erwartete. Er stand in einem Strafraum, in einer Folterkammer. Streckgerüste und ein Festschnalltisch sowie ein ganzes Arsenal von Waffen und

Werkzeugen ließen keinen anderen Schluß zu. Überall entdeckte er dunkle Flecke – getrocknetes Blut.

Der Zenturio führte ihn in die Mitte des Raums und löste seine Fesseln. Thorag hatte kaum daran gedacht, die wiedergewonnene Bewegungsfreiheit zur Flucht zu nutzen, da steckte Pollius Vorenus die tauben Hände des Cheruskers auch schon durch Lederstreifen, die von der Decke herabhingen. Der Prätorianer zurrte die Schlaufen fest und zog dann an einem ebenfalls herunterhängenden Seil. Als Thorag nach oben gezerrt, sein Körper gestreckt wurde, legte er den Kopf in den Nacken und sah die Konstruktion, an der er hing. Die Lederschlaufen waren an einer Eisenstange befestigt, die von Pollius Vorenus Stück für Stück in die Höhe gezogen wurde, bis Thorags Füße den Kontakt zum Boden verloren. Sofort spürte er die Anspannung in seinen Armen, an denen jetzt sein ganzes Gewicht hing. Es war, als würden ihm – ganz langsam – die Arme herausgerissen.

»Das reicht, Pollius«, meinte Sejanus, und der Zenturio ließ das Seil los. Ein leises Klacken über Thorags Kopf zeigte an, daß die Hebevorrichtung eingerastet war.

Sejanus war nicht entgangen, daß Thorag vor Schmerz das Gesicht verzog. Mit einem falschen Lächeln sagte der Präfekt: »Gewöhn dich an den Schmerz, Barbar. Er ist eine grausame Notwendigkeit für das, was dir bevorsteht.«

»Und was steht mir bevor, Römer?«

»Das letzte Ziel der Dinge, um mit Horaz zu sprechen. Und das ist, wie ich es dir schon sagte, der Tod.«

»Hat Drusus Caesar dir meinen Kopf geschenkt?«

»Drusus?« Sejanus stieß ein heiseres Lachen aus. »Der ist ahnungslos – wie meistens.«

»Dann wird er nicht gern sehen, was hier geschieht«, stellte Thorag fest.

»Wenn er es erfährt, wird es schon geschehen sein. Und ich werde ihm erklären, weshalb es notwendig war.«

»Erklärst du es auch mir?« fragte Thorag.

Zum Teil entsprang seine Frage echter Neugier, zum Teil aber auch dem Versuch, Zeit zu gewinnen. Er hatte festgestellt, daß die Lederschlaufen, in denen seine Hände steckten, nicht ganz fest saßen. Jetzt bewegte er seine Hände leicht hin und her und versuchte, sie durch die Schlingen zu ziehen. Er mußte langsam und vorsichtig vorgehen, den Spielraum Stück für Stück erweitern. Sein Befreiungsversuch durfte den beiden Römern nicht auffallen. Eine zweite Gelegenheit würden sie ihm nicht bieten.

Sejanus nickte und sagte: »Der Grund ist einfach und mit einem Wort zu beschreiben: Rache.«

»Mit einem so niederen Motiv gibt sich ein Mann wie du ab, Sejanus?« fragte Thorag ungläubig. »Einem Mann wie Pollius Vorenus hätte ich das zugetraut, aber nicht einem Ritter, der mit Roms vornehmsten Familien verwandt ist und ehrgeizige Pläne hegt, wie ich vermute. Darf sich ein solcher Mann von Rache leiten lassen?«

»Er muß es sogar, will er sich nicht lächerlich machen«, erwiderte Sejanus, ohne seine Stimme groß anzuheben. Es klang wie eine Entscheidung des Kopfes und nicht des Gefühls. »Unsere ganze Geschichte legt davon Zeugnis ab. Aeneas rammte sein Schwert in die Brust von Turnus und rächte damit den Tod des Pallas. Junius Brutus rächte die Schändung seiner Schwester Lucretia und wurde dadurch der erste Konsul der Römischen Republik. Lucullus begann seine Laufbahn, indem er den Mann vor Gericht zerrte, der schuld an der Verbannung seines Vaters war. Gaius Gracchus bewarb sich nur aus dem Grund um das Volkstribunat, den Lynchtod seines Bruders Tiberius zu rächen. Und eroberte der unvergleichliche Gaius Julius Caesar Gallien nicht aus dem Grund, die gegen die Helvetier erlittene Niederlage zu rächen?«

»Das war der Grund, den er dem römischen Volk nannte, um es für seine Pläne einzunehmen«, sagte Thorag, während er seine Hände leicht und – wie er hoffte – kaum merklich hin und her drehte. »Doch in Wahrheit zog er aus dem Grund gegen Gallien, aus dem alle Feldherren fremde Länder und Völker überfallen: Caesar wollte seinen Reichtum, sein Ansehen und vor allem seine Macht vergrößern. Daß die Helvetier Roms Soldaten zwangen, durch das Lanzenjoch zu kriechen, war damals schon fünfzig Winter her. Niemand erinnerte sich mehr daran, bis Caesar auf den genialen Einfall kam, wie er seinen Kriegszug rechtfertigen konnte.«

Sejanus' leichtes Lächeln zeigte Thorag, daß der Präfekt die Wahrheit kannte. Aber wie alle Römer schätzte auch Sejanus den Mythos und die Möglichkeit, ihn für seine eigenen Zwecke auszunutzen.

»Caesar hatte seine Gründe, und ich habe meine«, erklärte der Präfekt. »Du hast recht, ich verfolge ehrgeizige Ziele. Und denen kann es nur schaden, wenn sich ein germanischer Gaufürst namens Thorag rühmen kann, eine mehrfache Übermacht unter dem Befehl des Sejanus bezwungen und das Schiff des Präfekten versenkt zu haben. Auch was gestern abend auf dem Schiff dieser kleinen, schmutzigen Hündin geschah, ist für mich nicht gerade ein Ruhmesblatt.«

»Mit meinem Tod wäschst du dich also rein.«

»Du hast es erkannt, Barbar.«

»Wozu dann die Folter?« Thorag hatte ursprünglich vermutet, daß Sejanus ihn aushorchen wollte. Aber daran schien dem Römer nicht gelegen.

»Rache ist süß wie Honig, sagt ein altes Sprichwort, aber vollzogen schmeckt sie bitter wie Galle.«

Mit diesen Worten trat Sejanus dicht vor den Cherusker und riß die letzten Hemdfetzen, die Thorag geblieben waren, von seinem Körper. Fast zärtlich, wie eine liebende Frau, ließ der Präfekt seine Hände über Thorags Brust und Bauch streichen. Der Donarsohn erschauerte, nicht vor Lust, sondern aus Widerwillen. Was auch immer Sejanus mit ihm vorhatte, es würde schmerzhaft werden, erniedrigend – und tödlich.

»Viele Narben«, stellte der Präfekt fest; Befriedigung und Anerkennung schwang in seiner Stimme mit. »Du mußt ein starker, tapferer Mann sein, Barbar, daß du so viele Wunden überlebt hast.« Langsam ging der Römer um Thorag herum, und seine Hände beschäftigten sich mit dem Rücken des Cheruskers. »Diese Narben sind besser verheilt, wohl weil sie älter sind. War es eine große Schande für dich, Thorag, als Varus dich öffentlich auspeitschen ließ?«

Thorag erinnerte sich nur ungern an das zurück, was vor vielen Wintern nicht weit von hier, auf einem Vorplatz des

Prätoriums, geschehen war. »Ich habe für die Zeit von zwanzig Peitschenhieben mein Gesicht verloren, Varus auf ewig seinen Kopf.«

»Eine gute Antwort«, kicherte Sejanus und seufzte schwer, als könne er sich nicht entscheiden. »Ich denke, stark wie du bist, haben wir Zeit für alle alten Wunden. Wo es schmerzt, da greift man hin!«

Er ging zu einem großen, niedrigen Tisch, auf dem dicht an dicht die Waffen und Werkzeuge lagen. Mit mehreren Peitschen kehrte er zurück und legte sie auf einen Steinblock neben Thorag. Eine Peitsche hatte Sejanus in der Hand behalten. Sie bestand aus einem Holzgriff und einem flachen Lederstreifen.

»Die Ferula«, sagte er und blickte Thorag an. »Weißt du, was das bedeutet, Germane?«

»Ferula ist die Fenchel. Mit dieser Pflanze schlagen eure Lehrer zur Züchtigung die Schüler.«

»Ganz recht. Mit der Fenchel oder mit dieser einfachen Peitsche, die denselben Namen trägt. Sie bereitet keinen allzu großen Schmerz und hinterläßt wenige Spuren. Wir wollen langsam beginnen, damit die Rache nicht zu schnell bitter schmeckt. Pollius, was meinst du, sind zwanzig Hiebe angemessen? Soviel erkannte auch Varus dem Barbaren zu.«

»Es hat Varus den Kopf gekostet«, erwiderte Pollius. »Dieser Thorag ist doch ein großer Mann, da sollten wir nicht kleinlich sein.«

»Also gut«, nickte Sejanus. »Du hast mich überzeugt, Zenturio. Dreißig Hiebe mit der Ferula für den Fürsten der Donarsöhne.«

Und Sejanus schlug zu, auf Thorags Bauch. Auf die Narben, die von der für Thorag fast tödlich verlaufenen Wodansprobe kündeten. Wieder und wieder traf die flache Lederschnur die alten Wunden. Und jeder Schlag steigerte das Stechen in Thorags Brust. Fünfzehnmal hieb Sejanus mit Lust und Kraft auf ihn ein, dann reichte er die Ferula dem Zenturio, der Thorags Rücken bearbeitete. Währenddessen stand Sejanus dicht vor Thorag und starrte ihn unverwandt an, schien sich an seinem Schmerz zu weiden.

»Du schreist ja gar nicht, Barbar. Nur keine falsche Scham. Glaub mir, es erleichtert!«

»Kennst du dich damit gut aus, Sejanus?« fragte Thorag.

»Nein, ich vermute es nur. Wie sagte doch Ovid: *Est quaedum flere voluptas. –* Es ist eine Lust zu weinen.«

»Dann kannst du Ovid bald mitteilen, ob er recht hatte«, stieß Thorag hervor, zog seine Beine an und trat mit aller Kraft beidfüßig in den Unterleib des Präfekten.

Sejanus heulte auf und stolperte rückwärts. Nur die Wand, gegen die er mit dem Rücken prallte, verhinderte, daß er zu Boden sank. Er krümmte sich nach vorn und hielt die Hände vor den Bauch. Pollius Vorenus ließ die Ferula fallen und eilte zu Sejanus, fragte, ob er dem Präfekten helfen könne.

Während die beiden Römer miteinander beschäftigt waren, drehte Thorag die Hände kräftig hin und her. War es nur Einbildung, oder öffneten sich die Lederschlingen tatsächlich ein winziges Stück? Wenn er nur mehr Zeit hätte!

Sejanus stieß den Zenturio unwirsch beiseite, trat wieder auf den Gefangenen zu und baute sich vor ihm auf. »Ovid wird das kaum erfahren, Barbar. Seit der vergöttlichte Augustus ihn nach Tomis verbannt hat, geht es mit seiner Gesundheit bergab. Es heißt, die Ärzte geben dem Dichter kein Jahr mehr. Aber so nah Ovids Tod auch sein mag, deiner ist näher!«

Die Hand des Präfekten schwebte über dem vergoldeten Schwertknauf an seiner Hüfte. Thorag erwiderte nichts, sondern blickte Sejanus mit aller Gelassenheit an, zu der er in seiner mißlichen Lage fähig war.

Sejanus zog das Schwert ein Stück aus der Scheide, ließ die Klinge dann aber wieder zurückgleiten und lachte, scheinbar ohne Grund.

»Das war nicht übel gemacht, Germane«, keuchte er und wischte mit dem Handrücken die Tränen des Gelächters aus den schmalen Augen. »Wirklich, nicht übel. Fast hättest du mich dazu gebracht, dir einen schnellen, gnädigen Tod zu bereiten. *Mors mihi munus erit! –* Der Tod wird mir eine Wohltat sein!« Er kicherte erneut und fügte hinzu: »Ovid.«

Er ging zu dem Steinblock und nahm eine Peitsche auf, an deren Griff ein sehr dünner Riemen hing.

171

»Pergament«, erklärte Sejanus, während er den Riemen durch seine Finger gleiten ließ. »Es macht die Scutia schmerzhafter als die Ferula mit ihrem breiten Leder. Das Pergament hat schärfere Zähne. Du wirst es gleich spüren und feststellen können, ob Ovid recht hat. Es ist nur eine Frage des Schmerzes.« Er nahm wieder vor Thorag Aufstellung, schwang die Peitsche und sagte: »Vierzig Hiebe diesmal! Und solltest du noch einmal zutreten, trenne ich die Sehnen deiner Füße durch!«

Wieder führte Sejanus die erste Hälfte der Schläge auf Thorags Brust aus und Pollius Vorenus die zweite auf den Rücken. Bald stöhnte Thorag leise, dann lauter. Blut floß an ihm hinunter. Es war, als brächen alte Wunden wieder auf. Er drehte seinen Körper, daß es aussah, als wolle er den Schlägen entgehen.

»*Membra incurrata sunt dolore!* – Die Glieder sind vor Schmerz gekrümmt!« krähte Sejanus. »Wahrlich, Ovid muß dich vor Augen gehabt haben, Barbar, als er zur Feder griff!«

Sollte Sejanus das ruhig denken! Thorags Drehungen dienten in Wahrheit seinem Versuch, die Hände freizubekommen. Aber es ging viel zu langsam vorwärts, wenn er an die heißen Schmerzwellen dachte, die ihn durchfluteten.

»Fünfzig Hiebe jetzt«, ordnete Sejanus an, als er die nächste Peitsche vom Steinblock hob. An einem kurzen Stiel hingen mehrere Ketten mit Eisenköpfen an den Enden. »Das Flagrum wird eigentlich zur Züchtigung von Sklaven benutzt. Aber auch bei einem widerspenstigen Barbaren wird es gute Dienste leisten. Besonders, da die Eisenköpfe dieses Flagrums scharfkantig sind. Schließlich müssen wir keine Rücksicht auf die körperliche Unversehrtheit eines kostbaren Sklaven nehmen.«

Rücksicht nahmen Sejanus und Pollius Vorenus wahrlich nicht. Immer wieder schlugen die Eisenstücke in Thorags zahlreiche Wunden und vergrößerten sie noch. Schwarze Schleier schoben sich vor seine Augen, doch er bekämpfte sie mit aller Macht. Falls er das Bewußtsein verlor, endete zwar der Schmerz, aber auch jede Aussicht aufs Überleben. Die Verzweiflung ließ ihn stärker an den Lederschlingen zerren.

Fast war es ihm gleichgültig, ob die beiden Römer seinen Befreiungsversuch bemerkten. Doch sie schienen ahnungslos, hielten sein Strampeln und Krümmen nur für Auswirkungen des Schmerzes.

Fremdartig, wie durch einen dichten Nebel, hörte Thorag den Präfekten sprechen: »Der Name Flagellum ist eigentlich eine Verniedlichung von Flagrum, aber nichtsdestotrotz ist das Flagellum die gefährlichere, bösartigere Waffe. Die Lederstränge sind sehr fein, doch gerade das erhöht die schmerzhafte Wirkung der Streiche. So mancher soll die Behandlung mit dem Flagellum nicht überlebt haben, obwohl er vorher nicht schon hundertzwanzig Peitschenhiebe erhalten hatte. Um sicherzustellen, daß ganz gewiß das Ende deiner Qualen nah ist, habe ich ein Flagellum ausgewählt, in dessen Riemen Eisendornen geknotet sind. Die werden das Leben aus deinem Barbarenkörper reißen.«

Thorag sah das zufriedene Gesicht des Präfekten und die Geißel in seiner Hand. An einem verzierten Elfenbeingriff hingen fünf oder sechs dünne Riemen, in denen die spitzen Dornen glitzerten. Dann fiel Thorags Blick auf den eigenen Körper, und er erschrak: Seine Brust, sein Unterleib und die Beine waren blutüberströmt; der Rücken sah wohl kaum besser aus.

»Ah, endlich lese ich Entsetzen in deinen Augen, Barbar!« rief Sejanus befriedigt aus. »Und Angst. Vor dem Tod?«

Thorag schwieg. Eine Antwort erschien ihm als zu große Kraftanstrengung.

»Du mußt nicht mit mir reden«, meinte Sejanus gelassen. »Es reicht mir, dich stöhnen und schreien zu hören – und vielleicht auch weinen.« Der sanfte, fast schmeichelnde Ton verließ seine Stimme. Laut und hart fuhr der Präfekt fort: »Hundert Schläge!«

Die Riemen zischten durch die Luft, klatschten auf Thorags blutige Brust und fraßen sich in sein Fleisch. Wie die Zähne eines hungrigen Raubtiers bissen die Eisendornen zu. Es war Thorag, als wollten sie ihm das Herz herausreißen. Wieder und wieder und wieder …

Das Ende schien nah, und er riß mit letzter Kraft an den

Handfesseln. Vielleicht war er überraschter als die beiden Römer, als er plötzlich zu Boden fiel. Dort lag er, halb auf der Seite und halb auf dem Rücken, und fragte sich, was er in seinem geschwächten Zustand gegen die beiden bewaffneten Offiziere ausrichten sollte.

Sejanus war schon wieder über ihm und hob das Flagellum, dessen Riemen und Eisendornen blutrot glänzten. Thorag rollte sich zur Seite, und der Schlag traf nur den Estrich. Die rechte Hand des Cheruskers bekam etwas zu fassen, ein Stück Holz. Es war der Griff der Ferula, die Pollius Vorenus vorhin fallen gelassen hatte.

Der Zenturio stürmte mit gezücktem Schwert auf Thorag zu. Noch auf dem Boden liegend, schwang der Donarsohn die Peitsche. Der breite Lederriemen wickelte sich um einen Unterschenkel des Zenturios. Ruckartig zog Thorag an der Ferula, und Pollius Vorenus stürzte mit schwerem Krachen zu Boden. Das Schwert entglitt seiner Rechten.

Thorag konnte sich nicht länger um den Zenturio kümmern. Der Präfekt unternahm einen neuen Angriff, diesmal mit seinem Gladius. Zu einem richtigen Schlag mit der Ferula fehlten Thorag Zeit und Kraft. Er warf die Peitsche gegen den Kopf des Präfekten, stemmte sich vom Boden hoch, unterlief mit gesenktem Haupt den Angriff und riß Sejanus mit sich zu Boden.

Zum Glück kam Thorag auf dem Römer zu liegen und hieb sofort auf ihn ein. Es waren keine kontrollierten Schläge. Er ließ einfach seine Fäuste fliegen, mit aller Kraft, die noch in ihm steckte. Der Kopf des Prätorianers fiel von einer Seite auf die andere und platzte an mehreren Stellen auf. Thorag hörte erst auf, als Sejanus erschlaffte und sich nicht mehr rührte.

Zu spät bemerkte Thorag den Schatten, der auf ihn fiel. Als er sich umwandte, noch auf Sejanus hockend, war Pollius Vorenus schon über ihm. Er hatte sein Schwert wieder aufgenommen und ließ es jetzt auf Thorags Kopf herabsausen.

Doch der Hieb ging fehl. Die Klinge schrammte kreischend an einer Steinwand entlang. Der Zenturio vollführte eine unsinnige Drehung und stieß ein tiefes Röcheln aus. Blut schoß aus seinem Mund und aus der Nase.

Jetzt erst sah Thorag die Klinge, die zwischen Helm und Kettenpanzer in den Hals des Prätorianers gedrungen war. Ein langer, schlanker Dolch. Pollius Vorenus sank zu Boden und verendete in krampfartigen Zuckungen.

Hinter ihm erschien die schlanke Gestalt einer jungen Frau. Vor Thorags Augen tanzten tausend Flecke der Erschöpfung, so daß er das Gesicht seiner Retterin nur undeutlich sehen konnte.

»Canis!« keuchte er, dankbar und erleichtert.

Die junge Frau beugte sich über den jetzt reglosen Zenturio, zog den Dolch aus der Wunde und reinigte ihn sorgfältig an der Tunika ihres Opfers.

Dann sah sie Thorag an und sagte: »Du irrst dich, Donarsohn, ich bin nicht Canis.«

Kapitel 13

Die Blutschuld

Armin saß mit Argast beim Met und sprach mit seinem Gast über die unerfreuliche Bestattung Gudwins, als ein Hirschkrieger mit aufregender Botschaft hereinstürzte.

Der Hirschfürst hatte den Kriegerführer der Donarsöhne in seine Hütte geladen, um mit ihm die jüngsten Ereignisse zu besprechen. Argast versicherte seinem Herzog mehrmals, daß der seltsame Vorfall mit dem Kopf des toten Priesters nur ein Zufall gewesen sei.

»Selbst wenn es das war und wir das wissen«, sagte Armin müde. »Die meisten anderen glauben an einen Wink der Götter.« Er setzte das versilberte Horn an die Lippen und leerte es auf einen Zug; es war nicht sein erstes. »Und wer weiß, vielleicht hatten die Götter tatsächlich ihre mächtigen Hände im Spiel.«

Ungern dachte er ein paar Stunden zurück, an die Totenfeuer, deren Rauch eine Brücke zwischen der Welt der Menschen und dem Heim der Götter schlug. Dieser Kopf! Er lag still da und starrte Armin an, war gefährlicher und verhängnisvoller als jedes gesprochene Wort. Armin wäre am liebsten vorgestürmt, hätte das bleiche Haupt an den grauen Haaren gepackt und zurück in die Flammen geschleudert. Aber er wagte es nicht. Es hätte wie ein Eingeständnis seiner Schuld gewirkt, als könne er dem Blick des Toten nicht standhalten. Irgendwann, nach einer unendlichen Zeit des stummen Vorwurfs, trat Gandulf selbst vor, hob den Kopf mit beiden Händen auf und trug ihn zurück zum Feuer. Als die Flammen endlich das tote Fleisch fraßen, schien der Schädel noch im Zerfall Armin anzustarren, durch die zuckende, hitzeflirrende Flammenwand hindurch.

Die Erinnerung hatte Armin so sehr gefangengenommen, daß Argast seine Frage zweimal wiederholen mußte: »Was willst du damit sagen, die Götter hätten vielleicht ihre Hände im Spiel gehabt, Herzog? Heißt das, du hast doch mehr mit der Freveltat zu tun, als du zugegeben hast?«

Armin war sprachlos. Wenn selbst Argast an ihm zweifelte, konnte es ihm dann überhaupt noch gelingen, den Stamm der Cherusker von seiner Unschuld zu überzeugen? Er fühlte sich in einem tiefen Sumpf gefangen, in einer Falle ohne Ausweg. Je mehr er strampelte und sich bemühte, aus dem Morast zu kommen, desto tiefer sank er ein – und irgendwann würde er ersticken.

Er nahm sich zusammen und fragte Thorags Kriegerführer, ob er wirklich an seinem Herzog zweifele. Bevor Argast antworten konnte, kam der untersetzte Hirschkrieger hereingelaufen und rief: »Der Berserker ist erwacht! Isbert ist wieder bei Bewußtsein!«

Ingwin hatte den Boten gesandt, um Armin zu der Höhle in den Heiligen Steinen zu rufen, in die Isbert geschafft worden war. Der Hirschfürst sprang von der fellbedeckten Holzbank auf und eilte mit Argast durch das Lager der Hirschmänner, den Heiligen Steinen entgegen. Er wollte keine Zeit verlieren, wollte alles hören, was Isbert sagte.

Während er mit Argast in der beginnenden Abenddämmerung durch leichten Nieselregen und durch die Massen der aufgescheuchten Frilinge lief, bei denen die Nachricht von Isberts Erwachen schnell die Runde machte, rief sich Armin alles ins Gedächtnis, was er über jene unheimlichen Krieger wußte, die man Berserker und Bluttrinker nannte.

Die meisten Berserker wurden nicht als solche geboren, obschon es auch das geben sollte. Zumindest die ersten Berserker, von denen die Sagen erzählten, sollten schon mit der alles zerstörenden Wut im Leib auf die Welt gekommen sein. Wenn Menschen zu Berserkern wurden, geschah das entweder durch Einwirkung der Götter oder durch einen Trank, den die Zauber- und Heilkundigen brauten. Dieser Trank gab dem Menschen Zorn und Macht eines wütenden Riesen. Aber er fraß auch die Kräfte des Berserkers, der nach seiner Raserei in tiefen Schlaf fiel. Erwachte er daraus, war er wieder ein normaler Mensch – wenn er Glück hatte.

Vor den Heiligen Steinen trafen Armin und Argast auf die anderen Gaufürsten. Inguiomar, Balder und Bror verliehen ihrer Hoffnung Ausdruck, daß sich jetzt alles aufklären würde. Frowin und Thimar schwiegen, warfen dem Hirschfürsten aber finstere Blicke zu.

Durch einen engen Gang, der so niedrig war, daß hochgewachsene Männer wie Armin und Inguiomar sich bücken mußten, gelangten sie in die Höhle, in der ein schummriges Licht herrschte. Fensteröffnungen gab es nicht, und durch den Gang fiel nur sehr wenig Licht ein. Aber in dem großen Felsraum brannte ein knisterndes Feuer. Es sorgte für rötlichen Schein und Wärme, aber auch für Rauch, der die Augen zum Tränen und die Kehlen zum Husten reizte. Ingwin, Priester und Priesterhelfer hielten sich in der Höhle auf. Auch Gandulf war bereits eingetroffen.

Isbert, von Kopf bis Fuß mit getrocknetem Blut bedeckt, war noch immer gefesselt, mit so vielen Stricken, wie Armin sie noch nie an einem Mann gesehen hatte. Er lag an einer Wand auf einem Lager aus trockenem Laub, und das einzige, was er bewegen konnte, war sein Kopf. Das vormals pausbäckige Gesicht wirkte eingefallen, die Wangen hohl, von einem stoppeligen Bart bedeckt. Die eher kleinen Augen waren weit aufgerissen und traten, blutunterlaufen, aus den Höhlen hervor.

177

Sie blickten verwirrt, verängstigt, zu Tode erschrocken. Als Armin eintrat, hefteten sie sich auf den Hirschfürsten, und ein Hauch von Hoffnung zog über Isberts Antlitz.

Armin dachte, daß diese Reaktion bei dem falschen Mann erfolgte. Der Hirschfürst selbst war es, den die Hoffnung antrieb.

»Armin, mein Fürst«, krächzte Isbert mit brüchiger, kaum vorhandener Stimme. »Was ist mit mir geschehen? Hilf mir!«

Der junge Herzog mußte die Ohren spitzen, um alles zu verstehen. Der Berserkerrausch schien Isbert vollkommen ausgelaugt, ihm fast alle Kräfte geraubt zu haben, sogar die Stimme.

»Nicht antworten!« sagte Gandulf zu Armin. »Der Berserker darf nicht beeinflußt werden. Nur ich werde mit ihm sprechen.« Er wandte sich an den Mann, dem man jetzt kaum zutraute, in der vergangenen Nacht derart gewütet – und gemordet – zu haben: »Nenne deinen Namen, Cherusker!«

»Ich … ich bin Isbert, Eisenschmied aus dem Hirschgau. Aber frag Armin, meinen Gaufürsten und Herzog. Er kennt mich gut.«

»Das eben wollen wir feststellen«, erwiderte Gandulf im unpersönlichen Ton. »Erinnerst du dich an die letzte Nacht, Isbert aus dem Hirschgau?«

»Die letzte Nacht …« Der Gefesselte wiederholte es leise und ganz langsam, als suche er vergeblich nach einer Erinnerung. Dann schüttelte er den Kopf. »Nein, ich weiß nichts. Ich habe wohl fest geschlafen. Jemand muß mich im Schlaf überfallen und überwältigt haben.« Er senkte das Haupt auf die Brust und warf einen traurigen Blick auf die Stricke, die ihn banden.

»Nicht im Schlaf wurdest du übermannt, sondern im Blutrausch!« hob Gandulf erregt seine Stimme. »Im Hain der heiligen Rosse, die du sämtlich abgeschlachtet hast. Sie und der Priester Gudwin, den wir heute aufs Totenfeuer legten, wurden deine Opfer. Ebenso ein junger Priesterhelfer, der sein Grab in heiliger Erde fand. Sieh doch das Blut an, das überall an dir klebt, Isbert! Und dann sag mir, ob du dich noch immer nicht erinnerst!«

Wieder blickte der Eisenschmied an sich hinunter. Lange. Die Muskeln in seinem eingefallenen Gesicht zuckten, und Betroffenheit löste die Verwirrung ab.

»Ja, ich erinnere mich«, flüsterte Isbert. »Allmählich kehren die Bilder zurück. Ich war im heiligen Hain und hielt mein Schwert in der Hand. Es ... fraß das Leben der Pferde ... Und es trennte einem Mann den Kopf vom Leib ...«

Gandulf nickte. »Das war der Priester Gudwin.«

»Ich verstehe das nicht!« Isbert schluckte, schien das alles nicht zu begreifen, suchte mit zitternden Lippen nach Worten. »Warum ...« Seine Stimme erstarb, seine Frage versank in Fassungslosigkeit.

»Du warst im Blutrausch«, erklärte Gandulf. »Jemand hat dich in den Berserkerrausch versetzt. Wie wir vermuten, um dich zum Töten der heiligen Rosse anzustiften.«

»Warum?« wiederholte sich Isbert.

»Das eben wollen wir von dir erfahren!« Gandulf stand jetzt ganz nah vor dem Eisenschmied und sah mit glühenden Augen auf den Gefangenen hinab, als wolle er Isbert allein mit seinen Blicken festnageln. »Erinnere dich, Isbert! Wer hat dich zum Berserker gemacht? Wer gab dir den Befehl, die heiligen Rosse zu töten?«

Für kurze Zeit erlosch jeder Lebensfunke in Isberts geröteten Augen. Er war vollkommen in sich gekehrt, horchte in sich hinein, lauschte der Stimme verborgener Erinnerung. Dann, gänzlich unerwartet, ging ein Beben durch den gefesselten Leib, von solcher Wucht, als wolle der Schmied die Stricke sprengen.

»Er! Er war es!« schrie Isbert mit sich überschlagender Stimme, während die Augen noch weiter hervortraten. »Er hat mich gesandt, die heiligen Rosse zu töten!«

Sein starrer Blick ruhte auf einem Mann. Allen war klar, daß Isbert ihn gemeint hatte. Dennoch forderte Gandulf den Berserker auf, den Namen zu nennen.

»Es war Armin!« Isbert wirkte zutiefst erleichtert, als er den Namen endlich ausgesprochen hatte. »Mein Gaufürst hat mir befohlen, die heiligen Rosse zu töten!«

Es war schon dunkel, und der Regen war stärker geworden, doch Armin verharrte reglos bei den nahe vor ihm aufragenden Steinriesen. Jetzt, von Notts Schleiern umhüllt, wirkten sie noch unheimlicher als im Licht Dagrs. Jeden Augenblick schien Leben in die steinernen Leiber zu strömen, schienen die versteinerten Riesen erwachen zu können. Und mit ihnen würde sich das Unheil vollenden, das über Armin gekommen war. So fühlte er sich jedenfalls. Der Sumpf, in dem er steckte, drohte ihn zu verschlingen.

Mit ihm harrten alle Edelinge und unzählige Cherusker vor den Heiligen Steinen aus. Ob noch viele zu ihrem Herzog hielten? Nott verhüllte die Gesichter. Vielleicht war es gut, daß Armin nicht in ihnen lesen konnte.

Gandulf hatte Isbert mehrmals gefragt, ob er seine Anschuldigung gegenüber Armin aufrechterhalte. Der Schmied hatte es jedesmal bejaht und war schließlich wieder in tiefen Schlaf gefallen. Als Armin sich von dem Schrecken einigermaßen erholt hatte, fragte er Ingwin, ob jemand Isbert beeinflußt habe. Ingwin verneinte und schwor, keinen Augenblick von der Seite des Gefangenen gewichen zu sein. Niemand konnte Isbert eingeredet haben, Armin zu beschuldigen – falls Ingwin die Wahrheit sprach.

Armin ertappte sich dabei, daß er niemandem mehr vertraute. Alles und jeder schien sich gegen ihn verschworen zu haben. Wäre Thusnelda in diesem Augenblick bei ihm gewesen, er hätte wohl selbst ihr nicht getraut. Und doch sehnte er sich nach ihr, nach Verständnis, Beistand und Wärme.

Irgendwann kam Unruhe in die Menge, und flackernder Fackelschein riß einen Teil der Felsriesen aus der Nachtschwärze. Priesterhelfer, die auf einem über den Köpfen der Cherusker liegenden Felsvorsprung erschienen, trugen die Fackeln. Sie bildeten einen Halbkreis, in den einige Priester traten, angeführt von Gandulf. Er strich über seinen langen Bart und hob dann die Hände, um das Murmeln und Flüstern der Frilinge zu beenden. Tausende von Gesichtern sahen erwartungsvoll zu ihm auf.

Gandulf rief noch einmal die schreckliche Bluttat der vergangenen Nacht in die Erinnerung der Cherusker zurück.

Dann berichtete er, was ohnehin schon von Mund zu Mund gegangen war: Isberts Anschuldigung.

»Armin hat seine Unschuld beteuert«, fuhr der Oberpriester fort. »Aber reicht das, wo alles gegen ihn spricht, selbst die Aussage seines eigenen Gefolgsmannes? Armin hat sich auf die Priesterin Astrid berufen, und Astrid ist spurlos verschwunden. Dann berief sich der Hirschfürst auf Isbert, aber Isbert beschuldigte ihn. Ist das nicht schon der Beweis der Blutschuld, die auf Armin lastet? Trotzdem wollen wir keinen Mann vorschnell verurteilen, der von so edler Abstammung ist und in vielen ruhmvollen Schlachten für den Stamm der Cherusker gekämpft hat. Außerdem ist der Ingfürst Inguiomar für ihn eingetreten und hat versichert, er glaube weiterhin an die Unschuld seines Brudersohns.«

Armin sah seinen Oheim nur als schemenhafte Gestalt. Noch in der Höhle hatte Inguiomar seine Erklärung für den Neffen abgegeben. Und Armin hatte sich einmal mehr gefragt, ob der Ingfürst wirklich sein Freund war.

Gandulf sprach weiter: »Der Rat der Priester hat die Runen befragt und Wodan um weisen Rat ersucht. Die Runen erzählten von den neun Nächten, die Wodan am windigen Baum hing, um die Weisheit zu erlangen. Sie gaben auch Armin neun Nächte, seine Unschuld zu beweisen. Er darf den Bereich der Heiligen Steine in dieser Zeit nicht verlassen, sich sonst aber frei bewegen. Gelingt ihm der Beweis seiner Unschuld, ist er ein freier Mann. Gelingt er aber nicht, ist es in der neunten Nacht die Pflicht der Priesterschaft, den Blutfrevel mit dem Tod des Frevlers zu bestrafen!«

Kapitel 14

Der Geruch des Todes

Vielleicht lag es an dem im Luftzug tanzenden Feuer der Fackel, vielleicht auch an seinen erschöpften Kräften, daß Thorag alles unwirklich erschien, wie die böse Schöpfung eines Mahrs, der sich in seinen Träumen eingenistet hatte. Der Raum mit seinen Folterinstrumenten, die beiden blutigen Leichen, die schmerzhaften Peitschenhiebe – all das schien zu dem schrecklichen Spiel zu gehören, daß der Mahr mit Thorag trieb. Mahre konnten die verschiedensten Gestalten annehmen, warum also nicht die einer jungen blondhaarigen Frau?

Sah sie nicht aus wie ein Ungeheuer, als sie sich über den Toten mit der blutigen Kehle beugte, um ohne Scheu den Dolch aus dem zerstochenen Fleisch zu ziehen? Es wirkte wie ein in tagtäglicher Verrichtung geübter Handgriff, als sie den Dolch zwischen die Falten der Tunika steckte, um ihn vom Blut zu reinigen. Da die Tunika des Zenturios rot war, fielen die Blutflecke fast gar nicht auf.

Thorag schüttelte seinen Kopf und kämpfte gegen die wirren Gedanken an, die sich seiner bemächtigten. Die Frau war kein böser Geist, jedenfalls nicht für ihn. Sie hatte ihm geholfen, ihm das Leben gerettet. Ohne ihr Einschreiten hätte der Schwerthieb des Zenturios Secundus Pollius Vorenus ihm den Schädel gespalten. Das, worauf er insgeheim gehofft hatte, war eingetreten: Canis war ihm zu Hilfe gekommen.

Aber weshalb stritt sie ab, Canis zu sein, als er ihren Namen nannte?

Er kniff die Augen zusammen, versuchte, seine getrübten Sinne zu schärfen. Die Frau war schlank und nicht besonders groß, wie Canis. Sie trug auch eine ähnliche Tunika, nur länger und mit langen Ärmeln. Das Haar allerdings war nicht so kurz geschnitten wie das der Jägerin und am Hinterkopf zu einem Knoten zusammengedreht; es schimmerte selbst im Fackellicht nicht wie rötliche Seide, sondern heller, fast gelb wie Weizen. Es waren auch nicht Canis' grüne Raubkatzenaugen, die Thorag anblickten, sondern hellblaue, leicht wäßrige Augen. Sie wirkten verklärt, alt, als habe das Mädchen schon viel mehr erlebt, als sein Alter vermuten ließ.

»Wer bist du?« fragte Thorag matt. Sogar beim Sprechen merkte er, wie sehr ihn die Folter geschwächt hatte.

»Ich heiße Guda.«

Er wiederholte den Namen und dachte nach, war sicher, ihn jüngst erst gehört zu haben, konnte ihn aber nicht einordnen. Auch das war wohl eine Folge seiner Schwäche, die nicht nur den Körper, sondern auch den Geist ergriffen hatte.

»Ich bin Gueltars Schwester«, fuhr seine Retterin fort, und jetzt erinnerte er sich. »Mein Bruder hat an deiner Seite gekämpft und ist mit dir zusammen zur Ubierstadt gebracht worden. Ich sah, wie man euch vom Hafen hierher brachte.«

Thorag nickte schwach. »Gueltar müßte noch mit meinen Kriegern im Verlies stecken.«

»Dann sollten wir sie rasch befreien und schnellstens von hier verschwinden, bevor wir entdeckt werden.« Guda zeigte auf Sejanus. »Was ist mit diesem Römer?«

Thorag wurde erst jetzt gewahr, daß er noch immer auf dem Präfekten hockte. Der Befehlshaber der Prätorianergarde rührte sich nicht, atmete nicht.

»Der Prätorianerpräfekt Sejanus ist tot«, stellte der Cherusker fest. »Ich habe ihn erschlagen.«

»Gut!« Die Sugambrerin sagte es mit Nachdruck, und ihre trüben Augen leuchteten für einen Moment auf. »Jeder tote Römer ist eine gute Nachricht.«

Unter anderen Umständen hätte sich Thorag gewundert, solche Worte aus dem Mund einer Frau, noch dazu einer so jungen, zu hören. Aber er wußte von Gueltar, welche Pein und Erniedrigung Bruder und Schwester schon in jungen Jahren hatten erdulden müssen. Deshalb verstand er Gudas unbändigen Haß, konnte sogar mit ihr fühlen.

Er zog sich an dem Tisch mit den Waffen und Werkzeugen hoch. Hätte er sich nicht an der schweren Holzplatte festgehalten und hätte ihn nicht die herbeispringende Sugambrerin gestützt, wäre er wieder hingefallen. Schwindel packte ihn und ließ den ganzen Raum um ihn kreisen. Er hämmerte sich ein, daß er dem Gefühl nicht nachgeben durfte.

Wie aus weiter Ferne hörte er Guda sagen, daß er viel Blut verloren hätte und daß seine ärgsten Wunden augenblicklich verbunden werden müßten, um die Blutungen zu stillen. Kaum hatte sie das gesagt, da riß sie auch schon den roten Mantel unter dem toten Präfekten hervor und zerriß ihn in mehrere Streifen, die sie um Thorags Leib wickelte. Er stöhnte, als sie die Verbände mit überraschender Kraft festzog. Guda bemerkte im sachlichen Ton, die Wickel müßten so stramm sitzen. Thorag wußte das und nickte. Er bemühte sich, aufrecht zu stehen und dabei gleichmäßig und tief durchzuatmen. Um seinem rebellischen Gleichgewichtssinn einen Anhaltspunkt zu geben, fixierte er eine bestimmte Stelle der Folterkammer: die Fackel an der Wand. Allmählich wurde Thorag standfester, und seine Gedanken klärten sich.

Einer der klaren Gedanken ließ ihn ausstoßen: »Der Wächter vor der Tür!«

»Keine Sorge«, beruhigte ihn Guda und klopfte auf den Dolch, der, unter einer Falte ihrer gelben Tunika verborgen, in einem geflochtenen Wollgürtel steckte. »Er ist tot.«

»Gut, daß du auf meiner Seite stehst, Guda!« sagte Thorag aufrichtig. »Wie bist du überhaupt in diesen Keller gekommen?«

»Seit ich mir eine Stellung als Dienerin im Prätorium erschlich, habe ich das Gebäude ausgekundschaftet, so gut es nur ging. Vielleicht kenne ich mich hier besser aus als jeder Römer.«

»Ein wahres Glück für mich«, bekannte Thorag und bückte sich, um das Schwert des Sejanus aufzuheben. Auf beiden Seiten des vergoldeten Griffes war der Skorpion der Prätorianer eingraviert. »Gehen wir!«

Vor der Tür lag der Wachtposten mit durchbohrter Kehle. Die blutige Zunge quoll aus dem Mund, als wolle sie den toten Körper verlassen. Das Schwert des Soldaten steckte noch in der Scheide.

»Er rechnete nicht damit, von einer jungen, schwachen Frau angegriffen zu werden«, erklärte Guda.

»Jung wohl«, meinte Thorag. »Schwach bestimmt nicht.«

Er faßte den Mann unter die Schultern, und Guda hob die Beine an. So trugen sie ihn in die Folterkammer und schlossen die Tür, um unnötiges Aufsehen zu vermeiden. Die Flucht sollte nicht deshalb voreilig entdeckt werden, weil jemand zufällig über den toten Prätorianer stolperte.

»Und das Blut?« fragte Guda und zeigte auf den Fleck vor der Tür.

»Blutflecke vor der Folterkammer sollten niemanden beunruhigen. Und wer nicht genau hinsieht, wird nicht bemerken, daß dieser Fleck frisch ist.«

Sie liefen den Weg zurück, den Thorag mit den drei Prätorianern gekommen war. Wo er sich unsicher war, wählte Guda sofort die richtige Abzweigung. Sie hatte nicht übertrieben, was ihre Ortskenntnis betraf.

Ihr Eifer erschreckte Thorag ein wenig. Guda und ihr Bruder Gueltar waren noch so jung, und doch schien es für sie nichts anderes zu geben als den Haß auf die Römer und den Kampf gegen die Feinde. War es das, was der Krieg aus den Menschen machte? Würden alle Kinder, die in Zeiten des Krieges aufwuchsen, so werden – auch sein Sohn Ragnar?

Er konnte nicht weiter darüber nachdenken. Guda blieb stehen, legte warnend den Zeigefinger vor den Mund und deutete dann um die nächste Biegung. Thorag verstand. Dort stand der Prätorianer vor der Tür des Verlieses.

Vorsichtig schob der Donarsohn den Kopf um die Ecke, bis er den Mann sah, der ihn losgeschlossen hatte. Gelangweilt lehnte der Römer neben der Kerkertür und starrte an die steinerne Decke. Vielleicht träumte er vom fernen Rom mit seinen sonnendurchfluteten Straßen und Plätzen. Oder von der Liebsten, die auf ihn wartete.

Die nächste Fackel hing jenseits des Prätorianers, etwa zwölf Schritte von dem Römer entfernt, an der Wand. Die Richtung, aus der Thorag und Guda kamen, lag im Halbdunkel, was ihrem Vorhaben nur dienlich sein konnte.

Schnell machte Thorag der Sugambrerin durch Zeichen klar, wie sie vorgehen wollten. Guda nickte und lächelte. Dann griff sie an ihren Hinterkopf und zog einen kleinen

Bronzekamm aus dem Haarknoten. Sie steckte den Kamm in ihren Gürtel und schüttelte den Kopf. Das blonde Haar fiel in weichen Wellen über ihre Schultern. Sie löste sich aus den Schatten der Biegung und ging mit wiegenden Hüften auf den Römer zu.

Staunend bemerkte Thorag, wie schnell Guda ihr Gehabe und scheinbar ihr ganzes Wesen verändert hatte. Aus der verbissenen, kriegerischen Sugambrerin war innerhalb weniger Augenblicke eine verführerische Frau geworden. In Guda lagen die verschiedenartigsten Wesenszüge verborgen, helle und dunkle. Einmal mehr fühlte sich Thorag an die geheimnisvolle, faszinierende Canis erinnert.

Ein Ruck ging durch den Körper des Prätorianers, als er die junge Frau bemerkte. Sein schneller, nervöser Griff zum Schwert erstarrte mitten in der Bewegung. Von dem lächelnden Mädchen schien keine Gefahr auszugehen.

»Was willst du hier?« fragte der Soldat, aber es klang nicht im mindesten streng, nur neugierig. Wahrscheinlich war er froh über die Abwechslung und den Anblick eines hübschen Mädchens.

Guda blieb erst stehen, als sie schon an ihm vorbeigegangen war. Um sie anzuschauen, mußte der Prätorianer das Gesicht von dem Teil des Gangs abwenden, in dem Thorag sich verbarg. Der Cherusker löste sich von der Wand. Er schlich in gebückter Haltung und mit der Geräuschlosigkeit eines Schattens auf das Verlies zu. Seine Rechte umklammerte das Schwert des Sejanus.

»Die Küche schickt mich«, sagte Guda mit breitem Lächeln zu dem Prätorianer. »Ich soll dich fragen, ob du Hunger hast.«

»Ja, den habe ich.« Der Römer erwiderte das Lächeln. »Ich habe Hunger auf Fleisch. Auf süßes, zartes Fleisch, das so gut duftet wie deins.«

»Dann probier es doch!« flötete Guda, trat dicht vor den Römer und tat, als wolle sie ihren Gürtel lösen.

Der Prätorianer streckte die Arme aus, wollte Guda umarmen. Das war der Augenblick, als Thorag vorsprang und das Schwert zum Schlag hob.

Aber Guda war schneller. Während der Prätorianer seine

Arme um ihren Leib schlang, fuhr ihre rechte Hand in einer blitzartigen Bewegung an seinen Hals. Der Dolch, den sie aus dem Gürtel gezogen hatte, fraß sich tief in das Fleisch des Römers. So rasch, daß er nicht einmal mehr schreien konnte. Blut begleitete ein verzweifeltes Röcheln, und der Römer kippte zur Seite.

Thorag fing ihn auf und legte ihn fast geräuschlos auf den Boden. Guda bückte sich über ihn, zog den Dolch aus der Wunde und sorgte mit einem tiefen Schnitt durch die Kehle des Prätorianers dafür, daß seine Qualen und sein Leben beendet waren.

»Ich wollte ihn übernehmen«, sagte Thorag leise, mit einem Hauch von Vorwurf.

Guda reinigte ihren Dolch an der Tunika des Prätorianers, wie Thorag es schon bei dem toten Zenturio beobachtet hatte. Ohne aufzusehen, erwiderte sie: »Ich habe es gern getan.«

Thorag nahm den Schlüssel vom Gürtel des Toten, schob die beiden Eisenriegel zurück und stieß die Kerkertür auf. Gefolgt von Guda, trat er in den kalten, nach Angst und Tod riechenden Raum. Die Gefangenen riefen überrascht seinen Namen. Er ermahnte sie, leise zu sein. Guda eilte sofort auf ihren Bruder zu und schloß ihn in die Arme. Thorag befreite seine Männer und Gueltar von den eisernen Halsringen und durchschnitt ihre Handfesseln. Zwei Krieger bewaffneten sich mit Schwert und Dolch des toten Prätorianers, dessen Leiche sie ins Verließ zogen. Sie schlossen und verriegelten die Tür und folgten Guda durch Gänge und über Treppen auf einen nachtdunklen Hof.

Die Wolken verschluckten das Licht der Gestirne zum größten Teil. Nur undeutlich zeichneten sich die Umrisse von Hecken und Marmorstatuen ab. Guda setzte ihren Weg zielstrebig fort. Es ging durch enge, dunkle Gassen zum nahen Rhein, ohne daß sie einer römischen Streife oder sonst jemandem begegneten. Die fortgeschrittene Nacht und das unfreundliche Wetter hielten die Menschen in ihren steinernen Häusern.

Schwierig wurde es an der breiten Holzbrücke, die Verbindung der Ubierstadt mit der vorgelagerten Rheininsel. An jedem Ende der Brücke hielten zwei römische Soldaten Wache. Und doch mußten die Flüchtlinge die Brücke überqueren, um auf die Rheininsel zu gelangen. Denn dort wartete ein befreundeter Fährmann, wie Guda erzählt hatte, um die Donarsöhne und das Geschwisterpaar zum rechten Rheinufer zu bringen – in Sicherheit. Nicht alle Cherusker konnten das Hafenbecken durchschwimmen, weil ihre Verletzungen sie zu sehr behinderten.

Gueltar schlug vor, die beiden Wächter am diesseitigen Brückenkopf zu überraschen und nach ihrer Überwältigung im Sturmlauf die Brücke zu überqueren.

»Das dauert zu lange«, entgegnete Thorag. »Wie sehr wir uns auch beeilen, die beiden Wachtposten auf der Insel haben mehr als genug Zeit, um ihre Kameraden zu alarmieren. Nein, wir müssen alle vier Römer gleichzeitig ausschalten. Und dazu müssen wir schwimmen.«

Er wählte den besten Schwimmer unter den Donarsöhnen aus, einen kräftigen Krieger namens Hatto, der den Dolch des getöteten Kerkerwächters an sich nahm. Thorag und Hatto lösten sich aus ihrem Versteck, einem Stapel großer Kisten auf dem Kai. Sie liefen zum Fluß und glitten fast geräuschlos in das kalte, brackige Wasser. Hatto hielt den Dolch zwischen den gebleckten Zähnen, während er den Fluß mit kräftigen, lautlosen Schwimmzügen durchquerte. Thorag, das Schwert des Sejanus mit Gudas Gürtel auf seinen Rücken gebunden, folgte ihm und überholte ihn bald. Sein Vater Wisar hatte Thorag beigebracht, sich im Wasser so wohl zu fühlen wie ein Fisch. Sie schwammen direkt unter der Brücke, so daß die Wächter sie nicht sehen konnten.

Endlich erreichten die beiden Donarsöhne das Westufer der Insel und kletterten in den Schatten des äußersten, auf Land gebauten Brückenpfeilers. Wie er bestand die ganze Brückenkonstruktion aus Holz. Thorag nahm an, man wollte die Brücke schnell abreißen können, falls den rechtsrheinischen Germanen die Eroberung der Insel gelang.

Er und Hatto verständigten sich nur durch Handzeichen. Bevor sie den Schutz des Brückenpfeilers verließen, legte Thorag die Hände vor den Mund und stieß zweimal das gutturale ›Gu-ug‹ des Rauhfußkauzes aus – das Signal für die Gefährten am anderen Ufer. Eine Antwort erfolgte nicht und war auch nicht abgesprochen. Zu viele Käuzchenrufe hätten die Brückenwächter nur mißtrauisch gemacht.

Die beiden Wächter auf der Inselseite lehnten am hölzernen Brückengeländer und unterhielten sich müde über das schreckliche, fremde, kalte Land Germanien und über die Wonnen des sonnigen Roms. Mit diesem Gedanken an ihre Heimat starben sie, ohne die Cherusker bemerkt zu haben. Fast gleichzeitig stieß Thorag sein Schwert von hinten durch den Körper des einen und zog Hatto die Dolchklinge durch die Kehle des anderen Römers.

Sie hörten Schrittgetrappel auf den Holzbohlen der Brücke und leises Stöhnen. Am Brückenende auf der Landseite starben die beiden anderen Wächter. Die Donarsöhne lehnten die Leichen so über das Brückengeländer, daß es aussah, als blickten die Wachen auf den Fluß. Von weitem mochte das einen zufälligen Beobachter täuschen, zumal in dieser düsteren Nacht. Blieb nur zu hoffen, daß der Tod der Wachtposten nicht zu früh entdeckt wurde.

Gueltar, Guda und die anderen kamen heran. Guda hielt noch ihren Dolch in der Hand, die Klinge mit frischem Blut überzogen. In ihren Augen lag ein befriedigter Glanz. Thorag hatte den Eindruck, daß sie mit jedem Römerleben, das sie auslöschte, etwas mehr von dem jungen Mädchen verlor, das sie zumindest noch in Ansätzen war. Der Tod der verhaßten Feinde linderte ihren Haß nicht, sondern schürte ihn. Es war wie ein Rausch von Wein oder Bier. Vergossenes Blut weckte die Lust auf mehr. Dem Donarsohn gefiel die andere Guda besser, die nur noch ein Schemen zu sein schien. Der Geruch des Todes, der Guda jetzt umwehte, stieß ihn ab.

Sechzehn Gestalten eilten, angeführt von den Geschwistern, über die düstere Insel. Schwerter, Dolche, Pilen und Schilde der toten Brückenwächter ermöglichten, daß jetzt jeder aus Thorags kleinem Haufen bewaffnet war.

Gueltar und Guda kannten den Weg zum Fährhafen am anderen Inselufer. Absichtlich wählten sie nicht die kürzeste Strecke, um der kleinen Wachgarnison, die hinter schützenden Wällen und Mauern auf der Insel lag, nicht zu nahe zu kommen.

Sie liefen über das Gelände eines Frachthafens, als sie die römischen Alarmrufe hörten. Entweder hatte man ihre Flucht aus dem Kerker oder die toten Brückenwächter entdeckt, vielleicht auch beides.

Für Augenblicke hielt der Trupp an und lauschte in die von fernen Stimmen durchbrochene Nachtstille.

»Bis zu den Fähren ist es nicht mehr weit«, sagte Gueltar. »Wenn wir uns beeilen, schaffen wir es!«

Er hatte kaum ausgesprochen, da näherten sich römische Soldaten, die im Laufschritt aus einer schmalen Gasse kamen. Thorag sah sie zwar nur umrißhaft, aber das metallische Hämmern ihrer nägelbeschlagenen Stiefelsohlen verriet, daß es Legionäre waren. Vermutlich eine durch die Alarmrufe aufgescheuchte Nachtstreife.

»Wir werden kämpfen!« stieß Gueltar grimmig hervor, und seine Schwester nickte.

»Nein«, erwiderte Thorag. »Selbst wenn wir siegen, hält uns das zu lange auf.« Er stieß Hatto an und zeigte auf zwei in der Nähe abgestellte Karren, auf denen große Fässer festgebunden waren. »Komm mit!«

Thorag und Hatto kletterten jeder auf einen der Karren. Thorag kannte den Inhalt der Fässer nicht, hörte nur ein schwerfälliges Gluckern, als er die Halteseile mit dem Schwert durchhieb. Hatto verfuhr auf dem zweiten Karren ebenso. Nur ein paar Stöße, und schon bewegten sich die Fässer, rollten von den Karren und über den festgetretenen Boden. Er war leicht abschüssig zu der Gasse hin, aus der die Legionäre gestürmt kamen.

Erschrocken blieben die Römer stehen und starrten auf die schneller und schneller anrollenden Fässer. Als die Soldaten endlich zur Seite springen wollten, war es für viele schon zu spät. Die Unglücklichen wurden von den Fässern überrollt oder an den Wänden der Lagerhäuser zerquetscht.

Das Rumpeln der Fässer und die Schreie der Römer hallten noch durch die Nacht, da waren Thorag und die Seinen schon wieder unterwegs. Ein paar Cherusker stießen erleichterte

Rufe aus, als sie den Fluß erblickten – und den großen bärtigen Mann, der vor einem der flachkieligen Fährboote stand. Er hatte ein auffällig breites Kreuz, um das er zum Schutz gegen die Nachtkälte einen römischen Mantel gelegt hatte. Die helle, allmählich ins Grau übergehende Farbe von Kopfhaar und Bart verriet den Germanen.

»Das ist der Fährmann Menold«, sagte Guda. »Er kommt aus dem Land der Friesen, wohnt aber schon seit einigen Wintern in der Ubierstadt.«

»Seit zu vielen Wintern«, brummte der Friese Menold. »Wird Zeit, daß ich verschwinde.«

»Wird Zeit, daß wir alle verschwinden«, berichtigte ihn Thorag, als er hinter sich den Laufschritt einer größeren Gruppe Legionäre hörte.

»Die Fähre ist abfahrtbereit, wir müssen nur eine Leine kappen«, erklärte Menold und zeigte auf das Seil, das um einen hölzernen Poller geschlungen war. »Und die der anderen Fähren, dann können die Römer uns nicht verfolgen.«

»Sind sie nicht verankert?« fragte Thorag.

Menold sandte ein verschwörerisches Grinsen durch sein dichtes Bartgestrüpp. »Ich hatte genügend Zeit, die Ankerseile aller Fähren einzuholen.«

»Du allein?« äußerte Thorag sein Erstaunen.

Menold winkelte den rechten Arm an, und selbst durch den Mantelstoff zeichneten sich seine gewaltigen Muskeln ab. »Das ist kein Fett, Cherusker.«

»Und das da drin gewiß kein Schmalz«, meinte Thorag und tippte an Menolds Stirn. »Die Idee mit den Ankern war hervorragend.«

Der Donarsohn sandte seine Männer aus, die Haltetaue der anderen Fähren zu kappen. Die Cherusker und ihre Helfer liefen über eine schmale Planke an Bord von Menolds Fähre. Thorag als letzter, nachdem er mit einem Schwerthieb das Tau am Poller und den halben Holzpfosten gleich dazu zerschlagen hatte.

Menold übernahm das Kommando. Die Cherusker mußten die fehlenden Schiffer ersetzen und die Riemen und Staken bedienen. Der Friese selbst stellte sich ans Steuer auf der rechten Heckseite. Die Männer an den Staken stießen die Fähre ins tiefere Flußwasser.

Währenddessen erreichten die Legionäre den Fährhafen. Wütend mußten sie mit ansehen, wie sich das Boot mit den Flüchtlingen von der Insel entfernte und wie die übrigen Fähren mit der Strömung davontrieben.

Ein Offizier schrie seine Befehle, und die Legionäre warfen ihre Pilen. Wie ein Hagelschauer prasselten die Speere auf Menolds Fähre ein. Die meisten der tödlichen Waffen verschwanden glücklicherweise im Rhein. Einige trafen das Holz der Fähre, und die langen Klingen verbogen sich beim Aufprall. Absichtlich härteten die römischen Waffenschmiede nur die breite Spitze des Eisens, ließen die lange Klinge, die Spitze und Holzschaft verband, jedoch weich; durch das Verbiegen des Eisens beim Aufprall wurde sichergestellt, daß die Feinde die Pilen nicht auf die römischen Legionäre zurückschleuderten.

Ein Pilum fand sein Ziel, und ein Cherusker schrie auf. Er hatte noch Glück gehabt, daß die Eisenspitze nur seinen Oberschenkel durchschlagen hatte. Thorag hieb mit dem Schwert auf die eiserne Zwinge ein, die Holzschaft und Eisenklinge zusammenhielt. Bei jedem Schlag heulte der verwundete Cherusker vor Schmerz auf, aber es mußte sein. Die Zwinge zersprang. Die Nieten, welche die Angel der Klinge mit dem Schaft verbanden, fielen heraus, und die Klinge löste sich vom Holz. Hatto sprang auf Thorags Wink herbei und hielt das verletzte Bein fest. Thorag umwickelte die Spitze des Pilums mit einem Wollstreifen, den er aus seiner Hose riß. Dann zog er das Eisen mit einem kräftigen Ruck aus dem Bein des Gefährten. Hatto brachte Menolds abgelegten Mantel heran und riß breite Streifen ab, mit denen Thorag die Wunde verband.

»Danke, Fürst Thorag«, keuchte der Verwundete.

Thorag nickte nur knapp und blickte sich um. Erleichtert stellte er fest, daß die Fähre außer Reichweite der römischen Pilen war und daß bis jetzt keine Verfolgerboote aufgetaucht waren. Er lief zum Heck und fragte Menold, wann sie mit den ersten Kriegsschiffen rechnen mußten.

»Dann werden wir längst am anderen Ufer sein«, beruhigte der Friese den Donarsohn.

»Und wie geht es dann weiter?«

»Das liegt in deinen Händen, Cherusker. Wir müssen uns irgendwo Pferde besorgen und zusehen, daß wir uns möglichst schnell vom Rhein entfernen.«

»*Wir?*« fragte Thorag. »Du willst uns begleiten?«

»Nach dem, was ich in dieser Nacht getan habe, kann ich schwerlich in die Ubierstadt zurückkehren.«

»Wohl wahr«, seufzte Thorag. »Du bist tapfer, kräftig und klug, Menold. Ich würde dich gern in den Reihen meiner Krieger willkommen heißen.«

»So soll es sein!«

»Eins allerdings verwundert mich«, offenbarte der Donarsohn seinen bis jetzt zurückgehaltenen Zweifel. »Die Friesen stehen schon lange auf der Seite der Römer, haben ihnen sogar bei ihren Feldzügen gegen uns geholfen. Wieso stellst du dich so plötzlich gegen deine römischen Freunde?«

Menold blickte durch Thorag hindurch, als er antwortete: »Ich habe erkannt, daß die Römer nicht meine Freunde sind – leider zu spät. Ich hatte einen Sohn, auf den ich sehr stolz war. Lando war mir als einziger geblieben, nachdem meine Frau und meine Tochter vor fünf Wintern am Fieber gestorben waren. Er machte sich prächtig, wuchs zu einem kräftigen Jungmann heran. Eines Tages im letzten Sommer, als die lange Zeit, in der Donar keinen Regen sandte, den Rhein schmaler werden ließ, half Lando, ein steckengebliebenes Kriegsschiff der Römer wieder flottzumachen. Mit anderen Männern stand er im flachen Wasser und drückte mit Hebeln gegen den Rumpf der Trireme. Das Schiff kam frei, zu schnell. Nicht alle Helfer konnten sich in Sicherheit bringen. Lando gehörte zu denen, die unter den Rumpf gerieten. Die Trireme zerquetschte seinen halben Leib, aber Lando war stark – er überlebte.«

Die eben noch unbeteiligt blickenden Augen des Fährmanns glühten jetzt vor Leidenschaft, und seine Stimme hatte bei den letzten Worten gezittert.

»Und?« fragte Thorag, der Schlimmes erahnte. »Was ist geschehen?«

»Alles Bitten und Betteln half nichts: Die Römer schickten keinen Medicus. Alle Ärzte wurden in einem der Legionslager gebraucht, wo eine üble Seuche herrschte. Roms Dank für Landos Hilfe war sein qualvoller Tod.«

Das Feuer in Menolds Augen erlosch, die Augen blickten wieder in eine unsichtbare Ferne. Thorag drang nicht weiter in den Friesen. Er verstand jetzt, weshalb der Fährmann sich der germanischen Untergrundbewegung in der Ubierstadt angeschlossen hatte.

Als die Fähre auf Land schrammte, sprangen ein paar Donarsöhne ins nur noch knietiefe Wasser und hielten den Kahn fest. Alle anderen gingen an Land. Thorag wollte ihnen folgen, blieb aber an Bord, als er feststellte, daß Gueltar und Guda in einer Ecke am Bug hockten. Sie steckten ihre Köpfe zusammen und sahen aus, als tuschelten sie miteinander.

Die leisen Worte kamen von Gueltar, der den Kopf seiner Schwester an seiner Schulter barg und über ihr langes Haar strich, das wirr nach unten hing. Die Spitzen der blonden Haare hatten sich dunkel verfärbt. Schuld war das Blut, das Gudas Leib floh. Ihre Brust war von einem Pilum durchbohrt.

Thorag kniete sich neben die Sugambrer und stellte fest, daß Guda noch lebte. Ihre Lider flatterten, und die Lippen zitterten, antworteten lautlos den beruhigenden Worten des Bruders.

Dann schaffte sie es doch, ihre Worte in Töne zu fassen: » … brauchst mich nicht anzulügen … weiß, daß es zu Ende ist … müßt fliehen … ohne mich … wäre nur eine Last …«

Gueltar schluckte und nickte. Guda hatte recht. Sie mitzunehmen würde die Flüchtlinge zu sehr aufhalten.

Aber Thorag fragte sich auch, was die Römer mit der Verräterin machen würden, sollte sie ihnen noch lebend in die Hände fallen.

Guda sprach weiter, aber Thorag konnte die Worte, die kaum lauter waren als das Rauschen des Rheins, nicht verstehen. Gueltar brachte ein Ohr ganz dicht an den Mund seiner Schwester. Dann wandte er sich an den Donarsohn: »Verlaß das Boot, Fürst Thorag. Ich werde dir gleich folgen.«

Und so geschah es. Sobald Gueltar in den Uferschlamm sprang, gaben Menold und mehrere kräftige Cherusker der Fähre einen Stoß. Die Strömung erfaßte das hölzerne Gefährt, spielte kurz unentschlossen mit ihm, entschied sich dann und riß es mit sich fort. Quer zur Strömung gestellt, sah es fast aus, als wollte die Fähre sich gegen die gewaltsame Entführung wehren.

»Was ist mit deiner Schwester?« fragte Menold den jungen Sugambrer.

»Wenn jemals eine Frau verdient hat, unter Wodans Einheriern aufgenommen zu werden, dann Guda«, antwortete Gueltar, während sein Blick an der kleiner werdenden Fähre hing.

Der Fährmann starrte den Jüngling mit großen Augen an. »Du meinst ...«

»Guda ist tot.« Gueltar sagte das wie zu sich selbst, löste seinen Blick endlich von der Fähre und starrte wie versteinert auf den blutigen Dolch in seiner Hand. Es war die Waffe, die seiner Schwester gehört hatte.

Jetzt wußte Thorag, was Guda ihrem Bruder ins Ohr geflüstert hatte.

Drei Nächte lang trieben sich die geflohenen Germanen in den Urwäldern am rechten Rheinufer herum. Tagsüber versteckten sie sich. Manchmal hörten sie von fern ihre Häscher: Pferdegewieher und das Kläffen von Hunden.

Jagdhunde!

Thorag dachte an Canis und daran, ob die Jägerin zum zweitenmal Jagd auf ihn machte. Und falls ja, nur um Drusus und Sejanus zu unterstützen, oder wollte sie Thorag aus anderen – persönlichen – Gründen in die Hände bekommen?

Auf diese Fragen erhielt er keine Antwort, denn die Donarsöhne blieben unentdeckt und dankten dem Donnergott für seinen Schutz. Als sie sich endlich sicher fühlten und den dichten Wald verließen, um nach Pferden auszuspähen, wären sie fast einem Reitertrupp in die Arme gelaufen. Im letzten Augenblick konnten sie sich in dichtem Gestrüpp verbergen.

Doch als Thorag die Reiter vorbeisprengen sah, hielt es ihn nicht länger in seinem Versteck. Er brach aus dichtem Farn hervor und schrie freudig den Namen des Anführers: »Argast!«

DRITTER TEIL

DER FLUCH DES RIESEN

Kapitel 15

Marbod kommt!

»Marbod kommt!«

Der Ruf, der am späten Nachmittag über die Cheruskerlager bei den Heiligen Steinen flog, brachte neues Leben in die niedergeschlagenen Frilinge. Seit Isberts Freveltat ruhten die Feierlichkeiten, verharrten die sonst so tatkräftigen Krieger in ihren Hütten und versanken in tiefes Brüten. Sie schienen das Ende der Zeiten zu erwarten – zumindest die Strafe der Götter. Nur zur Mittagsstunde, wenn der Lurenklang die Männer zusammenrief, um unter Anleitung der Priester die Götter um Gnade anzuflehen, kam für gewöhnlich Leben in die Krieger.

Die Rückkehr von Armins Kundschaftern hatte den Cheruskerstamm aus seiner Erstarrung gerissen. Ihre Botschaft war in der Tat beunruhigend: Der Markomannenkuning hatte mit einem großen Heer seine Nordgrenze überschritten und bewegte sich auf das Land der Cherusker zu. Armin hatte dafür gesorgt, daß sich die Nachricht rasch in den Lagern sämtlicher Sippen ausbreitete. Vielleicht richtete die Aussicht auf einen ruhmreichen Kampf die Männer wieder auf.

Jetzt konnte es Armin gelingen, das Heft wieder in die Hand zu nehmen. Im Kampf hatte er sich bewährt und seinen Ruhm gewonnen, damals gegen Varus und später gegen Tiberius und Germanicus. Wenn es zum Kampf gegen Marbod kam, konnte Armin zeigen, daß der Cheruskerstamm auf ihn angewiesen war. Ja, so konnte er dem Verhängnis entgehen!

In die neu aufkeimende Hoffnung mischten sich Zweifel, als Armin in die Gesichter der anderen Gaufürsten blickte, die auf sein Verlangen an Mimirs Quelle zusammengekommen waren. Frowin und Thimar sahen ihn ablehnend an, in Frowins Fall sogar feindselig. Sie würden seinem Plan zum raschen Kriegszug kaum zustimmen, selbst wenn sie erkannten, daß dies für den Cheruskerstamm das Beste war. Eher waren wohl Balder und Bror zu überzeugen. Aber auch die beiden alten Fürsten schienen an ihrem Herzog zu zweifeln. Ihre Gesichter waren verschlossen, ihre Äußerungen einsilbig. Isberts Bluttat und vielleicht noch mehr seine Anschuldigung hatten ihre Wirkung auch auf die alten Recken nicht verfehlt.

Sie warteten nur noch auf Inguiomar, den Undurchsichtigen. Der Donargau würde bei dieser Beratung nicht vertreten sein. Noch in der Nacht, als Gandulf die Entscheidung der Götter verkündet hatte, schickte Armin den Kriegerführer Argast aus, seinen Fürsten Thorag zu suchen. Armin wußte, daß es jetzt auf jeden treuen Mann ankam, besonders auf einen so angesehenen, wie es der Donarfürst war. Hätte Armin geahnt, wie schnell es zu einer neuen Zusammenkunft an der Quelle der Weisheit kommen würde, hätte er nicht Thorags Stellvertreter Argast gebeten, den Suchtrupp anzuführen.

Fünf Nächte waren verstrichen, seit Gandulf im Namen der Götter Armins Bußtod befohlen hatte. Armin hatte nur noch drei Nächte Zeit, sein Leben zu retten – und sein Volk. Wenn es ihm nicht gelang, würde die vierte Nacht seinen Tod bringen.

Seit Isberts Berserkertat war der Himmel bedeckt, verhüllte Wodan vor Zorn sein Haupt. Priester, Edelinge und Frilinge nahmen dies als weiteren Hinweis, daß der Göttervater Buße forderte, das Vergießen von Blut für das vergossene Blut seiner Rosse. Armin sah über die hohen, dicht beieinanderstehenden Kronen von Tannen und Fichten hinweg zu den Häuptern der Steinriesen, die undeutlich hinter milchigen Nebelschwaden lagen. Auch sie schienen ihr Antlitz vor Armin zu verhüllen, und er fühlte sich schuldig, ohne daß er es wollte.

Er glaubte, ein paar winzige Punkte zu sehen, die um die Steinriesen flogen. Waren das die Elstern, oder erlag er nur einer Sinnestäuschung? Er dachte an die Sage vom Erwachen der Steinriesen, wenn die Elstern sie verließen. Erfüllte sich der alte Fluch? War die Zeit gekommen, die alle Zeiten beendete? Erwachten die Riesen und Ungeheuer, um die Götter und die Menschen zu vernichten? War Isberts Raserei nur der

Beginn des großen Kampfes, in dem sich alle zerfleischten, Götter und Riesen, Germanen und Römer, Cherusker und Markomannen?

Schritte rissen Armin aus seiner Erstarrung. Durch den großen Bogen der beiden Eschen traten zwei Männer, deren unbeschwerte Jünglingszeit lange hinter ihnen lag. Der eine mit dem glattrasierten Gesicht und dem allmählich ergrauenden Haar, das auf einen wollenen Umhang mit großen blau und rot leuchtenden Vierecken fiel, war Inguiomar. Neben ihm ging der graubärtige Gandulf im weißen Priestergewand und mit der goldenen Wodansfibel. Wie alle der hier versammelten Fürsten trugen auch die beiden Neuankömmlinge hohe Lederstiefel. Das häufige Weinen der Götter in den letzten Nächten und Tagen hatte den Waldboden zu Morast aufgeweicht. An der Quelle war es nicht ganz so schlimm: Der felsige Grund widerstand selbst den Tränen der Götter.

Armin sowie Balder und Bror sahen den obersten Priester der Heiligen Steine überrascht an. Der ganze Bezirk der Steinriesen unterstand der Priesterschaft, nicht aber Mimirs Quelle. Dies war schon seit Urväterzeiten der Ort, an dem die Fürsten unter sich berieten, unbeeinflußt von Frilingen wie von Priestern.

»Ich wußte nicht, daß Thorag und Argast den Ewart Gandulf zum stellvertretenden Führer der Donarsöhne bestimmt haben«, bemerkte Armin in einer Mischung aus Verwunderung und leichtem Spott, während er Gandulf und Inguiomar fixierte. »Anders kann ich mir die Anwesenheit Gandulfs am Ratplatz der Gaufürsten nicht erklären.«

Balder und Bror äußerten Zustimmung, während Frowin und Thimar sich ruhig verhielten, abwartend.

»Ich vertrete nicht die Donarsöhne, sondern die Priesterschaft der Heiligen Steine«, erwiderte Gandulf, als er und Inguiomar die anderen erreichten.

»Und Gandulf hat das Recht, hier zu sein«, fügte der Ingfürst schnell hinzu. »Nicht minder als es Argast hatte, der auch kein Gaufürst der Cherusker ist.« Er blickte Armin an, und in seinen Worten schwang ein leiser, aber unverhohlener Vorwurf mit.

»Es ist alte Sitte, daß ein Gaufürst einen Vertreter bestellen darf«, sagte Armin. »Fürst Thorag hat seinen Kriegerführer Argast beauftragt, für die Donarsöhne zu sprechen. Daran ist nichts Unrechtes. Für wen aber spricht Gandulf in diesem Rat?«

Der Oberpriester reckte das bärtige Kinn vor. »Wie ich bereits bemerkte, ich spreche für die Priesterschaft.«

»Also für dich selbst«, versetzte Armin und fuhr fort: »Natürlich schätze ich Gandulfs weisen Rat, wie wir alle es tun. Aber es widerspricht jedem Brauch, daß die Priester ihre Stimmen an Mimirs Quelle erheben.«

Wieder stimmten Balder und Bror Armins Worten zu, und ersterer meinte: »Wichtig und nötig ist der Rat der Priester, doch er soll nicht ungefragt erschallen!«

»Das tut er nicht«, erklärte Inguiomar. »Ich selbst habe Gandulf gebeten, mich zu begleiten.« Er schwieg und blickte die anderen Gaufürsten an, wartete die Wirkung seiner Worte ab.

»Sprich weiter, Herzog«, verlangte Balder. »Erkläre deine Rede!«

Der Ingfürst nickte und sagte: »Wenn wir es so genau nehmen mit dem Brauch der Väter, dürfte auch mein Brudersohn Armin nicht hier sein, denn er steht im Verdacht, ein Götterfrevler zu sein. Ich aber bin der Meinung, daß ein Verdacht noch kein Urteil ist und daß ein trotz seiner Jugend erfahrener Herzog wie Armin gehört werden sollte.«

Jetzt war es Inguiomar, der die allgemeine Zustimmung erntete.

»Das berechtigt mich, am Rat der Fürsten teilzunehmen, vielen Dank, Oheim«, sagte Armin mit einem säuerlichen Lächeln. »Aber was hat das mit Gandulf zu tun?«

»Wenn er hier ist, werden die Götter über deine Teilnahme am Rat nicht erzürnt sein, Armin«, antwortete Inguiomar. »Der Priester Wodans wird für den Allvater sprechen und sicherstellen, daß deine Worte die eines Fürsten sind, nicht aber die eines Frevlers.« Bevor Armin etwas erwidern konnte, blickte der Ingfürst in die Runde und fragte: »Findet diese Überlegung die Zustimmung der Gaufürsten?«

Balder, Bror, Thimar und Frowin bejahten das – und Armin saß in der Falle. Einmal mehr mußte er Inguiomars Geschicklichkeit im Ränkeschmieden bewundern. Ohne es wohl zu ahnen, jedenfalls was Balder und Bror betraf, hatten eben alle Gaufürsten dem älteren Herzog zugestimmt, seinen jüngeren Rivalen zu entmachten. Jedes Wort Armins, das Inguiomar nicht gefiel, konnte der Ingfürst durch Gandulf zum Frevel erklären lassen. Die Frage war: Hörte Gandulf auf Inguiomar? Seit damals, als Inguiomar sich zum zweiten Herzog aufschwang, hegte Armin den Verdacht einer düsteren, unheiligen Allianz zwischen Ingfürst und Oberpriester, ohne daß er etwas beweisen konnte.

Alle Hoffnung, die Armins Herz auf dem Ritt zu Mimirs Quelle erfüllt hatte, schwand dahin. Trotzdem erhob er seine Stimme, nachdem alle das Wasser der Weisheit aus dem silbernen Runenhorn getrunken hatten. Er nahm die Versammelten mit seinem festen Blick gefangen und versuchte, sie für einen sofortigen Kriegszug gegen Marbod zu gewinnen.

»Diese Worte hast du schon einmal gesprochen, Fürst Armin«, sagte Thimar, nachdem Armin geendet hatte. »Vor wenigen Nächten erst. Und wir haben entschieden, daß wir Marbod nicht zum Kriegszug herausfordern wollen.«

»Nach der Kunde, die meine Boten brachten, hat der Kuning der Markomannen den Krieg selbst begonnen«, fiel Armin in die Thimar zustimmenden Ausrufe der anderen Fürsten ein. »Marbod hat seine Grenzen überschritten und bewegt sich mit großem Heeresgefolge nordwärts, auf das Land der Cherusker zu.«

»Wer sagt, daß unser Land Marbods Ziel ist?« fragte Frowin.

»Welches Ziel sonst sollte Marbod haben?« Armin zeigte nach Süden. »Dort hat er ein großes Reich geschaffen. Ich habe schon lange geahnt, daß es ihn einst nach mehr Land, Untertanen und Ruhm gelüstet. Nun scheint die Zeit gekommen.«

Inguiomar ergriff das Wort: »Du vergißt, Armin, daß die Chatten und Marser zwischen uns und Marbods Grenzen siedeln. Sollte Marbod diese Grenzen tatsächlich überschritten haben, wäre ein Händel der Markomannen mit Chatten oder Marsern eine mögliche Erklärung.«

»Selbst dann wären unsere Schwerter, Framen und Gere gefordert«, sagte Armin. »Die Chatten und die Marser haben uns gegen Rom beigestanden. Da ist es nur billig, daß wir sie gegen einen möglichen Überfall der Markomannen verteidigen.«

»Das sehe ich anders«, erklärte der Ingfürst. »Bevor wir uns in einen Krieg einmischen, der uns nichts angeht, sollten wir die Gründe kennen. Falls Marbod tatsächlich einen Kriegszug gegen die südlich von uns siedelnden Stämme unternimmt, tut er das vielleicht mit gutem Recht.«

Armin hatte die unsichtbaren Schwerthiebe gespürt, die Inguiomar ihm mit seiner Wortwahl versetzte. »Du zweifelst daran, Inguiomar, daß Marbod mit seinem Heer gen Norden zieht?« fragte der Hirschfürst.

»Allerdings. Wir haben nur das Wort deiner Boten dafür, Armin.«

»Hirschkrieger lügen nicht!«

»Jeder Mann ist zur Lüge fähig«, belehrte ihn Inguiomar. »Falls du, Armin, was ich weder hoffe noch glaube, wirklich ein Gottesfrevler bist, könntest du auch deine angeblichen Kundschafter zur Lüge angestiftet haben. Ein Kriegszug gegen Marbod käme dir jetzt sehr gelegen, würde er doch von Isberts Schandtat ablenken.«

Frowin und Thimar stimmten Inguiomar laut zu. Die argwöhnischen Blicke, die Bror und Balder dem Hirschfürsten zuwarfen, verrieten, daß die Rede des Ingfürsten auch sie nicht unbeeindruckt gelassen hatte.

Zorn übermannte Armin. Alle guten Worte, die Inguiomar zu ihm gesprochen hatte, schienen auf einmal wie weggewischt. Die verräterische Schlange hatte sich gehäutet und ihr wahres Gesicht gezeigt. Daß Inguiomar sagte, er hoffe auf und glaube an Armins Unschuld, waren nur leere Worte, süßer Honig, den Inguiomar auf seine in Wahrheit bittere Rede strich.

Der Ärger und die Verbitterung, die sich in den letzten Nächten und Tagen in Armin aufgestaut hatten, brach sich

Bahn. Der Hirschfürst stieß eine Verwünschung aus, sprang auf Inguiomar zu und wollte sein Schwert aus der Scheide ziehen. Doch eine Hand faßte Armins Handgelenk und hielt es fest. Wütend starrte Armin in das ernste Gesicht des Oberpriesters.

»Es war gut, daß Inguiomar mich mit zu Mimirs Quelle nahm«, sagte Gandulf. »So kann ich eine zweite Freveltat verhindern. Nachdem schon der Hain der heiligen Rosse und damit die gesamten Heiligen Steine entweiht wurden, soll nicht auch noch Blut in die Quelle der Weisheit fließen. Besinn dich, Armin!«

Der Hirschfürst beugte sich nicht dem Druck der knochigen Priesterhand, sondern der Erkenntnis. Er ließ den Schwertgriff los und sagte: »Mein Handeln war falsch. An Mimirs Quelle sprechen Worte und Weisheit, nicht die Waffen.«

Gandulf nickte beifällig, ließ Armins Hand los und trat einen Schritt zurück. Dabei geriet er auf dem feuchten Fels ins Rutschen, verlor das Gleichgewicht und drohte, in den Teich zu stürzen, der den Wildbach speiste. Mehr in einer reflexartigen Bewegung als in überlegter Handlung sprang Armin hinzu und packte einen von Gandulfs hilflos in der Luft rudernden Armen. So konnte Armin verhindern, daß der Ewart ins Wasser stürzte. Er fiel nur auf die Knie und stieß ein leises Stöhnen aus.

»So etwas geschieht, wenn an Mimirs Quelle statt der Weisheit die Wut regiert!« verkündete Inguiomar laut und tadelnd.

Armin hätte seinen Oheim in diesem Augenblick am liebsten erwürgt. Aber er riß sich zusammen, wollte nicht noch einmal im Angesicht Gandulfs und der Gaufürsten die Geduld und damit sein Gesicht verlieren. Schon jetzt machte Inguiomar eindeutig die bessere Figur. Ohne auf die spitzen Worte des Oheims einzugehen, half Armin dem Priester auf die Beine und erkundigte sich nach seinem Wohlbefinden.

»Es geht schon, danke«, murmelte Gandulf, während er sich mit leisem Ächzen aufrichtete. »Meine Knochen sind nicht mehr die jüngsten und spüren jeden Stoß überdeutlich.«

205

Er blickte nacheinander in alle Gesichter und sagte laut:
»Inguiomars Worte waren klug gewählt. Wir sollten uns nicht
von Wut und Hast leiten lassen. Vielleicht brachten Armins
Boten wahre Kunde, vielleicht auch nicht. Ich schlage vor, daß
die anderen Stämme ebenfalls Kundschafter aussenden. Bis
sie zurück sind, ist auch Armins Schicksal entschieden und
damit die Frage, wer den Stamm der Cherusker in einem
möglichen Krieg gegen die Markomannen anführt.«

Armins Gegenrede, das verschaffe Marbod nur einen zeit-
lichen Vorteil, hatte keinen Erfolg. Die Gaufürsten nahmen
Gandulfs Vorschlag an und lobten die Klugheit des Oberpriesters. Dann verließen sie Mimirs Quelle durch das Eschentor.

Armin ging nicht mit ihnen. Er konnte kaum verbergen,
wie sehr die neuerliche Niederlage ihn erschüttert hatte. Alles
schien sich gegen ihn verschworen zu haben. Und vielleicht
auch alle?

Wie dünnhäutig er doch in letzter Zeit geworden war. Im
Spiegel der Quelle sah er sein Gesicht, vor Wut und Enttäuschung zu einer Fratze verzerrt. Heiße Wellen liefen über seinen Körper, Hitze stieg in seinen Kopf. Er kniete sich hin und
schöpfte mit den hohlen Händen Wasser aus der Quelle,
benetzte damit seine heiße Stirn und die glühenden Wangen.
Wenn Mimirs Wasser den Fürsten der Cherusker schon keine
Weisheit brachte, sollte es wenigstens ihm Kühlung verschaffen, dachte Armin bitter.

Als er sich wieder aufrichten wollte, verharrte er plötzlich.
Das schwache Licht, das durch Wodans Wolkenmantel drang,
fiel auf etwas Glitzerndes, das in einer kleinen Felsspalte lag,
genau an der Stelle, wo Armin den stürzenden Oberpriester
aufgefangen hatte. Es war ein handtellergroßer Gegenstand
an einer Schnur – ein Amulett, das an einem geflochtenen
Band hing. Das Band war gerissen. Gandulf mußte es verloren haben. Armin fischte es aus der Ritze zwischen den Steinen und rechnete, als er das irdene Bildnis ansah, damit, auf
ein Abbild Wodans zu blicken, ähnlich der Goldfibel an Gandulfs Schulter.

Aber es war ein Tier mit kräftigem Körper und großem
Schädel, den es dem Betrachter zuwandte. Es starrte Armin

an, mit glühend roten Augen, die den Hirschfürst in ihren
Bann zu ziehen drohten. Er schüttelte den Kopf und machte
sich klar, daß es nur toter Stein war, auf den er blickte. Die beiden Augenpunkte mußten mit Farbe behandelt sein, daß sie
diesen rotleuchtenden Effekt hervorriefen. Armin empfand
Bewunderung für den Mann, der das Amulett gefertigt hatte.
Der in Stein geritzte Bär schien zu leben. Das lag wohl auch
an der Wärme, die der Stein ausstrahlte. Gandulf mußte ihn
direkt auf seiner Haut getragen haben. Nur bei den kurzen
Beinen des Bären hatte der Schöpfer des Bildnisses unsauber
gearbeitet. Jedes der vier Beine warf einen seltsamen Schatten, als hätte hier eine unsichere Hand das Gravurmesser
geführt.

Das helle Flechtband, an dem das Amulett hing, bestand
aus dünnen, seidigen und dennoch festen Strängen. Es sah
aus wie Tierhaar, vielleicht vom Schweif eines Pferdes.

»Ein seltsames Amulett für einen Priester Wodans«,
brummte Armin. Er hatte solch ein Zeichen noch bei keinem
Priester und bei keiner Priesterin gesehen. Und er konnte sich
auch nicht an eine besondere Beziehung Wodans zum Bären
erinnern. Die Raben, die Gans und der Wolf waren die Tiere,
die man gemeinhin mit dem Göttervater in Verbindung
brachte, und natürlich Sleipnir, der Dahingleitende, Wodans
achtbeiniges Roß. Aber ein Bär?

Kopfschüttelnd folgte Armin den Fürsten und Gandulf,
um dem Ewart sein Amulett zurückzugeben. Aber er und
Inguiomar hatten, wie auch die anderen Gaufürsten, die
große Lichtung mit dem rauschenden Wildbach längst verlassen. Nur die Handvoll Hirschkrieger, die Armin begleitet
hatte, wartete noch mit den Pferden. Armin zuckte mit den
Schultern und steckte das Amulett in einen Ledersack an seinem breiten, mit Gold- und Silberbeschlägen verzierten
Ledergürtel. Er würde Gandulf gewiß bald wiedertreffen –
spätestens in der Nacht, die Armin das Leben rauben sollte.

Armin und sein Gefolge ritten langsam durch den dichten
Wald. Er hatte es nicht eilig, zu den Heiligen Steinen zurückzukommen. Sie erinnerten ihn nur an das düstere Schicksal,
das ihn erwartete, gelang ihm nicht der Nachweis seiner

207

Unschuld. Er benutzte den Ritt, um sich über das Geschehen an der Quelle klarzuwerden. Darüber, wer auf wessen Seite stand, wer mit wem ein geheimes Bündnis geschlossen haben mochte. Der einsetzende Regen störte ihn nicht. Noch waren die Tränen der Götter nicht stark genug, um den Schutz des Waldes zu durchdringen.

An Balders und Brors Aufrichtigkeit hegte der Hirschfürst kaum Zweifel. Die beiden alten Fürsten waren schon einmal, bei Inguiomars Herzogswahl, von dem Ingfürsten für seine Zwecke eingespannt worden. So leicht würden sie nicht noch einmal auf ihn hereinfallen.

Frowin und Thimar waren dem Hirschfürsten nicht freundlich gesinnt, soviel stand fest. Aber vergeblich versuchte Armin zu durchschauen, ob sie einvernehmlich handelten. Hatten sich Stierfürst, Eberfürst und vielleicht auch der Ingfürst gemeinsam gegen ihn verschworen?

Kapitel 16

Alrun

Der Regen klatschte schwer in Armins Gesicht und schaffte es doch nicht, die Sorgen wegzuwaschen. Die schützenden Bäume blieben hinter dem kleinen Reitertrupp zurück, machten Sträuchern und Farnen Platz. Bald schon tauchten die Hirschkrieger in das Hüttengewirr ihres Lagers ein. Der Himmel war düster von Wolken und der beginnenden Abenddämmerung. Je dunkler er wurde, desto mehr Wasser spuckte er aus. Trotzdem zogen sich die Männer im Hirschlager nicht in ihre Hütten und Unterstände zurück. Sie drängten sich auf dem Platz vor Armins großer Hütte zusammen – aber nicht um ihren Fürsten und seine Begleiter, sondern um einen anderen, größeren Reitertrupp.

»Was ist da los?« fragte Armin, doch keiner seiner Begleiter wußte eine Antwort.

Der Hirschfürst trieb seinen Rappen an und kniff die Augen zusammen, spähte über die Köpfe der Menge hinweg zu den Reitern, die augenscheinlich gerade erst im Hirschlager eingetroffen waren.

»Macht Platz für Armin, unseren Fürsten!« riefen seine Begleiter laut und drängten die Männer auseinander.

Durch die schmale Gasse lenkte Armin sein großes Römerpferd und spornte es zu größerer Eile an, als er zwei der berittenen Krieger im Mittelpunkt des Menschenauflaufs erkannte. Der Mann, dessen rötliches Haar, vom Regen plattgedrückt, rund um ein spitzes Fuchsgesicht klebte, war Argast. Und der blonde Hüne neben ihm war der Mann, auf den der Hirschfürst seit vielen Nächten sehnsüchtig wartete.

»Thorag, mein Bruder!« Armin umarmte den Kampf- und Schicksalsgefährten so heftig, daß die beiden fast aus den Sätteln gerutscht und in den Schlamm gefallen wären. Als Thorag aufstöhnte, ließ Armin ihn los und sah ihn besorgt an. »Bist du verletzt, Thorag?«

»Zwei Römer haben mir gezeigt, wie gut sie die Peitsche zu führen verstehen.«

Armins eben noch heitere Züge verhärteten sich wieder. »Ich hoffe, die beiden sind zu ihren Göttern gegangen.«

Thorag nickte. »Einer von ihnen war der Prätorianerpräfekt Sejanus.«

Armin sandte einen suchenden Blick über die Köpfe der Reiter. »Ich sehe keine Gefangenen und nur wenige deiner Krieger. Bewachen die anderen Drusus Caesar an einem sicheren Ort?«

»Der Sohn des Tiberius ist an einem sicheren Ort, leider«, seufzte Thorag. »Wir hatten ihn und Sejanus schon gefangen, aber sie wurden befreit und verschleppten uns in die Ubierstadt.« Er berichtete von der Gefangenschaft der Donarsöhne und von der nächtlichen Flucht. »Argast und seine Mannen erschienen im richtigen Augenblick. Mit ihrer Hilfe entkamen wir den römischen Häschern.«

»Daß Drusus nicht in unseren Händen ist, ist eine schlechte Nachricht«, meinte Armin. »Aber daß du, Thorag, endlich hier bist, eine um so bessere!«

209

»Ich hörte schon, daß du in Schwierigkeiten steckst, Armin.«

»Und sie nehmen nicht ab, im Gegenteil. Aber laß uns in meiner Hütte weiterreden. Das Herdfeuer wird uns trocknen und wärmen. Es gibt eine Menge zu besprechen, denn große Gefahr droht aus dem Süden: Marbod kommt!«

Thorag und Argast folgten dem Herzog in die vom Feuerschein erleuchtete Hütte und nahmen auf einer groben Holzbank nahe dem Herdfeuer Platz. Sofort brachten Schalke Met und Bier, Haferbrei und Rauchfleisch heran. Die Blutsbrüder aßen, tranken und redeten, aber trotz der Wiedersehensfreude blieb die Stimmung gedrückt. Was Thorag und Armin einander zu berichten hatten, ließ keine Freude aufkommen.

»Wo steckt Ingwin?« fragte Thorag mittendrin.

»Er hält noch bei Isbert Wache«, antwortete Armin.

»Wozu? Ich dachte, der Schmied hat seine Aussage bereits gemacht.«

Armin, der mit einem zähen Fleischstreifen beschäftigt war, hielt im Kauen inne. Das Fleisch hing ihm aus dem Mund, während er Thorag anstarrte. »Du glaubst doch nicht, daß ich mich mit Isberts Aussage zufriedengebe? Oder denkst du, ich hätte ihn angestiftet, die heiligen Rosse abzuschlachten?«

»Natürlich nicht«, versicherte Thorag und dachte insgeheim, daß Armin immer etwas Unberechenbares an sich hatte. Dies jetzt zu erwähnen, hätte ihnen nicht weitergeholfen. Sie hatten Feinde genug. Es wäre unklug gewesen, sich auch noch untereinander zu entzweien. Außerdem glaubte Thorag wirklich nicht an Armins Schuld, weil er darin keinen Sinn entdecken konnte. »Ich verstehe nur nicht, was du dir von Isbert erhoffst, Armin. Wenn er schon einmal seinen Fürsten und Herzog fälschlicherweise angeschuldigt hat, wird er es auch wieder tun. Wer immer Isbert bestochen oder gezwungen hat, er muß den Schmied überzeugt haben, daß er von deinen Feinden mehr zu erwarten hat, als von dir, seinem Gaufürsten.«

»Das glaube ich nicht«, rief eine kreidige, durchdringende

Stimme vom hellen Rechteck des Eingangs her. »Vielleicht hat Isbert seinen Fürsten verraten, ohne es zu wollen.«

Thorag erkannte die grauhaarige Frau, die im Eingang stand und sich auf ihren knotigen Stock stützte, umspielt von den weiten Falten ihres weißen Kleides. »Alrun!«

Armin sah seinen Blutsbruder an. »Das ist die Seherin, von der du erzählt hast? Aber was macht sie hier?«

Alrun beantwortete die Frage: »Ich erheische eure Hilfe, edle Fürsten, und biete euch dabei die meinige an. Denn mein Schicksal und das eure sind eng miteinander verknüpft.«

Thorag warf ihr einen strengen, tadelnden Blick zu. »So eng, daß du dich heimlich davongestohlen hast, bevor uns die Flammenreiter überfielen!«

»Ich habe dich gewarnt, Donarsohn, aber du wolltest nicht auf mich hören. Sollte ich etwa mit dir ins Verderben laufen?«

»Wohl wahr«, seufzte Thorag und winkte die Frau an Armins Tafel. »Setz dich und erzähl, was dich zu uns führt!«

»Ja«, nickte Armin. »Erzähl uns vor allem, wie du in meine Hütte kommst und was du über Isbert weißt.«

»Ich kam schon gestern zu den Heiligen Steinen und hörte so einiges über den Blutfrevel des Eisenschmieds. In deine Hütte zu kommen war nicht weiter schwer, Herzog Armin. Deine Wächter haben sich vor dem Regen so tief verkrochen, daß selbst ein Ur unbemerkt an ihnen vorbeigekommen wäre.« Alrun ließ sich neben Argast auf die Holzbank sinken und warf gierige Blicke auf das Essen. »Bei diesem Wetter friert es einen doppelt schlimm, wenn auch noch der Magen knurrt.«

»Schon gut«, meinte Armin. »Bedien dich nur, solange das Rauchfleisch dir nicht den Mund verstopft. Ich möchte nämlich gern Antworten auf meine Fragen hören!«

»Das Fleisch brauchst du nicht zu fürchten«, kicherte die Alte. »Es sieht zäh aus, und die Zähne, die mir verblieben sind, sitzen locker. Ich halte mich lieber an den Haferbrei.«

Auf Armins Wink füllte der Schalk Omko eine irdene Schale mit dem braunschwarzen Brei, steckte einen klobigen Holzlöffel hinein und reichte die Schale der Seherin. Die begann sofort, gehäufte Löffel Brei in ihren Mund zu stopfen.

Einiges von dem Brei rann an ihrem Gesicht hinunter, tropfte auf ihr Gewand und auf den Tisch. Armin, Thorag und Argast tauschten angewiderte Blicke aus.

»Wenn dieser Isbert die heiligen Rosse wirklich im Berserkerrausch getötet hat, muß es nicht in seiner Absicht liegen, dich zu verleumden, Fürst Armin«, sagte Alrun unvermittelt und kaute dann mit lautem, genüßlichem Schmatzen weiter.

»Ich mag keine Seher und auch keine Seherinnen.« Argast verzog unwillig sein spitzes Gesicht. »Sie reden in einer Sprache, die einem den Kopf platzen läßt.«

»Argast hat recht«, sagte Armin. »Wenn du uns etwas zu sagen hast, Weib, dann so, daß wir es auch verstehen!«

Alrun schien ihn nicht gehört zu haben. Sie starrte mit über den Tisch gebeugtem Gesicht in die irdene Schale und sagte leise, fast ein wenig traurig: »Schon leer.«

»Kein Wunder bei der Geschwindigkeit, mit der du den Brei in dich reinschaufelst«, brummte Armin. »Du mußt nicht fürchten, daß du nicht satt wirst, Weib. Du kannst soviel Haferbrei essen, wie du willst.«

»Gern!« Alruns Augen leuchteten, und sie hielt die Schale einem kleinwüchsigen Schalk vor die Nase.

»Aber nicht jetzt«, fuhr Armin fort und verscheuchte den keltischen Diener mit einem knappen Wink. »Erst redest du, dann ißt du!«

»Ganz, wie du befiehlst, Herzog.« Alrun lächelte, was gar nicht zu ihrem sorgenfaltigen Gesicht passen wollte. »Wer sich in den Berserkerrausch versetzt, kann nicht nur Dinge tun, die über die übliche Kraft eines Mannes hinausgehen, er kann auch Dinge sagen, die er sonst nicht über seine Lippen gebracht hätte. Besonders dann, wenn nicht er selbst, sondern ein anderer für seine Wut verantwortlich ist.«

Thorag verstand und nickte. »Du meinst, jemand könnte Isbert gegen seinen Willen gezwungen haben, die heiligen Rosse zu schlachten. Und dieser Jemand könnte ihm auch eingetrichtert haben, Armin zu beschuldigen, obwohl Isbert es gar nicht will!«

»Ganz recht«, sagte Alrun. »Es hängt ganz von den Künsten desjenigen ab, der den Berserkertrank gebraut hat.«

»Das kann nicht sein!« Armin schüttelte mit Entschiedenheit sein Haupt. »Isbert war doch schon aus dem Berserkerrausch erwacht, als er mich beschuldigte!«

»Aus dem Blutrausch schon.« Alrun heftete ihre Augen auf Armin, sah ihn fragend an. »Aber auch aus dem Einfluß des Berserkertranks?«

»Du meinst, der Trank kann fortwirken, auch wenn die Raserei schon abgeklungen ist?«

»Zum einen das. Zum anderen könnte jemand Isbert durch die regelmäßige Verabreichung des Tranks auf unbegrenzte Zeit in seinem Bann halten. Ein Mann kann so zum lebenslangen Sklaven eines anderen werden, ohne es selbst zu bemerken. Der Trank raubt ihm den freien Willen und die Fähigkeit, dies zu erkennen.«

Armins Faust hieb auf die Tischplatte »Das ist geradezu dämonisch!«

»Ja«, sagte Alrun ruhig. »Aber manchmal auch recht nützlich. Zumindest für den, der den Trank zu brauen versteht.«

»Da könnte etwas dran sein«, befand Argast. »Zwar gibt Ingwin auf Isbert acht, doch er prüft sicher nicht, was in Isberts Essen und seinen Getränken ist. Wer Isbert zum Berserker gemacht hat, kann so den Bann aufrechterhalten, direkt unter Ingwins Nase.«

»Ist das möglich?« fragte Armin und sah die Seherin an.

Alrun nickte.

»Könntest du auch einen solchen Trank brauen?« fragte der Hirschfürst weiter.

Wieder nickte Alrun. »Die Zutaten sind leicht besorgt. Wichtig ist vor allem der Saft des Fliegenpilzes. Aber nicht daran dürfte dir wirklich gelegen sein, Fürst Armin, sondern an einem Mittel, das dem Schmied Isbert seinen Willen zurückgibt.«

Gespannt beugte sich Armin vor. »Dieses Mittel könntest du mir beschaffen?«

»Ja, die nötigen Zutaten finde ich in dieser Gegend schnell. Morgen schon könnte es fertig sein.«

»Dann fang sofort an!« rief Armin aus.

Alrun reckte ihr warziges Kinn vor und starrte den Herzog an. »Wir müssen erst über die Gegenleistung reden.«

»Und die wäre?« knurrte Armin.

»Du suchst die verschwundene Priesterin Astrid. Ich suche sie auch. Du hilfst mir dabei, selbst wenn du sie nicht mehr benötigst, um deine Unschuld zu beweisen.«

»Natürlich werden wir Astrid suchen!« antwortete Thorag an Armins Stelle. »Sie hat mir schon so oft geholfen, daß ich nicht ruhen werde, bis ich sie gefunden habe!«

»Das ist gut.« Alrun wirkte erleichtert.

»Aber weshalb suchst du die Priesterin?« fragte Armin die Seherin.

»Das ist meine Sache.«

Armin sprang auf, beugte sich über den Tisch und umfaßte Alruns dürren Hals mit einer seiner großen Hände. Es sah aus, als bedürfe es nur einer Handbewegung des Herzogs, um der Seherin die Gurgel umzudrehen. Armins Augen flackerten.

»Genug der Geheimnistuerei!« stieß er erregt hervor. »Ich bin in letzter Zeit oft genug in hinterlistig gestellte Fallen getappt. Diesmal will ich alles vorher wissen. Woher weiß ich, daß du nicht bloß vorgibst, mir helfen zu wollen, und in Wahrheit für … für meine Feinde arbeitest.« Er hatte absichtlich keinen Namen genannt, weil er der Seherin nicht mehr verraten wollte, als sie schon wußte.

»Ich habe deinen Blutsbruder Thorag vor den Flammenreitern gewarnt.«

»Ja, aber woher wußtest du davon?« Armins feurige Augen durchbohrten Alrun. »Weil du wirklich eine heilige Frau bist? Oder weil du eine Spionin der Römer bist, eingeweiht in ihre Pläne?«

»Deine Seele ist von Mißtrauen zerfressen.« Alrun sagte es krächzend, so sehr lastete Armins Druck auf ihrer Kehle. »Ist das der Preis der Macht, Fürst Armin? Und ist sie es wert?«

Zögernd ließ Armin die Seherin los und wischte ihre Fragen mit einer heftigen Handbewegung beiseite. »Wenn du unser Vertrauen willst, mußt du offen zu uns reden!«

schnarrte er. »Wenn du uns aber etwas verschweigst, ist unser Mißtrauen wohl berechtigt!«

Alrun starrte ihn lange an und meinte dann mit einem kaum merklichen Zucken ihrer spitzen Schultern. »Männer wie du müssen wohl so denken. Auch wenn es dich nichts angeht, will ich dir meine Gründe nennen: Ich spüre Hels kalte Hand nach meinem Herzen greifen, viel fester als deinen Griff eben. Bevor ich der Totengöttin in ihr dunkles Reich folge, möchte ich noch einmal meine Tochter sehen.«

Armin sank langsam auf die Bank zurück und legte die Stirn in Falten. »Ich verstehe nicht, was das alles mit der Priesterin Astrid zu tun hat.«

Aber Thorag begriff es. Er hatte schon in jener Nacht, als Alrun ins Lager der Donarsöhne kam, eine seltsame, verstörende Vertrautheit gespürt, als sei er der Seherin schon einmal begegnet. Damals hatte er sich dieses Gefühl nicht erklären können, aber jetzt verstand er es. Auch wenn unzählige Winter, Fährnisse und Sorgen dazwischenlagen, hatte ihn das Gesicht Alruns an das Astrids erinnert. Aus beider Augen sprach derselbe Ernst und derselbe Hauch des Unergründlichen, Geheimnisvollen.

»Du bist Astrids Mutter?« fragte er zögernd, noch immer nicht ganz überzeugt. »Aber Astrid hat mir nur von ihrem Vater erzählt.«

Alrun bedachte ihn mit einem Blick, in dem sich Spott mit der tiefen Sehnsucht nach etwas Wertvollem, etwas Verlorenem mischte. »Meinst du nicht, Donarsohn, daß es bei jedem Menschen einen Vater *und* eine Mutter braucht, um ihn den Sorgen und Schrecken eines Erdenlebens auszusetzen?«

Thorag nickte. »Mich wundert nur, daß Astrid nie von dir erzählte.«

»Was sollte sie auch erzählen von einer Mutter, die ihre Tochter im Stich ließ? Ich verließ meinen Gemahl, als Astrid noch klein war und mein Sohn Eiliko gerade erst einen Namen erhalten hatte. Aber was sollte ich bei einem Mann, der sich mit Kebsen herumtrieb und für das eigene Weib nur Schimpf und Schläge übrig hatte? Obwohl ich mit der Hingabe an diesen Mann mein Leben als Priesterin der Langobarden zerstört hatte.«

»Astrid erzählte mir von einem anderen Ort, an dem sie aufwuchs«, sagte Thorag. »Der lag nicht im Land der Langobarden.«

»Als ich meine Familie verließ, lebte sie im Grenzland von Sugambrern, Tubanten und Usipetern«, bestätigte Alrun das, was Thorag von Astrid gehört hatte. »Aber bevor ich heiratete, war ich eine weise Frau vom Stamm der Langobarden. Dugal, mein Gemahl, war ein Kelte, der glaubte, beim Trinken von Met und Bier mit den Germanen mithalten zu müssen. Er versoff jeden Besitz und sank vom Freien zum Schalk herab. Da er ein Nichtsnutz war, wurde er schnell von seinem Herrn verkauft, und seine Familie mit ihm. Das geschah mehrmals, bis wir ins Grenzland der Sugambrer kamen, wo Eiliko geboren wurde. Dort hielt ich es nicht länger aus und verließ Dugal, um mein eigenes Leben zu suchen – und meine Bestimmung.«

»Du hast deinen Gemahl verlassen, aber auch deine Kinder!«

Alrun erwiderte Thorags Blick und nickte schwer. »Dein Vorwurf trifft tief in mein Herz, Donarsohn. Ich selbst habe diesen unsichtbaren, aber scharfen Ger schon oft in meinen Leib gebohrt und bereut, daß ich Astrid und Eiliko im Stich ließ. Aber Dugal hatte damals wieder eine Kebse ins Haus geholt. Eine, die wenigstens den Vorzug hatte, daß sie sich um die Kinder kümmerte wie um ihre eigenen. Sie hatte sogar ausreichend Milch in ihren schweren Brüsten, da sie kurz zuvor ein eigenes Kind verloren hatte. Du siehst, Fürst Thorag, ich ließ meine Kinder nicht schlecht behütet zurück.«

»Aber auch nicht gut behütet«, sagte Thorag hart. »Dugal verkaufte seine Kinder als Sklaven!«

»Du hast es mir schon einmal erzählt«, erwiderte die Seherin leise, mit brüchiger Stimme und niedergeschlagenem Blick. »Bereitet es dir Freude, den Ger wieder und wieder in mein Herz zu stoßen?«

Armin legte eine Hand auf Thorags Schulter. »Du glaubst der Seherin, Bruder?«

Thorag nickte. »Sie ist Astrids Mutter, ich fühle es.«

»Nun gut.« Armin sah wieder die Seherin an. »Wir tun alles, was wir können, um Astrid zu finden. Jetzt hilf auch du uns!«

»Bald. Erst muß ich euch etwas zeigen.«

»Was?« schnappte Armin.

»Es hängt mit Astrid zusammen. In der letzten Nacht hatte ich einen Traum. Und heute sah ich, wovon ich träumte. Jedenfalls etwas Ähnliches.«

»Sie spricht schon wieder in Rätseln«, maulte Argast und leerte mit vor Verzweiflung verdrehten Augen ein bronzebeschlagenes Methorn.

»Das Rätsel wird sich lösen, wenn ihr mich zu den Steinriesen begleitet«, sagte Alrun. »Nur mit wenigen Männern und zu Fuß, damit wir nicht auffallen.«

So geschah es. Thorag, Armin, Argast und sechs Hirschkrieger schritten mit Alrun durch den dämmrigen Regendunst, der die meisten Cherusker in ihren Hütten hielt. Niemand beachtete die kleine Gruppe. Nicht nur zum Schutz gegen den Regen hatten Armin und seine Begleiter Felle und dicke Wolltücher um die Köpfe geschlungen, sondern auch, um nicht erkannt zu werden. Der Regen fiel in schweren Tropfen, und der auffrischende Wind peitschte sie der kleinen Gruppe schmerzhaft entgegen. Als die Cherusker und Alrun die Steinriesen erreichten, war sonst kein Mensch zu sehen.

Armin, Thorag und Argast unterhielten sich stumm, durch Blicke. Jeder von ihnen dachte an die Möglichkeit eines Hinterhalts. Verbargen sich Meuchler im nahen Wald? Die Neugier war stärker als die Vorsicht, der Mut größer als die Furcht. Sie folgten Alrun, bis sie an der Westseite der Felsen standen und die Köpfe ins Genick legen mußten, um zu den Häuptern der Steinriesen aufzublicken.

Der Boden bestand entweder aus Morast oder aus rutschigem Fels. Doch Alrun ließ sich nicht aufhalten, auch wenn der Schlamm an ihren Füßen zerrte, wenn das glitschige Gestein sie wieder und wieder zu Fall brachte. Verbissen ging sie nach links bis zum letzten der hohen Felsen und deutete mit ausgestrecktem Arm hinauf.

217

»Seht ihr den Bären, der dort im Fels kauert, bereit zum Sprung, wie es scheint? Von ihm habe ich geträumt. Bloß war er noch viel größer und hielt Astrid, die verzweifelt nach mir schrie, in seinem Maul. In meinem Traum verfolgte ich den Bären, doch er war zu schnell, hatte acht Beine wie Wodans Roß Sleipnir.«

»Du schleppst uns durch den Regen, bloß weil dir ein Mahr den Traum von einem wilden Bären gesandt hat?« fragte Argast und schickte einen saftigen Fluch hintendrein. »Bei Wodans Raben, das Alter scheint dich verwirrt zu haben, Weib!«

»Es war nicht nur irgendein Bär. Er sah aus wie dieser, aber er hielt sich nicht bei den Heiligen Steinen auf. Ich fühlte ganz deutlich, daß Astrid nicht so nah ist.«

»Sie ist also bei dem anderen Bären?« vergewisserte sich Thorag.

»Ja! Und zwischen beiden Bären besteht eine Verbindung.«

»Eine Verbindung«, murmelte Armin und starrte zu dem riesenhaften Bären hinauf, den die Urväter in den Fels des Steinriesen gehauen hatten. »Ja, das könnte sein!«

»Wovon sprichst du, Armin?« fragte Thorag.

»Ich hätte gleich darauf kommen sollen«, fuhr der Hirschfürst fort, die Augen unverwandt zu dem Felsbären erhoben. »Das könnte die Verbindung sein!«

»Was?« rief Thorag gegen das Trommeln des Regens.

Armin öffnete eins der Ledersäckchen an seinem Gürtel und zog das Amulett heraus, das er bei Mimirs Quelle gefunden hatte. Er hielt es an der geflochtenen Schnur hoch, damit alle es sehen konnten, und erzählte, wie er zu dem kleinen Steinbären gekommen war.

»Die Ähnlichkeit ist tatsächlich verblüffend«, stellte Thorag fest, während er abwechselnd das Amulett und den riesenhaften Bären hoch über ihren Köpfen ansah.

Alruns knochige Klaue griff nach dem Steinamulett, das an Armins Hand hin und her pendelte, und hielt es fest, betrachtete es mit Augen, die den Steinbären in sich aufzusaugen schienen. »Er ist es«, flüsterte sie andächtig, mehr zu sich selbst als zu den umstehenden Cheruskern. »Der Bär aus meinen Träumen. Der Bär des Bösen!«

»Des Bösen?« wiederholte Armin. »Wie kommst du darauf?«

»Spürst du nicht die böse Ausstrahlung des Amuletts?« fragte Alrun verwundert.

»Nein. Es ist doch nur ein Stein.« Armin antwortete so, weil er keine Furcht vor einem Stein zeigen wollte. Aber tief in seinem Innern spürte er tatsächlich etwas Unheimliches, immer, wenn er das Amulett betrachtete. Vielleicht lag es an dem roten Stechen, das aus den Augen des Steinbären kam.

»Ein Stein mit verborgenen Kräften, ich spüre es ganz deutlich«, sagte Alrun. »Erlaube mir, den Stein an mich zu nehmen, Herzog!«

»Warum?« fragte Armin skeptisch. »Was willst du damit, wenn doch das Böse von ihm ausstrahlt?«

»Vielleicht bringt er mich auf Astrids Spur. Dieser Steinbär ist achtbeinig, so wie der Bär aus meinem Traum.«

Achtbeinig! Armin nickte. Das Weib sprach wahr. Er betrachtete die Beine der kleinen Figur. Es war kein Fehler des Steinritzers, keine zittrige Hand, sondern Absicht. Ein achtbeiniger Bär!

Er entsann sich Astrids geheimnisvoller Warnung und wiederholte sie laut. Hüten sollten sich er und Thorag vor einer Wölfin, einem goldenen Eber, einem schwarzen Pferd, einem schwarzen Stier und einem schrecklichen Bären mit acht Pranken!

»Die Wölfin steht für Rom, soviel ist klar«, fuhr der Hirschfürst fort. »Der Stier könnte auf Frowin hinweisen, den Fürsten des Stiergaus. Seit heute bin ich sicher, daß der Rappe für Marbod steht. Unklar war ich mir über Eber und Bär.«

»Der Eber weist auf Thimar hin, den neuen Eberfürsten«, sagte Argast.

»Oder auf Inguiomar«, wandte Thorag ein. »Singen nicht die Skalden von einem goldenen Eber, der Ings Wagen zieht?«

»Ja, Goldborste!« stimmte ihm Armin zu. »Daran habe ich auch schon gedacht. Inguiomars Verhalten heute an Mimirs Quelle rechtfertigt diesen Verdacht. Bleibt nur noch der achtprankige Bär ...«

»Gib mir das Amulett, Fürst!« Alruns Worte klangen flehend. »Ich will dir helfen, den Bären aufzuspüren.«

»Gut.« Armin reichte ihr das Amulett und sagte laut: »Wir alle müssen Stillschweigen bewahren über das, was wir hier gesehen und erörtert haben. Noch ist nicht die richtige Zeit, um Gandulf seinen Anhänger zurückzugeben.«

Alrun schloß ihre Hand um den kleinen Steinbären, und Armin fühlte sich erleichtert, nicht mehr in die winzigen glühenden Augen blicken zu müssen. Die Worte der Seherin klangen in ihm nach: *Der Bär des Bösen!*

Kapitel 17

Das Zauberkraut

Der Frühmet schien den Edelingen des Hirschstammes, die sich in Armins Hütte zum Morgenmahl versammelt hatten, schal zu schmecken, wie schon an den vorherigen Tagen. Kaum einer scherzte und lachte, und niemand ließ die Würfel rollen. Der Todesbann, der auf ihrem Herzog lag, lähmte die Hirschmänner. Sechs Nächte waren verstrichen, ohne daß Armin dem Nachweis seiner Unschuld auch nur einen Schritt näher gekommen war. Zwei Tage und Nächte des Lebens erwarteten den Hirschfürsten noch, dann kam die Nacht des Todes.

Die Tränen der Götter klopften in trauriger Eintönigkeit auf das mit Reisig, Laub und Stroh gedeckte Dach, wie schon die ganze Nacht hindurch, und verstärkten die trübe Stimmung. Einige Stellen im Dach waren bereits durchweicht; Wasser tröpfelte auf Bänke und Boden oder rann am Flechtwerk der Wände entlang, das trotz der Abdichtung mit einer Mischung aus gehäckseltem Stroh, Lehm und Pferdemist über kurz oder lang der Göttertrauer nachgeben würde. Wenn nicht bald etwas geschah, das die Götter versöhnte und Armin wieder zum allseits anerkannten Herzog machte!

Doch was? Darüber sann Armin erfolglos nach, während er lustlos ranzigen Ziegenkäse und ofenfrische Gerstenfladen zerkaute. Sein Magen knurrte zwar, aber er mußte sich bei jedem einzelnen Bissen zum Kauen und Schlucken zwingen. Der Met half ihm, das Essen hinunterzuspülen, vertrieb aber nicht die Sorgen. Zum Morgenmahl tischten die Schalke ein leichtes Gebräu auf, das nicht benebelnd in die Köpfe stieg.

Thorag, der zusammen mit Argast an Armins Tafel geladen war, betrachtete das sorgenvolle Gesicht seines Herzogs und Blutsbruders eine ganz Weile und sagte endlich: »Solange wir nicht im Sterben liegen, sollten wir uns mehr Gedanken um das Leben machen. Hab Vertrauen, Armin!«

»Vertrauen?« Der Hirschfürst bedachte den Donarsohn mit einem gequälten Augenaufschlag. »Worauf? Auf wen?«

»Auf Alrun. Ich habe das Gefühl, daß Astrids Mutter uns nicht im Stich lassen wird. Sie hat mich vor den Flammenreitern gewarnt und recht behalten. Und auch auf Astrid konnte ich mich stets verlassen.«

»Gefühle sind eine unsichere Sache, Thorag. Sie können leicht täuschen, und niemand erkennt sie als Beweis an.«

Thorag wußte, worauf Armin anspielte, und erwiderte: »Wenn Isbert eine Aussage unter freiem Willen macht, müssen Gandulf und die Gaufürsten das als Beweis anerkennen. Und wenn wir erst Astrids Schicksal aufgeklärt haben, mag uns auch das weiterhelfen.«

»Das klingt sehr unbestimmt«, seufzte Armin. »Wieder so ein Gefühl.«

Thorag leerte ein Methorn, legte den Kopf schief und starrte Armin fragend an. »Du scheinst nicht viel von Alrun zu halten.«

»Diese ganze Bärengeschichte kommt mir höchst unglaubhaft vor«, bestätigte der Hirschfürst Thorags Verdacht. »Wer sagt uns, daß Alrun uns diesen Bären nicht nur aufgebunden hat, um uns zu täuschen, uns abzulenken?«

»Ich«, antwortete die schrille Stimme Alruns. Die Seherin schlurfte zwischen Bänken und Tafeln auf das wärmende Herdfeuer zu, in dessen Nähe die Tafel des Herzogs stand. Ihr Gewand war regennaß und am Saum mit Schlammspritzern

221

übersät. Auch am unteren Ende ihres Stocks klebte frischer Morast. Ihr Gesicht wirkte noch zerfurchter als sonst, durchzogen von großen Schatten und tiefen Ringen.

Sie setzte sich unaufgefordert an die Tafel und sagte leise: »Das Amulett hat seine Wirkung nicht verfehlt. Ich träumte wieder von dem seltsamen achtprankigen Bären, der Astrid gefangenhält. In meinem Traum stieg eine riesenhafte Elster von den Heiligen Steinen auf und flog über die Wälder, bis sie sich auf dem großen Bären niederließ. Es war ein Bär aus Stein.«

»Ein Felsen in der Form eines Bären«, schlußfolgerte Thorag.

»Ja, Donarsohn«, stimmte ihm Alrun zu, während sie auf dem Ziegenkäse herumkaute. »Ein steinerner Bär, aber nicht in den Felsen geschlagen wie der an den Heiligen Steinen, sondern freistehend auf einer Waldlichtung. Wenn wir ihn finden, haben wir auch Astrid gefunden!«

»*Wenn* wir ihn finden?« Armin klang alles andere als überzeugt. »Oder *falls*?«

Argast nickte zustimmend, schluckte einen dicken Brocken, den er eben mit seinen spitzen Zähnen aus einem Gerstenfladen gerissen hatte, hinunter und sagte: »Armin hat recht. Wo sollen wir suchen? Die Wälder um die Heiligen Steine sind dicht und erstrecken sich viele Tage weit, in alle Richtungen!«

»Mein Traum war sehr deutlich«, fuhr Alrun im ruhigen Tonfall fort, unbeeindruckt von den Zweifeln der Cherusker. »Ich erkannte die Richtung der Elster. Sie flog nach Nordwesten, und ihr Flug war nur von kurzer Dauer.«

Armin und die Edelinge an seiner Tafel hörten auf zu essen und zu trinken. Aller Augen waren auf Alrun gerichtet, die ungerührt einen Gerstenfladen auseinanderbrach, die harte Kruste verschmähte und den weichen Teig zwischen ihre lückenhaften Zähne stopfte.

»Wenn das stimmt«, stieß ein von plötzlicher Erregung ergriffener Armin hervor, »haben wir tatsächlich gute Aussichten, den Bärenstein zu finden!«

Argast sprang auf. »Ich werde sofort einen großen Suchtrupp zusammenstellen, natürlich mit deiner Erlaubnis, Fürst Thorag.«

»Die verweigere ich dir«, erwiderte der Donarsohn zur allgemeinen Überraschung. Als er die fragenden Blicke der Edelinge auf sich spürte, sagte er: »Wer auch immer Astrid verschleppt hat, die bereits von Armin ausgesandten Suchtrupps haben ihn nicht weiter beunruhigt. Die Hirschkrieger wissen nicht, wonach sie suchen sollen, und das wiederum wußten die Entführer. Ein großer Suchtrupp aber, der nach Nordwesten reitet, würde sie warnen. Sie könnten versuchen, Astrid wegzubringen – oder zu töten.«

»Falls sie überhaupt noch lebt«, brummte Argast, verstimmt darüber, daß Thorag seinen Tatendrang bremste.

»Meine Tochter lebt!« behauptete Alrun in einem Ton, der keinen Widerspruch duldete.

Gleichwohl fragte Argast: »Woher weißt du das, Seherin?«

»Ich weiß es, weil ich es fühle.«

Argast verzog sein Gesicht in einer Weise, die keinen Zweifel an seiner Einstellung zu den Gefühlen der Seherin ließ.

»Ich glaube Alrun«, setzte Thorag dem Disput ein Ende. »Wir müssen unsere Feinde täuschen, wenn wir den Bärenstein aufspüren wollen.«

»Ein guter Vorschlag«, befand Armin. »Wie ich dich kenne, Thorag, hast du auch schon einen Plan, um ihn zu verwirklichen.«

Der Donarsohn grinste. »Wir machen uns die Zweifel zunutze, die Inguiomar, Frowin und Thimar an der Nachricht von Marbods Grenzüberschreitung geäußert haben. Alle Gaufürsten wollen heute Späher gen Süden schicken, um die Wahrheit der Botschaft zu überprüfen. Warum sollen sich nicht auch die Donarsöhne daran beteiligen?«

»Und dann, Thorag?« fragte Armin gespannt.

»Wir schicken eine Hundertschaft unter Argasts Führung aus. Aber nur die Hälfte der Männer wird tatsächlich gegen die Markomannen reiten. Die anderen schwenken ab, sobald der Wald ihre Spuren verschluckt hat, und suchen nach dem Bärenstein.«

Armin legte eine Hand auf Thorags Schulter und sah ihn

zufrieden an. »Bei Donar, so soll es geschehen! Du bist ein würdiger Abkömmling des Donnergottes, mein Bruder.«

Mit einem leichten Nicken sagte Thorag: »Hoffen wir, daß die Ausführung des Plans so gut gelingt wie sein Schmieden. Und hoffen wir, daß Isbert seine Aussage ändert!«

»Ach so, das Mittel.« Alrun legte eine ausgehöhlte Fladenkruste auf den Tisch und fingerte an den Ledersäckchen herum, die ihren Gürtel schmückten. Sie legte einen Leinenbeutel und eine irdene Dose, die mit einem Korken verschlossen war, neben die ausgepulte Kruste. »Dieser Saft, auch in einen anderen Trank gemischt, wird den Berserkerbann brechen. Oder ihr nehmt das Kraut mit denselben Bestandteilen. Werft es in dem Raum, in dem Isbert sich aufhält, ins Feuer. Sobald er den Duft einatmet, werden sich seine Sinne klären.«

»Ist das sicher?« fragte Armin, während er seine Hände nach dem Beutel und der Dose ausstreckte.

»Nein«, antwortete Alrun zu seiner Überraschung. »Ich habe mein Bestes getan. Aber um sicherzugehen, müßte ich die genaue Zusammensetzung des Mittels kennen, das Isbert seines Willens beraubt hat. So aber mußt du auf dein Glück vertrauen, Fürst Armin, und darauf, daß die Götter mit dir sind!«

Als die Gaufürsten dem Ewart Gandulf gegen Mittag, nach dem Reuegebet an die Götter, durch den engen Felsgang in Isberts Kerker folgten, dachte Armin immerzu an die Worte der alten Seherin. Würden die Götter mit ihm sein? Es hatte ihn einige Überredungskunst gekostet, Gandulf von der Wichtigkeit einer nochmaligen Vernehmung Isberts zu überzeugen. Schließlich hatte ausgerechnet Inguiomar Armins Antrag unterstützt und gesagt: »Wer nur drei Nächte vom Tod entfernt steht, sollte jede Möglichkeit bekommen, sein Leben zu retten.«

Nur für einen winzigen Augenblick war in Armin ein Gefühl der Dankbarkeit für den Oheim aufgestiegen. Aber zu oft schon hatte Inguiomar ihn und andere getäuscht, als daß der Hirschfürst nicht eine neue Falle gewittert hätte.

Immer wieder fragte sich Armin, ob er wirklich auf die Götter vertrauen konnte? Sie hatten zugelassen, daß Isbert ihre Rosse schlachtete und daß der Verdacht auf Armin fiel. Bedeutete das nicht, daß sie sich von dem Hirschfürsten abgekehrt hatten?

Wenn die Götter und das Mittel der Seherin nicht halfen, blieb nur noch der geheimnisvolle Bärenstein. Argast war schon vor zwei Stunden mit einer Hundertschaft der Donarsöhne aufgebrochen. Vielleicht hatte sich sein Trupp schon geteilt und umging jetzt gerade den heiligen Bezirk der Steinriesen, um nach dem achtprankigen Bären zu suchen.

In der Höhle fand Armin alles unverändert. Ingwin hielt weiterhin Wache und freute sich über das Erscheinen Armins und Thorags, den er lange nicht gesehen hatte. Die Abwechslung zu der Eintönigkeit der Höhle riß den sonst so ernsten Kriegerführer zu einem wahren Jubel hin.

»Wie geht es Isbert?« flüsterte der Donarsohn ins Ohr des ihn umarmenden Hirschkriegers.

Ingwin verzog sein verunstaltetes Gesicht. »Er dämmert vor sich hin. Wenn Isbert mal spricht, dann meist zusammenhangloses Zeug.«

Thorag dachte an den lebensfrohen Isbert, den er gekannt hatte. An den Kampfgefährten, der ihm und Ingwin geholfen hatte, Armin aus der Eisenburg des Segestes zu befreien. Zwei Winter war das jetzt her, aber Isbert wirkte, als seien zwanzig vergangen. Das rundliche Gesicht war eingefallen, schmal, und ein wilder Bart wucherte ungehindert um die hohlen Wangen. Selbst die breiten Schultern wirkten nicht mehr so mächtig wie einst. Vielleicht lag es daran, daß der Eisenschmied gebunden und zusammengekrümmt auf dem Boden hockte, den Rücken gegen die Felswand gelehnt, die Augen geschlossen, das Kinn auf die Brust gesunken. Wie ein Mensch, der sich selbst aufgegeben hatte.

»Besuch für dich, Isbert«, sagte Gandulf laut. »Sie haben dir sogar Speise und Trank mitgebracht, glauben wohl, daß wir dich verhungern lassen.«

»So sieht er jedenfalls aus«, erwiderte Thorag vorwurfsvoll.

»Wir geben ihm genug, aber er nimmt nur wenig zu sich.«
Gandulf zuckte mit den Schultern. »Was sollten wir tun? Wir
können ihn nicht zum Essen zwingen.«

Isbert hob langsam das Haupt und schlug die tiefumrandeten Augen auf. Sein Blick war, auch als er Armin und Thorag streifte, der eines Fremden. Kein erkennendes Aufblitzen,
kein freundliches Verharren, kein heimliches Zwinkern. Wie
tot glitten Isberts rotunterlaufene Augen über die Besucher
und richteten sich dann auf das flackernde Feuer in der Mitte
der Höhle, das von dem rotblonden Jungen versorgt wurde,
den Armin von seinem ersten Besuch kannte. Die Flammen
spiegelten sich in Isberts Augen, aber sie entfachten kein
Feuer in seiner Seele.

»Bring ihm unsere Gaben, Una!« befahl Armin dem keltischen Schalksmädchen, das einen Flechtkorb über den Arm
trug. Die schlanke Keltin erinnerte Thorag trotz ihrer langen
dunklen Haare ein wenig an Canis, von der er in der letzten
Nacht geträumt hatte – zum wiederholten Mal.

Er fühlte sich schuldig deswegen. Auja war seine Frau, und
Auja gehörte sein Herz. Und doch spürte er tief in sich drin
ein Verlangen nach der geheimnisvollen Jägerin, das um so
stärker wurde, je länger er von ihr getrennt war. Fast bereute
er, daß ihm die Flucht aus der Ubierstadt gelungen war, die
eine Trennung von Canis bedeutet hatte. Und doch spürte er,
daß die Begegnung mit der Jägerin keine zufällige gewesen
war. Das Schicksal hatte sie zusammengeführt und würde es
wieder tun. Er wußte es einfach, freute sich darauf und empfand zugleich eine unbegründbare Furcht davor.

Una ging vor Isbert in die Knie und nahm ein Wolltuch aus
dem Korb, das sie vor dem Gefesselten ausbreitete. Auf das
Tuch legte sie den übrigen Inhalt des Korbes: einen noch warmen Gerstenfladen, Käse, ein saftiges Stück Rindfleisch und
einen Metschlauch.

»Wenn seine Arme gefesselt sind, kann Isbert schlecht
essen und trinken«, stellte Thorag fest und fixierte den Oberpriester. »Ist das der Grund, weshalb er die Nahrung verweigert?«

Wut über Thorags freche Bemerkung packte Gandulf, wie

das Zittern seines langen Barts verriet. Im harten Ton erwiderte er: »Der Gefangene wird gefüttert, wann immer er es wünscht.«

»Sehr fürsorglich«, brummte Thorag und sah die Keltin an. »Also wird auch Una ihn füttern!«

Aber Isbert bekam die Zähne nicht auseinander. Weder Brot noch Käse oder Fleisch konnte ihn verlocken. Ratlos blickte Una zu Thorag und Armin auf.

»Sein Durst ist vielleicht größer als sein Hunger«, meinte Armin. »Gib ihm den köstlichen Met zu kosten, Una!«

Noch bevor die Keltin nach dem Metschlauch greifen konnte, trat Frowin einen Schritt vor. »Wir verschwenden nur unsere Zeit. Einem Mann, der weder essen noch trinken will, Fleisch und Met anzubieten, ist genauso unnütz wie eine nochmalige Befragung des Berserkers!«

Thimar stimmte ihm zu, dann sogar Balder und Bror.

»Du weißt doch gar nicht, ob Isbert keinen Durst hat, Stierfürst«, entgegnete Thorag. »Und du weißt auch nicht, ob er uns nicht etwas Neues mitzuteilen hat.«

Auf einen Wink Armins entkorkte Una den Schlauch und hielt die Öffnung an Isberts Lippen. Tatsächlich schien der Gefesselte keinen Durst zu verspüren. Mit bangen Blicken verfolgten Thorag und Armin die Versuche der Keltin, ihm den Met einzuflößen – und mit ihm Alruns Zaubertrank.

Plötzlich stieß Isbert einen gutturalen Laut aus, der wenig nach einem Menschen klang, eher nach einem wütenden Bären. Trotz der Fesseln stieß er sich von der Wand ab und warf sich auf die Keltin, die einen spitzen Schrei ausstieß und den Schlauch fallen ließ. Der gelbliche Honigwein ergoß sich auf den Felsboden, und die Hoffnung Armins verrann in den Ritzen des Gesteins.

Thorag sprang vor, packte Isbert an den Schultern und zog ihn von Una weg. Aber er war zu spät gekommen. Isberts Zähne hatten nicht nur Unas Kittel zerfetzt, sondern auch ein Stück Fleisch aus ihrer Schulter gerissen. Darauf kaute der Eisenschmied mit offensichtlichem Vergnügen herum und grinste wie ein Kind, dem ein besonderer Streich gelungen war.

Gandulf befahl dem Jungen, der das Feuer hütete, die zitternde und wimmernde Keltin aus der Höhle zu bringen. Eine Heilerin sollte sich um die Wunde kümmern.

Armin und Thorag tauschten schnelle, zufriedene Blicke aus. Die Götter schienen es doch gut mit ihnen zu meinen.

»Ich dachte, Isberts Berserkerrausch sei abgeklungen«, äußerte sich Thorag verwundert, während er sich unauffällig vor die Feuerstelle schob.

»Ihr mußtet ihn ja unbedingt reizen«, raunzte Gandulf verdrießlich. »Bei einem Berserker weiß man nie so genau, wie man dran ist.« Er warf einen langen Blick auf Isbert, der gerade das zerkaute Fleisch hinunterschluckte und wieder in die bekannte Teilnahmslosigkeit verfiel.

»Eben deshalb sind wir hier«, ergriff Armin das Wort und ging auf Isbert zu, um die anderen von Thorag und dem Feuer abzulenken. »Wenn deine Worte über die Berserker stimmen, weiser Gandulf, kann es durchaus sein, daß Isbert uns heute die Wahrheit sagt.«

»Falls er heute etwas sagt, kann das auch eine Lüge sein«, schnaubte Frowin.

»Dann gibst du also zu, daß Isbert imstande ist zu lügen?« Armin sah den Stierfürsten durchdringend an. Sein Blick und seine Stimme hatten etwas Lauerndes an sich.

Frowin spürte das und fragte zögernd: »Wie meinst du das, Armin?«

»Wenn du sagst, heute könne Isbert lügen, heißt das nichts anderes, als daß er auch bei seiner ersten Vernehmung gelogen haben könnte!«

Frowin biß auf seine Unterlippe und überlegte. Schließlich brummte er: »Laß uns erst mal abwarten, ob Isbert sich überhaupt äußert. Dann reden wir weiter über Wahrheit und Lüge!«

»Meinetwegen«, gab sich Armin äußerlich so gelassen, wie er es innerlich schon seit der Nacht des Götterfrevels nicht mehr war. »Sind alle damit einverstanden, daß ich dem Gefangenen meine Fragen stelle?«

Während die Gaufürsten das bejahten, öffnete Thorag hinter seinem breiten Rücken die Schnur, die Alruns Leinenbeutel zusammenhielt. Dann ließ er den Beutel mit dem Zauberkraut in das große Feuer fallen. Wie beiläufig trat er vom Feuer weg, näher an Isbert heran.

Die Flammen flackerten auf, und die Rauchfahne, die durch ein kleines Loch in der Felsdecke abzog, verdichtete sich. Gleichzeitig erfüllte ein herber Geruch den Raum, als sei er die Vorratskammer einer Kräuterheilerin.

Balder hustete, Brors Augen und die des Oberpriesters füllten sich mit Tränen.

»Elender Knabe, wo steckt er bloß?« schimpfte Gandulf. »Er soll sich um das Feuer kümmern!«

»Du selbst schicktest ihn mit meinem Schalksmädchen fort, Gandulf«, erinnerte ihn Armin.

»Das weiß ich«, erwiderte der Ewart unwirsch. »Er sollte die Keltin zu einer Heilerin führen, aber er sollte nicht den ganzen Tag mit der Schalkin verbringen!«

Thorag lachte laut. »Hast du Angst, der Junge findet frisches Mädchenfleisch verlockender als den Priesterdienst, Gandulf?«

»Nicht jeder muß so denken wie du, Thorag«, sagte Gandulf verächtlich und wischte mit dem Handrücken die Tränen aus seinen Augen. »Beginnen wir endlich mit dem Verhör, sonst ersticken wir, ehe Armin die erste Frage gestellt hat!«

Die Angst war unbegründet. Allmählich verbesserte sich die Luft in der Höhle wieder. Die Wirkung des Krauts ließ nach. Thorag und Armin hofften, daß es stark genug gewesen war.

»Isbert, erkennst du mich?« fragte Armin, der dicht vor dem Eisenschmied stand und auf ihn hinabblickte.

Die trüben Augen des Gefangenen klärten sich auf einmal. Es war wie ein frischer Wind, der den Morgennebel vertrieb. »Ja, du bist Armin, mein Fürst und Herzog«, sagte Isbert. Es klang wie ein unerwartetes Wiedererkennen oder wie ein Willkommensgruß nach langer Abwesenheit.

»Weißt du, wo du dich befindest, Isbert?«

»In …« Isberts Stimme verstummte, und er sah sich in der Höhle um. Dabei betrachtete er Gandulf und die Gaufürsten in einer Weise, als habe er sie vorher nicht wahrgenommen.

»Ich bin in einer Höhle, in den Heiligen Steinen, glaube ich.«
Armin nickte ermunternd, und Isbert fuhr fort: »Aber ich
erinnere mich nicht, woher ich das weiß und weshalb ich hier
bin.«

»Wirklich nicht?« fragte Armin. »Du weißt nicht, was vor
sieben Nächten im heiligen Hain geschehen ist?«

»Im heiligen Hain …« wiederholte Isbert leise und schien
angestrengt nachzudenken. Unerwartet verhärteten sich die
gerade erst aufgeklärten Züge wieder, und er stieß schrill hervor: »Der Tod der heiligen Rosse! Ich habe es getan. Und du
hast mich angestiftet, Armin!«

»Nein!« schrie der Hirschfürst. »Du lügst! Sag die Wahrheit, Isbert!«

Isbert antwortete nicht, sondern spannte alle Muskeln an.
Es sah aus, als würden sein Leib und sein Gesicht im nächsten
Augenblick auseindanderplatzen. Doch was zersprang,
waren seine Fesseln. Einem Menschen hätten sie standgehal-
ten, aber der übermenschlichen Kraft eines Berserkers waren
sie nicht gewachsen.

»Er ist frei!« schrie Thimar.

Und Gandulf kreischte: »Der Berserker ist los!«

Isbert stürzte sich auf Armin und riß ihn nieder. Er lag auf
dem Herzog, drückte mit den Händen Armins Hals zusammen und näherte seine gefletschten Zähne Armins Gesicht.
Der Hirschfürst war ein Hüne, mehr als einen Kopf größer als
Isbert, aber der Berserkerwut hatte er nichts entgegenzusetzen.

Thorag riß das von Sejanus erbeutete Schwert aus der
Scheide, die er sich im Vorrat seiner Krieger passend zu der
Waffe ausgewählt hatte. Der schwere vergoldete Knauf fiel
auf Isberts Schädel und riß dort eine blutige Wunde, die
einen Krieger benommen zu Boden geschickt hätte. Der Berserker aber hielt nicht einmal inne, schien weder den Schlag
noch einen Schmerz gespürt zu haben. Immer fester drückten seine Hände zu und preßten die Luft aus Armins Lungen.

Der Hirschfürst versuchte vergeblich, den Wüterich von
sich abzuschütteln. Wie festgewachsen kauerte Isbert auf ihm

230

und sagte mit harter, entmenschlichter Stimme: »Jetzt erhältst du deine Strafe, Armin, den Tod!«

Als Armins Gesicht blau anlief, schlug Thorag erneut zu, aber diesmal mit der scharfen Klinge. Sie durchtrennte Fleisch und Knochen, und Isberts Haupt fiel von den Schultern. Noch immer umklammerten die Hände Armins Hals. Thorag und Ingwin rissen den kopflosen Leib zurück, und ihr Herzog kam mit heiserem Röcheln frei. Ungläubig und angewidert starrte er auf den blutigen Kopf, der neben ihm auf dem Felsgestein lag.

»Damit hat sich Isberts Vernehmung wohl erledigt«, erscholl mit unverhülltem Hohn Frowins Stimme.

»Und was geschah dann?« fragte Alrun, als Armin, Thorag und Ingwin ihr in der Hütte des Hirschfürsten von dem Geschehen in der Höhle berichteten.

»Was schon?« fragte ein übellauniger Armin. »Gandulfs Priesterhelfer schafften Isberts Leichnam fort, um ihn nach Einbruch der Dunkelheit in das kalte Grab eines Blutfrevlers zu werfen. Und auf mir lastet ein stärkerer Verdacht als zuvor, hat Isbert mich, seinen Fürsten, doch noch in der Stunde seines Todes beschuldigt.« Er rieb über seinen Hals, wo blaurote Male die deutlichen Spuren von Isberts Würgegriff waren. »Fast hätte er mich getötet. Soviel zu deinem Zaubermittel, alte Hagedise!«

»Dein Vorwurf trifft mich schwer, Fürst Armin, ist er doch nicht unberechtigt«, sagte Alrun leise. »Ich hätte ahnen müssen, daß ein mächtiger Zauber hinter dem Berserker steht. Ein Zauber, der diesen Isbert auf meinen Gegenzauber vorbereitet hat.«

»Wie das?« fragte Thorag und hielt das gerade erst geleerte Methorn hoch, um es von einer Schalkin nachfüllen zu lassen. »Niemand konnte wissen, daß du zu den Heiligen Steinen kommst und versuchst, Isbert aus dem Berserkerwahn zu reißen.«

Er stürzte den süßen, berauschenden Trunk in seine Kehle, obwohl er keinen Durst verspürte. Er sehnte sich nach der betäubenden Wirkung des Mets, um die Schuld zu vergessen, die er darüber empfand, daß das Blut des einstigen Kampfgefährten an seinem Schwert klebte. Und er wollte die Enttäuschung über die zerschlagene Hoffnung verdrängen.

»Man rechnete nicht mit meinem Erscheinen, wohl aber mit dem Versuch, Isbert aus der Betäubung seiner Sinne zu reißen«, erklärte Alrun. »Deshalb pflanzte man ihm ein, sich gegen Armin zu wenden, falls dieser ihn ins wirkliche Leben zurückzuholen versuchte.«

»Man *pflanzte* es ihm ein?« fragte Armin mit deutlich hörbarem Unglauben. »Etwa, wie man einen Strauch oder eine Blume ins Erdreich pflanzt?«

»Dein Vergleich ist gut, Hirschfürst, er trifft die Sache.« Alrun zeigte auf ihren Kopf. »Der Kopf eines Menschen ist in diesem Fall das Erdreich, und der Berserkertrank ist der Dünger. Dann ist der Boden bereitet für die Befehle, die man dem Berserker gibt. Sie schlummern in seinem Kopf wie Pflanzenkeime, die erst im warmen Licht der Sommersonne wachsen und erblühen. Dieses Licht sind in unserem Fall äußere Einflüsse, bestimmte Handlungen oder Taten. Vielleicht versetzte Armin den Schmied mit seiner Frage nach dem Geschehen im heiligen Hain in neuerliche Raserei. Die Feinde des Herzogs müssen mit so einer Frage gerechnet und den Berserker darauf vorbereitet haben.«

»Unglaublich«, murmelte Armin kopfschüttelnd und leerte ebenfalls ein Methorn. »Das klingt alles unbegreiflich. Bald glaube ich noch selbst, daß ich Isbert zu seiner Bluttat angestiftet habe.«

»Und?« hakte Thorag nach. »Hast du das, Armin?«

Die Blicke Armins, die Thorag trafen, waren wie Feuer und Eis zugleich, schmerzhaft brennend, unendlich enttäuscht. »Selbst du zweifelst an mir, Thorag? Du – mein Blutsbruder?«

»Nein!« erwiderte der Donarsohn mit fester Stimme. »Aber du selbst hast eben an dir zu zweifeln begonnen. Wenn du das zuläßt, bist du verloren!«

Armin nickte zögernd. »Du magst recht haben, Thorag. Aber was bleibt uns jetzt noch für eine Hoffnung, wo Isbert tot ist?«

»Das hier«, sagte Alrun und schob einen kleinen Gegenstand über den Tisch. Es war das Amulett mit dem achtprankigen Bären.

Düsterer Hörnerklang rief die Cherusker hinaus in die regennasse Nacht, zur Bestattung des Frevlers. Die Laute waren nicht zu vergleichen mit den hellen Tönen der Luren, die den Priester Gudwin auf seinem letzten Weg begleitet hatten.

Fackelträger beleuchteten den düsteren Weg. Isbert wurde unter dem Schutz von Notts finsteren Schleiern beigesetzt, damit sein Anblick die Götter nicht noch mehr erzürnte und damit der unheimliche Berserker nicht den Weg zurück zu den Lebenden fand, um weiter unter ihnen zu wüten.

Armin und Thorag begleiteten den Totenzug mit besonders gemischten Gefühlen. Bei Armin war es die Hoffnung, die er zu Grabe trug. Thorag fühlte sich von Schuld begleitet und von der Trauer um einen Mann, der einst tapfer an seiner Seite gefochten hatte.

Nicht der heilige Hain, auf dem die Totenfeuer Gudwins und der heiligen Rosse gebrannt hatten, war das Ziel des langen Zuges. Isbert sollte außerhalb des Wodan geweihten Bezirks der Heiligen Steine begraben werden, damit der Fluch des Berserkers nicht länger auf dem Heiligtum lastete. Sein Grab wurde in einem Wald ausgehoben, dessen Bäume schief und verkrüppelt waren. Der Bestattungsort für Meineidige, Mörder und Frevler. Die Cherusker nannten ihn den Todeswald. Von vielen, die hier einen gewaltsamen Tod erlitten hatten, kündeten die bleichenden Knochen und Totenschädel.

Zwei Gruben entstanden, eine große für Isberts Leib und eine kleine für sein Haupt. Die getrennte Beerdigung sollte sicherstellen, daß Haupt und Körper nicht wieder zusammenfanden, daß der Berserker nicht zum Leben eines Untoten erwachte.

Als Leib und Kopf in der Erde versenkt wurden, sagte Gandulf mit lauter, düsterer Stimme: »Den Berserker hat die gerechte Strafe getroffen, ihr Götter. Er hat den Tod gefunden, den er eurem Priester Gudwin brachte. Wenn endlich auch der gebüßt hat, der den Wüterich zu seinem Treiben anspornte, sollst du versöhnt sein, Wodan, und mit dir all deine Kinder!«

Mit versteinerter Miene lauschte Armin Gandulfs Worten. Daß der Ewart ihn meinte, war dem Hirschfürsten ebenso klar wie all jenen Cheruskern, deren Augen jetzt auf Armin gerichtet waren.

»Kein Totenfeuer brennt für diesen Leichnam«, fuhr Gandulf fort. »Kein heiliger Rauch steigt auf, um den Toten ins Heim der Asen zu geleiten. Nicht Walhall soll den Berserker mit Speise, Trank und Ruhm empfangen, obschon er im Kampf gestorben ist. Denn sein Kampf war kein ehrenhafter, sondern von frevlerischer Art. Die unterirdischen Wasser sollen ihn an den Totenstrand tragen, wo das Gift der Neidingsschlangen sein Herz bis ans Ende der Zeiten zerfressen möge! Die Sümpfe sollen seinen Leib festhalten, bis er von den Todeswölfen zerfleischt ist!«

Auf Gandulfs Handzeichen erhoben wieder die Hörner ihren dunklen Klagelaut, und Schalke schütteten die Gräber zu. Dem Berserker wurde nicht einmal die Ehre zuteil, von Frilingen begraben zu werden.

»Ich werde zu Wodan beten, daß er Isbert in Walhall aufnehmen möge!« sagte Thorag mit grimmiger Stimme zu Armin. »Er war ein treuer Gefährte und ein tapferer Krieger. Was er den heiligen Rossen und dir antat, war nicht seine Schuld.«

»Du hast recht«, erwiderte Armin. »Wer Isbert zum Berserker gemacht hat, den möge Gandulfs Fluch treffen!«

»Ich würde nicht damit warten, bis der elende Neiding an den Totenstrand gespült wird«, zischte Thorag. »Er sollte schon vorher spüren, wie sein Herz zerfressen und sein Leib zerstückelt wird!«

Armins fester Griff an seinem Arm bedeutete, daß der Hirschfürst genauso dachte wie der Donarsohn. Eine solche Tat konnte nur Rache bedeuten, niemals Vergebung. Die Frage war nur, ob sie den Schuldigen fanden – rechtzeitig.

Eine weitere Nacht verging, und nur eine noch trennte Armin von seinem Sühnetod.

Kapitel 18

Der Bär des Bösen

Die Nacht war naß und kalt gewesen, und der erwachende Tag brachte kaum eine Besserung. Kein wärmendes Feuer durfte brennen, weder am Abend noch am Morgen, um die Donarsöhne nicht zu verraten. Vielleicht waren sie ganz in der Nähe des Bärensteins, vielleicht auch viele Reitstunden von ihm entfernt. Wer konnte das wissen in diesem Gewirr aus Wäldern, Lichtungen, Felserhebungen und Geröllhalden? Der graue, von Regenschleiern durchzogene Himmel ließ alles noch gleichförmiger wirken. Die Donarsöhne mußten aufpassen, daß sie nicht im Kreis ritten. Manchmal rissen die Wolken wenigstens so weit auf, daß sie den Blick auf die fernen Steinriesen freigaben, den besten Orientierungspunkt, den Argast und seine Mannen besaßen.

Gegen Mittag des vergangenen Tages hatten sie sich von der anderen Hälfte der Hundertschaft getrennt, die unter Hattos Führung weiter nach Süden ritt, um Marbods Heer auszuspähen. Im weiten Bogen umging Argast mit seinen Kriegern die Heiligen Steine, um sich nordöstlich davon auf die Suche nach dem Bärenstein zu machen. Zu diesem Zweck hatte er die Donarsöhne in zehn kleine Suchtrupps aufgeteilt, die unabhängig voneinander vorgehen sollten.

Zu Argasts Trupp gehörten noch vier weitere Krieger und der Jüngling namens Gueltar, den Thorag vom Rhein mitgebracht hatte. Argast war erst nicht davon begeistert gewesen, den unerfahrenen Sugambrer mitzunehmen. Aber Gueltar hatte darum gefleht, und Thorag hatte sein Flehen erhört. Immerhin, wenn es stimmte, daß dieser Gueltar dem Römer Varus den Todesstoß versetzt hatte, war das eine Tat, um die ihn jeder Krieger beneidete.

Nach einem kargen Frühmahl aus Käse, Beeren und aus Wasser, das ihnen ein vom Regen gesättigter Wildbach im Übermaß darbot, stiegen sie wieder auf ihre Pferde, von der Hoffnung beseelt, daß die Suche an diesem Tag nicht so ergeb-

235

nislos verlief wie gestern. Aber es wurde Mittag, es wurde Nachmittag und es wurde Abend, ohne daß sie etwas entdeckten, das dem gesuchten Bärenstein auch nur entfernt ähnelte.

»Die Elster flog nach Nordwesten«, brummte Argast mißmutig, als sie in der Dämmerung die Decken und Felle von den Rücken der Pferde nahmen. »Ihr Flug war nur von kurzer Dauer.« Er spie auf den morastigen Boden der schmalen Lichtung, die er als Nachtlagerplatz ausgewählt hatte. »Träume, Vermutungen. Unsinn ist es, das Gequatsche eines alten Weibs!«

»Aber Fürst Thorag vertraut der Seherin«, wandte Gueltar ein. »Sie hat uns schon einmal gewarnt, damals, bevor uns die Flammenreiter überfielen.«

»Damals hat Thorag nicht auf sie gehört, er hätte es jetzt auch nicht tun sollen!« Argast rieb mit der Pferdedecke das Fell seines Braunen ab. Es war das größte Pferd von allen, ein Tier aus Römerzucht.

»Aber wo sollten wir dann suchen?« fragte der junge Sugambrer. »Wir hätten gar keinen Anhaltspunkt.«

»Haben wir jetzt einen?« erwiderte Argast voller Zweifel.

Gueltar gab es auf, wandte sich von dem Kriegerführer ab und kümmerte sich um sein eigenes Pferd, einen gedrungenen, kräftigen Falben.

Nach kaltem Mahl und kaltem Wasser sagte Argast mutlos: »Die letzte Nacht, die Herzog Armin als freier Mann verbringt – und als lebender Mann!«

Die fünf Cherusker und der Sugambrer erwachten frierend und durchnäßt, nahmen ihr fades Morgenmahl ein und bestiegen mutlos ihre Pferde. Hinter den dichten Wolken verborgen, zog Sunna ihre Bahn, weiter und weiter, ohne daß sie den Bärenstein entdeckten. Weder einen Bären aus Fels noch einen aus Fleisch und Blut sahen sie. Überhaupt zeigte sich kaum Wild, und meistens schwiegen die sonst so lauten Waldvögel. Die Gegend schien völlig verlassen, als wären die Bewohner des Waldes vor etwas geflohen.

»Hier finden wir nichts«, seufzte Argast, während sie sich mühsam einen Weg durch eng zusammenstehende Bäume und Sträucher bahnten, indem abwechselnd einer der Krieger voranritt und mit dem Schwert auf das Dickicht einschlug. »Der Wald ist so tot, wie Armins Hoffnung es in diesem Augenblick sein dürfte.«

Er warf einen prüfenden Blick in den dunkler werdenden Himmel. Abermals schickte sich Nott an, ihren Sohn Dagr abzulösen. Armins letzter Tag war fast abgelaufen, sein Tod so gut wie sicher.

»Am besten brechen wir die Suche sofort ab und reiten zurück zu den Heiligen Steinen«, sagte der Kriegerführer. »Armin wird jeden Mann brauchen können, wenn es gilt, sein Leben zu verteidigen.«

»Aber Thorag hat befohlen, die Suche auf keinen Fall abzubrechen«, wandte Gueltar ein.

»Erkennst du nicht, daß unsere Suche längst vorbei ist, daß sie ein Fehlschlag war?« fragte Argast bitter. »Im Dunkeln werden wir nichts finden, was wir am Tag nicht entdeckt haben. Und wenn Dagr das nächste Mal die Schleier seiner Mutter einsammelt, ist unser Herzog längst nach Walhall gegangen.«

Gueltar wollte das nicht hinnehmen. So oft schon war der Tod der Gefährte seines jungen Lebens gewesen. Zuletzt in jener Nacht, als sie aus der Ubierstadt flohen und er Guda ihren letzten Wunsch erfüllte, nicht lebend den Römern in die Hände zu fallen. Blut und Tod schienen überall auf Gueltar zu warten. Jetzt auch hier, bei den Heiligen Steinen?

Seit er ein Kind gewesen war, ein Sklave der Römer, der Quintilius Varus abartige Dienste leisten mußte, hatte Gueltar bei den Heiligen Steinen zum ersten Mal begriffen, daß es für ihn noch etwas anderes geben konnte als Rache, Blut und Tod. Es war der Anblick eines Mädchens gewesen, einer keltischen Schalkin Armins. Una hieß sie, wie er auf Nachfragen bei den Hirschmännern erfahren hatte, und sie war von anmutiger Gestalt, mit einem bezaubernden Gesicht. Er hatte kein Wort mit ihr gewechselt, hatte sie nur angestarrt, als sie an dem Bach Wasser schöpfte, wo er sein Pferd tränkte. Auch sie hatte für lange Augenblicke verharrt und ihre Augen auf den Sugambrer gerichtet. Ein stilles Einverständnis schien zwischen ihnen zu herrschen.

Vielleicht nur eine Täuschung, eine Einbildung, sagte sich Gueltar. Vielleicht aber auch nicht. Es mochte der Schemen eines neuen Lebens gewesen sein, einer glücklicheren Zukunft, die sich am Horizont abzeichnete, jenseits von Kampf und Tod. Er nahm sich vor, mit Una zu sprechen, sobald er Zeit dafür fand.

Sein unruhiger Blick, der auf der Suche nach etwas Unbestimmtem über Bäume und Gebüsch glitt, verharrte plötzlich an einem Dornengestrüpp.

»Was hast du, Gueltar?« fragte Argast und wandte sich zu dem Jüngling um. »Warum folgst du uns nicht? Ich habe den Befehl zur Rückkehr gegeben. Armin erwartet uns bei den Heiligen Steinen!«

Gueltar streckte den Arm aus und zeigte auf das dichte Gestrüpp. »Der Schwarzdorn«, sagte er wie geistesabwesend. »Etwas stimmt damit nicht.«

Argast trieb seinen großen Braunen näher an Gueltar heran und ließ seinen Blick zwischen Gueltar und dem mehr als mannshohen Gestrüpp hin und her wandern. »Wovon sprichst du, Sugambrer? Was stört dich an dem Gestrüpp?«

»Wir sind heute schon öfter an Schwarzdornsträuchern vorübergeritten. Ihre Früchte glänzten blau und saftig. Ich habe einige gekostet, aber sie waren noch zu sauer. Erst wenn es richtig kalt wird und die Beeren mehrmals durchgefroren sind, werden sie gut munden.«

»Das weiß ich«, sagte Argast unwirsch und starrte den Jüngling an wie einen Irren. »Aber ich verstehe nicht, weshalb du mir das erzählst. Ich habe keine Zeit, mich mit dir länger über die Frucht des Schwarzdorns zu unterhalten.«

»Das solltest du aber«, erwiderte Gueltar und trieb seinen Falben im langsamen Schritt auf die Dornenhecke zu. Er beugte sich nach rechts und riß ein paar der Früchte ab, um sie dem Kriegerführer unter die Nase zu halten. »Hier, Argast, sieh sie dir an. Schwarz, verschrumpelt, verdorrt. Und auch die Blätter beginnen schon zu welken. Der Strauch lebt nicht.

Seine Wurzeln ziehen kein Wasser aus dem Boden. Weshalb nicht?«

Argast rutschte vom Rücken des Braunen, ging zu dem Schwarzdorn, der trotzig zwischen dicken, hohen Buchen wucherte, und kniete dort nieder, um sich den Strauch aus nächster Nähe zu betrachten. Als er wieder aufstand, wirkte sein Fuchsgesicht grimmig.

»Da sollen mich doch die Waldriesen holen!« brummte er. »Ich muß mich bei dir entschuldigen, Sugambrer. Entweder war ich zu ungeduldig, oder deine jungen Augen sind besser als meine. Du hast recht, der Schwarzdorn ist so tot wie Quintilius Varus. Und er gehört ebensowenig an diese Waldstelle, wie der römische Feldherr ins Cheruskerland gehörte.«

Ruthard, ein grauköpfiger Recke aus vielen Schlachten, brachte mit sanftem Schenkeldruck seinen Grauschimmel heran, dessen Fell fast von derselben Farbe war wie des Kriegers Haar. »Was willst du damit sagen, Argast? Was macht der Schwarzdorn an dieser Stelle, wenn er nicht hierhergehört?«

»Er macht das, was unser Sugambrerfreund längst erkannt hat: Die Dornen versperren und verhüllen einen Pfad, der zwischen den Bäumen hindurchführt. Los, steigt alle ab, wir räumen das Schlehengewucher beiseite!«

»Meinst du, dieser Weg führt zum Bärenstein, Argast?« fragte Ruthard, während er mit leisem Ächzen vom krummen Rücken seines Pferdes rutschte.

»Wohin auch immer er führt, es scheint ein wichtiger Ort zu sein. Warum sonst sollte jemand versuchen, ihn zu verbergen?«

»Wohl wahr«, seufzte Ruthard und machte sich mit den anderen an die Arbeit.

Ein paar leise Flüche erschollen, wenn die Donarsöhne sich an den harten Dornen schnitten, die mit der einbrechenden Dämmerung noch gefährlicher wurden. Die Vermutung, die erst Gueltar und dann auch Argast gehegt hatte, erwies sich als richtig: Die Wurzeln waren abgestorben, nicht im Erdreich verankert. Der Schwarzdorn war eine Tarnung.

Argast führte seinen Trupp in langer Reihe durch den düsteren Wald jenseits des beiseite geschafften Gestrüpps. Er hatte den Kriegern befohlen, leise und vorsichtig zu sein – und sich bereitzuhalten für einen möglichen Kampf. Man hörte nur das Schnauben der Pferde, den dumpfen Aufschlag ihrer Hufe auf dem aufgeweichten Waldboden und hin und wieder das Klirren von Waffen, die aneinander oder gegen einen Schild stießen. Die sechs Reiter wirkten wie Geister, die durch eine Schattenwelt ritten.

Wie eine Erlösung wirkte die Helligkeit, die sich vor den Donarsöhnen auftat. Spärlicher wurde der Baumbewuchs und wich endlich Sträuchern und Farnen. Eine große Lichtung, auf der auch der Schwarzdorn üppig wucherte.

»Hier haben sie also den toten Strauch her«, stellte Argast leise fest.

»Wer?« fragte Ruthard, der hinter ihm ritt.

»Die Kerle, die den Bärenstein vor uns verstecken wollten.« Argast zügelte den Braunen und zeigte auf den Felsen, der sich in der Mitte der Lichtung in mindestens dreifacher Mannshöhe erhob. »Die alte Hagedise hat recht behalten, das ist der Bärenstein!«

Der große Bär sah genauso aus wie der kleine auf dem Amulett. Vier Beine wuchsen an seiner linken Seite und zweifellos ebenso viele an seiner rechten, die den Donarsöhnen abgewandt war.

Argast wandte sich an Gueltar: »Du reitest sofort zurück zu den Heiligen Steinen, kluger Sugambrer. Melde Armin und Thorag, was wir dank deiner scharfen Augen entdeckt haben. Und laß dich durch nichts und niemanden aufhalten! Verstanden?«

»Ja, schon«, antwortete der Jüngling etwas zögernd und starrte neugierig auf den seltsam hell schimmernden Felsen. »Aber warum soll ausgerechnet ich reiten?«

»Weil es eine verflucht wichtige Aufgabe ist. Du hast eben gezeigt, daß du kein Stroh im Kopf hast. Falls es Schwierigkeiten gibt, traue ich dir zu, sie zu umgehen. Wenn du jemandem begegnest, der nicht zu unseren Männern gehört, laß dich auf nichts ein, auf kein Gespräch und schon gar nicht auf einen Kampf. Du mußt die Heiligen Steine so schnell wie möglich erreichen. Es geht um Armins Leben!«

Gueltar nickte und riß den Falben herum. Pferd und Reiter tauchten ins Zwielicht des engen Waldwegs ein und verschmolzen bald mit den Schatten. Kurz darauf verklang auch der Hufschlag.

»Sehen wir uns den Bärenstein mal aus der Nähe an«, meinte Argast und stieg vom Pferd. »Ich bin gespannt, ob es wirklich nur ein Stein ist.«

»Was sonst?« fragte Ruthard.

»Eben das will ich herausfinden.«

»Wäre es nicht besser, auf Verstärkung zu warten?«

»Armin mußte schon zu lange auf Hilfe hoffen«, schnaubte Argast, während er die Zügel des Braunen an den dürren Stamm einer verkrüppelten Birke band, die sich am Rand der Lichtung unter den alles überragenden Baumriesen hervorstreckte, um Dagrs Licht und Sunnas Wärme zu erheischen. »Vielleicht retten wir sein Leben, wenn wir am Bärenstein etwas Wichtiges entdecken.«

»Etwas Wichtiges?« Ruthard sah zweifelnd drein. »Was soll das sein?«

»Frag mir keine Löcher in den Wanst!« Argast machte ein säuerliches Gesicht. »Ich bin ein Krieger, keine Seherin.«

Alle Donarsöhne banden ihre Pferde an und folgten Argast, der zwischen Sträuchern und Farnen auf den steinernen Bären zuschritt. Seine Rechte umfaßte einen schweren Ger mit langer, scharfer Eisenspitze, die Linke einen länglichen Schild, dessen eiserner Buckel ein Hammerkopf war, der in einem kurzen Eisenstiel auslief. Thorag hatte ihm den Schild als Lohn für treue Dienste geschenkt, und Argast war sehr stolz darauf.

»Seltsam«, murmelte Ruthard und sah nach unten, wo sich regennasses Moos schmatzend an seinen ledernen Schuhen festsaugte. »Links und rechts von uns erheben sich hohe Dornengewächse, aber dieser Pfad führt mitten durch sie hindurch.«

»Gar nicht seltsam«, erwiderte Argast. »Wer den Waldpfad benutzt und ihn mit dem abgeschnittenen Schwarzdorn versperrt hat, wird auch diesen Pfad durch das Dornengestrüpp geschlagen haben, um ungehindert zum Bärenstein zu gelangen.«

»Möchte wissen, was an dem Felsen so besonders ist«, sagte Ruthard und schickte ein leises Niesen hinterher. »Verfluchtes Wetter, das Donar uns schickt! Es macht meine alten Knochen noch ganz krank.«

»Welches Geheimnis der Bärenstein auch immer verbirgt, der Regen wird daneben so angenehm sein wie die volle, weiche Brust eines frischen Mädchens im Vergleich zu den vertrockneten Hautlappen einer alten Vettel.«

Ruthards undeutliches Grunzen ließ nicht erkennen, ob es sich auf den Bärenstein oder Argasts Vergleich bezog. Er umfaßte den langen Stiel seiner zweischneidigen Kriegsaxt fester und blickte zu dem Bronzehorn, das an seinem Gürtel hing. »Vielleicht sollten wir das Signal geben, das die anderen Suchtrupps herholt.«

»Wenn unsere Gefährten das hören, vernehmen es womöglich auch unsere Feinde und wären gewarnt«, entgegnete Argast. »Wir müssen darauf gefaßt sein, daß wir nicht die einzigen sind, die sich am Bärenstein herumtreiben.«

»Ja, ich weiß«, murmelte Ruthard. »Die Entführer der Priesterin.«

Der enge Weg verbreiterte sich, als sie die Dornensträucher hinter sich ließen. Farne und Moose beherrschten den näheren Umkreis des Bärensteins. Sogar eine kleine Quelle gab es, aber sie schien nicht stark genug, einen Bach zu speisen. Schon im näheren Umkreis versickerte das Wasser wieder im Boden.

Vorsichtig umkreisten die fünf Donarsöhne den Bärenstein, der um so gewaltiger wirkte, je näher sie ihm kamen.

»Er ist fast so weiß wie Kreide«, bemerkte Ruthard. »Solch einen Fels habe ich noch nie gesehen.«

»Die Färbung ist nicht das Auffälligste«, meinte Argast. »Sondern die Form. Wie ein versteinerter Bär. Sieht mir nicht so aus, als hätte Menschenhand daran mitgewirkt.« Leiser fügte er hinzu: »Und der Bär hat acht Beine, acht Pranken!«

Sie erreichten die andere Seite mit dem Kopf des Steinbären. Er wirkte so lebensecht, daß Argast sich zusammenreißen mußte, um sein Erstaunen nicht durch einen lauten Ruf

242

kundzutun. Fast war es ein Erschrecken, denn die Augen waren so rot wie die auf dem Amulett, nur viel größer.

»Diese Augen!« keuchte Ruthard. »Man meint, sie wollten einen verbrennen. Das muß Götterwerk sein – oder das von Dämonen!«

Zumindest die rotglühenden Augen waren keine natürliche Eigentümlichkeit des Felsens, da gab Argast dem grauköpfigen Krieger recht. Aber er sagte es nicht laut, um die Ehrfurcht, die in die Donarsöhne gefahren war, nicht zur blanken Furcht zu steigern. Die Augen mußten nicht Götter- oder Dämonenwerk sein, sagte Argast in Gedanken zu sich selbst. Wahrscheinlich hatten Menschen ihre Hände im Spiel.

Mutig schritt Argast voran, auf das Maul des Bären zu, und seine Krieger folgten ihm. Keiner wollte zögern und damit zugeben, daß er Angst verspürte. Doch alle sahen hinauf zu den glühenden Augen, die Böses zu versprechen schienen.

In Argasts Kopf erklangen die Worte, die Alrun im Schatten der Heiligen Steine gesprochen hatte: *Der Bär des Bösen!*

Da gab der Boden unter seinen Füßen nach, als hätte ihn ein hinterhältiger Waldriese weggezaubert. Argast stürzte ins Leere, und mit ihm seine Gefährten. Schreie und Gestöhn begleiteten das Poltern ihres Sturzes.

Argast schlug auf harten Boden, stieß schmerzhaft mit Kopf und Knien gegen Felsgestein. Sie lagen in einer tiefen Grube – einer Fallgrube!

Er blickte hinauf zum Dämmerlicht des Himmels, drei Manneshöhen über ihnen. Seltsame Gestalten erschienen dort. Weiße Bären, die auf zwei Beinen liefen. Ungeheuer, die mit blutgierigen Augen zu den Gefangenen in der Grube herabstarrten.

»Wir haben zwei Möglichkeiten«, durchbrach Ingwin das bedrückende Schweigen. »Rückzug oder Kampf!«

Seine Worte fielen mit dem Klappern zusammen, das die Schalke verursachten, als sie die Windaugen verschlossen. Kein Tageslicht fiel mehr durch die Löcher in den Wänden, nur kalter Wind und Regen. Wie gebannt hatten die Augen

243

der Edelinge auf den viereckigen Luken gehangen, hatten beobachtet, wie sich Dagr und Sunna allmählich verabschiedeten, wie Nott mehr und mehr finstere Schleier über das feuchte Land rings um die Heiligen Steine warf. Mit dem Licht des Tages war auch der letzte Rest Hoffnung geschwunden. Keine Nachricht von Argasts Suchtrupps war zu den Heiligen Steinen gelangt. Der geheimnisvolle Bärenstein blieb unentdeckt, unsichtbar wie ein Geist. Die dunklen Schleier draußen und die finsteren Gemüter in der Hütte paßten auf fatale Weise zu der düsteren Zukunft, die Armin erwartete: Die Nacht der Sühne war angebrochen – die Nacht seines Todes.

Ingwin wandte sein Gesicht Armin und Thorag zu, und das prasselnde Herdfeuer fiel auf die verunstaltete linke Seite. Im Flammenschein erwachten die dicken roten Narben zum Leben, tanzten höhnisch über das Antlitz des Kriegerführers, als wollten sie sich auch auf der heilen Seite ausbreiten. Ingwin sah aus wie einer von Surturs Feuerriesen.

»Wir sollten endlich etwas unternehmen«, drängte Ingwin, als er keine Antwort erhielt. »Nur hier zu sitzen und auf ein Wunder zu warten, hilft uns nicht weiter!«

»Das Warten hilft uns nicht, aber vielleicht das Wunder«, bemerkte Armin trocken, als gehe ihn das alles nichts an. Er trank einen Schluck Met und fügte hinzu: »Es müßte sich nur ziemlich beeilen, damit ich noch etwas davon habe.«

»Wir werden nicht zulassen, daß sie dich töten, mein Fürst!« rief Ingwin und legte die Rechte auf den Knauf seines Schwerts. »Ich nicht, Thorag nicht, niemand hier an deinem Feuer. Du bist unser Herzog, und wir folgen dir bis in den Tod!«

»Ich will keinen Krieg um meine Person«, erklärte Armin. »Wie sähe das aus? Es käme einem Schuldeingeständnis gleich. Und es würde den Stamm der Cherusker noch stärker entzweien, als er es ohnehin schon ist.«

»Dann müssen wir die Heiligen Steine verlassen«, seufzte Ingwin. »Niemand wird es wagen, uns daran zu hindern. Zu groß sind Ruhm und Macht des Hirsch- und des Donargaus.«

Armin warf seinem Kriegerführer einen dankbaren, aber

bekümmerten Blick zu. »Ein Rückzug wäre eine Flucht, und auch diese würde als ein Eingeständnis meiner Schuld gewertet.«

»Besser unter falschem Verdacht als tot!« schnaubte Ingwin und schlug mit geballter Faust auf die Tischplatte. Das über zwei Böcke gelegte Holz erzitterte, Trinkhörner und Becher tanzten.

»So könnte ich denken, ginge es nur um mich. Aber als Herzog der Cherusker muß ich das Schicksal des ganzen Stammes erwägen.«

»Wenn es sein soll, gehe ich für dich in den Tod, Armin«, sagte Thorag leise. »Aber ich bin heilfroh, nicht deine Last auf meinen Schultern zu tragen. Damit meine ich nicht das, was dich in dieser Nacht erwartet.«

Armin sah ihn an und lächelte schwach. »Du hast schon anders gesprochen, Thorag.«

»Damals verstand ich nicht, wie schwer oft die Entscheidungen sind, die sich dir stellen.«

Ingwin schien die Blutsbrüder nicht ganz zu begreifen und sagte ungeduldig: »Das ganze Gerede bringt uns nicht weiter. Wir müssen handeln, jetzt!«

»Nein!« erklärte Armin im harten Ton, sprach aber nicht weiter, sondern richtete seinen überraschten Blick auf den Eingang. Die Wächter, denen Armin eingeschärft hatte, auch bei Wind und Regen ihre Posten nicht zu verlassen, schlugen die dicke Flechtmatte beiseite und ließen Alruns geisterhafte Gestalt eintreten. »Vielleicht weiß die weise Frau Rat.« Es klang spöttisch, als erhoffe sich Armin nichts mehr vom Leben.

»Klettert herauf!« verlangte eine tiefe, harte, aber menschliche Stimme. »Langsam und ohne eure Waffen. Wer sich widersetzt, wird getötet!«

Der Sprecher war einer der Gestalten, die Argast beim ersten Anblick für aufrecht gehende Bären gehalten hatte. Doch es waren Menschen, die sich Bärenfälle übergestreift hatten und Bärenschädel auf den Köpfen trugen. Argast zählte etwa zehn dieser Bärenkrieger, doch dort oben mochten sich noch mehr befinden, außerhalb seines Sichtfelds.

Die tiefe Stimme war noch nicht verklungen, da fiel ein dickes Hanfseil in die Grube. Grobe Knoten zierten es in regelmäßigen Abständen und sollten den Gefangenen das Klettern erleichtern. Daß die Bärenkrieger ihre Drohung trotz dieser Fürsorglichkeit ernst meinten, fühlte Argast deutlich. Was immer dies alles zu bedeuten hatte, ein Spaß war es nicht.

Seine Männer sahen ihn an, warteten auf seine Entscheidung, während der Sprecher der Bärenkrieger seine Aufforderung wiederholte. »Kommt endlich!« fügte er hinzu. »Sonst wird der erste von euch sterben!«

»Wir gehorchen«, entschied Argast, und es fiel ihm nicht leicht. »Tot nützen wir Thorag und Armin nichts.«

»Nützen wir ihnen denn ohne Waffen?« fragte Ruthard.

»Neue Waffen können wir uns besorgen«, erklärte Argast im Flüsterton. »Ein neues Leben kaum!«

Er zog Schwert und Dolch aus den Scheiden und legte die Waffen mit einem tiefen Seufzer auf den Boden, bevor er das Seil packte und emporkletterte.

Es war recht dunkel geworden, und die Bäume am Rande der Lichtung vereinigten sich zu einer dunklen Mauer, als wollten sie die Donarkrieger niemals vom Bärenstein fortlassen. Bedrohlicher noch als die Bäume waren die Bärenkrieger, deren umgehängte Felle trotz der Dunkelheit seltsam hell schimmerten, fast noch heller als der riesige Steinbär. Argast erklärte es sich damit, daß die Felle gebleicht waren.

Die Männer, dreizehn an der Zahl, trugen Hosen, aber die Oberkörper waren unter den Fellen nackt, nur bedeckt mit weißen Farbzeichen, die der Donarsohn nicht kannte, aber für Runen hielt. Wundersamerweise schienen die Bärenkrieger nicht zu frieren. Noch etwas bemerkte Argast, als er vor ihnen stand: Jedem hing ein Amulett um den Hals, das dem von Armin bei Mimirs Quelle gefundenen Anhänger ähnelte. Jetzt wußte Argast, daß der Traum der Seherin nicht getrogen hatte, aber die Erkenntnis schien zu spät zu kommen.

Das stumpfe Ende eines Gers stieß schmerzhaft in Argasts Rücken und beförderte ihn von der Grube weg. Er stolperte und fiel zwischen das Dunkelgrün von Hirschzungen. Die lederigen, zungenförmigen Blätter streiften tatsächlich wie leckende Zungen über sein Gesicht. Als er sich aufrichten wollte, ertastete seine Rechte etwas: einen faustgroßen, scharfkantigen Stein. Er tat, als habe er Schmerzen und faßte an seinen Bauch. Dabei schob er seinen Fund unter den Kittel.

Einer nach dem anderen kletterten die Donarsöhne aus der Fallgrube. Argast konnte nicht umhin, die Konstruktion zu bewundern. Gut getarnt mit Moos und Farn, war das Flechtgitter so konstruiert, daß es erst unter einigem Gewicht nachgab. So konnte es geschehen, daß alle fünf Donarsöhne in der Grube landeten. Argast nahm an, daß es rund um den Bärenstein weitere Fallgruben gab.

Als sämtliche Donarsöhne die Grube verlassen hatten, schickte der Anführer der Bärenkrieger zwei seiner Männer zum Waldrand, um die Pferde zu holen. Der Anführer war ein großer Mann mit extrem breiten Schultern und einem knochigen Gesicht, das von einem struppigen Bart umrahmt war. Er hatte wirklich etwas von einem Bären.

Die beiden Bärenmänner kehrten mit den Pferden zurück, die sich sehr unruhig gebärdeten. Vielleicht verströmten die Bärenkrieger einen ihnen unangenehmen Geruch; es mochte an den Fellen liegen. Jedenfalls hatten die beiden Männer Mühe, die Pferde an den Zügeln zu halten. Immer wieder schnaubten die Tiere erregt, wieherten erschrocken und versuchten, den Griffen der fellbehängten Krieger zu entkommen.

Ein kräftiger Brauner riß sich schließlich los und rannte einen Bärenkrieger, der sich ihm in den Weg stellen wollte, einfach über den Haufen. Nicht der schützende Wald war das Ziel des wiehernden Tieres, sondern die Gruppe der Donarsöhne, die, von drei Gerträgern bedroht, vor den Hirschzungen stand. Das Pferd wollte zu seinem Reiter, einem schlanken Jüngling namens Wigan, der sich in den Schlachten gegen Germanicus trotz seiner Jugend großen Kriegsruhm erworben und den Thorag deshalb auch auf den mißglückten Zug gegen Drusus Caesar mitgenommen hatte. Die Gerträger konnten den rasenden Gaul nicht aufhalten und sprangen auseinander, um nicht auch unter seine wirbelnden Hufe zu geraten. Erst kurz vor Wigan hielt der Braune an, um ein weiteres Wiehern auszustoßen, das weniger ängstlich klang.

»Aufs Pferd, Wigan!« zischte Argast dem jungen Donarsohn zu. »Berichte Thorag, was hier geschehen ist!«

Er hatte noch nicht ausgesprochen, da saß der aschblonde Jüngling schon auf dem Rücken des Braunen, schlang die Beine um den Pferdeleib und stieß die Fersen in die Flanken. Ein gleichzeitiger Zuruf ins Ohr des Tieres, und es sprengte in weiten Sätzen über die Lichtung, auf den Waldpfad zu, auf dem die Donarsöhne hergekommen waren und der jetzt fast gänzlich im Dunkel der fortgeschrittenen Abenddämmerung verborgen lag.

Unter den Bärenkriegern entstand ein heilloses Durcheinander. Gerade hatten sie sich von dem Schrecken erholt, den der Braune unter ihnen verbreitet hatte, da lief das Tier schon wieder durch ihre Reihen. Schreie und Flüche vermischten sich mit dem Hufgetrappel und Wigans anfeuernden Rufen.

»Auf sie!« schrie Argast laut und zog den Stein aus dem Versteck. »Lenkt die Bärenmänner ab!«

Er schleuderte den Stein gegen den nächsten Gerträger und traf die Stirn unter dem Bärenhaupt. Mit einem lauten Schrei und einer klaffenden Wunde ging der Getroffene in die Knie. Argast sprang hinzu, riß ihm den Ger aus den Händen und stieß den stumpfen Schaft in den Magen des Gegners. Dieser brach mit einem gurgelnden Laut vollends zusammen und fiel vor die Füße des Kriegerführers.

Die beiden anderen Wachen stürmten heran. Einer stürzte und überschlug sich, als der von Argast geworfene Ger seine nackte Brust durchbohrte. Ruthard sprang den anderen an, riß ihn mit sich zu Boden und verwickelte ihn in einen wilden Kampf.

Der breitschultrige Anführer der Bärenmänner stieß laute, knappe Befehle aus. Zwei seiner Männer schafften es, die sich sträubenden Pferde der Donarsöhne zu besteigen, und nahmen Wigans Verfolgung auf. Die anderen Bärenkrieger kreisten Argast und seine Mannen ein.

Der Kriegerführer wurde von zwei Gegnern zugleich

angesprungen und umgerissen. Noch im Fallen sah er, daß alle Anstrengung vergebens war: Einer der berittenen Bärenkrieger schleuderte einen Ger und traf gut – in Wigans Rücken. Der junge Donarsohn fiel seitlich vom Pferd, zwischen die Dornensträucher. Sein Brauner verlangsamte den Lauf, blieb kurz vor dem Waldrand stehen und blickte sich unsicher um. Eine Flucht ohne seinen Herrn schien dem Tier nicht zu gefallen. Aber Wigan würde nie wieder auf ihm reiten. Die Verfolger erreichten den Gestürzten und hieben mit ihren Schwertern auf ihn ein, hackten ihn in Stücke.

Argast wehrte sich nach Kräften gegen seine beiden Gegner, aber dann warf sich ein dritter Mann auf die Brust des zu Boden gegangenen Kriegerführers. Mit solcher Gewalt, daß Argast spürte, wie eine seiner Rippen brach. Der stechende Schmerz erfüllte sein Sichtfeld für ein paar Augenblicke mit Schwärze. Er riß sich zusammen und schüttelte die beginnende Ohnmacht ab. Als er wieder sehen konnte, blickte er in das bärtige Gesicht des feindlichen Anführers. Und an seiner Kehle spürte er dessen scharfe Schwertklinge.

»Noch eine Bewegung, Donarmann, und du kannst die Walküren umarmen!«

Argast bewegte sich nicht, konnte es auch gar nicht mehr, so fest hatten ihn die Gegner jetzt im Griff.

Der Anführer der Bärenkrieger erhob sich. Sofort drehten seine Männer Argast auf den Bauch und zerrten ihm so brutal die Arme nach hinten, daß er befürchtete, sie würden seine Schultern auskugeln. Sie banden Argasts Hände auf den Rücken, wie sie es auch bei Ruthard taten – dem einzigen Donarsohn, der neben Argast den kurzen, heftigen Kampf überlebt hatte. Der ergraute Recke blutete aus mehreren Wunden, und das linke Auge war fast zugeschwollen.

Drei tote Donarsöhne waren schlimm, aber schlimmer noch war, daß ihr Tod vergeblich gewesen war. Jetzt ruhte alle Hoffnung auf Gueltar. War er durchgekommen? Oder hatten die Bärenkrieger ihn abgefangen?

249

Die Seherin blieb neben dem Herd stehen und genoß die Wärme des Feuers, bevor sie sich an Armins Tafel setzte. Auf Armins Wink brachte die Keltin Una ihr Käse, Quark und Milch.

»Nun, Alrun, welche Kunde bringst du?« fragte Armin. »Kennst du den Umweg nach Walhall?«

Alrun aß, trank und sagte: »Den findest du, wenn du den Bären aus meinen Träumen gefunden hast.«

Armin stieß ein heiseres Lachen aus. »Vielleicht findet niemand diesen seltsamen Bären, weil er nur in deinen Träumen existiert.«

»Das glaube ich kaum.« Milch lief über Alruns Kinn, und sie wischte mit einer Falte ihres Gewands darüber. »Ich kann gut genug unterscheiden zwischen Träumen ohne Bedeutung und solchen, in denen Wahrheit liegt. Außerdem habe ich mich in den letzten Nächten und Tagen umgehört, unter den Priestern und unter den älteren Kriegern. Jetzt glaube ich, das Geheimnis des Bärensteins zu kennen.«

Sie löffelte von dem mit Kräutern bestreuten Quark und schmatzte behaglich.

»Sprich schon!« forderte Ingwin sie auf. »Unsere Zeit wird knapp.«

Alrun blickte auf und schob die irdene Quarkschale beiseite. »Kennt ihr die Geschichte vom Riesen Starkad?«

»Hm«, machte Armin und überlegte. »Den Namen hörte ich schon, aber viel mehr sagt er mir nicht.«

»Mir schon«, erklärte Thorag. »Mein Ahnherr Donar war Starkads Feind und tötete ihn nach wildem Kampf.«

»Das ist eine der Legenden, die es über Starkads Ende gibt«, sagte Alrun. »Die Berichte werden in vielen Fassungen erzählt, die mal stärker, mal weniger voneinander abweichen. Eine dieser Erzählungen besagt, daß Starkad einer der Riesen gewesen ist, die Donar an dem Ort, an dem wir uns befinden, eine Falle stellten.«

»Das ist mir neu«, bekannte Thorag.

Und Armin fragte: »Starkad gehört also zu den Steinriesen?«

»So ist es«, antwortete Alrun mit dem kaum wahrnehmbaren Schatten eines Lächelns. »Und zwar soll er der versteinerte Riese sein, in dessen Fels unbekannte Hände das Abbild des Bären schlugen. Wohl deshalb, weil es heißt, in Starkad selbst sei Bärenblut geflossen. Das Blut des riesenhaften Urbären, der da war, bevor es die Welt der Götter und der Menschen gab.«

Armin kannte die Geschichte von dem fürchterlichen Bärenungeheuer Ymir, das von Wodan und seinen Brüdern erschlagen wurde. Aus Ymirs Fleisch entstand die Erde, aus seinen Knochen formten sich die Berge, aus seinen Haaren entsprossen die Bäume, aus seinem Blut wurde das Meer und aus seinem Schädel der Himmel.

»Das mag ja alles sein«, brummte Ingwin und hielt sein Methorn zum Nachfüllen hoch. »Aber ich verstehe nicht, wie uns das weiterhelfen kann.«

»Starkad raubte aus Alfheim, dem Heim der Lichtelben, die leuchtendschöne Alfhild, Tochter des Elbenkönigs Alf, und machte sie zu seinem Weib«, fuhr Alrun fort. »Aus diesem Grund bat König Alf seinen Freund Donar um Hilfe gegen Starkad. Doch als Donar Starkad endlich bestrafte, hatte der Riese mit Alfhild schon einen Sohn gezeugt: Arngrim, den ersten Berserker.«

»Einen Berserker?« In Thorags Augen leuchtete es auf. »Langsam wachsen die Fäden zusammen, die du spinnst, Seherin.«

Alrun nickte. »Tatsächlich führt die Sage das Berserkergeschlecht auf Starkad und Arngrim zurück. Arngrim war fleißig und zeugte zwölf Söhne, die allesamt Berserker waren und die Welt mit Schrecken überzogen, um Starkads Tod zu rächen.«

»Berserker, die Bärenkrieger«, murmelte Armin. »Und auf dem Steinriesen prangt ein Bär. Thorag hat recht, aus den Fäden wird ein Netzwerk!«

»Auch die acht Pranken ergeben jetzt einen Sinn«, sagte Alrun und schob das Steinamulett mit dem Bärenbild über den Tisch. »Starkad soll acht Arme gehabt und über die Fähigkeit verfügt haben, mit vier Schwertern gleichzeitig loszuschlagen.«

»Ich verstehe noch immer nicht, wie uns das helfen soll«,

rülpste Ingwin, als er das leere Methorn von den feuchten Lippen nahm.

»Starkad soll bei seinem Tod Donar verflucht haben. Donar und alle, die ihm dienen.«

»Was heißt das?« fragte Ingwin, der allmählich größeres Interesse zeigte.

»Alle Menschen dienen Donar, dem Gott des Wetters und der Fruchtbarkeit«, meinte Thorag. »Von ihm hängt es ab, ob die Früchte auf den Feldern reifen und ob die Viehherden Nachwuchs gebären.«

»So könnte man es verstehen.« Armin nickte. »Dann hätte Starkads Fluch alle Menschen betroffen.«

»Das erzählt man sich«, bestätigte Alrun. »Und weil Starkad im Land der Cherusker starb, soll von hier aus auch seine Schreckensherrschaft neu errichtet werden. Schon einmal wäre es fast soweit gewesen, vor vielen Generationen, als euer Stamm nicht sieben, sondern acht Sippen zählte.«

»Acht Sippen?« fragte Ingwin ungläubig.

»Ich erinnere mich dunkel.« Thorag stützte das Kinn auf seine Faust und blickte ins Herdfeuer, doch eigentlich zurück in längst vergangene Zeiten. »Als wir über gute und schlechte Menschen sprachen, ich war noch sehr jung, bemerkte mein Vater Wisar einmal, niemand könne sich das wahrhaft Böse vorstellen, der nicht unter der Herrschaft der achten Sippe gelitten habe. Natürlich fragte ich ihn, was er damit meine, aber er schwieg eisern. Es schien ihm unangenehm zu sein.«

»Kein Wunder«, sagte Alrun, »ist die achte Sippe doch ein Schandfleck in der Geschichte der Cherusker. Das heilige Tier dieser Sippe war der Bär, weshalb man sie auch die Bärensippe nannte. Ihre Edelinge führten ihre Abkunft auf den fürchterlichen Urbären Ymir zurück, und tatsächlich waren sie vom Bösen besessen und rissen mit rücksichtsloser Gewalt die Macht über den ganzen Stamm an sich. Damit nicht zufrieden, unterjochten sie die Nachbarstämme, bis sich alle anderen sieben Sippen gegen die Bärenkrieger erhoben und sie in einem blutigen Bruderkrieg auslöschten.«

»Dann gibt es also keine Bärensippe mehr«, stellte Ingwin fest.

»Die Sippe nicht, aber vielleicht ihre Erben.« Alruns Gesicht verzog sich, zeigte noch mehr Falten. »Man erzählt sich, das Bärengeschlecht habe noch immer seine Anhänger unter den Cheruskern, aber im geheimen. Sie gehören anderen Sippen an, trachten aber danach, die alte Macht der Bärensippe wiederauferstehen zu lassen. Das soll nach der Legende geschehen, wenn der Stamm in Uneinigkeit zerfällt und die Tritte des achtbeinigen Bären das Cheruskerland erschüttern.«

Alrun schwieg und die Edelinge auch. Die Erzählung der Seherin hatte tiefen Eindruck bei ihnen gemacht. Ungeahnte Zusammenhänge ergaben sich plötzlich, wenn auch noch schemenhaft, im Nebel des Halbwissens verborgen.

Armin ergriff schließlich das Amulett und hielt es so, daß der Feuerschein auf den kleinen Steinbären fiel. »Ist Gandulf, unser Ewart, ein Mitglied der geheimen Bärensippe?«

»Dein Fund deutet darauf hin«, sagte Thorag. »Wir zweifeln schon lange an Gandulfs Aufrichtigkeit. Wenn er einer der Verschwörer ist, können wir damit rechnen, daß auch andere bedeutende Männer zu ihnen ...«

Plötzlicher Tumult am Eingang unterbrach Thorag. Abermals wurde die Flechtmatte zurückgeschlagen, und eine vollkommen durchnäßte Gestalt stürzte herein: Gueltar.

Der Sugambrer lief zu Armins Tafel und keuchte: »Wir haben ihn gefunden! Wir haben den Bärenstein entdeckt!«

Sein hastiger Bericht brach den Bann der Untätigkeit.

»Ich werde mit einer Hundertschaft zum Bärenstein aufbrechen«, sagte Thorag. »Wenn Astrid dort ist, werde ich sie finden und zurückbringen. Mit etwas Glück schaffe ich das bis Mitternacht.«

Er brauchte nicht auszusprechen, was um Mitternacht geschehen sollte.

»Ich werde dich begleiten, Thorag!« rief Ingwin.

Thorag legte seine Hand auf Ingwins Arm und schüttelte den Kopf. »Nein, mein Freund. Ich schätze deine Tapferkeit, aber dein Fürst braucht dich jetzt nötiger. Falls ich mich verspäte, liegt es an dir, etwas zu unternehmen.«

Una versorgte Gueltar mit Milch und Käse. Sie sprachen

nicht miteinander, aber ihre Blicke trafen sich immer wieder. Schon nach kurzer Zeit durchbrach ein Bote der Donarsöhne das zauberhafte Band zwischen dem Sugambrer und der Keltin. Er meldete, daß Thorags Hundertschaft aufgesessen war. Die Donarsöhne warteten nur noch auf Gueltar, der ihnen den Weg weisen sollte.

Der Jüngling sprang auf, wollte schon aus der Hütte laufen, drehte sich aber noch einmal zu Una um und sagte leise: »Warte auf mich, Una!«

Sie sah ihn an und nickte.

Glücklich eilte er nach draußen, wo ein Donarsohn ein frisches Pferd für Gueltar bereithielt. Er schwang sich auf den Rücken des dunkelbraunen Hengstes.

»Vorwärts!« rief Thorag und lenkte seinen Rapphengst an die Spitze des Trupps.

Von ihrem Fürst geführt, sprengten die Donarsöhne aus dem Lager. Hundert gutbewaffnete Krieger, die kaum etwas fürchteten, außer den Strohtod. Sie gaben sich keine Mühe, leise zu sein oder wenig Aufsehen zu erregen. Die Zeit war zu knapp, der Tod zu nah.

Anfangs wunderte sich Argast, als die Bärenkrieger ihn und Ruthard vom Bärenstein wegführten, zu dem Rand der Lichtung, der dem Waldpfad gegenüberlag. Die Bärenkrieger sprangen recht rauh mit ihren Gefangenen um, hatten sie doch zwei Tote und mehrere Verletzte zu beklagen. Ihre eigenen Toten trugen sie mit sich, nicht aber die gefallenen Donarsöhne. Argast nahm an, daß sie sich später um die Leichen der Feinde kümmern würden. Wigans Pferd war wieder eingefangen worden und wurde zusammen mit den vier anderen Tieren mitgeführt. Sie tauchten in den Wald ein, und der riesige Bär aus weißem Stein verschwand aus ihrem Blickfeld. Die Erleichterung, die Argast darüber empfand, konnte er weder erklären, noch wollte er sie sich eingestehen.

Der Mischwald, durch den sie auf einem mehrfach gewundenen Pfad geführt wurden, war zwar dicht, lichtete sich aber nach unerwartet kurzer Zeit. Der Waldstreifen trennte die

Lichtung mit dem Bärenstein von weiteren, größeren Kalksteinfelsen. Mehrere Höhlen gähnten wie die gierig geöffneten Mäuler riesiger Untiere in die hereinbrechende Nacht. Auf eine der Höhlen, die sich in einem spitzen Felsen befand, hielten die Bärenmänner zielstrebig zu.

Sie hatten den Eingang noch nicht ganz erreicht, als Argast bemerkte, daß der Schlund keineswegs so dunkel war, wie es vom Wald her ausgesehen hatte. Ein rötlicher Schimmer drang durch die Finsternis und entpuppte sich als Schein einer in der Wand steckenden Fackel, als der Trupp eine Biegung hinter sich ließ. Zwei Männer, mit Bärenfellen behängt und mit Geren und Schilden ausgerüstet, hielten hinter der Biegung Wache. Einer von ihnen trug ein bronzenes Signalhorn bei sich, das an einer am Bärenfell befestigten Schnur hing. Der Anführer erklärte ihnen kurz, was geschehen war, und ihre Mienen verfinsterten sich.

Die Bärenkrieger sprachen in der Mundart der Cherusker, und trotzdem erschienen sie Argast so fremd, als kämen sie vom Ende der Welt. Was taten sie hier? Weshalb bauten sie Fallen und lauerten anderen Cheruskern im Hinterhalt auf?

Ehe er diese Fragen laut stellen konnte, ging es schon weiter, tiefer in das weitverzweigte Höhlengewirr hinein. Der von Wandfackeln erhellte Weg führte über mal naturgeschaffene, mal von Menschenhand gehauene Stufen, durch ein Labyrinth von aus Decke und Boden sprießenden, bizarr geformten Felsnadeln und an einem unterirdischen See vorbei. Argast vermutete, daß dieser See von der Quelle gespeist wurde, deren Wasser im Schatten des Bärensteins entsprang und im Boden versickerte.

Ein schmaler Durchlaß wurde von zwei weiteren Bärenkriegern bewacht. Die große Höhle, die sich dahinter auftat, war überaus beeindruckend, überwältigend, erschreckend. Ringsum brannten Kienspäne, die in den Fels gerammt waren, und in der Mitte schürte ein Mann mit einer spitzen Eisenstange, die in einem Holzgriff auslief, ein großes Herdfeuer. Der aufsteigende Rauch schien sich irgendwo in dem weitläufigen Höhlensystem zu verlieren. Argast hatte draußen nichts von ihm bemerkt.

Eine halbe Hundertschaft Bärenmänner bevölkerte den ovalen Raum, saß auf Holzbänken oder auf Fellen am Boden, trank und aß, war dabei aber seltsam still, nicht so ausgelassen, wie es Frilinge sonst beim Zechen und Essen waren. Keine Lieder, keine Geschichten, keine Scherze erklangen, und keine Würfel rollten über den Kalkstein. Es war unheimlich, als hätten die Bärenmänner verlernt, Menschen zu sein. Beim Eintreten des Kriegertrupps mit seinen Gefangenen wandten sich ihm alle Köpfe zu.

Argast bemerkte, daß die beiden Bärenmänner mit den erbeuteten Pferden fehlten. Sie mußten vor dem Eingang abgebogen sein, zu einer anderen Höhle.

Während die Bärenkrieger ihre beiden Gefallenen in der Nähe des Herdfeuers auf den Boden legten, blickte sich Argast in der großen Höhle um. Die Wände waren mit Malereien verziert. Menschliche Gestalten, mit dunkler Farbe gemalt, fielen vor weißen Bärenkriegern auf die Knie. Und über allem erhob sich auf acht Beinen ein großer weißer Bär mit rotglühenden Augen, ähnlich dem Felsen auf der verhängnisvollen Lichtung.

Aus dem Respekt, den die Bärenmänner dem breitschultrigen Anführer des Überfalltrupps entgegenbrachten, schloß Argast, daß alle fellbehängten Krieger in dem Höhlenlabyrinth seiner Führung unterstanden. Der Donarsohn hörte auch den Namen des Bärtigen: Berold – der Bärengebieter. Ein seltsamer Zufall, der Argast zu denken gab. Hatte man dem Bärtigen wegen seines Namens die Führerschaft über die Bärenkrieger anvertraut? Oder war es gar nicht sein richtiger Name? Trug er die Bezeichnung Bärengebieter, weil man ihn zum Anführer der Bärenmänner gemacht hatte?

Die Bärenkrieger legten ihre toten Gefährten auf Felle neben den Herd, scharten sich um sie und stimmten einen kehligen, raunenden Gesang an, der Argast an die Beschwörungen erinnerte, die er von den Priestern der Heiligen Steine kannte. Abwechselnd wandten die Männer ihre Gesichter den Toten und dem Bildnis des großen weißen Bären zu.

Als Argast sich an den Tonfall des Singsangs gewöhnt hatte, verstand er die Worte:

Fürchtet mich, verehrt mich!
So sprichst du,
mächtiger Bärengott.
Du kommst!

Du bist ein tapferer Krieger,
mächtiger Bärengott.
Du kriechst aus deinem weißen Pelz,
du kommst!

Wir fürchten dich,
wir verehren dich,
wir opfern dir,
mächtiger Bärengott!

Du kommst,
Achtfüßiger, Achthändiger.
Wir sind du,
und du bist wir!

Mehrmals wiederholten die Bärenmänner dieses Lied. Bei der dritten Strophe warfen sie jedesmal von ihren Speisen ins Herdfeuer. Bei der vierten neigten sie ihre Leiber vornüber und pendelten damit hin und her, wie es die Bären taten. Und tatsächlich: Mit diesen Bewegungen, mit den umgehängten Fellen ähnelten sie den mächtigen Herrschern des Waldes.

Argast verstand nicht nur die Worte, sondern glaubte, allmählich hinter ihren Sinn zu kommen.

Die Bedeutung der ersten Strophe war einfach zu erfassen. Mit ihr drückten die Bärenmänner aus, daß sie sich dem von ihnen angebeteten Bärengott unterordneten. Was Argast nicht weiter überraschte. Alles deutete darauf hin, angefangen von dem riesigen Bärenstein, der sich irgendwo über ihren Köpfen befinden mußte, über die Amulette und die umgehängten Bärenfälle bis zu den Wandmalereien in dieser Höhle.

Die zweite Strophe war schon schwieriger zu verstehen. Was hieß das, der Bärengott krieche aus seinem Pelz? Erwarteten die Bärenmänner ihn leibhaftig, oder war das nur ein Sinnbild ihres Glaubens an seine wachsende Herrschaft?

Mit der dritten Strophe betonten die Sänger noch einmal ihre Unterordnung und Verehrung. Die vierte Strophe schien mit der zweiten in Verbindung zu stehen: Der Bärengott kroch aus seinem Pelz, wurde er damit zum Menschen oder ihnen gleich? Die Menschen jedenfalls ähnelten ihrem Gott, indem sie Bärenfelle trugen und seine Bewegungen nachahmten. Zugleich schienen sie ihm ihre toten Brüder anzuempfehlen.

Argast versuchte, nicht zu sehr in den Bann der unheimlichen Zeremonie zu geraten. Vielleicht war jetzt, wo die Bärenmänner abgelenkt waren, der günstigste Zeitpunkt für eine Flucht gekommen.

Doch als er sich umblickte, schwand seine Hoffnung. Die beiden Wächter standen im Eingang und sahen ihren Gefährten zu, lauschten ebenfalls ihrem Gesang. An ihnen konnten Argast und Ruthard unmöglich vorbeikommen, nicht mit gefesselten Händen. Zudem schien Ruthard arg geschwächt, stand auf wackligen Beinen und schwankte, als wolle er das Pendeln der Bärenkrieger nachahmen. Diese beendeten ihren Gesang und wandten sich den Gefangenen zu, auf die Berold mit ausgestrecktem Arm zeigte.

»Diese beiden dort sind schuld am Tod unserer Brüder. Sie kamen zum Stein des Bärengottes, um ihn zu entweihen. Und vielleicht kommen noch mehr von ihrer Sorte. Doch das werden sie uns gleich verraten!« Berold trat vor die Gefangenen, blickte Argast an und fuhr fort: »Du bist der Anführer, das habe ich gleich gesehen. Nenn mir deinen Namen!«

»Sag mir erst mal, was der faule Zauber hier zu bedeuten hat!« verlangte Argast und blickte das Wandgemälde des achtfüßigen Bären an. »Zu was für einem seltsamen Gott betet ihr?«

Eine schnelle Bewegung Berolds, und seine flache Hand klatschte in Argasts Gesicht. Der Kopf des Donarsohns wurde herumgerissen, die linke Wange brannte. Etwas Süßliches lief über seine Lippen: Blut, das aus seiner Nase rann.

»Nicht du hast hier zu fragen, Sohn des verfluchten Donnergottes! Dein Donar hat hier keine Macht, Argast. Reize nicht den Bärengott!«

»Du kennst ja meinen Namen«, sagte Argast. »Was fragst du also?«

»Ich will wissen, wie viele von deinen Donarkriegern noch durch die Gegend streifen.«

»Wir sind allein«, log Argast.

»Und was wolltet ihr am Stein des Bärengottes? Woher wußtet ihr von ihm?«

»Wir haben ihn zufällig entdeckt, auf der Suche nach einem Lagerplatz, als wir von erfolgloser Jagd zurück zu den Heiligen Steinen ritten.«

Berolds Faust bohrte sich in Argasts Leib, genau an der Stelle, wo die gebrochene Rippe saß. Der Donarsohn stöhnte laut auf und krümmte sich zusammen. Hätten ihn auf Berolds Wink nicht zwei Bärenmänner gepackt, wäre er zu Boden gegangen.

»Lügen!« keifte Berold. »Nichts als Lügen! Ihr seid nicht für die Jagd ausgerüstet. Und der Stein des Bärengottes ist kein Ort, auf den man durch Zufall stößt.«

Er ging zum Feuer und nahm dem Herdwächter den Eisenhaken aus den Händen, dessen Spitze rötlich glühte. Argast machte sich auf das Schlimmste gefaßt, als Berold mit dem glühenden Eisen auf ihn zukam. Doch der Bärenmann ging an ihm vorbei und blieb vor Ruthard stehen, der ebenfalls von kräftigen Händen gepackt und festgehalten wurde.

Und schon bohrte Berold das spitze Eisen in das zugeschwollene Auge des grauhaarigen Kriegers. Es zischte, und Ruthard schrie gequält auf, wand sich im Griff der Bärenmänner, ohne ihm entkommen zu können. Der ekelhafte Geruch verbrannten Fleisches stieg in Argasts Nase, während er angewidert mit ansehen mußte, wie das zerstoßene Auge aus der Höhle floß.

»Nun?« fragte Berold in das Geschrei Ruthards. »Seid ihr Donarsöhne bereit, mir die Wahrheit zu sagen?«

Ruthard schien zu keiner Antwort fähig. Er hing in den Armen der beiden Bärenmänner, schrie und stöhnte, stöhnte und schrie, die linke Wange unter der leeren Augenhöhle von rötlichgelber Flüssigkeit bedeckt.

»Ich kenne euren Bärengott nicht«, stieß Argast zornig hervor. »Aber ich weiß, daß ich ihn nicht mag.«

»Das mußt du auch nicht, Donarsohn«, erklärte Berold mit einem seltsamen Lächeln. »Es genügt, wenn du ihn fürchtest und verehrst.«

»Ich verehre Donar und fürchte den Strohtod, nicht euren Mummenschanz!«

Das Lächeln verschwand, Berolds Antlitz blickte wieder ernst. »Du solltest nicht lästern, Donarsohn. Der weiße Bär ist ein mächtiger Gott, aber kein gnädiger.« Der Bärengebieter wandte sich Ruthard zu. »Was ist mit dir, Einauge? Bist du bereit zu sprechen? Oder möchtest du als Blinder den Weg nach Walhall suchen? Es wird dir nicht gelingen. Wodan selbst ist zwar einäugig, aber mit Kriegern, die gar nichts sehen, kann er wenig beginnen.« Berold brach in schallendes Gelächter aus, das ebenso falsch wirkte wie zuvor sein Lächeln.

Ruthards Lippen zitterten, und, den Schmerz überwindend, keuchte der alte Recke: »Donar möge mit mir sein und seinen treuen Sohn behüten!«

»Das kann er nicht, und dies ist der Beweis!«

Kaum hatte Berold ausgesprochen, stieß er ein zweites Mal mit dem heißen Schürhaken zu, und Ruthard verlor auch sein anderes Auge.

Die Schreie des Gepeinigten fanden in der Höhle ein vielfaches, verzerrtes Echo. Als klänge dies noch nicht schauerlich genug, mischte sich ein anderer Laut in Ruthards Schmerzenstöne: ein tiefes, langgezogenes Gebrüll, das etwas Forderndes hatte. Es wiederholte sich mehrmals. Die Bärenmänner erstarrten, schienen dem Gebrüll zu lauschen.

»Der Bärengott ruft!« sprach Berold mit einem feierlichen Unterton. »Er hat den Frevel aus den Mündern der Donarsöhne gehört und verlangt nach einem Opfer. Bringt die Gefangenen zu ihm!«

Berold führte seine Krieger und die beiden Donarsöhne, den stummen Argast und den wimmernden Ruthard, durch eine Felsnische in einen gewundenen, von Fackeln erhellten Gang. Nicht nur Kienspäne zierten die Wände, sondern auch die Schädelknochen toter Bären, zwanzig oder dreißig Stück. Die Augenhöhlen waren leer, doch Argast hatte das Gefühl, die Schädel starrten ihn an, zornig und böse.

Der Gang führte in eine andere Höhle. Was Argast hier erblickte, verschlug ihm den Atem. Plötzlich hielt er das Gerede vom Bärengott nicht mehr für ein Hirngespinst, die Verkleidung der Bärenmänner nicht länger für einen Mummenschanz.

Die Bärenkrieger stimmten einen neuen Gesang an:

Wenn das Leben meinen Leib verläßt,
werde ich zu einem Bären,
dem Bärengott der Weltenschöpfung.

Mein Pelz ist weiß,
doch nicht, weil ich aus den Nordlanden komme.
Ich bin der Bärengott der Weltenschöpfung.

Ich strecke meine Tatzen aus,
umschließe den Menschen mit meinen acht Armen,
presse ihn an mich mit all seinen Schmerzen.

Dann wird sein Leib zu meinem,
wird er zu einem Bären,
dem Bärengott der Weltenschöpfung.

Noch war das Echo des Gesangs nicht verklungen, da fiel der blinde Ruthard, von Berold gestoßen, in die tiefe Grube, die sich zu Füßen der Männer auftat. Und das schreckliche Untier – der Bärengott! – näherte sich ihm mit einem ohrenbetäubenden Brüllen.

Entsetzlicher als das, was dann in der großen Grube geschah, konnte kaum etwas sein, dachte Argast.

Er änderte seine Meinung, als er den Käfig über ihren Häuptern erblickte.

Kapitel 19

Opfer für die Götter

Im letzten Augenblick riß Thorag seinen Rappen zurück und stieß einen lauten Warnruf aus: »Zurück, Männer, ein Abgrund!«

Der schwarze Hengst unter ihm wieherte schrill und tänzelte unruhig hin und her, als er die Gefahr erkannte, in die er fast gelaufen wäre. Die Dunkelheit von Nacht und Wolken hatte den steilen Abhang gut verborgen gehalten. Thorag streichelte den Kopf des Rappen und flüsterte dem Tier besänftigende Worte zu. Das Pferd konnte wirklich nichts dafür, eher Gueltar, der seinen Braunen nur eine Armlänge von Thorag entfernt gezügelt hatte. Hinter ihnen hielt die lange Reihe der Donarsöhne ihre Pferde an.

»Es tut mir leid«, murmelte Gueltar, der Thorags vorwurfsvolle Blicke in der Düsternis mehr erahnt als gesehen hatte. »Ich hatte es sehr eilig, zu den Heiligen Steinen zurückzukommen, und habe mir anscheinend den Weg nicht gut genug eingeprägt. Zudem verhüllen Notts Schleier vieles, was ich im Lichte Dagrs wohl erkennen würde.«

»Das hilft uns nicht weiter«, entgegnete Thorag vorwurfsvoll und dachte daran, daß sie schon zum dritten Mal in die Irre geritten waren. »Wenn wir den Bärenstein nicht bald finden, können wir Armin nicht mehr helfen. Die Nacht der Sühne hat längst begonnen, und ihre Mitte rückt rasch näher.«

»Es muß hier irgendwo sein, ganz in der Nähe«, sagte Gueltar leise, und es klang wie eine Beschwörung. »Ich weiß es. Wenn es nur nicht so dunkel wäre!«

Thorag legte den Kopf in den Nacken und blickte hinauf zum Himmel. Der Regen hatte aufgehört, aber die Wolken lasteten dicht und schwer, wie eine Decke riesiger Felsblöcke, auf dem Cheruskerland.

»O Donar, mächtiger Gott des Wetters, stehe deinen Söhnen bei!« sagte Thorag laut und feierlich. »Mit der gewaltigen Kraft deiner Lungen blase den grauen Mantel hinfort, den dein Vater Wodan über das Land der Cherusker gelegt hat!«

Andächtig rief die ganze Hundertschaft den Namen des Donnergottes und schaute erwartend nach oben. Aber kein Lufthauch regte sich, um die Wolken zu vertreiben. Donars Ohren blieben dem Flehen seiner Söhne auch nach mehrmaliger Wiederholung von Thorags Gebet verschlossen.

»Reiten wir weiter«, entschied Thorag deshalb. »Oder treffender ausgedrückt, zurück.«

Auf dem engen, durch dichten Wald führenden Weg war es nicht einfach für hundert Reiter, zugleich ihre Pferde zu wenden. Die Tiere waren störrisch, als spürten auch sie, daß alle Anstrengung vergeblich war.

Gueltar ritt niedergeschlagen neben Thorag und sagte: »Ich könnte es mir nie verzeihen, wenn mich die Schuld an Armins Tod trifft. Mein eigenes Leben würde ich geben, um den Herzog zu retten!«

Kaum hatte der junge Sugambrer ausgesprochen, setzte ein Heulen ein, leise erst, dann immer stärker anschwellend. Die Kolonne kam ins Stocken, und überraschte Ausrufe pflanzten sich durch die Reihen fort. Von Sturmgeistern war die Rede, von Waldriesen und Nachtdämonen. Die Wipfel der Bäume begannen zu rauschen und beugten sich unter schwerem Druck, während über ihnen Bewegung in die starren Wolkenbänke kam.

»Das sind keine Nachtdämonen und keine Sturmgeister!« rief Thorag freudig aus. »Donar hat unser Flehen erhört!«

Der heftige Wind, der unvermittelt aufgekommen war, spielte mit dem Haar von Kriegern und Pferden. Thorags langer Blondschopf wehte um sein Gesicht. Die eben noch dichte Wolkenschicht riß auseinander, zerteilte sich in mehrere Haufen, die sich wiederum teilten und dünner wurden. Die Sterne funkelten durch die Lücken und schließlich auch die gelbe Mondsichel. Das düstere Land aus Bäumen und Felsen nahm Formen an, schemenhaft erst, dann deutlicher. Die Donarsöhne konnten endlich den Weg sehen, auf dem sie ritten. Aber würden sie den richtigen finden?

Das Geräusch klang wie dumpfes Donnergrollen, das sich allmählich aus weiter Ferne zu den Heiligen Steinen wälzte.
Doch Armin, Ingwin und die anderen Edelinge des Hirschstammes, die in Armins Hütte versammelt waren, wußten
sofort, daß es nicht Donar war, der seine wütende Stimme
erhob. Zu gleichmäßig war der Rhythmus der dunklen Töne,
zu schnell folgten sie aufeinander.

Ingwin sprang von der Bank auf und rief: »Sie kommen!«

Armin blieb sitzen und nickte schwach. Der Sühnezug
kam, um den Hirschfürsten abzuholen.

»Ich werde sämtliche Hirschkrieger im Lager zu den Waffen rufen«, sagte Ingwin grimmig. »Kein verfluchter Priester
wird seinen Fuß in diese Hütte setzen!«

»Nein«, entgegnete Armin und meinte es anders, als Ingwin glaubte. »Die Priester brauchen nicht in die Hütte zu
kommen. Ich werde ihnen die gebührende Ehre erweisen und
sie draußen empfangen.« Auch er stand jetzt auf und zog seinen verrutschten Umhang gerade.

Ingwin und andere Edelinge des Hirschstammes sahen ihn
mit geweiteten Augen an, mit Blicken, in denen Armin Unver-
ständnis und Entsetzen las. Und die Bereitschaft, für ihren
Fürsten zu kämpfen und zu sterben, was ihn zugleich mit
Stolz und Traurigkeit erfüllte.

»Du willst dich dem Kampf draußen stellen, Armin?«
fragte Ingwin, obwohl er den Herzog begriffen hatte, mit
einem letzten Rest von Hoffnung.

»Nicht dem Kampf, sondern der Sühne«, erwiderte Armin
gelassen und staunte selbst über seine Ruhe. Das Schicksal,
das die Götter – oder zumindest die Priester der Heiligen
Steine – ihm zugedacht hatten, schien jetzt unausweichlich.
Und gerade das verlieh Armin seine Ruhe. Er wußte, was ihn
erwartete: ein gewaltsamer Tod. Aber das war besser, als den
letzten Atemzug auf dem Kranken- oder Alterslager auszu-
hauchen.

»Das kann nicht dein Ernst sein, mein Fürst!« Ingwin
streckte seine Hände in einer unsicheren Geste aus, als
könne er sich nicht entscheiden, ob er Armin anflehen oder

kräftig durchrütteln sollte. »Da draußen erwartet dich der Tod!«

»Das weiß ich«, sagte Armin ernst. »Die Götter wollen nicht, daß Thorag mir Hilfe bringt. Also muß ich mich in den Tod fügen.«

»Aber es ist ein ungerechter Tod! Dich trifft keine Schuld an dem, was man dir vorwirft.«

»Seit ich Fürst des Hirschstammes und Herzog der Cherusker bin, habe auch ich oft Dinge getan und Entscheidungen getroffen, die mancher ungerecht findet. Der Maßstab ist nicht Gerechtigkeit, Ingwin, sondern das, was für unseren Stamm am besten ist.«

»Dein Tod?« Ingwin schüttelte den Kopf. »Nein, das glaube ich nicht! Du bist ein guter Herzog, ein viel besserer als dein Oheim Inguiomar. Wir haben es im Krieg gegen Germanicus gesehen, als Inguiomars Entscheidungen uns ins Hintertreffen brachten. Wenn du von uns gehst, wird sich für die Cherusker vieles zum Schlechten wenden.«

»Wenn ich bleibe, noch mehr. Dann wird es bald keinen Stamm der Cherusker mehr geben. Nur noch verfeindete Sippen, die sich untereinander bekriegen und zerfleischen und dadurch eine leichte Beute werden.«

»Für wen?«

»Für Rom und für Marbod.« Armin schwieg eine Weile und starrte in die flackernden Flammen des Herdfeuers, das ihm, dem Todgeweihten, keine Wärme zu spenden vermochte. Dann sah er alle Edelinge der Reihe nach an und sagte laut: »Mein Vater und viele seiner Vorväter waren Herzöge unseres Stammes. Auch wenn ich in dieser Nacht den Weg nach Walhall nehme, muß dies nicht das Ende des Einflusses bedeuten, den die Hirschsippe auf den ganzen Cheruskerstamm ausübt. Ein neuer Herzog aus dem Hirschgau kann sich Inguiomar entgegenstellen, aber mit friedlichen Mitteln, nicht mit Schwert und Schild.«

»Armin, du bist der letzte von Segimars Blut«, entgegnete Ingwin. »Dein Bruder Isgar zählt nicht, seit er sich Flavus nennt und mit Leib und Seele Römer ist. Und Thumelikar, dein Sohn …«

Ein zorniges Aufflackern in Armins Blick brachte den Kriegerführer zum Schweigen. Aber der Zorn des Herzogs galt nicht Ingwin, sondern den Römern.

»Ich gehe nur schweren Herzens in den Todeswald«, erklärte Armin. »Einer der Gründe, die mir diesen Weg so schwermachen, ist Thumelikar, mein Sohn, den ich niemals sah. Der in der Gefangenschaft geboren wurde, verdammt dazu, eine Geisel der Römer zu sein, wie seine Mutter Thusnelda. Vielleicht wird es euch doch gelingen, sie beide zu befreien!«

Ingwin nickte ein stummes Versprechen.

Armin fuhr fort: »Ihr müßt einen neuen Gaufürsten aus eurer Mitte wählen, und Ingwin wäre sicherlich keine schlechte Wahl.« Sein Blick ruhte jetzt auf dem narbengesichtigen Kriegerführer. »Aber nur, wenn du dich nicht vom Haß leiten läßt, Ingwin. Du mußt immer daran denken, daß es auch ein Leben jenseits von Krieg und Rache gibt und daß der Tod, mag er noch so ehrenvoll sein, nutzlos ist, wenn es keine liebenden Weiber, keine lachenden Kinder und keine Cheruskerkrieger mehr gibt, die das Land unserer Väter durchstreifen. Darum versprich mir, versprecht ihr alle mir, daß ihr mein Wort befolgt und euch dem Spruch der Götter fügt, ohne Waffenklirren und ohne Blutvergießen!«

Die Edelinge versprachen es, aber nur zögernd, einer nach dem anderen. Nur nicht Ingwin, der Armin mit verbissenem Gesicht anstarrte.

»Nun?« fragte Armin. »Fällt es dir so schwer, deinem Fürsten Folge zu leisten, Ingwin?«

Der Kriegerführer schluckte und antwortete mit belegter Stimme: »Ich folge dir in jeden Kampf, Armin, mag er noch so schwer und aussichtslos erscheinen, selbst wenn er den sicheren Tod verspricht. Aber tatenlos zuzusehen, wie du durch Neidingswerk dein Leben einbüßt, das kannst du nicht von mir verlangen!«

Armin sah ihn durchdringend an und legte seine Hände auf die Schultern des anderen. »Und doch tu ich es, mein Freund. Es ist vielleicht der schwerste Dienst, den du mir erweisen kannst, aber auch der wichtigste!«

Nach langem Zögern sagte Ingwin: »Ich gelobe dir Gehorsam, mein Fürst, bis in den Tod!«

Armin glaubte nicht, daß Ingwin es so doppeldeutig meinte, wie es sich anhörte. Mit einem zufriedenen Nicken wandte sich der Hirschfürst um, dem Eingang zu. Draußen waren die dumpfen, rhythmischen Laute angeschwollen. Stimmen vermischten sich mit dem monotonen Trommeln. Eine Vielzahl von Kehlen rief immer wieder Armins Namen.

Der Hirschfürst blickte Alrun an, die mit verkniffenem Gesicht auf das Herdfeuer starrte.

»Enthüllen dir die Flammen etwas, Seherin?«

»Leider nicht, Fürst Armin.« Auch die weise Frau wirkte niedergeschlagen, obwohl Armin für sie ein Fremder war.

»Ich hoffe, du findest deine Tochter wieder«, sagte Armin. »Sie war Thorag stets eine gute Freundin und hat auch mich vor dem Verhängnis gewarnt. Ich weiß nicht, welchen Weg die Nornen dir vorgezeichnet haben, Alrun. Aber solltest du bei den Cheruskern verweilen, würde dein Rat ihnen sicher hilfreich und willkommen sein.«

»Vielleicht wird es so kommen«, sagte Alrun leise. »Wie du schon sagtest, Fürst, die Nornen spinnen die Schicksalsfäden.«

Armin trat im Gefolge seiner Edelinge vor dir Hütte – gerade noch rechtzeitig, um einen größeren Tumult zu verhindern. Der von Priestern geführte Sühnezug war von bewaffneten Hirschkriegern eingekreist worden. Zwischen den beiden Gruppen kam es zu Wortgefechten, Rangeleien und ernsteren Handgreiflichkeiten. Die Priesterhelfer mit den umgehängten Tontrommeln hatten Schwierigkeiten, den Takt zu halten, und die weißgewandeten Priester schauten teils verlegen und teils verängstigt drein. Ihre Macht mochte groß sein, aber wenn die Hirschkrieger in einer Zornesaufwallung zu den Waffen griffen, bewahrte alles Ansehen die Priester nicht vor dem Tod. Gudwins schreckliches Ende stand ihnen noch deutlich vor Augen.

Erleichtert hörten sie Armins laute Stimme, als er seine Krieger zur Ordnung rief. Nur zögernd ließen die Hirschmänner von den Trommlern, den Fackelträgern und den Trägern der mit Tüchern verhüllten Götterzeichen ab. Einige Männer aus dem Gefolge der Priester lagen mit Schürf- und Platzwunden am Boden. Sie erhoben sich, gestützt von ihren Gefährten, unter Stöhnen und Ausrufen, die allenfalls den derb veranlagten unter den Göttern gefallen konnten.

Ein älterer Priester mit gut gestutztem Kinnbart führte den Zug an. Er hieß Alfhard, und Armin kannte ihn seit vielen Jahren als ruhigen, besonnenen Mann. Neben Gandulf war er wohl der einflußreichste Priester bei den Heiligen Steinen. Er bedankte sich bei Armin für das Einschreiten.

»Ich gehorche dem Spruch der Götter und ebenso meine Krieger«, versicherte Armin.

»Es ist gut, daß du dich dem Willen der Götter beugst«, erwiderte Alfhard.

»Ich weiß nicht, ob ich mich ihrem Willen beuge. Muß ihr Spruch mit ihrem Willen übereinstimmen?«

Alfhards dichte Brauen zogen sich über den leicht schrägstehenden Augen zusammen. »Was willst du damit sagen, Fürst Armin?«

»Du bist ein kluger Mann, Alfhard, und hast mich schon verstanden.«

»Gandulf selbst hat den Willen der Götter erforscht!«

»Eben das macht mich stutzig«, sagte Armin und ließ seinen Blick über den Sühnezug schweifen. »Ich kann Gandulf nirgendwo entdecken.«

»Gandulf wartet auf dich im Todeswald.«

»Ich kann mir vorstellen«, seufzte Armin, »wie sehr er meinen Tod erwartet.«

Dann stieg er auf den Rappen, den der Schalk Omko ihm brachte, um den Sühnezug zum Todeswald zu begleiten. Es würde Armins Weg zur Sühne sein – und in den Tod.

»Da ist es!« rief Gueltar unerwartet und zügelte den Braunen so abrupt, daß Thorag fast auf den Sugambrer geprallt wäre. Dieser zeigte nach rechts. »An dem Waldstück müssen wir entlangreiten, dann kommen wir zu dem Pfad, der geradewegs zum Bärenstein führt.«

»Das hat der Kerl schon mehrmals gesagt«, erscholl es aus der Kolonne.

»Diesmal irre ich mich nicht«, beteuerte Gueltar. »Donar möge mein Zeuge sein!«

»Reite voran, Gueltar, wir folgen dir«, befahl Thorag. »Ob du dich irrst oder nicht, etwas Besseres können wir nicht tun.«

Doch diesmal irrte sich Gueltar nicht. Neben dem schmalen Pfad, zu dem er die Donarsöhne führte, fanden sie das beiseite geräumte Dornengebüsch.

»Man hat den Eingang nicht wieder versperrt, das ist ein gutes Zeichen«, fand Gueltar. »Es bedeutet, daß Argast und den Seinen nichts Schlimmes widerfahren ist.«

»Warum?« fragte Thorag, dessen Rappe mit scharrenden Hufen neben Gueltars Braunem vor dem schmalen Durchlaß stand.

»Wären Argasts Männer am Bärenstein übermächtigen Feinden begegnet, hätten diese den Pfad wieder verschlossen, um nicht noch mehr unerwünschte Besucher durchzulassen.«

»Oder sie haben ihn absichtlich nicht verschlossen, damit weitere unerwünschte Besucher genauso denken wie du, Gueltar. Falls Argasts Leuten nichts zugestoßen ist, halte ich es zumindest für bedenklich, daß wir hier weder einen Boten antreffen noch ein Zeichen von ihnen finden.«

»Was auch immer die Wahrheit ist, wir finden es nur heraus, indem wir zum Bärenstein reiten.«

»Klug gesprochen, Gueltar. Gleichwohl sollten wir uns nicht leichtsinnig in eine mögliche Falle begeben.«

Thorag teilte seine Hundertschaft in drei Gruppen ein. Zwei Trupps, jeweils vierzig Krieger stark, saßen ab, um sich rechts und links des Pfades zu Fuß durch den Wald vorzuarbeiten. Sie sollten leise vorgehen und am Rand der Lichtung auf Thorag und fünfzehn berittene Krieger warten, die ihnen einen gehörigen Vorsprung ließen. Gueltar sollte mit fünf Mann die Pferde der abgesessenen Krieger bewachen, bestand aber darauf, Thorag begleiten zu dürfen.

Der Donarfürst nickte. »Meinetwegen, komm mit. Ob sechs oder fünf Männer die Pferde bewachen, macht keinen Unterschied.«

Nach einer Wartezeit, die Gueltar wie eine kleine Ewigkeit vorkam, erscholl zweimal kurz hintereinander ein Käuzchenschrei. Kurz darauf noch einmal.

»Die beiden Trupps haben den Rand der Lichtung erreicht«, stellte Thorag fest. »Sehen wir uns also diesen seltsamen Felsen an!«

Die siebzehn Reiter machten keinen unnötigen Lärm, bemühten sich aber auch nicht, besonders leise zu sein, als sie über den Waldpfad ritten. Falls ihnen Feinde auflauerten, sollte alles normal wirken.

Und dann tat sich vor ihnen die Lichtung auf, und der Bärenstein glänzte hell im Licht der Gestirne. Die Wolken hatten sich in kleine Fetzen verwandelt, die kaum noch störend wirkten.

Keiner der Donarsöhne konnte sich der Wirkung des Bärensteins entziehen. Schon die seltsame Form des Felsens und seine Größe allein hätten genügt, um die Cherusker zu beeindrucken. Die Helligkeit des Gesteins, fast wie ein von innen kommendes Leuchten, vervielfachte die Wirkung noch. Leise Ausrufe seiner Männer zeigten Thorag, wie sehr sie von dem Steinbären in den Bann gezogen wurden.

»Wartet nur, bis ihr den Kopf seht und die glühenden Augen«, sagte Gueltar. »Man glaubt, der Bär könnte jeden Augenblick zum Leben erwachen.«

»Ich bin gespannt«, bekannte Thorag und ließ den Rappen langsam vorangehen. Schnell zu reiten wäre auf dem schmalen Pfad zu gefährlich gewesen. Die Pferde hätten sich in Dornenranken oder Farnstengeln verfangen können.

Sie umrundeten langsam den Stein, und abermals zügelte Thorag den Rappen, als ihn das Glühen der großen Bärenaugen traf. Wieder ließen seine Männer andächtiges Gemurmel hören.

»Sieht der Bär nicht aus wie ein übernatürliches Wesen?« fragte Gueltar.

»Das ist wohl die Absicht desjenigen gewesen, der ihm diese Augen gemalt hat«, erwiderte Thorag und blickte sich suchend um. »Den Bärenstein haben wir gefunden, aber wo stecken Argast und die anderen?«

Seine Frage ging in lautem Gepolter, überraschtem Geschrei und erschrockenem Pferdegewieher unter. Ungläubig verfolgte Thorag, wie links von ihm zwei Donarsöhne, die ihre Tiere neugierig näher an den Bärenstein herangetrieben hatten, einfach im Erdboden versanken – allerdings auf recht unsanfte Art, die sie von den Pferden schleuderte.

»Die unterirdischen Dämonen kommen!« schrie ein Donarsohn entsetzt. »Sie verlassen ihr tiefes Reich, um uns zu holen!«

»Unsinn!« entgegnete Thorag. »Das ist eine Fallgrube, von Menschenhand geschaffen. Seid auf der Hut, in der Nähe könnten ...«

Etwas traf ihn hart an der Stirn, benebelte für Augenblicke seine Sinne und ließ ihn im Sattel schwanken. Er hörte Geräusche: Schritte, Stimmen, Kampflärm. Als sein Geist wieder klar wurde, sah er rund um seine Männer seltsame Wesen aus dem Unterholz und dem Farn hervorbrechen: Von menschlicher Gestalt, hatten sie die Köpfe und die pelzige Haut von Bären und leuchteten so hell wie der große Fels. Es waren Menschen, erkannte Thorag: Bärenkrieger. Sie kämpften mit Waffen von Menschenhand, nicht mit den scharfen Pranken der Bären; wenn auch einige Keulen benutzten, die Bärenpranken ähnelten. Wahrscheinlich hatte eben ein Ger Thorag nur knapp verfehlt und mit dem Schaft seinen Kopf gestreift, der jetzt von einem stechenden Schmerz beherrscht wurde.

Er zog sein Schwert und griff in den verzweifelten Abwehrkampf seiner Männer ein. Daß sie beritten waren, half ihnen kaum. Sie konnten die Kraft der Pferde nicht nutzen, weil sie zwischen den Angreifern und dem großen Felsen eingeengt waren und von der feindlichen Übermacht immer weiter an den Bärenstein herangedrängt wurden. Schon gab der Boden erneut nach, und ein weiterer Donarsohn fiel mit lautem Schrei in eine Grube.

»Hütet euch vor den Fallgruben!« schrie Thorag und trieb den Rappen nach vorn, zwei anstürmenden Bärenmännern entgegen. »Sie scheinen den ganzen Bärenstein zu umgeben. Kommt ihm nicht zu nahe!«

Die Hufe des großen Rappen streckten einen Bärenkrieger

zu Boden. Der andere warf einen Ger gegen Thorags Brust. Der Donarsohn riß die Linke mit dem Schild hoch und wehrte den Wurfspeer ab. Er antwortete dem Gegner mit dem Schwert, dessen Klinge durch das Bärenfell fuhr und sich tief in den Nacken des Mannes fraß. Der Getroffene knickte ein, stürzte bäuchlings zu Boden und blieb dort unter heftigen Zuckungen liegen.

Thorag blickte sich um und sah, daß seine Krieger in immer ärgere Bedrängnis gerieten. Der Feind war in mehr als doppelter Zahl vertreten, mindestens vierzig Mann. Mit Schwertern, Geren, Äxten und Keulen drangen sie auf die Donarsöhne ein, fielen zu zweit oder zu dritt einen Reiter an oder drängten ihn so weit zurück, daß er in eine der tückischen Gruben fiel. Es wurde Zeit, das Schlachtenglück zu wenden.

Das laute ›Kuwitt‹ des Waldkauzes aus Thorags Kehle, zweimal ausgestoßen, ließ die achtzig im Wald verborgenen Donarsöhne hervorbrechen. Zwischen zwei Fronten stehend, fanden sich die Bärenkrieger auf einmal in der schlechteren Position. Als sie das bemerkten, waren schon etliche von ihnen unter dem Ansturm von Thorags Entsatz gefallen.

Die Bärenmänner zogen sich in das Waldstück zurück, in dem sich ein Teil von ihnen zuvor verborgen hatte. Ein schmaler Pfad führte zwischen Bäumen und Dornenranken hindurch und wurde von einer Handvoll Männer gegen die nachrückenden Donarsöhne verteidigt. Offenbar hatten die Verteidiger beschlossen, ihr Leben zu geben, um den Rückzug ihrer Gefährten zu decken. Ihre Wildheit und Rücksichtslosigkeit ließ Thorag an Isbert denken, wie er im Berserkerrausch Armin anfiel.

Thorag verdrängte den bedrückenden Gedanken an den einstigen Kampfgefährten und trieb den Rappen gegen die Stellung der Verteidiger. Immer wieder sauste sein Schwert zwischen die Bärenmänner, und zwei Feinde fielen unter seinen Hieben. Der letzte Verteidiger wurde von zwei geschleuderten Geren gleichzeitig getroffen und fiel kraftlos in sich zusammen. Der Weg war frei, und Thorag lenkte den Rappen auf den gewundenen Pfad.

Er warf nur einen kurzen Blick über die Schulter und hielt Ausschau nach Gueltar, konnte ihn aber nicht entdecken. War der Sugambrerjüngling gefallen?

Schon nach kurzer Zeit erweiterte sich der Pfad zu einer zweiten, größeren Lichtung, bedeckt mit einer ganzen Handvoll Kalksteinfelsen, die im bleichen Nachtlicht wie riesige Knochengerippe glänzten. Dunkle Löcher in den Felsen deuteten auf Höhlen hin. Von den geflohenen Bärenmännern fehlte jede Spur.

»Hier sind sie!« ertönte eine aufgeregte Stimme, und eine schlanke Gestalt kletterte auf einen Steinblock, um auf einen der großen Felsen zu deuten. Es war Gueltar, der rief: »Ich bin den Bärenmännern heimlich gefolgt. Sie haben sich in diese Höhle zurückgezogen.«

Angeführt von den wenigen verbliebenen Reitern, stürmten die Donarsöhne auf die von Gueltar bezeichnete Höhle zu. Rechts von Thorag brach ein Reiter erneut in den Boden ein, was die Krieger zur Vorsicht gemahnte. Sie hielten sich jetzt eng beieinander und auf dem Weg, den Gueltar ihnen bezeichnete. Besonders, als sie bemerkten, daß in den Boden dieser Fallgrube spitz zulaufende Holzpfähle eingelassen waren. Ein Pfahl hatte den Leib des gestürzten Reiters durchbohrt. Auch das Pferd war verletzt und stieß klägliche Schreie aus. Mitleidige Donarsöhne erlösten es mit gezielten Gerwürfen.

Vor der Höhle stiegen auch die letzten Reiter von den Pferden. Mit Thorag und Gueltar an der Spitze drangen die Donarsöhne in den finsteren Schlund ein. Thorag wies ein Drittel seiner Streitmacht an, hier draußen zu warten. Er wollte nicht gern in eine Falle laufen. Und zu einer solchen konnte die Höhle leicht werden, falls ihnen Bärenkrieger draußen auflauerten, um ihnen nach Betreten des Felsenloches in den Rücken zu fallen.

Schritt für Schritt drangen die Donarsöhne in die unbekannte, bedrohliche Finsternis ein, die sie mit dem geisterhaften Echo der eigenen Schritte empfing. Aber Thorag spürte nicht nur, sondern wußte, daß etwas Ungeheuerliches sie erwartete. Irgendwo vor ihnen, verborgen hinter der Dunkelheit.

Mehr und mehr Cherusker schlossen sich ihrem Herzog Armin auf seinem letzten Weg an. Rufe und beschwörendes Raunen drangen an seine Ohren, ohne daß er ihren Sinn verstand. Hunderte von Stimmen rauschten an ihm vorbei wie ein mächtiger Strom, an dessen Ufer er stand. Die Worte gingen im monotonen Trommelschlag und im Singsang der Priester und ihrer Helfer unter. Er hätte nicht zu sagen vermocht, ob die Mehrzahl seiner Stammesgenossen auf seiner Seite stand oder seinen Tod forderte. Vielleicht wollte er es auch gar nicht wissen.

So wie seine Ohren die Stimmen zwar wahrnahmen, aber nicht wirklich hörten, glitten auch Armins Augen eher teilnahmslos über die vielen tanzenden Fackeln und die verhängten Götterbilder, als betrachte er ein belangloses Schauspiel. Wie sollte er auch anders reagieren, hatte er selbst sich doch für den Tod entschieden. Ihm blieb nicht die Hoffnung auf Leben, sondern nur die auf einen – unter einem anderen Herzog – geeinten und starken Cheruskerstamm.

Der Sühnezug passierte die dunkle Mauer der Steinriesen, ohne bei ihnen anzuhalten. Noch mehr Cherusker warteten hier, um sich dem Aufmarsch anzuschließen. Vorbei an dem heiligen Hain, dem Schauplatz von Isberts Schandtat, ging es tiefer in die Wälder hinein, auf Wegen, die nur selten beschritten wurden.

Denn der Todeswald war kein Ort der Freude. Hier starben die Neidinge, deren Strafe der Tod, deren Tod die Sühne, deren Sühne die Versöhnung der Götter war. Von den vielen, die hier vor Armin den Tod gefunden hatten, kündeten abgenagte Knochen, ausgebleichte Schädel oder auch ganze Skelette, die am Boden und in Dornenhecken lagen oder im Astwerk der Bäume hingen. Viele Schädelknochen waren eingeschlagen, zwischen den Rippen anderer Toter steckten noch die Speere.

Trotz des schrecklichen Endes, das sie gefunden hatten, schienen die Toten zu grinsen, Armin höhnisch anzustarren, ihn als einen der Ihren willkommen zu heißen. Ihm wurde es unerträglich, und er wollte seinen Blick abwenden. Doch wohin er auch sah, von überall starrten ihm die schäbigen Überreste einstiger Menschen entgegen, Mörder und Schänder, Verräter und Frevler.

Die von Armin lange verdrängte Frage ließ sich nicht mehr länger mißachten: Welches Schicksal hatten die Priester ihm zugedacht? Auf welche furchtbare Weise sollte der Hirschfürst den Tod finden?

Die Antwort gab eine große Lichtung, auf der vereinzelt junge Bäume wuchsen, mit noch schlanken Stämmen und Kronen, die neben denen des Waldes ringsum kümmerlich wirkten. Doch so schwach sie auch scheinen mochten, jeder dieser jungen Bäume war in der Lage, mühelos einen Mann zu töten. Einige Bäume hatten das schon getan; davon zeugten die zerquetschten Skelette früherer Opfer, die mit den Stämmen verwachsen schienen.

Ein teils erregter, teils entsetzter Ausruf ging durch die Reihen des Sühnezugs: »Die Blutbuchen!«

Auch Armins Lippen formten diese Worte und sprachen sie fast lautlos aus. Er hatte geglaubt, keine Angst vor dem Tod zu haben, aber jetzt war er sich nicht mehr so sicher. Die Aussicht auf das ihm zugedachte Ende brachte sein Blut zum Kochen und ließ gleichzeitig seinen Körper frieren.

Hörnerklang löste die Trommeln ab und übertönte die Ausrufe der heftig über das bevorstehende Ereignis debattierenden Cherusker. Die Bläser mit den silbernen Runenhörnern umgaben eine von Gandulf angeführte Priestergruppe, neben der die übrigen Gaufürsten standen. Nur Thorag fehlte. Armin hätte in diesem Augenblick seinen rechten Arm für die Anwesenheit des Donarfürsten gegeben.

Als der Hörnerhall verklang, trat Gandulf vor die Edelinge der Hirschsippe und forderte sie auf, von den Pferden zu steigen. »Du, Fürst Armin, gesell dich noch einmal zu den anderen Fürsten unseres Stammes, um aus ihrer Mitte zu den Göttern zu gehen. Das Zeichen menschlicher Vergebung möge auch die Götter gnädig stimmen!«

Als die Edelinge abstiegen, zischte Ingwin in Armins Ohr: »Die Blutbuchen, Armin! Du willst dich doch nicht zu solch einem Schauspiel hergeben?«

275

»Es muß sein. Vergiß nicht das Wort, das du mir gegeben hast, Ingwin!«

Mit dieser Ermahnung, so laut ausgesprochen, daß auch die übrigen Edelinge seiner Sippe sie hören konnten, verließ Armin die Seinen und trat zu den anderen Gaufürsten. Er konnte nicht mehr als hoffen, daß sein Tod nicht vergebens sein würde.

Inguiomar und Thimar empfingen Armin mit versteinerten Gesichtern. Bror und Balder sahen betrübt aus und schienen das, was Armin bevorstand, zu bedauern. Frowin dagegen machte aus seiner Befriedigung keinen Hehl. Man konnte den Eindruck bekommen, nicht Inguiomar, sondern der Stierfürst ziehe den größten Vorteil aus Armins Tod.

Auf der von unzähligen Fackeln erhellten Lichtung begannen junge Männer und Frauen, allesamt Helfer der Priester, zu schnellem Trommelschlag einen wilden Tanz. Es war der erste von mehreren Tänzen, von Liedern und Spielen, die zu der Sühne- und Versöhnungszeremonie gehörten. Danach würde der wichtigste Teil kommen, das Sühneopfer. In dieser Nacht würde kein Tier zum Opferstein geführt werden, sondern ein Mensch zur Blutbuche: Armin, der Cherusker.

Die Höhle, in die sich die flüchtenden Bärenkrieger zurückgezogen hatten, war so dunkel, daß immer wieder Donarsöhne zu Fall kamen. Doch vor kurzem mußten hier noch Fackeln gebrannt haben. Es roch nach verbranntem Harz und Kienholz.

»Der Brandgeruch weist uns den Weg«, knurrte befriedigt Thorag, der an der Spitze seiner Krieger ging. »Er ist in dieser Dunkelheit eine so gute Spur wie es im Tageslicht Fußabdrücke auf weichem Boden wären.«

Und er lief weiter, hatte es eilig, weil er sich um Argast und um Astrid sorgte – und um Armin.

Dann fand ein Krieger eine der Fackeln, die am Boden lag und noch schwach glomm. Durch vorsichtiges Blasen entfachte er die fast verloschene Flamme wieder – gerade noch rechtzeitig: Im Feuerschein sahen die Donarsöhne die Bärenmänner, die aus einem Wald von Felsnadeln hervorsprangen und wohl die Absicht gehabt hatten, dem Feind in der Dunkelheit einen schnellen, überraschenden Tod zu bereiten. Offenbar störten sich die Bärenmänner nicht am fehlenden Licht. Wahrscheinlich waren ihre Augen an die finsteren Höhlen gewöhnt, vielleicht fanden sich die fellbehängten Gestalten auch zurecht, ohne etwas zu sehen.

Dieser Vorteil fehlte den Angreifern jetzt, und die Gunst der Überraschung war auch schnell dahin. Zahlenmäßig waren die Donarsöhne sogar überlegen. Ein Bärenmann nach dem anderen fiel unter ihren Klingen, und Schritt für Schritt drangen Thorags Krieger tiefer in das unterirdische Reich der Fellbehängten ein.

Thorag wies den Fackelträger an, sich in den hinteren Reihen zu halten, mochte es den Mann auch zum Kampf drängen. Das Licht des Kienspans war jetzt wichtiger als die Kampfkraft eines weiteren Kriegers; es wog in diesen Höhlen zwanzig Männer auf.

Dann brauchten sie die Fackel nicht länger, als sie in den großen ovalen Raum kamen. Viele Fackeln brannten an den Wänden, und in der Mitte züngelten die Flammen eines großen Herdfeuers. Kurz nur streifte Thorags Blick die seltsame Wandbemalung. War hier das Heiligtum der Bärenmänner? Übten sie hier einen unbekannten, schrecklichen Kult aus?

Der Kampf beanspruchte Thorags Aufmerksamkeit. Noch standen einige Bärenkrieger aufrecht und wehrten sich nach Kräften. Die Donarsöhne drängten sie weiter und weiter zurück, angeführt von Thorag und dem jungen Gueltar, der wacker an seiner Seite focht. Der Sugambrer blutete aus mehreren Wunden, und Thorag ging es nicht besser. Doch keiner von ihnen ließ Schwert und Schild sinken.

Nur noch eine Handvoll Bärenmänner stand aufrecht. Die Todesschreie der anderen waren von den dicken Kalksteinwänden verschluckt worden. Das letzte Häuflein zog sich kämpfend durch einen Gang zurück, der von Fackeln und knöchernen Bärenschädeln gesäumt wurde.

Ein bärtiger, breitschultriger Bärenkrieger kämpfte besonders verbissen. Seine linke Wange war aufgerissen, in der

Stirn klaffte ein Loch, die Brust war blutüberströmt. Aber er schlug um sich, als verfüge er über die unerschöpfliche Kraft eines Einheriers, und feuerte die wenigen verbliebenen Gefährten an, den Widerstand nicht erlahmen zu lassen.

»Der Tod trifft uns nicht, Brüder«, kreischte er wie von Sinnen. »Wir werden zum Weißbepelzten, und der Weißbepelzte wird zu uns!«

Thorag verstand den Sinn seiner Worte nicht. Aber der Donarfürst begriff, daß er es mit dem Anführer der Bärenkrieger zu tun hatte. Thorag und Gueltar nahmen ihn in die Zange und trennten ihn vom kläglichen Rest seiner einstmals schlagkräftigen Schar.

»Gut so, Gueltar!« rief Thorag dem Kampfgefährten zu. »Packen wir den Bärenkerl von zwei Seiten!«

Doch der Bärtige wandte sich von Thorag ab und warf sich mit einem unmenschlichen Schrei auf Gueltar. Daß die Klinge des Sugambrers tief in seinen linken Arm fuhr, schien den Bärenkrieger nicht zu stören. Er ließ sich Zeit und traf Gueltar mit einem gut gezielten Hieb. Thorag sprang eilig hinzu, kam aber zu spät. Hilflos sah er, wie das feindliche Schwert in Gueltars Brust eindrang.

Der Sugambrer sank zu Boden.

Thorag hob sein Schwert, aber der Bärenmann stellte sich nicht zum Kampf. Er ließ seine Waffe in Gueltars Leib stecken, sprang über den gefallenen Jüngling und rannte weiter, in eine andere Höhle hinein.

Der Donarfürst widerstand der Versuchung, sich um Gueltar zu kümmern. Er ahnte, spürte, daß der Bärenmann etwas Schlimmes plante.

»Kümmert euch um Gueltar!« schrie Thorag zwei herbeilaufenden Donarsöhnen zu und folgte dem Bärenmann in die große Höhle.

Bestialischer Gestank schlug dem Donarfürsten entgegen. Mehrere Wandfackeln warfen ihr gespenstisches Licht auf das schreckliche Geheimnis der Höhle. Zum Glück brannten diese Fackeln, sonst wäre er vielleicht in den Abgrund gestürzt, der sich unvermittelt vor seinen Füßen auftat.

Das weißbepelzte Untier, das seinen großen Schädel mit

278

röhrendem Gebrüll erhob und Thorag aus rotleuchtenden Augen anstarrte, schien nur darauf zu warten. Dieser Anblick …

Hätte Thorag das Wesen nicht mit eigenen Augen gesehen, hätte er es nicht geglaubt!

Der Gertanz war als wichtiger Bestandteil der Kriegerweihe bekannt; die Jungmänner und angehenden Krieger stellten dabei ihren Mut, ihre Kraft und ihre Geschicklichkeit unter Beweis. Die ihn jetzt tanzten, waren ebenfalls jung an Jahren, aber bereits in die Kriegergemeinschaft der Cherusker aufgenommen. Die dreiundsechzig nackten Jünglinge, neun aus jedem Gau, sollten Wodan beweisen, daß die Cherusker auch nach der Freveltat bereit waren, ihr Leben für den mächtigen Gott zu geben.

Zum immer schnelleren, immer lauteren Rhythmus von Trommeln, Klappern und Rasseln schnellten ihre Leiber kreuz und quer über die Lichtung im Todeswald und flogen immer wieder über die armlang aus dem Boden ragenden Speere, deren Eisenspitzen im Fackellicht rötlich schimmerten, wie von Blut bedeckt. Und Blut floß tatsächlich: Mehrmals ritzten die Eisenspitzen die Haut von Tänzern, ohne jedoch einen tödlich zu verwunden. Die Priester und alle Cherusker nahmen das als gutes Vorzeichen: Wodan schien gnädig gestimmt.

Als Gandulf eine Hand hob, erstarben die Instrumente auf einen Schlag, und die nackten Krieger standen still.

Der Ewart wandte sich nach Norden, verneigte sich tief und sagte anschließend im lauten Gebetston: »Wodan, der Gott der Ekstase, der Qualen, des Krieges und der Toten, hat Gnade gezeigt. Dafür danken wir dir, mächtiger Allvater.«

Die versammelten Cherusker verneigten sich ebenfalls gen Norden und wiederholten den letzten Satz. Der Oberpriester fuhr fort, Wodan und auch die anderen mächtigen Götter an seiner Seite zu preisen und ihnen Dank auszusprechen, und immer wieder bestätigten Tausende von Cheruskerstimmen seine Dankesbekundungen.

Es war ein alter Ritus, doch Armin hörte ihn in dieser Nacht mit anderen Ohren. Jeder Satz, jede Verneigung brachte ihn dem Tod näher. Denn erst damit würden die Götter vollends versöhnt sein.

Gandulf wandte sich zu den Cheruskern um und verlangte, die Bilder der Götter zu sehen. Die Priesterhelfer mit den verhüllten Bildnissen traten vor und zogen auf Gandulfs Geheiß die weißen Tücher von den hölzernen Statuen, die keine in allen Einzelheiten geschnitzten Figuren waren, sondern nur die Umrisse menschlicher Gestalten, die unten spitz zuliefen, um sie in den Boden rammen zu können. Jedes Götterbildnis wies ein bestimmtes Merkmal auf, um es dem jeweiligen Gott zuzuordnen. Die Wodansstatue trug einen breiten Hut und hielt einen Speer in Händen, während Donar an seinem großen Hammer Miölnir zu erkennen war. Mit großer Geste bezeichnete Gandulf die Blutbuche, in der Armin sein Leben aushauchen sollte, und die Priesterhelfer rammten die menschengroßen Holzfiguren rund um den rotblättrigen Baum ins Erdreich.

Gandulf nannte die Namen sämtlicher auf diese Art geehrter Götter und sagte: »Ihr Götter wart Zeugen des schrecklichen Blutfrevels. Den Mann, der diesen Frevel verübte, hat seine Strafe schon ereilt. Nun sollt ihr von Angesicht zu Angesicht den Mann sterben sehen, der den Tod der heiligen Rosse zu verantworten hat. Trinkt sein Blut, wie es der Blutbaum trinken wird, nehmt es als Zeichen und Gabe unserer Sühne!«

Auf einen Wink Gandulfs trat Armin vor und legte Umhang und Kittel ab. Zwei Priester kamen mit kleinen Silberkesseln zu ihm, stellten die Kessel auf den Boden und zogen Dolche, die ganz aus Silber waren. Lurenklang setzte ein, während die Dolche die Innenseiten von Armins Unterarmen aufschnitten. Der Schmerz war kaum erheblich und verging in der Wärme, die der Hirschfürst an seinen Armen spürte. Sein Blut lief in die von den Priestern hochgehaltenen Kessel.

»Spaltet den Blutbaum!« erscholl Gandulfs Stimme. »Wenn er sich wieder schließt, werden die Cherusker gesühnt, werden die Götter uns vergeben haben.«

280

Vier kräftige Männer traten aus den Reihen der Priesterhelfer vor. Jeder hielt eine Axt mit silbernem Blatt in Händen.
Mit dem Blut verließ auch die Lebenskraft Armin. Er sah alles
undeutlich, wie durch einen dichten Schleier. Und er hörte
Stimmen und Geräusche so, als seien sie hinter dem rauschenden Naß eines Wasserfalls verborgen. Nur dumpf vernahm er
die Schläge der Silberäxte, die sich von zwei Seiten in den
Stamm der Blutbuche fraßen und ihn senkrecht spalteten.
Dicke Keile, mit silbernen Hämmern in den Stamm getrieben,
vergrößerten den Spalt, bis er breit und in Mannshöhe in der
Buche klaffte. Armin fühlte sich schon so schwach, daß er
kaum noch stehen konnte. Zwei Priester stützten seinen
schwankenden Körper.

»Ich bitte die Götter, daß sie uns vergeben, und biete ihnen
dafür dieses Blut des reuigen Frevlers«, hörte der Hirschfürst
Gandulfs Stimme wie ein Flüstern aus unendlicher Ferne.

Zwei Priester tauchten Sprengwedel aus dem Haar heiliger
Rosse in das Blut, besprengten damit die Götterbilder, die
Priesterschaft und die Edelinge und schließlich die vorderen
Reihen der versammelten Cherusker.

Gandulf trat vor Armin. Das bärtige Gesicht des Oberpriesters wirkte ernst und feierlich, und doch meinte der Hirschfürst, in Gandulfs Augen ein triumphierendes Aufblitzen zu
bemerken. Aber das mochte eine Täuschung Armins getrüb-
ter, kaum noch aufnahmefähiger Sinne sein.

»Nun gebe ich dich dem Allvater Wodan, Fürst Armin«,
sprach Gandulf. »Gehe hin in Reue und in der Gewißheit, daß
du dein Leben gibst für den Stamm der Cherusker!«

Armin wurde mehr zur Blutbuche getragen, als daß er zu
ihr ging. Er war schon so geschwächt, daß seine Glieder ihm
den Dienst versagten. Dies schien die Gnade der gefürchteten
Todesart zu sein. Der Sterbende merkte es kaum, denn das
Leben hatte ihn größtenteils schon verlassen, Blutstropfen für
Blutstropfen.

Kräftige Hände packten Armin, hoben ihn an, schoben und
zwängten ihn in den Spalt, den vier breite Keile aufhielten.
Großgewachsen und breitschultrig, wie der Cheruskerfürst
war, hatten die Priester einige Mühe, ihn in den Blutbaum zu

drücken. Als sein Körper endlich in dem Stamm steckte, paßte kein Blatt der Buche mehr zwischen Holz und Mensch. Armin konnte kaum atmen, aber das war nicht weiter von Belang. Wozu sollte ein sterbender Mann noch atmen?

Für Augenblicke vergaß Thorag den Bärenkrieger, der in eine Ecke des unterirdischen Raums gelaufen war und ebenfalls dicht vor dem steilen Abgrund stand, der fünf Manneslängen unter ihnen den größten Teil der Höhle ausmachte. Der Donarsohn stand im Bann der weißen Bestie, die der Abgrund beherbergte. Es war tatsächlich ein achtbeiniger Bär, ein sehr großer, noch dazu mit schneeweißem Pelz und so roten Augen, wie er sie schon auf dem Steinamulett und dem großen Bärenstein gesehen hatte. Aber dieser Bär lebte!

Trotz der acht Beine bewegte sich das Ungeheuer recht ungelenk. Die vielen Beine schienen eher zu stören als zu helfen. Vier von ihnen entsprangen mitten unter dem Bärenleib, nicht an den Seiten, und wirkten kleiner als die äußeren Beine, verkümmert. Jetzt bemerkte Thorag, daß der Körper des Bären zweigeteilt aussah – oder so, als seien zwei Tiere zusammengewachsen.

Er erinnerte sich an ein Kalb, das er in Kindertagen im Stall eines Bauern gesehen hatte. Dieses Kalb hatte ähnlich ausgesehen wie der weiße Bär, auch mit acht Beinen. Nur waren bei dem Kalb zwei zusammengewachsene Körper deutlich zu unterscheiden gewesen, und es hatte zwei Köpfe gehabt. Wisar hatte Thorag erklärt, daß manchmal solche Tiere geboren würden, zuweilen sogar Menschen dieser Art. Es sei ein Zeichen, daß sich die Götter nicht hatten entscheiden können, ob sie dem Wesen eine gute oder schlechte Seele geben wollten. Deshalb verfügten die ›Doppler‹, wie Thorags Vater die Wesen nannte, nicht nur über zwei Seelen, sondern als äußerliches Zeichen auch über einen doppelten Körper.

»Ja, Donarfürst, sieh dir nur den mächtigen Bärengott an!« rief der Bärtige, der etwa zwanzig Schritte entfernt stand und sich mit erhobenen Händen an etwas festzuhalten schien; was das war, konnte Thorag nicht erkennen, weil der Fackelschein

jene Ecke der Höhle nur unzureichend beleuchtete. »Gleich
wird der Weißbepelzte Rache nehmen an den Ungläubigen.
Der Edeling und die Priesterin werden ihm zum Opfer fallen.« Er kicherte scheppernd und keuchte dann, nicht mehr
recht bei Sinnen: »Fallen werden sie, in der Tat!«

Der Bärenmann blickte nach oben und bewegte gleichzeitig die rechte Hand hin und her.

Thorags Augen folgten seinem Blick und sahen das Verhängnis: Unter der hohen Decke hing ein großer Holzkäfig an
einem Seil, das durch mehrere in Decke und Felswand
geschlagene Eisenhaken lief – dorthin, wo der Bärtige stand.
Und jetzt erkannte der Donarsohn auch, was der Bärenmann
tat: Mit einem Dolch zerschnitt er das Seil, um den Käfig in
die Bärengrube stürzen zu lassen – und mit dem Käfig die beiden Insassen: Argast und Astrid.

Thorag spurtete los, hob das Schwert und schlug auf den
Bärenmann ein. Der scharfe Stahl zerfetzte die schon von
zahlreichen Wunden bedeckte Brust, und der Bärtige taumelte zurück, rutschte mit dem Rücken an der Felswand zu
Boden.

Im selben Augenblick riß das nur noch dünne Seil. Thorag
ließ Schwert und Schild fallen und griff mit beiden Händen
zu. Der rauhe Hanf zerbiß seine Hände. Der Donarfürst
konnte den Sturz des Käfigs zwar abmildern, aber nicht verhindern.

Das Holz zersplitterte, als der Käfig auf dem Boden aufschlug. Argast und Astrid waren frei und gleichzeitig doch
gefangen. Der hölzerne Kasten hielt sie nicht länger, dafür die
Bärengrube.

Der Bärengott, wie der Bärtige das Untier bezeichnet hatte,
wandte seine Aufmerksamkeit den beiden am Boden liegenden Menschen zu. Langsam, sich seiner Beute sicher, stapfte
das Tier auf Argast und Astrid zu.

Die junge Priesterin bewegte sich zuerst, schien von dem
Sturz nicht so stark mitgenommen wie der Kriegerführer. Sie
erhob sich auf die Knie und starrte der herantrottenden Bestie
mit geweiteten Augen entgegen. Schnell erholte sie sich von
dem Schreck und rüttelte Argast aus seiner Benommenheit.

Der Kriegerführer wollte aufstehen, faßte sich aber mit einem schmerzhaften Aufschrei an die Brust, sank wieder auf die Knie und stützte sich mit den Händen ab.

Thorag erhielt Gesellschaft von einer ganzen Anzahl seiner Männer. Die Bärenkrieger hatten bis zum letzten Atemzug gekämpft, waren jetzt aber sämtlich niedergemacht. Als die Donarsöhne das weiße Untier erblickten, erstarrten sie vor Entsetzen.

»Schafft ein Seil herbei!« rief Thorag, während er sein Schwert und den Schild vom Boden aufnahm. »Wir müssen Argast und Astrid aus der Grube holen!«

Dann sprang er …

Und kam nicht so auf, wie er es sich vorgestellt hatte. Statt sich abzufedern oder zumindest über die Schulter abzurollen, knickte er mit dem linken Fuß um und stürzte ungelenk zu Boden. Er hörte einen hellen Entsetzensschrei und nahm an, daß Astrid ihn ausgestoßen hatte.

Als er wieder aufstand, schmerzte sein linker Fuß mit jedem Schritt. Er biß die Zähne zusammen und schleppte sich zu dem geborstenen Käfig, vor dessen Trümmern Astrid und Argast kauerten.

Thorags Sprung hatten den Bären abgelenkt. Der Weißbepelzte schien sich nicht entscheiden zu können, wem er seine Aufmerksamkeit zuerst widmen sollte, den beiden Menschen aus dem Käfig oder der neuen, unverhofften Beute. Der massige Schädel, weit vorgereckt, pendelte unentschlossen hin und her.

Der Donarfürst nahm der Bestie die Entscheidung ab, als er zu Astrid und Argast stieß. Mit einem befriedigten Brummen setzte sich der weiße Koloß wieder in Bewegung und näherte sich im schaukelnden Gang.

»Sei vorsichtig, Fürst«, keuchte Argast. »Der friedliche Eindruck täuscht. Das Biest ist bösartig. Ich habe mit eigenen Augen gesehen, wie es Ruthard bei lebendigem Leib zerfetzt hat.«

Argasts Augen waren auf einen Felsvorsprung gerichtet, vor dem die Überreste des grauhaarigen Kriegers lagen. Auseinandergerissenes, blutiges Fleisch und zum Teil abgenagte

Knochen. Aber nicht Hunger trieb das Untier an, sondern Blutdurst – Mordlust, mochte sie angeboren oder anerzogen sein; für die Opfer des Untiers machte das keinen Unterschied.

»Das Seil, Fürst Thorag!« rief einer der Donarsöhne auf dem kleinen Plateau oberhalb der Bärengrube.

Thorags Krieger hatten ein dickes Seil besorgt und ein Ende in die Grube fallen lassen, während sie das andere an einer Felsnadel festbanden. Von dem rettenden Hanf trennten die drei Menschen in der Bärengrube etwa fünfzehn Schritte – und der Bär, der sich zwischen sie und den Grubenrand schob. Er schien erkannt zu haben oder wenigstens zu spüren, daß seine Beute jetzt nicht mehr ganz so sicher war.

»Argast«, sagte Thorag, »kannst du gehen, wenn Astrid dich stützt?«

Der Kriegerführer nickte.

»Dann seht zu, daß ihr schnell das Seil erreicht!« zischte der Donarfürst.

»Und du, Thorag?« fragte Astrid besorgt.

»Ich kümmere mich um den *Bärengott*!«

Thorag hob die Arme mit Schwert und Schild und näherte sich dem Bären unter lautem Geschrei. Bei jedem Auftreten mit dem linken Fuß fuhr ein starkes Stechen durch das ganze Bein. Er ließ sich davon nicht beirren, erkannte aber, daß seine Bewegungsfähigkeit und seine Schnelligkeit durch den verstauchten Fuß eingeschränkt waren. Darauf mußte er achten, wollte er am Leben bleiben.

Wie erwartet, wandte der Bär seine Aufmerksamkeit Thorag zu. Der Donarsohn lockte das vor Erregung laut schnaubende Tier tiefer in die Grube hinein und machte so für Argast und Astrid den Weg frei. Einmal, auf halbem Weg, brach Astrid unter der Last des Kriegers zusammen. Sie keuchte und erhob sich schwankend, stützte Argast erneut, und die beiden setzten den kurzen und doch so langen Weg fort.

Vielleicht war es dieser Sturz, der die Aufmerksamkeit des Bären wieder auf Astrid und Argast lenkte. Sein Kopf schwenkte zu den beiden Fliehenden, und es sah fast aus, als runzle er die pelzbedeckte Stirn. Ein schrilles Aufheulen, und der Bär rannte aus dem Stand los, wollte der Priesterin und dem Kriegerführer den Weg abschneiden. Es sah seltsam aus, wie das Tier auf den vier äußeren Beinen lief und die vier inneren mitschleppte.

Thorag wußte, daß er trotzdem nicht so schnell war wie der Bär, jedenfalls nicht mit dem verstauchten Fuß. Deshalb schleuderte er seinen Schild. Die große lederbespannte Holzscheibe mit einem Buckel und einem Rand aus Eisen traf das Tier am Ohr. Recht schmerzhaft, wie es schien. Die Bestie hielt inne, stieß erneut ein lautes Geheul aus und wandte den Kopf nach hinten.

Es erblickte einen auf den Bären zustürmenden Donarsohn. Daß er sein Leben wagte, war Thorag bewußt. Wie Donars Blitz zuckte die Erinnerung an einen anderen Bären durch seinen Kopf. Schwarz war er gewesen und deshalb von den Römern ›Ater‹ genannt worden, was auch ›der Unheilvolle‹ und ›der Schreckliche‹ hieß. Ein treffender Name für die düstere Bestie, die im Amphitheater der Ubierstadt die todgeweihten Germanen abschlachtete. Auch damals hatte Thorag sich zum Kampf gestellt und ihn gewonnen, und doch hatte er es nicht vermocht, Astrids Bruder Eiliko vor dem Tod zu bewahren. Der Donarsohn war fest entschlossen, bei Astrid, die er einmal geliebt hatte, nicht zu spät zu kommen.

Erneut konnte sich der Achtbeiner nicht entscheiden, um wen er sich zuerst kümmern sollte. Schon war Thorag heran und hieb mit dem Schwert auf das andere Ohr, das linke, ein. Die scharfe Römerklinge schnitt es ab. Thorag wußte, daß er dadurch nicht die Kampfkraft des Bären schwächte, sondern nur seine Wut schürte. Ihm ging es darum, das Untier von Astrid und Argast abzulenken.

Der Weißbepelzte riß das Maul weit auf, und sein wütendes Schreien kannte kein Ende. Atemberaubender Gestank strömte Thorag aus dem Bärenrachen entgegen. Die großen Fangzähne schimmerten wie stählerne Dolche.

Thorag stieß zu, in den Rachen, und die Schwertklinge bohrte sich in den Gaumen des Bären. Sofort zog der Cherusker die Klinge wieder heraus und ließ sich instinktiv zur Seite fallen. Dadurch entging er einem wuchtigen Prankenhieb. Die sichelförmigen Krallen hätten ihn zerfetzt.

Aus den Augenwinkeln sah er, daß der verletzte Argast von den Donarsöhnen über die Kante der Erhebung gezogen wurde. Und Astrid schickte sich an, hinaufzuklettern.

Die Donarsöhne riefen ihrem Fürsten zu, er möge ebenfalls zum Grubenrand laufen.

Genau das hatte er vor. Noch erging sich der Bär im Selbstmitleid, während Blut aus seinem Maul und aus der Ohrwunde lief. Thorag sprang auf und rannte zu seinen Kriegern.

Doch der Weißbepelzte war nicht gewillt, auch noch sein letztes Opfer entkommen zu lassen. Er hetzte dem Donarfürsten nach, der sich nur durch einen weiteren Satz zur Seite retten konnte. Dabei sah er, wie Astrid die helfenden Hände der Krieger ergriff, und sein Herz wurde leichter, selbst wenn er in dieser Grube sterben mußte. Der Bär stand jetzt zwischen ihm und dem rettenden Seil und richtete sich ehrfurchterheischend auf. Doch die Hinterbeine schienen nicht stark genug, den schweren Körper mit den vier zusätzlichen Beinen für längere Zeit zu tragen. Schnell kippte der Gigant wieder nach vorn.

Das war der Augenblick, in dem ein ganzer Hagel von Geren auf ihn einprasselte. Auf Argasts Kommando hatten die Donarsöhne die Wurfspeere geschleudert. Fünf oder sechs blieben im Körper des Untiers stecken und versetzten es in neue Raserei, aber auch in Verwirrung. Die Bestie drehte sich um sich selbst und suchte nach dem neuen Gegner.

Thorag sprang auf, rannte los, sah das Seil dicht vor sich – und stürzte, als er schon zugreifen wollte. Ein rasender Schmerz schoß durch das linke Bein, das ihm den Dienst versagte.

Da war auch schon das weiße Ungeheuer über ihm und öffnete das Maul, um ihn zu zerfleischen. Thorag stieß sein Schwert tief in den Hals des Tieres, während es gleichzeitig von einem neuen Regen aus Geren getroffen wurde. Diesmal, so nah am Grubenrand, fand jeder Speer sein Ziel.

Der Bär schwankte und ging ein paar Schritte zurück, wie von einer unsichtbaren Macht weggedrängt.

Von den Rufen seiner Krieger angefeuert, biß Thorag die Zähne zusammen, erhob sich unter Schmerzen, ergriff den groben Hanf und zog sich daran hoch. Gleichzeitig holten die Donarsöhne das Seil ein, um ihren Gaufürsten schneller aus der Gefahrenzone zu bringen. Thorag konnte es noch nicht recht glauben, als er endlich auf dem sicheren Grubenrand lag.

»Werft keine Speere mehr!« hörte er Argasts heiseren Ausruf. »Sie wären verschwendet. Der Bär verreckt auch so.«

Thorag blickte nach unten, wo sich der Bär in Schmerzen auf dem Boden wälzte. Die Gere, die er nicht hatte abstreifen können, waren zerbrochen, und die Spitzen wurden mit jedem Herumwälzen tiefer in den Tierleib gedrückt. Hilflos zuckten die vier verkümmerten mittleren Beine, nutzlos selbst im Todeskampf.

»Nein, tötet ihn schnell!« keuchte Thorag. »Er kann nichts für seine Qualen. Schuld sind die, die ihn zu ihrem falschen Gott erhoben haben.«

Wieder schleuderten die Donarkrieger ihre Gere in die Grube, bis das achtbeinige Wesen reglos in seinem Blut lag.

Thorag blickte zu dem Anführer der Bärenmänner, der sich ebenfalls nicht mehr bewegte. Zusammengekrümmt lag er neben dem zerschnittenen Käfigseil.

»Was ist mit ihm?« fragte Thorag.

»Tot«, antwortete einer seiner Krieger.

»Und Gueltar?«

»Er lebt, aber nicht mehr lange«, lautete die niederschmetternde Antwort. »Er liegt noch da vorn im Gang. Wir haben nicht gewagt, ihn wegzuschaffen. Das Blut fließt so schnell aus seinem Leib, daß es unweigerlich sein Ende bedeuten würde.«

»Bringt mich zu ihm!« verlangte Thorag, und zwei Krieger stützten ihn.

Der Gaufürst erschrak, als er den gegen eine Felswand gelehnten Kopf des Jünglings erblickte. Das Gesicht war so bleich, als hätte schon alles Blut Gueltar verlassen. Der rote Teich um ihn herum erhärtete diesen Eindruck.

Thorag sagte leise den Namen des Sugambrers und rechnete nicht damit, von Gueltar gehört zu werden. Doch der tödlich Verwundete schlug die Augen auf, und der Anflug eines Lächelns huschte über das schmale Gesicht.

»Hast du … geschafft …« Gueltar konnte nur noch röcheln, und Blut quoll aus seinem Mund.

Thorag nickte. »Astrid und Argast sind befreit. Die Bärenmänner und ihr Gott leben nicht mehr.«

»Gut.« Gueltar schloß die Augen, öffnete sie aber noch einmal mit flatternden Lidern. »Donar … mein Flehen … erhört. Er hat den Wind gesandt … mein Leben genommen …«

Wieder schloß er seine Augen, doch seine Lippen formten noch ein Wort, das wie ein schwacher Lufthauch an Thorags Ohren klang. Es mochte ›Guda‹ lauten oder ›Una‹.

Mit diesem Wort und einem beseligten Lächeln auf den Lippen starb Gueltar.

Armin hörte den hellen Klang von Walkürenstimmen und war erleichtert, daß Wodans Jungfrauen sich seiner annahmen. Das konnte nur bedeuten, daß die Götter in Armin nicht den Frevler sahen, daß der tote Hirschfürst Aufnahme fand in den Reihen der Einherier. Der reine Gesang der Totenjungfrauen erfreute Armin, wenn er auch kein Wort verstand. Und vergebens hielt er Ausschau nach den Walküren. Sosehr er sich auch anstrengte, er sah nur eine verschwommene Masse von Leibern. Waren das die Heere der gefallenen und von Wodan aufgenommenen Krieger, die tagsüber aufeinander einschlugen, abends aber allesamt wieder wohlauf saßen und bei Met und Eberfleisch auf das Ende aller Zeiten warteten? Es war dunkel, also mußte es schon Abend sein. Hatte Armin den Eingang zur Halle der Gefallenen durchschritten, ohne es zu merken?

Er strengte sich an, damit sein Blick den diffusen Nebel durchdrang, der Armin einhüllte. Was er endlich sah, machte sein Herz nicht leichter, im Gegenteil. Als er glaubte, bereits Aufnahme in Wodans Heer gefunden zu haben, war er einer süßen Täuschung erlegen. Noch war über das Schicksal des Toten nicht entschieden, denn noch lag der Tod vor ihm.

Armin befand sich auf der Lichtung im Todeswald, einge-
zwängt im zerteilten Stamm der Blutbuche. Er mußte kurzzeitig das Bewußtsein verloren haben, bedingt durch den
Blutverlust und durch den immensen Druck, den der Baumstamm auf seinen Leib ausübte. Jede Faser im Holz der Buche
schien danach zu gieren, die gewaltsam in ihren Leib gerissene Lücke wieder zu schließen. Armins Körper stand dem
nicht wirklich im Weg; nur die vier breiten, massiven Holzkeile bildeten ein echtes Hindernis. Sobald sie herausgezogen
waren, würden sich die beiden Stammhälften vereinen und
Armin zerquetschen, wie es ein Mensch mit einem lästigen
Insekt tat.

Was er für die Reihen der Einherier gehalten hatte, waren
die Cherusker, die dicht gedrängt um die Lichtung standen und gebannt auf den Todesbaum starrten. Und nicht
Walkürengesang hatte er gehört, sondern den Klang der
Luren.

Ein beißender Geruch kitzelte Armins Nase und machte
ihm erst bewußt, daß er noch über den Geruchssinn verfügte.
Fast bedauerte er es, denn jeder Sinn, der starb, bedeutete
einen weiteren Schritt zum Ende des qualvollen Wartens. Vier
Feuer brannten rund um seinen Todesbaum, eins in jeder
Himmelsrichtung. Gandulf ging von Feuer zu Feuer und
streute irgendwelche Kräuter hinein. Daraufhin schossen
Stichflammen auf, gefolgt von dichtem Rauch, der vom Blattwerk der Blutbuche zerteilt wurde.

Vor jedem Feuer sprach der Oberpriester, nachdem er die
Kräuter hineingeworfen hatte: »Flammen, die ihr gen Asgard
steigt, Rauch, der sie begleitet, bringt unsere Reue und unsere
Bitte um Vergebung zu den Göttern! Tragt das Leben des reuigen Frevlers empor!«

Nach dem vierten Feuer und der vierten Beschwörung
nickte Gandulf einer in der Nähe des Todesbaums stehenden
Gruppe von vier Priestern zu; einer von ihnen war Alfhard.
Sie traten in den Kreis der Feuer und der blutbesprenkelten
Götterstatuen, und jeder von ihnen packte eine der Roßhaar-
schlingen, mit denen die Holzkeile an ihren breiten Enden
versehen waren.

»Wodan, erhöre uns!« rief Gandulf laut, und seine Stimme überschlug sich fast. Dabei riß er beide Arme hoch und streckte sie in den Himmel.

Armin kannte die Zeremonie und wußte, daß die vier Priester die Keile herausziehen würden, sobald Gandulf die Arme senkte. Der Hirschfürst suchte den Blickkontakt mit dem Ewart, aber der Rauch eines Feuers wehte vor das alte, bärtige Gesicht.

»Du wirst nicht länger leiden, Armin«, drang eine verständnisvolle Stimme im Flüsterton an die Ohren des Hirschfürsten. Er wollte sie schon für Götterwerk halten, da fuhr der Sprecher fort: »Vergib mir, was ich tue!«

Es war Alfhard, der eine Roßhaarschlinge mit beiden Händen fest gepackt hielt und nur auf Gandulfs Zeichen wartete. Alfhards Augen hingen an den erhobenen Armen des Oberpriesters, aber seine Gedanken weilten bei dem Mann, den zu töten er mithalf. Armin fragte sich, weshalb Alfhard ihn um Vergebung bat, wenn der Priester glaubte, nach dem Willen der Götter zu handeln. Hegte Alfhard etwa doch Zweifel an dem, was er tat?

Selbst falls es so war, kam diese Erkenntnis zu spät. Gandulf ließ die Arme sinken – und stürzte zu Boden, wie von Donars Hammer gefällt.

Dies gehörte nicht zum Ritual, und die vier Priester zögerten, die Keile aus dem Stamm zu ziehen. Die Feuer enthüllten einen Reitertrupp, der sich durch die Reihen der Cherusker gedrängt hatte und im wilden Galopp auf den Todesbaum zugesprengt kam. Der vorderste Reiter war Thorag. Er hatte Gandulfs Sturz verursacht, indem er den Ewart einfach über den Haufen ritt. Hinter Thorag saß eine junge Frau auf dem Rappen und hielt sich am Donarsohn fest.

Armin erkannte die Priesterin Astrid und konnte es doch kaum glauben. Zu lange hatte er auf Rettung gehofft, als daß er es jetzt noch für wahr erachten konnte. Es mußte ein weiteres Trugbild seiner sterbenden Sinne sein, so wie vorhin der Eindruck, von Walküren und Einheriern empfangen zu werden.

Doch diesmal verschwanden die Bilder nicht, wichen keiner traurigen Wirklichkeit. Die berittenen Donarsöhne, die den Todesbaum, die Priester und die Gruppe der Gaufürsten mit gezogenen Schwertern sowie stoßbereiten Framen und Geren einkesselten, schienen wahr zu sein. Oder war die Erkenntnis, nicht zu träumen, nur eine besonders gemeine, heuchlerische, hinterlistige Art des Träumens?

Mit dieser verwirrenden Überlegung fiel Armin ins Reich der Dunkelheit und des Vergessens. Endgültig schwanden seine Sinne, gab der geschwächte Leib den Kampf ums Überleben auf.

Gandulf erhob sich taumelnd und hielt mit dem rechten Arm die schmerzende linke Seite, die ein Huftritt von Thorags Hengst getroffen hatte. Der scharfe Verstand des alten Priesters erfaßte die Situation sofort. Er drehte sich der Blutbuche zu und schrie: »Zieht die Keile heraus! Tötet Armin! Bringt Wodan das Opf …«

Ein Stiefeltritt Thorags traf Gandulfs Kopf und schickte den Ewart erneut zu Boden. Ein kurzes Stück weiter nach links, und er wäre geradewegs in eins der Feuer gefallen. Thorags Absatz hatte seine rechte Wange aufplatzen lassen.

»Laßt die Keile, wo sie sind!« rief Thorag den vier Priestern an der Blutbuche zu. »Wer auch nur eine Bewegung macht, stirbt! Und wenn ihr die Keile herauszieht, töte ich Gandulf auf der Stelle!«

Donarsöhne, die ihre Ger- und Framenspitzen gegen die vier Priester richteten, verliehen Thorags Drohung Gewicht. Aber nicht das schien es zu sein, was Alfhard zu dem kurzen Befehl veranlaßte: »Laßt die Schlingen los, die Keile bleiben stecken!«

Er wirkte vielmehr erleichtert, nicht durch seine Hand den Tod des Hirschfürsten verursachen zu müssen. Doch dann traf sein Blick die im Baum eingezwängte Gestalt, bemerkte Armins auf die Brust gesunkenen Kopf, die geschlossenen Augen und den reglosen Leib, der nicht mehr atmete.

»Es ist zu spät«, sagte Alfhard mit rauher Stimme. »Die Götter haben Fürst Armin zu sich genommen.«

»Neeeiiin!« schrie Thorag aus seinem tiefsten Innern. »Das darf nicht sein!«

Er dachte an die zurückliegenden Stunden zwischen Angst, Verzweiflung und Hoffnung. An all das vergossene Blut. An das achtbeinige Untier. An die Männer, die im Kampf gegen die Bärenkrieger ihr Leben gelassen hatten. Nicht zuletzt an Gueltar, der gestorben war, ohne je richtig gelebt zu haben. Und das alles, um jetzt zu spät zu kommen – wenige Augenblicke zu spät! Konnten die Götter so grausam sein?

»Holt ihn da raus!« befahl Thorag. »Holt Armin sofort aus der Blutbuche!«

»Das kannst du nicht tun«, keuchte Gandulf, der zäh war wie gutes Leder. Er erhob sich abermals und achtete nicht auf das Blut, das aus seiner aufgeplatzten Wange lief und eine rote Spur im Geflecht des langen Bartes hinterließ. »Du versündigst dich an den Göttern, Thorag! Du bringst Unheil über den ganzen Stamm der Cherusker!«

Bewußt hatte er so laut gesprochen, daß seine Worte überall auf der Lichtung gehört wurden. Gandulf wollte den Zorn der versammelten Krieger wecken und ihre Macht gegen Thorags kleine Schar mobilisieren.

Und tatsächlich kam Bewegung in die Menge. Ein Trupp bewaffneter, grimmig dreinschauender Stierkrieger drängte sich vor und trieb mit roher Gewalt einen Keil in den Ring der berittenen, aber erschöpften Donarsöhne. Thorag erkannte den wuchtigen Anführer der Männer, der ein Langschwert mit breiter Klinge und einen Rundschild mit aufgemaltem Stierkopf in den prankenartigen Händen hielt. Der Kriegerführer Farger blieb breitbeinig zwei, drei Schritte vor Thorag stehen und winkelte den rechten Arm so an, daß er sein Schwert jederzeit einsetzen konnte. Im Licht der Totenfeuer warf die Stahlklinge einen bedrohlichen Schimmer.

»Mit welchem Recht mischt du dich ein, Donarsohn?« schrie Farger. »Du ziehst den Unwillen der Götter auf dich, wenn du unseren Ewart Gandulf beleidigst! Und es steht dir nicht zu, die anderen Gaufürsten wie deine Gefangenen zu behandeln!«

»Und dir steht es nicht zu, mir Vorschriften zu machen!« erwiderte Thorag im selben harten Tonfall.

Mehr brauchte er nicht zu sagen, denn Farger und seine Mannen wurden von vordrängenden Donarsöhnen abgelenkt, die sich aus der Menge lösten, um ihrem Fürsten zu Hilfe zu kommen. Binnen weniger Augenblicke spaltete sich die Masse der Frilinge in zwei Fronten, und der Stamm der Cherusker stand am Abgrund eines mörderischen Bruderkampfes.

»Laßt die Waffen sinken!« erhob Alfhard seine Stimme über die wütenden Schreie und das Klirren der Eisen. Er stand mit hoch erhobenen Händen im Feuerschein und wirkte mit seinem weißleuchtenden Priestergewand wie ein Gesandter der Götter. »Cherusker, vergeßt nicht, daß ihr auf geweihtem Boden steht. Hier darf nur das Blut fließen, das von den Göttern verlangt, das ihnen zur Sühne zugedacht ist. Wenn ihr eure Schwerter und Speere in diesem Wald mit Blut besudelt, ist das ein ebensolcher Frevel, wie er im Hain der heiligen Rosse geschah!«

Farger meldete sich wieder zu Wort: »Wie kann es ein Frevel sein, für das Recht einzutreten?«

»Was Recht ist, entscheiden im Bezirk der Heiligen Steine noch immer die Priester, nicht Edelinge und nicht Krieger!« versetzte Alfhard.

Der Stierkrieger zeigte mit ausgestrecktem Schwert auf Gandulf, der sich stöhnend am Boden wälzte. »Wie wollen die Priester für Recht sorgen, wenn sich Thorag und seine Krieger an ihnen vergehen?«

»Nicht allen Priestern galt mein Angriff, sondern Gandulf!« rief Thorag. »Und das aus gutem Grund. Denn Gandulf hat den größten Frevel begangen und nicht nur seinen Stamm verraten, sondern auch die Götter!«

Ein gewaltiges Raunen und Murren hob an, erfaßte die mehrtausendköpfige Schar der Frilinge. Thorags Vorwurf gegen Gandulf erschien ungeheuerlich, und nicht wenige Cherusker äußerten darüber Unglauben und Verärgerung.

Erneut streckte Alfhard seine Arme aus und erweckte den Eindruck eines riesigen weißen Vogels, der seine Flügel ausbreitete, um sich im nächsten Augenblick in den düsteren Himmel zu erheben. Aber es wirkte: Er verschaffte sich Gehör, wenn auch nicht jede murrende Stimme verstummte.

»Fürst Thorag, du hast eine Anklage gegen unseren Ewart Gandulf vorzutragen?« fragte Alfhard.

»Das habe ich«, bestätigte der Donarfürst. »Gandulf steht mit bösen Mächten im Bund und verehrt einen falschen Gott!«

»Das ist die schwerste Anschuldigung überhaupt«, stellte Alfhard mit ernster Miene fest und schaffte es nur mühsam, die erneut aufkommende Unruhe zu übertönen. »Hast du Zeugen dafür, Donarsohn, oder Beweise?«

»Beides habe ich«, erklärte Thorag und blickte über seine Schulter in Astrids Gesicht. »Die wichtigste Zeugin ist Astrid, Priesterin der Heiligen Steine.« Er mußte eine Pause einlegen, weil diese Mitteilung das Stimmengewirr zur Lautstärke eines Wintersturms anschwellen ließ. Endlich konnte er fortfahren: »Aber ich halte es für besser, meine Anklage in Ruhe vorzutragen und nicht zwischen erhobenen Schwertern, Framen und Geren.« Er warf einen besorgten Blick zur Blutbuche. »Und jetzt muß ich mich um meinen Blutsbruder kümmern!«

»Armin ist tot«, entgegnete Alfhard.

Thorag antwortete nicht, sondern drängte seinen Rappen an dem Priester vorbei. Astrid und er stiegen ab, wie es auch einige weitere Donarsöhne taten. Vorsichtig zogen sie Armins reglosen Körper aus dem gespaltenen Baumstamm.

Alfhard gab den Priestern und der Allgemeinheit ein Zeichen, die Donarkrieger gewähren zu lassen, und sprach: »Wenn Armin tot ist, kann Thorags Handeln den Cheruskern nicht mehr schaden. Lebt der Hirschfürst aber noch, so könnte dies ein Zeichen der Götter sein.«

Thorag und seine Männer legten Armin vorsichtig mit dem Rücken auf den Boden, und der Donarfürst beugte sich über ihn. Er konnte keinen Atem spüren und keinen Herzschlag hören. Als er die Lider des Blutsbruders anhob, wirkten Armins Augen starr und glasig.

Eine weißgewandete Gestalt drängte sich durch die Donarsöhne und schwang sich rittlings auf Armin. Thorag wollte den Störenfried entsetzt und verärgert wegstoßen, da erkannte er die Seherin und fragte fassungslos: »Was tust du, Alrun?«

»Wenn noch Leben in Armin ist, müssen wir ihn wieder zum Atmen bringen. Der Stamm der Blutbuche hat ihn daran gehindert.« Während sie sprach, übte sie mit ihren Beinen stoßweisen Druck auf Armins Brustkasten aus. Sie stützte sich mit den Händen so auf dem Boden ab, daß sie den Hirschfürsten nicht zu stark belastete. Zu Astrid gewandt, die sie mit großen Augen anstarrte, fuhr sie fort: »Und du, meine Tochter, sorg dafür, daß Armins Armwunden verbunden werden. Wenn er noch mehr Blut verliert, können ihm selbst die Götter kein Leben mehr einhauchen!«

Das mochte frevlerisch klingen, doch es war unzweifelhaft wahr. Armins Gesicht, seine ganze Haut wirkte bleich, blutleer.

»Ich habe hier blutstillende Gräser gesehen«, sagte Astrid und verließ die Blutbuche auch schon, um die bewußten Gräser zu pflücken.

Über die Anrede ›Tochter‹ wunderte sie sich nicht. Von Thorag wußte sie, daß sie ihre Rettung der Seherin Alrun zu verdanken hatte. Und der Donarsohn hatte Astrid auch erzählt, was Alrun über ihre Vergangenheit berichtet hatte. Natürlich hatte die junge Priesterin viele Fragen an die Frau, die ihre Mutter sein wollte. Aber dies war dazu nicht die rechte Zeit und nicht der rechte Ort.

Als Astrid zurückkehrte und ihre Beute mit Streifen aus ihrem Kleid um Armins Unterarme band, entrang sich der Brust des Hirschfürsten ein tiefes Ächzen. Es klang gequält, und doch begleitete Thorag es mit einem Jubelschrei: »Er lebt! Armin lebt!«

Alrun nickte und fuhr fort, sanften Druck auf Armins Brust auszuüben. »Dein Blutsbruder atmet wieder. Die Frage ist nur, wie lange.«

»Steht es so schlimm um Armin?« Thorag blickte besorgt auf das wächserne Gesicht. Armins Lider waren noch immer geschlossen, flatterten nicht einmal leicht. Nur die

Lippen waren jetzt geöffnet, und die Nasenflügel vibrierten.

»Er war schon auf dem Weg nach Walhall«, erklärte Alrun. »Alles hängt davon ab, ob die Walküren ihn wieder aus ihren Armen lassen.«

Astrid war mit den Verbänden fertig; sie saßen stramm und brachten den Blutfluß zum Stillstand. Aus Armins heftigem Ächzen wurde ein immer regelmäßigeres Atmen. Schließlich schlug er sogar die Augen auf, aber sein Blick war noch getrübt, zeigte kein Erkennen, als er Thorag streifte.

»Er hat es geschafft«, verkündete Alrun und erhob sich von Armin. »Aber er ist noch so schwach wie ein Neugeborenes. Seid vorsichtig, wenn ihr ihn wegtragt!«

Thorag wollte Alrun danken, aber er fand keine Worte. Das knappe Nicken, das er der Seherin zuwarf, erschien ihm angesichts ihrer Tat überaus kümmerlich, aber sie gab sich damit zufrieden.

Schnell sprach sich herum, daß der Herzog wieder unter den Lebenden weilte. Freudenrufe mischten sich mit solchen der Mißbilligung, ausgestoßen von Cheruskern, die meinten, Alrun habe den Göttern das Sühneopfer geraubt.

»Nur die Götter selbst entscheiden über Leben und Tod«, wies Alfhard die Frilinge seines Stammes zurecht. »Armins scheinbarer Tod täuschte auch mich, das gebe ich zu. Aber er war noch nicht wirklich bei den Göttern. Daß Wodan ihn zu uns zurückkehren ließ, mag bedeuten, daß die Götter das Opfer verschmähen. Vielleicht haben wir Armin doch zu Unrecht bezichtigt.«

Gandulf hatte sich inzwischen erhoben. Er wankte auf Alfhard zu und zischte: »Wie kannst du es wagen, das Urteil der Götter anzuzweifeln? Ich entziehe dir das Wort!«

»Das kannst du nicht, Gandulf«, erwiderte Alfhard kühl.

»Ich bin der oberste Priester!« stieß Gandulf mit zornbebender Stimme hervor. »Ich bin der Ewart, der von den Göttern bestimmte Hüter von Recht und Gesetz!«

»Du *warst* es«, berichtigte ihn Alfhard. »Jetzt stehst du unter schwerer Anklage, die Götter verraten zu haben. Ob du weiterhin unser Ewart sein wirst, muß sich erst noch entscheiden. Bis dahin ruht deine Gewalt nach altem Brauch. Ich werde sie ausüben, bis eine Entscheidung gefallen ist.«

»Warum gerade du?« keifte Gandulf.

»Weil ich nach Gudwins Tod derjenige unter den Priestern bin, der den Göttern am längsten dient.«

Zustimmende Rufe aus der Priesterschaft wurden laut. Die Männer und Frauen bedrängten Gandulf, sich Alfhards Spruch zu beugen. Gandulf tat es, aber jeder konnte ihm ansehen, wie schwer ihm das fiel. Seine Blicke sprühten Feuer. Doch hätte er auf einer Konfrontation mit Alfhard bestanden, hätte es leicht sein können, daß Gandulf seine Macht gänzlich und auf der Stelle verlor.

Alfhard verkündete: »Die Totenfeuer mögen verlöschen, und die Cherusker mögen friedlich in ihre Hütten zurückkehren. Morgen, wenn Sunna ihren höchsten Stand erreicht hat, kommen alle Sippen auf dem großen Thingplatz zusammen, um über Wahrheit und Lüge, über Recht und Unrecht zu beraten!«

So endete die Nacht der Sühne, aus der eine Nacht des vielfachen Todes geworden war.

Kapitel 20

Das Thinggericht

Am nächsten Vormittag schickte Sunna ihre Strahlen zum erstenmal seit vielen Tagen wieder auf die Erde. Es wirkte erhellend, wärmend, belebend. Die Vögel schienen an diesem Morgen besonders laut und fröhlich zu zwitschern, aber das mochte eine Einbildung sein. Thorag war nicht leicht ums Herz, auch wenn er Armin gerettet hatte – zumindest vorerst. Dieses ›vorerst‹ war es, was auf seiner Seele lastete. Die Ungewißheit eines Schicksals, so undurchschaubar wie die Nebelschwaden, zu denen sich die im Sonnenlicht verdampfende Feuchtigkeit verdichtete.

Der Rest der Nacht war voller Bangen und Hoffen gewesen. Mal schien es, als würden die Götter Armin doch zu sich rufen, dann wieder wurde sein Atem stärker, nahmen die bleichen Wangen einen Hauch von Röte an, schlug er seine Augen auf und schien seine Freunde und Gefährten fast zu erkennen. Thorag wachte an seinem Lager, aber nicht die ganze Zeit. Es gab viele Vorbereitungen zu treffen, damit der Stammesrat nicht das alte Urteil bestätigte. Er sandte einen großen Trupp Krieger zum Bärenstein, um die Beweise herbeizuschaffen. Und er schickte einen zweiten Kriegertrupp aus, um die Lager der feindlichen Sippen auszuspähen – und auch die Siedlung der Priester, in der es noch mehr Verräter geben mochte.

Alrun und Astrid kümmerten sich um Armin, der auf wärmenden Fellen und heilenden Kräutern in seiner großen Hütte lag, und zwischendrin sprachen sie leise miteinander. Thorag achtete, auch wenn er in der Nähe stand, nicht auf ihre Worte, denn es ging ihn nichts an. Es war eine Sache zwischen Mutter und Tochter. Erst wirkte Astrid zurückhaltend, auf Abstand zu der Frau bedacht, die sie und ihren kleinen Bruder im Stich gelassen hatte. Aber am frühen Morgen, als die Lieder der Vögel erklangen, lagen sie sich in den Armen. Viele Winter der Einsamkeit waren wie ausgelöscht.

Verwirrend war der scheinbare Altersunterschied zwischen der jugendlichen Astrid und der zerfurchten Alrun, die eher wie Astrids Großmutter wirkte. Das sorgenreiche Leben hatte Alrun vorzeitig altern lassen. Thorag überlegte, ob dieses Schicksal auch Astrid bevorstand, ob die Mutter einst ebenso schön gewesen war wie die Tochter.

Thorag aß und trank wenig an diesem Morgen, obschon die Nacht lang, anstrengend und kräfteraubend gewesen war. Er fühlte sich weitaus elender, als es die Rettung Armins und die Befreiung Astrids und Argasts hätten vermuten lassen. Vielleicht war Gueltars Tod schuld an seinen trüben Gedanken. Schon so viele junge Krieger waren gefallen, seit Thorag an Armins Seite gegen die Feinde der Cherusker kämpfte. Thorag fragte sich, ob dieses endlose Blutvergießen wirklich das war, was die Götter wollten, was den Cheruskern diente.

Vor seinem geistigen Auge sah er zwei junge, schmale, ernste Gesichter: Gueltar und Guda. Sie blickten Thorag an, aber sie antworteten ihm nicht.

»Du solltest ein wenig schlafen, Thorag«, sagte eine helle Stimme, und eine Hand legte sich sanft auf seine Schulter. »Doch vorher sehe ich noch mal nach deinem Fuß.«

Astrid ging vor ihm in die Knie, löste die hölzernen Schienen und öffnete vorsichtig den Moosverband. Erst jetzt wurde Thorag, der auf einer Bank in der Nähe von Armins Lager saß, gewahr, daß er mit offenen Augen in eine Art Halbschlaf gefallen war, in einen Zustand zwischen Wachen und Schlafen, in dem er nicht mehr die Lebenden rings um sich sah, sondern die Toten.

»Das sieht ganz gut aus«, murmelte Astrid und erneuerte den Verband. »Wenn du den Fuß schonst, wirst du ihn schon bald wieder richtig gebrauchen können, zwar mit etwas Schmerz verbunden, aber ich weiß, daß du das verträgst.« Sie sah zu ihm auf und lächelte, dankbar und mit einem Anflug von Glück, wie er ihn selten auf ihrem ernsten Gesicht gesehen hatte. Er wußte, daß es wegen Alrun war.

»Ich fürchte, ich werde nicht viel Zeit haben, um meinen Fuß zu schonen. Schon gar nicht kann ich es mir leisten zu schlafen.«

»Bis zur Versammlung sind es noch mehr als drei Stunden«, erwiderte Astrid. »Du hast alles getan, was du konntest, Thorag. Es nützt niemandem, am wenigsten Armin und dir selbst, wenn du unnötig an deinen erschöpften Kräften zehrst.«

Lächelnd gab Thorag ihr recht und legte sich in Armins Nähe zum Schlafen nieder. Astrid mußte versprechen, ihn rechtzeitig zu wecken.

Dazu kam es gar nicht; sein Schlaf war so unruhig, daß ihn schon die ersten Töne der Lurenrufe erwachen ließen. Es war das Signal für alle Frilinge der Cherusker, sich auf dem Thingplatz einzufinden.

Als er sich aus den Fellen gewickelt hatte und aufstand, warf er einen prüfenden Blick zu Armin, der zu schlafen schien. Alrun und Astrid hockten ein Stück entfernt und unterhielten sich angeregt.

Plötzlich, wie durch Thorags Blick geweckt, hob Armin die Lider und sah den Donarsohn aus wachen, verstehenden Augen an. »Die Luren … Worüber wird beraten?«

»Über dich, über mich und über Gandulf.« Thorag kniete sich neben Armin und berichtete ihm in knappen Worten, was geschehen war. Dann fragte er: »Wie fühlst du dich, Armin?«

»Schwach. Sehr schwach. Ich fürchte, ich kann dich nicht zum Thingplatz begleiten.«

»Natürlich bleibst du hier!« sagte Thorag im Befehlston. »Jetzt aufzustehen wäre dein Tod. Du hast kaum mehr Blut in den Adern als ein Kaninchen.«

»Ein Kaninchen dürfte sich allerdings lebendiger fühlen als ich.« Armin versuchte ein schwaches Lächeln, aber es mißriet.

Er gab Thorag weder gute Ratschläge noch Ermahnungen mit auf den Weg, sondern sagte einfach nur: »Ich vertraue dir, Bruder. Du wirst es schaffen!«

Als Thorag an der Spitze von Donarsöhnen und Hirschmännern zum Thingplatz ritt, fragte er sich, ob Armin wirklich solches Vertrauen in ihn besaß oder ob der Hirschfürst ihm bloß Mut zusprechen wollte. Thorags eigene Zuversicht war nicht besonders groß. Dank Astrid wußte er jetzt, daß die Feinde zahlreich und mächtig waren.

Sie erwarteten ihn bereits im Schatten der Heiligen Steine. Tausende Blicke, neugierige, abwartende und feindselige, trafen den Donarfürst während der ganzen Zeremonie, in der Alfhard die Götter um Weisheit und Gerechtigkeit bat.

»Der Sitte nach führt ein Gaufürst den Vorsitz, und je ein Gaufürst sitzt zu seiner Linken und zu seiner Rechten, wenn über die Anklagen aus den Gauen entschieden wird«, sagte Alfhard. »Aber diesmal geht es um ein Vergehen an den Göttern, und deshalb sollen Priester auf den Gerichtsstühlen sitzen. Da Gandulf als Angeklagter ausscheidet, wurde ich gebeten, den Vorsitz zu übernehmen. Und zu meinen Beisitzern bestimmte die Priesterschaft Fromund und Riklef.«

Die beiden Genannten traten vor. Sie waren nicht mehr

jung, was für ihre Erfahrung im Dienst an den Göttern und im Umgang mit Menschen sprach. Fromund war klein und rundlich, doch ein verkniffenes, ständig mit dem linken Auge blinzelndes Gesicht störte den Eindruck der Gemütlichkeit. Riklef wirkte mit seiner großen, hageren Gestalt und dem unbewegten Gesicht wie ein Gegenentwurf zu Fromund. Thorag kannte beide Priester vom Anblick und vom Namen, aber er kannte nicht ihre Einstellung zu Gandulf, zu Armin und zu ihm selbst.

Alfhard hob den goldblitzenden Hammer, das Zeichen seines Thingvorsitzes, und fragte laut in die Runde: »Ist dieses Thinggericht richtig besetzt?«

Laut schlugen Tausende von Waffen und Schilden aneinander – das Zeichen der allgemeinen Zustimmung. Niemand murrte oder brachte einen Einwand vor. Nur Gandulf, obgleich um Fassung und ein würdevolles Auftreten bemüht, warf seinem Stellvertreter finstere Blicke zu.

»Dann ist das Thinggericht eröffnet«, erklärte Alfhard feierlich. »Sein Spruch bindet alle, die sich ihm stellen.«

Er stieg auf den erhöhten Felsthron. Auf dem nicht ganz so hohen Felsstuhl links von Alfhard nahm Fromund Platz, auf dem zur Rechten Riklef.

»Thorag, Abkömmling des Donnergottes und Fürst der Donarsöhne, hat schon in der Nacht seine Anklage gegen Gandulf erhoben. Er möge vortreten, um sie zu wiederholen und zu begründen.«

Von den guten Wünschen zahlreicher Edelinge aus Hirsch- und Donargau begleitet, trat Thorag mitten auf den großen Thingplatz. Nicht nur sein schmerzender Fuß war schuld an seinem unsicheren Gang. Er wußte, daß hier über Armin und sein Schicksal entschieden würde, wohl auch über ihr Leben – und über das Schicksal des ganzen Stammes. Ein Fehler genügte, um alles zunichte zu machen.

Thorag warf einen langen forschenden Blick in die Runde, um festzustellen, wie viele der Cherusker auf seiner Seite standen. Doch er konnte keine Überzahl für oder gegen sich feststellen. Viele Blicke waren unentschlossen, und das konnte er den Frilingen nicht verdenken. Sie warteten die

Thingverhandlung ab, um sich ein Urteil zu bilden; genauso sollte es sein.

»Ich spreche nicht nur für mich selbst, sondern auch für meinen Blutsbruder und Waffengefährten Armin, der dem Tode entronnen, aber noch zu schwach ist, um an dieser Verhandlung teilzunehmen«, begann Thorag seine Rede. »Sein Wort steht hinter meinem, und meins bedeutet das seine.«

»Wir wissen das«, sagte Alfhard. »Du und Armin klagt an. Doch wer steht auf der Seite der Angeklagten. Nur Gandulf?«

»Viele müßten dort stehen, die sich gegen die Götter verschworen haben. Nicht von allen kenne ich die Namen, wohl aber von ihren Anführern. Dazu zählen neben Gandulf die Gaufürsten Frowin und Inguiomar.«

Diese Eröffnung löste große Unruhe unter den Frilingen aus. Neben dem Ewart noch zwei Gaufürsten als Verschwörer zu bezeichnen, von denen einer zugleich Herzog der Cherusker war, so etwas hatten selbst die ältesten unter den Versammelten noch nicht erlebt.

Erst durch das Hochheben des goldenen Hammers konnte sich Alfhard Gehör verschaffen. »So ungeheuerlich die Anklage auch klingen mag, Fürst Thorag hat sie ausgesprochen. Auch wenn sie uns nicht gefällt, haben wir sie mit Ernst und Würde zu behandeln. Ich rufe die Angeklagten vor, den Ewart Gandulf sowie die Fürsten Inguiomar und Frowin.«

Die drei Genannten traten vor die Felsthrone, Frowin als letzter. Er führte zuvor einen kurzen, erregten Disput mit Farger. Es schien, als hätte sich Farger am liebsten mit gezücktem Schwert auf Thorag geworfen.

Alfhard fragte die drei Angeklagten, ob sie sich zu einer Verschwörung gegen die Götter bekannten. Alle drei wiesen das von sich, und Frowin rief erbost: »Thorag soll endlich sagen, von was für einer Verschwörung er spricht. Er soll seine Zeugen benennen und seine Beweise vorlegen!«

Lautes Waffengeklirr rund um den Thingplatz zeigte, daß die Zustimmung für Frowin nicht nur aus der Stiersippe kam, sondern von einem Großteil der Cherusker.

Thorag zog das Amulett hervor, das Armin an Mimirs Quelle gefunden hatte, und hielt es hoch, so daß es im Sonnenlicht blitzte. Dabei erzählte er, wie der Hirschfürst in den Besitz der Kette gelangt war. »Wenn die Richter das Bildnis in Augenschein nehmen, werden sie feststellen, daß es einen Bären mit acht Beinen zeigt. Und achtbeinig ist die Gottheit, die von den Verschwörern verehrt wird. Der achtbeinige Bär ist sein Schutztier und war auch das Schutztier der achten Sippe unseres Stammes – der verbotenen Sippe, die wir längst ausgelöscht glaubten. Aber die Nachfahren der Bärensippe stehen hier!« Er zeigte auf die drei Angeklagten.

Wieder breitete sich Unruhe aus. Die Priester und viele der älteren Cherusker wußten noch von der achten Sippe, von den Verehrern des achtbeinigen Bären.

Auch Alfhard schien erregt. Kurz beriet er sich mit seinen Beisitzern, dann übertönte er die Unruhe: »Fürst Thorag, willst du damit sagen, die drei Angeklagten gehören zu den Anbetern des achtbeinigen Bären?«

»Ja, Alfhard. Du kennst wohl die alte Weissagung: Wenn die Tritte des achtbeinigen Bären das Cheruskerland erschüttern, soll die Macht der Bärensippe wiederauferstehen. Der Fluch des Riesen Starkad wird über das Land und die ganze Menschenwelt kommen!«

»Ich kenne diesen bösen Spruch«, bestätigte Alfhard. »Aber ich mag kaum glauben, was du sagst.«

»Dann bringe ich dir den Beweis.« Thorag wandte sich an die Edelinge der Donarsippe und gab ihnen ein Zeichen.

Der dichte Ring der Frilinge teilte sich dort, wo die Donarsöhne standen. Ein planenbedeckter Karren, von zwei Ochsen gezogen, rumpelte schwerfällig auf den Thingplatz. Die kräftigen Tiere wirkten unruhig, verängstigt. Es lag wohl an der Fracht, die noch in der Nacht auf Thorags Befehl zu den Heiligen Steinen geschafft worden war. Nur den Stockhieben der beiden Ochsentreiber war zu verdanken, daß die Tiere unter widerwilligem Schnauben ein Bein vor das andere setzten. Selbst im toten Zustand schien das Untier noch eine unheimliche Macht auszuüben, stark genug, um andere Wesen in Schrecken zu versetzen. Sehr langsam rollte der Karren auf seinen beiden großen Rädern auf den Thingplatz.

Thorag berichtete derweil von der Suche nach Astrid, von

dem Bärenstein, dem Kampf gegen die Bärenkrieger und von dem schrecklichen Wesen, das sie in den Kalksteinhöhlen als Gott verehrt hatten. Dann gab er ein Zeichen, und die Ochsentreiber zogen die Plane von dem Wagen.

Ein Aufstöhnen ging durch die vorderen Reihen der Versammlung. Die Männer in den hinteren Reihen drängten nach vorn und reckten die Köpfe empor. Wenn sie erkannten, welche Fracht der Wagen transportierte, ließen auch sie entsetzte Ausrufe hören.

Der tote Bär lag auf dem Rücken, so daß alle acht Beine deutlich zu sehen waren. Thorag hatte dies angeordnet, damit die Cherusker erkannten, daß sie es nicht mit einem gewöhnlichen Bären zu tun hatten.

Obwohl die drei Richter die weißbepelzte Bestie von ihren erhöhten Sitzen gut sehen konnten, stiegen sie von den Felsen, traten zu dem Karren und besahen sich den Bären aus der Nähe.

Alfhard richtete einen ungläubigen Blick auf Thorag. »Gegen dieses Untier hast du im Kampf bestanden, Donarsohn?«

Thorag nickte. »Wäre ich unterlegen, wäre ich jetzt tot.«

Für einen Augenblick wurde Alfhards Antlitz von Fassungslosigkeit beherrscht. Dann gewann es die priesterliche Würde zurück, und die Richter nahmen wieder ihre Plätze ein. Sie forderten die Angeklagten auf, sich zu verteidigen.

»Wogegen?« schnappte Gandulf mit spitzer Stimme. »Thorag hat einen Bären erlegt, ein gräßliches Untier. Aber wer sagt uns, daß es wirklich in jenen Höhlen geschah, von denen er berichtet hat?«

»Ich!« Argast hatte den lauten Ruf ausgestoßen. Gestützt von zwei Kriegern, trat er langsam vor die Richterstühle. »Ich bezeuge Thorags Worte, denn ich war Gefangener der Bärenkrieger.«

»Selbst das ist noch kein Beweis«, erwiderte Gandulf. »Mögen die Höhlen und die Bärenkrieger existieren, wo ist die Verbindung zu Fürst Frowin, zu Herzog Inguiomar und zu mir? Wer beschuldigt uns, die Köpfe dieser angeblichen Verschwörung zu sein?«

»Ich!« rief wieder eine, diesmal hellere, Stimme. Sie gehörte Astrid, die neben Argast trat und von ihrer Verschleppung berichtete. »Während der Nächte und der nachtgleichen Tage, die ich als Gefangene der Bärenkrieger verbrachte, hörte ich vieles von ihren Gesprächen. Ich hörte auch, wie sie davon sprachen, daß Gandulf, Inguiomar und Frowin die Macht des Bärengottes erst über das Cheruskerland und dann über die Länder der anderen Stämme verbreiten würden.«

Die Aufregung unter den Frilingen erreichte ihren Siedepunkt. Alfhard hatte alle Mühe, sich zu behaupten und gegen die Stimmen anzuschreien, die Astrid als Lügnerin bezeichneten.

»Seit vielen Wintern ist Astrid Priesterin bei den Heiligen Steinen«, erwiderte Alfhard. »Und niemals bestand der Verdacht, sie stehe nicht treu zu den Göttern.«

»Gegen mich bestand dieser Verdacht auch niemals«, knurrte Gandulf.

»Aber du stehst jetzt unter Anklage, Ewart«, wies ihn Alfhard zurecht, bevor er sich mit seinen Beisitzern beriet. Es dauerte lange, bis Alfhard sich wieder an die Menge wandte und laut verkündete: »Das Thinggericht wird mit dem Ankläger und den Angeklagten zu jenem geheimnisvollen Bärenstein reiten, um sich selbst ein Bild zu machen. Danach wird die Verhandlung an diesem Ort fortgesetzt.«

Argast beugte sich zu Thorag hinüber und flüsterte: »Jetzt wird es ernst für die Verschwörer. Sie rutschen immer tiefer in den Sumpf. Hat mich eh gewundert, daß sie nichts unternommen haben, um ihre Spuren in den Höhlen unter dem Bärenstein zu verwischen.«

»Dort wären sie auf unsere Krieger gestoßen. Wären Donarsöhne am Bärenstein in einen Kampf mit Stiermännern und Ingkriegern verwickelt worden, wäre das für Frowin und Inguiomar einem Schuldeingeständnis gleichgekommen.«

Begleitet von den Gaufürsten und den hervorragendsten Edelingen aller Sippen, brach das Gericht zum Bärenstein auf. Hier trafen sie auf die Donarsöhne und auf die gefallenen Bärenkrieger.

Einige wenige Bärenmänner lebten noch, schwerverwundet, aber sie schienen sich eher die Zunge abbeißen zu wollen, als auf die Fragen der Richter zu antworten. Selbst als Thorag darauf hinwies, daß sich an ihren Waffen die Zeichen der Stiersippe befanden, hielten die Bärenmänner den Mund.

Frowin tat das als Verleumdung ab: »Vielleicht haben Thorag und Armin diese Zeichen anbringen lassen, um mich und den ganzen Stiergau mit ihrer falschen Anklage zu überziehen!«

Inguiomar verhielt sich von allen drei Angeklagten am ruhigsten. Offenbar war er klug genug gewesen, keine Ingmänner zur Schutztruppe am Bärenstein zu schicken. Es war ganz seine Art, sich im Hintergrund zu halten, bis seine Stunde, sein großer Auftritt gekommen war. Immer wieder warf Thorag ihm forschende Blicke zu und fragte sich, was Armins Oheim planen mochte.

Erst als die Bemerkungen der Thingrichter darauf schließen ließen, daß sie den Anklägern mehr glaubten als den Verteidigern, meldete sich der Ingfürst unvermutet zu Wort: »Wir haben viele Behauptungen aus den Mündern Thorags und seiner angeblichen Zeugen gehört und hier vieles gesehen, das diese Behauptungen zu stützen scheint. Aber verdeckt nicht manchmal der Schein die Wahrheit, die man allein durch vernünftiges Nachdenken zu erkennen vermag?«

Seine Worte hingen schwerer in der Bärenhöhle als der Fackelgeruch und der Gestank verwesenden Fleisches. Offenkundig waren die Thingrichter beeindruckt, aber auch verwirrt, und Alfhard bat Inguiomar um Erläuterung.

Thorag glaubte, ein leichtes Lächeln zu bemerken, das Inguiomars Mundwinkel umspielte. Der Ingfürst hatte auf diese Aufforderung nur gewartet.

Mit großartiger, weitausholender Geste zeigte er auf die Behausung des Achtbeinigen, die sich unter ihnen erstreckte, auf zerwühlte Streu, blutgetränkten Boden, abgenagte Knochen und stark riechendes, von Ungeziefer bedecktes Fleisch. »Gewiß, hier wurden Menschen geopfert, das ist bewiesen. Aber nicht, wer sie opferte und zu welchem Zweck. Wirklich, um einen falschen Gott anzubeten? Oder um diese Freveltat nur vorzutäuschen?«

Fromund schob seine massige Gestalt vor und stand gefährlich nah am Abgrund. »Aber wir haben die Aussagen der Gefangenen! Argast ist ein Kriegerführer, und Astrid eine Priesterin der Heiligen Steine. Beider Wort hat Gewicht!«

Inguiomar maß ihn mit einem Blick, der Enttäuschung und überlegenes Wissen offenbarte. Auf Thorag wirkte es ebenso falsch wie alles, was Inguiomar hier sagte und tat.

»Wie ich schon sagte, weiser Fromund, man darf nicht nur nach dem scheinbar Offensichtlichen schauen, sondern muß auch nach dem Grund fragen. Wenn Frowin und ich wirklich hinter diesem Götterkult stecken, warum hätten wir so dumm sein sollen, Argast und Astrid leben zu lassen? Es wäre klug und leicht gewesen, beide auf der Stelle zu töten!«

Die drei Thingrichter tauschten zustimmende Blicke aus. Und selbst Thorag mußte zugeben, daß Inguiomars Worte gut gewählt waren.

»Es gab mehrere Gründe für die Verschwörer, Argast und Astrid am Leben zu lassen«, sagte Thorag. »Sie benötigten Opfer für ihren blutgierigen Bärengott. Ein Kriegerführer und eine Priesterin sind besondere Opfer, die man sich für besondere Gelegenheiten aufspart. Auch kann es sein, daß die Verschwörer die Gefangenen noch für ihre dunklen Zwecke mißbrauchen wollten, wie sie es auch mit Isbert taten, als sie ihn zum Berserker machten. Berühmt ist Astrids Gabe, die Zukunft zu schauen; eine Gabe, die Inguiomar und seinen Verbündeten vielleicht noch nützlich gewesen wäre, und damit ein Grund, Astrid zu schonen.«

»Vermutungen, Behauptungen!« rief Inguiomar mit einer wegwischenden Handbewegung. »Wer solche Reden Beweise nennt, ist ein Narr!«

»Darüber zu urteilen, Fürst der Ingmänner, überlasse dem Thinggericht«, sagte Alfhard leise, aber streng.

Thorag sah die Zweifel in den Gesichtern der drei Richter. Inguiomar schien sein Ziel erreicht zu haben, und der Donarsohn fühlte sich enttäuscht. Er hatte sich mehr von dem Besuch der Bärenhöhle versprochen. Doch jetzt schien alles in der Schwebe zu hängen, war nicht klar, wem die Richter Glauben schenkten. Mit einem unguten Gefühl, das seinen

Magen zum Kribbeln brachte, verließ Thorag das Höhlenlabyrinth.

Sunnas Strahlen verblaßten bereits, als das Thinggericht wieder bei den Heiligen Steinen zusammentrat. Nach ihrer Rückkehr hatten sich die Richter lange zur Beratung zurückgezogen. Jetzt lauschten alle gespannt der Entscheidung, zu deren Verkündung sich Alfhard vom Felsthron erhoben hatte.

»Schwer wiegen die Anklage und ihre Beweise«, sagte er. »Fromund, Riklef und ich haben uns selbst davon überzeugt, daß am Bärenstein alles so ist, wie Thorag, Argast und Astrid es geschildert haben. Aber schwer wiegen auch das Ansehen und die Worte der drei Angeklagten, die vortrugen, nicht sie, sondern Armin und Thorag seien die Verschwörer. Wem sollen wir glauben, wessen Wort wiegt mehr?« Alfhard richtete den Blick in den dunkler werdenden Himmel. »Nur die Götter wissen es, und deshalb sollen sie entscheiden. Wir befragten die Runen und erhielten zur Antwort, daß der Feuergang den Wahrhaftigen und den Neiding trennen wird. Morgen, wenn Sunna wieder hoch oben am Himmel steht, wird ein Mann für die Ankläger und einer für die Angeklagten die Feuerrune beschreiten. Und nur einer von ihnen wird überleben. Das ist der Spruch der Götter!«

Der Sonnenwagen verschwand hinter den Wäldern. Ein letzter Strahl traf den goldenen Hammer in Alfhards Händen und ließ ihn aufblitzen, als wollten die Götter seine Worte bekräftigen.

Kapitel 21

Der Feuergang

»Warum bist du so starrköpfig, Fürst Thorag?«

Ingwin sah Thorag durchdringend an, mißbilligend – und zugleich voller Hochachtung für die Entscheidung des Donarsohns, auch wenn der Kriegerführer sie nicht guthieß. Die Nacht war vergangen, und Sunna stieg unaufhaltsam höher. Die Stunde der Entscheidung, des Feuergangs, rückte näher.

»Armin und ich sind die Ankläger.« Thorag warf einen kurzen Blick auf das nahe Lager mit dem schlafenden Hirschfürsten. »Da Armin sich nicht zum Kampf stellen kann, ist es an mir, den Feuergang zu wagen.«

»Nicht zwangsläufig«, erwiderte Ingwin kopfschüttelnd. »Armin und dir steht das Recht zu, einen Vertreter zu bestellen. Inguiomar, Frowin und Gandulf haben dieses Recht ebenfalls und werden es nutzen, wie ich sie einschätze. Auch wenn Inguiomar und Frowin erfahrene Recken sind, die jüngsten sind sie nicht mehr. Sie werden den Nachteil des Alters kaum in Kauf nehmen. Du aber, Thorag, nimmst den Nachteil deines verstauchten Fußes in Kauf. Damit gefährdest du nicht nur dich selbst, sondern auch Armin!«

Thorags Blick ruhte auf Astrid, die zu seinen Füßen hockte, um das linke Bein zu massieren und mit einer von ihr und Alrun zubereiteten Salbe einzureiben – zum wiederholten Mal. »Astrid hat mir versichert, daß ihre Salbe und der Trunk, den ich zu mir genommen habe, mein Bein stärken und ihm den Schmerz nehmen. Deine Sorge ist also unbegründet, Ingwin. Außerdem darfst du mir glauben, daß ich nicht leichtsinnig den Feuergang wage. Ich möchte nämlich gern eines Tages mein Weib Auja wieder in meine Arme schließen.«

Alrun, die mit geschlossenen Augen in einer Ecke gehockt hatte, blickte plötzlich auf, sah Thorag an und sprach: »Der Bär wird kommen und den Tod bringen, aber ich kann nicht sehen, zu wem. Wird er selbst es sein, der stirbt, oder sein Gegner, Fürst Thorag?« Langsam schüttelte sie den Kopf und seufzte leise: »Ich weiß es nicht, ich kann es nicht sehen.«

Thorags Kopf ruckte zu ihr herum. »Der Bär? Wovon sprichst du, Weib? Nicht gegen einen Bären kämpfe ich, sondern gegen einen Mann.«

»In meinem Traum war dein Gegner ein Bär«, beharrte Alrun.

»Erklär mir das!« verlangte Thorag.

»Das kann ich nicht.«

»Die Erklärung ist doch einfach«, meinte Argast, der auf der Bank neben Thorag saß und lustlos an einer Schale mit Milch nippte. »Du, mein Fürst, kämpfst gegen einen Krieger, der für die Verehrer des Bärengottes antritt. Deshalb sah Alrun einen Bären.«

»Ja, mag sein«, erwiderte Thorag.

»Ich weiß nicht«, murmelte Alrun kopfschüttelnd. »Ich weiß es einfach nicht.«

»In wenigen Stunden werden wir alle es wissen«, beendete Thorag die Diskussion.

Der Lurenklang war verhallt, der Sonnenwagen hatte den höchsten Punkt seiner Tagesfahrt erreicht, Alfhard hatte die Weisheit Wodans gerühmt und um seine gerechte Entscheidung gebeten. Es war warm, denn nur noch wenige Wolken zogen schüchtern über das Cheruskerland. Thorag konnte das gleichgültig sein. Ihm würde bald sehr heiß sein, wenn er inmitten der glühenden Kohlen stand.

In einem weiten Kreis breitete sich das Kohlenfeld vor Thorag aus, unterbrochen nur von dem aus großen Steinen bereiteten Mal. Fünf Manneslängen maß der von Ost nach West verlaufende Längsweg, der von zwei je drei Manneslängen messenden, parallel zueinander in Nord-Süd-Richtung laufenden Querwegen gekreuzt wurde. Jeder der Steinwege war nur einen Schritt breit. Dieses Gebilde war Ansuz, die Rune Wodans, der Weisheit und der Gottesmacht. Die Rune aus Stein, die den beiden Kämpfern Halt bot. Wer von den Steinen stürzte, würde das Feuer der Kohlen zu spüren bekommen.

Die Zweikämpfer zogen die Schuhe aus und legten die Kleider ab. Nur ein Lendenschurz war jedem erlaubt, mehr war bei der Hitze auch nicht vonnöten.

»Ist der Ankläger bereit?« fragte mit Blick zu Thorag der Priester Alfhard, der den goldenen Hammer hielt.

»Ich bin bereit«, antwortete Thorag und ergriff die Frame, die ihm Ingwin reichte. Es war eine gute Waffe aus festem Eschenholz, das mit ledernen Riemen umwickelt war, damit der Schaft nicht aus der Hand rutschte. Die Stahlspitze lief in Widerhaken aus.

Alfhard wandte seinen Kopf zur anderen Seite und fragte: »Ist der Streiter der Angeklagten bereit?«

Das Knurren, das der zähnefletschende Fleischberg jenseits des Kohlekreises ausstieß, sollte ›ja‹ bedeuten. Auch Farger nahm eine Frame an sich.

Ebenfalls eine gute Arbeit, wie Thorag zu erkennen glaubte, wenn auch das Hitzeflirren über der heißen Kohleschicht den Blick behinderte. Aber Inguiomar, Frowin und Gandulf würden den Mann, der für sie den Feuergang wagte, kaum mit einer minderwertigen Waffe ausstatten.

»Die Streiter mögen in den Feuerkreis treten!« ordnete Alfhard an.

Junge Priesterhelfer traten an den Kohlekreis und schoben lange Holzbretter über die Glut, bis die Planken am Ost- und am Westende des großen Steinwegs auflagen. Thorag betrat die Planke im Osten, Farger die im Westen.

Zumindest war Thorags Gegner ein Mensch, kein Bär, kein Untier, dachte der Donarsohn befriedigt. Alruns Traum mußte eine Täuschung gewesen sein.

Während der Abkömmling des Donnergottes über das Holz ging, hüllte ihn eine Hitze ein, die ihm im ersten Augenblick den Atem rauben wollte. Er zwang sich, ruhig und tief durchzuatmen, und er gewöhnte sich allmählich an die brennend heiße Luft. Doch er konnte nicht verhindern, daß sein ganzer Körper mit Schweiß bedeckt war, als er auf dem Steinpfad stand, der Ost-West-Achse von Ansuz.

Die Priesterhelfer zogen die Planken zurück, und die beiden Streiter waren Gefangene des Kohlekreises. Nur einer würde den Kreis wieder verlassen, erst dann, wenn der andere tot war. So wollten es nach altem Brauch die Götter. Sie schickten den Verleumder ins Reich der Hel.

Alfhard hob den Goldhammer über seinen Kopf. »Wodan möge seine Weisheit senden, und die Weisheit möge zur Kraft in den Armen des Streiters werden, der für die Wahrheit eintritt!« Der Hammer sank, und der Kampf begann.

Vollkommen ruhig, fast gelassen, trat Farger dem Donarsohn entgegen. Entgeistert stellte Thorag fest, daß kaum ein Schweißtropfen die Haut des Stiermannes bedeckte. Die Hitze, die Thorag mit jedem verstreichenden Augenblick mehr zusetzte, schien seinen Gegner nicht im geringsten zu beeindrucken.

Sie standen nur noch eine Manneslänge voneinander entfernt, jeder auf der Höhe eines Querwegs. Farger hielt die Frame lässig in den Händen und traf keine Anstalten zu einem Angriff. Wollte er warten, bis sie beide in der Hitze verschmorten? Vergeblich versuchte Thorag, im Gesicht des Gegners, in seinen Augen Fargers Absicht zu erkennen. Ein seltsamer Schleier lag über den Augen des Stiermannes, als blickten sie nicht in diese Welt.

Da öffneten sich Fargers Lippen, und seiner Kehle entfuhr ein Laut, der nichts Menschliches an sich hatte, der eher klang wie der Angriffsschrei eines wilden Tieres. Und schon schoß der Stiermann auf ihn zu und stieß die Framenspitze vor. Im letzten Augenblick brachte sich der Donarsohn durch einen Sprung nach links in Sicherheit. Mit wackligen Beinen landete er auf dem Querweg und wirbelte herum, um den Gegner im Auge zu behalten.

Fargers Augen wirkten weiterhin entrückt, doch in ihnen brannte zugleich ein wütendes Feuer, als wären die Augenhöhlen mit zwei der glühenden Kohlen gefüllt. Während Farger erneut angriff, indem er Thorags Sprung nachahmte, durchschaute der Donarsohn sein Geheimnis. Jetzt – zu spät – wußte Thorag, daß der Traum Alrun nicht getäuscht hatte: Er kämpfte gegen einen Bären!

Thorag sprang nur einen halben Augenaufschlag später als Farger. Und während dieser auf dem Querweg landete, erreichte der Donarsohn wieder den Längsweg, fuhr abermals herum und stieß seine Frame vor. Das Eisen ritzte die linke Schulter des Gegners auf, aber Farger ließ keinen Schrei und kein Stöhnen hören. Er schien die Wunde gar nicht zu bemerken.

Kein Wunder, war er doch ein wilder, gegen Schmerz unempfindlicher Berserker! Dieselbe Zauberkunst, die Isbert in einen Berserker verwandelt hatte, war auch dem Stierkrieger zuteil geworden. Vermutlich hatte Gandulf dabei seine schmutzigen Hände im Spiel. Der Ewart der Heiligen Steine kannte Geheimnisse, die selbst den meisten Priestern verborgen waren. Ob Farger seine Zustimmung gegeben hatte, wußte Thorag nicht, nahm es aber an. Selbst wenn nicht, es änderte nichts, machte den Rasenden nicht weniger gefährlich.

Wieder spannte Farger seine Muskeln an, und auch Thorag sprang. Aber diesmal hatte der Stiermann ihn getäuscht. Farger wartete ab, bis er Thorags Ziel auf einem der Querwege erkannte. Dann erst sprang auch der Berserker mit einem gewaltigen Satz, landete dicht vor dem Donarsohn und stieß die Frame gegen ihn.

Thorag parierte den Stoß mit seiner eigenen Waffe. Aber er hatte nicht mit den wahren Bärenkräften gerechnet, über die Farger verfügte. Ein schmerzhaftes Zucken durchfuhr Thorags Arme bis in die Schultern hinauf. Trotz der Lederbänder wurde der Eschenholzschaft aus seinen Händen gerissen, und die Frame fiel in den Kohlekreis.

Der tiefe Schrei, den Farger ausstieß, mußte ein Ausdruck seines Triumphes sein. Da packte Thorag Fargers Framenschaft und hielt ihn mit eisernem Griff fest. Sosehr sich der wütende Berserker auch bemühte, er konnte Thorag die Waffe nicht entreißen. Der Donarsohn hatte das Gefühl, Farger würde ihm die Arme aus dem Leib reißen. Er wurde so sehr hin und her geschüttelt, daß er in die Kohlen gestürzt wäre, hätte er sich nicht an Fargers Frame festgehalten.

Die Verwandlung in einen Berserker brachte auch einen

Nachteil mit sich: Farger verlor schnell die Geduld. Er wollte zurück auf den Längsweg springen und Thorag dabei über die Glut schleifen. Da ließ der Gaufürst die Frame los, und Farger sprang weiter, als er gedacht hatte. Er, nicht Thorag, fiel mit dem ganzen Körper in die Kohlen und lag rücklings in der Glut. Es zischte, Qualm stieg auf, und der Gestank von verbranntem Fleisch kitzelte Thorags Nase.

Es war unglaublich, aber Farger stand so ruhig auf, als läge er nicht in glühenden Kohlen, sondern in weichem, kühlem Gras. Mit einem Sprung erreichte er den Längsweg.

Gleichzeitig landete Thorag dicht vor ihm und hieb seine ineinander verschränkten Fäuste in Fargers wulstigen Nacken. Vielleicht spürte der Stiermann den Schmerz nicht, aber die Wucht des Anpralls brachte ihn ins Taumeln. Thorag zog das rechte Bein hoch und trat in Fargers Magen, während er gleichzeitig nach der Frame des Gegners griff.

Der Berserker fiel abermals mit dem Rücken in die Glut und verlor dabei seine Waffe an Thorag. Der stieß zu, als Farger sich erhob, und die Eisenspitze bohrte sich tief in den Bauch des Stiermannes. Thorag wollte das Eisen herumdrehen und wieder herausziehen, um den Gegner mittels der Widerhaken auszuweiden. Aber der in den Kohlen stehende Berserker packte den Framenschaft und brach ihn eine halbe Armlänge über der Spitze ab, so leicht, als sei es ein dürrer Ast.

Thorag hielt nur noch einen langen Holzknüppel in Händen, der den anstürmenden Berserker nicht beeindruckte. Das Holz brach ein zweites Mal, als Thorag es auf den kantigen Schädel des anderen hieb.

Dann stürzte der Donarsohn, von Farger umgerissen, der auf ihm zu liegen kam. Seine Hände umklammerten Thorags Kehle und drückten zu.

Thorag wußte nicht, was schlimmer war, dieser feste Griff oder die Glut der Kohlen, die in sein linkes Bein fraß. Ausgerechnet in das linke! Da nützte auch Astrids Salbe nichts mehr. Vergeblich bemühte er sich, das Bein zurück auf den Steinpfad zu ziehen.

Das wutverzerrte Gesicht Fargers dicht über ihm ver-

315

schwamm ebenso vor Thorags Augen wie die fernen Gesichter der Zuschauer. Er wußte, wo Ingwin und Astrid standen, konnte sich ihr Entsetzen und ihre Besorgnis ausmalen, aber er konnte sie nicht sehen.

Dafür spürte er etwas in seiner rechten Hand. Ein Stück Holz. Feucht, glitschig.

Blut!

Und er begriff: Es war die Framenspitze, die beim Zweikampf aus Fargers Bauch gerutscht war.

Mit beiden Händen packte Thorag das Holz und stieß unter Aufbietung aller ihm verbliebenden Kräfte zu. Tief bohrte er den großen stählernen Widerhaken in das Fleisch des Berserkers und drehte die Framenspitze dort herum, immer und immer wieder, bis der Druck auf ihm nachließ und auch die Kraft, die ihm Luft und Leben abschnürte.

Wieder roch es nach verbranntem Fleisch, viel stärker als zuvor. Der Schleier, der vor Thorags Augen gefallen war, lichtete sich langsam. Er sah Farger reglos inmitten der Kohlen liegen. Die Glut röstete das Fleisch des Berserkers. Der spürte es nicht mehr. Thorag hatte Glück gehabt und mit seinem Stoß genau in Fargers Herz getroffen. Die Framenspitze steckte noch in der weit aufklaffenden Wunde.

Schwankend kam Thorag auf die Beine, wenn auch das linke stärker schmerzte als jemals zuvor. Es war bis zum Oberschenkel schwarz: verbrannt und schmutzstarrend.

Tosender Jubel brandete auf. Immer wieder schrien Donarsöhne, Hirschkrieger und andere Frilinge der Cherusker, die mit Thorag und Armin sympathisierten, den Namen des Donarsohns, der über eine von den Priesterhelfern herangeschobene Planke die aus Steinen gebildete Rune Ansuz verließ und damit auch den Kreis aus heißen Kohlen, auf denen Farger verschmorte.

Erst ganz langsam dämmerte Thorag, daß Wodan mit ihm gewesen war. Er war zu erschöpft, um darüber glücklich zu sein. Kaum hatte er den Boden jenseits der Kohlen erreicht, brach er zusammen. Eine besorgte Astrid beugte sich über ihn.

Thorag erholte sich unter Astrids pflegenden Händen und vernahm, wie Alfhard laut verkündete, daß Wodan zugunsten der Ankläger entschieden habe. Er ermahnte alle Cherusker, das Urteil der Götter zu achten. Die Strafe für die Gottesfrevler sollte am nächsten Tag verkündet werden.

Aber dazu kam es nicht. In der Nacht entstand Aufregung rund um die Heiligen Steine. Hastig brachen Ingkrieger und Stiermänner ihre Hütten ab, um den Ort der Götter, die jetzt ihre Feinde waren, zu verlassen.

Thorag und Ingwin, der Armin vertrat, wollten die Gaufürsten Balder, Bror und Thimar zusammenrufen, um die Fliehenden gemeinsam aufzuhalten. Doch Armin, jetzt der alleinige Herzog der übrigen fünf Sippen, erwachte aus seinem Schlaf der Gesundung und sprach sich gegen einen Kampf aus: »Ich will keinen Bruderkrieg, schon gar nicht an den Heiligen Steinen. Wenn der Stamm der Cherusker hier verblutet, erholt er sich nie mehr davon. Die Götter werden ihre Häupter für immer von uns abwenden.«

So ließ Thorag Ing- und Stiermänner schweren Herzens ziehen. Mit ihnen verließen auch Gandulf und einige andere Priester, die sich als Anhänger des Bärengottes entpuppten, die Heiligen Steine.

Thorag wurde das bedrückende Gefühl nicht los, daß Armin einen schweren Fehler beging.

VIERTER TEIL

DIE RACHE DER JÄGERIN

Kapitel 22

Die Büffelriesen

Der Wettergott war mit seinen Söhnen. Kräftig blies Donars Atem über die Wälder im Grenzland zwischen den Gebieten der Usipeter, Tubanten und Chatten. Hier sammelte sich das gewaltige Heer, das aus dem Südosten gekommen war. Marbod, Kuning der Markomannen, bereitete sich auf die große Schlacht vor – und empfing die Verbündeten, die Verrat an ihren eigenen Stammesgenossen übten.

Die Donarsöhne trieben ihre Pferde unbarmherzig gegen den brausenden Wind, der die Wolken zerfetzte und den Regen in winzigen Tropfen über Eschen, Buchen, Fichten und Tannen sprühte. Laut war das Stöhnen des Wettergottes und laut das Rauschen der tausend Äste und Zweige, die sich im scharfen Wind bogen. Und doch hörte Thorag deutlich das Ächzen des Mannes, der mit verbissenem Gesicht neben ihm ritt und nicht nur zum Schutz gegen Sturm und Regen gekrümmt auf dem großen Braunen saß, sondern auch, weil Schmerzen ihn plagten.

Als Argast Thorags forschenden Blick bemerkte, richtete der Kriegerführer seinen Oberkörper auf und zwang ein Lächeln auf sein Fuchsgesicht – es mißglückte.

»Du hättest dich länger schonen sollen, Argast«, brüllte Thorag gegen den Wind, und nur der Kriegerführer konnte seine Worte verstehen. Donars Atem verwehte sie rasch, entriß sie den Ohren der nachfolgenden Reiter. Als Argasts Gesicht einen Ausdruck der Mißbilligung annahm, fügte Thorag hinzu: »Deinen Mut und deine Stärke kenne und schätze ich, aber beides nützt mir und allen Donarsöhnen am meisten, wenn du bei guter Gesundheit bist.«

»Wenn wir alle warten, bis unsere Wunden verheilt sind, wird es zu spät sein, Fürst. Armin liegt noch bei den Heiligen Steinen, weil zuviel Blut aus seinen Armen geflossen ist. Ingwin bereitet unseren Stamm und die Verbündeten an seiner Stelle auf den Kampf mit Marbod vor. Andere Fürsten und

Edelinge sind ganz von uns abgefallen, allen voran Inguiomar und Frowin. Tapfere Donarsöhne, darunter manche hervorragende Krieger, fielen, als sie mit dir gegen Drusus Caesar ritten, und auch im Kampf gegen die Bärenmänner. Jetzt, wo es um die Zukunft unseres Stammes und aller freien Stämme geht, zählt jeder Mann, der fähig ist, Schwert und Frame zu führen. Solange ich mich im Sattel halten kann, ist mein Platz an der Spitze unserer Krieger!«

»Ich hoffe nur, du kannst dich im Sattel halten, mein Freund.«

Argast versuchte abermals ein Lächeln, und wieder geriet es säuerlich. »Du kannst es doch auch, mein Fürst!«

Thorag wußte, worauf der Kriegerführer anspielte, und blickte an seinem linken Bein hinab. Gewiß, ein schmerzhaftes Pochen durchzog es bei jedem Schritt des Rappen, aber es war auszuhalten. Astrid hatte Thorag jedoch davor gewarnt, das Bein zu sehr zu belasten; dann konnte es für alle Zeiten schwach bleiben. Aber darauf konnte er jetzt keine Rücksicht nehmen.

»Beim Reiten stört die Brandverletzung nicht«, sagte Thorag. »Astrids Salbe tut meinem Bein gut.«

Mürrisch blickte Argast voraus, wo der junge Jorit ritt und die Baumstämme nach den eingeritzten Wegmarkierungen absuchte. So führte er den Jagdtrupp zum Hain der Büffelriesen, den die Späher erkundet hatten.

»Ich weiß nicht recht, ob wir sinnvoll handeln«, brummte der Kriegerführer. »Wir nehmen viele Mühen und Gefahren auf uns.«

»Seit wann scheust du die?« fragte Thorag.

»Ich scheue sie nicht, halte sie aber für überflüssig. Wir sollten unsere Kräfte für den Kampf gegen Marbod aufsparen!«

»Du weißt, daß unsere Krieger noch nicht so weit sind. Marbods schneller Vorstoß durch das Land der Chatten kam sehr überraschend. Als Hattos Boten zu den Heiligen Steinen kamen, hatten die Markomannen schon die Grenzen der Tubanten und der Usipeter erreicht.«

»Wundert mich, daß sie überhaupt diesen Umweg machen.« Argast drückte mit Daumen und Zeigefinger gegen seine Nasenflügel und schneuzte sich laut. »Um Armin zu bezwingen, wäre es für Marbod am einfachsten gewesen, dem Lauf der Fulda nach Norden zu folgen.«

»Marbod tut selten, was man von ihm erwartet. Seine Gedanken sind genauso hinterlistig und verschlungen wie die der Römer.«

Sie konnten ihre Unterhaltung nicht fortsetzen, weil Jorit seinen Falben gewendet hatte und ihnen entgegenritt. Vor Thorag und Argast hielt der junge Krieger, der sich in den Kämpfen gegen Germanicus ausgezeichnet hatte, sein Tier an. Der Regen klebte das lange Haar an Jorits länglichen Kopf; in kleinen Bächen rann Wasser an Gesicht und Hals hinunter. Das störte den Cherusker nicht. Voller Stolz, den Jagdtrupp als Kundschafter anzuführen, meldete er: »Zwanzig Pferdelängen voraus weiden die Büffelriesen auf einer saftigen Lichtung. Sie scheinen nichts zu ahnen, sind vollkommen friedlich.«

Thorag beugte sich gespannt zu Jorit vor. »Wie viele?«

»Etwa fünfzehn Tiere, zu je einem Drittel Bullen, Kühe und Jungtiere.«

»Genug für unsere Zwecke.« Der Donarsohn nickte zufrieden und winkte seine fünfzig Krieger zu sich heran, um Jorits Bericht an sie weiterzugeben. »Wir arbeiten uns langsam zum Rand der Lichtung vor, wo wir uns in breiter Front auffächern. Achtet immer darauf, daß ihr euch gegen den Wind haltet. Angriff auf mein Zeichen. Verwundet nur die Jungtiere, aber nicht alle. Die anderen Büffelriesen brauchen wir noch!«

Die Jäger hoben ihre Framen zum Zeichen, daß sie verstanden hatten. Als auch Thorag seine Framenspitze nach oben hielt, war dies das Signal zum Aufbruch.

Noch bevor er die Büffelriesen sah, nahm Thorag ihren strengen Geruch wahr. Die Brunftzeit lag noch nicht lange zurück, und der Brunftgeruch haftete den Büffelriesen noch an. Man nannte sie deshalb auch respektlos Wisente, was nichts anderes bedeutete als ›Stinker‹.

Argast bemerkte es auch und zog die Nase kraus. »Puh, das duftet ja schlimmer als in der Bärenhöhle!«

»Wärst du lieber dort?« fragte Thorag.

»Nein! Zum Glück wird niemand mehr dorthin verschleppt werden.«

Die Cherusker hatten den Höhleneingang zum Einsturz gebracht, um die Anbetung des falschen Gottes für alle Zeiten zu unterbinden. Alfhard, der nach Gandulfs Flucht von den Priestern zum neuen Ewart erkoren worden war, hatte diese Entscheidung verkündet. Es hatte harte Arbeit und eine Menge zerbrochener Hacken und Beile erfordert, bis der Fels einbrach. Und auch der Bärenstein auf der Lichtung vor den Höhlen war zerstört worden, indem die Cherusker ihn bis zur Unkenntlichkeit entstellten. Den Kadaver des achtfüßigen Bären hatten die Priester in dunkler Nacht verbrannt; die Asche hatten sie in alle Winde zerstreut. Nur der Bär an den Heiligen Steinen – am versteinerten Riesen Starkad – blieb unbehelligt. Die Priester wollten den schlafenden Riesen nicht wecken. Außerdem sollte der Bär die Cherusker stets vor der Anbetung falscher Götter warnen.

Thorag fühlte sich schlagartig an seinen furchtbaren Kampf gegen den weißen Bären erinnert, als er die Kolosse erblickte, die sich nicht an Donars Wüten störten. Eine kräftige Natur und das dichte Zottelfell schützten die Büffelriesen vor Wind und Regen. Nur die noch nicht so kräftigen Jungtiere standen dicht beisammen, um sich gegen den Sturm zu schützen, bewacht von einigen Muttertieren.

»Wir haben Glück, daß die Brunftzeit erst kurz zurückliegt«, stellte Thorag fest. »Die alten Büffel sind noch bei der Herde, und die von ihnen vertriebenen Jungbüffel sind bereits zurückgekehrt. Es ist selten, daß man sie zusammen findet, aber gut für uns. Desto wirkungsvoller die Überraschung, die wir den Verrätern bereiten werden!«

Einige der Tiere hatten sich niedergelegt. Andere grasten oder fraßen an einem entfernteren Rand der Lichtung Blätter, Zweige und Rinde von üppig wuchernden Ebereschen. Plötzlich bewegte sich eine der Kühe vom Pulk der Jungtiere fort, erst langsam, dann rannte sie mit einer Behendigkeit, die ihrem massigen Körper hohnsprach, auf den Wald zu.

»Jorit!« stieß Argast überrascht hervor und zeigte mit seiner Frame nach links, wo Jorits Falbe in wilden Sprüngen auf die Lichtung jagte. Der junge Cherusker hielt sich nur mit Mühe auf dem Tier. »Sieht aus, als sei das Pferd aus Furcht vor den Büffelriesen in Panik geraten!«

Thorag blickte Argast ungläubig an. »Warum rennt es dann auf die Wisente zu und nicht von ihnen fort?«

»Was weiß ich. Jedenfalls gerät Jorit in arge Schwierigkeiten, wenn ihn die Kuh erwischt. Die Brunft steckt den Büffelriesen noch in den Gliedern und macht sie besonders angriffslustig.«

Gleichzeitig, wie ein einziger Mann, trieben Thorag und Argast ihre Pferde auf die Lichtung, um der Wisentkuh den Weg abzuschneiden. Dabei reckte Thorag mehrmals seine Frame hoch – das Zeichen zum Angriff.

Thorag hörte das Hufgetrappel des Jagdtrupps, der auf die Lichtung sprengte, schenkte ihm aber keine Beachtung. Jorit war in diesem Augenblick wichtiger. Trotz seiner Jugend war er ein guter Krieger, den der Donarsohn gern bei dem bevorstehenden Kampf gegen Marbod an seiner Seite haben wollte. Auch sah Thorag nicht nur Jorit in dem jungen Cherusker, der genau auf die Wisentkuh zuritt. Es war, als könne er mit Jorits Rettung zugleich Gueltar ins Leben zurückrufen, ebenso die Schreinersöhne Tebbe und Holte und seine Brüder. Für Thorag bedeutete es einen Sieg über den Tod.

Jorit riß wie wild an den Zügeln, doch der Falbe ließ sich davon nicht beeindrucken. Er schien die Gefahr durch die rasende Büffelkuh nicht zu sehen, war blind vor Angst. So schnell rannten Falbe und Wisent, daß Thorag und Argast zu spät kamen. Mit gesenktem Haupt prallte die Kuh gegen das Pferd und warf es zur Seite. Jorit wurde vom Rücken des Falben geschleudert und überschlug sich mehrmals.

Doch er lebte!

Schwankend kam er wieder auf die Beine und blickte sich verwirrt um.

Der Falbe dagegen erhob sich nicht mehr. Er strampelte panisch mit allen vieren und stieß dabei ein entsetzliches Gewieher aus. Die kurzen, fast geraden Hörner der Wisentkuh hatten große, stark blutende Wunden in seinen Hals gerissen.

Mit erregtem, wütendem Schnauben pendelte das struppige, klobige Haupt der Kuh zwischen dem verletzten Pferd und seinem Reiter hin und her. Die Kuh erkannte, daß von dem Falben keine Gefahr mehr drohte, und preschte aus dem Stand auf Jorit zu. Der junge Krieger lief weg, hatte gegen den schnellen, wendigen Koloß aber keine Aussicht, den Wettlauf um Leben oder Tod zu gewinnen.

Als Thorag das erkannte, schleuderte er seine Frame. Es verstieß bei der Wisentjagd gegen das Gebot des Selbstschutzes, wenn der Jäger seine Frame nicht zum Stoß gebrauchte, sondern zum Wurf. Aber nur indem er sich selbst gefährdete, konnte Thorag Jorit retten.

Die Eisenspitze fraß sich in die rechte Flanke des Büffelriesen und brachte ihn ins Straucheln. Das Tier stürzte nicht, hielt aber mit zitterndem Leib an und stieß ein lautes Schmerzensgebrüll aus, das die Schreie des Falben übertönte. Thorags Wurf war gerade noch rechtzeitig gekommen, denn Jorit stolperte, stürzte und schlug lang hin.

Die Büffelkuh stürmte erneut los, diesmal auf Thorag, ihren Peiniger. Er wollte den Rappen zur Seite reißen, aber das Pferd rutschte auf dem nassen Gras aus und knickte ein. Wie zuvor Jorit wurde jetzt auch Thorag auf die Wiese geschleudert. Er stand sofort wieder auf, ohne auf das Brennen in seinem linken Bein zu achten, und zog das Schwert – nicht gerade die geeignete Waffe gegen einen rasenden Büffelriesen.

Da prallte ein Reiter gegen die wütende Kuh – Argast! Er rammte seine Frame tief in den Büffelleib, zog sie wieder heraus und stieß erneut zu. Wieder schrie die Kuh und stürzte, als die kurzen Vorderläufe einknickten. Thorag sprang herbei und stieß sein Schwert in ihren Hals, einmal, zweimal, dreimal. Der massige Büffelleib kippte auf die Seite, und das vielfach verletzte Tier verendete in krampfartigen Zuckungen, während das Blut aus dem aufgerissenen Hals strömte. Thorags Schwert, seine Hände, die Arme, ja der ganze Oberkörper waren rot.

»Hol deine Frame zurück, Fürst!« erscholl Argasts warnende Stimme. »Ein Wisentbulle will sein Weib rächen, wie es aussieht!«

Der Bulle, der über die Lichtung stürmte, war noch erheblich größer als die Kuh. Seine Hörner waren länger und leicht nach vorn gebogen. Ein Berg aus Fleisch, Muskeln und Knochen, fast so hoch wie Thorag und mehr als eineinhalb mal so lang, donnerte mit leicht gesenktem Haupt und stoßbereit vorgereckten Hörnern auf den Donarsohn zu. Bebte der Boden unter den schnellen, schweren Tritten? Oder bildete sich Thorag das bloß ein?

Er handelte rasch, aber überlegt. Ohne es zu reinigen, steckte er das Schwert des Sejanus zurück in die Scheide an seiner Hüfte und riß seine Frame aus dem Wisentleib. Mit einem kurzen Blick schätzte er die Entfernung zu seinem Rappen ab, der zehn Schritte hinter ihm stand und unsicher zu seinem Herrn blickte. Der Donarsohn würde das Tier nicht rechtzeitig erreichen, mußte sich also zu Fuß dem Bullen stellen.

Da kamen vier Reiter vom Waldrand herangeprescht und kreisten den Bullen ein. Argast schloß sich ihnen an.

»Tötet den Büffelriesen nicht!« schrie Thorag. »Er ist zu wertvoll. Treibt ihn zurück zur Herde!«

Mit einem oder auch mit zwei Feinden hätte es der wütende Wisent ohne weiteres aufgenommen, aber die Überzahl der Feinde verwirrte ihn. Hatte er sich einen Cherusker ausgesucht, war der schon weitergeritten, und der nächste war an seine Stelle gerückt. So umkreisten die Donarsöhne den Büffel und trieben ihn Schritt für Schritt zurück zu der dicht gedrängt stehenden Herde, die von den übrigen Donarsöhnen bewacht wurde.

Thorags Plan war aufgegangen: Die Mehrzahl der Tiere setzte sich nicht zur Wehr, sondern scharte sich um die erlegten, sterbenden Jungtiere. Es war Brauch bei den Büffelriesen, die sterbenden Gefährten nicht allein zu lassen, mochte das auch allen den Untergang bringen. Der Donarfürst wußte nicht, ob er sie dafür bewundern oder bedauern sollte.

Der Sturz vom Pferd hatte Thorags verletztes Bein in Mitleidenschaft gezogen. Hinkend ging er zu Jorit, der schmutzbedeckt auf der Wiese stand und seinem Fürsten beschämt entgegensah.

»Ich weiß, Fürst Thorag, fast hätte ich alles verdorben.«

Thorag nickte. »Was sollte das eben?«

»Mein Pferd weigerte sich, auf die Lichtung zu laufen. Da rammte ich ihm aus Zorn meine Sporen so tief in den Leib, daß es nicht mehr aufzuhalten war.«

»Dann liegt die Schuld auch bei dem Tier.«

»Nein«, sagte Jorit bestimmt. »Ich hätte meinen Falben kennen müssen!«

Thorag lächelte schwach. »Nimm es als Lehre, die du niemals vergißt!« Wieder ernst, reichte er Jorit seine Frame. »Heute hat dein Falbe gefehlt, doch in vielen Kämpfen hielt er treu zu dir. Erweise ihm den letzten Dienst!«

Jorit verstand, ging zu dem noch immer schreienden Tier und tötete es durch einen zum Herzen geführten Stoß.

Thorag bestieg seinen Rappen und empfand es als Erleichterung, sein linkes Bein nicht länger belasten zu müssen. Er zog Jorit hinter sich auf den Rücken des kräftigen Römerpferdes und ritt zur Wisentherde.

Inmitten der erwachsenen Büffel lagen drei Jungtiere in ihrem Blut und verendeten qualvoll. Thorag hätte ihnen einen schnelleren Tod gewünscht und hatte doch den Befehl gegeben, sie langsam sterben zu lassen. Nur so waren die Wisente vor einer panischen Flucht abzuhalten.

Zwei weitere Jungtiere waren unversehrt. Mehrere Schlingen lagen um ihre Hälse. Noch hielten die Reiter die Seile lose. Die erregte Herde sollte sich ein wenig beruhigen, bevor die Cherusker neue Unruhe unter sie brachten. Insgesamt waren es elf ausgewachsene Tiere, fünf Kühe und sechs Bullen.

»Das wird wohl genügen«, meinte Argast zufrieden. Allmählich schien er sich mit Thorags kühnem Plan anzufreunden.

Als die größte Aufregung von den Büffelriesen abgefallen war, zogen ein paar Donarsöhne die beiden unverletzten Jungtiere an den Seilen aus der Mitte der Herde. Dabei gingen sie sehr vorsichtig zu Werke. Sie wollten die Bullen und Kühe fortlocken, aber nicht in Angriffslust versetzen. Für kurze Zeit schienen die erwachsenen Wisente unentschlossen, ob sie bei den sterbenden Jungtieren bleiben oder die unverletzten begleiten sollten. Sie entschieden sich für das Leben und folgten den beiden eingefangenen Jungen. Die letzten Büffelriesen, die von den sterbenden Tieren Abschied nahmen, waren die Mütter. Nur höchst widerwillig folgten sie der Herde. Erleichtert blickte Thorag ihnen nach und gab einer Handvoll Donarsöhne den Befehl, die verletzten Jungtiere zu töten.

Unter anderen Umständen hätten die Jäger die toten Tiere ausgeweidet. Das Fleisch reichte für mehrere Festessen; aus dem Fell konnten die geschickten Hände der Frauen Decken und Mäntel fertigen; die Hörner ergaben begehrte Trinkgefäße; aus den Hufen ließ sich ein zähflüssiger Leim kochen; auch Knochen, Zähne und sogar die Gedärme konnten sinnvoll verarbeitet werden. Doch jetzt waren nur die lebenden Tiere wichtig, und alle Donarsöhne wurden benötigt, um auf sie achtzugeben.

Die Wisente schienen sich in ihr Schicksal ergeben zu haben und folgten den beiden gefangenen Jungtieren meistens willig. Unternahm einmal ein Bulle oder eine Kuh einen halbherzigen Ausbruchsversuch, waren sofort ein paar Donarsöhne zu Stelle und trieben das Tier mit lautem Geschrei und einigen Framenschlägen zurück zur Herde.

Nach einer halben Stunde erreichten sie den Verhau, den ein zweiter Trupp Donarsöhne unter Hattos Führung auf einer Lichtung gebaut hatte. Auf dieser Lichtung sollten die Büffelriesen weiden, bis sie am nächsten Tag wieder gebraucht wurden. Thorag sandte fünfzehn Männer zum Büffelhain zurück, um Fleisch zu machen.

So hatten die Donarsöhne ein reiches, kräftigendes Mahl. Aber es war kein Festessen. Zu schwer lastete die Sorge um das Kommende auf Thorag und seinen Kriegern.

Schwerfällig wälzte sich der Heerwurm in südwestlicher Richtung voran, immer an den Ausläufern des großen Gebirges entlang. Schon längst, noch auf dem Gebiet der Cherusker, hatten sich Ing- und Stierkrieger vereinigt. Doch sie allein genügten nicht, um Armin und die ihm treuen Gaufürsten zu besiegen. So ergriffen Inguiomar und Frowin mit ihren Streitmächten nur scheinbar die Flucht. In Wahrheit strebten sie die Vereinigung mit einem mächtigen Verbündeten an – mit Marbod.

Das unwegsame Gelände zog die etwa fünftausendköpfige Streitmacht weit auseinander. Allein der Troß mit den Wagen und Packtieren schien ohne Anfang und ohne Ende. Träge trotteten Ochsen, Pferde und Maultiere dahin. Schwerfällig rumpelten die Räder der Karren über den felsigen Boden oder blieben im weicheren Erdreich immer wieder stecken. Fluchend schimpften die Cherusker über den gestrigen Regen, und mancher Fluch traf Donar, den Gott des Wetters und den Stammvater ihres verhaßten Feindes Thorag. Die Männer strengten ihre Muskeln an, um die festgefahrenen Karren aus dem Morast zu schieben. Manchmal mußten sie gar zusätzliche Tiere vor die Wagen spannen. Aber all der Unbill war unbedeutend im Vergleich zu dem Aufruhr, der entstand, als plötzlich eine Herde wilder Kolosse aus dem nahen Wald rannte und geradewegs auf die Wagen zustürmte.

Hundert Schreie gleichzeitig erfüllten den karg bewachsenen Streifen zwischen den Bergausläufern und dem Urwald: »Wisente!« – »Die Büffelriesen greifen an!« – »Die Götter haben uns verflucht!« – »Schafft die Wagen fort!« – »Bringt euch selbst in Sicherheit!«

An geordnete Schutzmaßnahmen war nicht zu denken. Die heranstürmenden Büffelriesen, in der Überzahl ausgewachsene Bullen und Kühe, ließen dazu keine Zeit. Immer näher kamen sie, immer lauter dröhnte das Trommeln ihrer Hufe, das die Schreie der Cherusker verschlang. Die vollkommen überraschten Gespannführer und Treiber stoben davon, um ihr Leben zu retten.

Die zurückbleibenden Wagen und Tiere fielen der unerklärlichen Wut der Büffelriesen zum Opfer. Ihre schweren und dennoch sehr beweglichen Körper krachten gegen das Holz; mehrere Wagen fielen um und zersplitterten. Gespann- und Packtiere wurden aufgeschlitzt, umgerannt, zertrampelt.

Andere flohen in einer wilden Panik, gleich jener, von der die Büffelriesen erfaßt waren. Einige der fliehenden Gespanne schleiften die Karren selbst dann noch hinter sich her, als sie längst umgestürzt waren. Fässer und Packen mit Verpflegung wurden auf dem Boden verteilt, aber auch kostbare Schmiedearbeiten, Waffen und Geschirr, aus Gold und Silber – Geschenke für Marbod, die jetzt im Dreck landeten, von Tierhufen zerstampft wurden.

So schnell, wie er begonnen hatte, hörte der Spuk auch auf. Als ihre Raserei und Zerstörungswut verraucht war, verloren die Büffelriesen das Interesse an den Wagen und Tieren. Ihre Schreie drückten Triumph und Befriedigung aus, während sie in den Schutz des Waldes zurückkehrten, sorgsam auf die beiden Jungtiere achtend, die ihren Angriff angeführt hatten. Aber dieser seltsame Umstand war keinem Mann aus dem Troß aufgefallen.

Niemand aus den Reihen der Ing- und Stiermänner ahnte, daß die Wisente Rache für das gesucht hatten, was ihnen andere Menschen am Vortag angetan hatten.

Kein Ing- und kein Stiermann hatte die Donarsöhne bemerkt, welche die Wisentherde in Raserei versetzt und aus dem Wald getrieben hatten.

Und niemand sah den Mann, der im Schutz des allgemeinen Aufruhrs und des aufgewirbelten Staubes aus dem Unterholz sprang, unter leichtem Hinken zu den Wagen hetzte und sich auf die von einer Lederplane bespannte Ladefläche eines vierrädrigen Gefährts schwang, um sich zwischen den dort aufgestapelten Hafersäcken zu verbergen.

Kapitel 23

Unter dem springenden Rappen

Thorag wollte wachsam bleiben, aber die eintönige Fahrt machte ihm das nicht leicht. Das gleichförmige Auf und Ab des Wagenkastens wirkte auf ihn ebenso einschläfernd wie die Fahrtgeräusche, die unter den Hafersäcken dumpf klangen: das Rollen und Rumpeln der Karren, der Huftritt der Zugtiere und ihre gelegentlichen Schreie, die anfeuernden Rufe der Troßbegleitung.

Als die Männer vom Troß den Schaden begutachtet, schwerverletzte Tiere getötet, umgestürzte Wagen wieder aufgerichtet, die Fracht aus zerstörten Karren auf andere Fahrzeuge oder auf Packtiere umgeladen hatten und endlich den Weg fortsetzten, fiel die Anspannung ab, die Thorag ergriffen hatte, seit er im Gefolge der wütenden Büffelriesen zu den Wagen der abtrünnigen Cherusker gelaufen war. Die erste Stufe seines Plans war gelungen, vorerst war er vor Entdeckung sicher. Die Erkenntnis war mit Erleichterung verbunden, und ein unbeschwerter Mann wurde leicht müde, besonders nach so anstrengenden Tagen.

Thorag sehnte sich nach der kurzen Zeit der Ruhe zurück, die er nach den aufregenden Ereignissen an den Heiligen Steinen mit seinem Sohn verbracht hatte. Eine viel zu kurze Zeit, wenige Tage und Nächte bloß, bis aus dem Vater wieder der Gaufürst, der Krieger und der Blutsbruder des Herzogs Armin geworden war. Thorag hatte diese Zeit der Ruhe, der Gespräche, der Jagd- und Angelausflüge nicht weniger genossen als Ragnar, vielleicht sogar mehr. Unbeschwert, wie es ein Kind in seinem Alter sein sollte, war Ragnar längst nicht mehr, nicht, seitdem er und seine Mutter Gefangene erst des Segestes und dann des Germanicus gewesen waren. Ragnar war den Römern entkommen, seine Mutter nicht, und das schien Thorags Sohn keinen Augenblick vergessen zu können.

Deutlich sah Thorag Ragnars flehendes Gesicht beim

Abschied vor sich, dem auch die winzigen Sommersprossen nicht den ernsten Ausdruck zu nehmen vermochten. Ragnar wollte mitkommen, wollte eine Waffe führen, gegen die Römer fechten. Nur widerwillig sah er ein, daß ein Knabe von nicht ganz sieben Wintern nicht gegen Krieger kämpfen konnte. Schließlich nickte er verständig, doch das Flehen lag weiterhin in seinen blauen Augen, als er bat: »Bring Mutter zurück!«

Thorag hatte es versprochen, zum wiederholten Mal.

Nicht nur Erschöpfung und Müdigkeit lasteten auf Thorag, sondern auch Selbstvorwürfe, ein schlechtes Gewissen. Mit jeder Nacht, die Sunnas Strahlen wich, mit jedem Schwerthieb und jedem vergossenen Blutstropfen wuchs die Erkenntnis, versagt zu haben, seinen Schwur nicht halten zu können. Auja blieb eine Gefangene der Römer, so wie Thusnelda und ihr Sohn – Armins Sohn. Thorag hatte noch nicht einmal herausgefunden, wo die Geiseln sich aufhielten, ob im großen Rom oder in einer der vielen unterworfenen Städte in den eroberten Landstrichen, die auf das Heulen der römischen Wölfin hörten.

Aber da war noch mehr, ein weiterer Grund für sein schlechtes Gewissen: seine Träume. Träume, die nicht nur in der Nacht zu ihm kamen, sondern auch am hellen Tag, wenn er für kurze Zeit die Augen schloß und Entspannung suchte von Kampf und Streit. Vergebens hatte er sich einzureden versucht, daß ein Mahr seinen Schlaf ausnutzte, um in Thorag zu kriechen und seine Träume zu vergiften. Wenn er ehrlich zu sich war, mußte er sich eingestehen, daß die Träume einer tiefen Sehnsucht entsprangen – der Sehnsucht nach Canis.

Es klang verrückt, und er verstand es selbst nicht, aber er konnte Canis nicht vergessen. Obwohl ihre Bekanntschaft nur kurz gewesen war und obwohl die Jägerin auf der Seite der Römer stand. In Thorags Träumen war sie bei ihm, öfter und deutlicher, je länger sie getrennt waren.

Getrennt? Thorag stieß ein lautloses Lachen aus. Diese Formulierung klang, als rechnete er mit einem Wiedersehen. Dafür gab es keine Anhaltspunkte, und doch entsprach es seinem Empfinden. Als hätte Skuld, die Göttin des zukünftigen Schicksals, ein unsichtbares Seil um den Cherusker und die Jägerin geschlungen und beider Leben auf geheimnisvolle Weise miteinander verknüpft.

Thorag dachte daran, daß er früher oft Dinge geträumt hatte, die Botschaften oder Warnungen der Götter gewesen waren. Nicht so deutlich wie die Träume Astrids und ihrer Mutter Alrun, aber doch in einer Weise, wie nur wenige Menschen träumten – solche, deren Ahnen von den Göttern abstammten. Sandten die Götter ihm wirklich einen Hinweis darauf, daß die Begegnung mit Canis schicksalhaft gewesen war?

Oder waren all diese Gedanken nur unsichtbare Schilde, die Thorag aufrichtete, um sich die Wahrheit nicht einzugestehen? Zur Wahrheit gehörte die Tatsache, daß Canis sein Verlangen und seine Sehnsucht geweckt hatte. Daß die Jägerin Auja immer öfter aus Thorags Gedanken verdrängte. Daß er darüber Scham und Schuld empfand. Doch er konnte es nicht ändern. Wollte er das überhaupt?

Plötzlich aufbrandender Lärm riß Thorag aus den bedrückenden Gedanken, und er war erleichtert, nicht die Antwort auf die selbstgestellte Frage geben zu müssen. Mit lauten Zurufen brachten die Männer vom Troß ihre Tiere zum Stehen. Auch Thorags Karren hielt an.

Langsam und vorsichtig hob der Donarfürst sein Haupt, bis er durch die Hafersäcke hindurch und am breiten Kreuz des Fahrers vorbei das Gelände voraus sehen konnte. Es war nur ein winziger Ausschnitt, und doch genügte es, um ihn zu beeindrucken. Ein riesiges Römerlager – das war sein erster Eindruck gewesen, aber es stimmte nicht. Gewiß, die geraden Gräben, Wälle und Palisaden, die sein Blickfeld ausfüllten, riefen diesen Eindruck hervor. Aber das große rote Banner, das über dem Lager im Wind flatterte, belehrte ihn eines Besseren: das schwarze Pferd im roten Feld war das Zeichen Marbods. Unter dem springenden Rappen erstreckte sich ein Lager, das weder in der Größe noch in der Art seiner Errichtung den Vergleich mit römischem Fleiß und römischer Präzision zu scheuen brauchte. Der Kuning der Markomannen hatte aus seinen Kriegern wahrhaftig eine Armee nach römischem Muster geformt.

Auch Armin und Thorag hatten hart daran gearbeitet, die Cherusker und die verbündeten Stämme an römische Kampfweise zu gewöhnen. Doch Thorag bezweifelte, daß es ihnen gelungen wäre, die Cherusker solch ein Lager errichten zu lassen. Die Ausdehnung schien nach allen Seiten kein Ende zu nehmen; ein Eindruck, der nicht nur auf Thorags begrenztes Sichtfeld zurückzuführen war. Rund um das Hauptlager lagen weitere Schanzwerke, wo sich Marbods Verbündete niedergelassen hatten, wie Thorag vermutete.

Die gegen Marbod ausgesandten Kundschafter hatten nicht übertrieben, wenn sie von einem gewaltigen Heer sprachen, größer noch als das, mit dem Quintilius Varus damals in den Untergang gezogen war. Über dreißigtausend Krieger folgten dem Kuning der Markomannen. Die Aussichten auf einen Sieg gegen Marbod standen denkbar schlecht. Seine Männer, zumindest die Kerntruppen, waren nach römischer Weise geschult. Die Markomannen marschierten nicht in einen Hinterhalt wie damals die Legionen des Varus. Marbod war der Angreifer; er wollte den Kampf und war gut darauf vorbereitet.

Auf der anderen Seite war Armin nicht besser gerüstet als damals, vor acht Wintern. Gewiß, auch die Cherusker hatten die römische Kampfweise gelernt, aber ihr Stamm war zersplittert. Selbst in den Gauen, die treu zu Armin standen, wurden Zweifel an einem Kampf gegen Marbod laut. Waren es nicht böse Vorzeichen, daß Inguiomar und Frowin auf die Seite des Feindes wechselten, daß der altgediente Ewart Gandulf sich als Verräter an den Göttern entpuppt hatte?

Thorag und Armin konnten froh sein, daß Thimar und der Ebergau entgegen früheren Vermutungen treu zu ihrem Herzog Armin standen. Aber das wog den Verlust zweier Gaue nicht auf. Die Blutsbrüder wußten, daß etwas geschehen mußte, um den drohenden Untergang abzuwenden. Doch was?

Vielleicht konnte Thorag im Lager Marbods etwas erfahren, das ihnen half, den Angreifer und die Abtrünnigen zu besiegen. Deshalb hatte er das Wagnis auf sich genommen, sich in den Wagen zu schmuggeln, dessen Fahrer jetzt abstieg und um das Gefährt herumging. Offenbar wollten die abtrünnigen Cherusker an dieser Stelle ihr Lager errichten.

Der bärtige Mann griff nach den Hafersäcken. Thorag zog Kopf und Schultern ein, machte sich klein und hielt den Atem an, während seine Rechte auf dem Dolchgriff ruhte. Der einfache Dolch war die einzige Waffe, die er mitgenommen hatte.

Der Fahrer warf einen der großen, schweren Säcke über seine Schulter und stapfte davon, ohne den verborgenen Donarsohn zu bemerken. Thorag schob die Säcke beiseite, blickte vorsichtig nach vorn und nach hinten durch die Öffnungen der Lederplane und sprang dann mit einem kräftigen Satz hinten aus dem Karren.

Der stechende Schmerz in seinem linken Bein, als er auf dem Boden landete, hätte ihm fast einen lauten Fluch entlockt. Im letzten Moment schloß er die Lippen und verbiß sich jeden Laut. Das Stechen wuchs sich zu einem Schwindel aus, und das große Heerlager verschwamm in einem Flimmern hellen und dunklen Lichts.

Thorag stützte sich mit beiden Händen am Wagenkasten auf, schloß die Augen und zwang sich, tief und ruhig zu atmen. Das Unwohlsein verschwand und auch das Flimmern, als er die Augen wieder öffnete. Der Donarsohn konnte alles deutlich sehen, besonders den wuchtigen Mann mit dem bartumrankten Gesicht, der sich mit eiligen Schritten näherte. Die zusammengekniffenen Augen waren skeptisch auf Thorag gerichtet.

Zwei Schritte vor dem Donarsohn blieb der Fahrer des Karrens stehen und brummte: »Was suchst du an meinem Wagen?«

»Ich wollte dir beim Abladen helfen, aber mir wurde schwindlig«, versuchte es Thorag mit einer Mischung aus Lüge und Wahrheit.

Der Donarsohn blieb äußerlich ruhig, aber es war nicht leicht. Er war von Tausenden Männern umringt, von denen die meisten ihn kannten, sei es, daß sie ihn auf einem Thing oder als Anführer der Cherusker in der Schlacht gesehen hat-

336

ten. Auch dem bärtigen Fahrer mochte der Gaufürst Thorag so vertraut sein wie Herzog Armin oder Frowin, der Stierfürst; daß der Fahrer aus dem Stiergau stammte, erkannte Thorag an der abgeschabten Eisenfibel in Stierform, die den löchrigen, ausgefransten Kittel zusammenhielt. Augenblicke weiteten sich in Thorags Wahrnehmung zu Ewigkeiten. Würde es ausreichen, daß er sein Haar gekürzt und dunkler gefärbt hatte, daß er unrasiert war und die Kleidung eines einfachen Mannes trug? Er hielt sich nach vorn gebeugt, um kleiner zu erscheinen, wie ein Bauer, der sich für seinen täglichen Lebensunterhalt krummlegen mußte.

»Ja, war 'ne scheußliche Fahrt, besonders der letzte Teil der Strecke«, nickte der Bärtige verständnisvoll. »Als die Büffelriesen plötzlich aus dem Wald kamen, hab' ich mich schon auf die Reise nach Walhall vorbereitet.«

»Ich mich auch«, sagte Thorag mit einem scheuen Lächeln. »Mein Wagen ging dabei zu Bruch. Das hat mich so durchgerüttelt, daß mein Magen seitdem verrückt spielt.«

Der Bärtige erwiderte das Lächeln und fragte: »Bist du auch aus dem Stiergau?«

»Nein, ich heiße Ingward und komme aus dem Gau der Ingsöhne.«

»Schön, daß du mir helfen willst, Ingward. Ich heiße Ebur und freue mich schon darauf, Seite an Seite mit dir gegen Armin und Thorag zu streiten.«

»Wir werden sie in die Flucht schlagen!« tönte Thorag mit aufgesetzter Zuversicht. »Zusammen mit Marbods Armee sind wir unschlagbar.«

»Das stimmt.« Eburs eben noch fast heiteres Gesicht nahm einen verkniffenen Ausdruck an. »Aber noch besser, als sie in die Flucht zu schlagen, wäre es, ihnen die Knochen zu brechen und das Blut aus den Leibern zu pressen, wenigstens Armin und seinem Handlanger Thorag!«

»Woher dieser Haß?« fragte Thorag mit ehrlichem Erstaunen.

»Das fragst du, ein Ingkrieger?« Ebur schien nicht minder erstaunt. »Fühlst du dich nicht gedemütigt, daß Inguiomar, dein Fürst, von Armin und den Seinen als Herzog abgesetzt

337

und unter falschem Verdacht von den Heiligen Steinen vertrieben wurde?«

»Doch, natürlich«, beeilte sich Thorag zu versichern. »Strafe haben Armin und seine Schergen sicher verdient. Aber wir dürfen nicht vergessen, daß wir alle Cherusker sind, vom selben Stamm, vom selben Blut.«

»Das schlechte Blut muß fließen, damit das gute erhalten bleibt!« Ebur spuckte auf die von Hufen und Wagenrädern zerwühlte Erde. »Erst wenn Inguiomar und Frowin über den Stamm der Cherusker herrschen, wird es Frieden und Eintracht zwischen den Gauen geben. Eine starke Hand muß den Stamm zusammenhalten, so wie Marbods Hand das Reich der Markomannen im festen Griff hat!«

Thorag stimmte Ebur laut zu und fragte nicht, ob der Stiermann nicht besser von zwei festen Händen gesprochen hätte. Sollte der Sieg wirklich Inguiomar und Frowin gehören, war dann der nächste Zwist – der Streit um die alleinige Macht im Cheruskerland – nicht unumgänglich? Der Donarsohn schluckte seine Zweifel hinunter, packte einen der Hafersäcke und folgte Ebur zu einem Unterstand, den andere Cherusker in Windeseile gebaut hatten. Hier wurde der Hafer abgeladen.

Als sie zu dem Karren zurückkehrten, zerrten die beiden kräftigen Zugpferde an dem dünnen Birkenstamm, an den Ebur sie gebunden hatte.

»Vielleicht solltest du die Pferde besser ausspannen«, schlug Thorag vor.

Ebur hielt in der Arbeit inne und maß ihn mit einem unverständigen, fast mißtrauischen Blick. »Wenn der Wagen hierbliebe, bräuchten wir ihn doch nicht zu entladen. Ich werde mit anderen Gespannen zu der Stelle zurückkehren, an der uns die Büffelriesen überfallen haben, um die dort verstreute Fracht aufzusammeln. Kannst mir dabei helfen, Ingward.«

»Ja, gern«, sagte Thorag und packte eilig einen weiteren Hafersack, um Eburs Mißtrauen nicht noch weiter zu erregen.

Als die Wagen entladen waren und unter dem Schutz einer berittenen Begleitung wieder in die Wildnis hinausfuhren, saß Thorag nicht neben Ebur auf dem Bock. Der Donarsohn hatte sich heimlich zwischen die Stapel von Kisten, Fässern und Säcken verdrückt und sah zu, wie der Wald die Wagen verschluckte. Mochte Ebur ihn für einen Schwächling oder Drückeberger halten, Hauptsache, der Stiermann kam nicht auf den Gedanken, in dem vermeintlichen Ingward einen Spion zu sehen.

Während Thorag noch überlegte, wie er jetzt vorgehen sollte, klangen laute Hornsignale über das eilig entstehende Cheruskerlager. Sie kamen von Westen, aus Marbods Lager, das schon fast eine Festung zu nennen war. Die Cherusker hörten mit der Arbeit auf und blickten gespannt zu dem vorläufigen und doch starken Bollwerk, über dem die rote Fahne wehte. Es sah aus, als wolle der Rappe nach allen Himmelsrichtungen zugleich springen, um die Herrschaft des Markomannenkunings über die Länder sämtlicher freien Stämme zu verbreiten.

Thorag wollte alles tun, um das zu verhindern. Und doch nagten Zweifel tief in ihm. Was war, wenn Ebur recht hatte? War ein Herrscher Inguiomar oder Frowin für die Cherusker erstrebenswerter als ein Herzog Armin? Seit Armin zum Herzog gewählt worden war, herrschten Krieg und Tod im Cheruskerland. Aber wer gab die Gewähr, daß es unter einem Herzog Inguiomar besser sein würde? Unter Armin starben die Cherusker zumindest für eine gute Sache – für ihre Freiheit.

Über den Köpfen der Cherusker erblickte Thorag mehrere rote Flaggen, ähnlich der über dem großen Lager, aber kleiner. Ein markomannischer Reitertrupp näherte sich dem Cheruskerlager. Thorag kletterte auf ein paar Hafersäcke, um über die Menge hinwegsehen zu können. Das fiel nicht weiter auf; viele Männer suchten sich einen erhöhten Aussichtspunkt, um Augenzeugen der bevorstehenden Begegnung zu werden. Thorag mußte nur darauf achten, daß niemand ihn erkannte. Deshalb hielt er sein Gesicht bis zur Nase hinter einem der Säcke verborgen.

Auf einem freien Platz, den die Cherusker in ihrer Mitte gebildet hatten, traf ein zehnköpfiger Reitertrupp ein, der aus

Hornisten und Fahnenträgern bestand. Sie trugen schwarze Uniformen und saßen auf großen Rappen – Angehörige von Marbods berüchtigter Schwarzer Wache.

Enttäuscht gelangte Thorag zu der Erkenntnis, daß Marbod, der für seine Prunksucht bekannt war, kaum mit einer so kleinen Begleitung erscheinen würde. Der hagere, spitzbärtige Anführer des Reitertrupps war also nicht der Kuning, sondern nur sein Gesandter. Das paßte zu Marbod: Ein Kuning machte nicht den Cheruskerfürsten seine Aufwartung, sondern erwartete, daß es umgekehrt geschah.

Die Menge teilte sich, und weitere Reiter drängten auf den Platz. Thorag erkannte an ihrer Spitze Inguiomar und Frowin, aber auch Gandulf und einige andere Priester von den Heiligen Steinen. Letztere trugen ihre goldverzierten Prachtgewänder. Die Priester auf den Feldzug mitzunehmen war ein geschickter Zug, gaben Inguiomar und Frowin ihrem Unternehmen damit doch den Anschein göttlicher Bestimmung. Indem sie darauf beharrten, zu Unrecht beschuldigt und von den Heiligen Steinen vertrieben worden zu sein, setzten sie sich ins Recht, Armin und Thorag aber ins Unrecht. Und Gandulf spielte seine Rolle als Ewart, Priester der Götter und Hüter des Rechts, weiter, als habe er nie vom Bärengott gehört.

Als die Markomannen sich abwartend verhielten, begann Inguiomar widerwillig das Gespräch und begrüßte die Abordnung, um anschließend sich selbst, Frowin, die anderen Edelinge und die Priester vorzustellen.

Der Spitzbärtige grüßte knapp und sagte: »Ich bin Anjo, oberster Kriegsherr des Kunings Marbod. Der mächtige Marbod, Beherrscher der Markomannen, Semnonen, Langobarden, Quaden, Lugier, Boier und vieler weiterer glücklicher Völker und Stämme, lädt euch, Edelinge und Priester der Cherusker, zu einem Festmahl ein, um unseren Bund zu besiegeln.«

Während Inguiomar sich für die Einladung bedankte und Marbod mit lobenden Worten bedachte, stieß Thorag ein nur in seinen Gedanken zu hörendes, bitteres Lachen aus. Er fand, daß sowohl Anjo als auch Inguiomar stark übertrieben. Zwar war Marbod unbestreitbar ein mächtiger Herrscher, aber manche der von Anjo genannten Völker und Stämme hatten sich ihm nur zum Teil unterworfen. So hatten viele Boier, als Marbod die Markomannen auf der Flucht vor den Römern in ihr Land geführt hatte, die Heimat verlassen. Außerdem empfanden es bestimmt nicht alle als Glück, daß sich über ihnen der springende Rappe erhob.

Die Hornisten der Schwarzen Wache stießen erneut in ihre gewundenen Bronzehörner. Der Reitertrupp aus Markomannen und Cheruskern setzte sich in Bewegung und hielt im gemächlichen Schritt auf Marbods Lager zu. Ihm folgten zwei große Karren mit, wie Thorag annahm, Gastgeschenken für den Markomannenkuning; die Schätze lagen unter den Lederplanen verborgen. Eine starke Gefolgschaft Cherusker schloß sich Reitern und Wagen an, um begierig das große Markomannenlager zu bestaunen. Thorag wußte nicht, ob das geplant gewesen war. Anjo, Marbods Kriegsherr, warf einige finstere Blicke über die Schulter, sagte aber nichts.

Das war die Gelegenheit! Thorag rutschte von den Hafersäcken, mischte sich unter die Cheruskermenge und nahm das Risiko in Kauf, von einem der vielen Ing- und Stiermänner erkannt zu werden. Er hoffte, sie würden sich mehr mit den unbekannten Markomannen befassen als mit ihresgleichen. Die Gefahr der Entdeckung war der Preis dafür, in Marbods Lager zu gelangen.

Das Lager! Selbst wenn Thorag es nicht gewollt hätte, wäre er ebenso beeindruckt gewesen wie die staunenden Cherusker um ihn herum, die fast sämtlich die anerzogene Zurückhaltung des Frilings und Kriegers vergaßen und sich in laute ›Oh‹- und ›Ah‹-Rufe ergingen. Was Thorag schon von außen gesehen hatte, bestätigte sich im Innern der Wälle und Palisaden: Ein Römerlager hätte nicht standfester, präziser, sauberer sein können. Marbod schien es darauf angelegt zu haben, die Söhne der Wölfin in allem noch zu übertreffen. In Reih und Glied angetreten, in makellosen Uniformen und mit geputzten, glänzenden Waffen, erwarteten die Markomannen ihre cheruskischen Gäste.

Auf dem großen quadratischen Versammlungsplatz in der Lagermitte waren Marbods beste Krieger angetreten, die schwarzgewandeten Hünen seiner Leibwache. Reglos wie fleischgewordene Bollwerke standen sie dort Schulter an Schulter. Römische Prätorianer hätten nicht soldatischer, nicht würdiger aussehen können.

Die Reiter hielten inmitten der Gardisten an und warteten, wohl auf Marbod. Thorag drängte sich zwischen den Cheruskern so weit vor, bis er den Versammlungsplatz einsehen konnte, hütete sich aber, in die erste Reihe vorzustoßen. Ein zufälliger Blick Inguiomars, Frowins oder Gandulfs hätte ihn enttarnen können. Der Kuning der Markomannen ließ auf sich warten, Reiter und Pferde wurden allmählich ungeduldig. Deutlich sah Thorag Inguiomars säuerliche Miene, aber der Ingfürst schwieg mit mühsam aufgebrachter Geduld.

Endlich erscholl neuerlicher Hörnerklang, lauter und majestätischer als zuvor. Thorag fühlte sich an das Classicum erinnert, die feierliche Hymne der römischen Legionen, die nur für den Feldherrn geblasen wurde. Auf einer der in römischer Exaktheit geraden Lagerstraßen näherte sich ein Zug der Schwarzen Wache, teils beritten und teils zu Fuß, Hornisten, Lurenbläser und Fahnenträger.

Und dann sah Thorag zum erstenmal den Kuning der Markomannen. Der Donarsohn wußte es einfach, obwohl er Marbod nicht kannte. Der stolze, gebieterisch wirkende Reiter auf dem großen, edlen Rappen, der vor einer Abteilung berittener Fahnenträger ritt, konnte niemand anderer sein. Ein großer, kräftiger Mann mit harten, faltigen Zügen, umrahmt von dunklem, mit einzelnen grauen Strähnen durchsetztem Haar, das in sanften Wellen weit über seine Schultern fiel. Zwar saß Marbod in gerader Haltung äußerlich ruhig in dem silberbeschlagenen Römersattel, aber seine Augen konnte oder wollte er nicht stillhalten. Ruhelos wanderten die großen dunklen Augen umher, streiften Anjo und die Edelinge der Cherusker, die langen, geraden Reihen der Schwarzen Wache und die ungeordnet zusammengedrängte Schar von Ing- und Stiermännern. Auch über Thorag glitt Marbods Blick hinweg, und der Donarsohn fühlte sich unwohl dabei. Etwas Stechendes haftete dem Blick an, und Thorag fühlte sich wie von einem Framenstoß getroffen.

Dicht vor Inguiomar, Frowin, Gandulf und ihren Begleitern zügelte Marbod sein Tier und bedachte Anjo mit einem knappen Nicken. Der Kriegsherr richtete sich im Sattel auf und stellte mit lauter Stimme die beiden Gaufürsten und den Ewart der Cherusker vor, wobei er Inguiomar als Herzog bezeichnete und nicht erwähnte, daß Gandulf abgesetzt war.

Die Cherusker grüßten Marbod mit Worten, die in Thorags Ohren salbungsvoll, fast unterwürfig klangen. Wie tief mußte Inguiomar seinen Neffen Armin hassen, daß er sich gegenüber dem Markomannenkuning zu solcher Rede hinreißen ließ!

Dann sprach Marbod, laut, langsam, eindringlich und kaum weniger salbungsvoll, jedoch ohne den unterwürfigen Tonfall der Cherusker. Er begrüßte die Gäste in seinem Lager, drängte seinen Rappen nahe an Inguiomar und faßte mit seinen Händen die des Ingfürsten, um sie hochzuhalten. »Verbunden sind Markomannen und Cherusker fortan, wie es der Kuning der Markomannen und der Herzog der Cherusker jetzt vor aller Augen sind. Das Schicksal der einen soll das Schicksal der anderen und der Kampf der einen auch der Kampf der anderen sein. Nicht der großsprecherische Armin ist für Größe und Ansehen des Cheruskerstamms verantwortlich, sondern Herzog Inguiomar, dessen klugen Ratschlägen die Cherusker all ihre Siege zu verdanken haben. Der Ruhm, den Armin für sich in Anspruch nimmt, existiert nur in seiner Verblendung, in seinem Größenwahn. Die Schlacht gegen Quintilius Varus, auf die der unerfahrene Hirschfürst seinen guten Ruf und seinen Führungsanspruch gründet, war ein Gemetzel, verübt an drei planlos einherziehenden Legionen, die sich im fremden Land verirrt hatten. Ein großer Feldherr will Armin sein, doch ist er in Wahrheit nur ein Rasender, der die Gunst des Augenblicks zu nutzen wußte, aber es noch nicht einmal verstanden hat, seine Gemahlin und seinen Sohn aus römischer Knechtschaft zu befreien. Er führt die Cherusker ins Verderben, aber Inguiomar wird den stolzen Stamm davor bewahren!«

Die Menge der Cherusker brach in laute Begeisterung aus, schlug die Waffen gegeneinander und ließ abwechselnd ihren

Herzog Inguiomar und den Kuning Marbod hochleben; auf beider Gesichter bemerkte Thorag tiefe Zufriedenheit. Die Krieger der Markomannen dagegen verhielten sich vollkommen reglos, still, scheinbar unbeeindruckt.

Thorag hätte am liebsten seine geballten Fäuste in das befriedigte Antlitz des Kunings gerammt und der Menge verkündet, was für ein Lügenmärchen Marbod ihr aufgetischt hatte. Natürlich kannten auch die Ing- und Stiermänner die Wahrheit, doch wollten sie keine wahren Worte hören. Marbods schmeichlerische Lügen gefielen ihnen besser, und deshalb jubelten sie lauthals. Der Donarsohn fühlte Bitterkeit in sich. War es mit den Cheruskern schon so weit gekommen, daß sie ihr Herz verleugneten und Falsches als Wahrheit verkündeten – daß sie sich benahmen wie die Römer?

Thorag wußte als Weg- und Kampfgefährte Armins nur zu gut, welch gewaltige Kraftanstrengung der Hirschfürst aufgebracht hatte, um Varus im Teutoburger Wald zu besiegen. Daß die Römer blindlings in die Falle getappt waren, hatte Armin nicht als willkommene Gelegenheit genutzt, sondern er selbst hatte mit List und unter Gefährdung des eigenen Lebens diese Falle gestellt. Inguiomar hatte damals nicht mit seinen Stammesbrüdern gekämpft und später, als er zweiter Herzog der Cherusker geworden war, immer wieder verhängnisvolle Entscheidungen getroffen. Hätte Inguiomar nicht bei den Langen Brücken zum übereilten Angriff auf Caecinas Marschlager gedrängt, hätten die Cherusker Thusnelda und Thumelikar, Auja und Ragnar befreit. Den Ingfürsten traf also die Schuld, daß Armins Frau und Sohn und auch Thorags Frau sich in römischer Knechtschaft befanden.

Gleichwohl war der gegen Armin gerichtete Vorwurf, sein Weib nicht aus der römischen Gefangenschaft befreit zu haben, auch für Thorag wie ein Hieb ins Gesicht. Er hatte geschworen, nicht eher zu ruhen, bis seine Frau sowie die Frau und der Sohn seines Blutsbruders befreit waren – doch dieses Ziel schien so weit entfernt wie nie. Immer neue Schwierigkeiten und Gegner traten in den Weg, als hätten die Nornen beschlossen, daß Armin und Thorag nie wieder mit den Ihren vereint sein sollten.

Noch immer hielt Marbod Inguiomars Hände über die Köpfe der Menge, ließ sie erst sinken, als der Jubel langsam abebbte. Doch Marbod war mit seiner Rede noch längst nicht am Ende.

Die rechte Hand zur Faust geballt, fuhr er fort: »Unter Inguiomars Führung und unter meiner schützenden Hand wird das Lied vom Ruhm der Cherusker weithin klingen. Ich werde sie gegen alle Angriffe, von außen wie von innen, verteidigen, wie ich meine Markomannen gegen die zwölf mächtigen Legionen verteidigt habe, die Tiberius gegen mich ins Feld führte, als noch nicht er, sondern Augustus über Rom herrschte. Armin kämpfte damals mit den Römern – gegen sein eigenes Volk! Ich griff diese zwölf Legionen an, damit die Ehre aller germanischen Stämme unbefleckt blieb, und zwang die Römer, einen Friedensvertrag abzuschließen, in dem sie das Reich der Markomannen als gleichberechtigt anerkannten. Wenn ihr euch dieser starken Hand anvertraut, Cherusker, wird sie euch zu ebensolcher Stärke führen, zu einem Sieg über euren wahren Feind Armin!«

Erneuter begeisterter Jubel zwang Marbod zu einer Pause, in der Thorag über Marbods Lügen nachdachte.

Von einem Angriff des Kunings auf die Armee des Tiberius konnte keine Rede sein. Tiberius war der Angreifer gewesen, und bis auf einzelne Scharmützel war es zu keinen Kampfhandlungen gekommen. Der Aufstand in Pannonien brach los und zwang Tiberius zur Umkehr. Diesem Umstand verdankte Marbod in Wahrheit den von ihm gerühmten Friedensvertrag.

Daß Armin auf der römischen Seite gefochten hatte, entsprach den Tatsachen. Falls dies ein Vorwurf war, traf er auch Thorag, der damals schon Armins Waffengefährte gewesen war. Doch sie hatten nicht gegen Cherusker gekämpft und waren außerdem durch ähnliche Verträge, wie der von Marbod so stolz berufene, den Römern zur Waffenhilfe verpflichtet gewesen. Was den Kampf gegen das eigene Volk betraf, war Marbod wahrscheinlich derjenige Germanenfürst, der so viele andere Germanenstämme unterjocht hatte wie noch keiner zuvor.

345

»Ich sehe, die Herzen der Markomannen und der Cherusker schlagen für dieselbe Sache«, verkündete Marbod mit hochzufriedener Miene. »Vergießt also nicht länger euer Blut im sinnlosen Kampf gegen Rom, mit dem wir in Frieden leben können. Laßt uns ein Bündnis schließen, Markomannen und Cherusker, für alle Zeiten!«

Aus dem Sturm der Begeisterung wurde ein Orkan, als auch die bislang stillen Markomannen mit ihren Waffen schlugen und Hochrufe auf Marbod anstimmten. Nicht in spontaner Begeisterung, sondern auf einen Wink des Kriegsherrn Anjo, der wiederum einen auffordernden Blick seines Kunings aufgefangen hatte.

Inguiomar und Frowin überreichten Marbod ihre Gastgeschenke. Als ein paar Cherusker die Planen von den Wagen zogen, erkannte Thorag wertvolle Waffen und Schilde sowie römisches Tafelgeschirr aus Silber und Gold, besetzt mit leuchtenden Edelsteinen. Dem Frieden mit den Römern stand offenbar nicht im Weg, daß man die von ihnen erbeuteten Schätze verschacherte.

Marbod verkündete ein großes Fest, das am Abend das neue Bündnis feiern sollte. Er selbst zog sich mit Anjo und den edlen Gästen in ein großes Holzhaus zurück, in das Thorag ihnen nicht folgen konnte, so gut schirmten die Krieger der Schwarzen Wache es ab.

Anläßlich des Festes gab es für alle Markomannen und Cherusker reichlich Met, Bier, Brot und Fleisch. Auch Thorag aß, aber nicht aus Lust, noch nicht einmal aus Hunger, sondern nur, um seine Kräfte zu erhalten.

Erst spät in der Nacht kamen Inguiomar, Frowin und Gandulf mit ihren Gefolgsleuten aus Marbods Haus, und Thorag fragte sich, welche dunklen Pläne sie geschmiedet haben mochten. Mit ihnen verließen die gesättigten, häufig vom Met und Bier berauschten Cherusker Marbods Lager. Doch nicht alle, denn viele waren in ihrem Rausch schon zu Boden gesunken und blieben dort für die Nacht liegen.

Auch Thorag spielte den Betrunkenen und suchte einen Unterschlupf in der Nähe des Versammlungsplatzes, wo er sich an die Rückwand eines Lagerschuppens legte. Er wollte noch in Marbods Lager bleiben, weil er unzufrieden war. Er fühlte, daß es noch mehr herauszufinden gab.

Das Bündnis, das Marbod mit Inguiomar, Frowin und Gandulf geschlossen hatte, war nur eins der noch nicht ganz gelösten Rätsel. Hatte der Pakt schon bestanden, als die Verräter mit Hilfe des Bärengottes die Macht im Cheruskerstamm angestrebt hatten? Und wieso betonte Marbod so sehr den Frieden mit den Römern?

Die Fragen schmerzten, je größer Thorags Müdigkeit wurde. Erschöpft vom langen Tag, schlief er schnell ein. Seine letzten Gedanken galten Auja, aber in seinen Träumen verschwamm ihr Gesicht und wurde zum Antlitz der jungen Jägerin – Canis.

Kapitel 24

Gegen die Tyrannen!

Canis war kein Traum mehr, was Thorag erst nach heftigem Augenreiben bewußt wurde. Und das war nicht die einzige Überraschung dieses wolkenverhangenen Tages.

Er hatte lange geschlafen, viel länger, als er es vorgehabt hatte. Vielleicht waren die Anstrengungen der vergangenen Tage schuld daran, vielleicht die Düsternis dieses Morgens, der keinen einzigen von Sunnas Strahlen erkennen ließ, vielleicht aber auch die süßen Träume von Canis, deren Gefangener Thorag gern gewesen war.

Hektische Betriebsamkeit und ein roher Tritt in seine Seite weckten ihn. Als Thorag sich herumwälzte und die Augen aufschlug, war er sofort hellwach. Über ihm stand die dunkle Gestalt eines Schwarzen Wächters. Die Spitze einer Frame schwebte über dem Donarsohn, nicht direkt zum Stoß gegen Thorag gerichtet, aber doch so, daß der Markomanne nicht lange brauchen würde, um das Eisen in den Körper des Erwachenden zu bohren. Der erste Impuls des Donarsohns war, seinen Dolch zu ziehen und Marbods Wache mit einer Beinschere zu Fall zu bringen. Aber er bezwang sich, hoffte auf die Möglichkeit, daß der Markomanne in ihm nicht den Spion erkannt hatte, sondern nur einen berauschten Langschläfer vor sich sah.

Und so war es. »Schlaft ihr Cherusker immer so fest?« kicherte der Gardist. »Oder nur, wenn ihr euch auf Kosten anderer habt vollaufen lassen?«

Thorag verzog das Gesicht und griff an seine Stirn, als habe er einen Brummschädel. »War wohl wirklich zuviel Met und Bier gestern abend. Ich hätte nicht beides durcheinander trinken sollen.« Er setzte einen überraschten Ausdruck auf, während er sich umblickte. »Wo bin ich denn überhaupt?«

»Da, wo du dich bis zur Besinnungslosigkeit besoffen hast, in Marbods Heerlager.«

»Oh, wirklich?«

»Ja, wirklich«, knurrte der Markomanne und klang allmählich ungeduldig. »Und jetzt sieh zu, daß du dich verziehst, Cherusker! Wir haben Befehl, den Bereich um den Hauptplatz schleunigst zu räumen, damit die Schwarze Wache ungehindert aufmarschieren kann.«

»Aufmarschieren, weshalb? Ziehen wir etwa in die Schlacht?«

»Nein, wir empfangen hohen Besuch. Die Römer sind überraschend früh angekommen. Unsere Späher melden, daß sie das Lager in kurzer Zeit erreichen werden.«

»Welche Römer?« kam es wie von selbst über Thorags Lippen. Dann erst erkannte er, daß diese Frage möglicherweise einen verhängnisvollen, verräterischen Fehler darstellte. Dann nämlich, wenn die Ing- und Stiermänner wissen mußten, wovon der Markomanne gesprochen hatte.

Doch der Wächter wurde nicht mißtrauisch. Vielleicht schob er Thorags geistige Trägheit auf den scheinbar überreichlichen Genuß von Honigwein und Bier. »Ich habe keine Zeit für lange Erklärungen«, brummte er und wedelte mit der Framenspitze über Thorag herum. »Sieh zu, daß du hier wegkommst!«

348

Als Thorag auf die Beine kam, erschollen auch schon laute Hornsignale, und bald ritten und liefen die schwarzgewandeten Gardisten scheinbar planlos durch die Lagerstraßen und über den Hauptplatz. Doch jeder einzelne Markomanne wußte genau, wo sein Platz war. Die Männer formierten sich so, wie Thorag sie schon am Vortag gesehen hatte. Sie bereiteten einen Empfang vor – für die Römer?

Da sich viele Cherusker im Markomannenlager herumtrieben, fiel Thorag nicht weiter auf, als er in der Nähe des Hauptplatzes verharrte und neugierig auf das Kommende wartete. Als die Gardisten in Reih und Glied standen, erschien Marbod mit Anjo und weiteren hohen Offizieren. Aus dem Cheruskerlager sprengten Inguiomar, Frowin und Gandulf mit ihren Begleitern heran. Kurz nach ihnen kamen schon die Römer – und mit ihnen Canis!

Die Jägerin trug eine einfache weiße Tunika und saß auf einer schlanken Schimmelstute, die durch eine rötliche Mähne auffiel, in der Farbe genau zu Canis' Haar passend. Ihr folgten vier von Canis' Jägern und Jägerinnen, ihre ganz persönliche Leibwache.

Neben Canis ritt Drusus Caesar an der Spitze seiner Prätorianer. Thorag schätzte ihre Stärke auf vier Zenturien und drei Turmen Reiterei; es waren die Soldaten, die dem Überfall der Donarsöhne am Rhein entgangen waren.

Doch nur kurz überflog der Sohn des Donnergottes ihre Reihen, denn seine Aufmerksamkeit beanspruchte der Mann, der neben Drusus und Canis ritt und den Thorag für tot gehalten hatte. Ein Irrtum, wie sich zeigte. Der für einen Römer große Mann trug die Uniform des Prätorianerpräfekten, und es war unverkennbar das straffe Gesicht von Lucius Aelius Sejanus.

Unmöglich! schoß es durch Thorags Kopf. *Sejanus ist tot!*

Thorags Gedanken kehrten zurück zur Ubierstadt, und vor seinem geistigen Augen tanzte wieder das Fackellicht, das die Folterkammer in ein blutiges Rot tauchte. Er dachte daran, wie er auf Sejanus gehockt und auf ihn eingeschlagen hatte, bis der Römer sich nicht mehr rührte, nicht einmal mehr atmete!

Und jetzt saß der Präfekt auf einem großen Braunen und führte seine Prätorianer ins Lager des Markomannenkunings. Schon die Anwesenheit der Römer war eine Überraschung. Daß sie von Drusus Caesar angeführt wurden, noch mehr. Aber auch noch Canis und den totgeglaubten Sejanus zu sehen, brachte Thorag vollends aus der Fassung.

Staunend verfolgte er, wie die Prätorianer auf einer breiten Straße anhielten. Drusus Caesar, Sejanus, weitere Offiziere und einige Begleiter, zu denen auch Canis gehörte, ritten auf den Hauptplatz. Hufgetrappel und Hörnerklang bildeten die Geräuschkulisse des unglaublichen Schauspiels. Thorag rieb seine Augen und kniff in sein Fleisch, immer wieder, um sich zu vergewissern, daß er das alles wirklich sah, daß ihm kein Mahr und kein Alp einen bösen Traum sandte.

Was er sah, war die Wirklichkeit, doch sie war schlimmer als jeder Alptraum. Nun ergaben Marbods gestrige Worte vom Frieden mit den Römern einen schrecklichen Sinn. Nicht nur mit den abtrünnigen Cheruskern schloß der Markomanne ein Bündnis, sondern auch mit Rom. Das also war der Grund, weshalb Drusus Caesar den Rhein hinabgefahren war. Vermutlich hatte der Imperator damals schon Marbod zum Angriff auf das Cheruskerland angestiftet und wollte seine eigenen Legionen auf den bevorstehenden Krieg vorbereiten.

Und damit waren die freie Stämme gleich von mehreren mächtigen Feinden umringt!

Thorags entsetzlicher Verdacht bestätigte sich, als Marbod die Ankömmlinge als ›Freunde und Verbündete im Kampf gegen den Verräter Armin‹ begrüßte. Marbods Latein war perfekt und ließ deutlich erkennen, daß er in jungen Jahren einige Zeit in Rom verbracht hatte, um am Hof des Augustus alle Tugenden eines römischen Ritters zu erlernen. Wie sich gezeigt hatte, waren ihm dabei auch alle Untugenden eines römischen Machtmenschen zuteil geworden. Der Kuning stellte seine Offiziere und die cheruskischen Bündnispartner vor.

»Inguiomarus, Oheim des Arminius?« fragte Sejanus und musterte den Ingfürsten mit skeptischem Blick. »Der Germane, der an Arminius' Seite gegen Germanicus und Caecina gestritten hat?«

»Ganz recht, Präfekt«, bestätigte Inguiomar in einem Latein, das im Vergleich mit Marbods Aussprache holprig klang. »Leider erkannte ich zu spät Armins böse Absichten und seinen durch nichts zu begründenden Haß gegen Rom.«

Ein verächtlicher Ausdruck huschte über das Gesicht des Präfekten. »Die Absichten des Arminius konnte man schon im Saltus Teutoburgiensis deutlich erkennen, als er Varus und seine drei Legionen niedermetzelte.«

»Ich war nicht dabei«, erwiderte Inguiomar.

Sejanus mußte sich eine Entgegnung verkneifen. Drusus brachte ihn mit einer herrischen Handbewegung dazu, die schon mit spöttischem Ausdruck geöffneten Lippen wieder zu schließen.

»Wenn der Herzog Inguiomarus bereit ist, gegen seinen Neffen Arminius zu kämpfen, wird das Rom als Beweis seiner Treue genügen«, verkündete der Sohn des Tiberius und schenkte dem Ingfürsten ein huldvolles Lächeln, bevor er sich Marbod zuwandte. »Du hast in deinem Lager eine große Streitmacht und wertvolle Verbündete versammelt, Maroboduus. Wann glaubst du, zur entscheidenden Schlacht gegen Arminius antreten zu können?«

»Das hängst nicht zuletzt von deiner Unterstützung ab, Drusus Caesar«, antwortete der Markomanne. »Aber hier draußen ist nicht der rechte Ort, um Kriegspläne zu schmieden. Außerdem hast du mir noch nicht alle Angehörigen deiner Begleitung vorgestellt. Ich sehe eine junge Frau an deiner Seite, die nicht wie eine Römerin aussieht.«

So gespannt Thorag auch auf die Erklärung für die Anwesenheit der Jägerin war, er bedachte Marbods Verschwiegenheit mit tausend unhörbaren Flüchen. Jede Information über den geplanten Angriff auf das Cheruskerland war wichtig.

»Canis Gallus ist tatsächlich keine Römerin, und gerade deshalb begleitet sie mich«, erklärte lächelnd Drusus Caesar. »Sie stammt aus deinem Land, Maroboduus, verbrachte aber viele Jahre in Rom. Da sie unsere Sitten und unsere Sprache ebensogut beherrscht wie die der Markomannen, hielt ich ihre Begleitung für wünschenswert. Aber wenn du dich mit unseren Gepflogenheiten so gut auskennst wie mit unserer Sprache, werden wir Canis' Dienste wohl nicht benötigen und uns mit ihrer reizvollen Anwesenheit begnügen.«

»Du irrst dich, Caesar«, sagte die Jägerin zur Überraschung des Römers. »Ich habe etwas sehr Wichtiges mit Marbod zu besprechen.«

»So, was denn?«

Drusus und Marbod sprachen gleichzeitig, wie mit einer einzigen Stimme.

Canis lenkte ihren Schimmel im langsamen Schritt vor und sah den Markomannen an. »Es geht um meine Eltern, großer Kuning, und um meine Geschwister.« Sie sprach jetzt die Sprache der Germanen in der Mundart der Markomannen.

Auf Marbods Gesicht zeichnete sich Verwirrung ab, als er, ebenfalls in seiner Muttersprache, antwortete: »Ich verstehe nicht, was du meinst. Was ist mit deinen Eltern und deinen Geschwistern?«

»Du hast sie ermordet, mächtiger Marbod! Erinnerst du dich nicht? Sind die Gedanken an sie verschüttet unter den Tausenden von Toten, deren abgenagte Knochen in der Hundsspalte bleichen?«

Die Stimme der Jägerin klang nicht länger ruhig. Canis sprach laut, erregt, voller Haß.

Sie stieß die Hacken in die Flanken der Stute, und erst jetzt bemerkte Thorag die silbernen Sporen an ihren Lederstiefeln. Die Stute landete nach einem großen Satz vor Marbods Rappen, und Canis schwang in der Rechten ihren langen Dolch mit der leicht gekrümmten Klinge.

»Stirb für all deine Untaten, Kuning Marbod!« rief sie auf germanisch und fügte in Latein hinzu: »*In tyrannos!* – Gegen die Tyrannen!«

Die Dolchklinge zerfetzte Marbods goldbestickten Umhang, verfehlte aber die Brust des Kunings. Anjo hatte blitzschnell reagiert und seinen Braunen gegen das Pferd der Jägerin gedrängt. Die Schimmelstute wieherte schmerzerfüllt und schwankte, was Marbod das Leben rettete.

Canis holte zu einem neuen Stich gegen Marbod aus, und auch Anjo zog sein Schwert.

»Vorsicht, Canis!« brüllte Thorag, ohne zu überlegen, und drängte sich durch die Menge der überraschten Zuschauer. Die Ing- und Stiermänner waren verblüfft, daß die Attentäterin aus den Reihen der Cherusker Hilfe erhielt, doch niemand hielt Thorag auf.

Die Jägerin schien seinen Ruf gehört zu haben. Sie wich Anjos Schwertstreich aus. Die Klinge des Kriegsherrn schnitt tief in den Hals ihrer Stute, und augenblicklich spritzte Blut aus der Wunde. Das Tier brach schreiend zusammen.

Canis fiel auf den Boden, sprang aber augenblicklich wieder auf und blickte sich suchend um. Der Versammlungsplatz, eben noch von den wohlgeordneten Reihen der Schwarzen Wache bestimmt, verwandelte sich innerhalb weniger Augenblicke in ein unüberschaubares Wirrwarr aus Menschen und Pferden. Die Schwarzen Gardisten wollten ihrem Kuning zu Hilfe kommen, gerieten dabei aber den ebenfalls vorstürmenden Prätorianern in die Quere, die offenbar Angst um ihren Caesar bekommen hatten.

Die vier Begleiter der Jägerin bahnten sich rücksichtslos einen Weg durch die Menschenleiber, hieben und stachen auf Römer und Markomannen ein oder trieben ihre Pferde über bereits zu Boden gesunkene Soldaten. Anjo erkannte, daß sie der Attentäterin zu Hilfe kommen sollten. Auf seinen Befehl kreisten zehn oder zwölf berittene Markomannen die Jäger ein und metzelten sie nieder.

Auf Thorag achtete niemand. Er wühlte sich durch die Leiber hindurch und gelangte zu Canis, die sich nur mit ihrem Dolch gegen mehrere Markomannen verteidigte. Die Jägerin blutete bereits, wirbelte aber mit unverminderter Schnelligkeit zwischen den Feinden herum, denen es einfach nicht gelingen wollte, den entscheidenden – tödlichen – Hieb oder Stich gegen die Furie zu führen. Thorags Dolch fuhr in den Hals eines Markomannen, während der Donarsohn einen weiteren Gardisten mit einem Tritt in den Unterleib außer Gefecht setzte.

Canis' Blick begegnete seinem. Thorag las Erleichterung,

353

Dankbarkeit und Freude in den Raubtieraugen, doch nur für Bruchteile eines Augenblicks, denn schon drangen neue Gegner auf die beiden ein: berittene Wachen, angeführt von Anjo.

Thorag stürzte vor, packte die Zügel von Anjos Pferd und zerrte so kräftig daran, daß der Braune stolperte und Anjos Schwerthieb den Cherusker verfehlte. Mit einem Sprung schwang Thorag sich hinter dem Kriegsherrn auf den Rappen, hielt sich mit der linken Hand an dem Markomannen fest und drückte mit der Rechten seine Dolchklinge gegen Anjos Hals.

»Laß das Schwert fallen, Markomanne, sofort!«

Der Kriegsherr gehorchte.

»Gut«, zischte Thorag in ein Ohr des Markomannen. »Und jetzt befiehl deinen Männern, von Canis abzulassen, los!«

Thorag erhöhte den Druck der scharfen Dolchklinge, und wieder fügte sich Marbods oberster Feldherr. Zögernd befolgten die Gardisten seinen Befehl.

Canis, mit Blut bedeckt, atmete auf, schaute sich suchend um und fragte: »Wo ist Marbod?«

»In Sicherheit«, antwortete Thorag und wies nach rechts, wo eine Gruppe berittener Gardisten ihren Kuning abschirmte. »Nimm dir ein Markomannenpferd, Canis, schnell!«

Thorag entlockte Anjos Kehle ein paar Blutstropfen, und der Markomanne befahl seinen Reitern abzusteigen. Canis wählte sich ein großes Tier aus und wollte es nach rechts wenden, zu Marbod.

»Bist du verrückt?« rief Thorag. »Du kommst nicht zu Marbod durch! Wir müssen zusehen, daß wir aus dem Lager kommen!«

»Das schafft ihr niemals!« kreischte Anjo mit wutverzerrtem Gesicht. »Meine Männer werden euch töten, bevor ihr auch nur in die Nähe eines Tores kommt!«

»Mag sein«, erwiderte Thorag; er sprach ruhig und leise, so daß nur Anjo und Canis ihn hören konnten. »Aber vorher stirbst du, das ist sicher. Schaffen wir es aber nach draußen, schenke ich dir das Leben.«

Die schmalen Augen des Kriegsherrn sahen Thorag unsicher an. »Schwörst du das bei Wodan?«

»Bei Wodan und meinem Ahnherrn Donar!«

»Ein Donarsohn bist du?«

Thorag nickte und nannte seinen Namen.

»Ich habe schon von dir gehört«, sagte Anjo. »Du bist ein Edeling und Fürst und wirst deinen Schwur nicht brechen.«

»Das werde ich nicht. Schließlich heiße ich nicht Inguiomar oder Frowin.«

»Also gut, ich bringe euch hier raus!« entschied Anjo und schrie seine Männer an, den Weg frei zu machen.

Hätten die Markomannen genug Zeit zum Überlegen gehabt, hätten sie wohl einen Versuch unternommen, ihren Kriegsherrn zu befreien. Aber noch waren sie so überrascht vom unerwarteten Verlauf der Dinge, daß sie Anjos Befehle anstandslos befolgten und eine Gasse bildeten, durch die Thorag mit Anjo und dahinter Canis einem kleinen Seitentor entgegengaloppierten. Sie wählten diesen Weg, weil die breite Straße zum Haupttor durch die Prätorianer des Sejanus verstellt war. Ungläubige Gesichter von Markomannen und Cheruskern flogen an Thorag und Canis vorbei, Wälle und Palisaden rückten rasch näher.

»Im Namen Marbods, öffnet das Tor!« schrie Anjo aus zehn Pferdelängen Entfernung.

Die Wachen, die wohl noch nicht mitbekommen hatten, was sich auf dem Versammlungsplatz ereignet hatte, zogen den Holzbalken, der als Riegel diente, aus der Halterung und rissen das Tor auf. Das Pferd mit Thorag und Anjo sprengte durch die Öffnung, dann kam Canis.

Vor den äußeren Wällen und Gräben von Marbods Befestigung lagerten Krieger eines von den Markomannen unterjochten Stammes. Die Pferde der Flüchtenden jagten so rasch zwischen Hütten und Unterständen dahin, daß Thorag nicht erkennen konnte, um welchen Stamm es sich handelte. Es war ihm auch gleichgültig. Wichtig war nur, daß keiner der Krieger die Waffe hob, um Thorag und Canis aufzuhalten. Hier draußen hatten die Männer zum Glück noch weniger von dem Geschehen auf dem Versammlungsplatz mitbekommen

355

als die Torwachen. Sie mochten sich wundern, aber sie erkannten Anjo, ihren Kriegsherrn, dem sie unbedingten Gehorsam schuldeten. Niemand kam auf die Idee, sich Anjo in den Weg zu stellen.

Farne und Büsche nahmen die Reiter auf, dann hohe Buchen und Eichen. Der Wald wurde dichter und dämpfte das Hufgetrappel hinter den Fliehenden. Marbods Männer hatten die Verfolgung aufgenommen.

Thorag zügelte den Rappen, beförderte Anjo mit einem harten Stoß zwischen die gelben Blüten hochgewachsenen Hederichs und rutschte mit einem kleinen Sprung in den Römersattel des Kriegsherrn.

Canis ritt auf das Hederichgebüsch zu, schwang ihren Dolch und rief: »Jetzt büßt du für alles!« Ihr haßverzerrtes Gesicht und die unzähligen Blutflecke, die ihre Haut und ihre Tunika bedeckten, ließen die Jägerin furchterregend erscheinen.

Thorag trieb sein Pferd zwischen Anjo und Canis, so daß die Jägerin ihr Tier zügeln mußte, um eine Kollision zu vermeiden.

»Was soll das?« fauchte sie Thorag an. »Laß mich! Anjo hat den Tod mehr als hundertfach verdient!«

»Das mag sein«, sagte Thorag. »Aber ich stehe bei ihm im Wort: unser Leben gegen seins!«

Canis zögerte. Ihr Blick flog zwischen Thorag und dem Kriegsherrn hin und her, der in gar nicht herrischer Pose auf den Knien im zerdrückten Hederich lag und wie ein um sein Leben winselnder Hund zu den beiden Reitern aufschaute.

Das ferne Hufgetrommel wurde lauter. Thorag packte die Zügel von Canis' Pferd und riß es einfach mit sich.

»Komm schon!« rief er. »Unser beider Leben zählt mehr als der Tod dieses Markomannen.«

»Für dich vielleicht«, sagte Canis leise, während sie neben Thorag dahingaloppierte.

Hinter ihnen erhob sich Anjo und schrie: »Wir sehen uns wieder, ganz gewiß! Und dann wird Blut fließen!«

Ein bitterer Zug umspielte die Lippen der Jägerin, und sie seufzte: »Hoffentlich!«

Kapitel 25

Das Geheimnis der Jägerin

Sie ritten tiefer und tiefer in den finsteren Wald hinein, in Gebiete, in die kaum noch ein Lichtstrahl drang. Hätten die Bäume nicht schon viele ihrer verfärbten Blätter abgeworfen, wäre es dunkel gewesen wie in tiefster Nacht. Uralte Eichen und Buchen breiteten ihre mächtigen Baumkronen über den beiden Flüchtenden aus, wie um sie vor allem Übel zu beschützen. Aber das konnten die Bäume nicht. Die Verfolger blieben zwar unsichtbar, waren aber deutlich zu hören: das Hufgetrommel, ihre Verständigungsrufe, hin und wieder das Wiehern eines Pferdes. Und die Geräusche wurden lauter!

»Schneller, Donarsohn!« feuerte Canis den zurückfallenden Cherusker an. »Wenn Marbods Männer weiterhin aufholen, schaffen wir es nicht.«

»Mein Pferd ist erschöpft, es mußte längere Zeit zwei Reiter tragen, und keine leichten.«

»Es kann sich ausruhen, wenn wir in Sicherheit sind«, rief die Jägerin und trieb ihr Tier eine leichte Anhöhe hinauf.

Schon diese kleine Steigung bedeutete für Thorags schnaufenden Rappen eine große Mühe. Der Abstand zu Canis vergrößerte sich.

Vielleicht hatte sie recht, dachte Thorag. Nur wenn sie alles wagten, hatten sie eine Aussicht, den Verfolgern zu entkommen. Also trieb er sein Tier mit Rufen, mit Schlägen und Tritten an. Und es wirkte!

Thorags Pferd wurde schneller, schloß sogar zu Canis auf. Gerade wollte Thorag der Jägerin aufmunternd zulächeln, da knickte sein Rappe ein und warf ihn im hohen Bogen aus dem Sattel. Der Donarsohn überwand die Überraschung und schaffte es, sich leidlich über die Schulter abzurollen. Wäre nicht der Schmerz in seinem linken Bein gewesen, wäre es noch besser gegangen.

Als er sich erhob, war Canis schon abgestiegen und besah sich das rechte Vorderbein von Thorags Pferd, das sich unter

Schmerzen am Boden wälzte, schnaufte und mit entblößten Zähnen wieherte.

»Dein Rappe war so erschöpft, daß er den Fuchsbau übersehen hat«, sagte Canis und zeigte auf ein Loch im Boden, das bei dem schlechten Licht kaum auszumachen war. »Das Bein ist gebrochen. Wir können nichts mehr für den Schwarzen tun.«

Sie hatte kaum ausgesprochen, da fuhr ihr Dolch schon tief in die Brust des schreienden Tiers, zweimal hintereinander, bis das Wiehern und das Schnaufen verstummte und der Rappe nach einem letzten starken Zucken, das den ganzen Pferdeleib durchlief, völlig still lag. Warmes Blut sickerte aus der großen Stichwunde, bedeckte den Dolch und den Unterarm der Jägerin.

Noch mehr Blut, und dabei ist sie noch so jung! dachte Thorag bei ihrem Anblick.

Sein Gesichtsausdruck mußte den Gedanken verraten haben, denn Canis sagte: »Es war gut, für das Pferd und für uns. Ich habe den Schwarzen von seinen Schmerzen erlöst. Und ich habe verhindert, daß seine Schreie die Markomannen herlocken.« Es klang, als wolle sie ihr Handeln verteidigen.

Thorag sagte nichts, sondern lauschte mit geschlossenen Augen dem dumpfen und doch deutlich hörbaren Hufgetrappel. Es mußten viele Häscher sein, aufgeteilt in mehrere Gruppen. Auf breiter Front suchten sie die Attentäterin und ihren Verbündeten.

»Marbods Krieger werden uns auch so aufspüren«, meinte er düster, schlug die Augen auf und sah Canis an. »Nimm dein Pferd und reite weiter! Ich versuche, sie abzulenken.«

»Sie werden dich finden!« erwiderte Canis kopfschüttelnd.

»*Ich* habe nicht versucht, Marbod umzubringen.«

»Dafür starben andere Markomannen unter deiner Klinge. Anjo dürfte nicht gut auf dich zu sprechen sein, von Sejanus ganz zu schweigen. Kaum etwas ist ihm wichtiger, als dich tot zu sehen, Thorag. Noch mehr Freude würde ihm allenfalls bereiten, der erste Mann in Rom zu sein.«

358

»Das ändert nichts.« Thorag zuckte mit den Schultern. »Wir beide sind zu schwer für dein Pferd.«

»Kennt ihr Cherusker keine Pferdeläufer?«

Natürlich kannte Thorag Pferdeläufer und sagte es Canis. Es war eine alte germanische Kriegskunst, die Angriffswucht zu beschleunigen, indem sich ein oder zwei Männer beim Angriff an der Mähne eines Pferdes festhielten, so daß die Kraft und Schnelligkeit des Tieres zusätzlich zu seinem Reiter weitere Krieger in die Schlacht trug.

»Wir sollten es auf diese Weise versuchen«, schlug Canis vor. »Du hast mein Leben gerettet; ich werde nicht zulassen, daß du deins jetzt für mich opferst.«

»Dann steig auf!« seufzte Thorag. »Wir sollten nicht noch mehr Zeit vertrödeln.«

»Nein, du steigst auf!« erwiderte Canis im Befehlston. »Mit deinem schlimmen Bein würdest du nicht weit kommen.«

Widerwillig fügte sich Thorag. Er fand es beschämend, zu reiten, während die junge Frau neben dem Pferd herlief. Aber er sah ein, daß sie recht hatte.

Natürlich kamen sie nicht so schnell voran wie mit zwei Pferden. Canis war schnell, flink und ausdauernd, aber hin und wieder mußte Thorag den Rappen zügeln, wenn die großen Sätze des Schwarzen die Läuferin abschüttelten. Zweimal verlor Canis sogar das Gleichgewicht und stürzte zu Boden, war jedoch im nächsten Augenblick wieder auf den Beinen und rannte weiter.

Viele Fragen gingen Thorag durch den Kopf, Fragen nach Sejanus und nach dem Grund für den Anschlag auf Marbod. Aber jetzt war nicht der richtige Zeitpunkt, sie zu stellen. Sosehr es Thorag drängte, das Geheimnis der Jägerin zu lüften, er mußte sich bezähmen. Die beiden Fliehenden, besonders Canis, benötigten jeden Atemzug, jedes bißchen Kraft, um den Häschern zu entkommen.

Doch es schien aussichtslos. Es wurde Nachmittag, der Rappe schnaufte, und Canis atmete schwer, fiel immer öfter zurück. Die Geräusche der Verfolger dagegen klangen deutlich wie nie zuvor. Zu den Stimmen, dem Gewieher und dem Hufgetrappel gesellte sich ein heiseres Kläffen.

»Hetzhunde!« stieß Thorag auf einer kleinen Lichtung hervor, als er den Rappen anhielt, um Canis eine Verschnaufpause zu gönnen. »Jetzt haben sie uns!«

Er hatte gerade ausgesprochen, da brach etwas durch das Unterholz. Ein Tier. Mit einem gewaltigen Satz blieb es nur vier, fünf Schritte vor den Flüchtenden stehen.

»Ein Segutius!« entfuhr es Thorag beim Anblick des großen, schlanken Körpers.

Der Hetzhund mit dem kurzen hellbraunen Fell stand mit sprungbereiten Muskeln auf dem Waldboden aus Moos und abgefallenem Laub. Er hatte den länglichen Kopf vorgereckt, die spitzen Ohren und auch den langen Schwanz gerade nach hinten gerichtet, die großen Fänge durch die zurückgezogenen Lefzen entblößt. Ein tiefes Knurren aus der Hundekehle vibrierte drohend in der Stille des Waldes. Jeden Augenblick konnte aus dem Knurren ein lautes Bellen werden, mit dem das Tier die Markomannen herlockte.

Auch Thorag spannte seine Muskeln an, machte sich bereit, den Dolch zu ziehen und vom Pferd zu springen, um dem Bellen oder einem Angriff des Segutius zuvorzukommen. Noch hielt sich die unentwegt knurrende Bestie zurück, begnügte sich damit, die aufgespürten Menschen an der weiteren Flucht zu hindern.

»Beweg dich nicht, Thorag!«

Canis sprach im Flüsterton, kaum hörbar, aber doch mit einer Bestimmtheit, die den Cherusker verharren ließ. Seine Rechte schwebte über dem hölzernen Dolchgriff, packte aber nicht zu. Statt dessen beobachtete Thorag gebannt, wie Canis sich zu dem Hund umdrehte, langsam und ruhig, als habe sie unendlich viel Zeit. Das Knurren wurde lauter, die Haare des Hundes richteten sich auf.

Die Jägerin sah den Hund an, bückte sich und ging langsam auf ihn zu. Dabei stieß sie seltsame tierische Laute aus, eine Mischung aus Knurren und Heulen. Ihr Körper bewegte sich sanft auf und ab wie Wellengang und pendelte gleichzeitig ebenso sanft von einer Seite zur anderen.

Dieses Benehmen ließ Thorag den Atem anhalten. Er hatte das Gefühl, einer seltsamen Verwandlung beizuwohnen, als würde die Frau zum Tier werden – zur Hündin, wie es ihr Name sagte. Es erinnerte ihn an das seltsame Verhalten der Berserker, wie er es bei Isbert und Frowin erlebt hatte. Der Donarsohn dachte an die Erzählungen von Mannwölfen: Männer, die nächtens zu reißenden Wölfen wurden. Und an die Hundinge, die es bei den Langobarden geben sollte: seltsame Wesen mit menschlichen Körpern, auf denen Hundeköpfe saßen; diese Wesen sprachen nicht mit Menschenstimme, erzählte man sich, sondern sie bellten, heulten und jaulten wie Hunde. Wie Canis!

Aber die Jägerin veränderte ihr Äußeres nicht. Ihre junge Haut wurde nicht zu tierischem Fell, ihr schönes Gesicht verzerrte sich nicht zur länglichen Hundeschnauze. Nur ihre Stimme und ihre Bewegungen erweckten in Thorag den Eindruck, nicht länger ein menschliches Wesen vor sich zu haben, sondern ein wildes Tier.

Der Donarsohn hatte damit gerechnet, daß der Hetzhund die Frau jeden Moment angreifen würde. Aber im Gegenteil, das Tier wich Schritt um Schritt zurück, und aus dem wütenden, drohenden Knurren wurde ein unterwürfiges, fast ängstliches Jaulen. Der steif zurückgestreckte Schwanz erschlaffte und verschwand zwischen den Hinterbeinen, während sich das große Tier zu Boden duckte und ergeben zu Canis aufblickte.

Unglaublich, wie rasch der Segutius die Jägerin als seine Herrin anerkannt hatte! Thorag kam aus dem Staunen nicht heraus. Hatte Canis das Tier durch ihre seltsamen Bewegungen und Laute verzaubert?

Jetzt ließ sich das kräftige Tier sogar von Canis streicheln und kraulen, drehte sich unter wohligem heiseren Gewinsel auf den Rücken und bot der Jägerin den ungeschützten Bauch und den langen, schlanken Hals als Zeichen der Unterwerfung dar.

Eben noch hatte ein leises Lächeln auf den Zügen der Frau gelegen, als genieße sie den Umgang mit dem Hetzhund. Jetzt verhärteten sich ihre Züge, während ihre Rechte den rasch gezogenen Dolch in den Hundehals stieß, um dem erschrocken zusammenzuckenden Tier die Kehle durchzu-

361

schneiden. Das Blut schoß aus der Wunde und spritzte über Canis, als sei sie vom Blut der Markomannen und des von ihr getöteten Rappen noch nicht genug befleckt worden. Sie schien sich nicht daran zu stören und gab dem Segutius den Fang mit einem Stich ins Herz.

Langsam richtete sie sich auf, und aus dem Tier in Menschengestalt wurde wieder eine Frau. Eine Walküre, so schien es, als Thorag auf den Dolch in ihrer Hand und das Blut überall an ihr starrte. Über ihren Augen hing ein Schleier. Canis wirkte weder stolz auf ihre Tat noch froh, den gefährlichen Hetzhund erledigt zu haben. Eher traurig.

»Der Hund traut dem Menschen, und der Mensch nutzt das aus«, sprach sie leise, wie zu sich selbst. »Ich mußte ihn töten.«

»Natürlich mußtest du das«, bestätigte Thorag. »Komm jetzt, weiter!«

Canis legte den Kopf schief und lauschte den nahenden Häschern. »Es wird uns nichts nützen.«

»Dann war auch das da sinnlos«, sagte Thorag und zeigte auf den ausblutenden Hund.

Er kannte nicht den Grund, aber Canis schien von ihrer eigenen Tat sehr betroffen. Der Tod des Hundes schien ihr näherzugehen als der des Rappen, ja sogar näher als das Sterben ihrer menschlichen Gefährten in Marbods Lager.

»Vielleicht war es das«, meinte Canis, während sie auf den toten Hund sah. »So wie alles.«

Thorag legte den Kopf in den Nacken und warf einen flehenden Blick auf die dunklen Wolken, die sich über der Waldlichtung abzeichneten. Der Tag wurde dunkler, die Wolken ballten sich zusammen. Warum entleerten sie sich nicht?

Er begann leise zu singen, ein Lied aus alten Tagen, das er von Wisar gelernt hatte:

Donnergott Donar, erhöre deinen Diener!
Stürmischen Wind sende mit deiner starken Hand,
Blitze brechen der Wolken geschwollene Bäuche,
Regenfluten rauben dem Reiter den Stand,
Eichen schwanken, Pferde stürzen, Menschen schreien.

Wodans Sohn, Wettergott, Windgebieter,
Riesentöter, Recke, Regenbringer,
Bocksbeherrscher, Bauerngott, Blitzeschleuderer,
Donnergott Donar, erhöre deinen Diener!

Zweifelnd sah Canis zum düsteren Himmel hinauf und dann in Thorags gespanntes Gesicht. »Glaubst du wirklich, das wirkt?«

Der Donarsohn lächelte schwach, ein wenig hilflos. »Mein Vater hat gesagt, die Götter helfen nur, wenn wir an sie glauben.«

»Hat es bei deinem Vater gewirkt?«

Thorag zögerte mit seiner Antwort: »Manchmal.«

Canis wischte den Dolch an einem Moosbüschel ab, trat zu Thorag, legte eine Hand auf die Kruppe des Rappen und sagte: »Du hast recht, Donarsohn.«

»Womit?« Er sah sie irritiert an.

»Nur die Götter können uns noch helfen.«

Der Rappe stieg unerwartet auf die Hinterbeine, und Thorag konnte sich nur mit Mühe im Römersattel halten. Canis wurde von dem scheuenden Tier zur Seite geschleudert, fiel auf Hände und Knie.

Schuld war der Donnerhall, so laut, als habe ein Riese direkt über der Lichtung einen tief dröhnenden Gong geschlagen. Dann folgte auch schon der Blitz, der die Wolken spaltete und die düstere Lichtung in ein unwirkliches, gleißendes, nur einen Augenblick währendes Licht tauchte. So kurz die Helligkeit auch war, sie genügte, um Thorag zwischen den Bäumen, nur ein kurzes Stück voraus, etwas erkennen zu lassen: grauer Fels mit einem dunklen Loch – eine Höhle.

Neuer Donner und weitere Blitze folgten. Sie rissen die Wolken auf wie scharfe Dolche, deren Klingen in prall gefüllte Wasserschläuche fuhren. Unvermutet losbrechender Sturm heulte über den Wald, bog die alten, starken Bäume und trieb die niederstürzenden Regenmassen vor sich her. Starke Äste wurden entlaubt, schwächere einfach vom Orkan losgerissen und zu seinem Spielball gemacht.

Thorag sprang aus dem Sattel des erregt hin und her springenden Rappens, hielt die Zügel fest und lachte befreit. »Donar hat uns erhört! Er hat mein Lied vernommen und steht uns zur Seite. Sein Atem wird die Markomannen hinfortwehen!«

»Uns auch«, ächzte Canis, als sie aufstand und sich gegen den Wind beugte. »Hier finden wir nirgends Schutz.«

»Doch.« Lächelnd zeigte Thorag in die Richtung, wo er die Felshöhle erblickt hatte. »Dort!«

Mit der Linken ergriff er die Hand der Jägerin und in der Rechten hielt er die Zügel des Rappens, während er sich durch das Unterholz kämpfte. Der Sturm wurde noch stärker, entlaubte ganze Bäume. Regen, Zweige und Schmutz flogen Thorag und Canis entgegen. Sie konnten kaum aus den Augen blicken, mußten sie mit der Hand abschirmen und durften nur ein wenig blinzeln.

Doch Thorag fand den langgestreckten Felsen, den er im Licht des ersten Blitzes erblickt hatte. Er dankte Donar, daß er ihm den Weg gewiesen hatte. Und daß Thorag sich nicht getäuscht hatte: Der dunkle Fleck war tatsächlich der Eingang zu einer Höhle. Gewunden wie eine Schlange, führte sie tief in den Fels hinein und war groß genug, um den Rappen mitzunehmen. Hier, in der steinernen Finsternis, geschützt vor dem draußen tobenden Sturm, fanden der Mann, die Frau und das Pferd endlich Ruhe.

Donnergott Donar, höre deines Dieners Dank!
Stürmischen Wind sandtest du mit deiner starken Hand,
Blitze brachen der Wolken geschwollene Bäuche,
Regenfluten raubten dem Reiter den Stand,
Eichen schwankten, Pferde stürzten, Menschen schrien.
Wodans Sohn, Wettergott, Windgebieter,
Riesentöter, Recke, Regenbringer,
Bocksbeherrscher, Bauerngott, Blitzeschleuderer,
Donnergott Donar, höre deines Dieners Dank!

Thorag stand vor dem Eingang der Höhle, spürte den erfrischenden Regen auf seinem himmelwärts gewandten Gesicht und sang seinem Ahnherrn die Dankesworte, deren Melodie sich mit dem Plätschern des Regens vermischte. Der Niederschlag war schwächer geworden. Der Sturmwind war fortgezogen und hatte Wolken zurückgelassen, die nicht mehr so düster und nicht mehr so dicht waren. Zwischen den Wolken kamen Sunnas wärmende Strahlen hervor und streichelten versöhnlich die Menschenwelt; selbst der Regen erschien jetzt warm. Schon bald würde der Sonnenwagen jenseits der Wälder verschwinden, so lange hatte Donar über dem Grenzland gewütet. Eng aneindergedrängt, Wärme gegen Wärme gebend, hatten Thorag und Canis in der Höhle gehockt, stumm, Donars mächtiger Stimme lauschend. Die Spuren der Flüchtlinge waren mit Sicherheit verwischt und ihre Verfolger, sollten sie keinen ähnlich guten Unterschlupf gefunden haben, vertrieben. Dafür dankte Thorag dem Donnergott.

Die sanfte Berührung an seinem Arm rührte von der Hand der Jägerin. Canis lächelte, wirkte heiter und gelöst wie selten.

»Du hast allen Grund, deinem Gott zu danken, Donarsohn. Seine Hilfe kam prompt und zuverlässig. Wenn man sich nur immer so auf die Götter verlassen könnte!«

Der Ernst ihrer Worte paßte nicht zu ihrem Lächeln. Canis lief an ihm vorbei ins Freie und drehte sich unter lautem Jauchzen und Lachen im Regen, der angenehm war im Vergleich zu dem Unwetter, das vor kurzem noch über der Felshöhle und den Wäldern getobt hatte. Ihre Bewegungen wirkten fremdartig, wild und doch anmutig, wie der Tanz eines Tieres. Sie erinnerten Thorag an den Zauber, den Canis über den Segutius gelegt hatte, kurz bevor sie den Hetzhund tötete. Wollte sie jetzt Thorag verzaubern?

So schien es ihm, denn er fühlte sich in einem seltsamen Bann, der sein Herz leicht und sein Gesicht lächeln machte. Als hätte es nie einen Kuning Marbod oder einen Verräter Inguiomar und nie eine Hetzjagd durch diese Wälder gegeben. Das grüne Leuchten in den Augen der Jägerin wirkte nicht länger berechnend und gefährlich wie das einer Raubkatze, sondern fröhlich und offen wie die Arme, die Canis einladend in Thorags Richtung ausbreitete, ohne ihren wiegenden, jetzt an die Bewegungen einer Schlange erinnernden Tanz zu unterbrechen.

»Komm!« lautete der auffordernde Ruf ihrer verlockenden, verheißungsvollen Lippen.

Und Thorag kam, trat hinaus in den Regen und konnte seine Augen nicht von der Frau nehmen, die mit den fließenden Bewegungen ihres magischen Tanzes ihre blutbefleckte Tunika hob und über ihren Kopf zog; den Gürtel mit dem Dolch hatte sie schon zuvor gelöst. Achtlos ließ sie das Kleidungsstück fallen, trug nur noch ihre kniehohen Lederstiefel und wirkte auf Thorag so verführerisch wie keine Frau zuvor. Auch Donar fand Gefallen an ihr, und der Regen liebkoste den wundervollen Körper, perlte auf der nackten Haut und reinigte sie von den Flecken des heute vergossenen Blutes. Unzählige Bäche flossen über die Wangen und Schultern, über die winzigen Hügel der Brüste, den flachen Bauch und die schlanken Beine. Tropfen an Tropfen glitzerte in ihrem Haar, das nicht nur auf ihrem Haupt rötlich glänzte, sondern auch zwischen den Schenkeln. Gebannt verharrte Thorags Blick auf dem Dreieck, das wie nasses Kupfer schimmerte und sich im Rhythmus des Tanzes bewegte, als wohne eigenes Leben in ihm.

Es gab kein Überlegen, kein Zögern und schon gar keine Gegenwehr für den Cherusker. Der zauberhafte Bann, war es nun der des Tanzes oder der des Augenblicks, ließ es nicht zu. Er lockte Thorag zu Canis und ließ es geschehen, daß sie seinen Umhang und seine Hosen abstreifte. Sie faßte seine Hände mit den ihren, machte ihre Bewegungen und ihren Rhythmus zu seinem, und beide tanzten nackt im reinigenden Wasser Donars, lachten ihre Erleichterung und ihre Freude ins Gesicht des anderen und zum Himmel hinauf, zu Asgard, dem Götterheim.

Ihre Leiber kamen sich näher, rieben sich aneinander, drückten sich fester und fester, als wollten sie verschmelzen. Jede Berührung und jede Bewegung steigerten ihre Freude, ihre Lust, ihre Ekstase. Thorag kam alles ganz natürlich vor, als habe er niemals etwas anderes begehrt als die Vereinigung mit Canis.

Die junge Frau, die ihre Beine um seinen Leib schlang, schien ebenso zu fühlen und zu denken. Seine Hände faßten ihr kleines, strammes Gesäß und preßten ihren Unterleib gegen seinen. Aufrecht im Regen stehend, drang Thorag in Canis ein.

Zwei Leiber wurden zu einem, und dessen Tanz wurde wilder, schneller, zuckender, bis sich die immer weiter gesteigerte Lust in einem langgezogenen, gellenden Schrei der Jägerin entlud, der an nichts Menschliches erinnerte.

Auch Thorag erreichte den Höhepunkt, und seine Knie wurden plötzlich weich. Mann und Weib sanken auf das nasse Gras, das ihre lustvollen Bewegungen mit schmatzenden Lauten begleitete. Dem ersten Höhepunkt folgten weitere, als wollten Thorag und Canis jede Nacht, die seit ihrer ersten Begegnung verstrichen war, im nachhinein mit gemeinsamer Leidenschaft erfüllen.

Die Jägerin war jung, aber erfahren wie eine reife Frau, mal von der Sanftheit des Mädchens, dann wieder erfüllt von bestialischer Wildheit, so daß Thorag sich fragte, ob es überhaupt ein Mensch war, mit dem er seine Lust teilte. So etwas hatte er niemals zuvor erlebt, hatte es noch nicht einmal für möglich gehalten.

Erst als Sunna ihre Tagesreise beendet hatte und Nott ihre dunklen, kalten Schleier über die Wälder im Grenzland warf, ermatteten der Donarsohn und die Jägerin, und aus einem Leib wurden wieder zwei. Stumm suchten sie ihre wenigen Kleider zusammen und gingen zurück in die Höhle, wo der hungrige Rappe sie mit anklagendem Gewieher empfing.

Thorag führte ihn hinaus, wo der Schwarze sich am Gras und am Wasser einer großen Pfütze gütlich tat. Thorag erblickte im verblassenden Tageslicht sein Spiegelbild in diesem Wasser und bemerkte, daß der Regen die dunkle Farbe aus seinem Haar gewaschen hatte.

Die Augen, die ihn vorwurfsvoll anstarrten, waren seine eigenen und schienen doch fremd, wie Thorag sich selbst fremd vorkam. Er fühlte sich wie ein Neiding, ein Verräter – und die Verratene war Auja. Er konnte sich noch so oft sagen, daß er nur dem natürlichen Bedürfnis eines Mannes nachgegeben hatte, daß der Verkehr mit einer Kebsfrau für einen verheirateten Friling erlaubt und keine Schande war – seine Scham über das Geschehene wurde er nicht los.

Zwischen ihm und Auja hatte stets besonderes Vertrauen geherrscht – und Liebe, was nicht immer die Voraussetzung für eine Heirat war. Aber Thorag und Auja hatten nicht nach dem Willen ihrer Väter und auch nicht aus politischen Gründen geheiratet, wie es in den Kreisen der cheruskischen Edelinge oft geschah. Auja war nicht einmal von edler Abstammung, sondern die Tochter eines trunk- und spielsüchtigen Bauern. Thorag dachte daran, wie schwer es für sie beide gewesen war, zusammenzufinden, wie lange sie sich vergebens nach einem gemeinsamen Leben gesehnt hatten. Und das alles gab er auf für eine kurze Zeit der Lust mit Canis?

Er verstand sein Verhalten nicht, wußte nur, daß er schon lange das Verlangen in sich gespürt hatte, sich mit der Jägerin zu vereinigen. Enttäuscht fühlte er sich in keiner Weise, eher das Gegenteil war der Fall. Und doch hätte er viel darum gegeben, es ungeschehen zu machen.

Canis schien seine umgeschlagene Stimmung zu spüren, als er mit dem gesättigten Pferd in die Höhle zurückkehrte. Ihr Gesicht wirkte ernst, wie seines wohl auch. Er war froh, als Notts Finsternis den Höhleneingang bedeckte und die Dunkelheit die beiden Menschen verschluckte.

»Wir verbringen hier die Nacht«, sagte Thorag, als das beiderseitige Schweigen zu bedrückend wurde. »Wasser haben wir mehr als genug, nur mit unseren knurrenden Mägen müssen wir uns abfinden, wollen wir nicht dem Rappen nacheifern und uns mit Gras zufriedengeben. Wenn Dagr die Schleier seiner Mutter Nott zerreißt, machen wir uns auf die Suche nach meinen Kriegern. Wir müssen Boten zu Armin aussenden, damit er erfährt, welchen mächtigen Bund die Feinde der Cherusker schmieden.«

»Die Zwietracht der Germanen wird ihr Untergang sein«, antwortete Canis leise.

»Was soll das heißen?« fragte Thorag.

»Ich habe diesen Satz aus dem Mund des Drusus gehört, aber ursprünglich soll er von Tiberius stammen. Als er Germanicus zurück nach Rom berief, faßte er den Vorsatz, die Germanen an ihrer eigenen Zwietracht zugrunde gehen zu lassen. Er hält dies für besser, als weiterhin diese finsteren Urwälder mit dem Blut seiner Legionäre zu düngen.«

»Soll Marbod das Schwert seiner Rache sein?«

»Marbod, ja, und wohl auch Inguiomar und Frowin. Drusus hat Marbod veranlaßt, ins Cheruskerland einzufallen.«

»Aber Marbod war immer stolz darauf, sein eigener Herr zu sein, nicht der Untergebene Roms.«

»Drusus hat ihm versprochen, daß es so bleiben wird. Die Römer wollen Armin und die freien Stämme durch einen Vorstoß über die Rheingrenze ablenken und möglichst viele Truppen binden. Dann hat Marbod leichtes Spiel, Armin und dich zu besiegen und sich zum Kuning über alle Stämme aufzuschwingen.«

»Ist ein so mächtiger und auch eigenmächtiger Herrscher im Sinne Roms?«

Canis stieß ein heiseres Lachen aus, das Thorag an das Bellen eines Hundes erinnerte. »Tiberius und Drusus glauben nicht, daß Marbod dieses Ziel jemals erreicht. Auch er wird, so denken sie, an der germanischen Zwietracht scheitern. Sie scheinen sich da sehr sicher, wenn ich auch nicht weiß, warum.«

»Einiges bleibt im Dunkel, aber so manches klärt sich auf. Ich hatte mich die ganze Zeit gefragt, weshalb Marbod seinen Vorstoß so dicht am Winter unternimmt. Mit der Unterstützung Roms im Rücken kann er fast sicher sein, uns im ersten Anlauf zu überrennen. Und dann liegen seine Kriegerscharen als Sieger im Land, und wenn der Winter wieder geht, ist seine Macht schon gefestigt.«

»So sehen es Drusus und Sejanus und wohl auch Marbod«, bestätigte die Jägerin.

»Viele Verbündete stehen gegen uns«, seufzte Thorag nachdenklich. »Aber wo stehst du, Canis?«

»Wie meinst du das?«

»Du hast den Römern geholfen, mich und meine Donarsöhne zu überfallen. Dann aber hast du mich gegen Sejanus verteidigt!«

369

»Ich mochte dich vom ersten Augenblick an, Donarsohn, weil ich spürte, daß wir von gleicher Art sind. Aber ich durfte das Wohlwollen der Römer nicht verspielen, weil ich dabeisein wollte, wenn Drusus sich mit Marbod trifft, um den Pakt persönlich zu besiegeln.«

»Um Marbod zu töten?«

»Ja!«

»Warum?«

»Weil er der Mörder meiner Familie und der Zerstörer meines Lebens ist.« Sie erzählte von dem Gaufürsen Ortolf, der sich dem Waffenruf Marbods widersetzt hatte und dafür grausam bestraft worden war. »Vielleicht wäre es besser gewesen, an jenem Morgen zu sterben, als Anjo, der damals noch einfacher Offizier in Marbods Heer war, mit seinen Kriegern Ortolfs Siedlung überfiel. Aber ich überlebte, um von den Markomannen verschleppt und geschändet zu werden.« Ihre Stimme zitterte, als sie von der Hundsspalte berichtete, in die Marbod die angeblichen Verräter stoßen ließ – auch Canis.

Thorag hörte ihr mit wachsender Spannung zu, und auch mit wachsender Abscheu vor Marbod und Anjo. Ungläubig fragte er: »Und das hast du überlebt?«

»Vielleicht halfen mir die Götter, um mich zum Werkzeug der Rache zu machen; jedenfalls legte ich es mir später so zurecht. Strauchwerk, das aus den Wänden der Hundsspalte ragte, dämpfte meinen Sturz. Trotzdem war ich ohne Bewußtsein, als ich unten aufschlug, kam erst wieder durch eine seltsame Berührung zu mir. Es war die Zunge einer großen Hündin, die über mein Gesicht leckte. Die Hündin verteidigte mich gegen die anderen Hunde, ließ kein Tier an mich heran. Sie waren so gesättigt von den vielen Menschen, die Marbod in die Spalte geworfen hatte, daß sie die Hündin gewähren ließen. Die Zitzen meiner Beschützerin waren angeschwollen, aber keine Welpen saugten an ihr. Sie mußte ihren gesamten Wurf verloren haben. Mich hatte sie erkoren, um ihre Mutter- und Beschützerinstinkte auszuleben. Ich trank ihre Milch, aber das allein stillte nicht meinen Appetit. Schließlich überwand ich mich und aß das Fleisch, das die Hündin mir brachte – rohes Fleisch, Fleisch von ...« Sie brach ab, schwieg eine ganze Weile und fuhr endlich, kaum hörbar fort: »Vielleicht stammte es sogar von meinem Vater, meiner Mutter, meinen Brüdern oder meiner Schwester!«

Jetzt verstand Thorag ihren Haß auf Marbod, dem sie alles untergeordnet hatte, ihre Gefühle, ihr Leben und auch das Leben anderer Menschen.

Canis fing sich und sagte mit wieder fester Stimme: »Erst als die Hündin, die meine zweite Mutter wurde, kurz vor dem erneuten Werfen stand, verließ ich die Hundemeute, die mich behandelt hatte, als gehörte ich zu ihnen. Ich wußte nicht, wohin ich mich wenden sollte, und so war es mir fast gleichgültig, als ich den Sklavenfängern in die Arme lief. Den Rest der Geschichte habe ich dir schon erzählt.«

»Ja«, sagte Thorag nur und dachte über das Gehörte nach. Er empfand Mitgefühl für das Schicksal der Jägerin, aber seine Leidenschaft für Canis war erloschen wie Sunnas Licht. Nicht ihre Erzählung war dafür verantwortlich, sondern etwas in ihm selbst: die Erkenntnis, daß die Flammen der wilden Leidenschaft einen Menschen schnell verschlingen konnten, aber niemals so wohltuend wärmend waren wie die Glut der wahren Liebe.

»Warum schweigst du?« fragte Canis. »Mißbilligst du, was ich getan habe?«

»Es steht mir nicht zu, über dich zu urteilen. Du selbst mußt wissen, ob du richtig gehandelt hast. Aber wenn es dir etwas bedeutet: Ich verstehe dich.«

Ihre Antwort kam nach kurzem Zögern: »Es bedeutet mir etwas.«

Thorag war das Thema unangenehm. Um es zu wechseln, fragte er: »Was ist mit Sejanus? Ich dachte, er sei tot!«

»Das war er auch.«

Hätte in der Höhle nicht völlige Finsternis geherrscht, hätte Canis auf Thorags Gesicht den Ausdruck gänzlichen Unglaubens lesen können.

»Er ... war tot?« krächzte der Cherusker.

»Zumindest schien es so«, erklärte Canis. »Der Arzt, der ihn ins Leben zurückholte, sagte, sein Atem sei so schwach

371

gewesen, daß Sejanus, hätte man ihn nicht so gründlich untersucht, sich leicht auf dem Friedhof wiedergefunden hätte.«

»Schade, daß ihm dieses Schicksal erspart geblieben ist!« knurrte Thorag.

»Sejanus findet dich ebenso sympathisch wie du ihn. Du hast ihn in der ganzen Ubierstadt und weit darüber hinaus blamiert. Der große, stolze und mächtige Sejanus, überlistet von einem der von ihm so verachteten Barbaren! Er hat geschworen, dich mit eigenen Händen zu töten, sobald er dir wiederbegegnet.«

»Die Gelegenheit hat er verpaßt!« lachte Thorag rauh und dachte an das Wiedertreffen in Marbods Lager.

»Du solltest Sejanus nicht unterschätzen. Viele Römer sind nachtragend, viele tückisch, viele gefährlich. Er ist alles drei und in allem ein Meister.«

»Ich werde mich vorsehen«, versprach Thorag.

Das Geräusch, das Canis von sich gab, konnte er nicht recht einordnen. Es klang fast wie ein Seufzer der Erleichterung.

»Ich habe dir viele Fragen beantwortet, Donarsohn. Jetzt beantworte du mir eine: Weshalb hast du mir im Lager der Markomannen beigestanden? Du hast dadurch dich selbst und deine ganze Mission gefährdet.«

»Daran dachte ich nicht, als ich eingriff.«

»An was dachtest du?«

»Daran, daß du nicht sterben solltest.«

»Warum nicht? Was bedeute ich dir?«

»Zuviel«, sagte Thorag und fügte nach kurzer Pause hinzu: »Zuviel für einen Mann, der eine Frau und einen Sohn hat, die er beide liebt.«

»Ein klare Entscheidung«, sagte Canis und ließ sich keine Enttäuschung anmerken, außer daß sie verstummte.

Es war eine klare Entscheidung, dachte Thorag, aber keine einfache. Doch er war froh, sie getroffen zu haben.

Als er sich zum Schlafen hinlegte, suchte er nicht die wärmende Nähe der Jägerin. Der harte Boden störte ihn nicht, auch nicht die Kälte. Anstrengend, wie der Tag gewesen war, schlief er bald ein. Er hatte erwartet, von Canis zu träumen oder von Auja, vielleicht auch von beiden. Aber der Traum zeigte ihm ein anderes Gesicht: jung, mit Sommersprossen und blauen Augen, die Thorag vorwurfsvoll und traurig anstarrten. Dieser Blick Ragnars war vielleicht schlimmer als alle Selbstvorwürfe.

Nicht die vorwurfsvollen Augen seines Sohns weckten Thorag, sondern Geräusche, die leise und kaum wahrnehmbar an sein Ohr drangen. Erst hielt er sie für Ausgeburten seiner Träume. Er kniff schmerzhaft in seine Wange, war sich sicher, wach zu sein, und hörte wieder ein ganz leises Rascheln. Wie leichter Sommerwind, der sanft über eine Wiese strich. Aber hier in der Höhle gab es keinen Wind. Nur Dunkelheit, ab und zu die seltsamen Geräusche, und das sichere Gefühl der Gefahr, das ein Kribbeln über den Nacken des Cheruskers jagte.

Er zuckte zusammen, als eine Hand seinen Arm berührte. Die Stimme in seinem Ohr beruhigte ihn. »Du hörst es auch?« wisperte Canis.

»Ja«, hauchte er und zog leise den Dolch aus der Scheide. Er spürte, daß Canis es ihm nachtat.

Wenn dort Feinde kamen, waren es wohl Markomannen. Sie schienen in der Höhle zu sein. Waren sie an dem Rappen schon vorüber? Warum stieß das Tier kein warnendes Wiehern aus?

Thorags Augen gewöhnten sich an die Finsternis, nahmen dankbar den winzigsten Schimmer des Sternenlichts auf, der in die Tiefe der Höhle drang. Schemenhafte Bewegungen nahm der Donarsohn wahr, doch da war es schon zu spät. Die Schatten, die er erblickt hatte, fielen über ihn und Canis her. Es waren viele, und sie waren schnell und stark.

Der Donarsohn sprang auf, schüttelte zwei Angreifer von sich ab und wollte mit dem Dolch zum Stoß gegen andere Feinde ausholen. Ein starker Hieb traf seinen linken Unterschenkel, weckte alte Schmerzen, die zu neuen wurden. Das Bein versagte den Dienst, und Thorag knickte ein. Sofort waren die Schatten über ihm, drückten ihn zu Boden, hielten

ihn fest, entrissen ihm den Dolch, fesselten ihn an Armen und
Beinen und steckten ihm schließlich noch ein Knebeltuch tief
in den Mund, daß er kaum noch atmen konnte. Den Geräu-
schen nach zu urteilen, schien es Canis ähnlich zu ergehen.

Die Schatten verständigten sich im Flüsterton. Thorag
konnte ihre Worte nicht verstehen. Sie schleppten die Gefangenen aus der Höhle, vorbei an etwas Großem, Weichem,
Feuchtem. Es konnte nur der Rappe sein, verendet, ausblu-
tend.

Draußen warteten weitere Schatten mit Pferden. Thorag
wurde über ein Tier geworfen, Canis über ein anderes. Die
Schatten saßen auf und verließen die Felshöhle. Die Schritte
ihrer Tiere waren selbst auf dem weichen Waldboden ungewöhnlich dumpf, wie aus einer anderen Welt.

Hatte Hel ihre Boten gesandt, um Thorag und Canis nach
all den Mühen doch in ihr dunkles, kaltes Totenreich zu
holen? War dies die Strafe für den Verrat an Auja und Ragnar?

Kapitel 26

Die Schattenkrieger

Noch hielt Sunna sich verborgen, irgendwo jenseits der dunklen Riesen, die den Weg der schwarzen Reiter und ihrer beiden Gefangenen säumten – Eichen und Buchen, Tannen und
Kiefern, alt, hochaufragend, düster und schweigend. Noch
erwachte der Wald nicht zu Leben, war nur hin und wieder
der geheimnisvolle Ruf eines Nachtvogels zu hören. Und das
unwirkliche Geräusch des Hufschlags.

Thorag dachte nicht länger an Geisterpferde. Längst hatte
er erkannt, daß die Reiter die Hufe der Tiere, ausnahmslos
Rappen, mit dicken Lappen umwickelt hatten. Schon in kurzer Entfernung war kein Laut mehr zu hören. Und das wiederum ließ Thorag doch an Geister denken. Auf einem so
langen Marsch pflegten Pferde zu wiehern und zu schnau-

ben – diese aber nicht. Ein Trupp von zwölf Männern verursachte Geräusche, wenn ihre Waffen klirrten, aber Thorag hörte nichts dergleichen. Dabei trugen die Schemenreiter Waffen. Schwach noch und blaßrosa tasteten Sunnas erste Finger zwischen den Baumkronen hindurch, aber doch stark genug, um jetzt die Umrisse von Reitern und Pferden zu erkennen, auch die von Framen und Geren, Schwertern und Schilden.

Markomannen aus Marbods Heer schienen die seltsamen Krieger, die in langer Reihe durch die Wälder zogen, nicht zu sein. Ihr Marsch führte in die falsche Richtung, nach Osten, weg von Marbods Lager. Mehr und mehr zerrissen Notts Schleier, und Dagrs Licht enthüllte Bäume und Sträucher, Farne und Felsen. Aber die Reiter vor und hinter den beiden Gefangenen wirkten weiterhin schemenhaft, dunkel, undeutlich wie Schatten – oder Boten aus dem Totenreich.

Da erkannte Thorag die Wahrheit und wunderte sich, daß er nicht eher darauf gekommen war. »Schattenkrieger!« stieß er hervor, halblaut nur, aber einer der Schatten hatte ihn gehört. Er trieb den Rappen neben Thorags Pferd, und versetzte dem bäuchlings wie einen Sack über das Tier geworfenen Donarsohn einen schmerzhaften Hieb auf den Hinterkopf. Dazu benutzte er sein Schwert. Vergeblich suchte Thorag nach dem rötlichen Leuchten von Eisen im aufhellenden Morgenlicht. Weder Griff noch Klinge reflektierten das Licht, und der Grund war einfach: Die ganze Waffe war aus Holz.

Thorag verstand den ebenso stummen wie schmerzhaften Befehl und schwieg. Schon einmal, kurz nach dem Aufbruch von der Felshöhle, hatte er sich einen Hieb eingefangen, als er Canis fragen wollte, wie es ihr ging. Offenbar schätzten es die schweigsamen Schattenkrieger nicht, wenn ihre Gefangenen redeten. Unklar blieb, ob sie die Verständigung zwischen Thorag und Canis unterbinden wollten oder ob den stummen Männern jedes Geräusch zuwider war. Der Cherusker wußte nicht viel von den sagenhaften Schattenkriegern, nur das, was man sich an langen Winterabenden von ihnen erzählte.

375

Da er nicht mit Canis reden konnte, suchte er zumindest den Blickkontakt mit der Jägerin, die auf einem Rappen hinter ihm lag. Seine Augen fanden die ihren. Hatte sie seinen Ausruf eben verstanden? Ihr Gesicht gab keine Antwort auf diese Frage. Seltsam gelassen sah Canis den Donarsohn an.

Der Trupp hielt an. Ein paar Reiter stiegen ab und banden Tücher um die Gesichter der Gefangenen, verwehrten ihnen sogar den Austausch der Blicke.

Bald ahnte Thorag den Grund, als er gedämpfte Stimmen und dann auch das Wiehern von Pferden hörte. Leichter Brandgeruch kitzelte seine Nase. Es roch nicht nur nach verbranntem Holz, sondern auch nach gebratenem Fleisch. Die Ahnung wurde zur Gewißheit: Sie näherten sich einem Lager.

Der Trupp hielt an, wurde von vielen Männern umringt. Gespräche im Flüsterton folgten, zu leise, um sie zu verstehen. Dann harte Griffe, und Thorag wurde vom Pferd gehoben, von Augenbinde und Knebel befreit.

Ihm gegenüber stand ein Mann, nicht so groß und breitschultrig wie der Donarsohn, aber gleichwohl von beeindruckender Gestalt. Sein Gesicht war von den Furchen eines reifen Mannes durchzogen, obwohl der Unbekannte nicht älter als Thorag sein konnte. Eine gebrochene und darum krumme Nase und eine lange weiße Narbe auf der linken Wange verliehen dem Antlitz etwas Unversöhnliches, Grausames. Der Fremde trug einen dunklen Wollumhang, dunkle Hosen und Lederstiefel. Die Kleidung war einfach, aber sorgsam gefertigt. Dieser Einfachheit zum Trotz verriet die stolze, herrische Haltung einen einflußreichen Mann, vielleicht den Anführer aller Krieger in diesem Waldlager. Thorags rascher Blick in die Runde war über eine große Lichtung mit zahlreichen Hütten und Unterständen geflogen – das Marschlager einer mehrhundertköpfigen Kriegerschar.

Vergeblich versuchte er, die Krieger einem Volk oder Stamm zuzuordnen. Er kannte sie nicht. Sie stammten gewiß nicht aus diesem Gebiet. Also doch Gefolgsleute Marbods?

Thorags Blick traf seine Entführer. Ja, es waren Schattenkrieger. Mit Ruß hatten sie Haar und Haut geschwärzt,

schwarz waren ihre Schilde, und alle Waffen bestanden aus
Holz. So konnten sie nachts ungesehen und lautlos kämpfen.
Wenn es die Schattenkrieger waren, von denen die Väter
erzählten, stammten sie tatsächlich aus einem entfernten
Land – aus Marbods Reich.

»Warum bist du mit deiner Gefährtin vor Marbod geflohen?« fragte der krummnasige Fremde, während seine Augen
Thorag fixierten.

»Weil er uns verfolgen ließ.«

Ein rascher Faustschlag in den Magen, und Thorag
krümmte sich unter Stöhnen zusammen.

»Marbod magst du an der Nase herumführen, mich nicht!«
sagte der Fremde hart. »Beantworte meine Fragen aufrichtig
und ohne Zögern, oder es wird dir leid tun!«

»Ich bin es nicht gewohnt, Unbekannten Rede und Antwort zu stehen«, erwiderte Thorag, als er sich wieder aufgerichtet hatte.

»Ich mag dir unbekannt sein, aber gewiß stehe ich höher
als du.« Der Fremde maß den zerlumpten Cherusker mit
einem abschätzigen Blick. »Höher als jeder Bauer und gewiß
als jeder Freigelassene oder Schalk.«

»Ich bin weder Schalk, Freigelassener noch Bauer, auch
wenn ich so aussehen mag«, brummte Thorag.

»Wer oder was bist du dann?«

Thorag schwieg, lächelte nur.

»Was ist?« hakte der Mann mit der Narbe ungeduldig
nach.

»Du bist gut im Ausfragen«, sagte Thorag. »Wenn ihr wirklich nicht zu Marbod gehört, wie deine Fragen erkennen lassen, was macht ihr Schattenkrieger dann so weit entfernt von
eurer Heimat?«

Der Fremde legte den Kopf schief, und die Narbe glänzte
im Licht des Spätsommermorgens. »Oho, du weißt, wer wir
sind?«

»Ich hörte von euch.«

»Du kennst uns, dann erzähl jetzt von dir. Vielleicht bist du
wirklich kein Schalk und auch kein Bauer, aber ich bin in diesem Lager der Herr. Und du bist gewiß nicht von so edlem

Blut, um dich meinen Anordnungen mit Recht zu widersetzen!«

Canis war ebenfalls vom Pferd gehoben und von Augenbinde und Knebel befreit worden. Sie sagte zur Überraschung der beiden Männer: »Da irrst du dich, Katualda. Du hast einen Mann vor dir, dessen Abstammung nicht minder edel ist als die deine.«

Unverhohlene Verblüffung zeichnete das Gesicht des Fremden, als er sich Canis zuwandte. »Woher weißt du meinen Namen?«

Das Antlitz der Jägerin offenbarte eine nicht minder starke Überraschung. Sie wollte auf den Mann mit der Narbe zugehen, ihre Arme ausstrecken, um ihn zu berühren, wurde aber an beidem von den Fesseln gehindert und wäre ob ihrer unbedachten Bewegungen gestürzt, hätte einer der rußbedeckten Schattenkrieger sie nicht festgehalten.

»Ich habe dich wiedererkannt, Katualda, wenn es auch schon lange her ist und ich bis heute nicht einmal wußte, daß du noch lebst.«

Thorag wandte sich zu Canis um und fragte: »Das ist Katualda, der Sohn jenes Gaufürsten Ortolf, der von Anjos Reitern getötet wurde?«

»Ja«, sagte Canis.

»Dann kommst du aus dem Land der Harier, der Schattenkrieger«, stellte Thorag fest.

Canis lächelte. »Hätte ich das erwähnen sollen?«

»Das geht mir zu schnell«, fuhr Katualda dazwischen. »Ihr kennt einander, und ihr kennt mich, aber wer seid ihr?«

»Schau mich an, Katualda«, verlangte Canis. »Sieh in mein Gesicht, in meine Augen, und dann sag mir, ob du mich wirklich nicht erkennst!«

Katualda trat vor die Jägerin und blickte sie lange an. Er machte sich keine Mühe, seine Gefühle zu verbergen; sie wurden von seinem deutlichen Mienenspiel verraten. Die in tiefe Falten gelegte Stirn offenbarte Unglauben, die aufgerissenen Augen Erkennen und zugleich Erschrecken.

»Du hast die Augen von Ilga, und auch deine Züge ähneln ihr!« keuchte er, und Schweiß trat auf seine Stirn. »Aber das kann nicht sein. Du bist viel zu jung und … Ilga ist tot …« Bei den letzten Worten brach seine Stimme.

»Ja, Ilga ist tot«, sagte Canis leise. »Ich bin die einzige von meiner Familie, die lebend aus der Hundsspalte kam.«

»Alea?« fragte Katualda leise, zögernd, gegen einen inneren Widerstand ankämpfend.

»So hieß ich, als man mich in die Hundsspalte warf. Doch der Name ist so tot wie meine Schwester Ilga, wie meine Brüder Wolmar und Wolgan, wie meine Mutter Gondela und mein Vater Wolrad. Jetzt höre ich auf den Namen Canis.«

Langsam wiederholte Katualda diesen Namen und fragte: »Warum?«

»Die Erklärung ist gewiß wichtig für dich, Katualda«, fuhr Thorag dazwischen. »Wichtig ist aber auch, daß du uns endlich die Fesseln abnehmen läßt, bevor sie uns sämtliches Blut abschnüren. Außerdem habe ich einen Bärenhunger, und Canis geht es wohl ähnlich. Ich hoffe, sie und Thorag, Donarsohn und Gaufürst aus dem Stamm der Cherusker, genießen die Gastfreundschaft eines Mannes, der auch ein Feind Marbods ist.«

»Du bist Thorag, der Blutsbruder Armins?«

Thorag nickte. »Mein Name scheint im Land der Harier bekannter als mein Gesicht.«

»Besser konnte ich es nicht treffen!« rief Katualda erfreut. »Als mein Spähtrupp, der Marbods Lager beobachtete, euch aufgriff, hoffte ich auf wichtige Neuigkeiten über den selbsternannten Kuning, doch in Wahrheit traf ich einen mächtigen Verbündeten. Willkommen, Donarsohn, wir haben viel zu besprechen!«

»Gern«, erwiderte Thorag. »Doch am liebsten ohne Fesseln und dafür mit etwas Fleisch im Magen.«

»Gewiß«, sagte Katualda und gab seinen Männern einen Wink.

Die Harier durchtrennten die Fesseln und führten Thorag und Canis in eine Hütte, wo sie saubere Kleider erhielten. Dann wurden sie in eine andere, sehr große Hütte geführt, wo Katualda sie schon an einer reich gedeckten Tafel erwartete. Es gab Milch, Käse und kaltes Fleisch im Überfluß. Thorag und Canis aßen und beantworteten zwischendrin die Fragen, die Katualda so sehr drängten, daß er jede Zurückhaltung vergaß. Mit ebensolchem Staunen, wie in der Nacht schon Thorag, hörte der Schattenkrieger von dem Schicksal der Frau, die er einst als kleines Mädchen namens Alea gekannt hatte, bis hin zu dem gescheiterten Attentat auf Marbod.

»Fast bin ich froh, daß du den Markomannen nicht getötet hast«, sagte Katualda, als Canis geendet hatte.

Sie bedachte ihn mit einem düsteren Blick. »Wieso?«

»Weil ich mir geschworen habe, ihn mit eigener Hand zu töten.«

»Das wird dir nur gelingen, falls du mir zuvorkommst«, sagte Canis voller Grimm.

Katualda lächelte plötzlich. »Die Götter meinen es gut mit uns, sonst hätten sie uns nicht hier zusammengeführt. Sie wollen, daß wir ein Bündnis schmieden gegen Marbod, so wie er ein Bündnis gegen unseren Freund Thorag und seinen Blutsbruder Armin geschmiedet hat.«

»Ich werde froh sein, deine Schattenkrieger an meiner Seite zu haben«, sagte Thorag. »Aber auch wenn ihr Mut und ihre Stärke groß sind, ihre Zahl ist doch gering und wird kaum den Ausschlag beim Kampf gegen Marbod geben.«

»Da wäre ich nicht so sicher, Donarsohn«, brummte Katualda und schien von Thorags Worten beleidigt. »Ich habe lange geübt, um meinen Männern die Kampfweise unserer Vorfahren beizubringen, so wie ich sie von meinem Vater Ortolf lernte. Sie sind Schattenkrieger vom alten Schlag, und einer wiegt zehn von Marbods Männern auf.«

»Sie haben heute nacht bewiesen, wie gefährlich sie sind«, bestätigte Thorag, um Katualda zu beschwichtigen. »Ich nahm tatsächlich kaum mehr wahr als Schatten, nachdem ich aus dem Schlaf erwachte, und dann war es auch schon zu spät.«

»Immerhin, du hast etwas bemerkt«, meinte Katualda. »Das spricht entweder für dich, Thorag, oder gegen meine Krieger.«

»Gewiß nicht gegen deine Krieger«, sagte Thorag rasch.

»Die Schattenkrieger sind meine besten Männer, aber es

sind längst nicht alle, die meinem Befehl gehorchen.« Katualdas Blick verklärte sich, wanderte zurück in die düsteren Gefilde des Vergangenen. »Nachdem Marbod mich verstoßen hatte, wanderte ich zunächst ziellos umher, hatte mich selbst aufgegeben und damit den Sinn des Lebens vergessen. Aber die Götter sandten mir einen Traum: Darin sah ich, wie Marbods Stadt und seine Burg in Flammen aufgingen. So fand ich meine Bestimmung wieder. Ich verließ Marbods Einflußgebiet und gelangte zu den Vandalen, wo ich freundliche Aufnahme fand und bald ebensoviel galt wie ein Edeling ihres eigenen Stammes. Auch ihre Grenzen versuchte Marbod sich einzuverleiben, so daß ich mit meinem Haß auf Marbod bei den Vandalen Verständnis fand. Ich scharte Krieger um mich, die von dem Kuning der Markomannen Unbill erlitten hatten, und kehrte in mein Land zurück, um die Harier zum Aufstand gegen Marbod aufzurufen. Da erfuhren wir, daß er gegen Armin zog, und folgten Marbod heimlich. Mit den Cheruskern voraus und den Feinden aus dem eigenen Reich im Rücken wird Marbods Untergang besiegelt sein!«

Katualda hatte mit wachsender Erregung gesprochen. Seine Stimme wurde laut, und sein Blick glühte vor haßerfüllter Leidenschaft.

»Hat Marbod so viele Feinde in seinem Reich?« erkundigte sich Thorag.

»Aber ja doch!« Katualda verfiel in ein heftiges Nicken, wollte gar nicht mehr damit aufhören. »Ich habe in den letzten Tagen mit vielen Verbindung aufgenommen, die sich dem Kampf gegen den Kuning anschließen wollen. Neben den Hariern und anderen Stämmen vom Volk der Lugier sind es besonders die Sueben, die Langobarden und auch Teile der Quaden.«

»Viele Namen«, sagte Thorag. »Aber wie viele Krieger sind es?«

»Noch steht nicht genau fest, wer sich dem Kampf anschließt, aber es werden mit Sicherheit fünftausend Krieger sein.«

»Das gleicht die Zahl der Cherusker aus, die unter Inguiomar und Frowin zu Marbod übergelaufen sind«, stellte Thorag fest. »Gleichwohl steht Marbod ein großes Heer zur Verfügung.«

»Aber er rechnet nicht mit dem Widerstand aus den eigenen Reihen«, wandte Katualda ein. »Und wenn dieser Widerstand erfolgreich ist, werden sich ihm noch mehr Sippen und Stämme anschließen. Marbod ist ein verhaßter Herrscher.«

»Das bringt die Macht mit sich«, sagte Thorag leise und dachte an Armin, der auch im eigenen Stamm umstritten war.

Katualda deutete Thorags finstere Miene falsch und fragte: »Du freust dich nicht über meine Nachrichten, Cherusker? Schlägst du mein Bündnisangebot aus?«

»Du irrst dich, Katualda.« Thorag sah ihn offen an. »Ich werde Armin so schnell wie möglich benachrichtigen. Es ist eine gute Nachricht, daß die berühmten Schattenkrieger auf unserer Seite kämpfen!«

Kapitel 27

Der Wodansritt

Neun Nächte waren vergangen, seit Thorag und Canis Katualda begegnet waren. Ein neuer Morgen brach an, den Tag der großen Schlacht einzuleiten. Armin hatte den schnellen Kampf gewollt, um die Markomannen zurückzuwerfen, bevor die Römer über den Rhein vorstießen.

Doch die Cherusker und ihre Verbündeten sahen dem Kampf gegen Marbod aus mehreren Gründen mit gemischten Gefühlen entgegen. Ein Grund war, daß sie gegen Stier- und Ingkrieger würden kämpfen müssen, Abtrünnige zwar, aber doch Männer aus ihrem Stamm, von ihrem Blut.

Auch die Größe von Marbods Heer machte den Sieg für Armins Streitmacht ungewiß. Den etwa zwanzigtausend Kriegern auf der Seite des Cheruskerherzogs standen, die Überläufer eingerechnet, fünfunddreißigtausend auf Marbods Seite entgegen. Nur wenn Katualda recht behielt und der Harier große Stammesverbände aus Marbods Reihen zum Aufstand gegen den Kuning bewegen konnte, würde sich das Zahlenverhältnis wenigstens annähernd zugunsten Armins ausgleichen.

Katualda war nach langen Beratungen mit Armin und seinen Edelingen schon vor vier Nächten an der Spitze seiner Schattenkrieger aufgebrochen, um seine Verbündeten im näherrückenden Heer Marbods zu sammeln. Mit ihm war Canis geritten, und Thorag hatte ihnen mit einem Dorn im Herzen nachgesehen.

Nach der gemeinsam erlebten Leidenschaft in Donars Regen waren sich Thorag und Canis nicht mehr nahegekommen. Thorag hatte sich der Jägerin nicht genähert, weil er Auja nicht noch einmal hintergehen wollte. Canis schien das zu spüren und hielt sich zurück. Gleichwohl fühlte Thorag sich vom Hauch des Verrats gestreift, als die Jägerin sich als Gefährtin Katualdas zu erkennen gab. Sein Verstand sagte Thorag, daß es so gut und richtig war. Thorag war nicht frei. In Katualda fand Canis eine Erinnerung an ihr altes Leben, und die Jägerin bedeutete für den Schattenkrieger ein Wiederfinden seiner verlorenen Liebe, wenn es auch nur die Schwester seiner einstigen Braut war. Thorag wußte all dies, doch sein Herz fühlte Trauer, als er Canis an Katualdas Seite fortreiten sah.

Thorag empfand den Hörnerruf, der ihn am Morgen der Schlacht aus seinen düsteren Gedanken riß, als Erleiterung. Der Gott der Schlachten sollte ein letztes Mal befragt werden, und alle Cherusker und Krieger der freien Stämme hofften, daß diese Befragung besser ausfiel als die vorangegangenen. Mit der roten Kriegsfarbe der Donarsöhne bemalt, verließ Thorag zusammen mit Argast die Hütte aus Zweigen und Laub, um sich dem feierlichen Zug anzuschließen, dessen Ziel der Opferplatz war. Hier kamen alle Fürsten und Edelinge zusammen, um Wodans Willen zu schauen und ihren bereits in Schlachtordnung vorrückenden Truppen zu verkünden. Allen voran Armin, dann Thorag, Balder, Bror und Thimar, die Fürsten der verbündeten Stämme bis hin zu dem Vandalenfürsten Amal, der sich mit einer tausendköpfigen Reiterschar Katualda und damit Armin angeschlossen hatte. Amal sollte auf dem linken Flügel kämpfen, den Armin unter Thorags Kommando gestellt hatte. Marbod würde nicht mit einem so massiven Reiterangriff rechnen, und so konnte Amals Streitmacht vielleicht die Entscheidung bringen.

Aber war Wodan, der Schlachtengott, wirklich mit den freien Stämmen? Alle Opfer, ob bei den Heiligen Steinen oder hier im Feldlager, hatten nicht zur Beantwortung dieser Frage geführt. Die Priester konnten nichts aus dem Blut und dem Gedärm der Opfertiere ersehen. Wodan schien sein Antlitz vor seinen Menschenkindern zu verhüllen, und immer mehr Cherusker munkelten heimlich, dem Allvater mißfalle, daß Cherusker gegen Cherusker, Germanen gegen Germanen in die Schlacht zögen.

Mit gespannten Gesichtern beobachteten die Edelinge am Morgen vor dem Kampf, wie ein Tier nach dem anderen unter den Opfermessern verendete. Der neue Ewart Alfhard, der das Cheruskerheer auf diesem wichtigen Kriegszug begleitete, leitete die Opferfeier, las im Blut und in den Innereien, beriet sich mit den anderen Priestern und trat schließlich, als Sunna schon über die Baumkronen stieg und versuchte, mit ihren leuchtenden Strahlen das Wolkendickicht zu durchbrechen, vor die versammelten Edelinge.

»Nun?« fragte Armin und bezähmte seine drängende Ungeduld nur mühevoll. »Wie lautet der Spruch der Götter? Wem schenkt der Gott der Schlachten heute den Sieg?«

Alfhard, das weiße Priestergewand mit Blutflecken übersät, schüttelte traurig den Kopf, und die dichten Brauen schienen besonders tiefe Schatten über seine Augen zu werfen. »Wodan schweigt. Wir sahen zwar das Blut vieler Gefallener, aber wir erkannten nicht, zu welchem Stamm, zu welchem Volk sie gehören. Krieg wird sein, und Blut wird sein.« Der Ewart hob den Kopf und blickte hinauf zum Wolkengrau. »Aber ob Sieg sein wird, liegt verborgen hinter dem grauen Mantel des Göttervaters.«

»Sieg ist immer, wo Kampf ist«, erwiderte Armin.

»Nein«, widersprach Alfhard. »Kampf bedingt nicht immer Sieg, nur Blut, Tod und Trauer.«

Die Worte des Ewarts und das Schweigen des Schlachtenlenkers Wodan riefen bei den Edelingen Betroffenheit, bei einigen sogar Bestürzung hervor. Erregt tuschelten sie miteinander, und manches laute Wort sprach sich für einen Frieden mit Marbod aus. Besorgt fragte sich Thorag, während er auf die Gruppe der Priester zutrat, wie diese Zweifler sich in der Schlacht verhalten würden.

Als Astrid und Alrun den näher kommenden Donarsohn bemerkten, gingen sie ihm entgegen. Die Begrüßung fiel kurz und ernsthaft aus.

»Des Ewarts Worte machen uns nicht gerade Mut«, sagte Thorag. »Was sagen die Runen, Alrun, was die Träume, Astrid?«

»Die Runen verweigern die Antwort, Wodan hüllt sich in Schweigen«, bestätigte Alrun die Botschaft Alfhards.

Mit einem letzten Funken Hoffnung wandte sich Thorag an Astrid, und seine Augen hingen an ihren sanft geschwungenen Lippen. Aber auch jetzt lächelte die junge Priesterin nicht, und ihr Antlitz blieb verschlossen, fast unheilvoll wirkte ihr Blick.

»Ja, ich träumte in der Nacht vom großen Krieg, in dem Bruder gegen Bruder focht und Germanen das Blut von Germanen vergossen«, sagte sie leise. »Ich sah Männer kämpfen und sterben, viele Männer. Höher als die Leichenberge waren nur die Blutwogen, die über das Land schwappten, als wollten sie es verschlingen. Das Blut war rot.«

»Natürlich war es das!« Thorag klang unwirsch, weil er enttäuscht war, sich mehr von Astrids Traum versprochen hatte. »Blut ist immer rot, gleich ob es von Markomannen oder von Cheruskern stammt.«

»Eben dies sagte mein Traum.«

»Also weißt auch du nicht, wer den Sieg davontragen wird«, seufzte Thorag.

»Laß es mich in Anlehnung an Alfhard besser so ausdrücken: Ich weiß nicht, ob es einen Sieg geben wird.«

Armin hatte einen mannshohen Felsen erklommen, sich

dort gerade aufgerichtet und ließ seine Stimme über den Opferhain hallen: »Cherusker, Verbündete, Krieger der freien Stämme. Schon oft haben wir den Sieg errungen, obwohl Verräter aus unseren eigenen Reihen sich gegen uns stellten. Wir erkämpften unsere Freiheit, als wir die Legionen des Varus erschlugen. Viele von euch tragen noch die Waffen, die wir damals erbeuteten, und manche auch die vernarbten Wunden, die Wodan erfreuen werden, wenn ihr dereinst Walhall betretet.«

Zustimmende Rufe und Waffengeklirr wurden laut. Aller Augen hingen an der beeindruckenden Gestalt Armins, dessen flammende Worte schon oft aus zweifelnden Männern zu allem entschlossene Krieger gemacht hatten.

»Fürchtet euch nicht vor dem heutigen Tag, nur weil Wodan schweigt«, fuhr der Herzog fort, während sein langes helles Haar im auffrischenden Morgenwind wehte. »Vielleicht bedeutet das Schweigen des Schlachtengottes, daß er es für unwürdig hält, sich mit Marbod zu beschäftigen. Der Markomanne ist kein würdiger Krieger, sondern ein Ausreißer, der noch keine richtige Schlacht erlebt hat. Er unterdrückt schwächere Völker, aber den Kampf gegen Rom hat er nie gewagt, sondern sich in zweifelhafte Bündnisse geflüchtet. Versteckt in den Schluchten des herkynischen Waldes, schickt er den Römern Geschenke und Gesandtschaften, verrät sein Vaterland ein ums andere Mal und macht sich zum Soldknecht des Tiberius und seines Sohnes Drusus. Mit eigenen Augen sah mein Blutsbruder Thorag, Donars Sohn, wie Marbod sich mit Drusus Caesar traf. Marbod ist nicht besser als ein Römer und verdient nichts anderes als sie. Mit der gleichen Erbitterung, mit der wir die Römer verjagten und Varus in den Tod trieben, müssen wir auch gegen Marbod antreten, dann wird der Gott der Schlachten den Sieg in unsere Hände legen!«

Die Fürsten und Edelinge überschlugen sich fast vor Begeisterung, jubelten Armin zu, nannten ihn den Befreier Germaniens und Beschützer der Freiheit, während sie Marbod mit Flüchen und Hohn belegten. Kein Zweifel, der unvergleichliche Armin hatte es wieder einmal geschafft, die Männer auf seine Seite zu ziehen. Aber reichte das, um den Cheruskern den Sieg zu sichern?

Das fragte sich Thorag noch, als er an Armins Seite die Front abritt, wo der Herzog seine Rede fast wortgetreu vor den einzelnen Kampfabschnitten wiederholte. Vor der rechten Flanke, wo etwa fünftausend Krieger, zumeist Angehörige verbündeter Stämme sowie die Krieger aus dem Baldergau, unter dem Befehl des alten Recken Balder standen. Vor der knapp zehntausendköpfigen Hauptmacht, die Armin selbst in die Schlacht führen würde: Hirsch-, Eber- und Dachskrieger sowie weitere Verbündete. Und vor der linken Flanke, wo Thorag seine Donarsöhne und die Krieger der verbündeten Tubanten, insgesamt etwa viertausend Mann, sowie die tausend Vandalenreiter befehligte.

Wie die Krieger zuvor brachen auch die Männer, die unter Thorags Befehl standen, nach Armins Rede in einen Sturm der Begeisterung aus. Immer wieder erklang der Name des Herzogs, Framen wurden in die Höhe gereckt, eiserne Schwertklingen klirrten auf bronzene Schildbuckel. Der Wind blies von Norden, aus dem Rücken der Cherusker, und trug den Jubel gewiß über die flachen Hügel, die zum Schlachtfeld erkoren waren, bis hinüber zu den Reihen der Markomannen.

Hatten Marbods Männer die Schreie und den Lärm ihrer Gegner gehört? Glaubten die Markomannen, die Cherusker gingen zum Angriff über? Jedenfalls füllten sich die Hügel und Täler im Süden auf einen Schlag mit Tausenden von Männern.

Aber die Markomannen griffen nicht ungestüm an. Wie ihre Gegner nahmen auch sie geordnete Aufstellung nach römischem Muster, bildeten Kampflinien und Reserven und warteten die Befehle ihrer Anführer ab.

Bei ihrem Anblick fühlte Thorag das Kribbeln der Erregung, das ihn vor jeder Schlacht beschlich. Es war weder Vorfreude noch Angst, sondern Ausdruck der wachsenden Ungeduld, die sich erst im Ritt gegen den Gegner, im Führen des Schwerts, im Hauen und Stechen entlud.

War auch Argast samt seinem Pferd von jener Ungeduld erfaßt? Er brachte sein unruhig tänzelndes Tier dicht neben

Thorag unter Mühen zum Stehen und sagte: »Unsere Männer lassen ihre Waffen hören und feiern unseren Herzog Armin mit lautem Jubel. Du aber schweigst, Fürst Thorag. Weshalb?«

»Weil ich zwar auf den Sieg hoffe, mir aber seiner nicht sicher bin.«

»Die Runenkundige und ihre Tochter Astrid haben dir keinen Mut gemacht? Ich sah, wie du nach der Opferung ihren Rat gesucht hast.«

»Sie wußten nicht mehr zu sagen als Alfhard. Die Gunst des Schlachtengottes ist ungewiß.«

Mit verklärtem Blick sah Argast über Donarsöhne, Tubanten und Vandalen, die in geordneten Reihen und Gliedern standen. »Früher, als wir noch nicht nach römischer Art, sondern nach der unserer Väter kämpften, war es gute Sitte, vor der Schlacht um Wodans Gunst zu buhlen.«

»Früher war vieles anders, aber nicht alles besser«, antwortete Thorag ausweichend. Er wußte nicht, worauf Argast hinauswollte, und hatte keine Lust, sich so kurz vor dem Beginn der Schlacht mit seinem Kriegerführer auf ein Gespräch über die alten Bräuche einzulassen.

»Mein Vater hat noch den Wodansritt gewagt und dadurch den Sieg über eine Übermacht erzwungen.«

»Den Wodansritt?« wiederholte Thorag, und plötzlich wußte er, was Argast wollte.

»Ja, Thorag. Bitte deinen Stammvater Donar, er möge seinen Vater Wodan gewogen stimmen. Der Schlachtenlenker, der Kriegsherr und Sieggott möge auf seine Menschenkinder hinabschauen und sehen, wie der Krieger Argast ihm zum Gefallen gegen den Feind reitet!«

»Nein, das ist Unsinn!« stieß Thorag hervor und wollte Argast zurückhalten.

Aber der Kriegerführer trieb schon seine Sporen in die Flanken des Braunen und hielt auf eine Gruppe Donarsöhne zu. Dort ließ sich Argast, der nur Schwert, Dolch und Schild trug, eine Frame und mehrere Gere geben. Dann ritt er auch schon weiter, von den Hügeln hinunter ins Tal, dem Feind entgegen.

»Das ist doch Argast!« rief Armin, der neben Ingwin im

Sattel saß und den Jubel seiner Krieger genossen hatte. »Was treibt er da?«

»Argast versucht den Wodansritt«, antwortete Thorag, während seine Augen gebannt an dem Mann hingen, der seit vielen Wintern treu an seiner Seite geritten war.

Der Wodansritt!

Dieses Wort machte fast schneller die Runde, als Donars Blitze den Himmel spalten konnten. Unruhe kam in die eben noch so wohlgeordneten Schlachtreihen hinter Armin und Thorag. Die Männer drängten nach vorn, um das kühne Unternehmen des Kriegerführers besser verfolgen zu können. Argast hatte die Mitte zwischen beiden Heeren erreicht und flog im schnellen Ritt dem Feind entgegen.

»Wenn er es schafft und sich ein Markomanne zum Kampf herausfordern läßt, wird Wodan sich auf unsere Seite stellen!« sagte eine Stimme hinter Thorag. Es war Amal, der Vandalenfürst, der mit seiner engsten Gefolgschaft nach vorn geritten war, um das Schauspiel verfolgen zu können.

»Nur, wenn Argast siegt!« brummte skeptisch Ingwin.

»Zweifelst du daran?« fragte Armin. »Argast ist ein hervorragender Krieger!«

»Falls ein Markomanne die Herausforderung annimmt, wird es gewiß auch ein hervorragender Krieger sein«, antwortete Ingwin.

»Oder sie fallen über Argast her und stechen ihn ab.« Amal sprach im verächtlichen Ton und spie aus. »Das wäre so recht nach dem Brauch der Markomannen.«

Thorag sagte gar nichts. Eine seltsame Beklemmung hatte ihn ergriffen, schnürte seine Brust zusammen und drückte auf sein Herz. Er dachte an die vielen gemeinsam mit Argast überstandenen Abenteuer. Immer hatte sich der eine auf den anderen verlassen können. Als bei der Belagerung der Eisenburg die Frostriesen das Cheruskerland mit ihren kalten weißen Mänteln bedeckten und in den Donarsöhnen der Wunsch immer stärker wurde, die Belagerung aufzugeben und heim zu ihren Familien zu reiten, war Argast der erste gewesen, der seine unverbrüchliche Treue zu Thorag und seinen festen Willen bekundete, an der Seite des Gaufürsten auszuharren. Und als Argast Gefangener der Bärenkrieger war, hatte Thorag ihn befreit. So gehörte es sich: ein Leben für das andere.

Aber jetzt ritt Argast allein dem vieltausendfachen Feind entgegen, und Thorag konnte nicht an seiner Seite sein, ihm nicht helfen. Die Aufgabe des Donarfürsten war, den linken Flügel zu befehligen. Außerdem durfte nur einer den Wodansritt wagen, so war es schon immer gewesen: ein Krieger, eine Frame, ein Schwert für alle, um Wodan gewogen zu stimmen, um den Sieg zu erringen. Argasts Gestalt wurde kleiner, und Thorag wurde das bedrückende Gefühl nicht los, daß er dem Freund und Waffengefährten nie mehr Auge in Auge gegenüberstehen würde.

Der Kriegerführer ritt einen sanften Hügel hinauf und befand sich kurz vor den langen, dichten Reihen der Markomannen. Jetzt riß Argast den kräftigen Braunen soweit herum, daß er parallel zum vordersten Treffen galoppierte. Die aufgeregten Rufe aus den eigenen Reihen übertönten die Geräusche des galoppierenden Pferdes und auch die Schreie, die Argast ausstieß. Thorag hörte sie zwar nicht, aber er wußte, daß es zum Wodansritt gehörte, den Gegner durch Beschimpfungen herauszufordern. Dann schleuderte Argast Ger um Ger gegen den nahen Feind. Erschrocken fuhren Hunderte von Armen hoch, um mit den Schilden die Waffen abzuhalten, die ein einzelner Mann geworfen hatte. Ein Triumph für Argast und für die Cherusker sowie ihren Herzog Armin, aber eine Schmach für Marbod und die Markomannen. Thorag stellte sich vor, wie Argast den Feind mit höhnischem Gelächter überschüttete.

Ein Reiter löste sich aus dem markomannischen Heer und hielt auf Argast zu. Noch lauter wurden die Rufe der Krieger, als sie erkannten, daß ein Feind Argasts Herausforderung angenommen hatten. Stellvertretend für alle würden Argast und der Markomanne um Wodans Gunst und damit um den Sieg streiten. Der Ausgang des Zweikampfes stellte nach altem Brauch eine Vorentscheidung der Schlacht dar.

Argast hatte den Reiter bemerkt, riß den Braunen herum und sprengte den Hügel hinab, als wolle er vor dem Markomannen fliehen. Thorag ahnte den wahren Grund. Der Kriegerführer handelte klug, wenn er sich von den feindlichen Kriegern entfernte, damit ihn nicht ein heimlich aus ihren Reihen geworfener Ger traf.

Auf der großen Ebene zwischen den dicht mit Kriegern bestandenen Hügeln zügelte Argast den Braunen und wartete auf den Verfolger. Der Donarsohn hatte sein Pferd nach Nordosten gelenkt und hatte den aufsteigenden Sonnenwagen im Rücken. Eine gute Ausgangsposition.

Der Markomanne war jetzt deutlicher zu erkennen. Ein großer Mann auf einem großen Rappen, offensichtlich ein Angehöriger von Marbods Schwarzer Wache. Gewiß kein zu unterschätzender Gegner, zumal ihn ein nach römischer Art gefertigter Kettenpanzer schützte, wogegen Argast, wie Thorag und die meisten Donarsöhne, nach alter Cheruskersitte mit nacktem Oberkörper kämpfte. In roten Farben glänzten auf seinem Leib Donars Blitze und der Hammer Miölnir. Der geringere Schutz des Körpers brachte aber auch einen Vorteil mit sich: größere Beweglichkeit.

Das bewies Argast, als plötzlich Leben in ihn kam. Er duckte sich unter der von dem Markomannen vorgestoßenen Frame, so daß die Eisenspitze nur die Luft zerteilte. Mit einem Sprung des Braunen brachte sich Argast halb in den Rücken des Markomannen, wandte sich zu diesem herum und stieß selbst zu.

Ein Treffer!

Armins Heerhaufen jubelten freudig, aber zu früh. Argasts Frame blieb zwischen Kettenpanzer und Schild des Markomannen stecken. Als sich der schwarze Reiter im schnellen Galopp von Argast entfernte, verlor der Cherusker seine Waffe. Aus dem Jubel wurde ein entsetztes Aufstöhnen. Die laute Freude war jetzt auf der Seite der Markomannen.

Der Schwarze griff erneut mit stoßbereiter Frame an. Argast hatte nur noch sein Schwert und den großen Langschild, den Thorag ihm einst geschenkt hatte. Den riß der Cherusker hoch, und die Framenspitze rutschte an dem eisernen Hammer, dem Schildbuckel, ab.

Und schon griff Argast an, drängte seinen Braunen gegen den noch größeren Rappen und hieb mit seiner Spatha auf den Markomannen ein. Der ließ es nicht auf einen Schwertkampf ankommen, solange er über den Vorteil der Frame verfügte. Nachdem er Argasts Schwertschläge mit dem Schild abgewehrt hatte, galoppierte er davon, wendete den Rappen und begann einen neuerlichen Framenangriff.

Um der Attacke standhalten zu können, wollte Argast den Braunen in eine bessere Position bringen. Doch plötzlich knickte das Pferd vornüber und schleuderte den Reiter zu Boden. Ein Vorderhuf mußte in ein Erdloch geraten sein, wie es auch Thorags Rappen auf der Flucht vor Marbods Häschern geschehen war. Der Braune blieb am Boden und wieherte mitleiderregend.

Argast richtete sich schwankend auf, schüttelte die Benommenheit von sich ab und riß den Schild hoch, um den Framenstoß abzufangen. Das gelang, aber die Wucht des Anpralls warf den Cherusker abermals zu Boden. Der Markomanne ließ ihn nicht wieder hochkommen, sondern rammte die Frame tief in den nackten Oberkörper, daß sich die Kriegsfarbe mit dem ausströmenden Blut des Donarsohns vermischte.

»Wodan ist gegen uns! Der Gott der Schlachten hat sich von uns abgewendet!«

Ingwins düstere Worte vermischten sich mit dem unheilvollen Murren der Krieger. Thorag hörte es wie aus unendlich weiter Ferne, während er gegen die Trauer um den Verlust des Freundes ankämpfte. Sie war in diesem Augenblick stärker als jede Befürchtung um den Ausgang der Schlacht.

Der schwarze Reiter zog sein Schwert, um dem sich am Boden windenden Cherusker das Leben zu nehmen. Da geschah etwas Unglaubliches: Argast stützte sich auf den linken Arm und machte mit dem rechten eine schnelle Bewegung. Der Markomanne zuckte zusammen, krümmte sich in seinem Römersattel, ließ das Schwert fallen und rutschte vom Pferd. In seiner Kehle steckte der Dolch des Donarsohns.

Der kniende Argast umfaßte mit beiden Händen den Framenschaft und zog mit verzerrtem Gesicht die Waffe aus seinem Leib. Die Cherusker und ihre Verbündeten jubelten wieder, ließen ihre Waffen klirren, riefen laut Wodan an oder schrien siegesgewiß den Namen ihres Herzogs. Thorag aber biß die Zähne zusammen. Sahen die Narren nicht, wie das Blut aus Argasts Wunde schoß?

Doch in Argast schien die Kraft der Götter gefahren zu sein. Er stand auf, hob die blutige Frame und stieß sie unterhalb des Kettenpanzers in den Leib des Markomannen, nagelte den Schwarzgewandeten am Boden fest. Ein letztes Aufbäumen des Körpers, und Marbods Gardereiter lag still, offensichtlich tot.

Der Jubel hinter Thorag und Armin wurde ohrenbetäubend, tausend Schreie schwirrten durcheinander und sagten doch immer dasselbe: »Wodan ist mit uns!« – »Der Sieg ist unser, Dank sei dem Herrn der Schlachten!« – »Heil Wodan, heil Armin, heil Argast!«

Während die Krieger seinen Namen riefen, brach Argast über dem Körper des Gegners zusammen. Als er sich nicht mehr rührte, verstummte der Jubel seiner Kampfgefährten. Die Erkenntnis, daß Wodan keinem der beiden Kontrahenten den Sieg geschenkt hatte, lähmte sie.

Armin stieß einen leisen Fluch aus, rief aber laut: »Wodan ist mit uns, tapfere Krieger. Nur seine Macht konnte bewirken, daß Argast sich von der tödlichen Frame befreite und den Markomannen fällte. Der Feind starb vor Argast, und damit gehört uns der Sieg!«

»Das ist Auslegungssache«, knurrte unwillig der Vandalenfürst Amal, während einige der Krieger erneut ihrem Herzog zujubelten, andere, die in der Überzahl waren, sich aber abwartend verhielten.

»Vielleicht lebt Argast noch«, sagte Ingwin leise.

Thorag nickte und sah den Hirschkrieger an. »Wir müssen zu ihm!«

Ferne Hornsignale der Markomannen begleiteten seine Worte. Das erste Treffen des Feindes rückte vor. Offenbar wollte Marbod nicht abwarten, bis seine Krieger sich zu viele Gedanken über den Ausgang des Wodansrittes machten.

»Zu spät«, sagte Ingwin zu Thorag. »Wenn Argast noch lebt, ist er verloren!«

Armin reckte sein Schwert in den Himmel und rief: »Die Schlacht beginnt, und an ihrem Ende steht unser Sieg!« Er blickte Thorag an und sagte: »Dein Flügel spielt in unserem Schlachtplan eine entscheidende Rolle.«

Thorag nickte. Natürlich wußte er das. Armin wollte ihn nur ermahnen, sich nicht zu Tollheiten hinreißen zu lassen. Gedankenverloren blickte er Armin nach, der mit Ingwin und weiteren Hirschkriegern zurück zum Zentrum seiner Kriegsmacht galoppierte. Der Cheruskerherzog schwankte ein wenig im Sattel, hatte sich von dem Erlebnis im Hain der Blutbuchen noch nicht ganz erholt. Doch er mußte den Tag auf dem Pferd ausharren, wollte er seinen Männern nicht allen Kampfesmut nehmen.

Der Donarfürst fühlte Bitterkeit in sich. Bevor die Schlacht begann, hatte er schon einen guten Freund verloren.

Kapitel 28

Siegen oder sterben

Thorag sandte den auf dem rechten Flügel der Markomannen in breiter Front anrückenden Kriegern die gut zweitausend Tubanten entgegen. Er selbst hielt sich mit den Donarsöhnen und mit Amals Vandalen zurück, ganz wie es der Schlachtplan verlangte, den Armin und Thorag mit den anderen Fürsten ihrer Allianz geschmiedet hatten.

Beide Seiten rückten in geordneten Formationen vor und richteten sich nach den Feldzeichen, deren Stellung den einzelnen Verbänden Richtung und Kampfesart bezeichnete. Ein seltsames Gefühl beschlich den Donarfürsten, als er das Zusammenprallen der beiden Heere beobachtete. Das schienen nach der Art des Kampfes keine Germanen zu sein, sondern Römer. Und wie ein römischer Feldherr verharrte Thorag auf seinem Hügel, widerstand dem drängenden Gefühl, mitten ins Kampfgetümmel zu galoppieren und sein Schwert gegen die Mörder Argasts zu schwingen, dessen Leib längst unter der Masse der angreifenden Markomannen verschwunden war.

Rechts von Thorag trafen sich die Reitereien beider Seiten. Auch die berittenen Donarsöhne, ausgenommen nur Thorags Kriegergefolgschaft, kämpften unter Armins Kommando und Ingwins Führung. Alle Gaue und die verbündeten Stämme hatten ihre berittenen Verbände Ingwin unterstellen müssen, der einst als Reiterführer für die Römer gekämpft hatte.

Armin selbst beteiligte sich, ähnlich Marbod, nicht am Kampfgeschehen. Zum einen war er dazu noch zu geschwächt, zum anderen wollte er von seinem Hügel aus die Übersicht über die Schlacht behalten. Die richtigen Entscheidungen zu treffen, erschien ihm wichtiger, als seinen Kriegern ein leuchtendes Vorbild zu sein.

Durch den massierten Einsatz der eigenen Reiter wollte Armin die gesamte Reiterei des Gegners binden, so daß die Markomannen dem unerwarteten Angriff der tausend berittenen Vandalen nichts mehr entgegenzusetzen hatten. Es sah ganz so aus, als sollte die Hoffnung aufgehen. Tausende von Reitern prallten in der großen Ebene aufeinander, ritten immer wieder gegeneinander an, und der Hufschlag dröhnte wie unablässiger Donner.

Der Kampf auf Armins rechter Flanke spielte sich außerhalb von Thorags Sichtfeld ab. Durch die Boten, die hinter den eigenen Linien zwischen den einzelnen Kampfabschnitten hin und her galoppierten, erfuhr der Donarfürst, daß der Kampf zwischen Balders Kriegern und den Markomannen ebenso unentschieden hin und her wogte wie überall auf dem Schlachtfeld. Wodan schien sich tatsächlich entschlossen zu haben, den Menschen jedes Schlachtenglück zu versagen.

Einen Sieg hätte Armin kaum erhoffen dürfen, wäre nicht jeden Augenblick mit Katualdas Eingreifen zu rechnen gewesen. Sobald Marbods eigene Verbündete dem Kuning in den Rücken fielen, sollte Thorag mit den Donarsöhnen und den Vandalen eingreifen, um von der linken Flanke den Gegner aufzurollen.

Sunna erreichte ihren höchsten Stand, doch Katualda kam nicht. Sunna sank schon tiefer, und Katualda erschien noch immer nicht auf der Walstatt. Dafür jagte ein blasser Kurier seinen abgehetzten Grauschimmel auf Thorags Feldherrnhügel.

»Balder ist geschlagen«, keuchte der aufgeregte Jüngling. »Seine Krieger weichen vor den zahlenmäßig überlegenen Markomannen zurück.«

Thorag fluchte und fragte: »Wo bleibt Katualda?«

»Armin weiß es nicht«, japste der Bote. »Der Herzog wartet verzweifelt auf Katualdas Angriff oder zumindest auf eine Nachricht von ihm, aber der Harier scheint vom Erdboden verschluckt.«

Beängstigende Gedanken schossen Thorag durch den Kopf. Hatte Katualda ein falsches Spiel mit ihm und Armin getrieben? War er ein Agent Marbods, der die Cherusker in falscher Sicherheit wiegen und unter falschen Voraussetzungen zur Schlacht bewegen sollte? Und wenn das stimmte, wo stand Canis? Hatte sie davon gewußt?

»Armin sagt, Fürst Thorag muß den Tag retten und den Sieg erzwingen!« durchdrang die dünne Stimme des Kuriers die finsteren Gedanken des Donarfürsten.

»Ohne auf Katualda zu warten?«

»Wir können nicht länger warten! Wenn Balders Schlachtordnung sich ganz auflöst, haben die Markomannen gesiegt!«

Thorag nickte und sandte den Kurier mit der Meldung zu Armin zurück, daß die Donarsöhne kämpfen würden.

»Und siegen?« fragte zaghaft der Jüngling, bevor er losritt.

»Das weiß ich nicht. Aber wenn wir nicht siegen, werden wir sterben! Das kannst du Armin sagen.«

Der Bote stob davon, und Thorag wandte sich an Amal. »Du hast es gehört, auf deinen Freund Katualda dürfen wir nicht mehr hoffen.«

»Das verstehe ich nicht«, brummte der Vandale. »Ich hätte für Katualda meine Hand ins Feuer gelegt.«

»Sei froh, daß du das nicht getan hast«, sagte Thorag finster. »Ist dein Stamm mit dem Pferdelaufen vertraut?«

»Wir kennen den Kriegsbrauch, pflegen ihn aber nicht.«

»Jetzt werdet ihr ihn pflegen. Deine Reiter verleihen meinen Donarsöhnen den Angriffsschwung!«

In Gedanken setzte Thorag hinzu: *Und wenn du auch ein Verräter bist, Vandale, werden sich je zwei Cherusker auf einen deiner Reiter stürzen!*

»Das entspricht nicht Armins Plan«, meinte Amal. »So kämpfen nicht die Römer und auch nicht die Markomannen.«

»Katualdas Ausbleiben entspricht auch nicht Armins Plan«, schnaubte der Donarsohn. »Nur ein schneller Angriff nach alter Sitte kann uns jetzt noch retten!«

Unter Thorags Führung umgingen Vandalen und Donarsöhne das Schlachtfeld im Osten, um den Markomannen in die Flanke zu fallen. Die Vandalen ritten im Galopp, und die in den Pferdemähnen verkrallten Cherusker hielten im schnellen Lauf Schritt. Als sie die ungeschützte Seite des Gegners vor sich sahen, erhöhten sie noch die Geschwindigkeit. Und dann, mit Thorag und Amal an der Spitze, drangen Vandalen und Donarsöhne in die Schlachtreihen der Markomannen ein.

Erleichtert atmete Thorag auf, als er sah, wie sich die Vandalen auf die Markomannen stürzten und ihre Framen in die Leiber von Marbods Kriegern bohrten. Die Donarsöhne lösten sich von den Pferden und taten es den Verbündeten nach. Thorag ritt an ihrer Spitze und hieb mit dem Schwert um sich wie von Sinnen. Es ging nicht nur um die Rache für Argast, sondern um alles – um den Sieg. Daß Thorag sein Leben in Gefahr brachte und sich viele blutige Schrammen einhandelte, kümmerte ihn nicht.

Als Marbod sah, was sich auf seinem rechten Flügel abspielte, schickte er Reserven in die Schlacht, über die er reichlicher verfügte als Armin. Doch er konnte das Schlachtenglück in diesem Kampfabschnitt nicht mehr wenden. Der unerwartete Ansturm von Vandalen und Donarsöhnen hatte die Markomannen unweigerlich zurückgeworfen, und die nachrückenden Reserven konnten die Flucht ihrer Gefährten nur noch in einen geordneten Rückzug verwandeln.

Wäre Katualda verabredungsgemäß auf dem Schlachtfeld erschienen, wäre Armin ein vollkommener Sieg beschieden gewesen. So aber bewahrheitete sich die Voraussage der Priester und das Vorzeichen von Argasts Wodansritt. Der Gott der Schlachten stellte sich auf keine der beiden Seiten. Thorags Durchbruch auf der linken Flanke stand Balders Rückzug auf der rechten gegenüber.

Als Notts Schleier gnädig das mit Blut getränkte und mit Leichen von Menschen und Pferden übersäte Schlachtfeld verhüllten, kehrten beide Heere ungeschlagen in ihre Ausgangsstellungen zurück. Sie nahmen die eigenen Verwundeten mit sich, soweit sie ihrer habhaft wurden. Wer von den Stammesbrüdern nicht gesehen und gehört wurde, verendete auf der Walstatt oder starb unter den Händen der Feinde.

Thorag hatte sein Wort gehalten und auf seiner Flanke den Sieg errungen, wenn es auch nur ein Teilsieg war. Als er ins Heerlager zurückkehrte und die unzähligen Totenfeuer in den Nachthimmel flackern sah, fragte er sich, ob all das vergossene Blut eine unentschiedene Schlacht wert war.

Kapitel 29

Das Totenheer

Vor der geräumigen Versammlungshütte der Fürsten errichteten schweigende Krieger einen besonders großen Scheiterhaufen, um einen Edeling samt seinem Pferd zu verbrennen. Es waren Männer aus dem Baldergau, und der blutbefleckte Gefallene, der mit aufgerissener Brust neben dem Scheiterhaufen lag, war ihr Gaufürst, der alte Recke Balder.

Die Fürsten und Edelinge versammelten sich um den Scheiterhaufen und sahen zu, wie der Leichnam auf den sich sträubenden Braunen gebunden wurde. Das scheuende Tier schien zu ahnen, was ihm bevorstand. Es wurde zwischen das aufgeschichtete Holz geführt und dort an mehrere Pflöcke gebunden.

Alfhard rief die Götter an und bat sie um gute Aufnahme

für Balder. Dann fragte er die Edelinge, wer das Schwert nehmen wolle, um Balder das Totengeleit zu geben.

Armin wollte vortreten, aber Thorag war schneller und sagte: »Ich habe Seite an Seite mit Balders Söhnen Albin und Klef gekämpft, als wir in unserer Verblendung noch für die Römer fochten. Seine Söhne waren mir treue Gefährten, jetzt sind sie tot. Deshalb will ich an ihre Stelle treten.«

»Gut«, sprach Alfhard, und Armin nickte zustimmend.

Thorag zog sein Schwert und trat an das Pferd heran, von hinten, so daß er nicht ins Blickfeld des Toten geriet, denn dann wäre ihm der Abschied noch schwerer gefallen. Der Donarsohn bohrte die Klinge in den Hals des Braunen und durchtrennte die Halsschlagader. Für Thorag war es nicht nur Balder, dem er das letzte Geleit gab, sondern auch Argast, dessen Leichnam auf dem Schlachtfeld geblieben war. Thorag nahm Abschied von dem Freund und gedachte noch einmal seiner zahlreichen Heldentaten.

Er trat zurück, und Armin schwang die Fackel, um das Totenfeuer zu entflammen. Das Prasseln der auflodernden Flammen vermischte sich mit dem Wiehern des verendenden Tieres. Der Rauch trug Reiter und Pferd zu den Göttern.

»Möge Balder gute Aufnahme in Wodans Totenheer finden!« sagte Thorag. »Auf daß er Seite an Seite mit seinen Söhnen kämpft und tafelt bis ans Ende der Zeiten!«

Armin wollte etwas hinzufügen, kam aber nicht dazu, weil die Wachen einen Reiter auf einem Rappen ins Heerlager führten. Als der helle Schein des Totenfeuers auf den Ankömmling fiel, sah Thorag, daß es eine Reiterin war, nach Art der Schattenkrieger schwarz gefärbt. Unter der dicken Rußschicht erkannte er Canis' Antlitz.

Die Jägerin schenkte ihm ein kurzes Lächeln und wandte sich dann mit erschöpftem Gesichtsausdruck an Armin. »Katualda entbietet dir seinen Gruß, Herzog Armin. Er sagt, deine Krieger haben sich tapfer gegen die Übermacht geschlagen.«

»So, sagt er das?« fragte Armin mit einem gefährlichen Unterton. »Und wo ist er? Auf seine guten Worte kann ich verzichten, ich hätte lieber Taten gesehen, als meine Männer ihr

Blut vergossen!« Er zeigte auf das Totenfeuer. »Hier liegt der Gaufürst Balder, tot, aber würdig, an Wodans Tafel zu sitzen. Von Katualda läßt sich das wohl kaum behaupten. Die Schattenkrieger scheinen nicht nur nachts unsichtbar zu sein!«

Die umstehenden Edelinge stimmten Armin zu und bedachten Canis mit feindseligen Blicken.

»Es war nicht Katualdas Schuld. Jemand muß unsere Pläne an Marbod verraten haben. Der Kuning ließ die aufrührerischen Anführer festnehmen und einsperren. Die Krieger mußten für Marbod kämpfen, wollten sie nicht ihre sämtlichen Fürsten und Edelinge verlieren.«

»Was ist mit Katualda?« fragte Thorag.

»Er wurde gewarnt und konnte sich mit seinen Schattenkriegern retten«, erzählte Canis mit deutlich hörbarer Erleichterung. »Im Schutz der Nacht will das Totenheer versuchen, die gefangenen Edelinge zu befreien. Dann ist Marbods Bann über ihre Krieger gebrochen. Diese Botschaft überbringe ich euch. Katualda trauert um die Toten und hofft, morgen ihr vergossenes Blut zu rächen!«

»Das Totenheer?« ächzte der alte Dachsfürst Bror. »Willst du uns verhöhnen, Weib? Wodan hat sein Antlitz vor uns verhüllt. Warum sollte der Kriegsgott selbst mit seinem Heer aus gefallenen Recken die Feinde Marbods befreien?«

»Ich spreche nicht von den Einheriern, sondern von Katualdas Männern. Wenn Notts Schleier die Mitte ihrer Zeit erreicht haben, wollen sie in die Schlucht eindringen, in der Marbod die Edelinge festhält.«

»Die Schattenkrieger?« Bror warf der Jägerin einen mißbilligenden Blick zu. »Katualda hat doch allenfalls fünfhundert Männer bei sich. Diese Zahl als Heer zu bezeichnen, finde ich verwegen!«

»Es genügt für das Unternehmen«, erwiderte Canis mit versteinertem Gesicht. »Je mehr Krieger, desto leichter können sie entdeckt werden.«

»Wir sollten nicht streiten, es führt zu nichts.« Armin lächelte erst Bror und dann Canis an. »Uns bleibt nichts übrig, als Katualda Erfolg zu wünschen, was nicht zuletzt in unserem Sinn ist.«

Canis nickte ihm dankbar zu. »Ich werde Katualda deine Wünsche übermitteln, Herzog.«

»Du willst zu ihm zurück?« fragte Thorag. »Noch einmal durch Marbods Linien?«

»Ja. Katualda muß wissen, daß ihr bereit zum Eingreifen steht, sobald sich unsere Verbündeten gegen ihren Kuning Marbod erheben. Vielleicht beginnt der Aufstand noch in der Nacht. Wenn ihr dann Marbod angreift, dürfte die Verwirrung unter den Markomannen perfekt sein.«

»Ein guter Plan«, befand Armin. »Möge Wodan geben, daß diesmal auch alles plangemäß abläuft!«

»Bevor du wieder reitest, solltest du und dein Pferd sich stärken, Canis«, schlug Thorag vor, und die Jägerin nickte dankbar.

Während ein Schalk das Pferd versorgte, ging die Jägerin mit einigen Edelingen ins Versammlungshaus. Thorag folgte ihnen nicht, sondern zog Armin beiseite und sagte leise: »Ich werde Canis begleiten!«

Mißtrauisch zog Armin die Augen zusammen, so daß sich eine steile Falte an der Nasenwurzel bildete. Im flackernden Schein des Totenfeuers wirkte sein angespanntes Gesicht wie das eines Dämons. »Mir ist nicht entgangen, daß dir viel an Canis liegt, Thorag. Aber ist es das wert, dich unnütz in Gefahr zu begeben? Dein Platz ist an der Spitze der Donarsöhne. Wenn wir wieder gegen Marbod anrennen, bist du dort unentbehrlich!«

Thorag schüttelte den Kopf. »Argast ist leider tot, aber ich habe andere gute Krieger in meiner Gefolgschaft. Hatto hat sich bewährt, als er die Späher gegen Marbod führte. Ich werde ihm den Befehl über die Donarsöhne übertragen.«

»Aber warum?« seufzte Armin und breitete hilfesuchend die Arme aus, blickte zu der großen Hütte, aus der Fackellicht und laute Gesprächsfetzen nach draußen drangen. »Nur wegen einer Frau?«

»Es ist nicht wegen Canis, sondern wegen Katualda. Ich traue ihm nicht, nachdem er uns heute im Stich ließ. Und du, Armin?«

»Ich muß ihm trauen«, antwortete der Herzog mit säuerlicher Miene. »Ich bin auf ihn angewiesen.«

»Deshalb ist es ja so gefährlich für uns, sollte er ein Verräter sein! Was ist, wenn er die Befreiung der wirklich oder angeblich festgesetzten Edelinge nur vortäuscht, um unsere Krieger in einen nächtlichen Kampf zu verwickeln?«

»Du meinst, er will uns in eine Falle locken?«

»Die Möglichkeit besteht.«

»Ja, die Möglichkeit besteht«, wiederholte Armin nachdenklich und seufzte erneut. »Und wenn schon, ich muß mich darauf einlassen! Wir haben nicht die Zeit, die Seher über Katualda zu befragen. Selbst wenn wir das tun, die Götter sind schweigsam in diesen Tagen.«

»Darum will ich mit Canis reiten. Sollte ihr Spiel und das Katualdas falsch sein, kann ich dich vielleicht warnen.«

»Du stehst dann allein gegen Hunderte von Schattenkriegern!«

»Das weiß ich.«

Armin nickte versonnen. »Wenn es einer schafft, dann du, Thorag. Und trotzdem würde ich lieber einen anderen schicken!«

»Ich kenne Katualda ein wenig und Canis noch ein wenig besser. Niemand würde es so rasch bemerken wie ich, wenn die beiden uns hintergehen.«

»Du hast recht und sollst deinen Willen haben.«

Thorag hörte an Armins Stimme, daß ihm die Entscheidung nicht leichtgefallen war. Ein wenig fühlte sich der Donarsohn schuldig, fast wie ein Betrüger, denn er hatte seinem Blutsbruder nicht die ganze Wahrheit gesagt. Thorag zog auch die Möglichkeit in Betracht, daß Katualda ein Verräter war, Canis aber im guten Glauben an den Mann handelte, der einst der Gemahl ihrer Schwester gewesen und jetzt ihr eigener Geliebter war. In diesem Fall wollte Thorag die Jägerin beschützen. Ja, er wollte bei ihr sein. Und sollte sie eine Verräterin sein, war es seine Aufgabe, sie zur Rechenschaft zu ziehen!

Canis war von dem Entschluß, den Thorag und Armin gefaßt hatten, wenig angetan. Sie saß noch in der Versamm-

402

lungshütte beim Essen, schob aber die flache Tonschale mit gebratenem Rehfleisch und Käse lustlos von sich weg, als Armin ihr Thorags Entschluß verkündete.

»Allein komme ich viel besser durch Marbods Postenkette!«

»Ich bin kein Jungkrieger, der gerade seine Speermerkung hinter sich hat«, entgegnete Thorag. »Ich werde dir gewiß nicht zur Last fallen.«

»Wer weiß«, meinte Armin. »Vielleicht gerätst du doch in eine Situation, in der du Hilfe nötig hast, Canis.«

»Ich bin zwar noch jung«, sagte die Jägerin mit einem spöttischen Unterton und warf dabei Thorag einen langen Blick zu, »aber ich kann trotzdem gut auf mich allein aufpassen.«

»Ich würde es sehr schätzen, einen Verbindungsmann bei den Schattenkriegern zu haben«, drückte Armin sein Ansinnen vorsichtig aus. »Jemand, der mir das Zeichen zum Angriff gibt, wenn es soweit ist.«

»Der Kampflärm aus Marbods Heerlager wird das Angriffszeichen sein.« Canis stieß einen tiefen Seufzer aus. »Aber meinetwegen, soll Thorag mich ruhig begleiten.«

Ihr Blick ruhte erneut auf dem Donarsohn, und in den grünen Augen blitzte es auf. Hatte sie ihn und Armin durchschaut?

Im tiefen Wald waren Notts Schleier noch dunkler. Thorag fühlte sich wie ein Nachtdämon, als er lautlos hinter Canis einem Pfad folgte, den er kaum zu sehen vermochte. Die Augen der Jägerin ähnelten offenbar nicht nur in ihrem Aussehen denen einer Raubkatze, sondern auch in ihrer Fähigkeit zu sehen.

Thorags Haut und sein Haar waren mit einer Mischung aus Ruß und Rindertalg schwarz gefärbt, wo sie nicht von den Stiefeln, einer dunklen Hose und einem dunklen Hemd bedeckt war. Sein Rappe, dessen Hufe mit Lappen umwickelt waren, trug nicht den Römersattel, an den der Donarsohn sich in seiner Zeit als römischer Auxiliaroffizier gewöhnt hatte; das Lederzeug konnte in einem ungünstigen Augenblick knarren und die Aufmerksamkeit des Feindes erregen. Canis, deren Frame, Schwert und Dolch aus dem feuergehärteten Holz der Schattenkrieger gefertigt waren, hatte darauf bestanden, daß Thorag alle ganz oder teilweise aus Metall bestehenden Waffen ablegte. Er trug als Ersatz eine Frame und mehrere Gere bei sich, die statt eiserner Spitzen solche aus feuergehärtetem Holz hatten.

Ohne erkennbaren Grund hielt Canis ihr Pferd an. Sie drehte sich zu Thorag herum, und plötzlich spürte er ihre Framenspitze an seinem Hals.

Also doch: Sein Instinkt hatte ihn nicht betrogen, sein Verdacht war berechtigt gewesen! Leider sah es so aus, als käme diese Erkenntnis zu spät.

»Warum wolltest du unbedingt mit mir kommen, Donarsohn?« Die Jägerin flüsterte, und doch klang ihre Stimme hart. Die schmalen Augen brannten in der Dunkelheit wie zwei kleine grüne Feuer.

»Ich mag dich, und ich sorge mich um dich, Canis.«

Die seltsamen Geräusche, die Canis ausstieß, mochten ein kaum hörbares Kichern sein. Wenn es so war, empfand Thorag es als unpassend.

»Du willst mich vor den bösen Markomannen beschützen, edler Fürst Thorag? Ich glaube nicht, daß dies dein wahrer Beweggrund ist!«

»Vielleicht will ich dich auch vor dem bösen Verräter Katualda beschützen. Es sei denn, du selbst bist eine Verräterin an Armin und mir. Dann wäre es das Beste, du stößt jetzt zu!«

Doch Canis ließ die Waffe sinken und schwieg für eine kleine Ewigkeit. Als sie endlich sprach, schwang Enttäuschung in ihrer Stimme mit: »Das also ist es! Du und Armin, ihr befindet euch in einem großen Irrtum. Katualda hält ebenso treu zu euch wie ich. Alles, was ich euch berichtet habe, ist wahr.«

»Ich werde es sehen«, sagte Thorag.

»Das wirst du!« Canis schluckte. »Wir sollten weiterreiten.«

»Einverstanden.«

Erst als sie wieder dem Pfad folgten, den Canis auch auf

ihrem Weg zu Armins Heerlager genommen hatte, dachte
Thorag daran, daß die Enttäuschung in ihrer Stimme vielleicht einen anderen Grund gehabt hatte, als er annahm.
Nicht, daß er Katualda und Canis für mögliche Verräter hielt,
mochte die Jägerin mißgestimmt haben. Vielleicht war Canis
enttäuscht, daß Thorag sich ihr nicht einfach deshalb angeschlossen hatte, um bei ihr zu sein. Wenn Thorag ganz ehrlich
zu sich war, konnte er diesen Grund nicht ausschließen. Aber
es war weder Zeit noch Ort, um mit Canis darüber zu sprechen. Vielleicht gab es dafür auch gar keine Zeit und keinen
Ort.

Als der Wald lichter wurde, stieg Canis von ihrem Rappen
und sagte leise: »Wir kommen in die Nähe der Wachtposten.
Sieh zu, daß dein Pferd keinen Laut von sich gibt!«

Thorag nickte und stieg ebenfalls ab.

Sie gingen weiter und führten die Pferde am Zügel. Bis sie
die Feinde hörten: Stimmen, die sich leise unterhielten, mal
fluchten, mal schimpften, mal lachten. Offenbar ein aus mehreren Männern bestehender Posten. Die Wächter unterhielten
sich über das Schlachtgeschehen.

Canis und Thorag verständigten sich jetzt nur noch durch
Zeichen. Sie umgingen den Posten im weiten Bogen, ohne die
Markomannen auch nur einmal gesehen zu haben. Bei einem
zweiten Posten machten sie es ebenso.

Dann aber waren sie plötzlich von Kriegern umstellt – von
rußgeschwärzten Schattenkriegern, deren stoß- und hiebbe-
reite Waffen sämtlich aus Holz waren, aber nicht minder tödlich wie solche aus Eisen. Dies galt als besondere Kunst der
Harier, und die Beherrscher dieser Kunst waren als Holz-
schmiede bekannt. Ein treffender Name, zog man in Betracht,
daß die Herstellung eines guten Holzschwerts nach alter
Harierart nicht weniger aufwendig war als die einer Metall-
waffe.

Jetzt würde es sich entscheiden, ob Thorag Seite an Seite
mit den Schattenkriegern kämpfen oder unter ihren Holzwaf-
fen fallen würde. Die schwarzen Posten führten ihn und
Canis auf eine große Lichtung, wo Katualda mit dem Rest seiner Männer lagerte. Thorag erklärte den Grund seines Hier-

seins, wie ihn Armin der Jägerin offenbart hatte. Canis verriet nichts von Thorags Zweifeln an Katualdas Aufrichtigkeit, und dafür war der Donarsohn ihr dankbar.

»Du darfst uns begleiten, Fürst Thorag, wenn es dein Wunsch und der Armins ist«, sagte Katualda. »Aber dann gilt für dich, was für alle Schattenkrieger gilt: Ein Pferd, das lärmt, wird getötet. Und ein Krieger, der Lärm verursacht, wird behandelt wie ein Pferd.«

Das war deutlich, und Thorag nahm die Bedingung an. Ihm war bewußt, daß sie von Katualda leicht als Vorwand mißbraucht werden konnte, den Donarsohn umzubringen.

»Die gefangenen Edelinge werden von einer Hundertschaft bewacht«, erklärte Katualda dem Cherusker. »Und zwar in einer engen, nur durch einen schmalen Durchlaß zugänglichen Schlucht, eine halbe Reitstunde südlich. Über die Felsen zu klettern wäre ein Weg, in die Schlucht zu gelangen. Aber es würde zu lange dauern. Deshalb bleibt uns nur ein anderer Weg: Wir schleichen uns möglichst nah an die Wächter heran und fallen dann über sie her.«

»Die anderen Markomannen könnten den Kampflärm hören«, wandte Thorag ein.

»Mit ziemlicher Sicherheit«, gab Katualda ungerührt zu. »Aber ich habe Boten zu den Verbündeten gesandt. Sie wissen dann, daß es das Zeichen zum Aufruhr gegen Marbod ist.«

»Und dieser wird das Angriffszeichen für Armin sein«, meinte Thorag.

»Ja.«

»Aber was ist, wenn unser Überfall fehlschlägt?«

»Das ändert nichts. Marbods Feinde im eigenen Lager werden trotzdem losschlagen.«

»Und ihre Anführer werden von den Wachtposten abgeschlachtet«, stellte Thorag bitter fest.

Katualda lächelte leicht. Seine Zähne bildeten eine dünne helle Linie in dem schwarzen Gesicht. »Sagen wir, sie opfern ihr Leben für die Freiheit ihrer Stämme.«

Katualda mochte das Leben anderer Menschen bedenkenlos aufs Spiel setzen, aber er war kein Verräter. Als die Schattenkrieger den Eingang zu der engen Schlucht eingekreist hatten, ließ er zweimal kurz hintereinander den kläffenden Ruf der Schleiereule ertönen, und nach einer kurzen Pause wiederholte er den doppelten Ruf. Die Schattenkrieger griffen an.

Zuerst eine Hundertschaft, die von den Pferden gestiegen war, um den äußeren Ring der Wachtposten zu erledigen. Lautlos huschten die schwarzen Krieger durch die Nacht, schlängelten sich unsichtbar am Boden entlang und schnellten plötzlich hoch, um die Markomannen niederzureißen. In den meisten Fällen waren Marbods Männer tot, bevor sie am Boden aufkamen, das Herz von einem hölzernen Ger durchbohrt oder die Kehle von einer scharfen Holzschneide durchtrennt.

Aber dann zerriß doch der erschrockene, schmerzerfüllte Schrei eines angegriffenen Wächters die Nacht, und die Felswände der Schlucht bereiteten ihm ein vielfältiges Echo. Damit waren die Markomannen in der Schlucht gewarnt, und Katualda führte seine Reiterei in den Kampf. Dicht bei ihm ritten Canis und Thorag.

Die Schattenkrieger schlugen und stachen alles nieder, was sich ihnen in den Weg stellte, und erreichten endlich den am Ende der Schlucht aus gefällten Bäumen gebauten Verschlag, in dem an die hundert Edelinge festgehalten wurden. Keinem von ihnen war etwas zugestoßen, und Katualda warf dem Donarsohn einen triumphierenden Blick zu.

Als der Kampflärm in der Schlucht verebbte, hörten sie aus der Ferne Waffengeklirr, Pferdegewieher und immer wieder Schreie. Die nächtliche Schlacht hatte begonnen.

Es würde zu lange dauern, wenn Thorag versuchte, zu seinen Donarsöhnen zurückzukehren. Er blieb bei den Schattenkriegern und den befreiten Edelingen und stürmte mit ihnen Marbods Heerlager, in dem alles drunter und drüber ging. Niemand schien mehr zu wissen, wer Freund oder Feind war. Für zusätzliche Verwirrung und Aufregung sorgten Armins angreifende Truppen.

Marbod mußte eingesehen haben, daß jeder Widerstand

vergebens war, solange er nicht wußte, wer noch auf seine Befehle hörte und wer nicht. In heilloser Panik zogen sich die Markomannen aus ihrem brennenden Lager zurück. Katualda und Canis hielten Ausschau nach dem Kuning, um ihre Rache mit seinem Tod zu krönen. Aber sie bekamen ihn nicht einmal zu Gesicht.

Die Markomannen waren nicht endgültig besiegt, aber in die Flucht geschlagen. Das verdankten Armin und seine Verbündeten vor allem Katualda und seinem Totenheer.

Kapitel 30

Thorags Entscheidung

Dicke Rauchsäulen stiegen über den kläglichen Resten von Marbods Heerlager in den Himmel, um eins zu werden mit dem Morgennebel und der Wolkenwand. Nur Trümmer waren von den Befestigungen der Markomannen geblieben, nur Asche von ihren Hütten und Palisaden, nur totes Fleisch und vergossenes Blut von Marbods einst so stolzen Kriegern. Wenige wurden gefangen, die meisten flohen, starben oder liefen zu Armin über.

»Groß ist unser Sieg, und tapfer kämpften unsere Krieger!« verkündete Armin mit lauter Stimme auf der Versammlung der Edelinge, die am Morgen nach der nächtlichen Schlacht im Opferhain stattfand. »Dafür danken wir Wodan, dem Sieggott, und bringen ihm Opfer dar!«

Diese Opfer waren gefangene Edelinge der Markomannen, die von den Priestern und ihren Helfern kopfüber an die Bäume gehängt und dann mit Speeren durchbohrt wurden. Ihr Blut sammelte man in silbernen Opferkesseln, um damit die eigenen Edelinge zu besprengen. Dadurch gingen alle guten Eigenschaften des Feindes, besonders Tapferkeit und Stärke, auf die Cherusker und ihre Verbündeten über.

»Möge Wodan auch weiterhin mit uns sein, damit wir Marbods Macht ein für allemal brechen!« rief Armin, als sein Gesicht rot war vom Opferblut.

Thorag trat vor und ließ seinen Blick über die Baumkronen schweifen. Jenseits des Hains fraßen die Totenfeuer die Leiber der gefallenen Cherusker und Verbündeten. Die Leichen der toten Markomannen aber fielen den Geiern und Krähen anheim, die am grauen Himmel kreisten und rauhe, heisere Schreie der Vorfreude ausstießen.

»Ich glaube nicht, daß Marbod noch einmal versuchen wird, ins Cheruskerland vorzustoßen«, sagte Thorag. »Jedenfalls nicht in nächster Zeit. Der Winter ist zu nah. Und nach allem, was wir von Katualda wissen«, der Donarsohn warf einen Blick zu dem Harier, der mit Canis und Amal in Armins Nähe stand, »muß Marbod um die Macht im eigenen Reich fürchten. Er wird so schnell wie möglich nach Boiuheim zurückkehren.«

»Gerade um dafür zu sorgen, müssen wir ihn verfolgen!« entgegnete Katualda, der sich, wie alle Schattenkrieger nach der Schlacht, von der Rußfarbe befreit hatte.

Thorag blickte ihn offen an. »Wir sind dir dankbar für deine Hilfe, aber verlange als Gegenleistung nichts von uns, was den Untergang der Cherusker bedeuten könnte. Noch ist unser Stamm entzweit. Wenn wir unsere Krieger ins ferne Markomannenreich schicken, kann es leicht geschehen, daß Inguiomar und Frowin einen Vorstoß wagen, vielleicht sogar mit Unterstützung der Römer!«

»Die Römer sind weiter zu fürchten«, nickte Armin seinem Blutsbruder zu. »Die Gefahr aber, daß Cherusker den Cheruskern zum Verhängnis werden, ist gebannt.«

Armin gab einem Mann aus seiner Gefolgschaft einen Wink, und der junge Edeling lief eilig davon, um wenig später in der Begleitung einiger anderer Edelinge zurückzukehren. Armin erkannte in ihnen Männer aus Inguiomars Gefolgschaft, und ihr Anführer war der Ingfürst selbst!

Mit offenem Mund starrte Thorag Armins Oheim und Feind entgegen, der, wie seine Begleiter, im vollen Waffenschmuck erschien und stolz erhobenen Hauptes, wenn auch mit dunklen Ringen unter den Augen. Vor Armin und den anderen Gaufürsten der Cherusker hielt der Trupp an, und Inguiomar grüßte die Fürsten mit ihren Namen. Er tat ganz so, als hätte nie etwas zwischen ihnen gestanden.

Thorag wandte sich an seinen Blutsbruder und sagte mit bebender Stimme: »Gestern und noch in der Nacht war Inguiomar unser Feind. Erkläre sein Erscheinen, Armin!«

»Mein Oheim hat erkannt, wem seine wahre Treue gilt, und hat sein Bündnis mit Marbod aufgekündigt.«

»Ja«, sagte Thorag mit einem rauhen, unechten Lachen. »Nachdem wir Marbod und Inguiomar besiegt hatten!«

»Ich hing einem falschen Glauben an«, sagte Inguiomar. »Ich stand unter dem Bann des Bärengottes, den Gandulf und Frowin verbreitet haben, aber jetzt bin ich davon erlöst.«

»Worte eines Mannes, der heute auf dieser und morgen auf jener Seite steht«, stieß Thorag mit offener Verachtung hervor. »Worte eines Mannes, dem wir den Tod unzähliger Brüder und tapferer Edelinge wie Balder und Argast zu verdanken haben. Wer soll solchen Worten glauben?«

Die meisten Männer in der Versammlung stimmten Thorag zu und verlangten Beweise für Inguiomars Sinneswandel.

»Wenn euch das Wort des Ingfürsten nicht genügt, sollt ihr die Beweise haben«, rief Inguiomar und hieß einen Mann aus seiner Gefolgschaft vortreten.

Der Edeling öffnete einen großen Sack und schüttelte ihn aus. Zwei runde Gegenstände rollten vor die Füße der Cheruskerfürsten. Nein, es waren nicht Gegenstände, wie Thorag erkannte, sondern von den Leibern getrennte Köpfe. Bärtige Gesichter nicht mehr junger Männer, die jetzt bleich waren, mit starren Augen.

»Gandulf und Frowin!« machten die Namen die Runde.

»Ja, es sind Gandulf und Frowin!« bestätigte Inguiomar. »Ich selbst habe ihren Tod befohlen, um den Bann des Bärengottes von mir und von allen Cheruskern zu lösen. Ing- und Stierkrieger sind wieder freien und guten Willens. Sie stehen nur einen halben Tagesritt von hier und warten darauf, wieder in die Reihen ihrer Brüder aufgenommen zu werden.«

»Und was dann?« fauchte Thorag. »Wann wirst du erneut

versuchen, Armin zu hintergehen und dich zum Herzog der Cherusker aufzuschwingen?«

»Niemals wieder!« versprach Inguiomar mit fester Stimme und dem treuherzigsten Blick, den Thorag je gesehen hatte. »Ich gelobe bei Wodan, dem Allvater, bei Ing, meinem Ahnherrn, und bei Wara, der Göttin der Wahrhaftigkeit, daß ich immer treu zum Herzog der Cherusker stehen werde!«

»Zu welchem Herzog?« hakte Thorag nach.

»Zu dem, den die Cherusker in freier Wahl erküren.«

»Und wann wirst du wieder versuchen, dieser Herzog zu sein?«

»Niemals wieder, solange Armin diese Würde trägt. Auch das gelobe ich bei Wodan und allen Göttern!«

Die Worte machten Eindruck, und jetzt schien der überwiegende Teil der Versammlung auf Inguiomars Seite zu stehen.

Armin verschaffte sich mit gebieterisch ausgebreiteten Armen Gehör und erklärte: »Wir sollten Inguiomar vergeben, denn so wird der Stamm der Cherusker geeint, erstarkt zu neuer Kraft und kann dem Feind widerstehen, mag er nun aus Rom oder aus Boiuheim kommen!«

Wie schon so oft zog Armin auch diesmal die meisten Edelinge auf seine Seite. So wurde aus Inguiomar, dem Verräter, dem Überläufer und dem Anbeter eines falschen Gottes, wieder ein angesehener Fürst der Cherusker.

Das Festmahl, das dieses Ereignis und den Sieg über die Markomannen feiern sollte, fand ohne Thorag statt. Er wollte nicht mit Inguiomar an einer Tafel sitzen. Und er hatte auch keinen Hunger. Er ritt weit fort vom Lager der Cherusker, auf einen einsamen Hügel, von dem aus er das leichenübersäte Schlachtfeld betrachtete.

Irgendwo dort unten lag der tapfere Argast, dessen Leichnam Thorag trotz verzweifelter Suche nicht gefunden hatte. Gern hätte der Donarsohn für den gefallenen Freund das Totenfeuer angezündet. Noch einmal spielte sich vor Thorags innerem Auge der verwegene Wodansritt des Kriegerführers ab. Thorag sah die Flammen des Totenfeuers, die den alten Fürsten Balder verschlangen. Und er erlebte noch einmal den

411

Auftritt Inguiomars im Opferhain und sah deutlich die beiden Köpfe mit den starren Augen vor sich.

Thorag war so tief von seinen düsteren Gedanken gefangen, daß er den einsamen Reiter erst spät bemerkte. Sein eigener Rappe graste in einiger Entfernung. Also mußte er sich dem Feind, wenn es einer war, zu Fuß stellen. Seine Hand fuhr zum Schwertgriff.

»Ist deine Wut auf mich so groß, daß du mich töten willst, Bruder?« fragte Armin, der langsamen Schrittes aus dem Unterholz ritt. Er war allein, hielt seinen Rapphengst vor Thorag an und stieg aus dem Sattel. »Hältst du mich für einen Verräter an den Cheruskern?«

»Nein, das nicht«, sagte Thorag leise und nahm die Hand von der Waffe. »Aber für einen riesigen Dummkopf, daß du einem alten Fuchs wie Inguiomar vertraust!«

»Ich vertraue meinem Oheim nicht, nicht soviel.« Mit Zeigefinger und Daumen bildete Armin einen Spalt, in den kaum eine Dolchklinge paßte. »Aber ich brauche ihn, weil ich einen geeinten Cheruskerstamm benötige, um die Römer aus unserem Land zu halten. Marbod hat für sie geblutet, aber die Römer selbst sind stark wie eh und je!«

»Ja, die Römer«, seufzte Thorag nachdenklich.

Armin nickte und legte eine Hand auf die Schulter des Freundes. »Ich denke nicht weniger als du an Thusnelda, an Auja und an meinen Sohn Thumelikar. Laut Inguiomars Auskunft haben Drusus und Sejanus Marbod schon viele Nächte vor der Schlacht verlassen, um zum Rhein zurückzukehren. Einstweilen können wir nichts für unsere Familien tun. Ich werde Späher auf die andere Rheinseite senden, um herauszufinden, wohin die Römer die Geiseln verschleppt haben. Und ich werde im Cheruskerland bleiben, um es vor den Übergriffen der Römer zu schützen. Außerdem muß ich darauf achten, daß Inguiomar sich so lammfromm verhält, wie er es vorhin geschworen hat. Das ist meine Aufgabe als Herzog. Willst du mir helfen, indem du eine Aufgabe übernimmst, die vielleicht noch schwerer ist, Thorag?«

Der Donarsohn ahnte die Antwort voraus und fragte gleichwohl, was für eine Aufgabe dies sei.

»Begleite Katualda und sorge dafür, daß Marbod nicht noch einmal so übermütig wird, uns in den Rücken zu fallen. Ich kann dem Harier nur wenige Krieger überlassen, weil nicht sicher ist, wie sich die Römer unter Drusus verhalten. Aber der Schattenkrieger wird sich nicht beklagen, wenn der Blutsbruder des Herzogs an seiner Seite kämpft. Außerdem hat er nach dir verlangt. Er sagte, du seist würdig, ein Schattenkrieger zu sein!«

»Befiehlst du mir, Katualda zu begleiten?«

Armin schüttelte den Kopf. »Es ist deine freie Entscheidung, Thorag. Und niemand wird dir Vorwürfe machen, lehnst du mein Ansinnen ab.«

»Auch du nicht?«

»Auch ich nicht.«

Thorag dachte lange nach und traf seine Entscheidung aus mehreren Gründen. Treue zu Armin und zum Stamm der Cherusker, der vor Marbod beschützt werden mußte, war einer davon. Ein anderer war, Canis nahe zu sein.

»Ich werde mit Katualda reiten«, sagte er und setzte in Gedanken hinzu: *Und mit Canis!*

Kapitel 31

Der letzte Verrat

Der Winter kam früh und ließ das Land in Kälte, Frost, Schnee und Eis erstarren, bevor Katualda, Amal und Thorag die Verfolgung Marbods aufnehmen konnten. Gleichwohl wurde Thorags Herz leicht, weil er so viele Monate in der heimatlichen Siedlung verbringen konnte, mit seinem Sohn Ragnar. Doch Auja fehlte beiden, und ihr Schatten lag düster über Vater und Sohn.

Als das Eis in den Bächen wieder zu Wasser wurde und das Gras auf den Wiesen durch die löchrig gewordenen Mäntel der Frostriesen sproß, brach Katualdas Streitmacht endlich auf. Zuvor mußte Thorag seinem Sohn noch einmal versichern, die Mutter bald heimzubringen. Thorag versprach es mit halben Herzen, denn seine Hoffnung schwand. Ragnar dankte es mit trübem Blick, als habe er das Vertrauen zu seinem Vater verloren.

Der Krieg vertrieb die Gedanken an Auja und Ragnar mit Schwert und Tod, mit langen Ritten und harten Kämpfen. Anfangs focht nur ein kleines Heer unter Katualdas Befehl, weniger als achttausend Mann. Siebenhundert davon waren cheruskische Reiter, eine Hundertschaft aus jedem Gau. Die Teilstreitmacht, die Thorag befehligte, wurde durch achthundert Reiter aus mit den Cheruskern verbündeten Stämmen verstärkt. Armin konnte die Männer gut entbehren, wie sich herausstellte. Die siegreiche Schlacht gegen Marbod hatte den Römern jede Angriffslust vergällt, und am Rhein blieb es friedlich.

Marbod warf Katualda immer neue Truppen entgegen. Er hatte Zeit gehabt, sich auf die Verteidigung seiner Grenzen vorzubereiten. Doch als Marbods Krieger, vielfach mit Gewalt unterworfene Stämme, erkannten, daß Katualdas Sieg bedeutete, Marbods Fesseln abzuschütteln, liefen mehr und mehr frühere Feinde auf Katualdas Seite über. Seine Heeresmacht wuchs in dem Umfang, wie Marbods Truppen schwanden. Der Vormarsch wurde schneller, und immer tiefer drang Thorag mit Katualda, Amal und Canis in ihm unbekanntes Land ein.

Während der ganzen Zeit war Thorag nah bei Canis und doch unendlich weit von ihr entfernt. Sie war die Gefährtin Katualdas, und vielleicht würde sie einst an seiner Seite über die Harier herrschen. Wenn Thorag und Canis miteinander sprachen, ging es zumeist um den Krieg, nie um persönliche Dinge. Nur beider Blicke drangen tiefer und verursachten Schmerzen. Schmerzhaft waren auch die Nächte, in denen Thorag allein lag und Canis bei Katualda wußte. Und selbst wenn Canis nicht die Gefährtin des Hariers gewesen wäre, hätte doch Aujas Schatten zwischen ihr und Thorag gestanden.

Der Sommer verging, und noch einmal bewahrten die

Frostriesen den Kuning der Markomannen vor dem Untergang. Katualda ließ den Winter nicht ungenutzt verstreichen. Seine Krieger mochten festliegen, doch seine Boten durcheilten das Land, auf Schneeschuhen, wenn es sein mußte, um Bündnisse zu schließen und die noch kuningstreuen Stämme zum Aufstand gegen Marbod anzustacheln.

Im nächsten Frühjahr konnte sich Marbod nur noch auf seine eigenen Krieger vom Blut der Markomannen stützen, alle verbündeten und unterworfenen Stämme fielen von ihm ab. Und bald lag die große Flußstadt vor Katualda, war eingekreist von seinem jetzt gewaltigen Heer.

Der Harier reckte sein Schwert in die Luft, und seine Krieger stürmten die Stadt, aus der Marbod ein zweites Rom hatte machen wollen. Um den verbissenen Widerstand der letzten noch kämpfenden Markomannen zu brechen, führte Katualda selbst den Angriff auf die Stadt. Mit Erfolg, wie Thorag, dessen berittene Truppen nicht in den Kampf eingegriffen hatten, aus der Ferne sah. Die ersten Häuser brannten, und das Feuer sprang schnell von Dach zu Dach.

»Das ist Marbods Untergang«, sagte er leise.

»Aber nicht sein Ende«, erwiderte Canis, die ihr Pferd neben seinem hielt und ihre Augen mit einer Hand gegen Sunnas Strahlen abschirmte, um das Schauspiel der niederbrennenden Stadt besser beobachten zu können. »Der Kuning wird nicht in der Stadt sein, sondern dort oben in seiner Festung.« Sie wandte den Kopf und blickte hinauf zu dem Berg mit Marbods Felsenfestung.

Thorag folgte ihrem Blick und fragte: »Ist das der Grund, weshalb du nicht mit Katualda in die Schlacht geritten bist?«

Canis nickte. »Laß uns die Festung erstürmen, jetzt!«

»Katualda wollte den Angriff gegen Marbods Burg selbst führen.«

»Da wußte er nicht, daß der Widerstand in der Stadt so heftig sein würde. Zwar brennen die Häuser, aber die Verteidiger kämpfen noch. Heute wird Katualda es nicht mehr schaffen, die Felsenburg zu erstürmen. Aber wir können es, und vielleicht verhindern wir, daß Marbod im Schutz der Nacht flieht!«

Thorag hatte sich bereits gewundert, daß Katualda sich für die Stadt mehr interessierte als für die Kuningsburg. Der Donarsohn dachte daran, daß ein endgültiger Sieg über Marbod auch ein Ende des Kampfes bedeutete – die Heimkehr ins Cheruskerland, zu Ragnar. Und vielleicht auch die Möglichkeit, endlich nach Auja zu suchen. War es nicht ein Verrat an Auja, daß er soviel Zeit damit vergeudete, für Katualda zu kämpfen, an der Seite der Jägerin zu sein statt an der seiner Frau?

»Wir greifen an!« entschied Thorag und winkte die Führer seiner Hundertschaften herbei, um ihnen den Befehl zu übermitteln.

Die Cherusker und ihre Verbündeten stürmten den Berg, und viele ließen dabei ihr Leben. Steinlawinen und für diesen Zweck aufgestapelte Baumstämme rollten auf die Angreifer und begruben sie unter sich. Doch neue Krieger drängten nach, und in der beginnenden Abenddämmerung drangen sie in Marbods Burg ein. Nur noch wenige Markomannen kämpften, viele flohen oder ergaben sich. Und die roten Banner mit dem springenden Rappen sanken.

Thorag kämpfte mit seinen Donarsöhnen im Burghof, um die letzten Verteidiger niederzuringen, als ein Trupp schwarzer Reiter aus einem Seitenhof sprengte und sich den Weg zum Haupttor freikämpfte. Von den hundert Markomannen fiel die Hälfte, doch die übrigen schafften es, die Burg zu verlassen.

Eine blutbeschmierte Canis trieb aufgeregt ihr Pferd zu Thorag und rief: »Wir müssen ihnen nach. Marbod war bei ihnen!«

»Bist du sicher?« fragte Thorag, der den Kuning nicht gesehen hatte.

Die Jägerin nickte heftig. »Ich habe ihn erkannt, obwohl der Feigling sich als einfacher Soldat verkleidet hat!«

Thorag sammelte die Donarsöhne um sich und nahm mit der arg zusammengeschmolzenen Hundertschaft die Verfolgung auf. Marbods Trupp floh über enge, steile Bergpfade, und manches Pferd stürzte in der Hast. Die Markomannen hielten nicht an, um die aus den Sätteln geworfenen Reiter

einzusammeln. Der Kuning überließ seine treuen Männer
dem Blutrausch der Donarsöhne.

Die erhielten Verstärkung durch die Hundertschaft der
Eberkrieger unter ihrem jungen, kampfeslustigen Anführer
Eburwin. Es gelang ihnen, die Markomannen in einer
zerklüfteten Schlucht einzukesseln und zur Schlacht zu stellen.

Bevor die beiden Gruppen aufeinanderstießen, prallte
Thorags Rappe gegen Canis, die ihren Braunschecken unerwartet gezügelt hatte und nach links starrte, als habe sie dort
einen Geist gesehen.

»Was hast du?« rief Thorag, verwundert darüber, daß die
Jägerin dem langersehnten Kampf gegen Marbods Schwarze
Wache plötzlich auswich.

Canis sah noch immer nach links und sagte fast tonlos:
»Hier ist es geschehen. Jetzt erst erkenne ich es wieder!«

»Was?« fragte Thorag, während Donar- und Eberkrieger
an ihm und der Jägerin vorbeiritten, um die Waffen mit den
schwarzen Reitern zu kreuzen. Schon traf Pferd auf Pferd,
schlugen Schwerter gegen Schwerter und Framen gegen
Schilde, schrien Männer, wieherten Rosse, erstarben Leben in
blutroten Lachen.

»Diesen Ort«, sagte Canis in ihrer merkwürdigen, plötzlichen Weltentrücktheit; sie schien den Kampf, der rings um sie
und Thorag tobte, nicht zu bemerken. »Hier starben sie alle.
Siehst du den Schlund dort vorn?« Sie zeigte mit ihrem
Schwert auf eine lange, gezackte Kluft im Erdreich. »Das ist
die Hundsspalte!«

Jetzt verstand er Canis, konnte er sich vorstellen, daß ihre
Gedanken in der Vergangenheit weilten. Auch damals waren
die Menschen hier zahlreich gestorben, aber sie hatten keine
Waffen gehabt, um ihr Leben zu verteidigen.

»Die Nornen haben es so gewollt!« zischte Canis mit neu
erwachtem Leben, und ein Glitzern trat in ihre Augen. »Marbod soll am Ort seiner größten Untaten sterben, soll das
Schicksal der von ihm Gemordeten teilen! Er und sein Scherge
Anjo!«

Schon preschte sie davon, mitten durch die wirren Reihen

417

der Kämpfenden hindurch, auf einen knochigen Markomannen zu, der den bestickten Umhang eines hohen Offiziers trug. Thorag erkannte Anjo, den Kriegsherrn. Der Mann, der, als er noch einfacher Reiteroffizier gewesen war, das Mädchen Alea ebenso mißbraucht hatte wie ihre Schwester Ilga. Ilga war tot, und auch Alea gab es nicht mehr. Canis war gekommen, um Rache für beide zu nehmen.

Anjo hatte die Angreiferin bemerkt und wehrte ihren wütenden Ansturm mit der Erfahrung des geübten Recken ab. Die Klinge der Jägerin traf nur den silbernen Buckel des Offiziersschildes und rutschte an dem lederbespannten Preßholz ab. Gleichzeitig holte Marbods Kriegsherr zum Schlag aus. Canis glich die größere Erfahrung des Gegners durch ihre Schnelligkeit und Gewandtheit aus: Als Anjos Klinge niederfuhr, hatte die Jägerin sich schon von dem Markomannen gelöst.

Ein plötzlich vor Thorag auftauchender Schatten nahm ihm die Sicht auf Canis und den verhaßten Anjo. Es war ein gefährlicher Schatten – ein Reiter der Schwarzen Wache, der seine Frame gegen Thorags Brust stieß. Der Cherusker riß den Schild hoch und wehrte den machtvoll geführten Stoß ab, doch Thorags Schild zersplitterte.

Ein grimmiges Aufleuchten zog über das narbige Gesicht des Markomannen, und er stieß erneut zu. Gerade noch rechtzeitig traf Thorags Schwert auf den Framenschaft und drückte ihn zur Seite. Aus dieser Bewegung heraus riß der Donarsohn seine Klinge schräg noch oben, direkt in den Hals des Markomannen. Der Schwarze Gardist starrte ungläubig auf sein eigenes Blut, das seine Brust bedeckte. Dann kippte er seitwärts aus dem Sattel und verschwand unter den Hufen seines erschrocken tänzelnden Rappen.

Thorag kümmerte sich nicht weiter um den sterbenden Gegner. Der Donarsohn richtete sich im Sattel auf, hielt Ausschau nach Canis und Anjo. Die beiden fochten noch immer gegeneinander, aber der Sieggott schien dem Kriegsherrn zuzulächeln. Ein Schwerthieb schlitzte die Flanke des Braunschecken auf; das Tier strauchelte und warf die Jägerin ab. Anjo ritt gegen Canis an und trieb sie zurück – auf die

Hundsspalte zu. Sollte sie ein zweites Mal hineinstürzen, damit sich das Alea zugedachte Schicksal nun an Canis erfüllte?

Von Angst um Canis getrieben, durcheilte Thorag im schnellen Galopp das Kampfgetümmel. Er sah, wie Anjo sein Pferd herumriß, um die dicht am Abgrund stehende Jägerin endgültig ins Verderben zu stürzen. Wenn sie nicht in die Hundsspalte fiel, würde sie unter den Hufen des großen Markomannenpferdes zermalmt werden.

Aber Canis gab nicht auf, sondern suchte ihr Heil im Angriff. Sie warf sich zu Boden, rollte unter den Rappen und brachte ihn mit einem Schwertstoß in den Bauch zu Fall. Auch Anjo wurde zu Boden geschleudert, überschlug sich und rutschte über den Rand der Felsspalte. Er ließ Schwert und Schild los und schaffte es im letzten Augenblick, sich mit beiden Händen an ein Grasbüschel zu klammern, das einsam aus dem kargen Erdreich am Rand der Kluft sproß. Der silbern glänzende Helm rutschte von seinem Kopf und fiel in die Tiefe.

Thorag erreichte den Ort und sprang von seinem Pferd, als Canis mit erhobenem Schwert über dem Markomannen stand. Die knochige Gestalt, die über dem Abgrund hing, wirkte jetzt gar nicht mehr wie ein stolzer Krieger, schon gar nicht wie ein mächtiger Kriegsherr, der engste Vertraute Marbods. Angst zeichnete das verzerrte Gesicht. Die Augen waren so weit aufgerissen, daß sie nicht länger schmal wirkten.

Tief unter Anjo kläfften die wilden Hunde, angelockt durch die Krieger und Pferde, die bereits in die Felsspalte gestürzt waren. Ungestüm zerrissen die Hunde das Fleisch, ohne sich darum zu kümmern, ob noch Leben in ihren Opfern war.

»Endlich wirst du sterben!« stieß Canis mit Inbrunst hervor. »Erst du und dann Marbod!«

»Wer … wer bist du?« keuchte Anjo, während er seine Finger tiefer in das Grasbüschel krallte.

Canis beantwortete die Frage mit einer Gegenfrage: »Erinnerst du dich an Katualda?«

»Natürlich.« Haß und Verachtung traten in Anjos Züge.

419

»Wir hätten den Verräter damals töten sollen, dann wäre uns vieles erspart geblieben!«

»Erinnerst du dich auch an seine Braut?«

»Ja. Aber warum fragst du ...«

»Dann erinnerst du dich auch an die Schwester der Braut«, unterbrach Canis ihn. »An das kleine Mädchen, das du mißbraucht hast!«

Erkenntnis leuchtete in den aufgerissenen Augen des Kriegsherrn auf.

Darauf hatte Canis nur gewartet. Sie ließ ihr Schwert sinken, nicht schnell, sondern ganz langsam. Die Klinge traf auf die Hände des Markomannen, schnitt einen Finger nach dem anderen ab, bis der Schmerz zu groß wurde und die Kraft nicht mehr reichte.

Anjo stürzte mit einem gellenden Schrei in die Tiefe, stieß während des Falls zweimal gegen den Fels und schlug endlich unten auf. Er lebte noch und schrie erneut, als die Hunde über ihn herfielen – schrie noch, als sein halber Leib zerfleischt war. Die Schreie erstarben erst, als ein großer struppiger Hund seine Kehle zerfetzte.

»Das war kein leichter Tod«, sagte Thorag und spürte, wie ein Schauer über seinen Rücken lief. Obwohl er selbst an diesem Tag schon viele Feinde getötet hatte, obwohl Krieger um Krieger in dieser Schlucht sein Leben aushauchte, machte ihn das Ende des Kriegsherrn besonders betroffen. Er hatte kein Mitleid mit dem Getöteten, sondern mit der Rächerin. Der Rachedurst nahm Canis jede Menschlichkeit, setzte sie den blutdürstigen Bestien am Grund der Hundsspalte gleich.

»Auch meine Eltern und Ilga hatten keinen leichten Tod«, erwiderte Canis bitter. Sie wandte ihren Blick erst ab, als Anjo nicht mehr zu erkennen war. »Und jetzt zu Marbod!«

Thorag schwang sich auf den Rappen, fing den Braunen eines gefallenen Eberkriegers ein und brachte das Tier der Jägerin.

Die Reiter der Schwarzen Wache kämpften tapfer und starben langsam. Aber die Übermacht der Cherusker wirkte sich immer deutlicher aus, und bald war nur noch eine Handvoll Markomannen übrig – unter ihnen Marbod. Jetzt erkannte

Thorag den kräftigen Mann in der Kleidung eines einfachen Soldaten, wie Canis es gesagt hatte. Um sich zusätzlich unkenntlich zu machen, hatte der Kuning sein langes Haar abgeschnitten.

»Rache für Ilga, für Wolram und Wolgan, für Gondela und Wolrad!« schrie Canis die Namen ihrer von Marbod ermordeten Angehörigen und sprengte auf den Kuning und seine letzten Getreuen zu, während sie ihr blutiges Schwert über dem Kopf schwang.

Ihre Stimme wurde von einem Hornsignal übertönt, das Thorag erkannte, obwohl er es seit langem nicht mehr gehört hatte. Es war das Zeichen zum Angriff – ein römisches Zeichen!

Auf den beiden Längsseiten der Schlucht lösten sich Soldaten von den Felsen. Thorag erblickte Kettenpanzer über weißen Tuniken, im Abendlicht glänzende Helme mit Backenschutz, Hunderte Pilen und rechteckige Schilde, auf derem roten Lederüberzug der goldene Skorpion prangte. So unglaublich es erschien, mitten im Land der Markomannen standen die Cherusker römischen Prätorianern gegenüber. Thorag schätzte ihre Stärke auf vier Zenturien, also über dreihundert Mann. Aber vielleicht verbargen sich noch mehr Römer in den Felsen.

Ein Trupp Offiziere eilte an die Spitze der Römer. Ihr abgehetzter Ausdruck und die schmutzigen, zerrissenen Uniformen, die so gar nicht zu den Prätorianern paßten, ließen auf einen raschen Aufstieg in die Berge schließen. Thorag konnte nicht weiter darüber nachdenken, denn die Gestalt des großen Anführers der Römer steigerte seinen Unglauben ins Unermeßliche.

»Sejanus!« stieß Thorag laut hervor.

Der Prätorianerpräfekt wandte in diesem Augenblick den Kopf, und sein Blick traf den Donarsohn. Thorag sah den Haß in den Augen des Präfekten funkeln.

Canis kam zu spät. Marbod und seine Männer flohen hinter die in Stellung gegangenen Römer.

»Was hat das alles zu bedeuten?« keuchte Canis, als sie zu Thorag zurückgeritten war.

»Alte Freunde, alte Verbündete«, sagte der Donarsohn und sah wieder Sejanus an. »Und alte Feinde!«

Langsam ritt er den Römern entgegen und befahl seinen Kriegern durch einen Wink, daß sie abwarten sollten. Fünf Pferdelängen vor den Spitzen der Pilen hielt er seinen Rappen an und geduldete sich, bis Sejanus vortrat.

»So hast du dir unser Wiedersehen nicht vorgestellt, Barbar.« Der Präfekt sprach es nicht als Frage aus, sondern als Feststellung. »Ich auch nicht. Aber Drusus befiehlt, und ich gehorche.«

»Du gehorchst Drusus?« fragte Thorag mit grimmigem Spott. »In der Ubierstadt hatte ich nicht diesen Eindruck.«

»Man darf nicht zuviel wagen gegen den Sohn des Tiberius. Aber wenn Drusus mich auf weitere Missionen wie diese schickt, macht er mich gewiß nicht zu seinem Freund.«

»Deine Mission ist, Marbod an der Macht zu halten?«

Sejanus lachte und schüttelte den Kopf. »Dazu habe ich nicht genug Männer. Nein, ich soll dem Kuning Asyl gewähren.«

»Was liegt Rom an einem Kuning ohne Land und Macht?«

»Die Möglichkeit, daß dieser Kuning einst seine Macht zurückgewinnt und sein Land zurückerobert.«

Ein erschreckender Gedanke schoß Thorag durch den Kopf. »Ihr könnt unmöglich unbemerkt durch Katualdas Linien gekommen sein. Deine Prätorianer können sich nicht ungesehen und lautlos wie Schattenkrieger bewegen!«

»Wer sagt, daß Katualda versucht hat, uns aufzuhalten?«

Jetzt verstand Thorag. Einmal mehr fühlte er sich verraten in diesen Kriegen, die immer weniger die seinen waren.

»Ein Tausch also«, knurrte Thorag. »Rom garantiert Katualda die Macht, und Katualda garantiert das Leben des Mannes, den er bis aufs Blut haßt?« Unglauben sprach aus seinen Worten, weil er es einfach nicht wahrhaben wollte.

»Katualdas Haß ist alt und kalt«, erwiderte Sejanus. »Der Geschmack der Macht aber ist frisch!«

Nachdenklich sagte Thorag: »Katualda als ein Herrscher von Roms Gnaden über das Markomannenreich ist für Rom vorteilhafter als ein unabhängiger, starrköpfiger Marbod.«

422

Sejanus lächelte. »Du hast es erfaßt, Barbar.«

»Und sollte Katualda sich einmal querstellen, habt ihr Marbod als Druckmittel gegen ihn.«

»Ja.«

Thorag nickte. Alles ergab jetzt einen Sinn. Auch der Umstand, daß Katualda Marbods Festung nicht angegriffen hatte. Während des Winters hatte der Harier seine Boten nicht nur zu den anderen Stämmen im Markomannenland gesandt, sondern heimlich auch zu den Römern, zu Drusus Caesar. Die Römer hatten die Zwietracht der Germanen ausgenutzt, wie nur sie es verstanden. Während Marbod noch glaubte, im Bündnis mit Rom zu stehen, hatte Drusus Caesar längst Katualda Zusagen gemacht. Und wer wußte schon, wem noch. Wahrscheinlich hatten die Fürsten, die sich von Marbods Seite auf die Katualdas geschlagen hatten, dies nicht nur für ihre Stämme und deren Freiheit getan, sondern auch – und vielleicht vor allem – für römisches Geld und für die Garantie einer Macht, die in Wahrheit von Tiberius ausgeübt wurde. Wo einmal römisches Denken und römische Bräuche hinkamen, breiteten sie sich aus wie eine Seuche.

»*Divide et impera!* – Teile und herrsche!« murmelte Thorag die Weisheit der Römer, die er vor vielen Wintern gelernt hatte, als er noch für Kaiser Augustus gekämpft hatte.

»So sagt man in Rom«, bestätigte Sejanus. »Ich sehe, Barbar, du hast verstanden.«

»Nein!« schrie Canis und preschte an Thorags Seite. Zornig sah sie auf den unberittenen Präfekten hinab. »Das ist alles erlogen. Katualda hat uns nicht verraten!«

Sejanus zuckte mit den Schultern, um die ein roter Umhang lag. »Glaub, was du willst, Weib.« Er wandte sich wieder Thorag zu. »Wir haben zwei Möglichkeiten. Entweder trennen wir uns ohne Blutvergießen, oder wir lassen uns auf einen ungewissen Kampf ein. Deine Männer sind beritten, aber meine doppelt so zahlreich. Natürlich können wir kämpfen, ich habe nichts dagegen.« Er warf einen verächtlichen Blick über die Schulter, zu Marbod, der das Gespräch mit ängstlichem Gesicht verfolgte. »Aber für was?«

»Ich dachte, du hast meinen Tod geschworen, Römer«. erwiderte Thorag.

»Das stimmt, aber es werden andere Gelegenheiten kommen.«

Thorag dachte an das viele Blut, das die Cherusker vergossen hatten, auch für Katualda. Für den Verräter. Katualdas Verhalten hatte die Cherusker von ihrer Treuepflicht entbunden. Und Thorag schwor sich, daß dies der letzte Verrat des Hariers an ihm und seinen Kriegern sein sollte.

»Wir kämpfen nicht mehr!« sagte er so laut, daß alle es hören konnten, Römer wie Cherusker.

»Hört nicht auf Thorag!« rief Canis den Cheruskern zu. »Seid ihr plötzlich Feiglinge geworden, obwohl ihr so dicht vor dem Sieg steht? Wollt ihr euch die größte Siegestrophäe nehmen lassen, Marbods Kopf? Denkt an die vielen Brüder, die ihr im Kampf gegen die Markomannen verloren habt!«

Unter den Cheruskern entbrannte ein heftiger Streit. Die Donarsöhne wollten sich Thorag fügen, aber Eburwin forderte im Namen der Eberkrieger den Kampf: »Wenn du uns nicht führen willst, Thorag, folgen wir Canis!«

Die Jägerin lächelte kalt und wollte ihr Schwert heben, um die Eberkrieger zum Kampf gegen die Römer zu führen. Es würde ein Gemetzel geben, ein sinnloses Abschlachten. Thorag mußte das verhindern!

Er sprang von seinem Pferd und riß Canis mit sich zu Boden.

»Hör auf, den Haß zu schüren!« schrie er sie an. »Wofür kämpfst du noch?«

»Für meine Rache!«

Canis rang mit ihm, wollte sich von ihm lösen, aber Thorag hielt sie fest. Da spürte er ihre Schwertspitze an seinem Hals. Er drückte ihren Waffenarm weg. Erneutes Gerangel folgte, bis Canis endlich still lag.

Sie hatte aufgegeben, sagte er sich und erhob sich. Erst als er über der Jägerin stand, erkannte er die Wahrheit: Ihr eigenes Schwert hatte ihren Leib durchbohrt.

Canis öffnete die Augen und dann die Lippen. Blut quoll hervor und begleitete ein einziges Wort: »Endlich …«

Canis war tot, und Alea hatte Frieden gefunden.

Thorag verbiß Trauer und Schmerz; dafür war jetzt nicht die Zeit. Vielleicht traf ihn eine Schuld am Tod der Jägerin, aber ihr letztes Wort verhieß Verzeihung und Trost.

Er wandte sich an die Eberkrieger und sagte: »Wem wollt ihr jetzt in den Kampf folgen? Dir, Eburwin? Willst du auch dein Schwert gegen mich erheben?«

Der junge Edeling schüttelte betroffen den Kopf.

»Fein«, meinte Sejanus und zauberte aller Anspannung zum Trotz einen gelassenen Ausdruck auf sein Gesicht. »Dann können wir jetzt abrücken?«

»Nur unter einer Bedingung«, sagte Thorag hart. »Verrate mir den Aufenthaltsort von meiner Gemahlin Auja, von Thusnelda und Thumelikar!«

»Das also willst du erreichen«, murmelte der Präfekt und bedachte den Donarsohn mit einem herausfordernden Blick. »Ich könnte dich belügen!«

»Ich würde es merken und dich töten, bevor du deinen Männern befehlen kannst, die Pilen zu schleudern.«

»Schon möglich«, meinte Sejanus. »Aber wozu sollen wir streiten? Auch wenn du den Ort kennst, du wirst die Geiseln nicht befreien können.«

»Laß das meine Sache sein, Römer!«

»Gut.« Sejanus lächelte wieder. »Auja findest du, wo sich auch Thusnelda mit Thumelicus aufhält. Dort, wo Tiberius Segestes und seiner Familie Exil gewährt hat.«

»Wo?« drängte Thorag.

»In Ravenna.« Sejanus sah den Donarsohn offen an, und sein Blick offenbarte keinen Falsch.

»Zieht ab, und nehmt Marbod mit!« sagte Thorag.

»Und wenn ich dafür sorge, daß die Geiseln an einen anderen Ort gebracht werden?« fragte Sejanus.

»Nur wenn ich weiß, wo die Geiseln sind, kannst du hoffen, mich bald wiederzusehen und dich an mir zu rächen, Römer.« Thorag zog langsam das Schwert aus der Scheide und zeigte Sejanus den vergoldeten Griff mit dem eingravierten Skorpion. »Nur so kannst du dein Schwert zurückholen – und deine Ehre!«

»Du hast recht, Barbar.« Sejanus schenkte ihm ein letztes kaltes Lächeln. »Ich freue mich darauf!«

Ravenna!

Der Name geisterte durch Thorags Kopf, während die Prätorianer mit Marbod abzogen. Der Donarsohn hatte die gallische Stadt, die von den Römern zu einem großen Hafen ausgebaut worden war, schon einmal besucht. Damals, als er in den Diensten Roms gestanden hatte. Dort also wartete Auja auf ihn – und Sejanus, der mit seinen Soldaten zwischen den langen Abendschatten der Hügel verschwand.

Zurück blieb die tote Jägerin, die ein Totenfeuer – die Bestattung eines Kriegers – verdient hatte. Aber tief in ihrem Herzen war Canis trotz aller Härte und aller Rachsucht noch das kleine Mädchen Alea gewesen, das sich nach einer Familie sehnte, nach Liebe und Wärme. Deshalb trug Thorag ihren Leichnam zur Hundsspalte und ließ ihn in die Tiefe fallen. Die Hunde stürzten herbei, kläfften laut, beschnüffelten die Tote und führten einen wahren Tanz um sie herum auf. Aber seltsam, sie rührten Canis nicht an. Waren sie einfach nur gesättigt von den vielen Gefallenen? Oder erkannten sie, daß die junge Frau einmal, für kurze Zeit, eine von ihnen gewesen war? Thorag wußte es nicht. Aber er wußte, daß Canis jetzt wieder Alea war, vereint mit ihrer Geschwistern und ihren Eltern. Vielleicht auch versöhnt und bar jeder Rachsucht. Er hoffte es.

Zurück blieben auch die Cherusker, die das Land der Markomannen verlassen würden. Es gab nichts mehr, das sie an Katualdas Seite hielt. Sich an Katualda für das Doppelspiel zu rächen hatte keinen Sinn, würde nur zu neuem, unnützem Blutvergießen führen. Der Harier würde früh genug erkennen, daß ein Bündnis mit Rom stets auch ein Pakt mit dem eigenen Verhängnis war. Marbod hatte das schon erfahren. Die Cherusker und ihre Verbündeten würden in die lang entbehrte Heimat zurückkehren, in die Arme ihrer Frauen, in die Schöße ihrer Familien.

Bis auf einen – Thorag. Der Donarsohn hatte ein anderes Ziel: Ravenna.

ANHANG

Nachwort des Autors

Marbod oder Die Zwietracht der Germanen ist der dritte Roman einer Saga, die ich mit den Büchern *Thorag oder Die Rückkehr des Germanen* (Bastei-Lübbe-Taschenbuch Band 13 717) und *Der Adler des Germanicus* (Bastei-Lübbe-Taschenbuch Band 13 838) begann. Weitere Bände, die das Schicksal Armins, Thorags und Marbods beleuchten werden, sind in Vorbereitung.

Was ich früher über Dichtung und Wahrheit, über historische Überlieferung und deren dichterisch zu schließende Lücken schrieb, gilt auch an dieser Stelle.

Wer im Krieg zwischen Marbod und Armin der Angreifer, wer der Verteidiger war, ist unter Historikern umstritten. Nach Tacitus, unserer Hauptquelle für das Geschehen im Germanenland der Zeitenwende, zog sich Marbod nach der Schlacht gegen Armin in sein Reich zurück, was auf eine Aggression des Markomannen schließen läßt. Die unglückliche Hochzeit Katualdas, sein Bündnis mit Armin und das persönliche Eingreifen von Drusus und Sejanus in das Geschehen an den Grenzen des Cheruskerlandes und bei Marbods Festung sind Freiheiten des Autors. Daß Drusus auf Tiberius' Geheiß Zwietracht unter den Germanen säte, ist jedoch gesichert.

Wie immer: Personenverzeichnis, Glossar und Zeittafel sollen dem interessierten Leser bei der Unterscheidung von Dichtung und Wahrheit weiterhelfen und ihm die Welt der Römer und Germanen etwas näherbringen. Bei den lateinischen Wörtern wurde – wie auch bei den Namen im Roman – mal die Ursprungs-, mal die eingedeutschte Form gewählt. Hier entschieden der Klang oder die Gewohnheit. Auch wird der Kundige noch weitere Bedeutungen des einen oder anderen Begriffs anführen können; ich zählte die auf, die für den Roman bedeutsam sind. Bei den germanischen Gottheiten und ihrer Mythologie mußte ich oft auf die nordischen Begriffe und Namen zurückgreifen, ganz einfach, weil keine aus dem uns interessierenden Zeit- und Sprachraum überliefert sind. Um Verwirrungen zu vermeiden, borgte ich lieber dort aus, als hier zu erfinden.

Die Personen

Hier findet der Leser zur besseren Orientierung alle wichtigen Personen alphabetisch aufgelistet. Historisch belegte Personen sind mit einem (H) gekennzeichnet.

Die Germanen
Donarsippe
Argast: Kriegerführer.
Arwed: Unterführer, Argasts Vetter.
Hatto: Unterführer.
Jorit: junger Krieger.
Ragnar: Thorags Sohn.
Ruthard: grauköpfiger Krieger.
Thorag: Fürst des Donargaus.
Wigan: junger Krieger.

Ebersippe
Eburwin: junger Edeling.
Thimar: Gaufürst.

Hirschsippe
Armin (H): Fürst des Hirschgaus, Herzog der Cherusker.
Ingwin: Kriegerführer.
Isbert: Eisenschmied und Krieger.

Stiersippe
Ebur: Friling.
Farger: Kriegerführer.
Frowin: Gaufürst und Eisenschmied.

Weitere Cherusker
Alfhard: angesehener Priester der Heiligen Steine.
Astrid: Priesterin der Heiligen Steine.
Balder: Fürst des Baldergaus.
Bror: Fürst des Dachsgaus.

Fromund: Priester der Heiligen Steine.
Gandulf: Führer der Priesterschaft bei den Heiligen Steinen.
Gudwin: alter Priester der Heiligen Steine.
Inguiomar (H): Armins Onkel, Fürst des Inggaus.
Riklef: Priester der Heiligen Steine.

Harier
Alea: Wolrads kleine Tochter.
Gondela: Wolrads Gemahlin.
Ilga: Wolrads Tochter und Katualdas Braut.
Katualda (H): Sohn des Gaufürsten Ortolf.
Meino: älterer Ziegenhirte.
Ortolf: Fürst des Nottgaus.
Wolrad: Edeling aus dem Nottgau.

Markomannen
Anjo: Reiterführer, Gardeoffizier und Kriegsherr.
Marbod (H): Kuning.

Weitere Germanen und Kelten
Alrun: Seherin.
Amal: Vandalenfürst.
Berold: Anführer der Bärenkrieger.
Canis: Jägerin.
Guda: Sklavin im Prätorium der Ubierstadt.
Gueltar: junger Sugambrer, Gudas Bruder.
Menold: friesischer Fährmann in der Ubierstadt.
Omko: friesischer Schalk in Armins Diensten.
Una: keltische Schalkin in Armins Diensten.

Die Römer
Drusus Caesar (H): Sohn des Herrschers Tiberius.
Ennius: Proreta der Quinquereme *Victoria*.
Favonius Bivius, Quintus: Tribun der Prätorianergarde.
Marius Cornelius Firmus: Trierarch der Quinquereme *Victoria*.
Pollius Vorenus, Secundus: Zenturio der Prätorianergarde.
Sejanus, Lucius Aelius (H): Präfekt der Prätorianergarde.

Glossar I

Ethnographische und geographische Bezeichnungen

Volksstämme der Germanen und Kelten

Boier: keltischer Stamm, der seit dem 4. Jahrhundert v. Chr. in den Apenninen ansässig war; zu Beginn des 2. Jahrhunderts v. Chr. von den Römern unterjocht, zog ein Teil nach Böhmen, das kurz vor der Zeitenwende von Marbod erobert wurde.

Chatten: an Fulda und Eder siedelnder Stamm, der mit Zustimmung der Römer das Gebiet der auf die linke Rheinseite übergesiedelten Ubier in Besitz nimmt.

Cherusker: an der mittleren Weser siedelnder Stamm, dessen Name vermutlich vom germanischen Wort ›herut‹ (= Hirsch) herrührt; er führt den Aufstand gegen Quintilius Varus im Jahre 9 n. Chr. an.

Friesen: aus Jütland kommendes Volk, das um 200 v. Chr. die Marschen und den Seestrand von der Ems bis zur Rhein- und Scheldemündung besiedelt und später einen Bündnisvertrag mit Rom schließt.

Harier: wohl in Schlesien siedelnder Stamm, dessen furchterregende Kriegssitten Tacitus erwähnt; möglicherweise auch nur ein Kriegerbund.

Helvetier: keltischer Stamm, der im 1. Jahrhundert v. Chr. sein Siedlungsgebiet nordöstlich des Genfer Sees verließ, um sich im eigentlichen Gallien anzusiedeln, aber von den Römern zurückgedrängt wurde.

Langobarden: an der unteren Elbe lebender Stamm.

Lugier: Stamm oder Kultgemeinschaft, im Gebiet von Schlesien und Westpolen siedelnd.

Markomannen: ursprünglich in Nordbayern, dann in Böhmen lebender Stamm, der zusammen mit anderen Stämmen das von Marbod gegründete Markomannenreich bildet.

Marser: zwischen Ruhr und Lippe lebender Stamm.

Quaden: im Norden des Mains siedelnder Stamm.

Semnonen: zwischen mittlerer Elbe und Oder lebender Stamm des Suebenvolks.

Sueben: mächtiges Volk, das unter seinem König Ariovist Caesar schwer zu schaffen machte; manche sehen die Sueben als Stammvolk auch der Markomannen an; zur Zeit unserer Geschichte siedeln sie zwischen Elbe und Oder.

Sugambrer: am rechten Rheinufer, zwischen Ruhr und Sieg siedelnder Stamm, der nach langen Kämpfen gegen die Römer von Tiberius zerschlagen wurde.

Tenkterer: kleiner Stamm, der auf dem rechten Rheinufer zwischen Mainz und Köln lebt und eng mit den Usipetern verbunden ist.

Tubanten: im westlichen Westfalen lebender Stamm.

Vandalen: seit dem 1. Jahrhundert v. Chr. in Schlesien und Polen siedelndes Germanenvolk.

Ubier: ursprünglich zwischen Rhein, Main und Westerwald lebender Stamm, der sich nach Überfällen der Sueben unter den Schutz der Römer stellt und von ihnen links des Rheins angesiedelt wird.

Usipeter: 58 v. Chr. von Oberhessen an den Niederrhein vertriebener Stamm.

Geographische Bezeichnungen der Römer

Antunnacum: Andernach.

Illyricum: ungefähres Gebiet Albaniens und des ehemaligen Jugoslawiens; später Aufteilung in die Provinzen Dalmatien und Pannonien.

Oppidum Ubiorum: Köln.

Ostia: Hafenstadt, etwa 26 Kilometer von Rom entfernt.

Pannonien (Pannonia): nördlicher Teil des Illyricums, zwischen den östlichen Alpen und der mittleren Donau gelegen.

Saltus Teutoburgiensis: Teutoburger Wald.

Rhenus: Rhein.

Volsinii: Bolsensa; auf eine alte etruskische Siedlung zurückgehende Stadt.

Glossar II

Germanische Begriffe

Angurboda: Gespielin Lokis und Mutter der von ihm gezeugten Ungeheuer.

Asen: in Asgard heimisches Göttergeschlecht, dem Wodan und Donar angehören. Die Asen konkurrieren mit den Wanen, bis sie mit ihnen ewigen Frieden schließen.

Asgard: Heim der Asen.

Balder: Sohn Wodans, Gott des Lichts.

Berserker: ein in Bärenfelle gekleideter Krieger; die ihm zugeschriebenen übermenschlichen Kräfte resultierten aus der Einnahme einer aus dem Fliegenpilz gewonnenen Droge, die einen LSD-artigen Rausch hervorrief.

Boiuheim: Heimat der Boier; Böhmen.

Dagr: der Tag, der als Sohn der Nacht mit seinem goldenen Wagen über den Himmel zieht.

Donar: in der nordischen Mythologie Thor genannter Gott des Wetters und der Landbestellung, Sohn Wodans. Wenn er mit seinem von den Böcken ›Zähneknirscher‹ und ›Zähneknisterer‹ gezogenen Wagen durch den Himmel fährt, donnert es. Mit seinem Hammer Miölnir, seinem Kraftgürtel und seinem Eisenhandschuh beschützt der stärkste Gott des Asengeschlechts die Menschen vor Riesen und Ungeheuern. Die Eiche ist sein heiliger Baum.

Edeling: Adliger, der sich in der Regel als Abkömmling einer Gottheit ansah und daher seinen Adel ableitete.

Einherier: s. *Walhall*.

Ewart: Hüter von Recht und Gesetz; Oberpriester.

Fibel: kunstvoll gearbeitete Spange, die den Umhang des Mannes oder das Kleid der Frau zusammenhielt.

Frame: Stoßlanze.

Friling: Freier. Abgesehen vom Adel höchster Stand der Germanen, in den man, wie in jeden anderen, hineingeboren wurde. Beim Kriegszug leistete der Friling seinem Fürsten Heeresdienste; er mochte ihm auch Entgelt für seinen

Schutz schulden, war sonst aber frei von Abgaben. Unter ihm standen die Halbfreien und die Leibeigenen.

Gau: von einem Gaufürsten geführter Stammesbezirk.

Ger: Speer, Wurfspieß.

Hagedise: Hexe.

Heilige Steine: unschwer als unsere heutigen Externsteine zu erkennen. Ob diese in vorchristlicher Zeit bereits ein Kultzentrum waren, ist umstritten, aber aufgrund ihrer im wahrsten Wortsinne herausragenden Erscheinung gut denkbar.

Hel: Die halb schwarz- und halb menschenhäutige Tochter Lokis und Angurbodas herrscht über das Totenreich, das Niflheim oder auch Hel genannt wird. Hierher kommt, wer den unrühmlichen Strohtod erlitten hat. Unser Begriff ›Hölle‹ stammt von ›Hel‹.

Herkynischer Wald: die Mittelgebirge nördlich der Donau und östlich des Rheins vom Schwarzwald bis zu den Karpaten.

Herzog: auf dem Thing gewählter Kriegsführer.

Ing: Fruchtbarkeitsgott.

Kebse: Nebenfrau, die mit Mann und Frau in einem Haus lebte. Ein Germane konnte auch mehrere Kebsen haben, während der Frau andere Männer untersagt waren.

Kriegerführer: Anführer einer Kriegergefolgschaft; Unterführer eines Fürsten im Krieg.

Kriegergefolgschaft: Diese ständig unter Waffen stehende Mannschaft eines germanischen Fürsten bestand häufig auch aus Angehörigen fremder Gaue oder Stämme, die in den Diensten eines Fürsten Kriegsruhm erringen wollten. Der Fürst übernahm die Herrschafts- und Schutzmacht über sein Gefolge und schuldete ihm Lebensunterhalt, Ausrüstung und Anteile an der Kriegsbeute. Das Gefolge war dafür zum Waffendienst verpflichtet.

Kuning: König. Zur Zeit unserer Geschichte bei den ihre Freiheit und Unabhängigkeit schätzenden Germanen unüblich und unerwünscht. Der Markomannenkönig Marbod oder vor ihm der Suebenkönig Ariovist, der gegen Caesar kämpfte, waren Ausnahmen. Eher gab es den Heerkönig, der mit dem Herzog gleichzusetzen ist. Aus solchem

konnte sich ein richtiges Königtum – siehe wiederum Ariovist und Marbod – entwickeln. Auch Armin schien dem
nicht abgeneigt.

Loki: Sohn einer Riesin und Gott des Feuers. Weil Loki in den
uralten Zeiten mit Wodan durchs Land wanderte und mit
ihm Brüderschaft schloß, zählt er zum Göttergeschlecht
der Asen. Hinterlistig, streitsüchtig und boshaft, steht er
mal auf der Seite der Götter, mal gegen sie. Er setzt durch
die Zeugung der Ungeheuer Fenriswolf, Hel und Mid-
gardschlange das Böse in die Welt. Seine Intrigen und die
von ihm geschaffenen Ungeheuer sind für den Untergang
des Göttergeschlechts am Zeitenende, der Götterdämmerung (›Ragnarök‹, eigentlich ›Göttergeschick‹), verantwortlich.

Lure: bis zu zweieinhalb Meter lange Bronzetrompete. Die
Luren wurden paarweise geblasen und erzeugten einen
zweistimmigen, harmonischen, weit hallenden Klang.

Mani: Sunnas Bruder, der den Mondwagen lenkt.

Mimir: Hüter der Weisheitsquelle an der Wurzel der Weltesche Ydraggsil. Für einen Trank aus dieser Quelle opferte
Wodan ein Auge.

Munt: personenrechtliches Gewaltverhältnis im Gegensatz
zum Sachenrecht. Der Munt des Mannes unterfielen die
Ehefrau und die Kinder. Der Sohn wurde mit Bestehen der
Mannbarkeitsprobe aus der Munt entlassen; die Tochter
wurde von ihrem Vater als Muntwalt bei der Heirat in die
Munt ihres Mannes übergeben. In der streng patriarchali-
schen Gesellschaftsordnung konnte nur die Frau Ehebruch
begehen und dafür von ihrem Mann verstoßen oder sogar
getötet werden.

Neiding: Neider, Übelwollender, Übeltäter.

Nornen: Die drei Schicksalsgöttinen sitzen unter der Weltesche und spinnen die Schicksalsfäden.

Nott: Die Nacht, die von schwarzen Schleiern umhüllte Tochter eines Riesen, erhielt von Wodan einen schwarzen Wagen, mit dem sie in der Dunkelheit durch den Himmel fährt.
Die Germanen teilten die Zeit nicht nach Tagen, sondern
nach Nächten ein, wie sie die Jahre nach Wintern zählten.

Römling: Schimpfwort für einen Römerfreund.

Runen: älteste Schriftzeichen der Germanen, die auch kultisch-magische Bedeutung hatten.

Schalk: Leibeigener, Sklave. Als Schalk wurde man geboren, aber auch als Gefangener und Verschuldeter wurde man ein Schalk, also so gut wie rechtlos. Ein Schalk unterlag bezeichnenderweise nicht dem Personen-, sondern dem Sachenrecht. Gleichwohl führten viele Schalke als Hausbedienstete oder als eine Art Landpächter ein relativ freies Leben. Ein von seinem Herr freigelassener Schalk war ein Halbfreier und konnte als solcher auf einem Thing durch Volksabstimmung zum Vollfreien, zum Friling, werden.

Strohtod: Tod im Bett, für einen germanischen Krieger unehrenhaft.

Sunna: auch Sol genannte Jungfrau, die den Sonnenwagen zieht.

Surtur: mit dem Flammenschwert bewaffneter Herrscher der Feuerriesen und Muspelheims, Reich des Urfeuers.

Thing: auch Ding genannte Ratsversammlung der Frilinge, die von allen Vollfreien zu feststehenden Zeiten (ungebotenes Thing) oder von einem Kreis Geladener zu einem besonderen Anlaß (gebotenes Thing) besucht wurde. Ein Thing konnte einen ganzen Stamm betreffen oder nur einen Gau. Aufgaben des Things waren die Freisprechung der Halbfreien, die Rechtsprechung bei schweren Verstößen, die Erhebung der Jungmänner in den Kriegerstand, die Wahl eines Herzogs, die Beschlußfassung über einen Kriegszug usw. Während des Things herrschte ein besonderer, von allen zu achtender Thingfriede.

Tiu: auch Teiwaz, Tyr, Ziu, Saxnot, Eru, Irmin. Kriegsgott, dem das Schwert geweiht war, der Saxnot oder Sax. Verlor bei der Fesselung des Fenriswolfes den rechten Arm und kämpfte fortan mit der Linken. War Schutzgott des Things und vor Ausbreitung des Wodankults vermutlich Hauptgott der Germanen, wurde dann als Sohn Wodans angesehen.

Totenstrand: jenseitiger Strafort für Neidinge, bevölkert von Giftschlangen, Wölfen und Drachen.

Walhall: Wer nicht den unwürdigen Strohtod, sondern den würdigen Tod im Kampf stirbt, wird von den Walküren (›wala‹ ist das germanische Wort für ›tot‹), den göttlichen Jungfrauen, ins Reich der Götter nach Walhall geholt, der großen Halle von Wodans Palast. Dort zecht er mit den Göttern und übt sich im täglichen Kampf als Einherier (hervorragender Streiter, Einzelkämpfer), um bei der Götterdämmerung am Zeitenende mit den Göttern gegen die Ungeheuer zu kämpfen.

Wanen: altes Göttergeschlecht, das im Streit mit den Asen liegt.

Wara: Göttin der Wahrhaftigkeit, die Eidbrüchige bestraft, insbesondere bei Verträgen zwischen Männern und Frauen.

Weltesche: Die immergrüne Weltesche war der heiligste Baum der Germanen. Ihr Welken sollte die Götterdämmerung, das Ende der Zeit ankündigen.

Wodan: auch Odin genannter oberster Gott, der seit dem Trank aus Mimirs Quelle, für den er ein Auge hingab, der Weiseste aller Asen ist. Er ist der oberste Schlachtenlenker und weist schamanistische Züge auf.

Glossar III

Römische Begriffe und Personen

Aeneas: sagenhafter trojanischer Führer und Begründer von Alba Longa, der Mutterstadt Roms; Ahnherr des Julischen Geschlechts.

Augustus: römischer Herrscher, Begründer des Caesarentums, gestorben 14 n. Chr.

Auxilien: Hilfstruppen aus Nichtbürgern. Neben den aus römischen Bürgern bestehenden Legionen zweiter wichtiger Bestandteil der römischen Armee, dem in der Kaiserzeit wegen der geringeren Besoldung immer mehr Gewicht zukam.

Bireme: Schiff mit zwei Ruderreihen auf jeder Seite.

Caesar: ursprünglich Namensbestandteil der Julier; wurde unter den Nachfolgern des Gaius Julius Caesar (100 – 44 v. Chr.) als Bestandteil der Titulatur geführt.

Elektron: Legierung aus drei bis vier Teilen Gold und einem Teil Silber.

Fortuna: Göttin des Glücks und der Reisenden.

Gladius: Schwert des Legionärs mit mittellanger, breiter Klinge.

Gracchus, Gaius und Tiberius: Nachdem Tiberius Gracchus den Senat gegen sich aufgebracht hatte und 132 v. Chr. von seinen politischen Gegnern gelyncht worden war, ging sein jüngerer Bruder in die Politik, um ihn zu rächen, und starb 121 v. Chr., von den Gegnern verfolgt, von eigener Hand.

Horaz: römischer Dichter (65 – 8 v. Chr.)

Imperator: Inhaber der größten Machtfülle; später Bezeichnung der Soldaten für ihren siegreichen Feldherrn, was, um offiziell zu werden, der Bestätigung durch den Senat bedurfte.

Impluvium: Regenwasserbecken im römischen Haus.

Isis: ägyptische Fruchtbarkeits- und Naturgöttin, deren Kult in Rom Eingang fand.

Junius Brutus: s. Lucretia.

Jupiter: vielgestaltiger Gott, der als ›Jupiter Optimus Maximus‹ Hauptgott der Römer war und in einem Tempel auf dem Capitol verehrt wurde.

Kohorte: s. Legion.

Konsul: Seit 449 v. Chr. wurden in Rom alljährlich zwei Konsuln als oberste zivile und militärische Beamte gewählt, seit Augustus auf Vorschlag des Princeps vom Senat. In der Kaiserzeit verloren die Konsuln Aufgaben und Macht, bis die Wahl zu einer bloßen Auszeichnung verkam.

Legion: größter Truppenverband, der sich in zehn Kohorten zu drei Manipeln gliederte; jedes Manipel bestand aus zwei Zenturien. Da eine Zenturie aus 80 Mann bestand, kam eine Legion auf 4000 bis 6000 Legionäre. Hinzu kamen noch 120 Reiter (vorwiegend für Aufklärungs- und Kurierdienste) sowie 400 Veteranen, die vom Kasernendrill weitgehend verschont wurden und nur für die Feldzüge einberufen wurden, außerdem über 2000 Knechte für ebenso viele Lasttiere sowie eine Artillerieeinheit (Speerschleudern und Katapulte).

Lucretia: Ihre Schändung durch Sextus löste der Sage nach den von Junius Brutus angeführten Aufstand aus, der zum Untergang des römischen Königtums führte.

Lucullus: römischer Feldherr und Staatsmann, der einen Racheprozeß gegen den Mann, der für die Verbannung seines Vaters verantwortlich zeichnete, als politisches Sprungbrett benutzte.

Mars: Kriegsgott.

Medicus: Arzt.

Ovid: römischer Dichter (43 v.–17 n. Chr.), der von Augustus in die Schwarzmeerkolonie Tomis verbannt wurde.

Pax: Friede.

Pilum: schwerer Wurfspeer der Legionäre mit langer Eisenspitze.

Präfekt: hoher Militärbefehlshaber oder Zivilbeamter.

Prätorianer: Garde der römischen Herrscher.

Prätorium: Amtswohnung des Prätors, oft zugleich Kommandantur.

Princeps: Wörtlich ›der Erste‹, bezeichnet es einen führenden

Römer. ›Priuceps Senatus‹ hieß der Senator, der in der Senatorenliste an erster Stelle stand. Da Augustus die negative Besetzung der Titel ›Rex‹ und ›Dictator‹ scheute, bezeichnete er sich als Princeps, was Tiberius übernahm.

Prorēta: Oberbootsmann, für das Vorschiff (›prora‹) verantwortlich.

Quinquereme: Schiff mit fünf Ruderreihen auf jeder Seite.

Secundus: der Zweite oder Zweitgeborene.

Segutius: windhundartiger Jagdhund.

Spatha: Langschwert, zur Zeitenwende nur von der Reiterei verwendet, ab dem 3. Jahrhundert n. Chr. beim ganzen Heer.

Tiberius: Stief- und Adoptivsohn des Augustus, römischer Herrscher von 14–37 n. Chr.

Toga: großes Tuch, das als Kleidungsstück für bessere Gelegenheiten so über die Tunika geschlungen wurde, daß diese ganz verdeckt war.

Tribun: hoher Offizier oder Zivilbeamter.

Trierarch: Kapitän.

Trireme: Schiff mit drei Ruderreihen auf jeder Seite.

Tunika: gegürteter, bis etwa ans Knie reichender, meist kurzärmliger Hemdkittel aus Wolle, Baumwolle oder Leinen; typisches Kleidungsstück, das der Römer zu Hause, auf der Straße und bei der Arbeit trug.

Turme: etwa 40 Mann starke taktische Grundeinheit der Reiterei.

Vesta: Göttin des Herdes.

Victoria: Göttin des Sieges.

Zenturie: s. *Legion*.

Zenturio: aus Sicht der Befehlsgewalt einem heutigen Hauptmann vergleichbarer Kommandeur einer Zenturie, der allerdings nicht als echter Offizier, sondern als Bindeglied zwischen Offiziers- und Mannschaftsstand betrachtet wurde.

Zeittafel

Ca. 25 v. Chr.
Geburt des Markomannenfürsten Marbod (genauer Zeitpunkt ungewiß).

19–16 v. Chr.
Armin wird als Sohn des Cheruskerfürsten Segimar geboren (genauer Zeitpunkt ungewiß).

Ca. 14/13 v. Chr.
Drusus minor als Sohn des späteren Herrschers Tiberius geboren (genauer Zeitpunkt ungewiß).

8–6 v. Chr.
Tiberius übernimmt als Nachfolger seines verstorbenen Bruders Drusus maior den Oberbefehl über Germanien und dringt bis zur Elbe vor. – Der Markomannenfürst Marbod zieht mit seinem Volk aus dem Maingebiet nach Böhmen und gründet nach Unterwerfung der Boier ein Königreich zwischen Donau, Elbe und Oder. Er errichtet eine straffe Herrschaft nach römischem Vorbild, der sich unter anderem Lugier, Semnonen und Langobarden unterwerfen.

6 n. Chr.
Die Römer unter Tiberius beginnen einen Angriff auf das ihnen zu mächtig werdende Königreich Marbods, werden aber durch einen großen Volksaufstand in Pannonien und Dalmatien gezwungen, ihre Kräfte dort zu massieren und von den Markomannen abzulassen.

9 n. Chr.
Tiberius schlägt den Aufstand in Pannonien nieder. – Schlacht im Teutoburger Wald (vermutlich vom 9.–11. September). Armin vernichtet das aus drei Legionen und zusätzlichen Hilfstruppen bestehende Heer des Publius Quintilius Varus. Die Stützpunkte zwischen Rhein und Weser werden von den

Germanen erobert bzw. von den Römern aufgegeben. – Tiberius kehrt aus Pannonien nach Rom zurück und hebt neue Truppen aus.

10–11 n. Chr.
Germanien-Feldzüge des Tiberius und des Germanicus.

13 n. Chr.
Germanicus übernimmt den Oberbefehl am Rhein.

14 n. Chr.
Augustus stirbt in Nola (19.8.). Tiberius wird sein Nachfolger. – Sejanus wird Präfekt der Prätorianer und begleitet Drusus nach Pannonien, um eine Meuterei der Legionen niederzuschlagen.

15 n. Chr.
Germanicus befreit Segestes und bringt Armins schwangere Frau Thusnelda in seine Gewalt. Armin und Inguiomar kämpfen gegen Germanicus und dann bei den Langen Brücken gegen Caecina. – Drusus wird römischer Konsul.

16 n. Chr.
Germanicus geht mit einer Flotte aus tausend Schiffen gegen die Germanen vor. Schlachten gegen Armin und Inguiomar bei Idisiavisio und am Angrivarierwall.

17 n. Chr.
Triumphzug des von seinem Onkel und Adoptivvater vom Rhein abberufenen Germanicus (17.5.), bei dem er Thusnelda und ihren in Gefangenschaft geborenen Sohn mit sich führt. – Drusus übernimmt die Statthalterschaft im Illyricum. – Schlacht zwischen Armin auf der einen und Marbod und Inguiomar auf der anderen Seite.

19 n. Chr.
Katualda vertreibt Marbod und übernimmt die Herrschaft im Markomannenreich.

Danksagung

Wertvolle Unterstützung von vielen Seiten floß in dieses Buch ein. Mein aufrichtiger Dank gehört meinem Lektor, Dr. Edgar Bracht, der die Abenteuer Thorags und Armins mit Anteilnahme, Ermunterung und Vertrauen begleitet; Mark Berthold für aufschlußreiche Gespräche; Siegfried Breuer für interessante Anregungen und Hinweise; Marietta Eichler für runenkundige Worte und Literatur; Birgit Hüntemann-Röttger und Andreas Röttger für reges Interesse und Informationen über hölzerne Waffen; Bernd Frenz und Malte Schulz-Sembten für detaillierte und konstruktive Kritik; Prof. Dr. Klaus Schönbach für hilfreiche Literatur; den Damen und Herren der Bücherstube Leonie Konertz, Hannover, für Recherche und Beschaffung von vielen schönen Büchern; meinen Eltern Wilhelm und Josefa Kastner für so vieles und für anregendes Material über martialische Bräuche der Germanen; meinen Schwiegereltern Horst und Ursula Koch für fortwährende und tätige Begeisterung; und last but not least meiner Frau Corinna für bewundernswerte Anteilnahme und manch wertvollen Hinweis. – *Amicus optima vitae possessio!*

Band 13 717

Jörg Kastner
**Thorag oder
Die Rückkehr
des
Germanen**

**Deutsche
Erstveröffentlichung**

An der Seite des germanischen Fürstensohnes Armin hat Thorag im Osten für das römische Imperium gekämpft. Jetzt begleitet er den großen Krieger auf dem Weg zurück in das Land, das die Römer Germania nennen.
Die drückende Abgabenlast hat viele Cherusker und andere Stämme zu Rom-Feinden gemacht. Als sogenannter »Römling«, der lange Zeit für Augustus gekämpft hat, stößt Thorag überall auf Mißtrauen im eigenen Land und flüchtet nach dem Tod seines Vaters in eine römische Siedlung am Rhein. Aber auch hier muß er bald feststellen, daß er als Germane zwischen allen Fronten sitzt und zum Spielball der Intrigen neiderfüllter Römer wird.

Ein spannungsgeladener historischer Roman, zugleich ein breites Sittengemälde römischer und germanischer Kultur, reich an faszinierenden Einblicken in alle Bräuche und Lebensformen.

**Sie erhalten diesen Band
im Buchhandel, bei Ihrem
Zeitschriftenhändler sowie
im Bahnhofsbuchhandel.**

Band 13 838
Jörg Kastner
Der Adler des Germanicus
Originalausgabe

Es ist das Jahr 14 nach Christi Geburt. In Rom stirbt Kaiser Augustus, und der als ewiger Zauderer berüchtigte Tiberius tritt die Herrschaft über die Stadt der sieben Hügel an. Eine der vielen Herausforderungen, denen er sich stellen muß, ist die Frage, wie die schmähliche Niederlage der römischen Truppen gegen die Germanen zu rächen ist. Zunächst erhält Germanicus den Oberbefehl über die römischen Legionen am Rhein. Aber der Cherusker Armin und er germanische Gaufürst Thorag ahnen dessen Rachepläne und versuchen, die entzweiten Stämme zu einem neuen Kampf zusammenzuschmieden.
Ein fast hoffnungsvolles Unterfangen. Denn in dieser heiklen Phase der langwährenden Auseinandersetzungen zwischen Rom und den Germanen blühen auf beiden Seiten die Intrigen, und die Verräter wittern ihre Chancen.

Sie erhalten diesen Band im Buchhandel, bei Ihrem Zeitschriftenhändler sowie im Bahnhofsbuchhandel.

Band 13 744

Victor Hugo
**1793 oder
Die Verschwörung
in der Provinz
Vendée**
Deutsche
Erstveröffentlichung

Auf dem Höhepunkt der Französischen Revolution wird Marquise de Lantenac nach Jersey verbannt, gilt er doch als Königstreuer. Aber der Marquise entkommt seinen Wächtern und kehrt in die Provinz Vendée zurück. Für die Bauern dort ist er immer noch der große Fürst. Am Tag seiner Landung schart er achttausend Mann um sich, innerhalb von einer Woche sind dreihundert Gemeinden in Aufruhr.
In Paris ist man überzeugt: Nur der republikanische Offizier Gauvain, der schon in der Rheinarmee Großes geleistet hat, kann den Marquise stoppen. Aber der junge Offizier ist der Großneffe des Marquis von Lantenac. Er nimmt den Kampf dennoch auf. Allerdings stellt man ihm mit Cimourdain einen alten, erfahrenen Revolutionär zur Seite. Niemand in Paris ahnt, welche Konflikte damit heraufbeschworen werden.

**Sie erhalten diesen Band
im Buchhandel, bei Ihrem
Zeitschriftenhändler sowie
im Bahnhofsbuchhandel.**

Band 13 904
Benito Pérez Galdós

Der Aufstand von Madrid

Bailén

Zwei historische Romane in einem Band

Gabriel Araceli, der junge verträumte Abenteurer, hat sich in die verwaiste Inés verliebt. Zu seinem Entsetzen muß er miterleben, daß ihr gutmütiger Onkel sie leichtfertig in die Obhut eines Geschwisterpaars gibt, das voller Habgier ist. Während Gabriel seine Geliebte aus den Fängen dieser gerissenen Kaufleute befreien will, die Inés wie eine Gefangene behandeln, entbrennt rings um ihn in Madrid der große Aufstand gegen Napoleons Truppen, die Spanien besetzt halten. Gabriel schließt sich den Aufständischen an und zieht nach zahlreichen Verwicklungen in die Schlacht von Bailén, deren Ausgang maßgebend für die Geschichte Europas zu Beginn des 19. Jahrhunderts werden sollte.

Sie erhalten diesen Band im Buchhandel, bei Ihrem Zeitschriftenhändler sowie im Bahnhofsbuchhandel.